Das Buch

Mein Vater schenkte mir die Vögel, und er schenkte mir das Marschland. Irgendwann gab er es auf, mir seine Angeltricks beibringen zu wollen. Er erkannte, was mir an diesem Ort gefiel. »Teichhuhn«, sagte er, wenn sich etwas Violettes im Schilf bewegte, oder »Eisfischer«, wenn eine kleine Rakete übers Wasser schoss. Einmal sagte er in demselben Tonfall: »Sumpfmädchen.« Ich drehte mich blitzschnell zu ihm um, um auch einen Blick auf dieses Mädchen zu erhaschen. »Das bist du, Loni Mae.« Er neigte den Kopf zur Seite und lachte. »Oder nein. Ich habe einen besseren Namen für dich: Marschkönigin.«

Eines Tages kommt Boyd Murrow nicht vom Fischen zurück. Kurz darauf wird er tot aus dem Wasser gezogen. Die offizielle Erklärung: ein Unfall. Zwanzig Jahre später lebt Loni in Washington, D.C., und hat die wilde Natur mit ihren Unwägbarkeiten gegen einen Museumsjob an der renommierten Smithsonian Institution eingetauscht. Doch die Erinnerungen an ihren Vater suchen sie immer noch heim. Dann meldet sich ihr Bruder, den sie nur selten spricht: Ihre eigensinnige, demenzkranke Mutter Ruth liegt im Krankenhaus. Zurück in der Heimat findet Loni eine Nachricht: »Ruth, es gibt Dinge, die ich dir über Boyds Tod sagen muss«. Durch ihre Nachforschungen kommt Loni ihrer Familie näher – und bringt sich selbst in Gefahr.

Die Autorin

Virginia Hartman unterrichtet Creative Writing an der George Washington University in Washington, D.C. Ihre Erzählungen, in denen das Verhältnis des Menschen zur Natur eine tragende Rolle spielt, wurden für diverse Preise nominiert. *Tochter des Marschlands* ist ihr erster Roman.

Virginia Hartman

TOCHTER DES
MARSCHLANDS

Roman

Aus dem Amerikanischen
von Frauke Brodd

WILHELM HEYNE VERLAG
MÜNCHEN

Die Originalausgabe erschien unter dem Titel
THE MARSH QUEEN erstmals
bei Gallery Books/Simon & Schuster, Inc., New York

Penguin Random House Verlagsgruppe FSC® N001967

Vollständige Taschenbuchausgabe 07/2024
Copyright © 2022 by Virginia Hartman
Copyright © 2023 der deutschsprachigen Ausgabe
by Wilhelm Heyne Verlag, München,
in der Penguin Random House Verlagsgruppe GmbH
Neumarkter Str. 28, 81673 München
Redaktion: Barbara Raschig
Umschlaggestaltung: t.mutzenbach design, München,
unter Verwendung von Gettyimages (Enrique Díaz / 7cero);
Shutterstock.com (Piotr Zajac, Oscity, Kent Weakley, Daniel Bruce Lacy)
Satz: satz-bau Leingärtner, Nabburg
Druck und Bindung: GGP Media GmbH, Pößneck
Printed in Germany
ISBN: 978-3-453-42922-2

www.heyne.de

Für meine Kinder
und in Erinnerung an RJ und Alex

Ich wurde an deinem Ufer geboren, Fluss,
Mein Blut fließt in deinem Strom,
Und du mäanderst für immer
Auf dem Grund meines Traums.

Henry David Thoreau

Es gibt ein Land der Lebenden und ein Land der Toten,
und die Brücke zwischen ihnen ist die Liebe,
das einzige Bleibende, der einzige Sinn.

Thornton Wilder

I

Wenn ich ein anderer Mensch wäre, dann gelänge es mir vielleicht, nur nach vorne zu schauen und niemals zurück. Dann würde ich nicht versuchen wollen zu begreifen, welche düsteren Ereignisse mich zu der Person gemacht haben, die ich heute bin. Doch es gibt immer wieder Phasen, in denen Dunkelheit über mich hereinbricht, schleichend wie die Dämmerung am Ende eines Tages, und jedes Mal ausgelöst durch ein Gefühl der Reue. *Ich hätte mitgehen sollen, warum bin ich nicht, wäre ich doch nur.* Ich lasse den Tag Revue passieren, an dem mein Vater uns für immer verließ. Die Sonne schien prallorange durch die Lebenseiche, und er tigerte am Fuße der Verandastufen auf und ab, während ich, die Zwölfjährige, oben stand und zu ihm herunterblickte, auf dem Arm meinen wenige Monate alten Bruder Philip. Ich verzog das Gesicht, als ich eine Strähne meines dunkelbraunen Haares sanft aus seiner teigigen kleinen Hand löste.

Daddy stand auf der untersten Stufe, kniff die Augen ein bisschen zusammen und sah zu mir hoch. »Schau mal, Schatz. Miss Joleen von nebenan kann deiner Mom mit dem Baby helfen. Wie sieht's aus, Loni Mae? Begleitest du mich?«

Mein Vater war seit Monaten nicht mehr beim Fischen gewesen. Seine Unruhe war mit jedem Tag gewachsen, er versetzte den Möbelstücken einen Tritt und knallte die Fliegengittertür zu. Im Haus lag ein Sirren in der Luft wie vor einem aufziehenden Sturm.

An jenem Tag sagte meine Mutter: »Geh schon, Boyd! Du läufst herum wie ein eingesperrtes Tier.«

Ich hätte nahezu alles dafür gegeben, mit ihm fischen zu gehen, das Marschland genau zu studieren, wie sonst auch, jedes Lebewesen, das mir unter die Augen kam, zu zeichnen und den Geräuschen dort zu lauschen. Aber wie hätte ich das machen sollen? Ich musste hierbleiben. Seitdem Philip da war, gab es so viel für mich zu tun. Ich kümmerte mich um ihn, während meine Mutter telefonierte, sich ausruhte oder den Haushalt machte. Ich wusste, wie ich ihn dazu bringen konnte, dass er dieses glucksende Schluckauf-Lachen von sich gab. Ich passte nach der Schule auf ihn auf, an den Wochenenden und auch jetzt während der Sommerferien. Meine Mutter schüttelte nicht länger den Kopf über mich hoffnungslosen Fall, noch verdrehte sie die Augen gen Himmel.

Daddy zog ohne mich los, und der Kies knirschte unter seinen Stiefeln. Er holte die Angelrute und die restliche Ausrüstung aus der Garage. Ich nahm das Ende meines Zopfs in den Mund und formte es zu einer dünnen Spitze, während er ans Ende des Stegs ging. Seine khakifarbene Weste war mit Bleigewichten und Ködern vollgestopft, die Angelkiste hing an seinem linken Arm. Er drehte sich um und schaute kurz zu mir zurück, legte den Kopf schief, sodass sein Gesicht das Licht einfing. Ich hob meine Hand, um zu winken, aber ein Sonnenstrahl blendete ihn und er sah mich nicht. Dann drehte er sich schwungvoll zu seinem Flachboot um, stieg ein, und weg war er.

Vielleicht hatte er in der Anglerhütte übernachtet, dachten wir, in dieser verwitterten kleinen Blockhütte mit zwei Zimmern, die über das schlammige Ufer hinausragte, vielleicht war er auch gleich nach seiner »Sumpffreizeit«, wie er es nannte, auf Patrouille gegangen. Jedenfalls hing am Montagmorgen die Uniform seines Arbeitgebers, der Fischerei- und Jagdaufsicht des Staates Florida, noch immer frisch gebügelt zu Hause im Schrank und wartete auf ihn.

Gegen drei Uhr nachmittags kam der Boss meines Vaters vorbei. Captain Chappelle machte in der khakifarbenen Uniform ordentlich Eindruck, und seine Stiefel knallten bei jedem Schritt laut auf die Stufen der Veranda vor dem Haus. Meine Mutter eilte bereits aus der Tür, bevor er oben angekommen war.

»Hallo, Ruth. Bin nur vorbeigekommen, um nachzusehen, ob Boyd krank ist oder so.«

Meine Mutter drehte sich zu mir um. »Na los, Loni. Drinnen ist noch der Abwasch zu erledigen.« Zwei steile Falten zwischen ihren Augenbrauen verrieten mir, ihr lieber nicht zu widersprechen.

Von der Küche aus konnte ich nicht verstehen, worüber sie sprachen, obwohl ich mir große Mühe gab, einzelne Worte auszumachen in dem Gemurmel, das aus dem Wintergarten kam. Ich trocknete den letzten Teller ab und hörte, wie Captain Chappelles Pick-up in der Einfahrt den Kies aufwirbelte.

In dieser Nacht wurde es kühl, Sweatshirt-Wetter, und trotzdem kam Daddy nicht nach Hause. Lange nachdem ich ins Bett gegangen war, hörte ich Stimmen und legte mich am oberen Treppenabsatz auf die Lauer.

»Ich hätte es kommen sehen müssen, Ruth.« Eine Männerstimme – die von Captain Chappelle. Die quadratischen Fensterscheiben des Wintergartens waren jetzt sicher tiefschwarz, das Marschland dahinter unsichtbar. Die Umrisse des Treppengeländers glänzten im Licht der unten eingeschalteten Lampen, und Captain Chappelles Stimme klang irgendwie leblos. »Boyd war in letzter Zeit nicht mehr er selbst. Ich hätte nur nie gedacht, dass er losgeht und …«

»Nein«, sagte meine Mutter.

»Hat er sich zu Hause seltsam verhalten? War er depressiv? Denn in den letzten paar Wochen …«

»Nein«, wiederholte sie, diesmal lauter.

Captain Chappelles Stimme wurde zu einem leisen Murmeln, aber einige Worte drangen dennoch zu mir empor.

Ertrunken ... absichtlich ... beschwert ...

Meine Mutter wiederholte immer wieder: »Nein.«

»Wir regeln das, Ruth. Bootsunfälle passieren jeden Tag.«

»Nicht meinem Boyd.«

Im Bestattungsinstitut trat ich von dem lackierten Holzsarg zurück und hörte zu.

Was für ein schrecklicher Unfall.

Wie schade.

Das kann jedem passieren, da draußen in einem Boot.

Man weiß einfach nie, wann man dran ist.

Also war es doch ein Unfall. Jene anderen Worte, die über die Treppe zu mir hinaufgeklettert waren, gehörten zu einem bösen Traum.

Nach der Beerdigung fuhren meine Mutter und ich mit Philip nach Hause, ohne Daddy auch nur ein Mal zu erwähnen. Indem wir seinen Namen nicht aussprachen, versuchten wir die Wahrheit zu verdrängen, nämlich dass er niemals zurückkehren würde.

2

Ein Körper von knapp siebzig Kilo, der aus einer Höhe von etwas mehr als einem halben Meter in tiefes Wasser stürzt, wird, wenn er mit zusätzlichen sieben bis zehn Kilo an, sagen wir mal, Bleigewichten beschwert ist, mit einer Geschwindigkeit von etwa dreißig Zentimetern pro Sekunde sinken. Wenn die Person es bereut, die Gewichte eingesteckt zu haben, wird sie vielleicht um sich schlagen und kämpfen, wenn nicht, dann wird sie sich ohne Gegenwehr sinken lassen, bis Dunkelheit und Kälte die Oberhand gewinnen, bis sie ihren Atem nicht mehr anhalten kann, bis ihr Gewicht, die Dunkelheit und die Distanz zur Oberfläche jeden Gedanken des Bedauerns sinnlos machen. An diesem Punkt wird die Sinkgeschwindigkeit irrelevant, und kleine Fische beginnen sich zu nähern und zu knabbern.

In dem gläsernen Becken vor mir befindet sich eine winzige Taucherfigur, aus der Luft herausblubbert, kleine Fische schwimmen um sie herum, und das alles sorgt dafür, dass ich dem National Aquarium ganz bestimmt nie wieder einen Besuch abstatten werde, egal wie nah es an meiner Arbeitsstelle liegt. Mein Blick wandert von dem Taucher zu jemandem hinter mir, einer dunkelhaarigen jungen Frau, die sich in der Scheibe spiegelt. Ich drehe mich um, aber da ist niemand. Ich schaue wieder nach vorn und sehe, dass es mein eigenes Spiegelbild ist, mein erwachsenes Ich, für eine Sekunde nicht zu erkennen für das kleine Mädchen, dessen Ängste die Angewohnheit haben, von der Erwachsenen Besitz zu ergreifen.

Wer hätte gedacht, dass diese sieben oder acht auf Augenhöhe in die Wand eingelassenen Becken in einer Lobby des Commerce Building mich so verunsichern können? Egal wie sehr sie mich darum bitten, die Ichthyologen werden sich eine andere Zeichnerin für ihre Fische suchen müssen. Ich bleibe den Vögeln treu, von jetzt an bis in die gottverdammte Ewigkeit.

Ich lege die zwei Blocks zum Museum of Natural History in flottem Tempo zurück, unbeeindruckt von einem kräftigen Kerl in dunklem Anzug, der versucht, sich mir in den Weg zu stellen, und mir ein »Hey, Schatz, wozu die Eile?« entgegenraunt. Endlich betrete ich meine Zufluchtsstätte mit dem glanzvollen Foyer. Das Museum für Naturgeschichte ist Teil der Smithsonian Institution, eines weltberühmten Museen- und Forschungsverbunds in Washington, D.C. Die öffentlich zugänglichen Räume des Museums zählen nicht zu meinen Lieblingsorten, dort herrscht zu viel Trubel wegen der vielen Touristen, Schulklassen und hungrigen Horden. Ihre Neugierde ist liebenswert – sie sind die wahren Naturkunde-Enthusiasten. Ringsum spiegeln sich im Marmor die architektonischen Details und wertvollen Objekte. Wenn ich aber einen meiner neblig-grauen Tage habe, dann kommt mir beim Betreten des Gebäudes nur der Tod in den Sinn: all die Präparate, Tausende von Kadavern aller Spezies, ausgestopft oder auf andere Weise dem Vergessen entrissen, damit wir über sie Bescheid wissen, und dennoch – alle tot. Die Vögel, die ich zeichne und male – alle tot. An solchen Tagen überlebe ich, indem ich mir vorstelle wie jeder einzelne aufgespießte Schmetterling losflattert, jedes einzelne ausgestopfte Beuteltier aufwacht, jedes einzelne konservierte Pflanzenexemplar erblüht und den Marmorboden wie einen Wald im Zeitraffer bedeckt, und wie jeder einzelne Vogel zum Leben erwacht, zur Kuppel aufsteigt und davonfliegt. An den Tagen, an denen der Nebel aufzieht und von mir Besitz ergreift, sind diese Visionen meine einzige Rettung.

Die beständigere, zuverlässigere Erlösung liegt natürlich in meiner Arbeit. Ich kann mich zum Beispiel stundenlang darin vertiefen, einen Eistaucher zu zeichnen, mit seinem tiefschwarzen Kopf, der weißen Bänderung am Hals und der Verflechtung von Punkten und gebrochenen Rechtecken, die sich über die Flügel ziehen. Mit der gebührenden Präzision gelingt es mir, die tote Haut eines Vogels lebensecht nachzubilden.

Vom Foyer aus gelange ich in die düsteren hinteren Gänge und steige zu meinem Atelier hinauf, einem lichtdurchfluteten Büro mit einem alten Metallschreibtisch, den ich in eine Ecke neben meinen Zeichentisch geschoben habe. In schmalen Wandregalen liegt nach Gewicht sortiertes Zeichenpapier neben weichen Bleistiften, die nach den unterschiedlichen Härtegraden der Minen geordnet sind. Ich habe die dunklen Fläschchen von Rapid Draw neben eine wahnsinnig umfangreiche Ansammlung von Schreibfedern aufgereiht und direkt im Anschluss daran meine Farbtuben in der Farbfolge eines Regenbogens – ROGGBIV – angeordnet, mit allen Abstufungen dazwischen.

Ich sitze am Zeichentisch und überblicke von dort die National Mall, diese weitläufige gradlinige Parkfläche, die von Museen und Denkmälern flankiert wird. Neun Jahre hat es gedauert, bis ich ein Büro mit Blick auf diese Amerikanischen Ulmen, deren erste, zarte Knospen im März sprießen werden, und auf das Smithsonian Castle – die sogenannte Burg – bekommen habe. Doch ich musste nur einen einzigen Tag in diesem Museum arbeiten, um mir ganz sicher zu sein, dass ich hier mein Zuhause gefunden hatte. Gestern war mein sechsunddreißigster Geburtstag, und meine Kollegen und Kolleginnen haben für mich gesungen und darauf bestanden, dass ich die Kerzen auf einem kleinen Kuchen ausblase. Sie wissen nicht, dass ich jetzt in das Alter komme, in dem mein Vater gestorben ist. Er wurde nur siebenunddreißig Jahre alt.

Ich greife nach einem Pinsel. Auf dem schräg gestellten Zeichentisch liegt heute ein halb fertiger *Vanellus chilensis*, ein Bronzekiebitz, dessen schwarzer Schopf vom Kopf absteht. Ich verfeinere den Bronzeglanz auf den oberen Flügeln und fülle das Grau, Schwarz und Weiß des Gesichts aus. Für den Schnabel benötige ich Größe 0, also wähle ich einen von den noch sauberen, trockenen Pinseln aus, die mit ihren perfekt ausgerichteten Borsten und Haaren einsatzbereit vor mir liegen.

Ich bearbeite gerade die Spitze des Schnabels, als das Telefon klingelt. Ich lege den Pinsel beiseite.

»Loni, ich bin's, Phil.«

Für eine Millisekunde denke ich, dass mein Bruder sich an meinen Geburtstag erinnert hat.

Dann komme ich wieder zur Besinnung. »Phil, ist etwas passiert?«

»Mom ist hingefallen. Du musst herkommen.« Er hält inne. »Und ... du solltest einen längeren Aufenthalt einplanen.« Sie habe sich bei dem Sturz das Handgelenk gebrochen, erzählt er mir, aber das sei nicht das Hauptproblem. »Sie verhält sich schon länger seltsam, Loni. Ihr Gedächtnis ...«

»Ach was, in diesem Alter vergisst man Dinge«, unterbreche ich ihn. Bei meinem Besuch im letzten Jahr war ihre Unbeherrschtheit mir gegenüber tatsächlich auffällig, aber ich habe das nur als graduelle Verschlechterung ihres normalen Verhaltens empfunden.

»Tammy glaubt, dass es so was wie eine frühe Form ist.«

Meine Mutter ist erst zweiundsechzig, und Phils Frau Tammy ist keine Allgemeinärztin oder Neurologin. Ich will nicht, dass meine Schwägerin irgendwelche Diagnosen stellt. »Na gut. Ich werde sehen, ob ich ein paar Tage freibekommen kann.«

»Nein, hör zu, Loni. Nimm dir bitte mehr Zeit. Es ist wirklich wichtig. Und wir brauchen dich hier.«

Er bittet so selten um etwas. Gerade ist aber nicht der ideale Zeitpunkt, um bei der Arbeit zu fehlen. Die neue Verwaltung hat einen Kader von Nichtnaturwissenschaftlern in Stellung gebracht – fast alle kaum älter als fünfundzwanzig mit einem Abschluss in

BWL –, um den Effizienzquotienten des Smithsonian zu überprüfen. Ich würde sie als frische, unverbrauchte Gesichter bezeichnen, wenn sie nicht so herrisch und schlecht gelaunt auftreten und ihre Unerfahrenheit mit einer eisernen Autorität kaschieren würden, die man ihnen verliehen hat, damit sie unsere Chefs herumkommandieren. Angesichts ihrer jugendlichen Frische könnte ich sogar nachsichtig sein, wenn sie nicht so fest entschlossen wären, gute Leute loszuwerden.

Hugh Adamson ist das jüngste Exemplar dieser Gruppe von Sparkommissaren und für die Ornithologen zuständig. Letzten Montag versammelte er die Belegschaft, um ihr die Begriffe *gesundschrumpfen* und *konsolidieren* um die Ohren zu hauen. »Wir werden Frühpensionierungen fördern«, sagte er. »Wir werden diejenigen, die kündigen, nicht ersetzen, und wir werden alle Verstöße gegen die Urlaubsregelungen strengstens ahnden.«

Unsere Kleiderordnung im Büro ist ziemlich locker, aber Hugh trägt jeden Tag einen Anzug. Diese Kostümierung scheint neu für ihn zu sein, die Hose spannt an den Oberschenkeln, das perfekt gestärkte Hemd schnürt seinen Hals ein. »Gesundschrumpfen durch Fluktuation«, sagte er und zwängte einen Zeigefinger zwischen Kragen und Haut, »da ist nichts Unmoralisches dran.«

Ich warf rasch einen Blick auf meinen Chef Theo, dessen alterndes, schnauzbärtiges Gesicht völlig unbeweglich blieb. Bundesangestellte lassen sich besonders schwer vertreiben, aber wie es aussieht, werden diese neuen Bürokraten einen Weg finden. Was Hugh und seine Kollegen nicht verstehen, ist, dass strenge Blicke in unserer Branche niemanden motivieren. Die gesamte Smithsonian Institution lebt vom offenen Austausch und dem kreativen Miteinander, beides Voraussetzungen für bahnbrechende wissenschaftliche Erkenntnisse. Den Leuten hier bedeutet ihre Arbeit alles. Aber diese jungen Männer – und es sind durchweg junge, weiße Männer – sind blind für alles außerhalb ihrer eigenen Agenda. Und die lautet im Moment: Konformität. Dass ich für längere Zeit nach Nordflorida reisen muss, wird nicht in ihr Konzept passen.

Ich gehe den Flur hinunter, um mir bei der Botanik-Bibliothekarin Delores Constantine Rat zu holen, die seit vierzig Jahren am Smithsonian arbeitet. Sie ist das institutionelle Gedächtnis dieses Ortes und mein Vorbild in Sachen langes Überleben am Arbeitsplatz. Außerdem ist sie so stachelig wie Benediktenkraut.

Der Flur, der zur Botanik führt, ist gesäumt mit Schränken voller getrockneter Pflanzen, ausgebreitet auf säurefreiem Papier. Heute stelle ich mir diese Schränke als einen vertikalen Garten vor, der übervoll ist mit Orchideen und Epiphyten und in dem es nach Regenwald riecht.

Ich betrete die Bibliothek. »Delores?«

»Hier hinten.«

Sie steht auf einem klapprigen Hocker zwischen vollgestopften Bücherregalen. Auf Augenhöhe trifft der Saum ihres malvenfarbenen Rocks auf ein Paar altersfleckige Schienbeine. Sie wuchtet zwei große Bände über ihren Kopf und auf ein weit oben gelegenes Regalbrett.

»Delores, kann ich dir helfen? Ich finde, das sieht ganz schön gefährlich aus.«

Sie starrt mich durch eine Katzenaugen-Bifokalbrille an. »Was willst du, Loni?« Sie schiebt die Bücher an ihren Platz und steigt vom Hocker herab.

Ich erzähle ihr von dem Anruf meines Bruders und dem, was ich über den derzeitigen Zustand meiner Mutter weiß.

Sie gibt kein »Ach, Kindchen, das tut mir leid« von sich.

Stattdessen führt sie mich zu ihrem Schreibtisch und schiebt einen Stapel Bücher beiseite. Ohne sich zu setzen, klickt sie auf die Maus. »Siehst du das hier?« Sie zeigt auf den Bildschirm. »Das ist das FMLA-Formular. Arbeitsplatzgeschützter Urlaub aus familiären Gründen.« Sie steht auf, holt ein Blatt aus dem Drucker und hält es mir mit einer blau geäderten Hand hin. »Du füllst das aus, beantragst acht Wochen Urlaub und kümmerst dich um deine Mutter.«

»Acht Wochen? Das geht auf keinen Fall.«

Sie stemmt ihre Hand in die Hüfte. »Du musst nicht alles aufbrauchen. Verdammt, laut Gesetz kriegst du sogar zwölf, wenn du sie willst. Aber bei all den Anzugträgern, die hier herumlaufen, belässt du es am besten bei acht.«

»*Zwei* Wochen in meiner Heimatstadt wären schon mehr, als ich ertrage«, sage ich.

»Ehre deine Mutter, Loni.« Delores hat selbst eine Tochter, aber das ist ein wunder Punkt. Sie reden selten miteinander. Bei einem der wenigen Male, als das Thema zur Sprache kam, zuckte sie mit den Schultern und sagte: »Sie mag die Art und Weise nicht, wie ich ihr Ratschläge erteile. Liebe beruht eben nicht immer auf Gegenseitigkeit.« Und dann ging sie wieder ihrer Arbeit nach.

Delores legt einen Stapel Bücher auf einen Wagen. »Beantrage acht, und wenn du nur zwei brauchst, kommst du früher zurück, und dann denkt jeder, du würdest nur für deine Arbeit leben.« Sie setzt ein gekünsteltes Lächeln auf, ihre Augen wirken hinter den Brillengläsern riesig. Als Pflanzenmensch ist Delores auf den ersten Blick nicht die geeignetste Karriereberaterin für eine Vogelkünstlerin. Delores verschwendet im Allgemeinen keinen Gedanken an Vögel. Sie ist dafür bekannt, dass sie sich an die Stirn tippt und sagt: »Ich habe hier oben nur begrenzt Platz, Kindchen. Da geht's nur um Botanik, tagaus, tagein.« Aber sie weiß besser als jeder andere, wie der Laden hier läuft.

»Füll das Formular aus und geh damit zur Personalabteilung.« Damit gibt sie mir genau den Rat, den ich brauche.

Kurz bevor ich durch die Tür verschwinde, nimmt sie einen weiteren Stapel Bücher in die Hand und meint: »Drei Dinge solltest du beachten: Erstens zahlt dir das Smithsonian während des Sonderurlaubs kein Gehalt.«

»Aber ...«

»Zweitens: Informier dich über Partnerschaftsprogramme. Ich glaube, in Tallahassee gibt es ein Museum, das deine Hilfe gebrauchen könnte. Sie bezahlen dich direkt, sodass du deinen Urlaubsstatus behalten kannst.«

»Partnerschaftsprogramme?«

Dolores geht zurück in Richtung Bücherregale. »Erkundige dich.«

Ich nicke. »Was ist das Dritte?«

»Überschreite die beantragte Dauer nicht um eine Minute. Hier herrscht die Französische Revolution, und sie ölen gerade die Guillotine.«

Ich gehe zurück an meinen Schreibtisch, fülle das Formular aus, das Delores mir in die Hand gedrückt hat, und suche auf der Smithsonian-Website nach »Partnerschaftsprogramme«. Dann rufe ich Estelle an, meine treueste Freundin aus Florida, die immer ans Telefon geht, wenn ich mich melde.

»Estelle«, sage ich, »hat dein Museum ein Partnerschaftsprogramm mit meinem?«

»Hallo, Loni. Ja, mir geht's gut, danke, und dir?«

Normalerweise ist sie es, die direkt auf den Punkt kommt. Und jetzt, dieses eine Mal, wenn es darauf ankommt, will sie Small Talk machen. Ich kann mir genau vorstellen, wo sie ist, an ihrem Kuratorinnen-Schreibtisch im Tallahassee Museum of History & Natural Science, und ich kann mir sogar ungefähr vorstellen, was sie trägt – einen umwerfenden Anzug, ein frisch gebügeltes weißes Hemd und raffinierten Schmuck, die langen roten Locken hinters Ohr geschoben, um besser telefonieren zu können.

»Estelle«, insistiere ich. »Bitte, sag es mir einfach.«

»Ja, haben wir. Meine beste Freundin arbeitet am Smithsonian – natürlich habe ich mich längst für eine Partnerschaft eingesetzt.

Der Vorstand hat es vor sechs Monaten genehmigt, und ich glaube, ich habe es dir gegenüber erwähnt.«

»Stimmt. Wusst ich's doch!«

»Du klingst ein bisschen aufgeregt, Loni.«

»Ja. Vielleicht hast du ja Verwendung für eine Vogelzeichnerin auf Wanderschaft.«

»Du kommst nach Hause?«

»Nur für kurze Zeit.«

»Juhu! Und in der Tat …«

»Du musst dich nicht sofort festlegen«, unterbreche ich sie. »Ist schon schön zu wissen, dass die Möglichkeit besteht.«

Ich brauche drei Tage, bis die Formulare abgestempelt und genehmigt sind und ich meinen eigenen Chef, Theo, besänftigt habe. Er setzt sich an seinen Schreibtisch, um die Papiere zu unterschreiben, dann lässt er den Stift fallen und fährt sich mit der Hand vom ergrauten Schnurrbart hinab übers Kinn.

Ich versuche, ihn zu beruhigen. »Theo, ich habe vor, schnell zurückzukommen. Höchstens zwei Wochen.«

»Aha«, sagt er.

»Für das Projekt zur Waldfragmentierung bin ich wieder zurück.« Dieses Programm wurde jahrelang vorbereitet und erfordert eine sorgfältige Dokumentation der Vogelbestände und unzählige Illustrationen. »Ich verspreche es dir.«

Ich verstaue meine Malutensilien in einer winzigen Angelkiste, meine Lieblingsstifte, einen Federkiel und ein paar Federn, einen Cutter, meinen Arkansas-Stein zum Schärfen und mehr verbeulte Farbtuben, als ich jemals benutzen werde. Ich packe mein Skizzenbuch und ein paar andere Kleinigkeiten in eine große Stofftasche und lösche dann das Licht im Büro.

Meine Illustratoren-Kollegin Ginger kommt aus der Botanik auf mich zugerannt, ihr langer Körper wogt hin und her, und ihre ungebändigten krausen Haare umrahmen ihren Kopf wie federartiges Fenchelgrün. »Loni, wenn du weg bist, wer verteidigt mich dann gegen die Käfermenschen?«

Als Abteilungen bringen wir uns untereinander nicht besonders viel Respekt entgegen. Die Geologen sind die Gesteinsmenschen, und Delores und Ginger sind die Pflanzenmenschen. Wir in der Ornithologie sind die Vogelmenschen, die Ichthyologen sind die Fischmenschen, die Entomologen sind die Insektenmenschen, die Paläologen sind die Knochenmenschen und die aus der Anthropologie heißen einfach Anthros, denn sonst müssten wir sie Menschenmenschen nennen. Ginger ist eine Pflanzenkunde-Künstlerin, aber sie verbringt viel Zeit damit, in meinem Büro herumzulungern und zu prokrastinieren. Normalerweise tröstet sie mich entweder über mein letztes gescheitertes Date hinweg, sagt mir, dass ich schön bin und meine Zeit mit Idioten verschwende, beneidet mich um mein langes, glattes Haar, das bei der Luftfeuchtigkeit in D. C. nicht so kräuselt wie ihres, oder beschwert sich über die Insektenmenschen, die sie immer wieder um Gefallen in Form von Illustrationen bitten.

»Acht ganze Wochen!«, sagt sie.

»So lange bleibe ich nicht.« Ich hieve meine Angelkiste mit den Malutensilien hoch. »Und ich arbeite dort während meines Aufenthalts.« Nach unserem Gespräch rief Estelle mich zurück, um mir mitzuteilen, dass sie im Naturkundemuseum mit ein bisschen Überredungskunst die nötige Finanzierung für ein paar wichtige Illustrationen von Vögeln aus Florida organisiert habe.

Theo kommt aus seinem Büro am Ende des Flurs. In dem Oberlicht sieht er noch rundlicher aus als sonst, und er glättet seinen grau melierten Schnurrbart. Theo ist mein Mentor seit meiner ersten Smithsonian-Expedition, als unser Wissenschaftlerteam in einem schlammigen peruanischen Nebelwald auf der Suche nach dem *Gallito de las rocas* (*Rupicola peruvianus*) war, einem orangefarbenen Vogel mit einem bogenförmigen Federkamm. Ich stapfte bereits endlos lang hinter ihm her, meine Energie war fast aufgebraucht, mir blieben noch zwei Schluck Wasser, und da war nichts anderes, worauf ich mich konzentrieren konnte, als seine Körpermitte, die sich über die tarnfarbengrüne Khakihose wölbte, und ich wunderte mich, wie so ein pummeliger Kerl, der zwanzig Jahre älter war als ich, so viel mehr Ausdauer haben konnte. Dann hielt er kurz inne, hob den rechten Zeigefinger und deutete auf den mandarinenfarbenen Vogel, wegen dem wir hergekommen waren. Ohne Theo wäre ich direkt an ihm vorbeigelatscht.

Er bemüht sich, pragmatisch zu klingen. »Du hast diese FMLA-Formulare ausgefüllt?«

»Ja, Chef.«

»Und du hast das offizielle Schreiben der Personalabteilung erhalten?«

Ich nicke.

»Irgendwelche letzten Worte?«, fragt er.

»Lass nicht zu, dass sie meinen Job streichen.«

»Komm einfach rechtzeitig zurück, Loni. Das ist alles, was ich dazu zu sagen habe.«

»Verstanden.« Ich gebe ihm einen Klaps auf den Arm, das Äußerste an körperlichen Zuneigungsbekundungen, die nach den Richtlinien für Bundesangestellte erlaubt sind, und bahne mir den Weg durch die Tür in den nächsten Flur.

Wenn da mal nicht unser Mann Hugh Adamson auf mich wartet. Er trägt einen leuchtend roten Schlips, der sich an der Stelle, wo sich die goldene Krawattennadel befindet, wölbt. »Ms. Murrow, auf ein Wort?«

Ich war noch nie eine Expertin darin, meine Gefühle zu verbergen, und ich befürchte, dass ich in Hughs Sitzungen nicht so stoisch geblieben bin wie Theo. Weil ich entweder die eine oder andere irritierende Frage gestellt habe oder mein Gesicht mich verraten hat, betrachtet mich Hugh mit besonderer Verachtung.

Er blickt wichtigtuerisch auf ein Klemmbrett. »Ms. Murrow, wie ich sehe, haben Sie acht Wochen arbeitsplatzgeschützten Urlaub aus familiären Gründen beantragt. Da heute der 15. März ist, ist Ihr Rückkehrdatum der 10. Mai. Bitte beachten Sie, dass der 10. Mai der 10. Mai ist, und wenn Sie am 11. Mai zur Arbeit erscheinen statt am Vortag – dem 10. Mai –, werden Sie leider entlassen.«

Ich schenke ihm ein falsches Lächeln, schließe die Augen und presse die Lippen zusammen, damit ich kein falsches Wort darüber verliere, wie oft er »10. Mai« gesagt hat, oder darüber, dass er Leute, die älter sind als er, wie verdammte Idioten behandelt.

Vielleicht ahnt er, was mir durch den Kopf geht, denn er senkt seine ansonsten vorpubertäre Stimme und sagt: »Glauben Sie, ich tu's nicht?«

»Wie bitte?«

»Ich sehe genau, wie Sie mich in den Sitzungen anglotzen, als wäre ich ein kleiner Scheißer, der nicht weiß, was er tut.«

»Hugh, ich glaube nicht, dass ich …«

»Nun, Sie kommen besser am 10. Mai zurück, denn am 11. Mai werden wir Sie achtkantig rausschmeißen und Ihnen zum Abschied zuwinken.«

Ich nicke und gehe an unserem jungen Despoten vorbei. Um mein inneres Gleichgewicht wiederzugewinnen, begebe ich mich in den Gang mit den Vogelbälgen. Bälge sind keine ausgestopften Vögel, sie sind alles andere als niedlich. Dennoch tröstet es mich, die breiten, flachen Schubladen zu öffnen und sie dort liegen zu sehen, auch wenn sie an den Füßen zusammengebunden sind und es ihnen an der Lebendigkeit mangelt, die in jedem halbwegs brauchbaren Bestimmungsbuch vermittelt wird. Ornithologen sind sowohl Bewahrer als auch Mörder, die lernen, wie man das Innenleben eines Vogels aushöhlt und die Federn dranlässt. Aber ein Balg kann, wenn er richtig präpariert ist, bis ins nächste Jahrhundert und darüber hinaus als Referenz dienen. Wie diese

Schublade voller Kardinäle: Jungvögel, Männchen, Weibchen, Präparate mit Wintergefieder, Sommergefieder und alle Unterarten innerhalb der Arten.

Ich schließe die Schublade und wandere weiter durch die Gänge, sauge das fluoreszierende Halbdunkel und den Konservierungsgeruch in mich auf, der unsere Gehirne langsam verätzt und uns alle zu unbezahlten Überstunden und einem merkwürdigen Widerwillen gegen das Verlassen des Museums verleitet. Die lärmenden Museumsbesucher sehen dieses Labyrinth hinter den glänzenden Vitrinen und den beleuchteten Dioramen nie – sie müssen nichts von den entwässerten Stängeln der Botanik oder den zerlegten Menschen der Anthros wissen, die in beschrifteten Behältern aufbewahrt werden: »Schädel«, »Oberschenkelknochen«, »Schienbeine« und »Wadenbeine«. In unserer Abteilung stapeln wir tote Vögel bis unter die Decke, aber wenigstens zerlegen wir sie nicht in ihre einzelnen Bestandteile.

Ich bin schon fast bei den Gesteinsmenschen angekommen, als ich gegen eine Tür aus Sicherheitsglas stoße, die zur Hauptrotunde führt, in der ein präparierter Elefant mitten in der Bewegung des Wasserholens eingefroren ist. Ich drehe mich einmal im Kreis, lasse meinen wehmütigen Blick über den Balkon zur Kuppel schweifen und schicke ein Stoßgebet an die Natur, sie möge mich gesund und heil zurückbringen, und zwar lange vor dem 10. Mai.

3

17. März

Gestern noch, am St. Patrick's Day, stolperten grün geklei-
dete Betrunkene von Kneipe zu Kneipe als ich den Frühling
in Washington hinter mir ließ. Judasbäume und Hartriegel
säumten die Bürgersteige und würden bald erste Knospen bilden, kleinere Bäume präsentierten bereits ihre rosafarbenen
Blüten.

Die Zartheit des Frühlings lasse ich für ein heißes, mit Feuchte
vollgesogenes Grün hinter mir. Mit eingeschaltetem Tempo-
mat fahre ich Richtung Süden durch Virginia und die Carolinas,
Georgia und weiter zu der Stelle, an der Floridas nordwest-
lichster Zipfel eine Biegung wie ein Pfannenstiel macht, »Florida
Panhandle« genannt, und wo die Strände der Badeorte in eine
Küstenlinie mit dichten Mangroven und schmalen Wasserwegen
übergehen. Etwas landeinwärts vom Golf befindet sich mein
Heimatort Tenetkee.

Ich fahre in die Stadt, und ein Tröpfchen des altbekannten
Wunsches, woanders zu sein, sickert in mein Herz. Ich kurble die
Fenster herunter. Die feuchte Luft ist schwer, der Wind riecht
nach Regen. Ich halte an einer von nur sechs Ampeln in Tenetkee
und krame im Becherhalter nach einem Scrunchie, um die Haare
aus meinem klebrigen Nacken zu kriegen. An der dritten Ampel fahre ich auf den Parkplatz des St. Agnes Home, das wir als

Kinder allerdings den »Geezer Palace« nannten, den Palast für alte Knacker. Ich wünschte meiner Mutter zuliebe, es wäre wirklich ein Palast. Das Gebäude hat eine viktorianische Fassade in der fröhlichen Farbe von Lebkuchen, mit einer Betonrampe hoch zu den Glasschiebetüren.

Ich sitze im Auto auf dem Parkplatz und beobachte, wie sich die automatischen Türen öffnen, sobald jemand in ihre Nähe kommt, und sich wieder schließen, nachdem die Person hindurchgegangen ist. Ich betrachte mich im Rückspiegel, richte mir noch einmal die Haare und tupfe etwas Make-up auf meine Sommersprossen. Ich trage nur selten Make-up, aber ich möchte nicht, dass meine Mutter mich in ihrer typischen Art dazu ermahnt, doch ein bisschen was »aus mir zu machen«. Es hilft nicht viel – das Make-up klumpt umgehend zu beigefarbenen Schweißperlen zusammen, die ich mit einem Taschentuch abwische. Wenigstens sehen meine Augen gut aus – das Weiße hebt sich deutlich von der grünen Iris ab. Ich hätte angesichts der stundenlangen Fahrt eher auf blutunterlaufen getippt.

Ich bleibe noch ein paar Minuten sitzen und starre auf die Außenseite des Gebäudes. Weil Mom sich das Handgelenk gebrochen hatte, wurde sie wegen der Physio- und Ergotherapie vorübergehend im St. Agnes aufgenommen. Phil deutete am Telefon die Möglichkeit eines dauerhaften Umzugs an. Ich war skeptisch, aber er schilderte mir ein Ausmaß an Chaos im Haus, das ich meiner anspruchsvollen Mutter kaum zugetraut hätte: offene Verpackungen mit Lebensmitteln im Wäscheschrank und schmutzige Kleidung in den vollgestopften Schubladen der Kommode, eingeschaltete Herdplatten, mitternächtliche Streifzüge durch die Vorgärten der Nachbarn und ein unerschütterliches Beharren darauf, weiterhin Auto zu fahren, selbst nach mehreren kostspieligen Unfällen. Letztes Jahr, als ich für ein paar Tage hier war, war davon noch nichts zu merken. Wie auch immer, Phil und ich werden sicher eine Lösung finden, während Moms Handgelenk heilt und sie sich im Geezer Palace erholt.

Als ich in ihr Zimmer komme, sitzt sie in einem Vinylstuhl, ihr eingegipster Arm in einer Schlinge.

Sie legt sofort los, ganz die alternde Debütantin mit einer Stimme, die irgendwie nach zu vielen Mint Juleps klingt. »Also gut, es reicht, Loni, bring mich nach Hause.«

Kein *Hallo, mein Schatz, es ist lange her, wie schön, dich zu sehen.* Keine Küsse oder Tränen.

»Hallo, Mom! Lange nicht mehr gesehen!«

»Schweif nicht ab, verflixt noch mal, du bist hier, um mich nach Hause zu bringen, also beeil dich.«

Phils Frau Tammy, eine Stylistin, hat das Haar meiner Mutter zu zwei steif aufgesprühten, suppendosengroßen Locken gestylt, die einen Zentimeter über ihrem Mittelscheitel aufsteigen, wobei die grauen Spitzen nach unten eingedreht sind und ihre Schläfen berühren. Ohne es zu wollen, hat meine Schwägerin meiner Mutter das Aussehen der borealen Eule, *Aegolius funereus,* auch Raufußkauz genannt, verpasst. Wenn ihre Frisuren, wie Tammy behauptet, maßgeschneidert sind auf die Persönlichkeit ihrer Kundin, was genau sagt dann diese Kreation aus? Weisheit? Schlaflosigkeit? Jagdinstinkt?

Meine Mutter steht auf. »Ich habe meine Handtasche, gehen wir.«

Ich suche den Raum nach einer möglichen Ablenkung ab. »Hey, sieh mal! Tammy hat dein Hochzeitsfoto aufgehängt.«

»Ja«, erwidert meine Mutter, »und wenn ich Daddy erzähle, wie du mich hier eingekerkert hast, wird er dir den Hintern versohlen.«

Es verschlägt mir für eine Sekunde den Atem, weil sie von Daddy spricht, und das im Präsens. Sie wirft nicht nur die Jahre durcheinander, sie missachtet auch noch die ungeschriebene Familienregel: Niemand spricht über Daddy. Und »den Hintern versohlen«? Das wären seine Worte, nicht ihre.

Sie öffnet die Badezimmertür mit ihrem gesunden Arm. »Ich mache mir die Haare, und dann gehen wir.« Sie zieht die Tür fester hinter sich zu als nötig.

Ihr offener Koffer auf dem Bett sieht aus, als ob jemand darin herumgerührt hätte. Sie hat alles hineingeschmissen, offensichtlich um nach Hause zu gehen, aber ich fange an, alles wieder auszupacken, hänge eine Bluse in den spartanischen Kleiderschrank, falte und lege die anderen Sachen zurück in die Schubladen der Kommode. Ich will den leeren Koffer gerade schließen und unters Bett schieben, als mir in der Seitentasche ein Stück rosa Papier auffällt, das ich herausziehe.

Liebe Ruth,
Es gibt einige Dinge, die ich dir über Boyds Tod sagen muss.

Boyd, unser Vater, der nicht im Himmel ist. Ich blicke hastig nach unten, auf die Unterschrift. *Henrietta.* Ich lese die erste Zeile noch einmal, dann überfliege ich den in schöner Schnörkelschrift geschriebenen Text.

Es kursierten so viele Gerüchte ... Damals war es mir unmöglich, mit dir darüber zu reden ...

Meine Mutter öffnet die Badezimmertür, und ich stopfe den Brief in die Gesäßtasche meiner Jeans und kicke ihren Koffer mit dem Fuß unters Bett.

»Kein einziges Wattestäbchen im ganzen Haus!«, empört sie sich.

»Hey, ich hole dir welche.« Ich bin aus der Tür, bevor sie mit ihrem »Ich will nach Hause« weitermachen kann. Der Drugstore von Tenetkee ist nur drei Häuserblocks vom Geezer Palace entfernt – anderthalb Häuserblocks, wenn ich quer durch den Park abkürze –, und auf dem Weg dorthin kann ich den Brief in Ruhe lesen. Die Glastüren gleiten auf, und ich trete in die Hitze, wobei ich fast mit einem sehr großen, rüstigen älteren Mann zusammenstoße.

»Aber hallo, Loni Mae.«

Ich bin auf Augenhöhe mit einem Brustkorb in einer Uniform der Fischerei- und Jagdaufsicht, und mein Herz schlägt Purzelbäume, bevor mein Blick zum Gesicht hochwandert. Er ist ein oder zwei Jahre älter als meine Mutter, aber sein Haar ist immer noch dunkel, und er wirkt jung für sein Alter. Ein strahlendes breites Lächeln erhellt sein Gesicht.

»Captain Chappelle!« Ich reiche ihm die Hand und umarme ihn. »Wahnsinn. Entschuldigung. Ich bin ganz überrumpelt. Niemand hat mich mehr ›Loni Mae‹ genannt, seit … Sie wissen schon, seit mein Vater …«

»O ja, und wie gut ich das weiß.« Er hält inne. »Boyds Tod wird mich nie kalt lassen, egal wie viele Jahre vergehen.«

Dads Name in aller Öffentlichkeit ausgesprochen zu hören klingt wie ein gellendes Geräusch in meinen Ohren. Bisher bin ich auf meinen kurzen Reisen nach Tenetkee nur selten auf die alten Freunde meines Vaters gestoßen.

»Wo willst du hin?«, fragt er. »Ich möchte deiner Mom eine Besuch abstatten, aber ich begleite dich ein Stück.« Chappelle geht mit mir die Betonrampe hinunter. »Wie ich höre, lebst du jetzt oben im Norden.«

Ich gebe die Kurzfassung über Washington und das Smithsonian zum Besten und schaue zu dem ehemaligen Boss meines Vaters auf, der sich immer noch gerade hält und robust wirkt. Ich habe einmal aufgeschnappt, wie Daddy sagte: »Diesem Mann würde ich mein Leben anvertrauen.«

»Hast du Kinder?«, fragt er.

Die Sonne steht hinter ihm, und ich muss die Augen zusammenkneifen. »Wie bitte?«

»Du weißt schon, Söhne und Töchter?«

»O nein, Sir.«

»Verheiratet?«

»Nein, Sir. Noch nicht.«

»Und dir gefällt dieses Washington, was?«

»Ja, Sir.« *Ja, Sir. Nein, Sir.* Ich rede wie ein Kind, und der leicht näselnde Florida-Tonfall schleicht sich in meine Südstaatenaussprache ein.

»Das mit deiner Mom ist jammerschade«, sagt er. »Was mich angeht, habe ich einfach beschlossen, dass das Alter mich nicht zu packen kriegt.«

»Sieht so aus, als hätte das geklappt.«

»Ich bin jeden Tag im Fitnessstudio und kämpfe dagegen an!« Er lächelt sein charismatisches Lächeln.

Die Unterhaltung gerät ins Stocken, bis mir einfällt, was meine Mutter sagen würde. *Frag ihn etwas Persönliches.* »Äh ... wie geht es Ihren Kindern?«

»Ach.« Er weicht meinem Blick aus. »Weißt du, ich höre nicht allzu viel von Shari. Sie ist oben in Alabama. Und Stevie, na ja ...« Er schluckt. »Stevie kam ums Leben, weißt du ... ein Autounfall ... im Januar ...« Er hält inne und presst die Lippen aufeinander.

Scheiße, natürlich habe ich davon gehört – ein Frontalzusammenstoß, Stevie frisch aus der Entziehungskur, sein Auto auf der falschen Seite des Highways. »Oh, nein. Das tut mir so leid.«

Chappelle holt tief Luft und versucht, sich zu sammeln, seine Stimme klingt heiser. »Also bin ich jetzt allein im Haus. Nach der Arbeit werde ich so viele Gewichte stemmen, wie mein Körper aushält, und dann bis zum Einbruch der Nacht im Garten arbeiten.« Sein Gesicht hellt sich ein wenig auf. »Hey, warum kommst du nicht mal bei mir vorbei? Deine Mom hat Pflanzen immer gemocht, nicht wahr? Und du weißt ja, wo ich wohne.«

»Ja, Sir, das weiß ich.« Und weiter geht's. Loni, das Kind, spricht mit einem Erwachsenen. Das ist alles, was von mir in Florida übrig bleibt.

»Dann komm doch mal vorbei, hörst du? Montags ist gut. Ich habe jetzt montags frei – Gleitzeit, weißt du.« Er zeigt mit dem Finger auf mich. »Also, wann kommst du?«

»Äh, Montag?«

»Braves Mädchen.«

Wir erreichen den Drugstore, und er schaut auf die Uhr. »Ich gehe dann mal zurück zu deiner Mom. Wenn ich bei deiner Rückkehr schon wieder weg bin, sehen wir uns am Montag, ja?« Er zieht von dannen wie ein Boot, in dessen Kielwasser ich allein zurückbleibe.

Ich öffne die Glastür des Tenetkee Drugstores, auf der ein verblasster Aufkleber prangt: ein von Eiszapfen umgebener Pinguin. »Hier drinnen ist es COOL«, steht da, ein Relikt aus einer Zeit, in der Klimaanlagen noch ein seltenes Wunder waren. Ich finde die Wattestäbchen für meine Mutter, bezahle und verlasse den Laden. Ich stehe wieder in der unerbittlichen Sonne und umklammere die Wattestäbchen so fest, dass sich die Plastikverpackung verformt. Ich hasse es, nach Hause zu kommen. Egal wie kurz der Besuch ist, dieser Ort konfrontiert mich immer mit meinem Vater.

Die Main Street ist leer, weil es verdammt noch mal viel zu heiß ist, um draußen zu sein. Ich gehe an Elbert Perkins' Real Estate vorbei, die Lamellenvorhänge sind zugezogen. Dann an Velma's Dress Shop, wo rissiges gelbes Zellophan das Schaufenster auskleidet und das trägerlose schwarz-weiße Abschlussballkleid dahinter in Sepia taucht.

Ich hätte es kommen sehen müssen, Ruth, sagte der junge Captain Chappelle zu meiner Mutter in jener überraschend kühlen Nacht, als ich zwölf war. *Hat er sich zu Hause seltsam verhalten? War er depressiv? Weil in jeder Tasche Bleigewichte steckten …*

Ich drehe Velma's den Rücken zu.

Auf der anderen Seite der Main Street suggerieren die pseudogeorgischen Säulen des mächtigen Rathauses eine Pracht, die dem kleinen Tenetkee nie zuteilwurde. Und schräg gegenüber, allen Bemühungen um eine architektonische Einheit zum Trotz, befindet sich das Steuerberatungsbüro meines Bruders mit einer glänzenden Fassade aus Rauchglas und Metallverkleidung, wobei der zur Schau getragene Wohlstand meiner Vermutung nach eher von den Anwälten stammt, mit denen er sich das Gebäude teilt. Ich gehe auf den Eingang zu. Phils früher Erfolg ist sicherlich auf das Urvertrauen des unstrittig geliebten Kindes zurückzuführen. Er ist erst vierundzwanzig und hat sich bereits den Kiwanis angeschlossen, sich bei den Stadtvätern einen Namen gemacht und mit dem Golfspielen begonnen, alles Dinge, die notwendig sind, um ein Maximum an Klienten in dieser Stadt und darüber hinaus zu gewinnen. Phil hat das, was andere Leute Charme nennen, und der ist nicht unbedingt geheuchelt. Doch ich kenne ihn besser als die anderen. Am liebsten würde ich an der glänzenden viereckigen Türklinke seines schicken Gebäudes ziehen und hineinrufen: »Kümmere dich verdammt noch mal allein darum! Ich habe diese Stadt aus einem bestimmten Grund verlassen!« Aber dann würden Phils Partner und die Anwälte auf der anderen Seite des Flurs alle aufblicken und murmeln: *Schrullige Schwester. Nouveau-Yankee. Hält sich wohl für eine große Nummer.* Also überquere ich stattdessen die Straße.

Ein Hauch von Röstzwiebeln umhüllt mich, als ich am F&P-Diner vorbeikomme, dessen Initialen Kinder seit Generationen zu spitzfindigen Witzen inspiriert haben. Wie mir der kichernde Junge hinter mir in der zehnten Klasse Englisch schließlich erklärte: »F&P, verstehst du das nicht? Das steht für das, was ihre Zwiebeln mit deinem Arschloch anstellen.«

»Wie ekelhaft!«, kreischte ich und wandte mich wieder meiner Lektüre zu, gerade rechtzeitig, um von Mrs. Abbott »ins Visier« genommen zu werden. Sie war neu in der Stadt und trug einen Hüfthalter, der ihr Strickkleid in eine dreistöckige Torte unterteilte. Wir lasen gerade *Der Winter unseres Missvergnügens.* Steinbeck versetzte Mrs. Abbott in Verzückung. Sie stellte uns Fragen zum Schluss des Buches, und ich hob die Hand. »Ich verstehe das nicht«, sagte ich. »Was hat er an diesem Ort gemacht – gab es da einen Hafenkai? Und warum hat er Rasierklingen dabei?«

Mrs. Abbott, die sich bereits darüber ärgerte, dass ich während des Unterrichts geredet hatte, beugte sich mit ihrem schwabbeligen Gesicht zu mir herunter. »Er wird Selbstmord begehen.«

»Aber das tut er nicht!« Ich blätterte die Seiten um. »Hier steht's! Auf Seite 560 ... Er denkt ... ›Ich musste zurück.‹« Ich blickte triumphierend zu Mrs. Abbott auf, mein Gesicht glühte. »Sie *irren sich* also. Er geht nach Hause, zurück zu seinen Kindern.«

»Junge Dame, steh auf.« Mrs. Abbotts Augen verengten sich. »In diesem Ton sprichst du nicht mit mir. Bitte verlasse den Raum.« Was bedeutete: *Geh ins Büro des Schulleiters und erdulde dein jämmerliches Schicksal.*

An der Tür drehte ich mich um und warf einen Blick auf Estelle, die aus Mitleid auf ihrer Zahnspange herumknirschte. Mrs. Abbott schob mich vor sich her wie ein preisgekröntes Kalb, und mit ihr im Schlepptau ging ich über die tristen schwarz-weißen Fliesen in Richtung des Ortes, den wir »Die Jammer-Kammer« getauft hatten.

Ich saß mit klopfendem Herzen auf dem Flur, während Mrs. Abbott sich mit dem Schulleiter beriet. Als sie aus dem Zimmer kam, rechnete ich mit einer langatmigen Rüge des Schulleiters, Nachsitzen als Bestrafung und einem weiteren Vortrag von Mrs. Abbott. Stattdessen drückte sie mit ihren kleinen, pummeligen Händen unbeholfen meine beiden Arme. »Es tut mir leid, Loni. Es tut mir ja so leid.«

Und während ich an jenem Tag den Flur entlangging und meinen Spind zuschlug, während ich mein ungenießbares Mittagessen aß, da dämmerte es mir, dass andere Menschen etwas wussten, was ich nicht wusste. Bis dahin hatte ich mich selbst dazu gebracht, die Worte zu vergessen, die an dem Nachmittag, an dem mein Vater nicht nach Hause kam, die Treppe hinaufgeklettert waren. *Absichtlich ... beschwert ... deprimiert ...* Danach sprachen alle von »dem Unfall«, was bedeutete, dass die Worte von Captain Chappelle nicht das gemeint hatten, was ich dachte. Er hatte wohl *unabsichtlich* gesagt. Aber als Zehntklässlerin, vier Jahre nach dem Vorfall, durchschaute ich alles ganz klar. Niemand sonst in der Stadt hatte sich etwas vorgemacht. Mrs. Abbotts dämliches Quetschen meiner Oberarme verriet mir, dass sie, der Schulleiter und jeder halbwüchsige Teenager mit fettigen Haaren, der auf dem Flur an mir vorbeirannte, über meinen Vater dasselbe dachten wie über diesen Steinbeck-Typen mit den Rasierklingen. Nur dass der Steinbeck-Typ nach Hause kam.

Unsere Kirche lehrt uns, dass man direkt in die Hölle wandert, wenn man Selbstmord begeht, und die Lebensversicherung ist auch futsch. Aber wir wurden ausgezahlt. Und was ist mit dem Himmel? Hat der heilige Petrus das Formular mit der Aufschrift »Unfalltod« gesehen?

Ich bin zurück im Geezer Palace und halte meiner Mutter die Wattestäbchen vor die Nase.

»Loni, ich bin froh, dich zu sehen. Hör mal, meine Nase ist verstopft.« Sie atmet übertrieben tief ein. Keinen Blick für die Wattestäbchen. »Hörst du das? Das kommt von dem Schleim. Wenn du und Daddy das nächste Mal in der Marsch seid, sag ihm, er soll mir ein paar Wachsmyrtenblätter mitbringen. Ich will keinen ganzen Baum, nur eine Handvoll. Ich muss die Dämpfe einatmen.«

Hat sie plötzlich telepathische Fähigkeiten? Ich denke an ihn, also muss sie auch an ihn denken? Für sie verbringt er gerade mal wieder seine Freizeit im Sumpf. Also bin ich für sie zehn oder elf Jahre alt?

Ich zerre uns beide in die Realität zurück. »Mom, ich bring dir deine Wattestäbchen.« *Und was ist mit unserer Regel? Erwähne Daddy nicht.* Sie sollte die Regeln befolgen.

Meine Mutter sagt: »Es geht doch nichts über Wachsmyrte, wenn man verschnupft ist.«

Das volkstümliche Weise-Frau-Ding ist nicht nur geschauspielert – sie hat tatsächlich von Dads Mutter, Oma Mae, gelernt, wie man mit Kräutern heilt. Aber es war ihr nicht in die Wiege gelegt worden. Mit sechzehn Jahren debütierte meine Mutter in Tallahassee mit weißen Handschuhen, im Abendkleid und einem Tanz mit ihrem Daddy im Cotillion Club. Ihre Eltern waren beide Professoren an der Florida State University – ihr Vater für Zoologie und ihre Mutter für Klassische Philologie –, und sie bereiteten Ruth auf eine Karriere als Konzertpianistin vor. All das hörte auf, als sie meinen Vater heiratete.

Großmutter Lorna beendete einen Kurs mit dem Titel »Philosophische Annäherungen an das antike Griechenland« und fuhr etwa eine Stunde zu uns nach Tenetkee, um Sätze von sich zu geben wie: »Ruth, nur weil du Boyd geheiratet hast, musst du nicht so werden wie er.«

Aber meine Mutter passte sich an ihre ländliche Umgebung an und schnappte von ihrer Schwiegermutter mehr über Kräuter und Gartenarbeit auf dem Land auf, als sie von ihrer eigenen Mutter jemals über die Rosenzucht gelernt hatte.

Und jetzt, in ihrem winzigen Zimmer im St. Agnes, sagt sie also: »Du fragst deinen Daddy nach der Wachsmyrte, ja?« Sie lehnt sich in dem Vinylstuhl zurück. »Er kommt mich überhaupt nicht mehr besuchen.«

Ja, mich kommt er auch nicht mehr besuchen, ein Glück, den sind wir los! Aber ich nehme den Gedanken schnell wieder zurück. Es war kein Glück, ihn los zu sein, es war ein dummer, unnötiger Abschied, der uns den Boden unter den Füßen weggerissen hat.

»Mom, ich muss gehen. Morgen komme ich wieder.« Ich küsse

sie auf die Wange, die sich weich und kühl anfühlt. Es geht ihr eindeutig nicht gut, sonst würde sie so etwas nicht zulassen.

Panik macht sich auf ihrem Gesicht breit. »Du meinst, ich soll hier schlafen?«

Ein Teil von mir möchte sie schnell aus diesem Zimmer von der Größe einer Pantryküche entführen und zurück in das Haus im Marschland bringen, zu der Schlafzimmer-Veranda, dem verglasten Anbau und der frei stehenden Garage, in der es nach Mulch und Tontöpfen riecht.

»Ja«, erwidere ich. »Du schläfst hier. Nur bis dein Handgelenk geheilt ist.« Möglicherweise eine Lüge. Ich wende mich zum Gehen.

»Was guckt da aus deiner Tasche?«, fragt sie.

Ich greife nach hinten an meine Gesäßtasche. Der Brief. Ich hatte nicht mehr daran gedacht, ihn zu lesen. »Ach ja … meine … äh … Einkaufsliste.« Lüge Nummer zwei. »Bis morgen!«

Und nun, nachdem die Schiebetüren hinter mir zugleiten, ziehe ich den Brief aus meiner Tasche heraus und falte das rosa Papier auseinander.

Liebe Ruth,

Es gibt einige Dinge, die ich dir über Boyds Tod sagen muss. Es kursierten so viele Gerüchte, und ich vermute, sie haben dich sehr verletzt. Damals war es mir unmöglich, mit dir darüber zu reden, aber jetzt ist es an der Zeit. Wenn es dir nichts ausmacht, komme ich in ein oder zwei Tagen vorbei, damit wir reden können.

Viele Grüße, Henrietta

Henrietta. Ich versuche, diesem Namen ein Gesicht zuzuordnen, aber es gelingt mir nicht.

Ich falte den Zettel wieder zusammen und gehe die Rampe hinunter auf den Parkplatz. Ein Mann mit schütterem weißem

Haar und ungleich langen grauen Stoppeln kommt auf mich zu. Er bewegt sich schneller, als sein Alter es vermuten ließe. Sollte er nicht im Gebäude sein?

Er ruft meinen Nachnamen. »Hey! Murrow!« Plötzlich steht er direkt vor mir. »Pass lieber auf, sonst treibst du wie dein Daddy mit dem Gesicht nach unten im Sumpf.«

Ich schnappe nach Luft.

Der Mann fletscht die Zähne wie ein Tier. »Verschwinde aus der Stadt, Mädchen.«

Ein junger Mann in einem lila Krankenhauskittel kommt um die Ecke des Gebäudes und schnippt gerade eine Zigarettenkippe weg. »Hey, Nelson!«, ruft er laut. »Sie dürfen das Gelände nicht betreten! Wie oft müssen wir Ihnen das noch sagen? Runter vom Grundstück!«

Der alte, ausgemergelte Mann macht einen Satz von mir weg und eilt über den Parkplatz Richtung Straße, doch dann dreht er sich noch mal zu mir um, und sein Blick aus den wässrigen Augen bleibt an mir hängen.

Kenne ich diesen Mann?

Er klettert in einen verbeulten blauen Pick-up, fährt mit quietschenden Reifen los – und weg ist er.

4

Ich biege in die Kiesauffahrt vor dem mir so vertrauten weißen zweistöckigen Haus und trage meinen kleinen Koffer hinauf in mein altes Schlafzimmer. Oben an der Treppe stolpere ich über einen umgefallenen Bleistifthalter, eine alte Lederschachtel und eine Schneekugel aus dem Weeki-Wachee-Themenpark, dann schlängle ich mich zwischen vollen und halbvollen Kartons hindurch. Phil und Tammy haben bereits begonnen, das Haus meiner Mutter auszuräumen. Und wer hat ihnen diesen Auftrag erteilt? In Moms Zimmer herrscht ein ähnliches Durcheinander. Ich glätte die Falten des cremefarbenen Chenille-Überwurfs, der schon vor dem Tod meines Vaters hier gelegen hat.

Meine Bluse klebt an meinem Rücken. Kein Lüftchen weht durch die Fenster ins Haus, nur hartes Sonnenlicht, das die Wände und den Boden kontrastarm und unfertig aussehen lässt, obwohl jede Oberfläche gestrichen, tapeziert oder lackiert ist, und zwar bis in den letzten Winkel.

Tammy hat Bücherkisten mit der Aufschrift »WEGWERFEN« vor der Klimaanlage gestapelt. Die Bücher gehören zu den wenigen Dingen in diesem Haus, an denen ich hänge. Was auch immer sie und Phil vorhaben, ich werde nicht zulassen, dass sie die Bücher weggeben.

Ich hebe einen der schweren Kartons hoch, um an die Klimaanlage heranzukommen, aber dann habe ich eine Idee. Ich trage den Karton die Treppe hinunter, durch die Fliegengittertür und über die kleine Treppe vor dem Haus nach unten, bis zum Kofferraum meines Autos. Ich habe keinen Plan, außer: erst mal alles behalten. Bei meiner Rettungsaktion gehe ich achtmal die Treppe rauf und runter. Der neunte Karton hat keinen Deckel. Er ist randvoll mit Taschenbuchkrimis und Büchern über wahre Verbrechen. Ich hieve ihn auf die Rückbank meines Autos. Ist das, was ich hier gerade mache, völliger Quatsch? In fast jedem dieser Bücher steckt ein Lesezeichen. Meine Mutter sagte immer zu meinem Vater: »*Warum liest du nichts Gescheites?*«, woraufhin er sie lediglich ausdruckslos anstarrte und zu seinem Krimi zurückkehrte. Ich bin überrascht, dass sie die Dinger alle aufbewahrt hat.

Ganz oben liegt jedoch ein Vogelbuch mit dem Stempel *Professor Thaddeus (Tad) Hodgkins, Department of Zoology, Florida State University*. Ich nehme es in die Hand. Neben den Illustrationen stehen in Opa Tads flüssiger Handschrift Datum und Ort der Sichtung, Wetterbedingungen und Notizen zum Verhalten des Vogels. Unbezahlbare Randbemerkungen.

Doch es war nicht Opa Tad, der mir alles über Vögel beigebracht hat, sondern mein Vater. Dennoch male ich mir gerne das erste Gespräch aus zwischen dem kahl werdenden, konservativen Professor in Tweed und dem Jungen vom Lande, der seiner Tochter den Hof machen wollte. Anfangs ist der Umgang der beiden miteinander bestimmt hölzern und förmlich, und Opa Tad stellt Fragen wie »Um wie viel Uhr bringen Sie sie wieder nach Hause?« und »Sie rasen doch nicht etwa, oder?«, bis sie irgendwie auf das Thema Vögel kommen. Der Gesichtsausdruck des älteren Mannes verändert sich. Er legt den Kopf schief, um zuzuhören, und sagt: »Ich weiß, ich weiß, und der Helmspecht ...«, und dann gibt es kein Halten mehr, wobei die Sprache des jüngeren Mannes immer noch etwas provinzieller ist, als es dem Professor für seine Tochter lieb wäre, aber »Der Junge kennt sich wahrlich aus mit Vögeln!«, ruft Opa Tad aus und blickt begeistert zu seiner Frau hinüber, die als Antwort lediglich missbilligend die Stirn runzelt. Beide Männer haben nun ein breites Grinsen im Gesicht, und meine Großmutter Lorna ist angewidert – von beiden.

Ich gehe wieder nach oben und bringe den bisher schwersten Karton hinunter. Als ich sein Gewicht verlagere, um die Fliegengittertür zu öffnen, rutscht mir der Karton vom Oberschenkel, und sein Inhalt verteilt sich auf dem Boden. Ich bücke mich und lege ein Buch nach dem anderen wieder hinein. Ein kleiner Spiralblock taucht plötzlich zwischen den Büchern auf, die aufgeschlagene Seite ist vollgeschrieben, und ich sehe ihn mir genauer an. Der Wind frischt auf, und ich lege meine Hand auf die Seite, damit sie nicht verweht wird. Ich bin halb in der Tür und halb draußen, und knie, während ich lese, doch irgendwann setze ich mich richtig auf den Boden, nehme den Block in die Hand und lehne mich mit dem Rücken gegen den Türrahmen.

Wieder Schlafprobleme. Im Kopf kreisen die Gedanken um »was wäre, wenn dies« und »was wäre, wenn das« und bringen mich zur Verzweiflung.

Und Boyds Schlange von einem Vater ist heute aufgetaucht, um sich Geld zu leihen, aber am Ende hat er nur wieder sein Gift verspritzt, das Einzige, was er bei seinen seltenen Auftritten hier fertigbringt. Ich will nicht mehr an ihn denken und an die Wirkung, die er auf Boyd hat.

Der Arzt sagt, Schlaflosigkeit sei eine Folge der Schwangerschaft, am besten liege ich auf der linken Seite, ein Kissen unter dem Bauch, ein anderes zwischen den Knien. Immer noch Schlagseite. Unmöglich, Körper oder Geist auszuruhen. Würde jetzt gerne auf Zehenspitzen die Treppe hinunterschleichen, um eine Nocturne zu spielen, aber dann wacht Boyd vielleicht auf. Oder zwischen meinen Kräutern sitzen, Bergamotte und Lavendel, aber die Fliegengittertür wird quietschen. Mit meinen Händen in der Erde könnte ich …

41

Das Geräusch von Autorädern auf Kies lässt mich aufblicken. Phil und Tammy. Ich werfe das Notizbuch zurück in den Karton, stehe auf, hebe ihn hoch und lasse die Fliegengittertür zufallen. Phil stellt den Motor ab, als ich den Deckel meines Kofferraums schließe. *Benimm dich und sei nett.* Ich winke ihnen übertrieben freundlich zu.

Phil entfaltet seinen hoch aufgeschossenen Körper vom Fahrersitz – ein khakifarbener Flamingo. Wie ist es möglich, dass er derselbe kleine Junge im Hydrantenformat ist, der früher in diesem Hof gespielt und sein Lieblingsspielzeug, einen hölzernen Abakus, mit sich herumgeschleppt hat? Tammy klettert auf der Beifahrerseite aus dem Auto und nimmt mich ins Visier – wie ein Eckschwanzsperber seine Beute. Ich gehe auf die beiden zu.

»Hey!«, rufe ich, eine Begrüßung, die ich in Washington nie benutze.

»Hey«, antwortet Tammy und lässt mich nicht aus den Augen. In ihrem Spandex-Kleid besteht sie nur aus scharfen Kanten, bis auf einen kleinen Schmerbauch und ihren strähnigen blonden Pony, der – als wäre er aus Beton – auf Höhe ihrer Augenbrauen nach innen eingedreht ist.

Phil kommt mir jedes Mal, wenn ich ihn sehe, größer und schlaksiger vor. Er hat das hellbraune Haar unseres Vaters geerbt, aber seine Koteletten sind kurz und scharf gehalten, sein Haar ist oben gestuft, ein moderner Männerschnitt, der eindeutig von Tammy gepflegt wird. Er beugt sich vor, um mir pro forma einen Kuss auf die Wange zu geben.

Ich werfe einen Blick in Richtung Haus. »Ihr habt schon angefangen zu packen, was?«

»Ja«, antwortet Tammy, die hinter uns hergeht.

»Du bereitest ihren Umzug vor?«, frage ich meinen Bruder.

Das darauf folgende eisige Schweigen wird von meiner Schwägerin gebrochen. »Sag es ihr, Phil.«

»Ich habe Mieter gefunden.«

»Oha!« Das war's dann wohl mit Nettsein. »Haben wir das besprochen?«

Tammy sagt: »Also, Phil hat eine Bestandsaufnahme gemacht ...«

»Eine Bestandsaufnahme?« Ich sehe meinen Bruder an.

»... damit wir uns wie zivilisierte Menschen hinsetzen«, fährt Tammy fort, »und entscheiden können, wer was bekommt.«

Ich drehe mich ruckartig zu ihr um. »Du bist unglaublich!«

Ihre Augen weiten sich, und sie sieht zu Phil. Er hebt seine Handflächen in ihre Richtung, und sie dreht ab und klappert in Richtung Haus, wobei ihre spitzen Absätze auf der Kiesauffahrt um Standfestigkeit kämpfen.

Phil sitzt halb auf der Motorhaube seines Autos. Er hat sich schon immer übermäßig selbstsicher verhalten. Sein kantiges Kinn und seine tief liegenden Augen machten aus ihm einen »guten Fang« für Leute wie Tammy. Aber für mich ist und bleibt er ein blasses, mageres Kind, das mit dem Kleingeld in seiner Tasche klimpert. Ich kenne jeden nervösen Tick von ihm, das hektische Wippen der Beine unter dem Tisch, das Klopfen mit den Fingern, diese ganze überschüssige Energie, die an den Extremitäten austritt. Meine Mutter hat ihn immer »den Schlagzeuger« genannt. Und obwohl ich zwölf Jahre älter bin, scheint er sich selbst zum Entscheidungsträger ernannt zu haben.

»Du hast das Haus vermietet? Ohne mich zu fragen?«

»Loni, du warst nicht hier.«

»Ich bin so schnell gekommen, wie ich konnte! Du hast mir gesagt, ich solle mir mehr Zeit nehmen als sonst, was ich auch getan habe, und das war schwierig genug! Aber in der Zwischenzeit hast du einen Haufen Entscheidungen ohne mich getroffen.«

Er stößt sich von der Motorhaube des Wagens ab. »Hör zu, Elbert Perkins ist mit einem attraktiven Angebot für das Haus an mich herangetreten. Diese Leute wollten eigentlich kaufen, nicht mieten. Ich habe sie zu einem kurzfristigen Mietvertrag überredet. Ich meine, warum sollte man Grundeigentum brachliegen lassen?«

»Grundeigentum? Phil, das ist das Haus unserer Familie. Das Haus unserer Mutter.«

»Loni, sie kann nicht mehr allein leben.«

Ich lasse das auf mich wirken.

»Und du weißt, wie viel das St. Agnes kostet?«, schiebt er hinterher.

Der kleine Buchhalter unserer Familie. Ich war immer zu nachsichtig mit ihm, denn als Baby den Vater zu verlieren ist etwas, wovon man sich nie erholt. Aber dieses Mal werde ich nicht nachgeben. Auch nicht, wenn er mich so charmant angrinst und mir den Arm um die Schulter legt.

»Komm schon, Schwesterherz, alles wird gut.«

Woher nimmt er seinen mich auf die Palme bringenden Optimismus? Der rosa Brief glüht in meiner Tasche, und eine Hälfte von mir möchte ihm davon erzählen. Aber wir folgen dieser Regel: *Sprich nicht über Daddy.* Mein Bruder bugsiert mich Richtung Haus und das darin herrschende massive Chaos.

5

Gott sei Dank, sie sind endlich weg. Als die Dämmerung über das Marschland hereinbricht, sehe ich mich draußen um. Der löchrige Steg hat noch ein paar Bretter mehr verloren, und einige neue Häuser beeinträchtigen unseren früher einmal freien Blick auf das Sauergras und den Wasserlauf. Der Kräutergarten meiner Mutter ist an vielen Stellen immer noch eine Augenweide. Die Winter sind hier so mild, dass der Garten das ganze Jahr über gedeiht. Ihr Basilikum ist ein großer Strauch, und der Rosmarin wäre ein Baum, wenn sie ihn nicht ständig zurückschneiden würde. Sie scheint den Garten in Schuss gehalten zu haben, ganz anders als das Haus.

Ich lehne meinen Kopf zurück und suche die Stelle in der Lebenseiche, an der zwei dicke Äste auf den Stamm treffen. Das war früher mein Ort zum Nachdenken. Meine Mutter war besorgt, dass ich herunterfallen könnte, aber Daddy sagte: »Lass sie in Ruhe, Ruth. Dieses Nest gehört Loni Mae.«

Dort oben schärfte ich meinen Hörsinn, während meine Mutter und unsere Nachbarin Joleen Rabideaux auf unserer hinteren Veranda saßen, Tee tranken und heimlich Zigaretten rauchten. Joleen hatte die Form einer Kartoffel auf zwei Zahnstochern, und sie rollte jedes sensationelle Verbrechen von Pensacola bis Port St. Lucie wieder auf. Ihr Mann arbeitete in der Leitstelle der Fischerei- und Jagdaufsicht, vielleicht bekam sie von ihm die Informationen.

Ich hörte sie einmal sagen: »Du denkst, Boyd geht zu oft in die Anglerhütte? Nun, mein Marvin hockt für seine Arbeit den ganzen Tag am Funkgerät, und wenn er nach Hause kommt, hat er nichts Besseres zu tun, als sich als Amateurfunker zu beweisen? Und wenn er nicht funkt, dann bastelt er an irgendwas herum. Gestern sagte er zu mir: ›Joleen! Ich habe eine neue Frequenz entdeckt!‹ Ich ging in unser Gästezimmer, und er hielt in der einen Hand ein Bügeleisen, und um ihn herum lagen verstreute Teile eines Radios. Boyd mag ja seine freien Tage im Boot verbringen, aber Marvin ist nicht mal dann bei mir, wenn er direkt neben mir steht!«

An einem anderen Tag sagte sie: »Nicht jeder in der Abteilung ist auf dem Pfad der Tugend unterwegs, merk dir meine Worte.« Ich stellte mir die Worte auf einem Papier vor, mit rotem Bleistift unterstrichen, wie in der Schule, damit man sie auch nicht übersieht. *Merk dir meine Worte.* »Marvin hört den ganzen Funkverkehr mit, und er weiß, was läuft.«

Einmal, als ich etwa sieben Jahre alt war, stürmte meine Mutter aus dem Haus und sagte mir, Mrs. Rabideaux käme gleich vorbei. Ich war noch nie allein zu Hause geblieben. Ich wartete und wartete. Ich suchte in der Speisekammer zwischen Mehl, Haferflocken und getrockneten Bohnen nach Tagesgespenstern. Ich ging in den verglasten Anbau und spürte den kühlen Terrazzoboden unter meinen Füßen, und dann die Treppe hinauf zur Schlafzimmerveranda, wo das Haus zu atmen schien und die Fliegengitter ansaugte und wieder nach außen drückte. Dann lief ich nach draußen zur Lebenseiche und kletterte hinauf, wo ich mich sicher fühlte.

Nach einer Weile rief eine Stimme unter mir: »Hallihallo!«

Mrs. Rabideaux hatte die Fliegengittertür geöffnet und rief ins Haus. Sie trug ein ärmelloses rotes Kattunkleid, das wie ein Zwiebelsack aussah. Ich kletterte vom Baum und blieb hinter ihr stehen, bis sie sich umdrehte und einen Satz machte.

»Ach du heiliger Bimbam!«, rief sie. »Da bleibt mir ja fast das Herz stehen.«

Sie und ich spielten neun Partien »Mensch ärgere Dich nicht«. Gegen Ende des Spiels lehnte sie sich jedes Mal, wenn sie nicht an der Reihe war, in ihrem Stuhl zurück und rollte die Augen zu einer Seite. Irgendwann hörten wir den Pick-up meines Vaters in der Einfahrt, wir drehten uns um – und sahen, dass meine Mutter am Steuer saß. Daddy hockte auf dem Beifahrersitz, sein Arm und seine Schulter waren verbunden.

»Ich habe den alten Garf Cousins dabei erwischt, wie er Müll in ein Senkloch geworfen hat«, berichtete er Miss Joleen, »und ihm einen Fünfzig-Dollar-Strafzettel verpasst. Kannst du dir vorstellen, dass Garf ein Messer auf mich gerichtet hat? Er muss betrunken gewesen sein.«

»Na ja, du stehst auf der richtigen Seite«, pflichtete sie ihm bei. Ohne groß nachzudenken, gab sie ihm einen Klaps auf die Schulter, worauf er zusammenzuckte. Als er meine Reaktion sah, machte er sofort wieder sein normales Gesicht, doch seine Stimme brauchte länger. »Mach dir keine Sorgen, Loni Mae. Es ist nur eine Fleischwunde.« Er rang sich ein Lächeln ab. »Für Mr. Cousins wird es weitaus schlimmer werden. Er muss wahrscheinlich nach Raiford.« Garf Cousins kam tatsächlich ins Staatsgefängnis, und er hasste unsere Familie jahrelang. Er schickte Daddy eine Morddrohung aus dem Gefängnis, wodurch sich sein Aufenthalt dort lediglich verlängerte. Aber was wurde aus Joleen? Ich wette, sie kannte diese Briefschreiberin, diese Henrietta. Wenn ich mich recht entsinne, zogen Joleen und Marvin nicht lange nach dem Tod meines Vaters weg. Von einem Tag auf den anderen waren sie verschwunden, das Haus war leer geräumt und die Tür angelehnt. Ihr Haus weiter unten in der Straße steht immer noch herrenlos und heruntergekommen da.

In meinem Kinderzimmer lege ich mich in mein altes Einzelbett mit der karierten Bettwäsche und schalte das Leselicht ein. Manche Leute lesen, um besser einzuschlafen, ich kritzle. In mein Skizzenbuch zeichne ich die hintere Veranda, wie sie von der Lebenseiche aus aussah, Joleen mit ihrem runden Gesicht und dem dünnen Haar, das sie zu einem Pferdeschwanz zusammengebunden hat. Meine Mutter sitzt an dem Korbtisch, eine heimliche Zigarette im Aschenbecher vor ihr. Ich versuche, das Gesicht meiner Mutter zu zeichnen, aber es gelingt mir nicht. Ich rubble mit einem Radiergummi über die Züge und versuche es noch einmal. Dann noch einmal.

Wenn ich in Florida bin, landen die Bilder meist ungebeten in meinem Skizzenbuch. Diejenigen, die mich stören, werden zerknüllt. Drei Studien des seltsamen Mannes, der mich auf dem Parkplatz des Geezer Palace angesprochen hat, sind bereits im Papierkorb gelandet. Und eine Skizze unseres gefährlichen Bootsstegs. Zerreißen. Zerknüllen. Wegwerfen. Und die herausfordernde Zeichnung meiner Mutter beschwöre ich laut mit einem *Sieh mich an!* Aber ich krieg ihr »gizz« einfach nicht zu fassen.

Das Wort »gizz« würde die Tallahassee Ladies Guild bestimmt schockieren, denn wenn man »gizz« laut ausspricht, klingt es fast wie »jizz« – und sofort schwingt eine sexuelle Anspielung mit, weil es – schön blumig ausgedrückt – um den »Lebenssaft« geht. Doch trotz des unschicklichen Homonyms ist der Gebrauch des Wortes »gizz« unter Vogelzeichnern weit verbreitet. Es beschreibt das »gist« – das Wesentliche –, aber mit mehr Substanz und Verve. Ein Flirren und Sirren, das weit über den Pinselstrich hinaus zur Vitalität des Vogels beiträgt. Das »gizz« kann man nicht konkret zeichnen, aber wenn es *nicht* im Bild mitschwingt, hat man versagt. Tiere konnte ich schon immer besser zeichnen als Menschen, aber man sollte doch meinen, dass ich fähig bin, das »*gizz*« meiner eigenen Mutter einzufangen.

Die Leute sagen mir, ich sähe aus wie sie. Also versuche ich es noch einmal und konzentriere mich auf die Merkmale, die wir gemeinsam haben: die geraden Lippen, die Spitze des Kinns, das zartbitterfarbene Haar. Meine Haare hängen natürlich kerzengerade neben meinem Gesicht, also gebe ich ihr in der Zeichnung eine andere Frisur und füge das Grau hinzu, das sich an ihren Schläfen einschleicht. Trotzdem ist alles, was ich erreiche, ein modifiziertes Selbstporträt. Ich, in ihrem Alter.

Ich blättere die Seite um und versuche es mit einer anderen Szene – meine junge Mutter am Klavier, das lange Haar offen, aber man kann die Stellen noch sehen, an denen sie es tagsüber mit Spangen zurückgesteckt hatte. Sie trägt einen weißen Morgenmantel aus Baumwolle, der glamouröser ist als die gebügelten Hemdblusenkleider, die sie gewöhnlich anhat. Wenn sie ein Nocturne spielt, dann muss mein Vater außerhalb des Bildes in seinem Anglerhaus tief in der Marsch sein. Die Noten, die sie spielt, kommen auf der Zeichnung nicht vor, aber wenn sie es könnten, würden sie ihre Sehnsucht zum Ausdruck bringen.

In meiner Zeichnung drehe ich sie auf der Klavierbank um. Aber sie wehrt sich immer noch. »Komm schon, Mutter!«, rufe ich laut, aber ihr Gesicht verzieht sich ärgerlich. Es ist schon spät, also werfe ich das Skizzenbuch weg und mache das Licht aus. Das Prasseln des Regens auf dem Dach wird zu einem lauten Dröhnen. Die Natur lässt es aus Kübeln gießen. Ich stelle mir vor, wie unten Klaviermusik erklingt, wie die Finger meiner Mutter auf den Tasten tanzen. Hat sie in jener letzten Nacht ein Nocturne gespielt in der Annahme, dass mein Vater warm, sicher und trocken in seiner Blockhütte war? Wo doch nichts davon zutraf. In Wahrheit war er schon tot.

6

18. März

Am Morgen gehe ich nach draußen, um den Kräutergarten meiner Mutter zu gießen. Wie konnte sie diesen Teil so gut in Schuss halten, während alle anderen Pflanzen vor sich hin mickerten? Ich ziehe den langen Schlauch ganz aus, drehe den Wasserhahn auf und verteile den Sprühregen erst in eine Richtung, dann in die andere. Düfte steigen auf – die würzige Herbheit des Thymians und das flaumige Menthol des Salbeis, der Gänseblümchenduft der Kamille und die harzige Kühle des Rosmarins. Der Lavendel, der noch nicht blüht, bleibt erstaunlich mitteilungsarm. Ich richte den feinen Sprühnebel auf den Basilikumstrauch, und sofort steigt mir sein Aroma in die Nase.

Ich gehe wieder hinein. Im Esszimmer stehen die Gegenstände, die Tammy aus der Anrichte geräumt hat: spitzenbesetzte Leinenservietten und eine passende Tischdecke, die einst Großmutter Lorna gehörten, goldumrandetes Limoges-Porzellan, das nie den Schrank verlassen hat, ein Satz Teakholzschalen und all die anderen schönen Dinge, die meine Mutter besaß, aber wegen des Grolls, der zwischen ihr und ihrer eigenen Mutter herrschte, zutiefst verachtete. Ein Stück Klebeband hält eine mehrseitige Tabelle mit der Überschrift INVENTUR an der Wand fest. Ich inspiziere eine Seite, überfliege sie, lasse es dann aber und richte meine Aufmerksamkeit erneut auf das Zimmer, auf der Suche nach etwas Rosafarbenem – einem Umschlag, nämlich dem, in dem der Brief war, mit noch glänzender Tinte auf neuem Papier. Alles, was ich brauche, ist ein Absender.

Eine Geräuschexplosion an der Tür läutet trappelnde Füßen und helle Stimmen ein, die »Tante Loni!« rufen, als die beiden aufgewecktesten Kinder der Stadt auf mich zustürmen. Mein Neffe Bobby kommt für seine fünf Jahre schnell auf den Punkt.

»Hast du uns was mitgebracht?« Mit seinen fünf Jahren fackelt Neffe Bobby nicht lange herum. Er weiß, dass ich vor jeder Reise nach Florida den Museumsshop meiner Arbeitsstätte aufsuche. Seine Schwester Heather, die mit ihren sechs Jahren schon etwas kultivierter ist, kommt hinterher und schwingt eine Lacklederhandtasche. Ihre brünette Pagenfrisur wird etwas zerzaust, als ich sie beide fest an mich drücke. Die Kinder heften sich an meine Hacken, als ich zu meiner Tasche gehe.

»Äh ... glaubt ihr etwa, ich habe etwas für euch?«, frage ich sie und runzle übertrieben die Stirn

»Ja, natürlich!«, ruft Bobby.

»Ja, natürlich«, gebe ich zu und streichle ihm über seinen weichen Haarschopf. Dann ziehe ich einen Haifischhut mit weißen Filzzähnen hervor.

Er setzt ihn auf und sieht im Spiegel über der Anrichte einen Plüschhai, der seinen Kopf frisst. Er rennt im Kreis und schreit: »Aaaah!«

Für Heather habe ich eine glatte Achat-Geode mitgebracht, die in ihrer Handfläche glänzt. »Passt zu deinen Augen«, sage ich. Sie ist von Braun, Gold und einem grünlich-blauen Fleck durchzogen.

Sie sieht mich aus diesen Achataugen an. »Echt cool.« Dann vertieft sie sich in die Geode, als wollte sie ein großes Geheimnis erraten.

Tammy schlendert herein und lässt die Fliegengittertür zuschlagen. »Kennst du jemanden namens Henrietta?«, fragt sie ohne Vorgeplänkel.

Sie hat meine volle Aufmerksamkeit. »Warum?«

»Diese Frau kam hierher, während wir am Zusammenpacken waren, und meinte, sie müsse mit Ruth sprechen, es sei wichtig, bla, bla, bla.«

»Hat sie ihren Nachnamen erwähnt?«

Tammy stützt eine Hand in die Hüfte. »Hm. Eher nicht. Jedenfalls habe ich ihr gesagt, dass Ruth sich über Besuch im St. Agnes sehr freuen würde.« Sie betrachtet sich im Spiegel über der Anrichte und schiebt ihr Haar an beiden Seiten hoch.

»Wie war sie denn so?«, frage ich.

»Wer?«

»Henrietta!«

»Nun reg dich nicht gleich wieder so auf, Loni. Ich weiß auch nicht. Sie war alt.«

»Tja, das grenzt es ein«, erwidere ich.

»Sie fuhr ein schönes Auto, einen Coupe de Ville in Perlrosa. Zuckersü-h-üß.« Sie wendet sich von ihrem Spiegelbild ab. »Hey, da ist noch etwas, was du wissen solltest.«

»Ja?«

»Wir sagen deiner Mutter, dass es im Haus ein Problem mit der Elektrik gibt.«

»Was?«

»Na ja, sie sagt immer nur: ›Wann kann ich nach Hause? Bring mich nach Hause, bring mich nach Hause!‹ Und was soll man darauf antworten?«

Die Antwort liegt mir auf der Zunge, und ich öffne den Mund, aber da redet sie schon weiter.

»Meine Freundin Deedee, die mit solchen Menschen arbeitet, sagt, dass man einer Person eine Geschichte erzählt – zum Beispiel, dass das Dach beschädigt ist oder die Leitungen repariert werden und sie deshalb für eine Weile ausziehen muss. Und dann wird sie aufgrund ihres *Zustands* vergessen, wo sie vorher gewohnt hat, und sich in der neuen Umgebung wohlfühlen.«

Ich lache ihr ins Gesicht. »Ist das so? Tut mir leid, Tammy, aber ich denke mir keine geschmacklose Geschichte aus. Was auch immer wir ihr erzählen, sollte der Wahrheit entsprechen.«

»Okay, viel Glück dabei. Aber vergiss nicht, dass manche Leute *ohne* Masterabschluss schlauer sind als solche mit.«

Ich koche vor Wut, und bevor ich den Siedepunkt erreiche, entziehe ich mich Tammys Kampfblick und rufe den Kindern im Nebenzimmer zu: »Hey, ihr beiden! Seid ihr bereit für eine Runde Eis?«

»Joghurt. Fettarmer Frozen Yogurt, Loni.«

Ich lasse Tammy stehen und nehme zwei feuchte kleine Hände in meine.

Die schicke Lodge at Wakulla Springs hat einen altmodischen Speisesaal, in dem man noch nie etwas von Frozen Yogurt gehört hat, also müssen wir leider die altbewährten Eisbecher mit Schlagsahne und Maraschino-Kirschen bestellen, die in gekühlten Metallbechern auf Papierdeckchen serviert werden. Ich bin ja für eine gesunde Lebensweise, aber wie oft sehe ich diese beiden Rabauken? Zwischen Löffeln voller Eis erzählt mir Heather von den Sperenzchen einiger Jungs aus ihrer ersten Klasse, davon, dass ihre Lehrerin vielleicht das Ampelsystem aus dem Kindergarten ausprobieren sollte, damit sich die Schüler besser benehmen, und davon, wer ihr bester Freund ist. Bobby widmet seine ganze Aufmerksamkeit dem Eisbecher.

Ich sehe mich im Speisesaal um. Die ältere Frau am Tisch am Fenster könnte Henrietta sein, und ich würde es niemals erfahren. Meine Nichte holt mich zurück.

»Wer ist dein bester Freund, Tante Loni?«

»Also, Heather, meine beste Freundin heißt Estelle, und weißt du, wann wir uns kennengelernt haben?«

Ein Kopfschütteln.

»Als wir so alt waren wie du. Und wir sind immer noch Freundinnen. Um genau zu sein, ich werde sie heute Abend besuchen.«

Ein Mann nähert sich unserem Tisch. Es ist Elbert Perkins, der Immobilienmakler. Er ist groß und hat ein rötliches Gesicht, mit einer großen Wampe von den vielen Grillabenden. Er trägt Stiefel mit Anzughosen, wie es sich für einen texanischen Rancher gehört. »Hallo, Loni«, begrüßt er mich. Er muss bereits siebzig sein, aber seine Stimme klingt voll und tief. Er hält einen Cowboyhut aus Stroh in der Hand.

»Oh, hallo, Mr. Perkins.«

Er winkt den Kindern beiläufig zu und sagt dann: »Wie läuft es mit dem Haus?«

»Sie meinen das Haus meiner Mutter?«

Er nickt einmal.

»Alles in Ordnung, danke.«

»Wenn ihr wollt, dass ich mein Sanierungsteam hinschicke, dann räumen wir es leer und ersparen euch den Ärger, gegen eine kleine Aufwandsentschädigung. Das Ganze könnte bis Ende des Monats erledigt sein, ohne viel Aufhebens.«

Ich schaue auf seinen dritten Hemdknopf, der mächtig unter Spannung steht. »Nein, ich denke, wir haben alles im Griff, danke.«

»Bist du dir da sicher?«

Ich nicke in der Hoffnung, dass er wieder Leine zieht. Die Kinder mustern ihn, als wäre er ein Wesen von einem anderen Stern.

»Gib mir einfach Bescheid«, sagt er schließlich und schlendert zu seinem eigenen Tisch hinüber.

Die Kinder und ich essen unser Eis auf und spazieren hinaus in die warme Luft, mit der klebrigen Kälte in unseren grinsenden Gesichtern. Ich setze sie wie befohlen bei ihrer Musikstunde ab und parke dann auf der Main Street. Ruhiger als beim letzten Mal, als ich zu Phils Gebäude kam, ziehe ich an dem viereckigen Griff aus Metall, betrete diese klimatisierte Tiefkühltruhe und gehe zur Empfangsdame, die an einem abgerundeten Schreibtisch aus Chrom sitzt. »Hallo, Rosalea.«

Sie lächelt unschuldig. Rosalea Newburn war ein Jahr nach mir auf der Wakulla High. »Kann ich Ihnen weiterhelfen?«, fragt sie.

Sie weiß genau, wer ich bin, sie hegt nur einen Groll wegen eines alten Streits über einen Jungen in der Schule. Außerdem ist sie eine Freundin von Tammy. Gott weiß, was da über mich geredet wird. Ihre zackige Achtzigerjahrefrisur mit viel Schaumfestiger verrät mir, dass sie Stammkundin in Tammys Salon ist.

»Rosalea, könntest du bitte meinem Bruder sagen, dass ich hier bin?«

»Haben Sie einen Termin? Denn momentan ist er gerade in einer Besprechung.«

»Dann warte ich.« Ich setze mich auf die Ledercouch und blättere in den Zeitschriften. *Florida Today. Wildschweinjäger. Southern Living.* Rosalea starrt mich mit Glubschaugen an. Kann das wirklich sein, dass sie mich immer noch wegen Brandon Davis hasst? Ich mochte ihn nicht mal richtig, bin nur mit ihm zum Abschlussball gegangen, weil er mich gefragt hat. Woher sollte ich wissen, dass Rosalea in ihn verknallt war, seinen Stundenplan auswendig kannte und ihm jeden Tag im Treppenhaus auflauerte? Er war mein Laborpartner in Biologie, und wir sangen alberne Lieder, um den Ekel beim Sezieren eines Haifischfötus zu vertreiben – »Mackie Messer« und die Titelmelodie von *Der weiße Hai.* Als er über den Abschlussball reden wollte, habe ich ihn erst einmal vertröstet und gesagt, ich müsse das mit meiner Mutter klären. Aber als Rosalea und ihre Truppe hörten, dass er mich gefragt hatte, fingen sie an, mich wegen meiner langen Beine und meines dünnen Körpers »Giraffe« zu nennen, und sorgten auch sonst für eine Flut von fiesen Nachrichten und Klatsch über mich, woraufhin ich Brandon im Flur abfing und sagte: »JA! Ich gehe mit dir hin.« Mit der Nähmaschine von Estelles Mutter nähte ich mir ein langes grünes Slipdress, und Brandon holte mich mit dem Auto seines Vaters ab. Als er ankam, hatte er bereits eine halbe Flasche Southern Comfort getrunken, also schob ich ihn beiseite und übernahm das Steuer. Später am Abend, am Ende eines verkorksten, betrunkenen Tanzes, beugte er sich vor, weil er mich küssen wollte, und kotzte auf mein neues grünes Kleid.

Am folgenden Montag wechselte Brandon den Laborpartner und machte gemeinsame Sache mit Rosalea, um mich zu quälen. Sie blieben dem Giraffenthema treu, streuten Heu auf meinen Stuhl im Klassenzimmer, steckten Futter in die Schlitze meines Spinds und hängten ein Bild einer Giraffe neben mein Wahlplakat für die Schülervertretung. Sie waren stinksauer, als ich die Giraffe als mein Wahlkampfmotto übernahm – *Wählt Loni: den anderen turmhoch überlegen* – und gewann.

Ich blicke vom *Wildschweinjäger* auf. Diese Person hinter dem Designerschreibtisch starrt mich immer noch an.

Estelle hält mich über den Klatsch und Tratsch in der Stadt auf dem Laufenden, auch über Rosalea und Brandon, die nach der Highschool geheiratet haben. Es scheint, Brandon hat heutzutage nichts weiter zu tun, als herumzusitzen, Junkfood in sich reinzustopfen und Fernsehen zu glotzen. Er arbeitet ein paar Stunden pro Woche im Futtermittelgeschäft, aber ihrer beider Lebensunterhalt bestreitet hauptsächlich Rosalea mit ihrem Gehalt als Empfangsdame.

Die Bürotür öffnet sich und Tammy kommt herausstolziert, Phils wichtige Besprechung. Sie geht an mir vorbei mit einem »Hm, Loni«. Kein *Dankeschön für den Ausflug mit den Kindern*, nicht einmal ein *Hallo*, aber auch nicht gerade ein *Leck mich am Arsch*, also werte ich es als Fortschritt.

»Du hast sie bei der Klavierlehrerin abgesetzt?«, fragt sie.

Ich nicke. »Jawohl, Ma'am.«

Phil kommt aus seinem Büro. »Loni, komm doch rein.«

Tammy macht sich auf den Weg, die Kinder abzuholen, und Phil schließt die Tür hinter mir. Ich lasse mich auf den Stuhl vor seinem Schreibtisch fallen. Hier ist das Allerheiligste, der Ort, an dem Phil sich in die Zahlen stürzt, die er so liebt.

»Bereit für die Finanzen?«, fragt er.

Ich stütze meine Ellbogen auf den Schreibtisch und drücke meine Wirbelsäule durch. »Zuerst möchte ich über jede Entscheidung informiert werden, die du ohne mich getroffen hast.«

»Es tut mir leid, aber es ging alles ziemlich schnell.« Er legt seinen Stift auf dem Löschblatt ab. »Ich verspreche, dass ich dich von nun an auf dem Laufenden halten werde.«

»*Bevor* du etwas entscheidest«, sage ich.

»Ja.«

Er bewegt den Stift und breitet mehrere Blätter Papier aus. »Also, schau dir das alles mal an und mach dir dein eigenes Bild.«

Die Dokumente weisen auf die Einrichtung eines Fonds hin, in den Zahlungen aus einer Rente fließen, die vor langer Zeit mit dem Geld aus der Lebensversicherung meines Vaters eingerichtet wurde, Leistungen der Sozialversicherung, die Miete des Hauses und der Rest einer kleinen Erbschaft von Großmutter Lorna. Meine Mutter erhält eine Witwenrente vom Staat und Auszahlungen eines unerheblichen Altersvorsorgeplans des öffentlichen Schulsystems aus der Zeit, als Phil in den Kindergarten kam. Sie gab damals Musikunterricht, und ihr Gesicht wirkte vor jeder kakophonischen Bandprobe wie versteinert. Ich hätte erwartet, dass durch diese Gelder mehr zusammenkommt, als dies der Fall ist. Phil und ich einigen uns darauf, die Gesamtsumme beide monatlich aufzustocken, aber wenn man bedenkt, wie lange sie wahrscheinlich Pflege brauchen wird, wird das ganze Unterfangen ziemlich teuer werden.

»Und du bist dir absolut sicher, dass sie nicht allein leben kann?«, hake ich noch mal nach.

»Nicht ohne Rund-um-die-Uhr-Betreuung«, sagt er, »und die ist noch teurer als das St. Agnes. Ich habe mich um ihre Rechnungen gekümmert, aber sie ist für jeden Wohltätigkeitsverein, der anruft und Geld will, ein gefundenes Fressen.«

Ich lese die Dokumente alle durch. Was hätte mein Vater wohl gedacht? Das kann ich Phil nicht fragen. Er kannte Daddy kaum. Wenigstens hatte ich diese zwölf Jahre mit meinem Vater. Für Phil ist Boyd Murrow nur ein Name, ein Bild in einem Fotoalbum, jemand, der seinem Sohn das pausbäckige Kinn kitzelte und sich dann umdrehte und vom Erdboden verschluckt wurde.

»Vermietest du das Haus möbliert?«, will ich wissen.

»Im Großen und Ganzen. Einige Stücke werden wir, äh, aufbewahren.« Er wippt nervös mit dem Fuß unterm Schreibtisch.

Damit meint er: in sein neues schickes Einfamilienhaus stellen. Aber meine Mutter hat keine Verwendung mehr für die Möbel, ich kann sie nicht transportieren, und vielleicht brauchen Phil und Tammy sie. Sie haben vor sechseinhalb Jahren geheiratet, gleich nach der Highschool. Bis vor Kurzem wohnten sie noch in einer möblierten Mietwohnung, also dürfte es finanziell eng gewesen sein. Was kein Wunder ist, denn sie gründeten eine Familie, bevor sie überhaupt wussten, was Leben bedeutet. Phil hat keine Ahnung, dass ich meiner Mutter geholfen habe, seine Studiengebühren für das staatliche College zu bezahlen.

»Ihr nehmt die Möbel«, sage ich und gebe dem längst beschlossenen Deal meinen Segen. »Wenn wir schon nicht verhindern können, dass Mieter in unser Haus ziehen, möchte ich wenigstens die Bücher und alles, was Mom wichtig ist, retten. Es sind ja schließlich immer noch ihre Sachen.«

Er rollt seinen Stift zwischen den Fingern. »*Alle* Bücher?«

Ich zucke mit den Schultern. »Mal sehen.«

»Also gut.« Er nimmt eins der Papiere in die Hand. »Du erinnerst dich doch an Bart Lefton, oder? Seine Anwaltskanzlei teilt sich diese Büroetage mit uns, und er hat mir mit den Fondsunterlagen geholfen.«

Jemand geht an der Rauchglaswand von Phils Büro vorbei. »Hey, Bart!« Phil steht auf und öffnet die Tür. »Bart, Loni ist hier. Hast du einen Moment Zeit?«

Bart Lefton kommt herein und schüttelt mir die Hand. Er hat das breite Gesicht und die lässige Selbstgefälligkeit eines aus der Form geratenen Beach Boys aus Florida. Er und Phil waren als Teenager die ganze Zeit zusammen, obwohl Bart ein paar Jahre älter war und nie zu meinen Lieblingen gehörte. Ich bin überrascht, dass er es durchs Jurastudium geschafft hat.

»Schön, dich zu sehen, Loni. Kann aber nicht bleiben. Hab einen großen Fall vor mir. Phil, du gehst gerade diese ... richtig. Du bist in guten Händen, Loni.« Er zwinkert mir zu, geht und schließt die Tür hinter sich.

»Also gut.« Phil fängt von vorne an. Er nimmt das Dokument wieder in die Hand und liest es erst leise, dann laut, wie er es bei seinen Kunden tut, um zu beweisen, dass er das Kauderwelsch versteht. »›... Nachfolgetreuhänder‹ – das sind wir – ›haben die Befugnis, Gelder zugunsten des verstorbenen Ehegatten des Erblassers nach eigenem Ermessen zu verwalten.‹ Moment mal«, er klingt gereizt, »Rosalea hat ›verstorben‹ falsch geschrieben.«

»Wie in ›verstorbener Ehepartner‹«, sage ich.

»Mm-hm.« Er macht sich eine Notiz.

»Das wäre dann Dad«, sage ich.

Er sieht mich alarmiert an. Ich breche die Familienregel.

Ich malträtiere die raue Nagelhaut an meinem rechten Daumen. »Mom hat von ihm gesprochen, als wäre er noch da.«

Phil nickt.

»Erinnerst du dich an irgendetwas von ihm?«

Er senkt sein Kinn. »Na ja ... ich glaube, ich erinnere mich, wie er mich über seinem Kopf hält und mich zum Lachen bringt.«

Phil hat diese Erinnerung, und ich weiß, von welchem Foto.

»Sonst nichts«, fügt er hinzu.

Ich erinnere mich plötzlich an meinen Vater im Flur unseres Hauses, wie er den gerade neugeborenen Phil im Arm hielt, winzig klein, noch mit einer gelblich weißen Schicht bedeckt, und ich wie erstarrt mit dem Handtuch dastand, das ich für Daddy holen sollte.

Ich lösche dieses Bild aus meinem Kopf. Meine Erinnerungen sind kompliziert, aber zumindest hatte ich Momente mit meinem Vater, auch wenn sie mir jetzt wie eine Aneinanderreihung von freundlichem Lächeln und besorgtem Stirnrunzeln vorkommen, die auf ein schreckliches Ende zusteuern. Phil hat keine echten Erinnerungen. Aber ihm ist auch die furchtbarste Erkenntnis erspart geblieben. Seine Geschichte ist komplett und simpel: ein Vater, der mit dem Boot hinausfuhr, ins Wasser fiel und ertrank.

Meine ist: ein Vater, der uns absichtlich verlassen hat, der unser Vertrauen missbraucht hat. Aber das muss er nicht wissen.

»Woran erinnerst *du* dich von ihm?« Meine Frage kommt wie ein Bumerang von ihm zu mir zurück. Was das Natürlichste von der Welt ist. Niemand hat ihm jemals diese Tür geöffnet. Die Familienregel hat ihm sogar einen Scherenschnitt für eine Schattenbox vorenthalten. Er will etwas wissen, irgendetwas.

»Er war ein hervorragender Angler«, biete ich ihm an. »Er kannte die Marsch sehr gut.«

»Hm«, sagt Phil.

Wartet er darauf, dass ich mehr erzähle? Mein Zögern sitzt tief. Reden über meinen Vater ist für mich wie das Herumpuhlen an einem Abszess. Frischer Schmerz, lange nachdem die Wunde verschorft und verheilt sein sollte.

»Ich nehme an, du benötigst meine Unterschrift.« Ich wechsle das Thema und überfliege erneut die Papiere.

»Ja.« Er nimmt den Hörer ab. »Rosalea, kannst du kommen und eine Unterschrift bezeugen?«

Rosalea kommt herein und streckt ihre Hüfte vor, während sie mir dabei zusieht, wie ich mit dem Stift auf drei Seiten meinen Namen kritzle. Dann unterschreibt sie als Zeugin ebenfalls.

»Also gut«, sagt Phil.

Rosalea geht, und mein Bruder begleitet mich zur Tür. »Hey, weißt du, dass das Haus übernächsten Samstag vollständig geräumt sein muss?«

Der Schweiß kribbelt in meinen Achselhöhlen.

»Willst du am Sonntag, wenn wir mit allem fertig sind, zum Grillen zu uns kommen?«

Bei dieser Einladung geht mir das Herz auf. Ich hatte geplant, an diesem Samstagabend abzureisen, am Sonntag zurück in D.C. zu sein und am nächsten Tag zur Arbeit zu erscheinen. »Wow, das ist eine schöne …« Ich halte inne. Das bedeutet zwei ganze Tage mit meiner Schwägerin.

»Tammy hat am Sonntag irgend so ein Damenkränzchen«, sagt er, »also sind nur ich und die Kinder da. Und du, wenn du dabei bist. Burger, du weißt schon, was Handfestes.«

»Das könnte mir gefallen«, sage ich.

»Gegen vier?«

»Okay.« Ich wende mich zum Gehen und überlege, wo ich an besagtem Samstag schlafen werde, wenn man mir das Haus unterm Hintern wegzieht. Vielleicht bei Estelle.

Als ich seine Bürotür öffne, habe ich plötzlich eine Idee und drehe mich noch mal zu meinem Bruder um. »Du, sag mal, warst du bei Mom, als diese Henrietta hier war?«

»Die mit dem rosa Auto?«

»Genau. Hast du ihren Nachnamen mitgekriegt?«

Ein ausdrucksloser Blick.

Ich sage ihm nicht, wie dringend ich mit ihr sprechen muss oder dass ihr Brief das gefährlichste aller Gefühle ausgelöst hat – Hoffnung. »Wenn er dir einfällt, gib mir Bescheid, okay?«

Ein knappes Nicken von meinem arglosen, glücklichen Bruder.

7

Nächster Halt: Geezer Palace, mit weiteren Hygieneartikeln. Fünf Minuten, um sie im Bad zu verstauen, und fünfunddreißig weitere als Zugabe, ausgefüllt mit spitzen Bemerkungen meiner Mutter.

»Wirklich, Mom«, sage ich schließlich, »ich gehe nur ungern, aber ich komme sonst zu spät zu Estelle, und du kennst ja den Verkehr nach Tallahassee.«

Ich liebe die Straße, die aus Tenetkee herausführt. Erstens weil sie aus Tenetkee herausführt. Zweitens weil sie durch eine Oase unberührter Landschaft verläuft – den Apalachicola National Forest. Sie besteht aus zwei schmalen Fahrspuren, rechts und links gesäumt von hoch aufgeschossenen, schlanken Kiefern, deren Äste erst in etwa drei Metern Höhe ansetzen. Meine Fenster sind offen, und die Sonne blitzt zwischen den Bäumen hindurch.

Als ich von zu Hause weg aufs College ging, bedeutete diese Straße die weite Welt. An der Florida State University entdeckte ich, wer ich sein konnte, wenn meine Mutter nicht da war, um mit der Zunge zu schnalzen. Damals ergriff ich die Flucht. Heute trete ich die Flucht nach vorne an.

Meine Windschutzscheibe ist übersät mit Liebeskäferpaaren *(Plecia nearctica)*, die dicht über der Straße schweben und sich im Flug paaren, ohne auf die zwei Tonnen schweren Fahrzeuge zu achten, die auf sie zurasen und ihr Glück zerstören. Ich verspritze Unmengen von Scheibenreiniger, aber die Scheibenwischer verschmieren die Viecher nur zu einer klebrigen Regenbogenformation.

Ich fahre am Turm des State Capitol vorbei und halte vor einem Apartmenthaus in der Monroe Street, das beige und modern ist, mit einer schönen Gartenanlage und einem blitzblank glänzenden Eingang. Der mit Motiven aus der Serie *Pausenstress und erste Liebe* bedruckte Schlafsack, den ich zu unseren jugendlichen Pyjamapartys mitbrachte, hat ausgedient. Estelle hat jetzt ein Gästezimmer.

Ich schnappe mir die Schachtel mit den Kokosnusspralinen, die ich mitgebracht habe, und stecke sie in meine Stofftasche. Gerade als ich aussteige und nach meiner Reisetasche greife, kommt jemand in Stöckelschuhen auf mich zugerannt.

»Wahoo!« Estelle packt und umarmt mich, und sie fühlt sich an wie ein spindeldürres Stofftier. Wie immer ist sie von Kopf bis Fuß in Designerklamotten gehüllt: ein brauner Bleistiftrock, das dazu passende ärmellose Oberteil mit einem Volant auf Höhe der Taille. Ihr langes rotes Haar ist selbst am Ende eines schwülen Arbeitstages in Florida noch perfekt gelockt.

Ich werfe mir die Tasche über die Schulter, und Estelle geht rückwärts und redet im Schnelldurchlauf. »Ich möchte mehr über die Fahrt nach da unten hören und wie es deiner Mutter geht. Benehmen sich Phil und Tammy?«

Ich habe ihr gestern eine SMS geschickt, aber sie will immer die brandaktuellste Version aller Neuigkeiten hören. Während ich sie auf den neuesten Stand bringe, reckt sie immer wieder ihr Gesicht vor meins, ruft »Du bist da!« und schenkt mir ein albernes Grinsen.

Wir betreten ihre Wohnung. Estelles Einrichtungsstil ist warm – polierte Holzböden und dicke Wollteppiche, cremefarbene Sofas und Kissen in Baumrinden- und Lehmtönen.

»Ich bringe deine Tasche in Rogers Büro ... Ich meine, das Gästezimmer«, sagt sie.

»Wo ist Roger gleich noch mal?«

»Dienstreise. Houston.« Ihr Freund ist Journalist. Er ist ganz nett, aber ich bin erleichtert, dass wir heute unter uns sind. Ihre Stimme hallt nach, als sie in ihr Schlafzimmer geht. »Ich ziehe mich schnell um. Mach dir einen Tee oder was immer du willst.«

Ich fülle den Teekessel auf. Estelle ist sehr gastfreundlich, zum einen, weil wir befreundet sind, und zum anderen, weil sie seit Jahren versucht, mich nach Florida zurückzuholen. Als ich das erste Mal wegzog, rief sie einmal im Monat an, um mir die Aushilfsjobangebote im *Tallahassee Democrat* vorzulesen, wobei sie die Stellenbeschreibung mit dem Versprechen einer Fülle von heterosexuellen, gut aussehenden, alleinstehenden Männern ausschmückte, die auf meine Rückkehr warteten. Sie ruft immer noch einmal im Monat an, und die Häufigkeit des Kontakts hält unsere Freundschaft aufrecht, obwohl wir so unterschiedlich sind. Sie steht auf Mode, ich eher nicht. Ihre Eltern sind aus Baltimore nach Florida gezogen, meine Familie lebt seit Generationen hier. Sie arbeitet in meiner Branche, hat aber noch einen MBA gemacht. Hätte sie in der ersten Klasse nicht auf dem Platz vor mir gesessen, ein Rettungsanker in der gefährlichen Welt außerhalb meines Zuhauses, wären wir vielleicht nie Freundinnen geworden.

Sie kommt aus ihrem Schlafzimmer in einer Haremshose mit Paisley-Muster und einem lindgrünen Hemd, das übersät ist mit kleinen Spiegelpailletten. Estelles Freizeitlook ist genauso sorgfältig zusammengestellt wie ihre teuren Businessklamotten. Ich öffne die Schachtel mit den Kokosnusspralinen.

»O nein. Jetzt schon? Geht's um einen Kerl?«

Estelle kennt meine Historie in Sachen Liebe und Romantik, in der es meistens ums Erobern und Wieder-Loswerden geht.

»Nein, kein Kerl«, sage ich.

Während unserer gesamten Freundschaft wurde Schokolade als Heilmittel eingesetzt, und Kokosnusspralinen sind gleichbedeutend mit Intensivmedizin. Es gibt sie nur bei Stuckey's, einem Laden an der Autobahnauffahrt, der mit Touristenschrott den

Urlaubern das Geld aus der Tasche zieht: Briefbeschwerer mit echten Baby-Alligatorköpfen und Rückenkratzer mit amputierten Krallen. Wäre es nicht absolut notwendig, würde ich keinen Fuß in diesen Laden setzen.

»Was dann?« Sie setzt sich auf die Couch.

»Dieser Ort!«, rufe ich.

»Meine Wohnung?«

»Nein, mein Zuhause. Tenetkee. Und natürlich: *das Heim*. Ich bin dort gestern dem alten Boss meines Vaters in die Arme gelaufen, als ich aus dem Geezer Palace kam. Ich hasse es, mit … du weißt schon … all dem konfrontiert zu werden.« Estelle ist die einzige Person, mit der ich jemals über den Tod meines Vaters gesprochen habe. Ich fummle das Zellophan von der Schachtel mit den Pralinen ab. »Sag mal, hatte eine unserer Freundinnen in der Schule eine Mutter namens Henrietta?«

Sie kräuselt nachdenklich die Lippen. »Nicht dass ich wüsste. Aber ich kann meine Mutter fragen. Warum?«

Ich hole den rosa Brief aus meiner Tasche. »Sieh dir das an.«

Estelle überfliegt die Zeilen und murmelt dabei vor sich hin: »*Boyds Tod, so viele Gerüchte, haben dich sehr verletzt.*« Sie sieht auf. »Na ja, das sind gute Neuigkeiten.«

»Estelle, wie kann etwas, in dem das Wort *Tod* und das Wort *Boyd* vorkommen, eine gute Nachricht sein?«

»In diesem Brief steht, dass *es jetzt an der Zeit ist*. Diese Dame muss also im Besitz von Informationen sein, die du bislang nicht kennst. Zum Beispiel … welche Gerüchte will sie ausräumen?«

»Ja, genau, mein Herz fing beim Lesen auch ein bisschen zu flattern an. Aber wie du weißt, habe ich wirklich hart daran gearbeitet, mir nichts mehr vorzumachen.«

Sie gibt mir das rosa Papier zurück.

»Ach ja«, fahre ich fort, »ich habe übrigens deine Liste bekommen.« Ich lege Henriettas Brief beiseite und hole das Blatt, das ich sechzehnmal gefaltet habe, aus meiner vorderen Jeanstasche.

Als ob seine Verkleinerung das damit verbundene Joch minimieren würde.

»Juhu!«

»Estelle. Du verarschst mich doch, oder? Ich kann auf keinen Fall achtzehn Vögel für dich zeichnen.«

»Ich zahle pro Vogel.« Sie grinst.

»Ich kann einen Vogel zeichnen, vielleicht auch zwei. Aber ich habe vor, lediglich zwei Wochen hierzubleiben, und die meiste Zeit werde ich damit verbringen, das Haus meiner Mutter auszuräumen.«

Estelle lehnt sich in die Sofakissen zurück. »Du kannst das Haus in zwei Wochen nur ausräumen, wenn du einen Müllcontainer holst und alles hineinschmeißt.«

Bei der Vorstellung dieser Verwüstung wird mir leicht übel.

»Du musst diese Arbeit durch etwas auflockern, das du *gerne* tust.« Sie zupft an einer roten Locke und weiß alles besser. »Zum Beispiel Vögel zeichnen.«

Ich verdrehe die Augen, halte ihr aber die Pralinen vor die Nase und bediene mich anschließend selbst. Wir kauen unsere Schokolade und lassen die Zucker-Kakao-Tryptophan-Endorphine in unsere Gehirne einsickern. Sie lehnt sich wieder zurück, und ihr Blick geht ins Leere.

»Erinnerst du dich an unsere Pläne in der Grundschule?«, fragt sie plötzlich.

»Einen eigenen Laden, randvoll mit selbst gebastelten Perlenarmbändern, und zwei Mädchen-Kinder, die beste Freundinnen sind?«

Estelle lebt auf. »Genau! Also ist das hier eine Variante davon!«

»Was für ein ›das hier‹?«

»Du und ich, die hier zusammenarbeiten.«

Ich nehme noch ein Stück. Kaue. Schlucke. »Drei Gründe, warum nicht, Estelle. Erstens: keine zwei Mädchen-Kinder.«

»Noch nicht.«

»Zweitens: Ich lebe nicht hier.«

»Noch nicht.«

»Drittens: Du verlangst achtzehn Vögel in zwei Wochen.«

Estelle nippt an ihrem Tee. »Hey. Ich versuche nur, dir zu geben, was dir guttut. Aber wenn du die ganze Zeit damit verbringen willst, dich mit Ruths Lladró-Figuren abzuquälen ...«

»Halt die Klappe, verdammt!«

Sie hält mitten im Kauen inne. »Sind wir heute empfindlich, hm?«

Estelle kennt meinen Jähzorn, aber ich muss aufpassen. »Hör zu, ich bin gerade ein bisschen dünnhäutig. Also bitte, keine Witze über meine Mutter oder ihre Sachen.«

»Oha. Hab's kapiert.«

»Und ich sage nicht Nein zu *allen* Zeichnungen. Die Liste ist einfach zu lang, und je länger die Liste ist, desto wahrscheinlicher ist es, dass wir uns streiten werden.«

Ich habe den Hang, mich mit Kuratoren in die Wolle zu kriegen. Wenn ich Kommentare höre wie *Der Kopf ist zu kompakt, und der Schwanz sollte länger sein* muss ich entscheiden, gegen welchen Teil dieser Aussage es sich zu kämpfen lohnt. Doch ich wache auch nachts auf wegen Korrekturen, die die Kuratoren noch nicht mal bemerkt haben, wie die zum Beispiel, dass der Flügel des Habichts unbedingt einen Millimeter höher sein muss, damit der Vogel im Flug so wahrheitsgetreu wie möglich aussieht. Kuratoren sind lästig, aber es ist mein eigener Hang zur Perfektion, der eine Zusammenarbeit mit mir schwierig macht. Selbst wenn es sonst niemandem auffällt, möchte ich einen Schritt zurücktreten und zufrieden sein.

»Du? Mit mir streiten? Das kann ich mir nicht vorstellen«, widerspricht Estelle und reibt sich das Auge. »Ich schau mal, ob ich die Anzahl verringern kann. Aber sag bitte nicht, dass es nicht klappt, denn niemand kann Vögel so heraufbeschwören wie du.«

»Hohle Bauchpinselei.«

»Ja, richtig«, sagt sie. »Ehrlich, du bist scheiße. Deshalb wollte ich dich dafür haben.«

»Du weißt, dass ich gerne alles auf die lange Bank schiebe und vor Abgabeterminen quengelig werde.«

»Erzähl mir was Neues, Schätzchen.« Sie begutachtet ihre Fingernägel. Als sie mich ansieht, ist da wieder dieses geniale Leuchten in ihren Augen. »Ich hab's. Wir schließen einen Pakt. Wir können uns bei der Arbeit streiten – konstruktive, kreative Meinungsverschiedenheiten. Aber außerhalb des Museums soll Frieden herrschen. Privates und Berufliches sollen sich nicht vermischen.«

»Was ist mit unseren Popcorn-Abenden?«

»Während *dieses* heiligen Rituals ist jegliches Fachsimpeln verboten.«

»Und das soll klappen?«, überlege ich laut.

»Tja, wenn du bei der Arbeit ein derartiges Miststück bist, müssen wir uns etwas einfallen lassen, um unsere Freundschaft zu bewahren.«

»Du bist so betont zurückhaltend.«

»Ich weiß, Loni. Nur eine ganz gewöhnliche Südstaatenschönheit, genau wie du.«

8

26. März

Eine Woche später, nachdem ich beim Sortieren und Packen im Haus meiner Mutter mit Tammy literweise Salzwasser ausgeschwitzt und etliche Stunden im Geezer Palace dem Gejammere meiner Mutter zugehört habe, fahre ich zu Estelle ins Naturkundemuseum. Sie bringt mich in einem Atelier unter, das von Bridget, ihrer Künstlerin im Mutterschaftsurlaub, geräumt wurde. Ich weiß, dass es Teil von Estelles Plan ist, mich zu ihrem Lakaien zu machen, aber ich kann das Gefühl der Erleichterung nicht leugnen, das ich an einem kühlen, dunklen Ort empfinde, an dem ich eine einzelne Lampe über einem Zeichentisch einschalten und einfach nur zeichnen kann.

Das Museum liegt am Rande von Tallahassee, umgeben von einem Naturlehrpfad und weit genug vom Stadtzentrum entfernt, um das Gefühl zu vermitteln, dass alles, was es drinnen gibt, und alles, was es draußen gibt, vielleicht etwas miteinander zu tun haben. Das kleine Wohngebiet auf der anderen Seite des Waldes sieht man nicht, sodass das Museum den Eindruck erweckt, weit und breit das einzige von Menschenhand erschaffene Bauwerk zu sein. Im Ausstellungsraum wird die ursprüngliche Bevölkerung Floridas dargestellt, sowohl die Menschen als auch die Tiere, und ein ganzer Raum ist den Vögeln gewidmet.

Bevor ich mit dem Zeichnen beginne, trage ich die zehn Kartons mit den Büchern meiner Mutter in das Atelier und staple sie auf einer kleinen Couch. Mein Auto hat ihnen als sicherer Hafen gedient, aber ich habe für ihren Transport reichlich fossilen Brennstoff verbraucht, und ich bin froh, einen klimatisierten Platz zu haben, an dem sie nicht von Tammy bedroht werden. Das Fenster mit einem Raffrollo bietet einen freien Blick auf Palmetto- und Sabalpalmen und sorgt für gutes natürliches Licht im Raum.

Jetzt ist Estelles Liste dran. Ich befestige zwei Blatt Zeichenpapier auf meinem Tisch, eins für die Hauptzeichnung und eins für weitere Ideen. Ein Kunstprofessor an der Florida State University schlug mir diese Methode vor, und manchmal sind die zufälligen Gedanken und Bilder, die auf dem zweiten Blatt landen, sogar zweckdienlicher als der griffbereite Gegenstand.

Mein Modell ist der Balg eines Mangrovenkuckucks, den ich mir von der Vogel-Abteilung der FSU ausgeliehen habe. Der Kuckuck ist die Nummer 2 auf Estelles Liste, und ich fange mit ihm an, weil das Exemplar der FSU für Estelles Vogel Nummer 1 – das Zwergsultanshuhn – schlecht erhalten ist, mit verfilzten Federn und einer Stumpfheit, die dem lebenden Vogel nicht gerecht wird. Der Balg des Mangrovenkuckucks ist in besserem Zustand. Mit leichtem Druck und meinem extraweichen Bleistift 6B skizziere ich die weißen Tröpfchen am Schwanz des Kuckucks. Ich arbeite zügig, denn ich will mehr erreichen als nur Exaktheit. Als Nächstes mische ich die Farben. Die weiße Brust geht von einem hellen Cremeweiß in ein dunkleres Gelb über.

Als ich auf die Uhr schaue, sind bereits drei Stunden vergangen. Ich stehe auf und strecke mich, dann durchquere ich das Atelier, um die Bücher meiner Mutter zu inspizieren. Das kleine Notizbuch, das sich im Wind geöffnet hat, sticht mir ins Auge, und ich ziehe es heraus. Auf der Vorderseite steht in großen, handgeschriebenen Buchstaben das Wort GARTEN. Ich schlage eine beliebige Seite auf.

Brauche mehr Farbe. Versuche es mit Sonnenblumen, Flachs. Wenn das Blau nicht mit dem Lila, Rosa und Weiß meiner Immergrün kollidiert. Mae gab mir diese ersten Stecklinge. Wie sehr ich Mae vermisse. Als wir einmal gemeinsam Unkraut jäteten, sagte sie: Du hast Freude daran, nicht?, und ich sagte: Sie wachsen gut. Sie sagte: Boyd hat es dir nie erzählt?, und ich sagte: Mir erzählt? Sie stand auf, um ihre Knie zu strecken. Mae in diesem blauen Kattun-Hauskleid und weißen Söckchen. Sie sagte: Immergrün sind Träger eines Liebeszaubers. Iss sie in Gesellschaft deiner wahren Liebe, und deine Zukunft ist gesichert. Ich lachte, aber sie sagte: Du glaubst nicht daran? Dein Boyd hatte Liebeskummer, richtig schlimm. Er schlief nicht, aß nicht, war sicher, du würdest nicht mit ihm gehen. Er bat mich um ein Heilmittel, aber er musste es dir selbst verabreichen. Die weißen Blütenblätter, die er unter den Eiersalat gemischt hat, sind dir wahrscheinlich nie aufgefallen.

Mae glaubte fest an solche Dinge. Nun, Liebeszauber hin oder her, ich wäre Boyd überallhin gefolgt. Sogar jetzt, wenn er sich wie ein verdammter Narr benimmt, komme ich manchmal hierher und verreibe Immergrün unter meiner Nase, und der Geruch versetzt mich augenblicklich zurück zu diesem Picknick, dem Geschmack von Boyds Eiersalat und dem Geschmack seines Kusses.

Puh. Ich stehe auf, finde eine Tür nach draußen und biege verschwitzt in den Naturlehrpfad ein. Das Wort GARTEN in diesem kleinen Notizbuch ist irreführend und soll wahrscheinlich Leute wie mich, die ihre Nase überall hineinstecken, vom Kurs abbringen.

Aber ist es verwunderlich, dass sie Tagebuch geschrieben hat? Sie war immer stolz auf ihre Kolumne für die Studentenzeitschrift *Flambeau* während ihrer Zeit an der Uni. Und sie hat stets meine Grammatik korrigiert – allerdings nie die meines Vaters.

Aber unabhängig von ihren Fähigkeiten als Schriftstellerin ist ihr Tagebuch nicht für mich bestimmt.

Ich komme zurück ins Haus, verstaue das Notizbuch weit unten in dem Karton, in dem ich es gefunden habe, und mache mich an den nächsten Vogel. Eine Nordamerikanische Pfeifente. Runder Kopf, kurzer Hals, schwarzer Fleck auf dem Schnabel. Ich habe diesen Vogel mehr als einmal mit meinem Vater gesehen. Ich denke wirklich nur ungern an meinen Dad, aber das Tagebuch meiner Mutter hat die Erinnerung an ihn natürlich wieder wachgerufen.

Einmal saß er im Heck des Kanus, wir befanden uns an einer offenen Stelle des Gewässers, weit weg von den Bäumen. Er beköderte seinen Haken mit einem lebenden Wurm, indem er ihn an zwei Stellen aufspießte. Die Oberfläche des Wassers kräuselte sich im Wind und baute sich zu kleinen Wellen auf. Das Sumpfgras machte *sch-sch-sch*, und unser Kanu drehte sich sanft in der Brise.

»Schau her, Loni Mae, ich zeige dir etwas. So durchbohrt man den Wurm, ohne ihn zu töten.« Seine Daumen waren breit und hatten Einkerbungen auf den Daumenbeeren.

Ich schaute weg und fühlte mich schlecht wegen des Wurms. »Daddy, wer hat dir das Fischen beigebracht? War es dein Daddy?«

Er schwang die Spitze der Angel hinter sich, holte nach vorne aus und ließ die Rolle laufen. Es machte leise *platsch*. »Tja, Loni Mae, ich glaube, ich habe es mir selbst beigebracht.«

»Wie war Opa Newt, als du klein warst?« Ich fragte mich, ob er damals netter war, weniger unheimlich.

Daddy blickte an mir vorbei auf das flache Wasser. »Loni Mae.«

»Ja, Sir?«

»Weißt du, was das Beste am Marschland ist?«

Ich schüttelte den Kopf.

»Es ist so *still*«, flüsterte er und führte Daumen und Zeigefinger vor seinen Lippen zusammen.

Er meinte mich. *Stille.* Das Gras rauschte im Wind, und ein

Frosch quäkte, als bimmelte eine Glocke. Über Daddys Schulter hinweg machten drei braune Vögel, einer mit einem leuchtend grünen Streifen hinter dem Auge, ein paar rasante Schritte auf dem Wasser, schlugen mit den Flügeln und schnappten nach Luft. Sie riefen: *Wiu-wiu-wiu?*

»Loni Mae.« Daddys Stimme gehörte zu den Geräuschen in der Marsch. Die Vögel gewannen an Höhe, und er folgte meinem Blick. »Pfeifenten«, sagte er.

Ich entferne die Zeichnung von meinem Tisch. Wogendes Sumpfgras, Schwimmfüße, die aus dem Wasser steigen, ein Paar Daumen mit Einkerbungen. Zerreißen, zerknüllen, wegwerfen.

Estelle steht plötzlich in der Tür des Ateliers und wickelt das Ende einer roten Locke um ihren Finger. »Wie kommst du mit dem Zwergsultanshuhn voran?«

»Pah«, sage ich. »Du solltest den Balg sehen, den sie mir andrehen wollten.«

»Loni, du bist in Florida. Die Zwergsultanshühner leben hier. Zieh los und finde eins. Ich brauche die Zeichnung bis Montag.«

Ich starre Estelle an. »Du meinst eine Exkursion? Denn tatsächlich ...«

Sie spricht über mich hinweg. »Damit du dein Gespür nicht verlierst.«

Ich sträube mich. »Was soll das denn heißen?«

»Es bedeutet, dass ich deine Freundin bin und weiß, was gut für dich ist.«

»Das bedeutet, dass du eine nörgelnde Kuratorin bist.«

Sie streckt mir die Zunge heraus. »Lust auf Mittagessen?«

»Geht nicht. Hab schon was vor.«

Zu dem, was ich vorhabe, gehört ein zermanschtes Erdnussbuttersandwich aus den Tiefen meiner Tasche. Ich esse es auf der Autofahrt zu dem Kanuverleih, den mir ein Ornithologe an der

FSU empfohlen hat. Ich habe ihn danach gefragt, als er mir die Bälge ausgeliehen hat. Es war also nicht Estelles Idee. Ich hatte zuerst daran gedacht.

Auf dem Weg dorthin halte ich bei Nelson's Sporting Goods an, um einen Fernglasgurt zu kaufen. Diesen Laden gab es schon, als mein Vater noch angeln ging. Die Einrichtung besteht aus dunklem Holz, präparierten Hirschköpfen, Jagdgewehren und männlichen Schaufensterpuppen in Tarnkleidung. Ein Fisch in Angriffshaltung schwebt über einer Wand mit Ködern. Mein Vater nahm mich manchmal mit und ließ mich durch den Laden streifen, während er sich mit dem Besitzer, Mr. Barber, und dem Verkäufer, Mr. Phelps, unterhielt. Wer schoss einen Hirsch in welcher Größe, und hieß es nicht, dass es eine Ricke war, zu diesem Zeitpunkt im Jahr? Wer aß genüsslich den Fisch, den er eigentlich hätte freilassen müssen? Aber es ging nicht nur darum, dass ihm zu Ohren kam, was die Leute anstellten. Sie unterhielten sich darüber, welcher Köder neuerdings bei Barschen und unter welchen Bedingungen funktionierte, welche Mondphase die Fische beeinflusste, welche Farbe das Wasser hatte, welche Angelrolle, welches Wolkenmuster. Und Mr. Phelps schwor darauf, dass er mehr Bisse bekam, wenn er einen speziellen Hut trug.

Ich finde den Gurt für das Fernglas und streife dann durch die Gänge des Ladens, so wie ich es immer getan habe, wenn mein Vater und die anderen Männer sich unterhielten. Der Laden riecht nach Pfeifentabak. Der Mann hinter dem Tresen sieht verhutzelt aus und schielt leicht, es ist nicht Mr. Barber. Er unterhält sich mit einem Kunden, doch als ich vorbeigehe, sieht er mich an und nickt mir fast unmerklich zu.

Als ich etwa elf Jahre alt war, konnte ich mich zwischen den dunklen Grün- und Brauntönen des Ladens unsichtbar machen, wohl wissend, dass ich die gefährlichen Haken oder die riesigen, mehrstöckigen Angelkisten besser nicht anfassen sollte. Ich hörte die Männer reden, mal über das Wetter, mal über tief fliegende

Flugzeuge, die Ballen in die Marsch warfen. Ich fragte mich, wer da draußen Heu brauchte.

»Ich sag euch eins«, meinte Daddy. »Wenn ich die Kerle erwische, dann buchte ich sie ein.«

Ich befand mich am Ende eines Ganges. Ich sah auf und fragte: »Wird das nicht komplett nass? Das ganze Heu?«

Die Gesichter der drei Männer wandten sich mir zu, und sie hörten abrupt auf zu reden.

»Hey, Loni Mae«, sagte mein Vater schließlich. »Hey … warum kommst du nicht her zu uns und zeigst Mr. Phelps und Mr. Barber, was du heute gemalt hast?« Er drehte sich zu ihnen um. »Wir haben einen Fischadler gesehen, und wisst ihr was, dieses Mädchen hat ein ziemlich gutes Bild von ihm gemalt.«

Ich wurde rot. Ich musste gehorchen, aber meine Turnschuhe wogen jeweils hundert Pfund. Und dann klemmte auch noch der Reißverschluss meines Rucksacks, bis ich ihn endlich aufbekam und mein Skizzenbuch herausholen konnte.

Mr. Phelps hob amüsiert eine Augenbraue.

Mr. Barber streckte seine Hand aus. »Darf ich?« Er nahm mir den Skizzenblock ab, legte ihn vor sich auf den Tresen und betrachtete ihn stirnrunzelnd. Dann sah er mich zweifelnd an. »Das hast du gezeichnet?«

Ich nickte.

»Du hast es nicht aus einem Buch abgepaust?« Ich schüttelte den Kopf.

»Ich würde das Bild gerne kaufen, junge Dame. Wie viel willst du mir berechnen?«

Meine Kopfhaut kribbelte. »Sie wollen es …?«

»Wie lautet dein fairer Preis?«, fragte er, ohne eine Miene zu verziehen, ganz der Geschäftsmann, der mit mir verhandelt, als wäre ich ein Fischhakenverkäufer.

Ich sah Daddy an. Auf seinem Gesicht lagen ein schwaches Lächeln und ein Fragezeichen.

Ich wollte es nicht verkaufen. »Zehn Dollar«, platzte ich heraus. So viel würde er nie zahlen.

»Verkauft«, sagte er und riss den Fischadler vom Block. Er öffnete die Kasse, nahm einen Zehndollarschein heraus und drückte ihn mir in die Hand.

Daddy legte seinen Arm um mich und sagte: »Ich wusste gar nicht, dass du so eine knallharte Geschäftsfrau bist.« Er sah Mr. Barber an und grinste.

Das war mein erster Verkauf. Als wir das nächste Mal in den Laden kamen, hing das Bild gerahmt an der Wand.

Ich suche ihn jetzt, diesen von Kinderhand gezeichneten Fischadler. Aber er muss schon lange ausrangiert worden sein, zusammen mit Mr. Barber.

Ich stehe vor einer Reihe von gummiartigen Ködern aus Plastik: Twin Tail, Curly Grub, Mister Twister, Honking Pono, Ole Spot, Super Salt und einen einzigen Hi-Floating Bubble Gum Worm in Pink. Daddy hätte von jedem Köder den genauen Verwendungszweck gewusst. Mir gefallen einfach nur die Namen und Farben. Trotz seiner Bemühungen habe ich nie Angeln gelernt.

Hinter dem Regal mit den Ködern tätschelt der Mann hinter dem Tresen eine prall gefüllte Papiertüte und klärt seinen Kunden über Feuerameisen auf. »Man muss das Zeug kurz vor Einbruch der Dunkelheit um das Nest herum verteilen«, sagt er. »Sonst kommen die Arbeiter nach Hause, entdecken 'nen Haufen herumliegender Leichen und bauen sich woanders ein neues Zuhause.«

Der Kunde kauft das Gift und geht. Der Ladenbesitzer sieht mich an, als würde ich gleich etwas stehlen, also schnappe ich mir den Hi-Floating Bubble Gum Worm und bringe ihn zu ihm. Zwischen meinem Daumen und Zeigefinger hat er die Konsistenz eines Ohrläppchens. Ich lege den Köder zusammen mit dem Fernglasgurt auf die Theke und suche den schielenden Blick des Mannes.

»Gibt's noch Streifenbarsche oder Sunshines?«

Die Frage überrascht ihn. »Kein Exemplar hier in der Nähe, mit dem es sich anzugeben lohnt. Und ich sag's dir nur ungern, Schätzchen, aber damit ergatterst du keinen Streifenbarsch.«

Ich nehme mein Wechselgeld, schnappe mir den Gurt des Fernglases und stopfe den gummiartigen rosa Köder in die Tasche meiner Jeans. »Oh, ich weiß. Das ist für etwas anderes. Für Streifenbarsche würde ich nichts anderes als 'nen Topwater-Wobbler benutzen.« Ich bin mir nicht einmal sicher, woher ich das weiß.

Der Gesichtsausdruck des Ladenbesitzers hat sich verändert. R-E-S-P-E-K-T. Das war die 2,75 Dollar wert, die ich gerade für diesen dämlichen Köder ausgegeben habe.

Der Kanuverleih ist eine weitere halbe Stunde entfernt, mindestens zehn Minuten davon auf einer holprigen Straße mit einem Belag aus zermalmten Muscheln. Der bärtige Typ hinter dem abgenutzten Holztresen verzieht keine Miene zur Begrüßung. Als ich ihm sage, dass ich ein Kanu mieten möchte, setzt er sich hin und greift nach einem Formular und einem dicken Bleistift. »Also, wie viele Personen?«

»Eine«, sage ich.

»Nur Sie?« Er hebt den Blick, ohne den Kopf auch nur einen Millimeter zu bewegen.

»Ja, nur ich.« Ich hole mir ein Insektenschutzmittel aus dem Regal.

»Sind Sie schon mal Kanu gefahren?« Sein Bleistift schwebt über dem Zettel.

»Ja«, sage ich.

»Ganz allein?«

Ich wende mich ihm zu. »Ja, ganz allein.«

»Tja, ich brauche Ihre Unterschrift und eine Kreditkarte.«

»Wie geht's den Mücken?« Ich krame meine Kreditkarte hervor.

»Putzmunter.« Er lächelt immer noch nicht.

Ich unterschreibe die Schadensersatzverzichtserklärung, händige ihm meine Kreditkarte aus und gebe Estelles Adresse auf dem Formular an. Wenn ich meine eigene Adresse verwende, hält mich der Typ für eine Touristin, und für gebürtige Floridianer gibt es nichts Blamableres. Ich glaube gerne daran, dass ich meinen Florida-Akzent verloren habe, aber in dieser Gegend wird amerikanisches Standard-Englisch misstrauisch beäugt. Der Typ ratscht mit einer altmodischen Apparatur, für die noch eins dieser Durschlagpapiere benötigt wird, über meine Kreditkarte. Ich wusste nicht, dass diese Dinger noch in Gebrauch sind. Er hebt die Karte hoch, und ich greife danach, aber er umschließt sie mit seiner Hand.

»Wenn es Ihnen nichts ausmacht, behalte ich sie bis zu Ihrer Rückkehr. Die Karte oder Ihren Führerschein.«

Wenn ich meinen Führerschein aus Washington abgebe, falle ich in die Kategorie der Yankees, aber ich mag die Vorstellung nicht, meine Kreditkarte zurückzulassen. »Und was hält Sie davon ab, damit online einzukaufen, während ich weg bin?«

Er richtet sich auf. »Das nennt man Seriosität.«

»Wow. Okay.« Seine Augen sind klar und grau, mit einem leichten Goldstich in der Nähe der Pupillen. Ich weiß nicht, warum ich ihm vertrauen sollte, aber ich tue es.

Er reicht mir eine schlecht kopierte Karte der komplizierten, verschlungenen Wasserwege. Ich folge ihm durch das Gebäude und in Richtung der Anlegestelle. Er ist etwa in meinem Alter, ziemlich fit und sieht nicht schlecht aus, abgesehen von seinem Grizzly-Adams-Bart. Sein ausgeblichenes blaues Arbeitshemd ist ziemlich verschlissen und sieht so weich aus wie ein altes Laken. Auf nicht unattraktive Weise verjüngt es sich konisch von den Schultern bis zum Jeansbund, in dem es steckt, wobei die aufgekrempelten Ärmel die vom Anheben der Kanus sehnigen Arme offenbaren. Er erinnert mich an all die Jungs aus meiner Heimatstadt, mit denen ich Fehler hätte machen können, wenn ich in meiner Heimatstadt hätte bleiben wollen.

Am Steg dreht er sich um und reicht mir ein Paddel. »So steigt man in ein Kanu ein«, erklärt er mir, als wäre ich eine Anfängerin. »Immer schön unten bleiben. Wenn das Kanu umkippt …«

»Schon gut, ich werde Ihr schönes Aluminiumboot nicht zum Kentern bringen.«

»Ach ja, dann wissen Sie also, dass man in einem Kanu niemals aufstehen darf.«

»Ja, das weiß ich.« Ich verdrehe die Augen, was ihn zu beruhigen scheint.

»Viel Spaß«, sagt er, lächelt plötzlich und zeigt mir eine Reihe perfekter Zähne hinter seinem Bart. Er steht auf und sieht zu, wie ich einsteige.

Ich stecke mein Paddel ins Wasser, und trotz meines angeberischen Auftretens zittern meine Hände. Für eine Minute vergesse ich, den Schaft des Paddels am Ende jedes Schlags zu drehen, und der Bug zeigt leicht nach rechts, dann leicht nach links, so wie damals, als mein Vater mir das Kanufahren beibrachte. Ich schaue den bärtigen Typ nicht an, denn ich bestätige gerade alles, was er von mir denkt. Aber es dauert nicht lange, bis ich meinen Schlag ausgleichen kann. »Das Wasser lehrt dich«, hat mein Vater immer gesagt. Der offene See liegt glatt vor mir, und bald gleitet das Paddel sauber hindurch.

Der Typ ruft hinter mir: »Verfahren Sie sich nicht!«

Ich schaue zurück, dann wieder nach vorne. Ich steuere das Kanu parallel zu den Mangrovenbäumen, deren Wurzeln in dicken Büscheln tief ins Wasser reichen. Eine Libelle vollführt einen zögerlichen Tanz am Bug des Kanus, und die Zikaden singen ein metallisches Zirpen – aufsteigend, fallend und wieder aufsteigend. Ich tauche das Paddel ein und lasse das Kanu in einen schmalen Wasserweg gleiten. Wasserläufer trippeln auf der Wasseroberfläche und hinterlassen winzige Wellen. Die Szene hat ihren Reiz, aber ich habe die Gefahren unter Wasser nicht vergessen – Krebse und Wassermokassinschlangen, Alligatoren und Alligatorhechte. Dies ist das braune Wasser, das meinen Vater verschlungen hat.

Damals, als ich mich von der »Unfall«-Geschichte überzeugt hatte, konnte ich sie immer noch nicht mit den Bootskünsten meines Vaters in Einklang bringen. Also habe ich verschiedene Szenarien durchgespielt. Er hatte einen Fisch am Haken, verheddderte sich in seiner Angelschnur und verlor das Gleichgewicht. Er fiel aus dem Kanu und schlug mit dem Kopf auf die Kniewurzel einer Sumpfzypresse. Oder er musste aussteigen und nach einer Welsfalle suchen, die sich von einem Schwimmer gelöst hatte, und vergaß dabei, seine schwere Weste auszuziehen. In einer anderen meiner Theorien watete er hinein, um für meine Mutter eine Sumpfschwertlilie zu pflücken, und wurde in eins dieser bodenlosen Schlammlöcher gesogen. Seine Leiche wurde ein paar Meter von dem umgestürzten Kanu entfernt gefunden. Eine Zeit lang verknüpfte ich die Welsfallen-Geschichte mit der von den bodenlosen Schlammlöchern und nistete mich darin ein. Doch ich musste aufhören, mir den Kopf zu zerbrechen. Ich musste meiner Mutter mit dem Baby helfen.

Ich biege um eine Kurve und gerate in einen plötzlichen kühlen Luftzug, ein willkommenes Vergnügen in der ansonsten stehenden Hitze. So schnell wie die Brise auftauchte, ist sie auch wieder verschwunden. Ich greife nach dem Paddel, um Tempo aufzunehmen, und höre die Anweisungen meines Vaters: »So ist es gut, Loni Mae. Streck dich nach vorne und zieh das Wasser zu dir. Drück deine obere Hand nach unten und mache deine untere Hand zum Drehpunkt. Jetzt gleite.«

Ich paddle also vorsichtig an einem Schilfgürtel vorbei und halte Ausschau nach dem Zwergsultanshuhn, *Porphyrula martinica*. Mein Vater nannte es Teichhuhn. Kein Vogelbalg kann die Art und Weise einfangen, wie diese Kreatur schwerelos über Seerosen-

blätter und Seegrasflöße läuft. Deshalb bin ich ja heute hierher-
gekommen – um das »gizz« dieses purpurnen Teichhuhns zu erhaschen. Ich gleite dicht an Inseln aus eng beieinanderstehenden
Rohrkolben, Wasserreis und Herzblättrigem Hechtkraut vorbei.
Einen Moment lang sind mein Paddel und das Wasser die einzigen Geräusche. Dann tauchen Sumpfhühner auf, die Cousins der
Zwergsultanshühner, und schwimmen um mich herum. Ihre
Schnabelspitzen sind weiß und ihre Federn pechschwarz, während die der Zwergsultanshühner regenbogenfarben sind: blau,
violett und grün. Die Sumpfhühner gackern alle auf einmal lautstark und schrill los. »Hör nur, wie sie über uns lachen«, sagte
mein Vater immer.

»Zieh los«, hatte Estelle mich aufgefordert, »damit du dein
Gespür nicht verlierst.« Was genau wollte sie mir damit sagen?

Ich erspähe einen Rallenkranich im Schilf, der mit seinem pin-
zettenartigen Schnabel im Schlamm nach Apfelschnecken sto-
chert. Man nennt sie auch Schreivögel wegen des unverwechsel-
baren Gekreisches, mit dem sie versuchen, einen Partner in ihr
Nest zu locken. Es klingt fast so, als würde dort ein Baby weinen.
Ich mache eine kurze Skizze von den langen Beinen und dem
schlanken, geschwungenen Schnabel des Rallenkranichs, von
der reichen Farbpallette seines braunen und weißen Gefieders.
Dann paddle ich weiter.

Ich komme um eine weitere Kurve und sehe eine Fischerhütte,
die der meines Vaters ähnelt – eine in die Jahre gekommene
weiße Blockhütte auf Stelzen. Unsere kann es nicht sein, denn sie
müsste schon längst verrottet und ins Wasser gestürzt sein. Trotzdem setze ich das Kanu auf Land.

Es ist niemand da. Die Ausrichtung zum Wasserlauf des Sumpfes ist anders als bei unserer alten Hütte, aber ich rüttle an der
Tür, und sie lässt sich leicht öffnen, ohne zu quietschen. Der Boden unter dem Vordach ist mit einem frisch glänzenden Anstrich
versehen.

Ich betrete den vorderen Raum, doch dann höre ich etwas hinter mir, eine leise Stimme, und ich drehe mich um. Durch die Fliegengitter der Veranda sehe ich, dass sich jemand über mein Kanu beugt. Scheiße, ich bin in sein Haus eingedrungen, und wenn er eine Waffe hat, hat er das Recht, mich zu erschießen. So leise ich kann, schleiche ich zurück, um nachzusehen, ob sich dort, wo unsere gewesen wäre, eine Küchentür befindet. Ich trete auf eine knarzende Bodendiele, und der Mann schreckt hoch und blickt in meine Richtung. Sein weißes Haar stiebt in die Höhe. Es ist derselbe alte Mann wie auf dem Parkplatz. Ich stolpere rückwärts, entdecke die Küchentür und gehe die drei Stufen zum feuchten Sand hinunter. Ich spähe um die Hausecke. Er ist wieder dabei, mein Kanu zu inspizieren, und ich will ihn nicht erschrecken. Ich entferne mich etwas von der Hauswand. »Hallo!«, rufe ich dann, um zu zeigen, dass ich nichts Böses im Sinn habe.

Der Mann richtet sich schnell auf, und seine Augen wandern über mein Gesicht und darüber hinaus. Auch wenn er alt und vielleicht verwirrt ist, ist er immer noch größer als ich.

Ich bin Loni, die Zarte und Sanftmütige, möchte ich mich vorstellen.

Er nickt, als hätte er meinen Gedanken gehört. Sein Gesicht entspannt sich, und ich habe das gleiche Gefühl wie zuvor auf dem Parkplatz des Geezer Palace, als wäre er jemand, den ich kennen sollte. Er nickt Richtung Kanu. »Woher hast du diesen Mist?«

Ich lächle. »Ich weiß, es ist nicht das leichtgängigste Boot auf dem Wasser. Ich hab's gemietet.«

Er schielt seitlich zu mir herüber. »Der Scheißkerl Adlai Brinkert hat dir dieses Monster angedreht?«

»Ist das sein Name?« Ich studiere das Gesicht des alten Mannes.

»Du hast gehört, was ich dir vorhin gesagt habe, nicht wahr?«

Ich lasse mir Zeit mit einer Antwort. *Dein Daddy ... treibt ...*

»Du weißt nicht, wer ich bin«, brummelt er.

»Nein, Sir.«

»Komm her«, sagt er und geht auf die Hütte zu, aus der ich mich gerade herausgeschlichen habe.

Ich bleibe zurück.

Er hält die Fliegengittertür auf. »Komm schon, Kindchen!«

Ich gestikuliere in Richtung des Kanus. »Ich muss ...«

»Niemand wird dieses Ding klauen. Komm schon!«

Ich tripple wie ein Schaf die Treppe hinauf.

Er führt mich in einen hinteren Raum mit Feldbetten, wie sie in unserer Hütte auch standen. Er zeigt auf die Wand. »Erkennst du das wieder?«

Da hängt ein Rahmen, und in dem Rahmen befindet sich die Bleistiftzeichnung eines Fischadlers.

»Ich habe es aufbewahrt und darauf gewartet, dass du berühmt wirst, aber das bist du nicht, oder?«

Ich drehe mich um und schaue ihm in die Augen. Im St. Agnes rief ihm der Typ im lila Kittel zu: »Nelson! ... Runter vom Grundstück!« Nelson. Nelson's Sporting Goods. »Mr. Barber?«

Er lächelt breit. Ihm fehlt ein Zahn direkt neben dem rechten Eckzahn. »Aber sag keiner Seele, dass du mich gesehen hast. Keiner Seele, hörst du?« Er ergreift meinen Arm und drückt fest zu. Auf seinem Gesicht liegt erneut diese unbändige Wut, die ich bereits auf dem Parkplatz gesehen habe.

»Nein, natürlich nicht.« Ich behalte die Tür im Auge. »Aber warum nicht?«

»Weil sie mich tot sehen wollen, deshalb! Ich weiß zu viel.«

»Über ...«

»Pass gut auf, kleines Mädchen, und verschwinde aus der Stadt, bevor sie auch hinter dir her sind. Es ist unmöglich, sie zu bekämpfen! Wenn sie dich in die Finger kriegen, ziehen sie dir erst einmal alle Zähne.« Er zeigt auf das Loch in seinem Mund, wo früher ein Zahn war. »Das ist ihre Folterkammer. Du endest ganz schnell wie mein Freund George Washington – mit einem kompletten Gebiss. Wusstest du, dass sie Peilsender in deine Füllungen einbauen können?«

»Nein, das habe ich nicht gewusst. Aber Mr. Barber, erinnern Sie sich an den Tag auf dem Parkplatz, als Sie etwas über meinen Vater sagten«, ich schnappe nach Luft und schlucke, »ähm, dass er ...«

»... mit dem Gesicht nach unten treibt, genau, und du solltest gut aufpassen ...«

»Aber Menschen, die ertrinken ... gehen sie nicht unter?« Ich schließe meine Augen, aber ich spüre es immer noch – überall braunes Wasser, ein Gewicht auf meiner Brust.

»Ja, ja, ich habe die Gerüchte gehört. Lass dir gesagt sein, Boyd hat sich genauso wenig umgebracht, wie ich es tun würde. Und ich würde es niemals tun! Denn dann könnten sie ja behaupten, ich sei verrückt! Nein, sie haben ihn kalt erwischt.« Sein Griff um meinen Arm wird wieder fester, und seine Pupillen verengen sich. »Wie hast du mich eigentlich gefunden?«

Er drückt meinen Arm so fest, dass meine Hand zu kribbeln beginnt. »Eigentlich habe ich mich ein bisschen verfahren.« Ich bemühe mich um ein Lächeln. »Ich könnte Ihre Hilfe gebrauchen, wie ich aus diesem Teil der Marsch herauskomme.«

»Na klar, du musst nur zurück zu diesem Halunken Brinkert, oder?« Seine Hand entspannt sich, und sein Griff lockert sich.

»Ja. Er hat mir eine einfache Karte gegeben, aber ...« Ich gehe auf die Tür zu und versuche, lässig zu wirken.

Er folgt mir hinaus und hinüber zu meinem Kanu. »Tja, die soll dich absichtlich verwirren. Vertrau mir, ich kenn mich hier aus.« Er zeigt aufs Wasser. »Du fährst etwa hundert Meter auf diesem Arm entlang, und dann erreichst du eine kleine schmale Passage, die aussieht, als ginge sie ins Leere. Du durchquerst sie, und dann kommst du auf einen großen See. Überquer den, und ungefähr auf drei Uhr wirst du einen Ufereinschnitt sehen. Paddle hindurch, und ehe du dich versiehst, taucht Adlai Brinkerts kleines

Unternehmen vor dir auf.« Er lächelt wieder und zeigt das dunkle Loch zwischen seinen Zähnen. Dann ist das Lächeln verschwunden. »Aber komm nie wieder hierher zurück. Und erzähl niemandem von deinem Daddy.«

»Was ... was soll ich denn nicht erzählen?«

»Das weißt du genau.« Seine Augen brennen sich in mich hinein. »Und jetzt verschwinde von hier.«

Ich nicke und fange an, das Kanu Richtung Wasser zu schieben.

Mr. Barber bleibt mir auf den Fersen. »Bis sie mir meinen Laden gestohlen haben, war ich mit jedem befreundet. Mit jedem.«

Das Kanu ist jetzt fast im Wasser, und ich steige ein und setze mich. »Traue niemandem«, sagt er. »Das ist mein Motto.«

Etwas schwelt in seinem unscharfen Blick. Er gibt dem Bug einen kräftigen Stoß, und ich paddle langsam rückwärts, aber ich will mehr hören.

Als das Wasser zwischen uns tiefer wird, rufe ich: »Mr. Barber, bitte sagen Sie mir, was Sie über meinen Vater wissen!«

»Ich sagte, du sollst abhauen!« Er geht zum Haus und hat plötzlich eine Schrotflinte in der Hand. Er zielt nicht direkt auf mich, aber er drückt sie an sich, und ich ziehe durchs Wasser in die von ihm vorgegebene Richtung. Ich bewege mich auf die fast verborgene Passage zu. Als ich mich umdrehe, steht er immer noch gebückt und misstrauisch da, mit dem Gewehr im Arm, und beobachtet mich, wie ich zwischen den Bäumen durchgleite und verschwinde.

Ich steuere auf einen offenen See zu, genau wie er gesagt hat. Ein paar Kappensäger schwimmen in sicherer Entfernung am Kanu vorbei und ignorieren mich. Das ist einer der Vögel auf Estelles Liste, und ich bin froh über die Ablenkung. Ich lege mein Paddel seitlich unters Dollbord und hole mein Skizzenbuch heraus, wobei ich darauf achte, den Ufereinschnitt auf etwa drei Uhr nicht aus den Augen zu verlieren. Ich bin weit genug von Barber entfernt, sodass der Adrenalinschub abebbt, aber kann irgendetwas von dem, was er gesagt hat, stimmen? Ich zeichne den dunklen, abgerundeten Kamm des Kappensägers, den Schnabel wie eine Spitzzange und ein leuchtend gelbes Auge. Mein Vater nannte diesen Vogel »den mit dem Irokesenschnitt«.

Die Vögel paddeln in aller Ruhe, während ich zeichne, und das Kanu dreht sich und treibt auf das sanft rauschende Sumpfgras zu.

Ein lautes Platschen, keine zwanzig Meter entfernt, lässt die Vögel auffliegen. Ein weiblicher Reiher steigt kreischend auf, und das Gekrächze klingt wie eine statische Störung. Ein Alligator hat versucht, eine Mahlzeit zu ergattern und es nicht geschafft. In der Marsch lauert der Tod immer und überall.

Ich nehme das Paddel in die Hand und steuere auf den Ufereinschnitt zu. Die Karte aus dem Kanuverleih ist wie ein Diagramm der Kapillaren des Gehirns, und ich glaube nicht, dass dieser See überhaupt darauf verzeichnet ist. Ich falte sie zusammen und folge den Anweisungen des Mannes, der gut mit George Washington befreundet ist.

»Verfahren Sie sich nicht!«, rief der Kanu-Typ.

»Vergiss nicht, wo du herkommst!«, ermahnte mich Estelle.

»Sag niemandem etwas«, warnte Mr. Barber.

»Sag deinem Daddy, er soll uns besuchen kommen«, sagte meine Mutter.

Mit Mr. Barbers Durcheinander im Kopf kann ich durchaus mithalten.

Ich folge den Anweisungen des alten Mannes, während die Sonne einige dünne, träge Wolken knapp über den höchsten Bäumen mit goldenen Schlingenstichen umsäumt. Es dauert eine Weile, aber schließlich biege ich in den breiten Wasserweg ein, mit dem Kanuverleih in Sichtweite. Die ausgefransten Wolken haben sich in Reihe blaugrauer Fusseln aufgelöst, die wie Flusen aus dem Trockner aussehen, und die Sonne ist unter die Bäume getaucht. Grizzly Adlai Brinkert steht am Ende des Anlegers und wartet, seine konisch zulaufende Gestalt hebt sich als Silhouette von den rosafarbenen Schichten des Himmels ab. Ich halte ihn bestimmt von seinem Abendessen ab.

Das war mein bisher seltsamster Tag in Florida, aber das Zwergsultanshuhn habe ich nicht gefunden, also muss ich wiederkommen. Mit einer altbekannten Müdigkeit im Rücken und in den Armen paddle ich auf den Anleger zu. Adlai streckt eine raue, starke Hand aus, und ich ergreife sie.

9

31. März

Meine zweite Woche hier ist schon fast zu Ende. Morgen ziehen die Mieter in das Haus meiner Mutter ein. Den ganzen Tag über haben Phil, Tammy und ich in den stickigen Räumen ihre Sachen zusammengepackt, Staub eingeatmet und den Dreck aus den Ecken gewischt. Ich habe den Boden geputzt, Flusen von den Fußleisten gesaugt und Spinnweben von den Fensterrahmen gefegt. Es gibt noch so viel zu tun, dass wir Elbert Perkins, den Immobilienmakler, angerufen haben, um über ihn bei den Mietern nachzufragen, ob sie ihren Einzugstermin verschieben würden. Sie sagten Nein.

Ich sitze auf einem Hocker, einen Lappen in der Hand, die in einem Gummihandschuh steckt, und wische die Küchenschränke aus. »Echt jetzt? Sie hat schmutziges Geschirr in die Schränke gestellt, und niemand hat das bemerkt? Na toll.« Ich stehe vom Hocker auf und spüle den Lappen aus.

Tammy steht hinter mir. »Hör zu, Loni, wir haben viel für deine Mutter geputzt, aber da sie so viele seltsame kleine Angewohnheiten hat, kamen wir irgendwann nicht mehr hinterher.«

Ich werfe den Lappen in die Spüle und ziehe die Putzhandschuhe aus. »Wirklich, Tammy? Dabei spricht sie in den höchsten Tönen über *deine* seltsamen kleinen Angewohnheiten.«

Phil legt den Kopf schräg und sieht mich durchdringend an.

»Ich brauche eine Pause«, sage ich.

Er nickt. »Ja, das sehe ich auch so.«

Draußen erhellt gelbes Sonnenlicht das Marschland. Ich hole ein Skizzenbuch und einen Bleistift aus meinem Auto, dann gehe ich zu meiner Lebenseiche, berühre die Rinde und blicke zur Krone hoch. Ich stecke das Skizzenbuch in den Bund meiner Jeans, klemme den Bleistift zwischen die Zähne und klettere hinauf.

Obwohl ich größer bin als früher, kann ich auf der flachen Stelle, wo der dickste Ast auf den Stamm trifft, immer noch gut sitzen.

Um mich herum rauschen die Blätter, während auf dem Papier feine Linien entstehen: Sumpfgras, das sich im Wind biegt. Das ferne Heulen eines Motors klingt wie der alte Fünf-PS-Motor meines Vaters. Bevor ich ihn begleiten durfte, wartete ich hier oben auf ihn und lauschte auf das Brummen seines kleinen Flachbootes, das anfangs nicht lauter war als eine Mücke.

Kurz sah ich ihn, dann verschwand er wieder hinter dem langen Gras, kam auf den verschlungenen Wasserwegen näher und scheuchte einen Amerikanischen Silberreiher auf. Als er fast am Anleger war, kletterte ich hinunter und lief zum Steg. Er fing mich auf halbem Weg ab und schwang mich wie einen Futtersack auf seine Hüfte. Durch mein wehendes Haar hindurch konnte ich grünen Rasen sehen. Er tat so, als geriete er ins Wanken, obwohl ich nicht schwer war. Am Haus angekommen stellte er mich auf die Füße. »Alles klar, Miss Skinny Bones.«

Meine Mutter kam von der hinteren Veranda herunter. »Dreitagebart«, sagte sie und legte ihre Hand auf seine Kieferpartie, um die Stoppeln zu fühlen.

Mein Vater beugte sich vor und rieb sein Gesicht an ihrer Wange. »Sag mir, dass dir das nicht gefällt.«

»Geh dich rasieren«, gab sie zurück und bemühte sich, nicht zu lächeln.

Auf der einen Seite meines Skizzenbuchs habe ich Sumpfgras, einen Amerikanischen Silberreiher und das Boot festgehalten, das sanft an den Steg stößt. Auf der anderen Seite die Veranda- stufen und die Hand einer Frau auf einer getüpfelten Wange. Ich stecke das Skizzenbuch zurück in meinen Hosenbund und hangle mich nach unten. Nachdem ich den Gartenschlauch herausgezogen und die Kräuter meiner Mutter gegossen habe, fühle ich mich be- reit, wieder hineinzugehen, und steige die Treppe zum Zimmer meiner Mutter hinauf. Ich seufze über all das, was noch zu pa- cken ist. Phil steht am Fenster und schaut über die Marsch, und ich geselle mich zu ihm. »Ich hasse das«, sage ich.

»Ich weiß.« Er legt einen Arm um meine Schultern und lässt sein Handgelenk baumeln.

»Und was passiert jetzt mit Arnold?«, frage ich.

Er lächelt. »Das Gürteltier?«

»Er war so glücklich unter der Veranda.«

»Loni, Arnold hat sich vor etwa zwanzig Jahren in die Wälder zurückgezogen.«

»Er und sein Wurf Baby-Gürteltiere, die er zur Welt gebracht hat«, sage ich. »Erinnerst du dich an den Heizstrahler, den du runtergeschleppt hast, damit Arnold es warm hat?«

»Mom war darüber alles andere als begeistert.«

Ich ahme die Stimme meiner Mutter nach: Du *würdest das Haus für diese hässliche alte Kreatur niederbrennen?*

Wir lächeln beide, und dann schweigen wir wieder.

»Die Leute, die hier einziehen«, sagt Phil schließlich, »wirken so, als würden sie sich gut um das Haus kümmern.« Zum ersten Mal spüre ich auch bei ihm so etwas wie Bedauern. Aber es hält nicht lange an. Er löst seinen Arm von meiner Schulter, dreht sich um, und wir machen uns wieder an die Arbeit.

Anfangs habe ich darauf bestanden, den Inhalt der Kartons zu sortieren und das richtige Verpackungsmaterial zu verwenden, aber um sechs Uhr abends schmeiße ich alles ohne jeglichen

Ordnungssinn in die Kartons und wickle kurioses Zeug in Geschirrtücher, Deckchen und Kissenbezüge ein. Da ich die letzten zwei Wochen damit verbracht habe, das Haus zu entrümpeln, dachte ich, dass wir nur noch ein paar Kleinigkeiten zu verpacken hätten, aber die Anzahl der Gegenstände scheint zu wachsen, je mehr unsere Energie schwindet.

Schließlich kleben wir den letzten Karton zu, und da fragt Phil: »Hat jemand einen Blick auf den Dachboden geworfen?«

Wir brechen zusammen, alle drei.

Wir tragen neun weitere ramponierte Kartons herunter. Als der Umzugswagen sowie unsere beiden Autos vollgepackt sind, ist es Viertel vor zehn und dunkel. Um zehn Uhr halten wir an einem Mini-Lagerhaus an, das angeblich einem Bekannten von Phil gehört. Vor den Strahlern der Sicherheitsbeleuchtung, die auf die Garagenrolltore auf der anderen Seite eines stabilen Maschendrahtzauns gerichtet sind, schwirren Insekten. Es ist niemand da, und die Tore sind fest verschlossen.

»Warum heißt es dann 24-Stunden-Lagerhaltung?«, frage ich.

»Na ja, sie *bewahren* die Sachen rund um die Uhr auf«, meint Phil. »Ich dachte, das bedeutet auch, dass die Tore rund um die Uhr geöffnet sind.«

»Mist!« Ich rege mich lautstark auf und schlage so fest gegen den Zaun, dass er vibriert. Ein Zug fährt vorbei und übertönt mein unnützes Gefluche.

Ein glänzender schwarzer Geländewagen fährt im Schneckentempo an uns vorbei, der tätowierte Schlägertyp am Steuer starrt in unsere Richtung.

»Wer zum Teufel ist das?«, frage ich.

»Keine Ahnung«, sagt Phil. »Entweder ein Krimineller oder die Nachbarschaftswache.«

»Und in Florida«, sage ich, »ist das eine so ätzend wie das andere.«

Tammy starrt mich an.

Der Typ hält ein paar Hundert Meter weiter an und legt den Rückwärtsgang ein. Hastig klettern wir wieder in unser Auto und fahren los. In meinem Rückspiegel sehe ich einen stark tätowierten Arm, der etwas Langes und Schwarzes aus dem Fenster des Geländewagens hält. Ich bete, dass es kein Gewehr ist, und gebe Vollgas.

10

1. April

April, April, und ich schlurfe in den albernen rosa Plüschhaus-schuhen, die ich in Estelles Gästezimmer gefunden habe, über ihren Küchenboden. Ich bin letzte Nacht um elf Uhr bei ihr an-gekommen und müde ins Bett gesunken, und nach sage und schreibe vier Stunden Schlaf bin ich um drei Uhr morgens mit einer Doppelhelix aus Gedankenspiralen wieder aufgewacht. In dem einen Strang geht's um praktische Dinge: Was mache ich mit den Sachen meiner Mutter, wie formuliere ich in einem Anruf an Theo meine Bitte, mehr als die versprochenen zwei Wochen zu bekommen, und wie schaffe ich es, alle Vögel auf Estelles Liste zu zeichnen, bevor ich zurückfahre. Der andere Strang dreht sich um die Sorgen: die Rückfahrleuchte des Geländewagens, der rosa Brief mit der schönen Schnörkelschrift – *einige Dinge, die ich dir sagen muss* – und der unergründliche Nelson Barber, der sagt, *Boyd hat sich nicht selbst umgebracht, sie haben ihn kalt erwischt.*

Um vier Uhr morgens lande ich im Wohnzimmer und sitze grübelnd über mehreren Fernbedienungen, bis ich die Taste für die sehr niedrige Lautstärke und einen *Beverly-Hillbillies*-Mara-thon auf dem Nostalgiekanal finde.

Um sechs Uhr setze ich Teewasser auf, und als ich ins Wohn-zimmer zurückkomme, steht Estelles Freund Roger mit einer schwarzen Sporttasche vor der Wohnungstür und schaut Miss

Jane Hathaway in ihrer khakifarbenen Pfadfinderuniform dabei zu, wie sie sich auf die Suche nach dem wilden Kookaburra macht. Roger hat dunkles, lockiges Haar und viel mehr Zähne, als gegebenenfalls nötig wären. Er bloggt für mehrere Zeitungen des Gannett-Konzerns, darunter den *Tallahassee Democrat*, und seine Texte haben einen auffallend ironischen Unterton.

»*The Beverly Hillbillies*?«, fragt Roger.

»Ja«, sage ich. »Man nennt das auch Therapie für Leute mit Schlafentzug.«

»Tatsächlich?« Er schüttelt den Kopf. »Ein Haufen herumspringender Hinterwäldler, die sich blöd anstellen?«

Ich versteife mich. Mein einstudierter Yankee-Akzent klingt vielleicht wie seiner, aber ich mag es nicht, wenn Leute aus dem Norden wegen des warmen Wetters in den Süden ziehen und dann die Südstaatler nicht respektieren. Ich rezitiere die These aus meiner Erstsemesterarbeit über das Fernsehen. »Hör zu, Roger, *die Beverly Hillbillies* basieren auf einem klassischen Archetyp: dem Fremden in einem fremden Land.«

»Ach so?«, sagt er.

Ich lehne mich gegen den Rahmen der Küchentür und stelle einen rosa Hausschuh angewinkelt über den anderen. »Weißt du, der Zuschauer identifiziert sich mit den Bewohnern von Beverly Hills, die nach den Regeln der ›normalen‹ Welt leben. Aber Jed und Granny und Elly May kehren unsere Erwartungen um. Am Ende fühlen wir mit *ihnen*, weil sich unsere eigenen kulturellen Normen als kaltherzig und unlogisch erweisen.«

»Das ist wahnsinnig interessant.« Er blickt gelangweilt auf seine Uhr.

»Ja, das ist es, Roger, denn wir begreifen, dass die naiven, aber freundlichen ›Hinterwäldler‹ klüger sind als diejenigen, die sich für kultiviert und klug halten.«

Er starrt mich mit offenem Mund an. »Das ist eine Menge Blödsinn am frühen Morgen.«

Er hat meinen Rüffel nicht kapiert, der arme dämliche Klugscheißer. »Außerdem«, sage ich, »mag ich es, wenn Oma mit der Bratpfanne hinter Jethro herläuft.«

Er lacht falsch und hält mich für die Dumme. Estelle erscheint mit zerknautschtem Gesicht in ihrer Schlafzimmertür.

»Ich gehe jetzt ins Fitnessstudio«, sagt Roger. »Hey, äh, Loni, wie lange bleibst du?«

Ich werfe Estelle einen fragenden Blick zu. »Hm, nicht ... sehr lange.«

»Ich habe einen Freund im Vermietungsbüro«, fährt er fort, »und der kann dir wahrscheinlich helfen, eine Wohnung zu finden.« Er schaut wieder zu Estelle. »Auch für kurze Zeit.«

»Eine Wohnung. Äh, danke«, sage ich.

Er geht, und nachdem Estelle sich gleich wieder zurück ins Bett verzieht, lasse ich mich noch eine Weile in den rosa Hausschuhen treiben. Als sie endlich aufsteht, sagt sie: »Gut geschlafen?«

»Fantastisch«, lüge ich.

»Bin gleich so weit«, sagt sie und braucht noch eine halbe Stunde.

Sie taucht in einem handbemalten Seidenkimono und noch feuchtem Haar wieder auf und macht sich in der Küche daran, Eier in eine Schüssel zu schlagen. »Also, wie ist der letzte Stand?«

»Ich glaube, Roger hat Angst, dass ich bei euch einziehen werde.«

»Bleibst du länger?«

»Ich hatte vor, zurück nach D. C. zu fahren, sobald die Mieter eingezogen sind. Aber es sind noch so viele Sachen da. Und ich kann nicht einfach alles zu Goodwill bringen. Die Sachen müssen sortiert werden.«

Estelle schlägt die Eier schaumig auf. »Aha.«

»Und weißt du noch, wie ich dir von dem alten Kerl erzählt habe, der mich auf dem Parkplatz des Geezer Palace angesprochen hat? Ich habe herausgefunden, wer er ist: Nelson Barber! Er hat sogar eine Zeichnung aufbewahrt, die ich als Kind gemacht habe, was irgendwie liebenswert wäre, hätte er nicht so etwas Unheimliches an sich. Und er sagte ganz offen zu mir: ›Ich glaube nicht, dass sich dein Daddy umgebracht hat.‹ Sein Szenario beinhaltete natürlich eine Verschwörung und irgendwie ... George Washingtons Zähne.«

Estelle schiebt ein schimmerndes Omelett auf einen Teller. »Was?«

»Er kommt irgendwie vom Hundertsten ins Tausendste.«

Sie legt zwei Sets auf den Tisch und deutet an, dass ich mich setzen soll. »Apropos, ich habe meine Mutter gefragt, ob sie sich an eine Henrietta erinnert.«

»Und?«

Sie schüttelt den Kopf. »Sie hat mir eine lange Geschichte über mehrere andere Mütter unserer Freundinnen erzählt, aber an eine Henrietta konnte sie sich nicht erinnern. «

»Tja, wenn selbst Tammy die Dame nicht erkannt hat, muss sie außerhalb der Stadt wohnen. Denn jede Frau in Tenetkee kommt in Tammys Salon. Aber wenn Henrietta etwas Neues über meinen Vater weiß, muss ich sie finden.«

Die Wohnungstür öffnet sich, und Roger stellt seine Sporttasche im Foyer ab. »Bereit?«, fragt er.

Ich schaue zu Estelle, dann wieder zu ihm. Ich habe gerade den ersten Bissen von Estelles exquisitem Fontina-Käse-Schnittlauch-Omelett gekostet und in meine linke Backentasche geschoben. »Wer, ich?«

»Ja. Charlie ist gerade im Büro, aber er geht mittags.«

»Roger, sie isst gerade«, meldet sich Estelle.

»Du kannst es in die Mikrowelle schieben, wenn wir wieder zurück sind«, erklärt er mir.

Ich schlucke das fluffige Stückchen Ei hinunter, das nie mehr so zart sein wird wie jetzt. »Warte. Wer ist Charlie?«

Charlie entpuppt sich als Rogers Freund im Vermietungsbüro, der mir eine saubere, teilmöblierte Zweizimmerwohnung in einem

Gebäude ein paar Straßen weiter entfernt zeigt. Er sagt, ich könne sie für mindestens zwei Wochen mieten. Der Preis ist günstiger als eine Woche in einem Hotel, also sage ich zu und bezahle gleich an Ort und Stelle. Ich weiß, dass ich vorschnell handle, aber diese Wohnung wird mich davor bewahren, ein unwillkommener Camper in Rogers Büro zu sein oder, schlimmer noch, »Gast« bei Tammy und Phil. Ein oder zwei Zimmer zu haben, in denen ich die restlichen Kartons mit den Sachen meiner Mutter abstellen kann, wird mich auch davor bewahren, unter einer nackten Glühbirne in einem unheimlichen, abgelegenen Minilagerraum vor Kisten und Müllsäcken zu stehen, die beschriftet sind mit »Behalten«, »Wegwerfen« und »Verschenken«.

Gestern sagte ich zu Tammy: »Wir sollten an den Dingen festhalten, die vielleicht wichtig sind für Mom.«

Sie starrte mich nur an.

Ich stapfe zurück zu Estelle, um meine Reisetasche zu holen, und rufe von dort aus Theo auf seinem Handy an. Kinder lachen und rufen im Hintergrund. Ich platze in seinen Sonntag mit den Enkelkindern.

»Theo«, sage ich und tue ganz lässig, »ich bin froh, dass ich dich erreiche. Hör zu, ich weiß, ich habe gesagt, dass ich meinen unbezahlten Urlaub auf zwei Wochen begrenzen würde ...«

Am anderen Ende bleibt es still.

»Aber ich bin auf ein paar Probleme gestoßen, und ich muss ...«

»Wie viele Tage noch?«

»Ich habe an sieben gedacht. Wenn ich gut vorankomme, kann ich ...«

»Noch sieben Tage«, sagt er.

»Wie läuft das Projekt der Waldfragmentierung?«

»Wir kommen ohne dich voran«, sagt er.

»Oh.«

Schweigen.

Dann frage ich: »Und wie geht es, du weißt schon, Hugh?«

»Kommt mit der … Konsolidierung … voran.«

Ich möchte mehr wissen und gleichzeitig auch nicht.

Eine kleine Stimme im Hintergrund ruft: »Opa, komm endlich!«

»Klingt, als müsstest du gehen, Theo. Erwarte mich am neunten April, also morgen in einer Woche. Okay, tschüss!«

Roger weicht nicht von meiner Seite, während ich mit meinem Bruder telefoniere.

Eine Stunde später stehen Phil und Tammy mit dem Umzugswagen und dem anderen vollgepackten Auto auf der Straße weiter unten, und wir tragen alles aus meinem Auto und ihren beiden Fahrzeugen in die »möblierte« Wohnung, wobei »möbliert« so viel heißt wie ein Bett ohne Bettwäsche, ein Zweiersofa mit Paisley-Bezug und ein klappriger Küchentisch. Nachdem wir alle Kartons abgestellt haben, zieht Phil einen dicken Filzstift aus seiner Gesäßtasche und nummeriert sie durch, wobei er die jeweilige Zahl laut hinausplärrt. Mit jedem Karton mehr steigt auch mein Stresspegel. Als wir bei Nummer einunddreißig angelangt sind, stöbert Tammy noch ein wenig herum, um sicherzugehen, dass sie nichts Gutes übersehen hat – und das, obwohl sie sich nach ihrer Inventur der Wertsachen bereits alles unter den Nagel gerissen hat, was sie wollte. »Viel Spaß mit dem Schrott!«, ruft sie mir zu, als sie aufbricht.

Sie geht, und Phil holt den letzten Karton. Ich sitze auf dem Paisley-Sofa und frage mich, in welchem Karton wohl Laken für die Matratze sind. An der Küchenwand hängt ein gelbes Wählscheibentelefon mit einem Kabel, das zu einem altmodischen Anrufbeantworter führt. Ich stehe auf, hebe den Hörer ab und höre ein Freizeichen. Ich muss dafür sorgen, dass mir diese Leitung nicht in Rechnung gestellt wird.

Phil kommt mit der letzten Kiste herein. »Okay!« Er holt seinen Filzstift heraus und verkündet lächelnd: »Zweiunddreißig!« Wahrscheinlich weiß er nicht, dass es eigentlich zweiundvierzig sind, denn ich habe zehn Bücherkartons im Naturkundemuseum von Tallahassee zwischengelagert. Sein Buchhalterhirn würde diese Ungenauigkeit hassen. Er wischt sich mit dem Ärmel über die Seite seines Gesichts. »Wir sehen uns um vier, ja?«

»Um vier? Ach ja.« Das Barbecue. »Keine Sorge, ich komme«, verspreche ich. Ich gehe zum Fenster und beobachte ihn, wie er schnellen Schrittes den Weg zur Straße hinuntergeht. Dieser Blödmann hat mich gerade mit zweiunddreißig Kartons voller Gerümpel allein gelassen, die ich durchforsten muss, und dennoch freue ich mich auf den Grillabend mit ihm.

11

Auf dem Weg zu Phil halte ich am Geezer Palace. Wir waren gestern alle so mit dem Haus beschäftigt, dass niemand Mom besucht hat, dabei sollte jeden Tag jemand kommen. Sie hat sich immer noch nicht daran gewöhnt, hier zu sein, und warum sollte sie auch? Ich habe in den Kartons ein Buch über Kräuter gefunden und es ihr mitgebracht, weil es ein paar eingängige Reime enthält, an die sie sich vielleicht erinnert.

»Mom«, sage ich, »schau mal, was ich gefunden habe!«

Sie starrt auf das Buch. Es könnten genauso gut die Gesetze des Hammurabi sein.

Ich lasse nicht locker. »Da sind diese kleinen Gedichte drin – über Pflanzen und ihre besonderen Eigenschaften.«

Ihr Gesichtsausdruck ist bar jeder Neugierde. Die Frisur, die Tammy so sorgfältig in Form gezaubert hat, ist auf einer Seite platt gedrückt.

Ich schlage das Buch auf. »Erinnerst du dich an das Buch? Es ist von dieser berühmten Autorin, Anonymous.«

Keine Reaktion.

Ich lese laut vor.

Zitronenmelisse besänftigt
all lästigen Kummer,
erfrischet das Herz
und verbannt das Gejammer.

Sie spricht die letzte Zeile tatsächlich mit und nickt. Ich atme auf. Diese Reime sind ihr wohl im Gedächtnis geblieben, wohingegen andere Erinnerungen nicht mehr da sind. Ich blättere weiter. »Hier, noch ein Reim, über Salbei. Und ich weiß, dass du ein riesiges Beet mit Salbei in deinem Garten hast.« Ich trage den Spruch laut vor.

Wer klug ist, pflanze Salbei vor allen Arten
bei sich, im glücklichen Heim.
Der Mensch, der gedeihen sieht seinen Garten,
wird im Tode sein nicht allein.

Ihre Laune kippt. »Nun ja, wir beide wissen, dass das nicht stimmt.« Sie sieht mich direkt an, und plötzlich ist sie ganz da.

Meine Begeisterung für dieses Buch schwindet. »Tut mir leid, Mom, ich muss los.« Das ist nicht gelogen. Ich muss zu Phil.

»Das war ein kurzer Besuch«, sagt sie und runzelt verärgert die Stirn.

Auf dem Weg zu Phils bewachter Wohnanlage in Spring Creek überhole ich einen perlrosafarbenen Cadillac Coupe de Ville, der in die entgegengesetzte Richtung fährt. Henrietta! An der nächstbesten Möglichkeit wende ich und versuche, den Wagen einzuholen. Endlich hält das Auto an einer staubigen Tankstelle, und ich stelle mich auf die andere Seite der Zapfsäule. Ein Mädchen mit langen Haaren im Teenageralter steigt aus – vielleicht die Enkelin?

Ich frage beiläufig: »Ist das Henriettas Auto?«

Das Mädchen sieht mich an, als sei ich verrückt. »Wer ist Henrietta?«

»Ich weiß nicht, vielleicht deine Oma, dein Tantchen?«

»Mein Tantchen?« Sie prustet los. »Lady, Sie sind garantiert von hier, oder?«

Ich ärgere mich über die *Lady*. »Ja, das bin ich, und du?«

»Ich komme gerade aus New Jersey. Vielleicht können Sie mir helfen? Ich versuche, nach Fernandina Beach zu kommen, und mein Navi auf dem Handy« hat kein Netz.

Ich hole meine Florida-Karte aus dem Handschuhfach. Die junge Frau lacht. »Echt witzig«, sagt sie.

»Was?«

»Ich wusste nicht, dass die noch in Gebrauch sind.«

Und wer von uns beiden hat sich verfahren? Während ich dem armen Ding den Weg zu ihrer ausschweifenden Spring-Break-Party zeige, inspiziere ich heimlich das Auto, und als sie zuversichtlich zu sein scheint, den Weg zu finden, gehe ich sogar einmal drumherum, um das Nummernschild zu überprüfen. Es stimmt: New Jersey.

Wegen meiner nicht ganz so rasanten Verfolgungsjagd und der freundlichen Reisetipps bin ich spät dran für das Barbecue. Als ich mich Phils Haus nähere, komme ich an einer weitläufigen gerodeten Fläche mit weißem und grauem Sand vorbei, auf der jeder Baum zu einem schwelenden Haufen aufgestapelt ist. Das ist die in Florida übliche Brandrodung, die für mich nichts mehr mit Ackerbau, sondern eher etwas mit der Militärstrategie »vergewaltigen und plündern« zu tun hat. Entlang der Straße ist das Grundstück mit einem ein Meter zwanzig breiten grünen Rollrasenstreifen gesäumt, in regelmäßigen Abständen stehen kleine Palmen. »Demnächst« steht auf dem Schild ... Harmony Villas, Belcrest Estates ... egal wie die Neubaugebiete heißen, sie bedeuten verlorene Habitate für Tiere und Pflanzen und weitere hässliche Rigipshäuser in der Monopoly-Zukunft dieses Staates. Ich beschleunige und weiche einem toten Opossum auf der Straße aus, seine roten Eingeweide schimmernd bloßgelegt. Die Manatee Lagoon liegt zu meiner Linken.

Ich halte vor dem Wachhäuschen. »Murrow«, sage ich zu dem

Sicherheitsmann mit dem Smokey-Bear-Hut, und er öffnet die schwarz-weiße Schranke. Die Häuser sehen alle gleich aus, aber Tammys Tür unterscheidet sich von den anderen, da sie außen ein Täschchen aus Gobelinstickerei angebracht hat, in dem ein billiger Bleistift und ein Papierblock stecken. Darüber steht ein heiterer, aufgestickter Reim: »Sind wir nicht hier, sind wir draußen im Boot, also seid so nett und hinterlasst uns ein Wort!« Vier winzige Menschen winken von einem kleinen Motorboot aus Garn.

Ich klopfe, und als Phil die Tür öffnet, drängt sich die Kühle der Klimaanlage an mir vorbei. Er trägt eine rote Kochschürze und hat einen Teller mit rohen Burger-Patties in der Hand, die in Farbe und Geruch dem Opossum auf der Straße gleichen.

»Komm rein, Loni.«

Ich zögere. *Was stimmt nicht mit mir?* Mein gut aussehender, charmanter Bruder lädt mich in sein Haus ein. Ich sollte mich freuen.

»Ich wollte sie gerade auf den Grill schmeißen«, sagt er.

Wir gehen durch das Wohnzimmer, vorbei an dem Couchtisch mit den fächerförmig angeordneten Zeitschriften, und bewegen uns auf ein leuchtendes grünes Rechteck jenseits der Glasschiebetür zu, die, als Phil sie öffnet, ein Geräusch wie eine Luftschleuse absondert, und schon stehen wir wieder draußen im grellen Licht.

Phils Freund, der Anwalt Bart Lefton, sitzt mit einer Bierflasche in der Hand an einem Plastiktisch. Bart lächelt sein breites, falsches Grinsen. Ich nehme an, Phil brauchte einen Puffer – er konnte nicht nur mich einladen und niemanden sonst.

Hinter ihnen platscht in hohem Bogen Wasser auf eine Plastikplane. Bobby und Heather stürzen sich in ihren Badesachen auf die blaue Wasserrutschbahn. »Hi, Tante Loni!« Bobby winkt, während Heather schlittert. Er hat rosige Wangen und ist klatschnass. Am liebsten würde ich mich zu ihm und seiner Schwester gesellen und unter das Wasser springen, das in diamantenen Tröpfchen aufspritzt und auf das nasse Gras fällt.

Heather erreicht das Ende der Rutschbahn, steht auf und ruft mir zu, wobei sich eine dunkle Haarsträhne zu ihrem Mund windet. Vor sechseinhalb Jahren, als Phil und Tammy im letzten Jahr der Highschool waren und Tammy schwanger wurde, dachte ich: *Das war's dann wohl mit der Zukunft meines Bruders.* Von D. C. aus konnte ich nur wütend sein. Nachdem Heather geboren war, kam ich herunter, um den beiden den Marsch zu blasen. Aber dann wickelte das Baby seine Finger um meinen kleinen Finger, und meine Wut verflüchtigte sich wie feiner Nebel.

Bobby macht eine Art Hechtsprung auf die blaue Fläche und vertraut jedes Mal darauf, dass der Boden ihn irgendwie auffangen wird. Phil bringt das Fleisch zum Zischen und Qualmen.

»Wo ist Tammy gleich noch mal?«, frage ich.

»Auf einer Scrapbook-Party, irgendwas mit Collagen kleben«, sagt Phil. Er dreht sich um. »Wenn du mich fragst, ist das nichts anderes als Resteverwertung – aber die Damen machen ein Riesenevent draus, ist doch so, oder Bart?«

»Ja.« Sie lachen wie Sechstklässler.

Phil ertappt mich dabei, wie ich mir das bildlich vorstelle. »Sie schneiden Fotos aus und kleben sie in spezielle Alben. Barts Freundin Georgia ist auch dabei.«

»Ja, sie verbringen ihre gesamte Freizeit damit«, sagt Bart.

Phil dreht sich halb vom Grill weg. »Tammy arrangiert ein paar von Moms alten Fotoalben neu.«

»Tammy hat die Fotoalben?«

Phil fuchtelt mit dem Grillspatel vor mir herum. »Jetzt raste nicht gleich aus. Wir haben Kopien für dich gemacht.« Er wendet einen Burger, und eine Flamme schießt in die Höhe. »Gestern hat sie ein paar Zeitungsausschnitte entdeckt, die ich noch nie gesehen habe. Sie waren in einem Ordner, hinten in einem Album. Soll ich sie dir zeigen?« Er reicht mir den Spatel. »Pass mal kurz auf die Burger auf. Und wir müssen auch über Geld reden. Neue Entwicklungen.« Er verschwindet hinter den Schiebetüren, ich bleibe mit Bart draußen.

Ich drücke eine Ecke des Spatels in das Fleisch.

Bart sagt: »Loni, du hast kein Bier!«

»Das ist okay, Bart.«

»Ist es nicht!« Er geht hinein.

Die Kinder rennen und schlittern und lachen. Bart kommt mit drei frischen Bieren heraus, und Phil folgt mit ein paar Manila-Ordnern, nimmt mir den Spatel wieder ab und kippt die Unterlagen auf den Tisch.

Bart hält sich eines der Biere an die Stirn, dann an die Schläfe und schließt seufzend die Augen wegen der Kühle.

Ich setze mich und greife nach dem obersten Ordner. Die Zeitungsausschnitte sind alt und durcheinandergewürfelt und eindeutig nichts, was Tammy für ihre Sammelalben verwenden will. Die erste Überschrift lautet: »Wildlife Officer Boyd Murrow rettet einen verletzten Vogel«. Auf dem Bild steht mein Vater am Fuße eines Tupelobaums. Es ist schwer zu erkennen, aber wahrscheinlich handelt es sich um einen Schneesichler, dem er auf irgendeine Weise geholfen hat. Er ist klein auf dem Bild, aber er lächelt. Ich höre die Worte von Nelson Barber, als ob er mir über die Schulter schauen würde. *Schau genau hin, ja? Boyd würde sich nicht selbst umbringen.*

Ich blättere zum nächsten Ausschnitt. »Einheimische Studentin gewinnt Vollstipendium.« Himmel noch mal, was für ein Bild. Mein letztes Highschool-Jahr und ich sehe aus, als hätte ich null Selbstvertrauen. Mein langes Haar hängt wie zwei kaum mehr als einen Spaltbreit geöffnete Vorhänge auf beiden Seiten meines Gesichts herab, und ich stehe so krumm und gebückt da wie ein großes Mädchen, das versucht, für einen kleinen Jungen attraktiv zu sein. Meine Mutter, die ungefähr so groß ist wie ich, steht aufrechter. Sie hat ihren Arm um meine Schulter gelegt, aber ich schmolle und rücke mit meinem Oberkörper so weit wie möglich von ihr ab, um Platz zwischen uns zu schaffen.

Auf dem nächsten steht: »Klapperstorch unbeeindruckt vom Sturm« und in kleineren Buchstaben: »Einheimisches Ehepaar bekommt Tornado-Baby«. Mein Vater hält Philip im Arm, gesund und größer als ein Neugeborenes, aber immer noch winzig, vor einer umgestürzten Weihrauchkiefer in unserem Garten. Mein Bruder wurde ohne die Hilfe eines Arztes oder gar einer Hebamme geboren. Erst später erfuhr ich, dass das Tiefdrucksystem eines Tornados frühe Wehen auslösen kann. Das Geräusch des Windes, die Schreie meiner Mutter und das schleimige, heulende Etwas, das aus ihr herauskam, jagten mir Angst ein. Aber ich tat, was man mir sagte, holte Handtücher und Angelschnur, um die Nabelschnur abzubinden. Sobald sich der Wind gelegt hatte, stapfte ich durch den überschwemmten Garten, um den Beinwell zu holen, den meine Mutter mir aufgetragen hatte, und vermischte die zerkleinerten Blätter unter ihrer Anleitung mit Crisco. Dann sah ich dabei zu, wie sie den winzigen Körper damit einrieb, bevor sie ihn in ein großes Baumwolltuch gepuckt hat. Anschließend kämpften wir uns über heruntergefallene Äste zum Pick-up vor. Mein Vater hielt das Baby und stützte meine Mutter. Ich hatte sie noch nie so schwach gesehen. Ich kletterte in das Führerhaus, und mein Vater überreichte mir meinen kleinen Bruder und legte das Köpfchen vorsichtig in meine Armbeuge. Während der ganzen holprigen und stockenden Fahrt zum Krankenhaus schaute ich auf dieses Geschöpf hinunter, das zu früh gekommen war, und betete, dass es überleben würde.

»Wie magst du dein Fleisch, Loni?«, unterbricht Phil meine Erinnerungen.

Ich kehre zurück zum Hochglanzgrill. Phil wartet auf eine Antwort, nichts ahnend, wie es zu diesem unerträglich normalen Tag gekommen ist.

»Äh, gut durchgebraten.«

Die Zeitungsausschnitte sind alle durcheinandergeraten. »Officer des Jahres Boyd Murrow.« Mein Vater, in frisch gebügelter Uniform, steht vor einer Flagge des Staates Florida und schüttelt einem jungen, gut aussehenden Frank Chappelle die Hand. Im Hintergrund steht ein anderer Offizier, ein hagerer, finster dreinblickender Mann mit abstehenden Ohren. »Lieutenant Daniel Watson, scheidender Officer des Jahres.«

Der letzte Ausschnitt ist der älteste: »Verlobt: Ruth Hodgkins – Boyd Murrow.« Das lange Haar meiner Mutter kräuselt sich an den Spitzen. Sie hat ein paar Sommersprossen auf der Nase und lächelt wie ein Teenager, obwohl sie bald ihren Collegeabschluss machen würde. Mein Vater scheint kaum in der Lage zu sein, das unbändige Glück zu zügeln, das ihn von innen zu sprengen scheint. Sie sind so jung, das Leben liegt noch vor ihnen. Bereit, ihr Nest zu bauen.

»Sieh dir den zweiten Ordner an«, sagt Phil und runzelt die Stirn.

Bart schlendert zu dem Zaun, der an der Grenze zum Kanal steht.

Der Ordner enthält eine weitere aufregende Tabellenkalkulation. »Moms gesamtes Einkommen«, kommentiert Phil die Aufstellung, »einschließlich unserer Beiträge, im Vergleich zur monatlichen Rate des St. Agnes.«

»Genau. Das hast du mir schon in deinem Büro gezeigt.«

Mein Bruder möchte, dass ich Zahlen so liebe wie er, aber es gelingt mir nicht. Ich habe mein Budget im Griff, aber die Rechnerei bereitet mir keine Freude. Ich überfliege die Details, die er aufgeschlüsselt hat. Der einzige Unterschied befindet sich am Ende.

Ich sehe ihn an. »Das ging doch vorher auf. Warum reicht es jetzt nicht mehr für das St. Agnes?«

»Weil sie vorher«, sagt er, »noch ihre Rente hatte.«

»Und wo ist die hin?«

»Es kotzt mich an, daran zu denken«, sagt er.

»Was ist passiert?«

»Jemand hat sie reingelegt. Muss kurz vor ihrem Sturz passiert sein. Sie hat sich den Fonds ausbezahlen lassen, um ein paar getürkte offene Rechnungen zu begleichen, die man ihr glaubhaft untergejubelt hat.«

»Moment, den gesamten Fonds? Wer? Wie?«

»Ja, die ganze Rente auf einmal. Offensichtlich eine Gruppe aus Übersee. Ziemlich Lowtech, aber mit Mom haben sie den Jackpot geknackt. Jetzt sind sie schon lange über alle Berge, und wir müssen Steuern und Strafen für das Geld bezahlen, mit dem sich jemand anders gut amüsiert.«

»Aber wir müssen das anzeigen! Wir müssen diese Leute kriegen!«

Bart ist zurück an den Tisch geschlendert, und ich schaue zu ihm und dann zu Phil. Ihre Abgeklärtheit verrät mir, dass sie es bereits zur Anzeige gebracht haben und dass wir die Diebe wahrscheinlich nicht erwischen werden.

Ich lasse mich in den Plastikstuhl fallen. Demenz ist ätzend. Ich stelle mir meine Mutter am Telefon mit den Betrügern vor, schikaniert und verwirrt.

»Allerdings«, fährt Phil fort, »haben Bart und ich einen Plan.«

Ich schaue in Barts breites Gesicht. Er mag zwar Anwalt sein, aber das hier geht ihn wirklich nichts an.

Er rollt seine Bierflasche zwischen den Händen und lächelt selbstzufrieden. »Bei seinen Recherchen über die Altersversorgung von Staatsbediensteten stieß dein kluger Bruder Phil auf eine bemerkenswerte Tatsache.«

Mein Bruder öffnet ein Paket mit Burger-Brötchen. »Kinder! Kommt und trocknet euch ab!« Die beiden rennen auf uns zu, und Phil zerzaust Bobbys nasses Haar mit einem Handtuch, dann wackelt er mit dem Tuch zwischen Heathers Zehen, um sie zum Lachen zu bringen. Es liegt eine Zärtlichkeit in seinem Vatersein, die er sich ohne ein Vorbild angeeignet hat. »Abmarsch, zieht euch trockene Sachen an«, sagt er. »Und lasst die nassen Badesachen nicht auf dem Teppich liegen!«

Die Kinder flitzen ins Haus. Er dreht sich zu mir um und lächelt.

Ich lächle nicht zurück. »Du hast unseren finanziellen Ruin detailliert ausgearbeitet.«

»Na ja, genau das versuche ich ja, dir zu erklären. Ich habe ein paar Nachforschungen über staatliche Leistungen angestellt, und es gibt eine ordentliche Summe, die uns der Staat Florida noch schuldet.«

»Ach ja?«

»Als Gesetzeshüter gehörte Dad zu einer Risikogruppe. Zusätzlich zu dem Prozentsatz seines Gehalts, den Mom von der Arbeitsunfallversicherung bekam, war die Fischerei- und Jagdaufsicht angehalten, ihr weitere fünfundzwanzig Prozent zu gewähren, da der Unfall im Dienst passierte. Außerdem gibt es eine Pauschalentschädigung von 300 000 Dollar für Bedienstete, die im Einsatz getötet werden. Und dieses Geld haben wir nie bekommen.«

»Ganz langsam, Phil, das ist … nein. Das geht … das geht in die falsche Richtung.« Ich sehe meinen Vater vor mir, an diesem Tag auf dem Steg, die vollgestopfte Anglerweste, die schwere Angelkiste.

»Warum nicht?«

Ich könnte es ihm sagen. Allein mit ihm reden, ihm die Wahrheit sagen.

Die Stimme von Bart Lefton kratzt an meinem Trommelfell. »Wir stellen einfach einen Antrag bei Gericht …«

»Bart, würdest du uns entschuldigen?«, unterbreche ich ihn und rühre mich nicht vom Fleck.

»Oh, sicher!« Er schaut zu mir, dann zu Phil. »Ich muss nur …

Ich muss, äh …« Er schiebt die Glastür auf und zieht sie hinter sich wieder zu.

»Phil … Dad war an dem Tag, an dem er starb, nicht im Dienst.«

»O doch, das war er.« Er klopft auf den Tisch. »Ich habe den Papierkram gesehen. Da steht: ›Im Dienst‹.«

»Welchen Papierkram?«

»Den Vorfallsbericht«.

»Was ist denn ein Vorfallsbericht?« Ich bleibe ganz ruhig.

»Loni, jetzt reagiere doch nicht gleich so empfindlich.«

»Ich reagiere überhaupt nicht empfindlich.« Obwohl die Sonne bald untergeht, ist die Luftfeuchtigkeit gestiegen, und in den Bäumen zirpen die Zikaden. »Ich möchte nur diesen ›Papierkram‹ sehen, von dem du sprichst. Ich habe noch nie irgendwelchen ›Papierkram‹ gesehen.«

»Weil du nie nachgeforscht hast, wir aber schon.« Phil schüttelt fast unmerklich den Kopf.

»Warum zeigst du mir diesen Bericht dann nicht?« Meine Stimme ist nicht lauter als zuvor.

Er starrt mich an und redet, als wäre ich im Kindergarten. »Weil ich ihn nicht hier habe. Er liegt in meinem Büro.«

»Also gut, ich will ihn sehen«, sage ich. »Jeder weiß, dass er nicht im Dienst war! Er war im Sumpf.« Ich halte das Schwanken, das meine Stimme bedroht, unter Kontrolle.

»Ja und? Warum war er nicht ›im Dienst‹? Er patrouillierte im Sumpf. Und warum regst du dich so auf? Du bist knallrot im Gesicht.«

»Es war *seine* Zeit. Ich meine, seine *dienstfreie Zeit*.«

Ein lautes »Huhu!« schallt von der Vorderseite des Hauses zu uns herüber. Tammy, früher zurück als erwartet. Innerlich koche ich vor Wut und muss mich erst beruhigen, bevor ich mich mit ihr befasse. Phil sagte, sie wäre nicht hier, und das war gelogen. Und dann muss er auch noch so einen Mist verzapfen. Der Rasensprenger plätschert immer noch in hohem Bogen auf die lange blaue Plastikplane. Ich stehe auf und renne los, stürze mich in Ottermanier auf die Wasserrutschbahn und schlittere bis zum Ende, mein Gesicht und meine Kleidung so nass wie das Gras vor meiner Nase.

12

Es scheint, als hätte Tammy nie vorgehabt, das ganze Abendessen zu verpassen, sondern nur die Vorbereitungsphase. Sie und ihre Freundin Georgia kommen durch die Glasschiebetür nach draußen. Wäre Georgia ein Vogel, wäre sie eine Gambelwachtel – unsicher, wie sie sich verhalten soll, aber entschlossen, sich nach wem auch immer zu richten. Ihre kugelige Frisur spiegelt ihre Gesamtform wider, gemäß Tammys Regel, dass der jeweilige Look zum Kunden passen sollte.

»Ist das Abendessen fertig?«, will Tammy wissen, und sie und Georgia kichern, als wäre es völlig absurd, Männern diese Frage zu stellen.

Ich erhebe mich von der Rutschbahn und gehe auf die beiden zu.

Georgia mustert mich mit einem Fragezeichen im Gesicht, tätschelt aber nur ihre karamellfarbene Haarkugel. »Hi, Loni.«

Ich schnappe mir ein Handtuch, und nach weiterem Small Talk verabschieden sich Bart und Georgia langatmig und beteuern, dass sie nie vorhatten, zum Abendessen zu bleiben. »Nur Bier«, sagt Bart und lacht.

Als ich einigermaßen trocken bin, decken Phil und ich den Tisch drinnen, um den Moskitos zu entgehen. Heather sitzt mir gegenüber und hat große Ähnlichkeit mit dem Bild meiner Mutter aus dem Zeitungsausschnitt. Die leicht nach oben gezogene Nase, die vielen Sommersprossen. Dieses Kind rief heute Morgen auf meinem Handy an und hinterließ eine Nachricht, zögerlich, aber deutlich: »Äh, Tante Loni, hier ist Heather. Äh, kannst du deine Vogelbücher mitbringen?«

»Hast du sie mitgebracht?«, flüstert sie mir jetzt wie eine Souffleuse quer über den Tisch zu, einen Tick zu laut.

»Nicht jetzt, junge Dame«, mahnt Tammy und senkt den Kopf für das Tischgebet.

Ich zwinkere Heather zu und beuge meinen Kopf übertrieben nach vorne. Tammy korrigiert während des ganzen Essens die Manieren der Kinder.

»Heather, keine Ellbogen.« Und Bobbys Herumgezappel kommentiert sie mit einem »Junger Mann, sitz bitte still. Du siehst aus, als wolltest du gleich abheben.«

Ich muss lachen.

Jetzt nimmt sie mich ins Visier und zieht die Augenbrauen zu einem zornigen V zusammen.

Ich konzentriere mich auf meinen Bruder. »Phil, joggst du noch?«

»Klar. Und du?«

»Ja.« Ich sage ihm nicht, dass ich meine Fitness sträflich vernachlässigt habe, seit ich in Florida bin.

»Wir sollten mal zusammen laufen gehen«, schlägt er vor. Er sagt das nur so und wird niemals damit Ernst machen.

Tammy schaut erst ihn, dann mich an und wartet darauf, dass sie miteinbezogen wird.

»Willst du mitkommen, Tammy?«, frage ich also höflich.

»Nein, nein. Bei dieser Hitze wird mich niemand draußen trainieren sehen.« Hauptsache, man wird gefragt und kann dankend ablehnen.

Nach dem Essen geht Phil nach oben, um Heather und Bobby zu baden, und ich helfe Tammy, den Tisch abzuräumen. Ich habe den Kindern versprochen, dass ich ihnen vorlesen werde, also beeile ich mich. Ich bringe den letzten Teller und das letzte Glas zum Tresen, doch Tammy stellt sich mir in den Weg. Sie deutet auf ein Whiteboard an der Wand. »Also, Loni, ich möchte dir den Wochenplan zeigen. Da du noch eine Weile hier sein wirst« –

»Ich bin nicht ...«

»... gehe ich montags und mittwochs, du gehst dienstags, donnerstags und samstags, und Phil geht freitags und sonntags.«

Ich blicke auf die Uhr über der Tür. »Und wir gehen ... wohin?«

»Ins Heim, meine Liebe.«

Ich drängle mich an ihr vorbei ins Esszimmer.

»Du lässt mich jetzt nicht hier stehen.«

»Ich helfe dir, den Tisch abzuräumen!« Ich höre die Kinder oben herumpoltern, hole das Salatdressing und meine Stofftasche mit den Vogelbüchern, die ich mir über die Schulter hänge. Wenn ich nicht bald hochgehe, verpasse ich meine Chance, ihnen vorzulesen. Ich stelle die Flasche Thousand Island in den Kühlschrank.

»Der Wochenplan, Loni.«

Ich schließe den Kühlschrank und drehe mich um. »Na ja, Tammy, tatsächlich werde ich nicht sehr lange hier sein. Warum *gehe* ich nicht einfach jeden Tag?« *Ich will raus aus dieser Küche.*

Tammy stemmt die Fingerknöchel in die Hüfte. »Aha, dann ist das also wieder eine deiner Stippvisiten?«

»Wie bitte?«

»Ich dachte, du wärst hier, um zu helfen. Aber ich vermute mal, es wird so ablaufen wie immer. Du platzt hier rein, schnappst dir das Wohlwollen deiner Mutter, haust wieder ab und überlässt es uns, ihr den Hintern abzuwischen.«

»Das Wohlwollen meiner Mutter? Tammy, du kannst damit unmöglich *meine* Familie meinen.«

»Aha, es ist also *deine* Familie. Die, die du normalerweise links liegen lässt?«

Ich schließe kurz die Augen. *Fang keinen Streit an.* »Aber wischen denn nicht die Leute im St. Agnes ... wenn sie es braucht ...«

»Und woher willst du das wissen? Du schneist hier fröhlich herein, beschwerst dich über all die neuen ›Papphäuser‹ in der Stadt – und damit meine ich unseres –, und dann ziehst du vergnügt wieder ab, um deiner Mutter weiszumachen, wie erfolgreich du bist und dass du deshalb keine Minute länger in diesem Kaff verbringen kannst.«

Ich stoße ein bitteres Lachen aus. »Ach, Tammy, da liegst du aber völlig daneben. Meine Mutter hat mich nie als erfolgreich betrachtet.«

»Ich liege völlig daneben? Ich glaube, das trifft eher auf dich zu, Miss Smithsonian Institution. Ich bin diejenige, die bemerkt hat, dass deine Mutter den Verstand verliert!«

Das Abendessen ist in meinem Magen zu einem harten, brennbaren Fettklumpen erstarrt. »Ich sag' dir, was ich von deinem Wochenplan halte, Tammy. Er ist so was von langweilig. Wie wär's mit einem Graffiti?« Ich nehme den Whiteboardmarker in die Hand und schreibe gut lesbar: *Tammy ist eine ver...* Meine Tasche rutscht mir von der Schulter auf den Ellbogen meines Schreibarms und zieht meine Hand nach unten. Wenn ich diesen Gedanken zu Ende denke, trete ich hinaus in die heiße Nacht und schlage die Tür hinter mir zu. Die Bettgehzeit wird verstrichen sein, ohne Vogelbücher, ohne Vorlesen, ohne Tantchen.

Ich schiebe den Riemen der Tasche auf meine Schulter zurück und schreibe weiter. Ich hänge an das »*ver-*« noch eine »*-bale Sturmfront*!« dran und zeichne eine Wirbelsturmwolke hinter das Ausrufezeichen, aus der Regentropfen in alle Richtungen schießen und mein Feuer löschen. Ich schiebe die Kappe auf den Stift und drehe mich zu meiner Schwägerin um. »Wenn du mich jetzt entschuldigst, ich habe eine Verabredung mit zwei Naturkunde-Enthusiasten.«

Ich gehe die Treppe hinauf, immer noch zittrig. Heather und Bobby springen in ihren Schlafanzügen auf und ab und skandieren meinen Namen. »Tante Lo-ni, Tante Lo-ni!«

Phil, der nichts von meinem Streit mit Tammy weiß, geht im Flur an mir vorbei, berührt meinen Arm und sagt leise: »Fang mit Bobby an.«

Obwohl er wild herumhüpft, ist Bobby von der Rutschpartie offensichtlich ziemlich erschöpft, denn die Raupe Nimmersatt hat noch nicht einmal die Pflaumen gegessen, als ich meinen jungen Zuhörer dabei beobachte, wie er mit geschlossenen Augenlidern gleichmäßig ein- und ausatmet.

Als ich in Heathers Zimmer komme, sitzt sie aufrecht im Bett. »Hast du sie mitgebracht?«

»Herrje, das habe ich wohl total vergessen«, sage ich.

»Hast du nicht.«

»Ach, da sind sie ja!« Ich hole ein paar der Bücher aus meiner Tasche.

Sie wählt eins von Opa Tads Bestimmungsbüchern aus und fragt mich über die Abbildung von einem Schwarzmantel-Scherenschnabel aus, einem Küstenvogel mit knallroten Füßen und einem stark ausgeprägten Unterbiss. »Sie schaufeln Fische mit dem viel längeren unteren Teil ihres Schnabels auf«, erkläre ich ihr.

Sie blättert die Seite um, und ich lese den Text vor: »Die kubanische Bienenelfe gilt als der kleinste Vogel der Welt.«

»Echt cool.« Sie blättert eine weitere Seite um. Sie ist hellwach.

»Heather, ich soll dich eigentlich ins Bett bringen.«

»In Ordnung«, sagt sie und legt sich hin, das aufgeschlagene Buch ihres Urgroßvaters neben sich. Das Bild zeigt einen Webervogel an seinem Nest, das buchstäblich wie aus Sackleinen gewebt aussieht. »Kannst du mir etwas vorsingen?«, fragt sie. Sie wendet eindeutig eine Hinhaltetaktik an, aber was soll's, ich sehe sie selten genug.

»Schlaf, liebe Heather, hoch auf dem Baum ...«, singe ich, und sie lacht – sie ist zu alt für dieses Lied. Aber ich dämpfe meine Stimme und verlangsame die Melodie, bis sie sich wieder eingekriegt hat. »Die Wiege im Wind, sie schaukelt im Traum ...«, singe ich weiter und betrachte dabei das Buch neben ihr, dieses komplizierte Nestgeflecht, das zaghaft an einem Ast hängt. »Wenn der Ast bricht und die Wiege fällt ...« Während ich die Worte formuliere, verstehe ich diesen Text wie nie zuvor in meinem Leben – ein Vogelnest, das abstürzt. »Und runter kommt Vöglein, mit der Wiege obendrein.«

Ihre Augen sind geschlossen, aber dennoch widerspricht sie mir mit leiser Stimme: »Nicht Vöglein. Heather.«

»Ja, Heather.« Ich gebe ihr einen Kuss auf die Stirn, sammle die Bücher ein und schleiche mich hinaus. »Schlaf gut.«

Phil begleitet mich zur Eingangstür, Tammy kommt schnell hinter ihm her. »Was soll das heißen: ›verbale Sturmfront‹?«, fragt sie. »Gilt unsere Abmachung? Gehst du an den Tagen hin, für die ich dich eingeteilt habe?«

Phil flunkert ein bisschen. »Loni hat mir gerade gesagt, dass sie es aufgeschrieben hat und dass sie mit dem Zeitplan einverstanden ist.« Er bittet mich, in diesem Haus ein Pazifist zu sein. »Und, Loni, ich halte dich auf dem Laufenden, was die Akten angeht.« Er legt den Kopf schief.

Damit meint er die Sache mit dem Staat, der unangebrachten ...

»Phil, nein.«

»Gute Nacht, Loni.« Und mein dummer kleiner Bruder macht einfach die Tür zu.

13

2. April

Ich hocke den ganzen Morgen in der kargen Wohnung herum blase Trübsal und bin unproduktiv. Schließlich rufe ich Delores Constantine in der Botanischen Bibliothek an. Ich vermisse das Smithsonian.

»Hello«, sagt sie und erledigt gerade wahrscheinlich mal wieder zwei Dinge auf einmal.

»Delores, ich bin's, Loni.«

»Wie geht's, Kindchen?«

»Mir geht's gut. Immer noch in Florida.«

»Aha.«

»Wie läuft es bei euch? Irgendwelche Dramen?«

»Oh, ich halte mich aus jedwedem Drama heraus, das weißt du doch. Aber wir haben eine Lieferung von Proben erhalten, und ich helfe wie immer beim Katalogisieren.« Ich weiß, dass sie, während sie spricht, durch den unteren Teil ihrer Brille auf etwas Botanisches schaut.

»Sollten das nicht die Praktikanten machen, Delores?«

»Ja, aber wenn ich sie damit allein lasse, bringen sie nur mein System durcheinander. Also ist es gut, ihnen über die Schulter zu schauen. Was ist los?«

Delores ruft man nicht an, nur um zu quatschen. »Nichts Wichtiges.«

»Wie geht es deiner Mutter?«

»Nicht gut.« *Ehre deine Mutter, Loni.* »Habe ich dir je erzählt, dass sie einen Kräutergarten hatte?«

»Nein, ich glaube nicht.«

»Er wächst und gedeiht immer noch.« Ich sehe wieder das Leuchten in den Augen meiner Mutter vor mir, als ich ihr das erste Kräutergedicht vorgelesen habe. »Sag mal, Delores, du kennst doch die Abteilung mit den alten Büchern über Kräuter, auf dem unteren Regal neben deinem Schreibtisch? Von denen ist keins online verfügbar, oder?«

»Ich fürchte, nein. Warum?«

»Ach, ich dachte nur, ich würde darin eine Pflanze finden, als Mitbringsel für meine Mutter.«

»Als Biedermeiersträußchen?«

»So was in der Art. Die Mutter meines Vaters war wahnsinnig bewandert in Kräutern, und ich weiß, dass meine Mutter sich viel von diesem Wissen bewahrt hat. Wenn ich ein paar Kostbarkeiten entdecken und sie mit ihr teilen könnte, vielleicht ...«

Delores setzt meinen Gedanken fort: »... könnte euch das einander näherbringen.«

»Ja, das ist ... ja.«

»Mal sehen, was ich herausfinden kann. Du bist in der Nähe der Florida State University, richtig? Wir könnten es als Fernleihe abwickeln. Hör mal, ich muss los.«

»Okay, Delores. Schön, deine Stimme zu hören.«

14

In der Lobby des St. Agnes ist der Fernseher eingeschaltet, und es läuft *Der Florida Report*. Ich neige dazu, mich vom Fernsehen in den Bann ziehen zu lassen, denn als ich aufwuchs, war meine Mutter eine entschiedene TV-Gegnerin. Ich habe einen Karton mit ihren Sachen dabei und stelle ihn auf dem Tresen ab, um mir das Nachstellen der Magnettonbandaufnahme eines Notrufs anzusehen – eine Frau, die der Telefonvermittlung zuruft: »Der Boden im Schlafzimmer ist eingestürzt, und mein Schwager ist da drin! Er ist unter dem Haus!« Das Bild schneidet auf ein kleines Betonhaus, das mit Polizeiband abgeriegelt ist. Eine gelbhaarige Reporterin mit wackeligen Knien geht auf die Kamera zu und sagt: »Ein Mann liegt schlafend in seinem Bett, und plötzlich verschluckt ihn ein riesiges Senkloch, ohne jede Spur. Sein Bruder ruft nach ihm, aber er ist verschwunden.« Sie zeigen den Bruder, dessen Gesicht vor Trauer verzerrt ist, und der sagt: »In diesem Loch waren nur meine Stimme und ihr Echo.«

Meine Fernsehtrance wird durch eine Berührung an meiner Schulter unterbrochen. Es ist Mariama, eine der vielen westafrikanischen Frauen, die im St. Agnes arbeiten. Sie ist etwa zehn Jahre älter als ich und ein paar Zentimeter größer. Sie lächelt sanft. »Wie geht es Ihnen?«, fragt sie. Mariama ist die Leiterin der Demenzstation, und ich habe sie gestern kennengelernt, als meine Mutter aus der Reha auf diese Station verlegt wurde. Heute trägt sie einen zweckmäßigen kastanienbraunen Kittel und Turnschuhe, und ihr Haar ist zurückgebunden, um ihre hohe

Stirn zu betonen. Ihr sierra-leonischer Akzent ist voll von abgerundeten Vokalen und weichen R.

»Ach, mir geht es gut so weit. Wie läuft es hier?«

Sie macht sich auf den Weg in Richtung des Zimmers meiner
Mutter, und ich folge ihr mit meinem Karton unterm Arm.

»Ihre Mutter möchte nicht an den Aktivitäten teilnehmen«,
berichtet mir Mariama. »Das ist in Ordnung. Es ist alles neu für sie.«

»Sie ist verwirrt«, sage ich. »Sie versteht immer noch nicht,
warum sie hier ist.«

»Ich weiß, und sie ist jünger als die meisten. Da wäre ich auch
verwirrt.« Mariama lächelt. »Wenn sie diesen Blick bekommt,
der besagt: ›Ich habe keinen Schimmer, wo *zum Teufel* ich hier
bin‹, dann sorgen wir für Ablenkung. Aber wir müssen wissen,
was für Sachen sie mag.«

»Also, sie spielt Klavier oder zumindest hat sie früher gespielt.
Das geht vermutlich erst wieder, wenn ihr Handgelenk ausgeheilt
ist. Aber sie mag klassische Musik.« *Was mag meine Mutter noch?*

»Sie löst gern Kreuzworträtsel«, sage ich. »Sie mag Bücher. Ich
kann ihr mehr Bücher bringen.«

»Gut«, sagt Mariama. »Das ist gut. Sie geben uns ein ganzes
Arsenal an Ablenkungsmanövern.« Sie sagt »Ahsenal«.

»Ach ja, und Gartenarbeit«, füge ich hinzu. »Sie kennt sich
mit Kräutern aus.«

»Tatsächlich? Das ist gut zu wissen.« Winzige goldene Halb-
monde glitzern an Mariamas Ohrläppchen.

Eine Frau mit einer Gehhilfe jammert: »Marian! Marian!«

Ich werfe Mariama einen fragenden Blick zu, denke aber im
Stillen, dass ich mich lieber raushalten sollte.

Sie runzelt die Stirn. »Das ist unsere Eunice.« Sie biegt scharf
nach links ab, um sich um die Frau zu kümmern.

Als ich in Moms Zimmer komme, verzichtet sie auf jegliche
Nettigkeiten. »Das Zimmer ist unmöglich. Und ich kann meine
Sachen nicht finden.«

Ich stelle den Karton auf dem Boden ab und hole ein creme-farbenes Bündel heraus. »Genau, deshalb habe ich ein paar von ihnen mitgebracht. Hier ist deine Tagesdecke.« Ich ziehe den braun-goldenen Polyesterbezug von ihrem Einzelbett, falte den Chenille-Überwurf auseinander und drapiere ihn auf ihrem Bett. Und merke, wie sie mich mit diesem Du-bist-ein-hoffnungsloser-Fall-Blick anstarrt.

»Na ja, er ist ein bisschen groß«, sage ich, »aber er ist so schön weich und griffig.«

Sie verschränkt die Arme. »Er wird auf dem Boden schleifen und in einem Tag schmutzig sein. Er gehört nicht hierher, und das weißt du.«

Ich halte inne, dann lege ich den Überwurf wieder zusammen. »Ich bin sicher, Mom, du wolltest eigentlich sagen: ›Danke, Loni, dass du mir diesen Gefallen tust, aber ich bin mir nicht ganz sicher, ob es funktionieren wird.‹«

»Nein, wird es nicht.«

Die Reibung entzündet ein Streichholz. »Na gut, dann behalte das hässliche Ding von hier.« Ich knautsche den Überwurf zusammen, schnappe mir meine Tasche und gehe zur Tür hinaus. In der Lobby rausche ich an Mariama vorbei.

»Halloo?«, ruft sie, aber wenn ich jetzt den Mund aufmache, speie ich vermutlich Feuer. Ich werfe den Überwurf in mein auf-geheiztes Auto. Es gibt nichts, was mich davon abhält loszufah-ren. Außer dass ich den Karton mitten auf dem Boden habe ste-hen lassen und Mom wahrscheinlich darüber stolpern wird. Ich stehe eine Minute lang da und atme die Hitze ein, dann gehe ich zurück.

Auf dem Bildschirm in der Lobby sitzt dieselbe gelbhaarige Reporterin und plaudert mit dem Moderator. Sie können doch nicht immer noch über den Krater sprechen, oder? Eine große Geschichte in einer kleinen Stadt.

Mariama steht im Flur, einen Stapel sauberer Wäsche in den

Händen. »Hallo!«, sage ich diesmal. »Tut mir leid, dass ich Sie ignoriert habe.«

Sie legt die Handtücher ab. »Oh, Sie hatten es eilig. Das verstehe ich. Aber ich habe vergessen, Sie zu fragen, ob Sie ein Flunkereichen anwenden?«

»Wie bitte?«

Sie spricht jede Silbe deutlich aus. »Ein the-ra-peu-tisches Flunkereichen.«

Vielleicht liegt es an ihrem Akzent, aber ich habe keine Ahnung, welche Worte sie da gerade zu mir sagt.

»Okay, ich erkläre es Ihnen«, sagt sie. »Manche Familien erzählen ihren Angehörigen etwas, das nicht ganz der Wahrheit entspricht, aber dem Bewohner hilft, sich einzuleben. Das machen nicht alle Familien, aber wenn sie ein Flunkereichen haben, steigen wir da gerne mit ein.«

»Oh, so etwas wie eine Flunkerei?«

»Ja, aber eine winzig kleine. Ein Flunkereichen.«

Ich schaue weg und senke dann meine Stimme. »Meine Schwägerin möchte, dass ich meiner Mutter sage, die elektrische Anlage in ihrem Haus sei defekt …«

Mariamas Gesicht entspannt sich. »Ja, die Elektrogeschichte. Eine gute Geschichte.«

Sag mir nicht, dass Tammy recht hatte.

»Es fühlt sich sehr merkwürdig an«, wende ich ein, »meine Mutter anzulügen.«

Mariama geht weiter, und wir kommen an einer Vase mit Zinnien vorbei. »Ich weiß«, sagt sie. »Ruth ist diejenige, die Ihnen beigebracht hat, niemals zu lügen.«

Ich nicke.

»Aber Ihre Aufgabe ist es jetzt, ihr das Leben leicht zu machen. Und dabei hilft das Flunkereichen.«

Ein Mann, der in einer Tür steht, müht sich, aus seinem Rollstuhl aufzustehen.

»O nein, Myron!« Mariama hebt verdrießlich Augen und Hände, und ich bemerke einen Anflug von Ärger. Aber sie eilt an seine Seite und bringt ihn dazu, sich wieder hinzusetzen. »Sie dürfen nicht stürzen«, ermahnt sie ihn.

Als ich zurück in das Zimmer meiner Mutter komme, zeigt sie auf den Karton auf dem Boden. »Was ist da drin?« Sie hat den Überwurf vergessen und auch meine Gereiztheit.

»Ein paar deiner Lieblingssachen. Genau wie in dem Lied von Julie Andrews.«

Sie presst Luft zwischen ihren Lippen heraus. »Pff.«

»Und noch ein paar andere Dinge. Also lass uns ein paar Entscheidungen treffen.« Ich nehme eine Wärmflasche, einen Luffaschwamm und etwa acht Haarbürsten heraus. »Welche von den Bürsten möchtest du behalten?«, frage ich.

»Nun«, sagt sie, »alle!«

Ich ziehe den Karton zu dem Vinylstuhl, auf dem sie sitzt, und versuche es mit Logik. »Nein, mal ehrlich, du kannst doch nicht mehr als eine Haarbürste auf einmal benutzen, also welche ist deine Lieblingsbürste?«

»Jede davon ist meine Lieblingsbürste.«

Eine Flasche Aspirin ganz unten im Karton ist seit zwei Jahren abgelaufen. Ich werfe sie in den Müll.

»Wirf das nicht weg!«, ruft sie, »die kann ich noch gebrauchen.«

Ich halte den Mund und nehme das Seidenpapier heraus, das die Toilettenartikel von der Kleidung trennt. Ich halte ein Kleid hoch, das ich sie schon oft habe tragen sehen.

»Das da gehört mir nicht mal!«, kräht sie. Als ich den Kopf hängen lasse, sagt sie: »Dein Scheitel ist schief.« Die Fehlersuche ist ihr so vertraut, dass sie dafür nicht einmal ein funktionierendes Erinnerungsvermögen braucht.

Ihr Augenmerk wandert Richtung Fenster, und ich hänge das Kleid und einige andere Kleidungsstücke auf Bügel. Am Boden des Kartons befindet sich ein weiterer Gegenstand, den ich nicht bemerkt habe, weil er unter den Kleidern begraben war. Ich wickle das Seidenpapier ab und sehe, dass der Gegenstand aus Leder ist – ein Holster? Der Verschluss ist verrostet und das Leder verformt, als hätte es lange Zeit im Wasser gelegen. Es gehörte meinem Vater. O Gott! Hatte er es an diesem Tag bei sich, trug er es an seinem Körper? Meine Mutter dreht sich um. Ihr Blick bleibt an dem Holster hängen, dann wandert er weiter zu mir. Ich wickle es schnell wieder ein und lege es zurück in den Karton.

15

Ich mache mich erneut auf die Suche nach dem Zwergsultans-huhn. Der bärtige Besitzer des Kanuverleihs lädt gerade auf dem Parkplatz Paddel von der Ladefläche eines Pick-ups ab, als ich ankomme.

»Sind Sie aus D. C.?«, fragt er, als ich aussteige.

»Nein. Warum?«

Sein skeptischer Blick wandert zu meinem Nummernschild aus Washington, D. C. Es verkündet lautstark: *Touristin! Stadt-mensch! Blutige Anfängerin!*

»Das ist ein Leihwagen«, lüge ich. »Mein Auto ist in der Werk-statt.« Warum kümmert mich, was dieser Typ denkt?

Er folgt mir hinein, nimmt meine Kreditkarte entgegen und weist mir ein Kanu zu. Aber er beobachtet mich die ganze Zeit.

Morgendunst steigt aus dem Wasser auf. Heute paddle ich zu einem anderen Teil der Marsch, wo die Zypressen wachsen, »immer schön mit den Füßen im Wasser«, wie mein Vater zu sa-gen pflegte. Das Baumkronendach ist so hoch wie die Kuppel einer Kathedrale, und ich gleite durch eine Landschaft aus Licht und Schatten. Von den Stämmen stürzen Farne wie Wasserfälle zwischen rosafarbenen Flechten herab, als hätten sie die Masern, und die Atemknie der Zypressen ragen wie die Hüte von unter-getauchten Zwergen aus der Wasseroberfläche. Ich entdecke eine zarte *Encyclia tampensis*, eine einheimische Orchideenart in der Form eines Schmetterlings mit einem herzförmigen Zentrum, die sich an einen Stamm klammert.

Ich verbringe drei Stunden mit der erfolglosen Suche nach dem Zwergsultanshuhn, bevor ich aufgebe und zurück zum Steg gleite. Der Kanu-Typ kommt nicht zum Anleger. Ich gehe zum Verleih hoch, in dem er sich gerade mit einem Kerl mit Backenbart, ausgefranster Jeansweste und gruseligen Armtätowierungen mit Schlangen und Messern unterhält. Ich werfe einen Blick zur Tür hinaus und sehe einen schwarzen Geländewagen, der quer über zwei Stellplätze geparkt ist. Der Mann mit dem Backenbart scannt mich ab, vom Gesicht abwärts zu den Füßen und zurück. Dann wendet er sich wieder an Adlai und sagt: »Also gut, ich mach es so wie besprochen.« Er verlässt den Laden und steigt in den schwarzen Geländewagen. Ich beobachte ihn, weil ich wissen will, ob sein Motor genauso laut bullert wie der von dem SUV, der Phil, Tammy und mir Angst eingejagt hat.

Adlai kommt hinter dem Tresen hervor. »Was Schönes entdeckt da draußen?«

Ich drehe mich zu ihm um. »Sie meinen in der Marsch? Klar. Immer. Aber diesmal bin ich auf der Suche nach einem ganz bestimmten Vogel.«

Er starrt aus dem Fenster.

Ich merke, dass ich immer noch meine Paddel in der Hand halte. »Ich werde die Dinger dann mal wegräumen.«

»Äh, nö. Sie brauchen nicht meinen Job zu machen.« Er nimmt mir die Paddel ab und drängelt sich an mir vorbei. »Ich hab' eh nicht genug zu tun.«

Welche Laus ist dem denn über die Leber gelaufen? Er hängt die Paddel draußen auf, dann kommt er wieder rein und lässt die Tür hinter sich zuknallen. Ich warte auf meine Kreditkarte.

Ich bin mit Estelle in Tallahassee verabredet, um meinen Auftrag zu besprechen. Aber als ich im Naturkundemuseum ankomme, ist sie nicht in ihrem Büro. Ihre Assistentin sagt mir, sie sei drüben bei der University Press.

»›Aber lassen Sie sie auf keinen Fall wieder gehen‹, hat sie mir aufgetragen!« Estelles Assistentin ist jung und engagiert, nur fällt mir ihr Name gerade nicht ein.

»Na gut«, erwidere ich, »ich warte dann so lange in Bridgets Studio.«

»Oh, das tut mir leid«, sagt sie. »Estelle hat mir ausdrücklich aufgetragen: *Sie soll sich nicht an den Zeichentisch setzen!*‹« Sie lächelt immer noch.

»Also warte ich hier.« Ich nehme ihr gegenüber in einem tiefen, kastenförmigen Sessel Platz. Er ähnelt den Sitzgelegenheiten in der Bibliothek der FSU, die wir früher als »Schlummer-Stuhl-kreis« bezeichnet haben. Wie oft habe ich in diesen Sesseln mit offenem Mund geträumt? Ich trommle mit den Fingern auf die gepolsterte Armlehne. Das Smiley-Mädchen lächelt weiter. Hätte ich ein Smartphone, würde ich meine E-Mails abrufen, aber mein Telefon ist mit voller Absicht zu so etwas nicht fähig, also suche ich in meiner Tasche nach etwas, irgendetwas zu lesen. Meine Hand berührt ein kleines Notizbuch – das Garten-Tagebuch meiner Mutter. Ich hatte vor, es ihr heute zu geben, aber wegen ihrer Streitsucht habe ich es vergessen. Ich schlage es auf, wenn auch nur, um dem strahlenden Lächeln von Estelles Assistentin zu entkommen.

Rosmarin – Trauerblume
Zitronenmelisse – Trost
Kleine Braunelle – stärkt die Selbstheilung

Parson's Nursery hatte keine Kleine Braunelle vorrätig. Dann also Rosmarin, zum Angedenken. Verwelkt wohl nicht so schnell wie diese Vergissmeinnicht. Boyd sagte: Warum regst du dich so auf, Ruthie? Es sind doch nur Pflanzen! Wieso versteht er das einfach nicht? Er war da, er hat sie gehalten. Vergiss. Mein. Nicht. Jetzt legt er seine Hand auf meinen Bauch und fragt: Was glaubst du, ist es ein Junge oder ein Mädchen?, Und wann sollen wir es Loni Mae sagen? Oh, ich weiß, es ist schon ein Jahr her. Ich weiß, es ist eine neue Chance. Aber es können immer noch schreckliche Dinge passieren. Also gehe ich raus und schufte im Garten. Ruthie, hat er gestern gesagt, meinst du wirklich, du solltest hier draußen so viel umgraben? Ich habe von dieser Sache gehört, Toxo-irgendwas – aber ich habe ihn unterbrochen und ihm gesagt, Boyd, das heißt Toxoplasmose, und mir geht es gut, solange ich Handschuhe trage. Dann sah ich, wie sich sein Gesicht verfinsterte. Er hasst es, korrigiert zu werden. Aber er wird mich nicht vom Garten fernhalten.

»Hallo«, sagt Estelle. Ihr Schal schwebt hinter ihr her, als sie vorbeisegelt.

Ich schließe das Notizbuch, erhebe mich aus dem tiefen Sessel und folge ihr in ihr Büro.

»Gut, dass du ein Buch mitgebracht hast«, sagt sie. »Tut mir leid, aber ich habe mich mit dem Leiter der University Press getroffen. Das ist so aufregend!«, säuselt sie. Sie erreicht ihren Schreibtisch und setzt sich. »Wo willst du zu Mittag essen? Great Earth oder French's?« Estelle ist im Schnelldurchlaufmodus. Sie schiebt eine Zeitung zur Seite und sieht auf. »Hey, warum bist du so fleckig im Gesicht?«

»Ich bin nicht fleckig.« Meine Hand wandert zu meinem Gesicht. »Und ... das Great Earth ist super.«

»Also«, sagt sie, »wir haben das Buchprojekt bekommen!«

Ihr Gehirn arbeitet mit Gigahertz, meins wählt sich gerade erst ein. »Und welches Buchprojekt wäre das?«

»Zeig mir erst einmal deine Zeichnungen«, fordert sie mich auf.

Ich lege sie auf den Tisch, und sie fasst sie ganz vorsichtig am Rand an, breitet sie aus und bleibt beim Mangrovenkuckuck hängen, dann bei den Pfeifenten. Beim Rallenkranich nickt sie zufrieden. Sie sagt nicht: *Und wo zum Teufel ist das Zwergsul-tanshuhn?* Nur: »Die sind gut.« Sie lächelt mich an. »Aber was ist mit dir los?«

»Mit mir ist alles in Ordnung.«

»Hör auf zu lügen.«

»Estelle, wolltest du mir nicht gerade … von einem Projekt er-zählt?«

»Okay, aber lass uns gehen, ich muss um halb zwei wieder hier sein.« Sie schnappt sich die niedliche Handtasche, die zu ihren rosafarbenen Pumps passt, und ich schlurfe in meinen Kanukla-motten hinterher.

Im Great Earth setzen wir uns in eine Nische mit hohen Rück-wänden. Estelle sagt etwas, aber ich lausche in Gedanken immer noch den Stimmen meiner jungen Eltern aus dem Notizbuch und denke über das Bedürfnis meiner Mutter nach der Kleinen Brau-nelle und Vergissmeinnicht nach.

»Warum habe ich das Gefühl, dass du nicht zuhörst?«, be-schwert sich Estelle.

»Doch, ich höre dir zu. Erzähl mir mehr über dieses aufre-gende Projekt.« Ich will, dass sie redet, damit ich es nicht muss.

Sie holt tief Luft. »Wir wurden vom Ministerium beauftragt, ein Lehrbuch für Fünftklässler über die Naturgeschichte Floridas zu verfassen. Als Prototyp für alle Grundschulen des Staates.« Estelle kann »Prototyp« sagen und es auch so meinen.

»Aha.«

»Loni, darauf habe ich die ganze Zeit hingearbeitet! Wir ma-chen nicht mehr nur Museumskataloge, sondern veröffentlichen richtige Bücher. Bücher, die die Menschen erreichen.« Sie kneift die Augen zusammen und beugt sich vor. »Weißt du, warum wir dieses Buch machen müssen, Loni?«

Das »wir« löst einen stechenden Schmerz in meiner rechten Schläfe aus.

»Weil täglich tausend Menschen nach Florida ziehen, und dann spülen sie ihre Scheiße runter, legen die Sümpfe trocken und bauen hässliche Wohnsiedlungen, und sie brauchen viele Zubringer auf die Highways, und mit Wildtieren treffen sie nur dann zusammen, wenn sie sie totfahren.«

»Jetzt klingst du wie ich«, sage ich.

»Aber sie bringen auch eine neue Generation zur Welt, die hier in Florida aufwächst. Und diese Kinder lernen entweder, wie sie ihre Big-Mac-Packungen auf die Seekühe schmeißen, die sie mit ihren Schnellbooten überfahren haben, oder« – sie redet langsamer – »sie öffnen ihre Augen für deine in allen Farben leuchtenden Vögel, lernen die ungezähmte Feuchte des Sumpfes kennen, dieses unglaubliche, wilde Ökosystem, von dem wir umgeben sind, und retten es, bevor es untergeht.«

»Ich bin ganz auf deiner Wellenlänge, Estelle.«

Sie lächelt. »Wir müssen das große gemeine Volk bekehren!«

»Du meinst das große Volk der kleinen Fünftklässler?«

»Du hast mir tatsächlich zugehört. Ich will dich nicht unter Druck setzen«, sagt sie als Auftakt zum Unter-Druck-Setzen, »aber es würde jede Menge Arbeit für dich dabei herausspringen. Jede Menge Vogelzeichnungen ...« Sie sieht mich erwartungsvoll an.

»Tja, wirklich schade, dass ich nicht dabei sein kann.« Ich lege beide Hände flach auf den Tisch.

Sie studiert die Speisekarte. »Ich will nur, dass du Bescheid weißt. Du musst dich nicht gleich entscheiden.«

»Tue ich aber. Es geht nicht.«

»Sag niemals nie, Loni.«

»Estelle, hör auf damit, mich nach Florida zurückzubeordern.«

Unser Kellner taucht hinter mir auf. Seine Stimme klingt wie Sandpapier. »Hey, Ladies, habt ihr euch schon entschieden?«

Ich befinde mich auf Augenhöhe mit seinen Armen, die mit blauen Schlangen und Messern verziert sind. Ich blicke in sein finsteres Gesicht. Er ist der Typ, der sich mit Adlai im Kanuverleih

132

unterhalten hat. Er fährt einen schwarzen Geländewagen. Ich bestelle schnell eine Kürbissuppe und reiche ihm die Speisekarte.

Er sieht mich unverwandt an. »Ich bin Garf. Falls du etwas brauchst.« Dann dreht er sich um und schlurft in Richtung Küche.

Ich drehe meinen Kopf langsam zu Estelle. »Du lieber Himmel, er heißt Garf. Er muss der Junior sein. Der Sohn.«

»Hä?«

»Garf! Wie in Garf Cousins jr.!«

»Unser Kellner? Ich glaube nicht, dass er dein Typ ist, Loni.«

Ich rolle mit den Augen. »Nein, ich meine, wer würde sonst Garf heißen?«

Estelle lehnt sich zurück. »Soll ich ihn fragen?«

»Nein! Seine Familie hasst meine Familie. Sein Vater hat gedroht, meinen Vater zu töten!« Ich schiele in Richtung Küche. »Lass uns über etwas anderes reden. Tu einfach so, als hätten wir ein nettes, entspanntes Mittagessen.«

»Haben wir das denn nicht?«, fragt sie. »Wie geht's Phil und Tammy?«

Ich atme ein. »Ich versuche, mich von Tammy nicht nerven zu lassen. Und Phil hat diese verrückte Idee, mehr Geld vom Staat einzufordern.« Ich senke meine Stimme. »Aber das gefällt mir nicht. Alles könnte auffliegen, und mein Bruder bekommt dann mehr Informationen, als ihm lieb sein kann. Ganz zu schweigen davon, dass unsere Kassen davon eher leerer als voller würden. Ich habe versucht, ihn davon abzuhalten, aber Phil hört nicht auf meinen Rat, wie du weißt.«

Blaue Schlangen und Messer tauchen wieder auf, als Garf unser Essen serviert. Hat er zugehört? Er bleibt einen Moment zu lange neben dem Tisch stehen.

»Danke«, sage ich.

»Gern geschehen, Miss Murrow.« Er betont meinen Nachnamen und lächelt, wobei er seine vom Nikotin verfärbten Zähne zeigt.

Als er sich zurückzieht, spricht Estelle in normaler Lautstärke weiter. »Und wäre es so schlimm, herauszufinden, was wirklich passiert ist? Du hast zwei Personen, die sagen, dass es vielleicht nicht so war, wie du dachtest.«

»Pst. Welche zwei Personen?«

»Die Dame mit dem rosa Briefpapier und der verrückte Sumpf-Typ.«

Ich lege meine Serviette auf meinen Schoß. »Zwei unglaublich zuverlässige Quellen. Und was ist, wenn sich das, ›was ich dachte‹, für meinen einst glücklichen Bruder Phil schwarz auf weiß bestätigt?«

»Loni ...«

»Mal ehrlich, sieh mich an. Wegen allem, was ich darüber weiß, bin ich schon nicht mehr ganz dicht, durchgeknallt, verschroben ...«

Estelle beißt in ihr Sandwich.

»Unterbrich mich jederzeit.«

Sie kaut zu Ende. »Glaubst du nicht, dass Phil es irgendwann herausfinden wird?«, meint sie schließlich. »Und dann könnte er es dir übel nehmen, dass du es ihm vorenthalten hast.«

»Vielleicht.« Ich koste einen Löffel der goldenen Suppe. Muskatblüte und Estragon, ein Hauch von Cayenne. *Und Zitronenmelisse, um meinen Kummer zu besänftigen.*

Wir essen auf, legen unser Geld zusammen und lassen es mit der Rechnung auf dem Tisch liegen.

Garf Cousins jr. lehnt an einem Türpfosten und beobachtet uns, als wir gehen.

16

Diesmal nehme ich eine andere Route nach Tenetkee und fahre an Concrete World vorbei, einem riesigen Baumarkt und Gartencenter mit Unmengen von Gipshirschen, die neben einem Bataillon aus Vogeltränken Spalier stehen. Ich brenne darauf, jemandem meinen einzigen originellen Witz zu erzählen, der da lautet: Ich habe vor, neben Concrete World einen Wein- und Schnapsladen zu eröffnen. (Pause) Ich werde ihn – Spirit World nennen.

Im Autoradio läuft mein Lieblingssender »The Mighty 1290«. Der überdrehte DJ verkündet: »Another rockin' set!« Sie bringen viele Nachrichten und spielen viele Jingles, aber eben auch die Songs, die ich früher, wenn ich mit meinen Highschool-Freunden auf dieser Straße zwischen einem Teppich aus noch kleinen stacheligen Palmettopalmen durchfuhr, laut aufgedreht habe. Ich bin auf dem Weg zu Frank Chappelles Haus, weil er mich gebeten hat, ihn zu besuchen, und weil er vielleicht der einzige Mensch ist, der Phil von seinem Irrweg abbringen kann. Phil sagte, im Vorfallsbericht heiße es »Im Dienst«, und die Logik sagt mir, dass Chappelle derjenige gewesen wäre, der dieses Kästchen angekreuzt hätte – ein gutmütiger Meineid, um uns ein paar Vergünstigungen zu verschaffen, die uns sonst vielleicht verwehrt worden wären.

Ich habe seine Telefonnummer nicht, aber in meiner Kleinstadt war es früher üblich, unangemeldet bei Leuten vorbeizuschauen.

Die Fassade von Captain Chappelles Haus besteht aus großen, unverputzten Steinen, einem großen Kamin, und es wirkt in dieser Straße mit zweistöckigen Holzhäusern völlig fehl am Platz. Hohe Australische Schmuckzypressen säumen die Zufahrt. Diese Bäume sind in Florida weit verbreitet, aber invasiv, sie wurden vor langer Zeit eingeführt, um das schwammartige Land auszutrocknen. Ihre gefiederten Wipfel wiegen sich, begleitet von einem sanften *Schhhh,* in der Brise. In der Einfahrt, neben einem Chevrolet Suburban der Fischerei- und Jagdaufsicht, steht ein silberner Cadillac, nicht das neueste Modell, aber der Wagen kann sich sehen lassen. Ein grün-weiß gestreiftes Vordach mit einer überhängenden Ranke aus süßlich duftendem Geißblatt beschattet die Veranda.

Die Türklingel gibt nur ein kurzes Summen von sich. Bei den Grillpartys für die Familien seiner Untergebenen öffnete immer Shari Chappelle diese Tür. Sie war eine hoch aufgeschossene Highschool-Schülerin mit langen kastanienbraunen Haaren und perfekten Gastgebermanieren.

Ich höre, wie sich drinnen jemand der Tür nähert, und dann schwingt die Tür auf. Ein großer Mann steht hinter der Fliegengittertür und starrt unfreundlich nach unten.

»Hi, Captain Chappelle.«

Auf seinem Gesicht zeigt sich ein Lächeln. »Na, hallo! Komm doch rein, Loni Mae.«

Ich wünschte, er würde mich nicht so nennen. Das war der Spitzname meines Vaters für mich. Aber ich bin diejenige, die sich hier aufdrängt, die vorbeikommt, ohne anzurufen.

Drinnen ist es dämmrig, und Captain Chappelle schaltet eine Stehlampe ein. Dieses Haus war zu seiner Zeit luxuriös, aber jetzt sind die Vorhänge aus Damast erschlafft, und Staubflocken schimmern im Licht, das durch die Fenster dringt.

»Was für eine willkommene Überraschung an meinem freien Tag«, sagt er. »Ich habe dich schon früher erwartet, aber das macht nichts. Möchtest du etwas zu trinken? Ich habe Cranberry-saft.« Er macht einen Schritt zur Seite und geht in Richtung Küche.

»Ja, gern.«

Er bringt zwei gefüllte Gläser zurück, stellt sie auf Untersetzern ab und bittet mich, Platz zu nehmen. »Die Cranberrys schmecke ich noch«, sagt er, während er den Platz gegenüber einnimmt. »Sonst ist da nicht mehr viel, im Moment.«

»Nein?«

Er geht nicht näher darauf ein. »Es ist schön, Gesellschaft zu haben. Im Haus ist es furchtbar still. Stevie und ich ... waren in den letzten Jahren Hausgenossen, weißt du.« Sein Gesicht verdüstert sich.

Ich zögere und sage dann: »Es muss schwer sein ohne ihn.«

Chappelle sieht über mich hinweg. »Du kannst dir nicht vorstellen, wie schwer.«

»Es tut mir so leid.«

»Ach was, genug davon. Bei unserem letzten Gespräch habe ich dich in meinen Garten eingeladen.« Er legt seine Handflächen auf die Knie und steht auf.

»Ja, ich würde ihn mir gern anschauen.«

Wir gehen durch die Hintertür über eine Holztreppe nach draußen. Er bewegt sich geschmeidig und hat ein breites Kreuz, ohne eine Spur von den zusätzlichen Pfunden, die die meisten Männer in seinem Alter mit sich herumtragen. In Hausnähe ist der Garten mit Fingerhirse und trockenen Stellen übersät.

»Achte nicht auf diesen Teil. Ab hier wird es schön.« Er zeigt auf die Hortensien, die in Hülle und Fülle wachsen, überbordende Kugeln in der Größe von Kohlköpfen, grün, lila und rosa. »Weißt du, man kann verschiedene Farben an einer Pflanze wachsen lassen«, erklärt er mir. »Hängt nur davon ab, wie sauer man den Boden macht.«

Orangefarbene und rote Kamelien säumen den Rand des Gartens. Sie duften nicht, als wollten sie die schwere Süße über der

Veranda vor dem Haus ausgleichen. »Ich bin kürzlich am Haus deiner Mutter vorbeigefahren. Habt ihr es bereits vermietet?«

Ich nicke.

»Und wo wohnst du jetzt?«, fragt er.

»Oh ... oben in Tallahassee.«

Er legt den Kopf schräg. »Tally? Wo? Und *warum*?«

»Wo? Na ja, gleich in der Calhoun Street ... das Gebäude heißt aus irgendeinem Grund ›Capitol Park‹. Klingt eher nach einer riesigen Grünfläche oder einem siebenstöckigen Parkhaus.« Ich lache.

»Und warum Tallahassee?«

»Ach, ich arbeite da oben ein bisschen. Hey, ist das Rhabarber?« Ich zeige auf die früher einmal akkurat ausgerichteten Reihen aus dunkelgrünen Blättern und roten Stängeln.

»Du magst Rhabarber? Dann schneide ich dir welchen.« Er nimmt ein Klappmesser aus seiner Tasche und lässt es aufschnappen.

Ich protestiere, aber da hat er sich schon hingekniet und verscheucht und verflucht die Bremsen, während er die Stiele abschneidet. Aus den Stängeln tropft roter Saft auf seine Hände.

»Meine Frau hat immer den besten Rhabarberkuchen gebacken«, sagt er und schaut vor sich hin, das Handgelenk auf ein Knie gestützt.

Damals wurde viel über seine Scheidung getratscht. Eines Tages – er war bei der Arbeit – packte seine Frau Rita die Kinder ein und haute ab. Es ging irgendwie um Geld – ich habe es nie ganz verstanden, aber ich erinnere mich noch gut an die Reaktion meines Vaters. Eines Abends sagte er zu meiner Mutter: »Wie konnte sie einen Kerl wie Frank Chappelle fallen lassen? Und ihm seine *Kinder* wegnehmen?«

Rhabarberstängel erliegen seinem Messer.

»Mein Vater hielt große Stücke auf Sie, Captain Chappelle.«

Er sieht mich direkt an. »Nun, das war töricht von ihm«, sagt er. »Ich bin gar nicht so ein guter Mensch.«

Ich weiß nicht, was ich dazu sagen soll, also fahre ich fort. »Captain Chappelle, als mein Vater starb ...«

Er unterbricht mich, ohne aufzublicken. »Der Tod deines Vaters war wirklich traurig.«

»Äh, ja. Sie waren hinterher so gut zu uns, haben diese ganzen Zuwendungen arrangiert und dafür gesorgt, dass wir versorgt sind.«

Er sieht mich von dort aus an, wo er kniet. Seine Augen sind immer noch von einem scharfen Blau, und sein Blick ist fest.

Ich schlucke. »Ich will Ihnen nur sagen, dass ich weiß, was wirklich passiert ist.« Ich blinzle.

Er steht auf und schaut nach unten. Er muss eins neunzig groß sein, gut zwanzig Zentimeter größer als ich. Sein Gesicht liegt im Schatten, während er das Taschenmesser in der einen Hand und die tropfenden Rhabarberstangen in der anderen hält.

»Loni Mae«, sagt er, »du darfst nicht alles glauben, was du hörst.«

»Nein, wahrscheinlich nicht«, erwidere ich. Die Sonne blendet, und ich versuche, nicht hochzuschauen. »Ähm, können wir reingehen?«

Er geht zur Hintertreppe und lässt fast die Fliegengittertür zuschlagen, bevor ich sie auffange und hindurchschlüpfe. Er setzt sich, immer noch mit den Rhabarberstängeln in der Hand. Ich nehme meinen Platz auf dem Rattanstuhl wieder ein.

»Captain Chappelle, wissen Sie, mein Bruder Phil kennt die ... Einzelheiten des Todes meines Vaters nicht, und wenn möglich würde ich das gerne so belassen.«

Er schweigt.

»Aber er hat die Idee, dass, da Dad ›im Dienst‹ gestorben ist« – ich male mit den Fingern Gänsefüßchen in die Luft –, »meiner Mutter irgendeine weitere Zahlung vom Staat zusteht, die sie nie erhalten hat. Er will deshalb einen Antrag stellen ... und was weiß ich was für einen Papierkram einreichen, um das durchzubringen. Ich habe versucht, ihm zu sagen, dass Dad nicht wirklich im Dienst war, als er, Sie wissen schon ... starb, und es deshalb vielleicht keine gute Idee ist, das Ganze weiterzuverfolgen. Auf mich hört Phil nicht, aber wenn es von Ihnen käme – wenn Sie ihm zum Beispiel sagen würden, was Sie getan haben ...«

Er rutscht auf seinem Stuhl herum und schaut weg.

»... mit dem Papierkram, dem Vorfallsbericht, damals ...«

Er starrt aus dem Fenster.

Ich plappere weiter. »Ich möchte Sie nicht in eine schwierige Lage bringen. Es wäre völlig inoffiziell. Und da Phil noch so klein war, als das alles passierte, müssen Sie mit ihm nur die Sache mit ›im Dienst‹ und ›dienstfrei‹ besprechen. Alles andere ...« Ich schüttle den Kopf. »Ich sollte diejenige sein, die es ihm erzählt ... falls ... wenn es an der Zeit ist.«

Sein starker Kiefer entspannt sich, und er lächelt. »Natürlich, Loni.« Er klingt, als wolle er mich trösten. »Ich werde mit ihm reden. Wenn du dir sicher bist, dass es inoffiziell ist.«

Ich nicke und ziehe einen Zettel aus meiner Tasche. »Hier. Hier sind seine Nummern. Arbeit und Handy.« Ich lege den Zettel auf den Couchtisch zwischen uns.

Er gestikuliert mit dem Rhabarber. »Du weißt doch, wie man die zubereitet, oder? Du musst sie kochen, bis sie weich sind, mit viel Zucker, sonst schmecken sie bitter.« Er steht auf und geht in Richtung Küche.

»Ähm, Captain Chappelle?«, sage ich zu seinem Rücken. Meine Zunge fühlt sich an wie ein trockener Keks in meinem Mund, aber wenn nicht jetzt, wann dann? Er ist der Einzige, der vielleicht etwas über den *Grund* für den Tod meines Vaters weiß.

»Ich überlege schon die ganze Zeit, ob ich Sie etwas fragen dürfte ...«

Er ist bereits in der Küche und ist dabei, den Rhabarber für mich einzupacken.

»Also ... in der Nacht, als Sie bei uns waren, um meiner Mutter zu sagen ... was passiert ist ...« Ich stehe jetzt hinter ihm, an seinem Küchentresen. »Dürfte ich fragen ... na ja, also davor, bei der Arbeit, wie ... wie war mein Vater da?«

Er dreht den Kopf zur Seite und wickelt immer noch die Stängel ein. »Ich weiß nicht, ob du deinen Großvater Newt gut gekannt hast, den Vater deines Vaters?«

»Nur ein bisschen.«

»Der alte Newt war ein Schwätzer und ein Spieler«. Das geht nicht gegen deine Familie, aber Boyd hat sich nicht mit seinem Vater verstanden. Newt war ein Schuft, der früh abgehauen ist und nur zurückkam, wenn ihm der Schnaps und das Geld dafür ausgingen. Nun, nach unserer Begegnung im St. Agnes musste ich an diesen schrecklichen Tag denken, an dem ich meinen besten Freund und du deinen Vater verloren hast. Und da fiel mir etwas ein, was ich nie damit in Verbindung gebracht hatte, aber weißt du nicht, dass der alte Newt sich kurz vor dem ... Vorfall in der Stadt herumgetrieben hat? Ich frage mich, ob er deinen Daddy irgendwie verärgert hat, ob er ihn so rasend machte, dass ihm dieses ... äh ... Missgeschick passierte. Denn du weißt ja, wie gut Boyd auf dem Wasser war.«

Das braune Wasser, das in seine Lunge eindrang. Ich schließe meine Augen und öffne sie wieder. Captain Chappelle sieht mich durchdringend an.

»Er war ein guter Mann, Loni Mae.«

Er drückt mir den verpackten Rhabarber in die Hand. »Ich erwarte einen Kuchen, wenn du das nächste Mal kommst.« Er geht zur Haustür, und ich folge ihm. »Wie geht es deiner Mutter?«

»Oh, ganz gut, denke ich.«

»Wer rastet, der rostet.« Er öffnet die Fliegengittertür. »Mein Motto.«

Ich stehe schon auf der Veranda, wo mich nach der Kühle des Hauses die süße Geißblattluft empfängt. »Okay, dann bis zum nächsten Mal«, sage ich. Als ich zu meinem Auto gehe, winke ich mit meinem Päckchen. »Danke für den Rhabarber. Und … vergessen Sie nicht, Phil anzurufen!«

Er sieht mir zu, wie ich ins Auto einsteige. Ich fahre rückwärts aus der Einfahrt und aktiviere jegliche guten Manieren, die meine Mutter mir beigebracht hat. »Wiedersehen«, winke ich, ganz im Reinen mit Rhabarberkuchen und zuckrigen Rezepten. Ich verlasse ihn mit einem Päckchen und einer Antwort – Ersteres wollte ich nicht, Letzteres schon. Warum also fühle ich mich, als wäre ich gerade in einem Kanu aufgestanden?

17

3. April

Obwohl ich gerade erst in dieser seltsamen, kargen Wohnung aufgewacht bin, denke ich schon daran, wie schnell mir die zusätzliche Woche, die ich mir von Theo erbettelt habe, durch die Finger rinnt. Ich muss mich auf das konzentrieren, was jetzt am wichtigsten ist: den Inhalt dieser vielen Kartons irgendwie in Luft aufzulösen. Ich setze mich auf das kleine Paisley-Sofa und atme den Geruch aus den Kartons ein, der mich an Zedernholzspäne aus einem Hamsterkäfig erinnert. Ich öffne einen mit der Aufschrift »KLAMOTTEN« und ziehe ein paar weitere Kleider heraus, die ich in den schmalen Schrank meiner Mutter hängen werde. Unter den Kleidern liegen Hosen und Oberteile, manche in besserem Zustand als andere. Ganz unten liegt ihr weißer, hauchdünner Morgenmantel. Würde sie den jetzt noch anziehen? Oder verbanne ich ihn auf den Secondhandstapel?

Meine erste Entscheidung an diesem Tag, und ich bin bereits überfordert. Ich gehe nach draußen, um frische Luft zu schnappen, aber da ist es heiß wie in einer Sauna, und ich mache schnell wieder kehrt. In der Lobby ist der Metallbriefkasten für meine Wohnung 2C bereits mit einem Aufkleber versehen, auf dem steht: »L. Murrow«, als hätte ich hier lebenslänglich gekriegt.

Zurück in der Wohnung lege ich mich hin und lasse meine Füße über eine Armlehne des Sofas hängen. Anstatt eine Entscheidung in Sachen Morgenmantel zu treffen, schließe ich die Augen und lasse meinen Gedanken freien Lauf in der Kulisse, die mein mentaler Filmprojektor liefert.

Ich bin neun, vielleicht zehn. Ein stotterndes Licht rahmt das Fenster meines früheren Kinderzimmers ein. Ich sollte schlafen, aber für den Bruchteil einer Sekunde ist das Zimmer taghell, dann dunkel, dann hell, dann dunkel. Draußen vor dem Fenster legt jemand einen Schalter um, der den ganzen Himmel ein- und ausschaltet, ein und aus in einem unregelmäßigen Rhythmus. Es fängt an zu nieseln, begleitet von einem leisen Grollen, aber ohne dass Blitze zucken. Auf der Wäscheleine hängen Kleider, winzige Puppenkleider, die vom Wind hin und her gepeitscht werden. Die Fliegengittertür knallt, und meine Mutter stürmt im Dunkel-Licht-Dunkel hinaus. Ihr hauchdünner weißer Morgenmantel weht hinter ihr her.

Mein Vater steht in der Tür. »Ruth«, sagt er. »Ruth, lass die Wäsche hängen.«

Sie reckt sich nach einem flatternden Hemdchen. Ein weiteres gemächliches Grollen erschüttert das Haus, und dann prasseln riesige Regentropfen vom Himmel. Meine Mutter lässt ihre Arme abrupt sinken. Das Licht flackert immer noch, und der Sturm klingt wie Kanonenkugeln, die auf dem Dach landen, aber meine Mutter rührt sich nicht vom Fleck. Sie steht einfach unter der Wäscheleine und lässt sich durchnässen. Ihr Haar, der Morgenmantel, die Wäsche – alles sackt durch das Gewicht des Regens in sich zusammen.

Mein Vater kommt langsam über die Treppe hinaus in den Wolkenbruch. Er nimmt sie in seine Arme und hält sie eine ganze Weile fest umschlungen.

Ich greife nach meinem Skizzenbuch und zeichne eine dünne Linie – die Wäscheleine aus der Vogelperspektive. Ein paar weitere

Striche mit meinem Bleistift zeigen nach oben ausgestreckte Arme, dann lange Haare, die über einen hauchdünnen, bodenlangen Morgenmantel fallen.

Die Zeichnung führt mich, wohin sie will, bis ich beim Gesicht meiner Mutter ankomme, das von einem winzigen Hemd verdeckt wird. Die Perspektive stimmt nicht. Ich reiße das Blatt aus meinem Skizzenbuch, zerknülle es und werfe es weg.

Ich bleibe einen Moment lang sitzen und tippe mit meinem Bleistift nervös auf das Buch. Dann stehe ich auf, hole die zusammengeknüllte Zeichnung aus dem Papierkorb, glätte sie und beginne von vorne, wobei ich das zerknitterte Blatt als Referenz verwende. Die Perspektive ist ein lösbares Problem. Ich zeichne die Szene noch einmal. Mein Vater kommt die Treppe herunter in den Regen. Das Durchhängen der Wäscheleine, der Saum des Morgenmantels, dreckig vom Schlamm und klatschnass. Ich zeichne die Arme meiner Mutter, die gebeugten Schultern. Aber ihr Gesicht widersetzt sich mir.

Ich starre die aufgestapelten Kartons an und lasse mich ablenken. *Erinnere dich an das, was wirklich wichtig ist.* Also lege ich das Skizzenbuch beiseite, hole ein paar Einkaufstüten und stopfe sie mit Sachen für den Secondhandladen voll. Als ich zu dem Morgenmantel komme, halte ich ihn hoch, inspiziere ihn ein letztes Mal und lege ihn dann in den Karton mit den Sachen, die ich ihr bringen werde.

Im St. Agnes packe ich die Kleider und den Morgenmantel aus. Als ich sie in den Schrank hänge, sagt meine Mutter zu meinem Rücken: »Danke, Liebes.«

Ich drehe mich um. »Wie bitte?«

»Ich habe mich bedankt, Loni.«

Ich gehe zu ihr und betaste ihre Stirn. »Geht es dir gut, Mom? Du hast doch kein Fieber?«

»Nein, natürlich nicht.«

»Es ist nur so, dass du nie, äh … egal.« Ich greife nach einem weiteren Kleiderbügel.

»Ich sage nie Danke?«

Ich zucke mit den Schultern.

»Ich habe dich nicht immer gut behandelt, nicht wahr?«

Ich bin nicht bereit dafür. So etwas machen Menschen auf ihrem Sterbebett.

»Du bist wie dein Vater. Er hat sich immer um mich gekümmert.«

Vor meinem inneren Auge sehe ich das Bild, wie er sie im Regen umarmt. Und dann noch ein weiteres: mein Vater, der aufrecht in seinem Boot steht, die Fischerweste voller Gewichte.

»Er hat sich um dich gekümmert«, sage ich, wobei ich darauf achte, diese eine berechtigte Frage aus meiner Aussage herauszuhalten. *Außer, als er es nicht getan hat.*

Ich fahre mit der Hand unter das Seidenpapier auf dem Boden des Kartons, den ich gerade ausgepackt habe, um sicherzugehen, dass ich nichts übersehen habe. Wenn ich nur irgendetwas finden könnte, das mir sagt, dass mein Vater gut war, dass er sich tatsächlich um uns gekümmert hat, dass er uns nicht zu viel zumuten wollte. Ich falte das Seidenpapier zusammen und den Karton auseinander und sammle meine Sachen ein. Meine Mutter folgt mir in den Gemeinschaftsraum. Der Fernseher ist eingeschaltet, wie immer. Es läuft der Film *Berüchtigt*. Sie setzt sich, und ich leiste ihr noch etwas Gesellschaft, denn es kommt gerade meine Lieblingsszene, als Cary Grant endlich Ingrid Bergman von Claude Rains wegholt, der sie langsam vergiftet hat, und sie in ihrem geschwächten Zustand zu Cary sagt: »Du liebst mich, du liebst mich«, und Cary sagt: »Schon lange. Die ganze Zeit, von Anfang an.« Jedes Mal, wenn ich diese Szene sehe, bekomme ich eine Gänsehaut.

Auf dem Parkplatz halte ich vergeblich nach meinem Auto Ausschau. Wo zum Teufel ist es? Dann fällt es mir wieder ein – ich habe es auf der Straße in der Nähe des Parks abgestellt. Ich gehe am F&P-Diner vorbei, krame nach meinen Schlüsseln und taumle zurück ... *igitt!* ..., um nicht über einen Haufen von – was genau ist das? Ich sehe genauer hin. Es sind Tauben – sechs oder sieben an der Zahl –, alle tot, auf dem Bürgersteig neben meinem linken Vorderreifen zusammengeschoben und verstümmelt. Ihre Hälse sind in einem komischen Winkel verdreht, die Füße abgeschnitten.

»Du lieber Himmel!«, entfährt es mir laut.

Ich bücke mich und sehe, dass sie mit einer dünnen Baumwollschnur zusammengebunden sind. An einem der Kadaver, der noch einen Fuß hat, hängt ein Kärtchen, das wie ein altmodisches Preisschild aussieht. Ich drehe es um. In Schreibschrift stehen die Worte: *Mach die Flatter, L. M.*

L. M.? Das sind meine Initialen. Ein junger Mann, vielleicht in den Dreißigern, rast mit Stechschritten auf mich zu. Er ist dünn, hat einen Schnurrbart und rotes, lockiges Haar.

»Was machst du da?«, schreit er mich an. »Was hast du getan?« Je näher er kommt, desto röter wird er im Gesicht, und dann schreit er plötzlich los. »Meine Babys!« Er zeigt auf mich. »Mörderin!«

Ich richte mich auf. Als ich mich umdrehe, schnappt ein rautenförmiges Guckloch in den Jalousien des Diners zu.

Der rothaarige Mann weint, jammert und hockt sich hin, um die Vögel abzutasten. Dann holt er sein Handy hervor und tippt drei Ziffern ein. Ohne mich aus den Augen zu lassen, schreit er ins Telefon: »Ich will einen Mord melden! Und ich habe die Mörderin gefasst!« Er macht eine Pause. »Ich bin in der Water Street, gleich neben dem Park.« Wieder eine Pause. »Gut. Wir werden hier sein.« Er steht langsam auf und sagt: »Versuchen Sie ja nicht zu fliehen. Ich habe die Polizei gerufen.«

»Sir, ich habe diese Vögel nicht getötet.«

»Doch.«

»Nein, sie lagen bereits hier. Ich liebe Vögel. Ich würde niemals ...«

»Sie waren da drüben auf meinem Dachboden« – er zeigt auf ein Gebäude –, »während ich bei der Arbeit war, und dann haben Sie meine Vögel gestohlen! Warum haben Sie das getan? Warum haben Sie sie *zusammengebunden*? Ach, die armen Dinger. Sie sind ein Monster! Ich habe sie dressiert, von ihrem ersten Piepser an! Sie sind immer nach Hause zurückgekehrt. Jeder einzelne von ihnen.«

Eine Sirene heult auf, und ein Streifenwagen hält neben meinem Auto an. Das Rathaus ist so nah, dass der Polizist genauso gut zu Fuß hätte kommen können.

Ein stämmiger schwarzer Polizeibeamter steigt aus dem Streifenwagen aus.

»Lance?« Ich gehe schnell zu ihm und umarme ihn. Seine Uniform ist aus Polyester, kratzig und steif.

»Loni? Ich wusste nicht, dass du in der Stadt bist. Phil erzählt mir nichts. Was machst du denn hier?«

Der rothaarige Mann zieht eine grimmige Grimasse. »Das kann ich Ihnen sagen, sie hat einen Mord begangen!«

»Ganz genau«, sage ich. »Hier ist etwas ziemlich Gruseliges im Gange.«

»Sie hat meine Vögel getötet!«, ruft der Rotschopf empört.

Lance dreht sich zu ihm um, inspiziert kurz die Vögel, dann mustert er mich.

Ich schüttle den Kopf. »Nein. Das war ich nicht. Aber sieh dir das Schild an.«

Lance geht in die Hocke und dreht das Kärtchen um. Er ist ein bisschen wie mein Chef Theo gebaut, nur jünger und kräftiger. Er liest laut vor: »›Mach die Flatter, L.M.‹ Wer ist L.M.?« Er sieht zu mir hoch. »Bist du das?«

Ich ziehe die Schultern hoch. »Ich kann mir nicht vorstellen, warum …«

Lance blickt wieder auf das Schild. »Es könnten auch die Initialen vom Verursacher sein.« Er schaut mit zusammengekniffenen

Augen zu mir und dem Rotschopf hoch. »Alfie, ist da jemand sauer auf dich?«

»Nein. Außer dieser verrückten Schlampe würde niemand meinen Vögeln so etwas antun.«

Lance richtet sich zu seiner vollen Football-Player-Größe auf und stützt seine Hände auf den Waffengürtel um seine Taille. »Alfie, ich wäre dir dankbar, wenn du höflich bleiben würdest. Du willst doch nicht selbst verhaftet werden, oder?«

Alfie hält den Mund, aber eine Stimme in meinem Kopf, die wie Mr. Barber klingt, sagt: *Verschwinde aus der Stadt, kleines Mädchen.*

18

4. April

Ich wache in den frühen Morgenstunden mit dem Bild dieser verstümmelten Tauben, ihren gebrochenen Hälsen und abgehackten Füßen auf. Ich habe ständig mit toten Vögeln zu tun, aber auf eine gesittete Art und Weise. Sobald ich versuche, wieder einzuschlafen, gerate ich erneut in den Strudel der Ereignisse des vergangenen Tages.

Nach Alfies Aussage auf dem Polizeirevier durchsuchte Lance einige Datenbanken und das winzige Telefonbuch von Tenetkee – das immer noch gedruckt wird –, um herauszufinden, ob außer mir noch jemand mit den Initialen »L. M.« in Verbindung gebracht werden könnte. Er bekam nichts Brauchbares heraus, meinte aber, er wolle weiter nachforschen.

»Hey, kann ich das Telefonbuch mal sehen?« Mit ausgestrecktem Finger gehe ich jede Seite durch und suche nach dem Namen Henrietta, ohne Erfolg.

Auf meine Bitte hin holte Lance dann sein Handy heraus und zeigte mir die neuesten Bilder seiner Zwillingsmädchen. Da meine Reisen hierher immer nur von kurzer Dauer sind, sehe ich Phils Schulfreunde nicht oft. Aber Lance und Phil standen sich schon immer nahe, und jetzt wohnen sie sogar im selben Neubaugebiet. Unsere Wege haben sich im Laufe der Jahre hier und da gekreuzt. Lance weiß, dass ich Alfies Vögel nicht töten würde.

Als ich das Polizeirevier verließ, ging ein übergewichtiger blonder Typ auf der Straße an mir vorbei und begrüßte mich lallend mit einem »Hey, Loni«.

Mir fiel zuerst nicht ein, wer das sein könnte. Ein Vorderzahn war weißer als die anderen.

»Rosalea hat mir gesagt, dass du in der Stadt bist«, sagte er.

»Hey, äh … Brandon.« Brandon Davis, der jetzt mit Phils kratzbürstiger Empfangsdame Rosalea Newburn verheiratet ist, hat seit meinem letzten Besuch erheblich an Umfang zugelegt.

»Was geht ab bei dir?«, fragte Brandon.

»Ach, weißt du, ich bin nur hier, um meine Mutter zu besuchen …«

»Warst du bei der Polizei?«

»Was?«

Er reckt sein Kinn in Richtung Polizeirevier.

»Ja … aber nichts Wichtiges.«

Jetzt würde Brandon es Rosalea erzählen, die es wiederum ihren Freundinnen erzählt, und wenn die Geschichte in der Stadt die Runde gemacht hat, trage ich eine Fußfessel und einen orangefarbenen Overall und zupfe Unkraut entlang des Highways.

Brandon lächelte ein wenig zu schadenfroh. »Ärger mit Vögeln?« Er muss gerade mit Alfie gesprochen haben. Er hielt sich die Faust vor den Mund, um ein Lächeln zu unterdrücken. »Na dann, bis demnächst mal wieder!«

Ich sollte damit aufhören könnte, die Seltsamkeiten des Tages im Geiste durchzuspielen und einfach weiterschlafen. Wenn es mir nur gelingen würde. Ich blicke wieder auf den Wecker. Vier Uhr morgens. Ich schalte das Licht in meinem jämmerlichen Schlafzimmer ein, hole meinen Skizzenblock und zeichne das Taubenmassaker mit allen schaurigen Details. Tauben bleiben ein Leben lang ein Paar, sie erreichen auf einem 400-Meilen-Flug ohne Weiteres durchschnittlich neunzig Meilen pro Stunde, und sie kehren nach Hause zurück, egal wie weit entfernt oder unbekannt der Auswilderungsort ist. Aber jemand hat sie auf leblose und verstümmelte Körperteile reduziert, die nach Verwesung stinkende Flüssigkeiten absondern, nur um ein krudes Statement abzugeben, signiert mit meinen Initialen.

Ich stehe auf und betrachte mein zerknittertes Gesicht im Badezimmerspiegel. Meine Haare sind völlig verwurschtelt. Ich bearbeite sie mit einer Bürste, auch wenn mich niemand sehen wird. Es ist noch mitten in der Nacht, aber ich bin hellwach, also kann ich genauso gut etwas tun, das mich müde machen wird. Gestern habe ich alle Bücherkisten aus dem Museum hierhergebracht.

Ich öffne einen Karton. *Journeys Through Bookland*: »BEHALTEN«. Dieses Buch mit den zweifarbigen Illustrationen hat mich in meiner Kindheit in seinen Bann gezogen. *Tausendundeine Nacht,* Lewis Carroll, »Der Rattenfänger von Hameln« und die Erzählung über den jungen Lochinvar – all diese Geschichten sind so verdichtet, dass sie Kinder neugierig machen. Dazu noch ein paar von Andrew Langs Märchen. Mein Vater hat mir vor allem eine Geschichte oft erzählt – ohne ins Buch zu schauen, weil er sie auswendig kannte –, von einer Feenkönigin, die in der Mitte der Marsch lebte. Sie war sowohl schön als auch schrecklich, manchmal zornig und manchmal gütig. Die Sterblichen bekamen sie nur selten zu Gesicht. Meistens nahm sie die Gestalt eines Kanadareihers an und überwachte ihr Reich und alle Lebewesen darin. Sie verachtete die meisten Menschen, außer denjenigen, denen sie auf ihrer Reise in die nächste Welt half. Doch wenn ein Mensch einen aufrichtigen Wunsch hatte und sie diesen für edel erachtete, erhob sie sich in ihrer wahren Gestalt aus dem Marschland, mit Haaren aus Louisianamoos und Augen wie gleißende Sonnenstrahlen, und bat den Menschen, eine nahezu unmögliche Aufgabe zu erfüllen. Bei Gelingen würde sie den Wunsch erfüllen.

Draußen vor dem Fenster verfärbt sich der Himmel allmählich rosa. Mir ist jetzt schon klar, dass mein »BEHALTEN«-Stapel zu hoch sein wird. Ich muss abgebrühter werden, damit ich wieder dorthin zurückfahren kann, wo ich hingehöre, in meine gemütliche Wohnung am Logan Circle, D.C., mit einer irischen Mohairdecke auf der Couch und dem scharlachroten Ibisbild meines Freundes Clive Byers an der Wand. Ich vermisse den Fahrer des 54er-Busses, der jeden Tag »Guten Morgen!« sagt, wenn ich an der 14th Street einsteige, und »Schönen Tag!«, wenn ich an der Constitution aussteige, und ich vermisse meine Smithsonian-Kollegen und ihre tiefe Verbundenheit mit der Welt der Natur. Nach der Arbeit gehe ich gelegentlich aus, auch wenn der Fischfang aus diesem Meer meist zurückgeworfen wird. Aber hier in Florida bin ich eine einsame Sortiererin, eine pflichtbewusste Tochter, eine widerspenstige Schwester. Je schneller ich diese Aufgabe erledigt kriege, desto früher kann ich zu meinem eigenen Ich zurückkehren. Ich schlage einen kleinen gebundenen Nachdruck von John Gerards *Das Herbarium* auf der Seite auf, die mit einem Lesezeichen versehen ist – und entdecke einen Schnappschuss von mir: acht oder neun Jahre alt, mit einer verzinkten Gießkanne und einem breiten Lächeln. Hinter mir erkennt man die alte Handpumpe in unserem Garten, die aus einer Quelle gespeist wurde. An schönen, heißen Tagen ließ mich meine Mutter den Mund in das sprudelnde Wasser halten und einen Schluck trinken.

Als ich das Foto zurücklege, fällt ein anderes heraus. Wieder ich, vielleicht ein Jahr später, nach einem Wachstumsschub. Ich bin etwa zehn, aber ich sehe aus wie eine unterernährte Vierzehnjährige mit Milchzähnen. Nicht mehr ganz so sorglos. Ich stecke es zu dem anderen zurück und lese die Seite, die es markiert:

Calendula (Ringelblume). Ein Heilmittel für Kinderkrankheiten.

Ringelblume. Tauchte die nicht auch in dem »GARTEN«-Tagebuch meiner Mutter auf? Ich will auf keinen Fall übergriffig sein, aber was wäre, wenn ich eine Verbindung zwischen diesem Exemplar von Gerards *Das Herbarium*, das sie konsultierte, und ihren eigenen handschriftlichen Notizen herstellen könnte? Das könnte mir helfen, ihr wahres Wesen besser zu verstehen. Schließlich erhellen die Marginalien in Opa Tads Vogelbüchern auch die Beziehungen zu seiner Lebenswelt. Am besten betrachte ich Ruths Büchlein in ähnlicher Weise einfach als ein naturgeschichtliches Artefakt. Ich krame das Tagebuch heraus.

Ringelblume (Calendula) – Kraut der Sonne.

Keine mehrjährige Pflanze. Aprikosenfarben wie Cosmeen, aber Cosmea = zarter und hoch aufschießend, ein Unkraut. Calendula = gedrungen. Lonis Blume – Boyd brachte sie nach ihrer Geburt in einem hübschen Topf ins Krankenhaus mit. Ich hebe die Samen jedes Jahr auf und pflanze sie neu, obwohl sie ihnen überhaupt keine Beachtung schenkt. In Gerards Herbarium steht, dass die Blütenblätter essbar sind. Also vielleicht ein Ringelblumenkuchen für ein sonnigeres Gemüt ihrer Mutter gegenüber? Ich glaube nicht, dass ich ihr Schmollen verdient habe. Ich gebe zu, ich war wütend. Dieser Arzt und seine nervtötende Ruhe, die Kirchenfrau, die mir ihr lebendiges Baby vor die Nase hielt, und Pater Madden mit seinen nutzlosen Plattitüden. Noch ein kleiner Engel im Himmel, sagte er, und dann tätschelte er meine Hand und meinte, du kriegst noch eins. Ich wollte diesen Priester anschreien: Sie verstehen NICHTS! ICH WILL NUR DIESE EINE! NUR SIE! Und während ich so vor mich hin brodelte, spielte Loni einfach weiter, selbstvergessen und sorglos. Das war das Schlimmste von allem.

Ich schlage das Buch zu. Ein vertrauter Druck baut sich direkt um mein Brustbein herum auf. Ich schaue mir noch einmal die beiden Fotos an. Nummer eins: die Gehilfin im Garten. Nummer zwei: der ahnungslose Quälgeist. Ab einem bestimmten Punkt konnte ich es ihr nicht mehr recht machen, egal was ich tat. Hat sich überhaupt mal irgendwer die Mühe gemacht, mir zu sagen, dass sie ein Baby verloren hat? Und da war ich, ein lästiges Ärgernis, ungeschickt und mit Zahnlücken, während sie um ein perfektes verstorbenes Mädchen trauerte.

Bücher liegen auf dem Boden der Wohnung verstreut, und ich bin keinen Schritt vorangekommen. Ich hebe einen Band mit Drucken von John Baldessari hoch, der früher auf Großmutter Lornas Couchtisch lag, blättere darin und bleibe an einem Schwarz-Weiß-Foto hängen, das ich früher oft angestarrt habe. Ein junger Mann steht vor einer Palme in einer Vorstadtsiedlung. Unter dem Foto steht in Druckbuchstaben das Wort VERKEHRT. Jetzt erst erkenne ich, dass es ein visueller Witz ist – eine Parodie auf die alten Kodak-Tipps für gelungene Schnappschüsse. Der Baum scheint ihm aus dem Kopf zu wachsen. Baldessaris Beschriftung hat jedoch einen tieferen Sinn. Und deshalb hat mich dieses Foto vermutlich so fasziniert. Ich wusste, worum auch dieser Mann wusste. Er hat nichts getan, und doch war alles an ihm VERKEHRT. Danke dafür, Mom. Du hast mir geholfen, Kunst wertzuschätzen.

Ich stehe vom Boden auf, ziehe meinen Schlafanzug aus und normale Klamotten an. Irgendwo erledigen Menschen gerade sinnvolle Dinge. Es ist noch viel zu früh, aber ich habe das dringende Bedürfnis, das kleine Studio im hinteren Teil des Naturkundemuseums aufzusuchen. Estelle hatte recht. Es ist gut, einen Ort zu haben, den man aufsuchen kann.

Mein Auto steht am Ende der Sullivan Road. Selbst um diese Uhrzeit ist die Luft feuchtwarm und drückend, aber ich bin nicht die Einzige, die bereits unterwegs ist. Weit vor mir schreitet eine Frau in einem gepunkteten Kleid und Turnschuhen schwungvoll und zielstrebig voran. Sie ist klein, aber stämmig, eine Kartoffel auf zwei Zahnstochern, genau wie Joleen Rabideaux. Ich schaue noch einmal hin. *Ist* das vielleicht Joleen Rabideaux? Ich renne los, um sie einzuholen. Ihrem Gang und den blau geäderten Waden nach zu urteilen ist sie ungefähr im richtigen Alter. Die Wahrscheinlichkeit ist zwar gering, aber wenn es Joleen wäre, könnte ich sie bitten, mich über Henrietta aufzuklären und mir zu helfen, den Brief zu enträtseln. Und ich könnte herausfinden, warum die Rabideaux mitten in der Nacht weggezogen sind. Ich hole sie ein, und sie dreht sich um, aber ich bin noch zu weit weg, um mir ganz sicher zu sein. Plötzlich weicht sie vom Weg ab und nimmt einen Muschelpfad, der zwischen ein paar Bäumen verläuft. Ich erreiche die Stelle, an der sie abgebogen ist, aber ich sehe keine Spur von ihr. Sie hat sich in Luft aufgelöst.

Wegen der Klimaanlage im Naturkundemuseum bekomme ich eine Gänsehaut. Ich bereite den Balg von Estelles Vogel Nummer 5 vor, die Amerikanische Pfuhlschnepfe – ein Zugvogel, zu Besuch in Florida, genau wie ich. Ich zeichne den Schnabel, der doppelt so lang ist wie der Kopf, und verjünge ihn auf die Breite einer Stricknadel, dann fülle ich den Rücken und die Flügel mit einer Terrazzo-Marmorierung aus Braun, Schwarz und Weiß. Er hat lange Beine und einen wunderschönen Hals. Ich hoffe, dieser Vogel bekommt einen prominenten Platz in der Ausstellung zu dem Buchprojekt.

Auf meinem zweiten Blatt kniet eine junge Frau auf schwarzer Erde mit dem Rücken zum Betrachter, das dunkle Haar im Nacken zu einem Knoten gebunden. Sie zupft Unkraut, das ihren kostbaren Bienenbalsam, die Betonien, den Ampfer und die Weinraute bedrängt. Ihre Hände stecken in Handschuhen, und sie wischt sich mit der Rückseite ihres Handgelenks über die Wange.

Ich sollte heute meine Mutter besuchen, aber um ehrlich zu sein, habe ich keine Lust dazu. Ja, sie ist eine ältliche Dame, die aus ihrem Zuhause vertrieben wurde und die vielleicht darauf zählt, dass jemand kommt und ihre Einsamkeit durchbricht. Aber dieser Tagebucheintrag ... *Und während ich so vor mich hin brodelte, spielte Loni* ... verleiht meinem lebenslangen Argwohn neuen Schwung.

Die Schnepfe. Ich zeichne den Vogel, wie er selig nach Norden fliegt und seine wunderschönen zimtfarbenen Flügel ausbreitet.

Wenn ich ins St. Agnes gehe, nehme ich meinen Skizzenblock mit. Ich werde mich bemühen, das »*gizz*« meiner komplizierten Mutter einzufangen. Wenn sie direkt vor mir steht, wird es mir doch gelingen, sie zu fassen zu kriegen? Und wie sollte sie mich verletzen, solange ich zeichne?

19

Im St. Agnes bemühe ich mich redlich, die ruhige Seite im Leben meiner Mutter zu skizzieren, aber sie wiederholt wie am Fließband: »Warum hast du mich hierhergebracht? Es ist wie im Gefängnis! Habe ich etwas falsch gemacht?«

Ich versuche, sie abzulenken – mit Kreuzworträtseln, Büchern –, aber sie ist durch nichts zu besänftigen.

Schließlich streckt Mariama ihren Kopf herein. »Da sind Sie ja! Ruth, das Mittagessen ist fertig, und heute ist es sehr lecker.« Sie überredet meine Mutter, mit ihr mitzugehen.

Ist es tatsächlich erst Mittagessenszeit? Weil ich so früh aufgewacht bin, habe ich das Gefühl, dass ich heute schon tausend Leben gelebt habe. Ich fahre auf der Straße mit den Elliott-Kiefern zurück und schlafe fast am Steuer ein.

Adlai holt ein Boot für mich heraus, und als er den Rumpf anhebt, treten die Sehnen in seinen Unterarmen hervor. Als ich mich hinunterbeuge, um ihm zu helfen, das Kanu zu Wasser zu lassen, dreht er sich stirnrunzelnd um, als sähe er meine Hilfe nicht gern. Aber als ich mich im Kanu niedergelassen habe, neigt er kurz den Kopf zur Seite und sagt: »Viel Glück, ich hoffe, diesmal finden Sie es.« Hatte ich ihm von dem Zwergsultanshuhn erzählt?

Als ich weiter und weiter in die Marsch vordringe frage ich mich, ob ich in der Nähe von Mr. Barbers Blockhütte bin. Warum habe ich *ihn* nicht nach Henrietta gefragt?

Ich paddle aus einer engen Baumpassage ins offene Wasser

hinaus und ziehe das Paddel kräftig gegen den Wind durch. Ein Mann, der von einem kleinen Flachboot aus angelt, hebt kurz zwei Finger zum Minimalgruß unter Bootsführern. Er trägt lange Ärmel, einen Hut und eine Sonnenbrille, aber einen Backenbart wie der Kellner aus dem Great Earth. Ist das vielleicht Garf Cousins?

Ich paddle schnell in eine Seitenpassage und stoße auf eine Insel dicht beieinanderstehender Rohrkolben. Doch ich bremse das Kanu wieder ab, denn endlich sehe ich den Vogel, der sich mir bislang entzogen hat. Wie eine Stelzenläuferin umklammert das weibliche Zwergsultanshuhn mit seinen leuchtend gelben Krallen jeweils einen senkrecht aufgerichteten Kolben. Sie bemerkt mich nicht, denn sie ist voll konzentriert auf die Schnecke, die sie verspeisen will.

Mit dem Paddel auf den Knien lasse ich das Kanu so nah wie möglich herangleiten und greife in Zeitlupe nach meinem Skizzenbuch. Der Schnabel mit dem so markanten Farbverlauf – gelb an der Spitze, orangerot zum Auge hin – ist zur Wasserlinie hin ausgerichtet, und das Blau und Grün der Federn schillern im Sonnenlicht. Ich skizziere die hellblaue Kappe und den ovalen Körper und deute sein Schillern an. Das Weibchen steckt den Kopf steil ins Wasser, schluckt und beginnt zu mäandern. Sie läuft über die Seerosen, von Schwimmblatt zu Schwimmblatt, und dann ins Schilf, bis ich sie nicht mehr sehen kann, egal wohin ich das Kanu bugsiere. Als sie verschwunden ist, schaue ich auf meine Zeichnung. »Juchhu!«, rufe ich laut und skizziere noch ein paar schnelle Studien, um ihre Bewegung und die Intensität ihres stieren Blicks zu verdeutlichen. Dazu mache ich mir Notizen über das tiefe Irisblau des Kopfes und der Brust, das Aquamarin des Rückens und der Flügel, das an den Spitzen in Oliv übergeht und unter dem wiederum ein tiefes Schwarz liegt.

Ich wünschte, ich hätte jemanden, mit dem ich diesen Moment teilen könnte. Während des Studiums ging eine Gruppe von uns manchmal auf Exkursionen, und wir sahen alle aus wie

Miss Jane Hathaway in *The Beverly Hillbillies*, nur in atmungs-aktiven Outdoor-Klamotten anstelle ihrer khakifarbenen Pfad-finderuniform. Wir hatten jede Menge »Juchhu!«-Momente.

Ich stoße mich vom Schilf ab und paddle weiter, wohl wissend, dass ich mich trotz des Diagramms der Wasserläufe, das Ähnlich-keit mit Gehirnwindungen hatte, leicht verirren könnte. »VERIRRT IM SUMPF!« lautete kürzlich eine Schlagzeile im *Tallahassee Democrat* – ein kleines Mädchen war mit ihrem Hund losgezo-gen. Der Deutsche Schäferhund lag die ganze Nacht auf ihr, um sie trocken und warm zu halten. Häufiger jedoch sind die Men-schen, die sich im Sumpf »verirrt« haben, mit Absicht dort. Wie Nelson Barber. Was hat er vor? Und wovor läuft er weg? Dieses riesige Netz aus Morast war schon immer ein gutes Versteck für Taugenichtse, genau wie jene Typen, von denen mein Vater und seine Freunde erzählten, die Ballen aus Flugzeugen abwarfen. Und für die Schurken, die vor Ort waren, um sie zu bergen.

Einmal fuhren mein Vater und ich in seinem kleinen Flach-boot zum Anglerhaus, wo er sein Kanu aufbewahrte. Das Motor-boot diente dazu, dorthin zu gelangen, das Kanu war zum Fi-schen da. »Mit dem Getucker kann man sich nicht an die Fische heranschleichen«, sagte mein Vater immer. Wir waren nicht weit von der Angelhütte entfernt, als wir zwei Männer in einem fun-kelnagelneuen Boston Whaler überholten. Normalerweise hätte mein Vater gelächelt und gesagt: »Habt ihr was gefangen?«, zum einen, um den Fangbericht zu bekommen, und zum anderen, um die überall vorhandene Kameradschaft der Angler zu bekräfti-gen. Aber dieses Mal lächelte er nicht, sondern nickte ihnen nur kurz zu. Als wir vorbeigefahren waren, drehte er sich noch mal um, und auch sie beobachteten uns. Er setzte mich an der Hütte ab und sagte: »Loni, du bleibst jetzt hier. Ich bin gleich wieder da.« Dann schloss er die Tür ab und raste davon.

Ich ging in den vorderen Teil der Blockhütte, der auf Stelzen über das Wasser ragte. Dann zurück in den Teil, der im Sand verankert war und wo sich die Zweige der Lebenseichen an die Fenster schmiegten. Dann wieder nach vorne. Unter mir plätscherte das Wasser an die Pfähle. Ich wanderte mehrere Male hin und her. Ein Fisch platschte, ein Baumstamm knarrte. Unter mir hörte ich Frösche und Grillen, Wind und Wasser. Wenn mein Vater bei mir war, fühlten sich diese Geräusche wie eine weiche Decke an, unter der meine Gedanken zur Ruhe kamen. Aber an jenem Tag sagten sie mir, wie weit ich von zu Hause entfernt war. Ich berührte die Fliegentüren und die verwitterten Wände – und mir wurde schlagartig klar, dass ich allein nicht aus diesem Sumpf herauskommen würde, selbst wenn mein Leben davon abhinge.

Nach einer langen Zeit hörte ich Schreie, aber dort draußen schienen die Geräusche nah zu sein, wenn sie weit weg waren, und weit weg, wenn sie nah waren. Ich hörte die Stimme meines Vaters. »Hände hoch!«

Dann hörte ich ein anderes Boot und noch mehr Geschrei. Schließlich, nach einer scheinbar unendlich langen Stille, schoss Daddys kleines Fünf-PS-Boot um die Kurve, und ich rannte zur Tür. Er schloss sie auf, schweißgebadet und grinsend.

»Was ist, endlich bereit zum Angeln?«, fragte er, als hätte ich ihn warten lassen.

»Was war da los?«, fragte ich.

»Ach, nur ein paar Typen, die den Knast satthatten und Urlaub machen wollten. Ich habe Captain Chappelle gebeten, mir zu helfen, sie dorthin zurückzubringen, wo sie hingehören.«

»Die Typen, die wir überholt haben?«

Er nickte.

»Woher wusstest du das?«

»Hatte so eine Ahnung.«

»Was für eine Ahnung?«

»Hast du die Tätowierung gesehen? Den guten alten Jesus auf seinem Arm?«

Hatte ich nicht.

»Im Gefängnis verpasst man ihnen immer Jesus.« Er erklärte nichts, schüttelte nur lächelnd den Kopf. »Lass uns keine Zeit verschwenden, Mädchen, und endlich angeln gehen!«

Am nächsten Tag stand in der Zeitung, dass Daddy die Ausbrecher aus Raiford in einem gestohlenen Boot entdeckt und Verstärkung angefordert hatte. Er und Captain Chappelle hatten sie verhaftet. Mein Vater sagte immer, dass sein Job normalerweise nicht besonders spannend war, aber dass die Möglichkeit dazu immer bestand.

Die Sonne steht schon tief am Himmel, und soweit ich das beurteilen kann, bin ich schon fast wieder beim Kanuverleih. Ich fahre durch einen dunklen Tunnel aus Mangroven und gleite unter einem besonders tief hängenden Ast hindurch. Verdammt noch mal, der wird mir doch nicht ins Kanu fallen! Nur dass dieser Ast keine Blätter hat – und sich bewegt! Ich muss diese braune glänzende Gefahr *jetzt sofort* zurück ins Wasser verfrachten. Entweder ist es eine große, harmlose Wasserschlange, oder es ist ein Wassermokassinotter, und der einzige Weg, das herauszufinden, ist ... *Scheiße!* Das große helle Maul schießt im Angriffsmodus auf mich zu. Ich hole mit meinem Paddel zu einem Schlag auf den Kopf der Schlange aus und wehre die Attacke ab, vielleicht habe ich sie auch betäubt, aber Zeit zum Nachdenken bleibt mir nicht – ich benutze das Paddelblatt wie einen Spatel und schaufle den Körper dieses Viechs so schnell ich kann aus dem Boot. Sein Kopf schießt währenddessen schon wieder in meine Richtung, mit erstaunlicher Präzision, und ich zucke zurück, weiche nach links aus, während sie nach rechts stößt, gerade als der Rest ihres Körpers ins braune Wasser rutscht und ihr Kopf nach hinten weggezogen wird. Und dann paddle ich wie der Teufel und mache, dass ich wegkomme.

Ich stehe am Anleger, ohne zu wissen, welche Entscheidungen ich getroffen habe, um hierherzukommen.

Adlai lächelt, als ich mich der Theke nähere.

»Wie war es da draußen?«, fragt er.

»O mein Gott«, sage ich. »Sie werden nicht glauben, was gerade passiert ist.«

Sein Blick wandert über mich hinweg zum Kanu, um zu checken, ob ich es beschädigt habe. Ich beginne von der Schlange zu erzählen und bin kurzatmig, die Worte platzen aus mir heraus, und das Adrenalin kribbelt beim Reden auf meiner Haut.

Ein Lächeln schleicht sich auf seinen geschlossenen Mund.

»Finden Sie das witzig?«, frage ich.

»Nein, ich mag nur Ihre Art zu erzählen. Sie ist, äh … lebendig.« Er verkneift sich ein Grinsen.

»Hey«, sage ich, »das ist nicht der Zeitpunkt, um sich lustig zu machen!«

Er blinzelt. »Ich bin nicht, äh, ich bin nur, also …« Er richtet seine Aufmerksamkeit auf den Bleistiftstummel in seiner Hand. »Hier wäre dann Ihre Quittung.«

Die letzten Minuten springen noch mal ungeordnet vor meinem geistigen Auge hin und her.

»Das macht dann acht Dollar«, sagt er schließlich. Er schaut von der Quittung auf.

»Moment, wie spät ist es?« Ich schaue auf meine Uhr. »Ich war den ganzen Nachmittag mit dem Kanu draußen. Kostet ein halber Tag nicht achtzehn?« Ich lege mein Skizzenbuch auf den Tresen.

»Das geht in Ordnung, Ma'am.«

Ma'am? »Tja, *Sir*, ich bezahle aber für die gesamte Zeit, die ich weg war.«

Er verzieht den Mund, als hätte er eine schlechte Walnuss gegessen. »Bitte nennen Sie mich nicht Sir.«

»Aha …«

»Nennen Sie mich Adlai«, sagt er.

»Solange Sie mich nicht Ma'am nennen.«

Er wartet.

»Loni.« Ich strecke meine Hand aus.

»Ich weiß.« Er erwidert meinen Händedruck genauso fest wie an dem Tag, als er mir auf den Anleger half.

»Sehr erfreut«, sage ich. »Und was ist mit den acht Dollar? Bin ich der hundertste Kunde oder so was?«

»Sehr witzig«, sagt er, und plötzlich scheint das Eis zwischen uns gebrochen zu sein. »Du warst mehrmals hintereinander hier, und das an Wochentagen, wo ich wenig zu tun habe. Also nenn es meinetwegen einen Mengenrabatt. Für dich und deine ständige Begleitung hier.« Er deutet mit einem Nicken auf mein Skizzenbuch, das auf dem Tresen liegt. »Auf jeden Fall hast du dir heute eine Belohnung für deine Tapferkeit und deine Geistesgegenwart verdient!« Er zieht amüsiert die Augenbrauen hoch und lächelt wieder.

Es nervt mich, dass er sich lustig macht, aber ich erlaube mir, ein bisschen genauer hinzuschauen. Er ist jünger, als der Bart ihn aussehen lässt.

20

5. April

Heute habe ich stundenlang aussortiert und brauche jetzt dringend eine Pause. Ich lege mich auf den Chenille-Überwurf. Das Tagebuch meiner Mutter befindet sich in meiner Tasche. Seine Lektüre wird mir nicht guttun, und ich sollte es mir nicht ansehen. Aber die Neugierde siegt. Ich schlage es auf und lese weiter.

Majoran – Frieden für eine verstorbene Seele
Lavendel – Beschützer der Kinder
Wollziest/Betonie – »Verkauf deinen Mantel und hol dir
Betonien.«

Lavendel in der Mitte und niedrig wachsender Majoran drum herum. Culpeper sagt, man solle Majoran auf ein Grab pflanzen, ich habe aber kein Grab. Weichen Wollziest als äußersten Rand.

Als ich Lavendel ausbuddle, um ihn in meinen Kreis einzupflanzen, habe ich ein Vogeljunges entdeckt, frisch aus dem Nest gefallen, gerade hat es noch geatmet. Beinchen und Flügelchen gespreizt, das Gesicht nach oben gereckt, der Schnabel ein hartes gelbes Lächeln, das zu groß für den Kopf ist. In dem winzigen Körper steckt seine ganze sanfte Kraft. Aber das Leben hat ihn verlassen. Boyd würde sagen: Begrab ihn, Ruth,

bevor die Ameisen kommen. Aber ich brauche noch einen Mo-
ment. Genau wie bei ihr. Um sie zu halten und nicht Lebewohl
zu sagen.

Die Augen des Vögelchens – geschlossen und groß, der Kopf
weich, die Haut durchsichtig, wie feuchtes Seidenpapier. Dar-
unter dunkle Flecken – Herz, Organe. Auch ihre Haut sah so
aus. Dunkle sichtbare Ströme, Blut, das gerade noch geflossen
war. Kleiner Vogel, ich werde dich unter meinem neuen Kreis
zur Ruhe betten, mit Majoran über dir. Ein Grab anstelle eines
anderen.

Ich schmiege meine Wange an den Chenille-Überwurf, der jetzt
mir gehört, seit meine Mutter ihn nicht mehr wollte. In dieser
schäbigen Wohnung bietet er so etwas wie Vertrautheit. Wenn ich
die Augen zusammenkneife, ähneln die cremefarbenen Hubbel
einem maßstabgetreuen Modell eines Baumwollfeldes. Ich greife
zu meinem Skizzenbuch, um dieses Miniaturgetreide zu zeichnen, aber meine Zeichenhand bringt stattdessen etwas anderes
hervor: ein Vogeljunges, das gerade aus dem Nest gefallen ist.

In dem Tagebuch verarbeitet meine Mutter ihren Kummer. Sie
zerlegt das Körperliche in seine Bestandteile und versucht, das
Unbeschreibliche zu benennen – zu bezeichnen. Obwohl ich nie
behaupten würde, dass wir ähnlich denken, ist mir dieser Prozess
bekannt: Es ist das, was ich jeden Tag mit meinem Skizzenblock
tue.

Hat sie vielleicht auch nach dem Tod meines Vaters auf diese
Weise geschrieben? In den kurzen Zeitfenstern, in denen ich
nicht in der Schule war oder ihr bei dem kleinen Philip zur Hand
ging, zogen sie und ich uns in die entgegengesetzten Ecken des
Hauses zurück. Ich fraß den Kummer in mich hinein. Was hat sie
mit ihrem gemacht?

Ich überspringe das Ende des Tagebuchs, aber der letzte Ein-
trag ist auf die Zeit vor Philips Geburt datiert. Und Vater hat uns

sechs Monate danach verlassen. Könnte es noch andere Tagebücher geben? Ich gehe ins Wohnzimmer und wühle mich durch alle Bücherkisten, aber ohne Erfolg.

Eine Sache finde ich dennoch: Zwischen den Seiten eines True-Crime-Taschenbuchs entdecke ich ein behelfsmäßiges Lesezeichen mit einigen handschriftlichen Notizen. Es ist ein Fensterbriefumschlag, der Absender ist ein Stromanbieter in Florida, Power & Light. Darauf steht in der Handschrift meines Vaters: *Marvin > extra 2-Kanal.* Und die Buchstaben *FJA ASV*, und darunter eine Reihe von Kritzeleien, auf die ich eine Minute lang starre, bevor ich erkenne, dass es sich um eine Wegbeschreibung handelt: *Rte. 319 bis 263, R bei Commonwealth.* Ich habe so Gegenständliches als Erinnerung an meinen Vater, dass mir dieser Papierfetzen wie ein Artefakt vorkommt, etwas Wertvolles, das ich aufbewahren sollte. Ich sehe ihn vor mir, wie er seine linke Hand um den Bleistift krampft und jeden Buchstaben schräg anlegt.

Mein Telefon vibriert. Es ist Phil. »Hey, willst du joggen gehen?«, fragt er.

Es war also keine hohle Phrase. Er hatte es tatsächlich ernst gemeint, als er meinte, wir sollten zusammen laufen gehen. »Also … ja«, stammle ich. »Jetzt gleich?«

»Nein, so gegen halb sechs? Von meinem Haus aus?«

»Okay.«

Wir legen auf. Phil, der mich einlädt, fühlt sich immer noch so ungewohnt an.

Ich betrachte den Umschlag, dann blicke ich auf die Uhr. Bevor ich ihn treffe, habe ich vielleicht gerade noch Zeit, um zu sehen, wohin diese Wegbeschreibung führt.

21

Wo zum Teufel sind meine Laufklamotten? In D.C. – zumindest bevor Hugh Adamson auftauchte – lief ich dreimal pro Woche in meiner Mittagspause. Das letzte Mal, als ich mich hinauswagte, stand unser junger Effizienzexperte bei meiner Rückkehr wartend vor der Tür meines Büros und teilte mir mit, dass ich eine einstündige Mittagspause einlegen dürfe, die ich gerade um zehn Minuten überschritten hätte.

Aber diese Joggingrunden in D.C. halten mich mental gesund. Und sie bieten mir auch die nötige Fitness für unser internes Smithsonian-Softball-Turnier, ich bin die beste Schlagfrau des Naturkundeteams. Als gute Schlagfrau ist man wertlos, wenn man nicht auch gut rennen kann. Deshalb jogge ich montags, mittwochs und freitags. Normalerweise beginne ich damit, quer über die National Mall zum Smithsonian Castle zu laufen, dann vorbei am Luft- und Raumfahrtmuseum, weiter hoch Richtung Kapitol und darum herum. Bis zum Ende des Ostflügels der Nationalgalerie drehe ich noch mal richtig auf und lasse es im Skulpturengarten langsamer angehen. Im Sommer sitze ich dort und beobachte die Wasserbögen, die aus dem Springbrunnen aufsteigen. Es ist ein kreisförmiges Becken, ungefähr so groß wie das Walbecken in SeaWorld, mit acht Bögen aus Wasserfontänen, die vom Außenrand des Beckens her stetig größer werden, so hoch wie die Linden, die hier stehen, bis sie sich in der Mitte treffen. Nachdem die Bögen ihren Höhepunkt erreicht haben, werden sie allmählich wieder kleiner, bis sie kaum noch einen nennenswerten

Strahl bilden. Ich beobachte, wie sie steigen und fallen, bis es an der Zeit ist, wieder hineinzugehen.

In Florida würde ich nicht einmal daran denken, zur Mittagszeit zu laufen. Jeder Sport im Freien muss strategisch geplant werden, um einen Hitzschlag zu vermeiden.

Zuunterst im Koffer kommen endlich Shorts und Laufshirt zum Vorschein. Ich ziehe mich um, schnappe mir meine Schuhe und mache mich frühzeitig auf den Weg zu Phil.

Auf dem Beifahrersitz habe ich den Umschlag von Florida Power & Light. Wenn mein Vater die Route 319 nach 263 nahm, fuhr er in Richtung Tallahassee. Aber er hasste Tallahassee abgrundtief. Ich fahre in Richtung Capital Circle, wo die Route 263 am Flughafen vorbeiführt. In diesem Teil der Stadt bin ich noch nie gewesen, und ich frage mich, was ihn hierhergeführt hat. Es ist weit weg von der Universität, und die Gegend kommt mir ziemlich industriell vor in diesen weitläufigen, von Kiefern gesäumten Randbezirken unserer kleinen Landeshauptstadt. Ich biege am Commonwealth rechts ab, so wie es die schriftliche Wegbeschreibung meines Vaters vorsieht, aber es gibt keine Straßennummer, und ich habe keinerlei Anhaltspunkte, wo er damals hinwollte. Die Coca-Cola-Abfüllanlage? Boys Town North Florida? Einiges hier gab es zu Zeiten meines Vaters sicherlich noch gar nicht – ein Softwareunternehmen und eine Biotecheinrichtung auf einem riesigen Areal. Ich fahre ein Stück weiter und wende schließlich. Auf dem Rückweg entdecke ich das wirklich winzige Schild der Florida Fish and Wildlife Conservation Commission und das Abzeichen der Fischerei- und Jagdaufsicht. Ich biege ab und fahre eine sehr lange Anliegerstraße entlang, dann über einen Parkplatz bis vor ein niedriges Gebäude, das mir vorher noch nie aufgefallen ist.

Ich hebe den Umschlag auf. *FJA ASV*. Ich blinzle, um zu sehen, was auf der Glastür gedruckt ist: »Fischerei- und Jagdaufsicht, Abteilung für Strafverfolgung«. War er wegen einer Schulung hier oben? Ich schaue auf meine Uhr. Es ist schon fünf. Ich steige aus und drücke gegen die Tür, aber sie ist verschlossen. Ich gehe zurück und setze mich mit meinem Skizzenbuch auf die Motorhaube meines Autos.

Das Gebäude ist ein unbelebtes Objekt, was nicht zu meinen Stärken zählt. Ich zeichne das Rechteck der Tür und kopiere die auf das Glas gemalten Buchstaben. Die Fünf-Uhr-Sonne spiegelt sich auf der Fassade, und niedrige Bäume säumen den Parkplatz. Wegen dieser Zeichnung komme ich zu spät zum Joggen, aber ich will verstehen, was es damit auf sich hat. Eine Frau kommt aus der Tür und klimpert mit einem großen Schlüsselbund, während sie abschließt. Sie ist etwa in meinem Alter und hat es eilig. Ich rutsche von der Motorhaube und gehe auf sie zu.

»Entschuldigen Sie, Officer ...«

Sie dreht sich um.

»Darf ich Sie fragen, wofür diese Dienststelle zuständig ist? Also ich meine, die Abteilung für Strafverfolgung.«

Sie sieht etwas genervt auf die Uhr, ihr Blick schweift über den Parkplatz.

»Sorry, dass ich Sie störe, aber ...«

»Wir sind verantwortlich für Schulungen, Dokumentationen, Berichte von Whistleblowern und deren Weiterverfolgung, Vollzugsdaten, allgemeine Revisionen durch die Generalinspektion, einen wöchentlichen Newsletter, so was in der Art. Wenn Sie während der regulären Öffnungszeiten wiederkommen ...«

»Natürlich, klar.«

Sie eilt davon, vielleicht zu spät, genau wie ich, um jemanden zu treffen.

Phils Wohngebiet mit dem schönen Namen »Seekuh-Lagune« grenzt an einen Stadtpark. Als ich klopfe, macht er sofort auf. Wir gehen den Weg zum Park hinunter, und er bückt sich, um seine Schnürsenkel zu binden. Lance Ashford kommt in seiner Uniform aus der Tür.

»Hey, Phil. Hey, Loni.«

»Hallo, Lance.«

Er lässt mich nicht aus den Augen. »Ich hoffe, bei dir ist alles ruhig.«

Ich habe Phil gegenüber den seltsamen Vorfall mit den Tauben nicht erwähnt. Lance schüttelt meinem Bruder die Hand und schlägt ihm auf die Schulter. Zu mir sagt er: »Passt du gut auf ihn auf, Loni? Du warst doch immer so *streng*.« Er steigt in seinen Streifenwagen, und ich trete an das Fenster auf der Fahrerseite. »Irgendwelche Entwicklungen in Sachen, äh, Brieftauben?«, frage ich im Flüsterton.

Er schüttelt den Kopf. »Nur ein paar lange weiße Haare an der Schnur, aber sie könnten auch schon auf dem Bürgersteig gelegen haben, oder vielleicht ist auch ein zotteliger Hund vorbeigekommen und hat die Vögel beschnüffelt, bevor ihr sie entdeckt habt.«

Der einzige zottelige Hund mit weißen Haaren, der mir einfällt, ist mitnichten ein Hund.

»Also, nicht viel, tut mir leid.« Er sieht lächelnd durch die Windschutzscheibe seines Autos und wackelt mit den Fingern seiner rechten Hand. Ich folge seinem Blick und sehe in dem Haus gegenüber hinter einem Panoramafenster seine beiden kleinen Mädchen, die Grimassen schneiden und kichern.

Ich gehe mit Phil in den Park. Er zieht seine Schnürsenkel noch einmal fest. Vielleicht hilft auch ihm das Laufen, mental gesund zu bleiben. Ich meine, er ist Buchhalter. Diese Arbeit würde mich um den Verstand bringen.

»Bereit?«, fragt er mit demselben Lächeln, das er seit dem Kindergarten draufhat. Ich werde nie den Tag vergessen, an dem ich zum College aufbrach. Der sechsjährige Philip sah zu mir auf und sagte: »Ich will nicht, dass du gehst.« Ich hätte neben ihm in die Hocke gehen und ihm sagen sollen, dass ich immer wieder nach Hause kommen werde und er mich nie verlieren wird. Stattdessen drehte ich mich um und stieg in den Bus ein, um vor einem entscheidenden Moment davonzulaufen, der unsere Beziehung seither geprägt hat.

Aber Sport kann eine Bindung herstellen, zumindest hoffe ich das. Phil hat längere Beine als ich, ist zwölf Jahre jünger und trainiert ständig, er ist also im Vorteil. Ich bin seit fast drei Wochen nicht mehr gejoggt und muss mich anstrengen, um mitzuhalten. Wir drehen eine kurze Runde um einen kleinen See.

»Ist das Tempo gut für dich?«, fragt er.

Ich schnappe nach Luft und sage: »Ja, super!«

Er zeigt auf sein Handy.

»Hier, damit kann ich die Länge und Dauer jedes Laufs und auch den Energieverbrauch auf der Grundlage meines BMI verfolgen.« Mein Bruder liebt Zahlen einfach.

»Äh, könnten wir doch ein bisschen langsamer laufen?«

Gott sei Dank reduziert er das Tempo. Dann sagt er: »Also, Bart hat heute die Klage eingereicht. Er meint, er glaubt nicht, dass es besonders lange dauern wird.«

»Bart … hat was?«

Phil atmet nicht einmal schwer. »Du weißt schon, die Ansprüche an den Staat. Er sagte, es sei besser, die Sache gerichtlich zu klären, so eine Art Mini-Klage, damit Mom ihr Geld schneller bekommt. Sobald wir feststellen, dass Dad im Dienst war …«

Ich bleibe abrupt stehen. »Phil, ich habe dir gesagt, du sollst das nicht tun! Hat Captain Chappelle dich nicht angerufen?«

»Captain …?« Phil geht weiter, dreht sich um und joggt rückwärts, bis ich wieder anfange zu laufen.

»Frank Chappelle«, sage ich und hole auf. »Daddys ehemaliger Boss.«

»Warum sollte er mich anrufen?« Er dreht sich wieder nach vorne.

»Phil, bring Bart dazu, die Klage zurückzuziehen oder was auch immer er tun muss, um das Ganze zu stoppen.«

»Warum? Was ist denn los?«

»Betrug, Bruder, das ist los. Wenn wir Geld auf der Grundlage bekommen, dass Daddy im Dienst war, fälschen wir ...« Ich scheitere in dem Versuch, die korrekten juristischen Ausdrücke zu kennen. Aller Wahrscheinlichkeit nach wird der vor fünfundzwanzig Jahren begangene Betrug durch diese dumme »Mini-Klage« aufgedeckt werden und im Anschluss emotionale Wellen schlagen, die ich unmöglich in Worte fassen kann.

Phil behält sein gleichmäßiges Tempo bei. »Loni, wie ich dir schon sagte, so steht's auf dem Formular: ›Im Dienst‹.«

»Und ist es von Frank Chappelle unterzeichnet?«

Er zuckt mit den Schultern.

»Du willst mir also sagen, dass es dir egal ist, ob das alles auf Betrug beruht.«

Von oben ertönt ein immer schriller werdender Ruf, der wie ein altmodischer pfeifender Teekessel klingt. Ein Carolinazaunkönig.

»Loni, wenn wir das nicht tun, wie sollen wir dann für Moms Unterhalt aufkommen?«

»Unterhalt?« Ich atme aus. »Ganz schön gefühlskalt.«

Phil läuft einfach weiter: Schritt-Atmen, Schritt-Atmen, der Rhythmus des Schlagzeugers. »Du weißt, was ich meine. Willst du das alles auf dich nehmen?«

»Lass uns sprinten«, schlage ich vor. Ich gebe Vollgas, aber Phil zieht an mir vorbei, als wäre er gerade auf ein Skateboard gesprungen. Letztendlich sind das die Dinge, um die sich Familien streiten: Geld, Wahrheit, Loyalität. Aber hauptsächlich geht es um Geld. Wenn er die Sache weiterverfolgt, könnte sich die Pauschalentschädigung in Luft auflösen, und Phil würde einige Wahrheiten erfahren, auf die er nicht vorbereitet ist. Warum zum Teufel hat Chappelle meinen Bruder nicht angerufen?

22

Ich dusche, dann suche ich mir die Telefonnummer von Frank Chappelle heraus. Ich rufe ihn an, immer und immer wieder, aber er geht nicht ans Telefon. Er hätte meinem Bruder nur sagen müssen, dass er »Im Dienst« geschrieben hat, um uns ein paar Vorteile zu verschaffen. War das zu viel verlangt?

Ich rufe Stunde um Stunde bei ihm an. Ich rufe bis in die Nacht hinein an. Ich verhalte mich wie eine verschmähte Gespielin, wähle, lege auf und wähle erneut. Langsam komme ich mir blöd vor, also gehe ich irgendwann ins Bett. Am nächsten Morgen rufe ich ihn gleich nach dem Aufstehen erneut an.

Und dann fällt bei mir endlich der Groschen. Als ich bei ihm war, hat er versucht, es mir zu sagen, aber ich war zu höflich, um nachzufragen, wie er das meint. Als er mir Cranberrysaft anbot, sagte er, er könne nichts anderes schmecken. Ist das nicht bei vielen Menschen so, wenn sie krank sind oder sogar im Sterben liegen? Er wirkte so lebendig. Aber was ist, wenn er ohnmächtig geworden ist? Wer würde ihm helfen, wenn er stürzt? Er könnte tagelang da herumliegen, und es würde niemandem auffallen.

Ich fahre zu seinem Haus. Der Himmel ist bedeckt, und die hängenden Reben beschatten die Veranda wie eine Szene aus einem Film noir. Ich klingle, warte, dann klopfe ich. Ich warte noch etwas länger, klopfe lauter. Wenn der Mann tot ist, wird er nicht antworten, ganz egal, wie ich mich bemerkbar mache. Ich öffne die Fliegengittertür und probiere den Drehknauf der Haustür aus. Ich kann immer noch nicht glauben, dass die Leute in

Tenetkee ihre Türen nicht abschließen. Ich betrete das Haus, zögerlich und alarmiert.

»Captain Chappelle?«

Was, wenn er noch lebt und ich ihn beim Anziehen überrasche? Das wäre schrecklich. Ich rufe lauter. »Captain Chappelle?« Und dann sehe ich ihn, vollständig bekleidet, aber lang ausgestreckt auf dem Boden. Die Beine im Flur, der Rest von ihm in der Küche. *Verdammt!* Ich beuge mich hinunter und lege meinen Kopf auf seine Brust. Sein Herz schlägt noch, aber sein Gesicht ist blutüberströmt.

»Captain Chappelle«, sage ich mit lauter Stimme. Seine Lippe ist geschwollen, und auf dem Tresen über ihm klebt Blut. An der Seite seines Kopfes hat er eine große Beule, deren Form zum Türpfosten passt. Ich hole das Telefon und rufe einen Krankenwagen.

Als der Notarzt kommt, fahre ich mit ins Krankenhaus. Auf dem Weg dorthin zucken Chappelles Augenlider erst, dann öffnet er die Augen ganz. »Loni Mae!«, ruft er erstaunt. Er scheint nicht zu wissen, was los ist. Es ist nicht der richtige Zeitpunkt, um zu sagen: *Bitte nennen Sie mich nicht so.* »Ich muss ohnmächtig geworden sein«, fährt er fort. Und schon ist er wieder weg. Wir erreichen das Krankenhaus, und sie nehmen ihn mit in die Ambulanz. Ich sitze da und sorge mich wie eine fürsorgliche Angehörige, obwohl wir nicht einmal verwandt sind.

Es dauert eine ganze Weile, bis ein Arzt in den Warteraum kommt. »Wir haben Mr. Chappelle behandelt, und er ist jetzt stabil. Waren Sie dabei, als … er verletzt wurde?«

»Nein, ich habe ihn gefunden«, sage ich. »Ich habe bei ihm zu Hause angerufen, und als er nicht abgenommen hat, bin ich hingefahren, und da lag er …«

Jetzt mustert er mich unverhohlen. Ich nehme an, sie müssen überprüfen, ob er misshandelt wurde. Ich fühle mich schuldig, obwohl ich nichts mit seinen Verletzungen zu tun habe.

Der Arzt schaut kurz auf seine Notizen, dann wieder zu mir. »Es ist möglich, dass er sich diese Verletzungen bei einem Sturz zugezogen hat, aber ich muss Bericht erstatten, wenn wir etwas … anderes vermuten. Sie sagten, es war Blut auf dem Küchentresen?«

»Ja, ich dachte, er muss, ich weiß nicht, ohnmächtig geworden sein. Er schlug wohl gegen den Türpfosten, dann gegen die Kante der Theke und dann …« Ich würde mir nicht einmal selbst glauben, wenn ich der Arzt wäre. »Kann ich mit ihm sprechen?«

»Er wird noch eine Weile schlafen. Warum fahren Sie nicht nach Hause und kommen später wieder? Wir werden uns gut um Ihren …« Er hält inne, wartet darauf, dass ich die Beziehung definiere. Sein Gesicht fragt: *Vater? Onkel? Sugar Daddy?*

»Ich bin ein … eine Freundin der Familie.«

»Also gut. Es dauert nicht mehr lang, aber bevor Sie gehen, möchte ich, dass Sie mit Yolanda sprechen.« Eine junge Frau in einem Krankenhauskittel macht sich hinter ihm bemerkbar. »Sie wird Ihre Kontaktdaten aufnehmen.«

Yolanda führt mich in einen kleinen Raum und schreibt nicht nur alle meine Daten auf, sondern stellt auch Fragen wie »Wie lange kennen Sie den Patienten?« und »Sind Sie die Hauptbezugsperson des Patienten?« und »Ist Mr. Chappelle im Hinblick auf seine Wohnsituation oder sein finanzielles Auskommen auf Sie angewiesen?« Als sie fragt, ob ich Zugang zu seinen Bankkonten habe, sage ich: »Hören Sie, unsere Familien waren früher befreundet. Ich wohne nicht einmal in dieser Stadt. Ich bin hier der barmherzige Samariter, Herrgott noch mal. Ich bin nicht … was auch immer Sie da andeuten wollen.«

»Okay, Ms. Murrow. Kein Grund, sich aufzuregen. Wir müssen nur bestimmte Verfahrensregeln einhalten.«

Du lieber Himmel. Ich schnappe mir meine Tasche und gehe.

23

7. April

Die Morgensonne fällt auf den Beutel mit der klaren Flüssigkeit, der neben dem Bett von Captain Chappelle hängt und über den Plastikschlauch mit der Nadel in seiner Hand verbunden ist. Er bekommt eine Infusion, denn offenbar war er stark dehydriert, was der Grund für seine Ohnmacht gewesen sein könnte. Ich spüre noch immer den misstrauischen Blick des jungen Arztes auf mir, der mich gestern davon abgehalten hat herzukommen. Doch heute Morgen bin ich hier, ungeachtet meiner inneren Widerstände.

Franks Augen sind geschlossen, und eines ist an der Stelle lila geschwollen, wo seine Stirn beim Sturz entweder an den Türpfosten oder den Tresen geknallt ist. Das Klammerpflaster an seiner Lippe lässt ihn wie einen Boxer nach einem verlorenen Kampf aussehen. Piepsende Monitore messen seine Vitalparameter.

Und was mache ich hier? Bis vor Kurzem war ich eine viel beschäftigte Zeichnerin mit Schwerpunkt Ornithologie und einem beneidenswerten Job in einer schnelllebigen Stadt. Derzeit verbringe ich meine Tage in einer verschlafenen Stadt und besuche gebrechliche ältere Menschen, die eine im betreuten Wohnen und den anderen seit Neuestem im Krankenhaus.

Die Krankenschwester sagte, ich sei bis jetzt die einzige Person, die ihn besucht. Er hat noch nicht einmal jemanden, der ihm vom Boden seines Hauses aufhilft. Ich fühle mich in dieser Rolle überhaupt nicht wohl, und ich hasse es, Captain Chappelle an all diese Schläuche und Kabel gefesselt zu sehen. Aber ich bin froh, dass die Monitore Lebenszeichen von sich geben.

Endlich öffnet er die Augen. Zuerst scheint mein Anblick ihn zu erschrecken.

Dann lichtet sich seine Verwirrung. »Loni Mae«, sagt er mit rauer Stimme.

»Captain Chappelle.«

Er streckt eine Hand aus, und ich ergreife sie. Sein Griff ist fest. »Tja, Mädchen«, sagt er und hält kurz inne, »ich weiß nicht, was passiert wäre … wenn du nicht vorbeigekommen wärst.«

»Eigentlich habe ich Sie aufgesucht, weil ich fragen wollte …«

»Du bist mein Schutzengel«, krächzt er.

Ich seufze. »Na ja, nach dem Tod meines Vaters waren Sie *unser* Schutzengel.«

Es herrscht eine lange Stille. »Was mit deinem Daddy passiert ist, Loni, tut mir leid.«

»Es war nicht Ihre Schuld.«

»Doch«, sagt er. »Doch, das war es. Ich sah ihn, wie es ihm ging, da …« Er schließt die Augen und scheint in einen Zustand zu versinken, der tiefer ist als Schlaf.

»Captain Chappelle«, sage ich. Dann noch lauter: »Captain Chappelle!« Ich berühre seine Schulter. »Frank?« Ich will, dass er den Gedanken zu Ende denkt.

Die Monitore piepen rhythmisch weiter. Ich spreche ihn noch einmal mit seinem Namen an, aber er schläft tief und fest. Aber wenigstens ist er nicht tot. Vielleicht bekomme ich noch eine Chance, ihn zu fragen, was er gerade sagen wollte. Ich bleibe bei ihm sitzen, bis die Besuchszeit zu Ende ist und eine Krankenschwester mich hinauskomplimentiert.

Ich kehre zurück in das kleine Studio im Naturkundemuseum. Am Wochenende ist es ruhig, und der Wachmann kennt mich bereits. Er grüßt mich.

Ich ziehe die Raffrollos hoch. Am Zeichentisch halte ich noch einen Moment inne und denke an Chappelles Worte. *Ich sah ihn, wie es ihm ging, da ...* Warum konnte er diesen Satz nicht zu Ende bringen? Er hätte mir ein für alle Mal eine Antwort darauf geben können, warum mein netter, lustiger Vater uns verließ und wir uns allein durchschlagen mussten.

Konzentrier dich. Vogel. Ich stelle mein kleines totes Modell der Grasammer auf und schaue im Bestimmungsbuch meines Großvaters nach. »Grasammer. Ein geschickter Läufer. Wenn er überrascht wird, lässt er sich ins Gras fallen und saust davon.« Am Rand hat Großvater Tad in seiner sauberen Handschrift geschrieben: *10/2/72, eine halbe Meile nördlich von Wakulla Springs.*

Estelles Liste konzentriert sich auf die markanteren Vögel Floridas, aber dieser hier ist nun wirklich weitverbreitet. Dennoch versuche ich, seinem kleinen bisschen Würde durch Präzision gerecht zu werden, mit den gelben Augenschatten und den braunen Streifen auf der weißen Brust. Ich zeichne einen Halm Schlickgras als Hochsitz für die Grasammer und versuche, den Eindruck von Bewegung zu vermitteln, wenn der lange Halm in einer Brise hin und her wogt. Der Klang des Windes erfüllt die Zeichnung, und mit ihm erhebt sich die Stimme meines Vaters.

»Sieh dir das an, Loni Mae.«

Ich lenkte meinen Blick weg von dem kleinen Vogel, der auf einem Schilfrohr schaukelte, und hin zu dem tropfenden Fisch am Ende von Daddys Schnur, der sich zappelnd abquälte und seinen Schwanz erst auf der einen, dann auf der anderen Seite zu seinem aufgespießten Maul hochzog.

Daddy grinste. »Schätze, das ist ein Zweipfünder.«

Der gefleckte Körper des Fisches bewegte sich silbern-blaugrün und golden im Sonnenlicht. Daddy entfernte den Haken aus dem Maul des Fisches und hielt seinen Schwanz fest, bereit, den Kopf gegen die Seitenwand zu schlagen.

»Nein!«, schrie ich entsetzt, und der Fisch sprang ihm aus der Hand und in den Rumpf des Kanus, wo er sich krümmte und wild mit der Flosse schlug.

Mein Vater versah einen weiteren Haken mit einem Köder und beobachtete mich, wie ich den Fisch beobachtete. Seine Kiemen gingen auf und zu, auf und zu, und nach ein paar Minuten ließ seine Energie nach. Die Farben verblassten, er zappelte weniger, und schließlich wurde sein Auge glasig.

»Auf die andere Art ist's besser für die Fische.«

Später, in der Anglerhütte, löste Daddy ein Filet heraus, wendete es in Mehl und legte es in die brutzelnde Pfanne. Bevor ich anfing, ihn zu begleiten, hatte ich ihn nie kochen sehen, hatte mich nie gefragt, was er in dieser feuchten Blockhütte aß, wo uns die Mücken trotz der Fliegengitter stachen und die Frösche die ganze Nacht nah und fern, nah und fern quakten.

Ich schob einen Bissen von dem Fisch, den er zubereitet hatte, in den Mund, kaute genüsslich und sagte: »Ich wünschte, wir könnten immer hier draußen leben.«

Daddy griff nach dem Ketchup. »Ich glaube nicht, dass deine Mom ohne ihren Garten gut zurechtkommen würde.«

Meine Gabel blieb auf halbem Weg in der Luft schweben. »Mom könnte zu Hause bleiben. Mit ihrem Garten.«

Daddy drehte seinen Kopf in meine Richtung. Er kaute und neigte den Kopf zur Seite.

»Weißt du, Loni Mae«, sagte Daddy, nachdem ich ins Bett gegangen war, »manchmal kann eine Person ungeduldig mit dir sein, aber das bedeutet nicht, dass sie dich nicht mag.« Er stopfte die Decke um mich herum fest. Sein Flanellhemd roch nach Abendessen, frischer Luft und verwelkten Blättern. »Gute Nacht, mein Schatz.« Er küsste mich auf die Stirn.

Schritte über mir. Vielleicht Museumsbesucher. Neben meiner Grasammer liegt das zweite Blatt: die Kreuzschraffur eines Fliegengitters, mein Vater eingerahmt von verwitterten weißen Balken und einem kleinen Ausschnitt des blauen Himmels. An diesem Ort kannte ich ihn am besten. Ausnahmsweise zerreiße ich mein zweites Blatt nicht, zerknülle es nicht und werfe es nicht weg. Stattdessen packe ich meine Sachen zusammen und mache das Licht aus.

24

8. April

Ich sitze morgens an dem wackeligen Küchentisch in dieser Wohnung, die sich nie wie meine anfühlen wird. Ich habe Phil gesagt, dass ich das Formular sehen will, den Bericht über den Vorfall, die Grundlage für seine »Mini-Klage«. Aber jetzt, wo ich den großen Umschlag mit dem Formular in der Hand halte, bin ich mir nicht mehr sicher. Ich habe ihn gestern aus dem Briefkasten im Foyer mit der Beschriftung »L. Murrow 2C« geholt, und seitdem liegt er hier auf dem Küchentisch, ungeöffnet. Wovor habe ich Angst? Ich schlitze den Umschlag auf und greife nach den zwei dreifach gefalteten Seiten, die zusammengeheftet sind. Das Papier verätzt weder meine Fingerspitzen, noch wird es meine Netzhaut versengen. Auseinandergefaltet sind es nur schlechte Fotokopien eines offiziellen Formulars. Eine Menge kleiner Kästchen. Meine Augen wandern zu dem in Großbuchstaben geschriebenen Satz: »UNFALLTOD DURCH ERTRINKEN«. Ja, da steht »Im Dienst«, und ja, es ist von *Captain Frank P. Chappelle* unterzeichnet.

Ich blättere auf Seite 2.

»ERGÄNZUNG ZUM FORMBLATT 537b«. Ein weiteres Standarddokument. Ungefähr in der Mitte, unter »Bemerkungen«, befindet sich ein handschriftlicher Vermerk: »*Brieftasche des Verstorbenen an Land gefunden, ca. dreißig Meter vom Leichenfundort entfernt. Inhalt: Fla. Führerschein, Fla. Fischereilizenz, Dienstmarke*

der Fischerei- und Jagdaufsicht/Ausweis, 2 Fotos. In der Brief-
tasche befand sich kein Bargeld. Unterschrieben ist dieser Nachtrag von Lt. Daniel J. Watson.

Ich starre auf ein Stück abgesplitterte Farbe auf der Fensterbank. Was bedeutet das, *Brieftasche an Land gefunden*? Wurde
sie ans Ufer gespült? Hat Daddy seine Brieftasche weggeworfen,
in einem letzten Akt der Entsagung alles Weltlichen? Ich will es
mir nicht vorstellen.

Um das Bild in meinem Kopf zu überzeichnen, krame ich die
Liste mit den Vögeln hervor. Als Nächstes steht der Gürtelfischer
auf dem Programm. Ich werde etwas Chromoxidgrün für den zot-
teligen Kamm besorgen müssen oder vielleicht Hookersgrün, gemischt mit Kobaltblau, dazu einen Hauch von Elfenbeinschwarz.
Verdammt, ich weiß es einfach nicht.

Ich stehe auf, gehe zum Wohnungsfenster und starre hinunter
auf das fleckige Gras. Purpurgrackel flitzen umher, picken am
Boden nach Ungeziefer und zwitschern über das Brummen der
Klimaanlage hinweg.

In der Brieftasche befand sich kein Bargeld. Was wollte dieser
Watson damit andeuten? Auf dem Wasser bräuchte mein Vater
sowieso kein Geld. Ich sehe mir das Formular genauer an. Watson
datierte seine Unterschrift volle zwei Monate nach dem Tod meines Vaters. Ich blättere zurück auf die erste Seite. Das Datum
hinter Chappelles Namen ist ein paar Tage nach dem »Unfall«.
Mein Bruder hat diese zweite Seite nicht einmal erwähnt. Und
wer ist Lt. Daniel J. Watson?

Eine Minute lang starre ich ins Leere. Dann wühle ich in den
Papieren auf dem Boden, bis ich den Ordner mit den alten Zei-
tungsausschnitten finde. Ich blättere ihn durch, bis ich zu der
körnigen Aufnahme komme, auf der mein Vater und Chappelle
sich die Hand geben. Dort habe ich den Namen gesehen. Die
Bildunterschrift lautet: »Lieutenant Daniel Watson, scheidender
Offizier des Jahres«. Er steht im Hintergrund, ohne zu lächeln.

Estelle antwortet auf mein Klopfen. »Kann ich Rogers Computer benutzen?«, frage ich ohne Umschweife. Zum Glück ist Roger nicht zu Hause. Ich setze mich an seinen teuren Rechner mit zwei Bildschirmen und gebe in das Suchfeld ein: *Dan Watson, Tenetkee Florida*.

Estelle lungert in der Tür zum Gästezimmer herum. »Sag schon, was ist los?«

Ich schiebe ihr den Vorfallsbericht zu. »Sieh dir die zweite Seite an. Warum sollte die Brieftasche an Land gefunden werden, wenn er selbst ...«

Sie führt meinen Gedanken zu Ende. »... im Wasser lag. Steht da, dass er ausgeraubt wurde?«

Ich drehe mich auf Rogers ergonomischem Schreibtischstuhl zu ihr um. »Der Sumpf ist im Allgemeinen kein Ort, an dem man nach seiner Brieftasche gefragt wird. Aber wer sollte jemanden davon abhalten, wenn er es doch tut? Mein Vater und ich sind einmal zufällig diesen entflohenen Gefangenen begegnet.«

»Ja, klar.« Sie nickt, denn sie hatte schon kurz danach von mir von dieser Geschichte gehört. Sie überfliegt den Vorfallsbericht noch einmal und legt ihn dann neben mich auf den Schreibtisch. »Ich bin in meinem Zimmer, wenn du mich brauchst.«

Ich drehe mich wieder zum Bildschirm um. Meine Suche nach *Dan Watson, Tenetkee, Florida,* ergab keine brauchbaren Ergebnisse, also gebe ich *Dan Watson* ein, ohne Ortsangabe, und erhalte tausend verschiedene Dan Watsons, lächelnde Profile und Zeitungsartikel und allerlei andere Einträge. Ich versuche es mit *Lieutenant Daniel J. Watson* und bekomme eine Website namens »In Gedenken an unsere getöteten Beamten« vorgeschlagen – eine Galerie der Officers, die in Ausübung ihrer Pflichten ums Leben gekommen sind. Wie es aussieht, wird mich Lieutenant Watson nicht mehr über den Tod meines Vaters aufklären.

Die Website enthält Angaben zu Watsons Alter zum Zeitpunkt des Todes (*32 – sogar noch jünger als mein Vater*), zur Ursache

(*Schüsse*), zum Datum des Vorfalls und zum Status des Täters (*nicht verfügbar*). Neben diesem Index befindet sich eine Kurzbeschreibung des Vorfalls: *Lt. Watson wurde ins Gesicht geschossen, als er versuchte, eine Person festzunehmen, die nachts gesetzeswidrig jagte. Lt. Watson wurde in das FSU Medical Center gebracht, wo er seinen Verletzungen erlag. Der Verdächtige ist noch auf freiem Fuß. Lt. Watson hinterlässt seine Ehefrau.*

Ich sollte es nicht tun, aber ich kann nicht anders. Ich gebe den Namen meines Vaters in das Suchfeld der Website ein. Im Index steht: *Officer Boyd Murrow.* Alter: *37.* Todesursache: *Ertrinken.* Kurze Beschreibung des Vorfalls: *Officer Murrow ertrank während einer Bootspatrouille.*

Mehr nicht.

Ich stehe auf, gehe kreuz und quer durch den Raum, setze mich wieder hin und drücke das X oben rechts auf dem Bildschirm.

Rechts unten steht das heutige Datum, der 8. April. Wie kann das möglich sein?

Ich habe Theo gesagt, dass ich auf jeden Fall am 9. April zurück sein werde.

Ich rufe ihn auf dem Handy an.

»Loni, wenn du jetzt sagst, dass du morgen nicht kommst ...«

Ich drehe mich von Rogers schicken Computerbildschirmen weg. »Ja, genau das wollte ich gerade sagen, Theo, und ich weiß, dass es dir ungelegen kommt, aber ...«

»Vielleicht sollte ich mich also doch besser auf die Anträge verlassen, die du eingereicht hast, und nicht auf dich. In den Papieren steht acht Wochen, was schwierig genug ist, um ...«

»Du kannst dich auf mich verlassen, Theo! Es ist nur so, dass ich mich hier unten in einer heiklen Lage befinde und ...«

»Hör mal, ich darf Leuten, die sich in einem ›Urlaub aus familiären Gründen‹ befinden, nicht das Leben schwer machen. Aber

185

Loni, ich habe hier ein großes Projekt am Laufen. Und ich nehme an, dir ist bewusst, dass Hugh Adamson, solltest du deinen angefragten Termin um einen Tag überschreiten, den Snoopy-Tanz aufführen wird, während er dich feuert. Ich würde es sehr begrüßen, wenn das nicht passiert.«

Er ist besorgt. Er ist sauer, aber er ist auch empathisch.

»Ich auch, Theo. Ich auch. Aber keine Sorge, ich bin *viel früher* als am 10. Mai zurück.«

»Viel früher«, sagt er, ohne ein Wort davon zu glauben.

»Früher. Versprochen.« Soll ich ihm sagen, dass er mein Lieblingschef aller Zeiten ist? Soll ich ihm sagen, dass sein Respekt und seine Fürsorge Eigenschaften sind, die ich mehr als alles andere schätze? »Theo«, sage ich.

Aber er hat aufgelegt.

Estelle erscheint in der Tür. »Wie kann ich helfen?«

»Lenk mich ab. Muntere mich auf. Mach mein Leben einfach.«

Sie denkt einen Moment nach und sagt dann: »Komm mit.«

Ich folge ihr ins Wohnzimmer, wo sie sich auf ihren weichen, cremefarbenen Teppich legt.

»Komm hierher«, sagt sie und rutscht zur Seite, damit wir beide genug Platz haben, um an die Decke zu starren. Dann moduliert sie ihre Stimme so, dass sie wie die einer Yogalehrerin klingt. »Schließ jetzt deine Augen.«

»Estelle …«

»Nicht reden. Tu's einfach.« Ich füge mich.

»Stelle dir jetzt eine Zeit vor, in der du völlig unbeschwert warst.«

»Estelle …«

»Ich weiß, was ich tue. Oh, aber ich habe den Anfang vergessen.« Sie redet wieder betont langsam. »Atme tief ein.«

Ich atme ein und dann aus.

»Und noch einmal.«

Ich tu's.

»Lass dich vom Boden tragen. Dafür brauchst du keinen einzigen Muskel. Lass den Boden die ganze Arbeit machen, um dich zu halten.«

Ich atme tief ein.

»Jetzt lass das Bild entstehen, ganz langsam, dein unbeschwerter Moment. Wo bist du? Wer ist noch da? Antworte nicht. Lass einfach das Bild um dich herum entstehen. Nimm dieses Bild der Zufriedenheit in dir auf.«

Ich atme in ein unscharfes Bild hinein. Meine eigenen kleinen Hände, die eine sehr feine Nadel halten. Ich nehme mit der Nadelspitze winzige Glasperlen auf und lasse sie eine nach der anderen auf einen durchsichtigen Faden gleiten. Eine junge Estelle sitzt mir gegenüber. Auch sie hat eine feine Nadel und taucht sie in die Schale mit den winzigen Glasperlen ein, die wie Sandkörner funkeln.

Als ich die Augen öffne, ist Estelle weg. Langsam setze ich mich auf.

Sie kommt aus ihrem Zimmer. »Wieder aufgetaucht?«

»Ja, das war gut. Wie lange war ich weg?«

»Ungefähr zwanzig Minuten.«

Ich erhebe mich vom Boden. »Danke, liebe Freundin.« Ich hebe meine Tasche auf. »Hey, willst du etwas hören, das meine Mutter geschrieben hat?« Ich hole das Garten-Tagebuch heraus und schlage es auf einer Seite auf, die ich mit einem Klebezettel markiert habe. Estelle lässt sich auf die Couch plumpsen und hört zu.

Lonis kleine Freundin Estelle ist zu Besuch, und die Mädchen galoppieren im Garten herum und knabbern an Zuckerrohrstängeln, die Boyd von seiner Reise mitgebracht hat. Sie lachen aus vollem Halse.

Estelle lächelt und nickt. »So waren wir.«

Ich lese weiter:

Es ist schön zu sehen, wie Loni sich amüsiert, anstatt wie üblich Trübsal zu blasen. Wenn ich sie beobachte, bekomme ich ein Gefühl dafür, wer sie in der Welt ist. Im Vergleich zu der kleinen Estelle ist sie zaghaft, aber lustig – sie bemüht sich, es mit ihrer Freundin in Spiel und Verstand aufzunehmen. Sie hat eine Frische, eine Offenheit, die sie mir selten zeigt. Doch als ich letzte Woche eines Abends nach Hause kam, um ihr Gute Nacht zu sagen, bat sie mich, ihr vorzulesen, etwas, das wir schon lange nicht mehr getan haben. Ich nahm ein Märchenbuch zur Hand, setzte mich in Strümpfen neben sie aufs Bett, und wir ließen unsere Fantasie in dieselben Sphären schweifen. Nachdem ich ein paar Seiten gelesen hatte, reckte Loni sich und küsste meinen Arm, einfach so und sah mich sofort danach mit dem Gesichtsausdruck eines verängstigten Kaninchens an. Ich las weiter, ohne die Worte wirklich zu sehen. Hat sie solche Angst vor mir? Habe ich mich vor dieser Zärtlichkeit verschlossen? Ich war am Ende des Abschnitts angelangt und sagte: Sollen wir hier aufhören? Wir hätten das Buch nicht auf einmal geschafft. Aber als ich ihr vorschlug weiterzulesen, sagte sie: »Ach, ist schon in Ordnung.«

In ihrer jetzigen Stimmung, wenn sie mit ihrer Freundin lacht, wirkt sie jung und albern, aber auch selbstbeherrscht, ein geheimnisvolles Kind, das auf eine Weise älter wird, die vielleicht nichts mit mir zu tun hat. Ich werde auf das Vorlesen bestehen. Wir werden es wiederholen.

Estelle runzelt die Stirn. »Und, hat sie?«

»Hat sie was?«

»Dir noch mal vorgelesen.«

Ich stehe auf, um Estelles strengem Blick zu entgehen, und stecke das Buch zurück in meine Tasche. »Ich weiß es nicht. Ich glaube eher nicht. Mein Vater hat mir manchmal vorgelesen. Ich meine, ich konnte ja selbst lesen, also … darum geht es eigentlich nicht.«

»Doch, schon.«

»Ich dachte nur, es würde dir gefallen, weil es dich und mich in diesem Alter beschreibt.« Ich komme zurück zur Couch und greife nach einem der Kissen.

Auf Estelles Socken sind Spiegeleier abgebildet. »In welcher Klasse waren wir damals, in der dritten? Vierten?«

»So ähnlich. Nein, sie war mit Phil schwanger, also waren wir ungefähr elf.«

»Hm. Schon damals war deine Mutter ein wenig … ich weiß nicht … gereizt?«

»Ja, aber vielleicht hat sie … versucht, es nicht zu sein.« Ich spiele mit der Bordüre des Kissens. »Wie auch immer, ich sollte ihr Tagebuch nicht lesen.«

»Aber wenn es dir hilft, eure Beziehung zu verstehen …«

»Estelle, du hast diesen ›Ich bin dein Seelenklempner‹-Ton.«

»Tja, du solltest auf mich hören, denn ich bin weise.«

»Hey«, sage ich, »ich dachte nur, eine Beschreibung von dir, als du klein warst, würde dir gefallen.«

»Und das ist der einzige Teil, zu dem ich etwas sagen darf?« Ich starre sie an.

Sie zwirbelt ihr Haar. »Also gut, los geht's. Waren wir nicht süß. Hopp, hopp, Galopp, knabber, knabber. Gefolgt von Heiterkeitsausbrüchen.«

»Klingt schon viel besser.«

25

9. April

Ich bin in Nelson's Sporting Goods und vergleiche zwei Paare fingerloser Paddelhandschuhe, als ich einen strengen Körpergeruch direkt hinter mir wahrnehme.

»Du musstest also losziehen und alles vermasseln, was? Musstest unbedingt schlafende Hunde wecken, verdammte Scheiße.«

Mit dem letzten Wort landet ein Spuckenebel auf meinem Nacken. Ich drehe mich um und sehe weißes, strähniges Haar und ein kratziges, unrasiertes Gesicht. Mr. Barber. Aus dem Regal zu meiner Linken hat er ein Jagdmesser mit einer scharfen, gezackten Klinge geholt und dreht es nun ins Sonnenlicht, sodass es glänzt.

Ich nutze die halbe Sekunde, in der er abgelenkt ist, um zum Tresen zu flitzen, wo der schielende Verkäufer den Überblick hat, was im Laden vor sich geht. Nelson Barber macht Anstalten, mir zu folgen.

Der spindeldürre Angestellte redet in einem hohen Fistelton an mir vorbei. »Legen Sie das weg, Mr. Barber. Denn ich weiß ganz genau, dass Sie kein Geld haben, um es zu bezahlen.«

»Und warum ist das so, hm?«, ruft Nelson ihm mit tiefer, kratziger Stimme zu. »Ich sage dir, wofür ich Geld habe. Eine Schachtel Schrotpatronen, und ich rate dir, sie mir zu verkaufen.«

»Barber«, sagt der Verkäufer mit seiner Fistelstimme, »man hat

Ihnen mehr als einmal gesagt, dass Sie dieses Grundstück nicht betreten sollen. Und das Letzte, was ich Ihnen verkaufen werde, sind Schrotpatronen.«

»Ich habe das Recht, mich gegen Angreifer zu verteidigen, ganz zu schweigen von euch Aasgeiern! Ihr nehmt einem Mann die Lebensgrundlage weg! Verdammte Leichenfledderer!«

Ein anderer Mann kommt aus dem Hinterzimmer, und gemeinsam drängen sie Nelson aus dem Laden. Der größere Mann entreißt ihm das Messer, als Barber sich noch mal zu mir umdreht. »Ich habe dir gesagt, wem du nicht trauen kannst! Aber schwups, bist du hier!«

Der größere Mann gibt ihm einen kräftigen Schubs, und der Kopf mit der weißen Mähne wird nach hinten geschleudert.

»Raus hier, du alter Spinner!«, schreit ihn der Verkäufer an.

Mir pochen die Schläfen. Ich bin froh, dass er das Messer nicht mehr in der Hand hat, und ich bin froh über den Abstand zwischen ihm und mir. Ich umklammere die Handschuhe und sehe mich die ganze Zeit um, bis er endlich weg ist.

Eigentlich hatte ich überlegt, heute zu Barbers Angelhütte zu paddeln, um ihn nach Henrietta zu fragen. Aber jetzt, wo ich weiß, dass er mir aufgelauert hat, ist mir die Lust aufs Paddeln komplett vergangen. Stattdessen ziehe ich mich in die Wohnung zurück, um weiter auszusortieren. Die Qual dieser tausend kleinen Entscheidungen ist mir auf jeden Fall lieber als der Tod durch ein Jagdmesser.

26

Ich habe die Bücher entlang der Fußleisten aufgereiht, mit den Buchrücken nach oben. Wenn es um Bücher geht, bin ich so besitzergreifend wie meine Mutter mit ihren blöden Haarbürsten – ich will sie alle behalten, denn für mich ist die eigene Bibliothek so etwas wie ein Fingerabdruck. Wenn ich in diesen Werken blättere, reise ich durch das Leben meiner Mutter, meines Vaters, meiner Großeltern.

Mit Blick auf die Buchrücken gehe ich in der Wohnung auf und ab. Ich kategorisiere alle Exemplare und ordne sie neu an. Aber wenn ich nicht gerade einen Gutshof mit getäfelter Bibliothek und Gleitleiter kaufe, muss ich einige schmerzliche Entscheidungen treffen.

Unter den Taschenbuchkrimis meines Vaters haben wir *Geboren im Sumpf* und die Mangrove-Mysteries-Serie. Ich denke, ich sollte sie spenden. Jemandem könnten sie gefallen. Ich lese den Rückseitentext von *Geboren im Sumpf*. Es klingt wie der Schund, bei dem meine Mutter immer die Augen verdreht hat. Als ich darin blättere, bemerke ich ein kleines Stück Papier zwischen den Seiten. Ein weiteres Lesezeichen, eine verblasste Quittung von Parson's Nursery and Garden Shop. Auf der Rückseite steht allerdings in der Handschrift meines Vaters:

Frank > Elbert > Dan
Walkie-Talkies
Wer noch?

Ein lautes Klingeln ertönt, und mir ist zuerst nicht klar, woher es kommt. Mit dem Zettel in der Hand, gehe ich auf das Wandtelefon in der Küche zu.

»Hallo?«

»Bereit für eine weitere Runde?«

Es ist Phil. Ich habe ganz vergessen, dass ich ihm diese Nummer gegeben habe. Der Vermieter hat diesen alten Festnetzanschluss nie abgemeldet, und die Nummer steht direkt auf dem Hörer, warum sollte ich sie also nicht benutzen?

»Klar, Phil, sehr gerne.« Wir vereinbaren ein Treffen für morgen früh. Ich lege auf, trage die kleine Parson's-Quittung zum Tisch und platziere sie auf einer leeren Seite in meinem aufgeschlagenen Skizzenbuch. Dann hole ich den Zeitungsausschnitt, in dem mein Vater seine Auszeichnung erhält, beobachtet von Dan Watson. Ich setze mich an den wackeligen Küchentisch und beginne zu zeichnen – Frank und mein Vater beim Händeschütteln, der finster dreinblickende Dan im Hintergrund. Ich muss mehr über ihre Gesichter erfahren, als das flache, körnige Zeitungsbild preisgibt. Meine Skizze verleiht Frank Chappelles eigenwilligem Lächeln, Daddys nach oben gerecktem Kinn und der Entschlossenheit ihres Händedrucks mehr Schärfe.

Mit einem kleinen Apfelmagneten, den der Vormieter zurückgelassen hat, hänge ich die Zeichnung an den Kühlschrank. Die Quittung mit der Handschrift meines Vaters findet ihren Platz unter einer zum Apfel passenden Birne.

Auf dem Weg zum Geezer Palace bemerke ich einen Blumenstand am Straßenrand. Ich fahre langsamer und halte schließlich an.

Ich treffe meine Mutter in ihrem Zimmer an, sie sitzt in ihrem Sessel und schaut *Der Preis ist heiß*. Ich war nicht dafür, den kleinen Fernseher herzuholen, aber Tammy hat sich durchgesetzt. Als die Sendung zu Ende ist, schalte ich den Fernseher aus, und meine Mutter runzelt die Stirn.

»Hallo, Mom! Ich habe dir ein paar Tulpen mitgebracht.«

»Ich hoffe, sie kommen nicht aus dem Norden.« Essig in ihrem Mund.

»Keine Ahnung«, sage ich. »Ich habe sie am Highway gekauft.«

»Du weißt genau, dass Gelb nicht meine Lieblingsfarbe ist.«

Ich presse meine Lippen zusammen. *Nicht darauf reagieren.* Im Bad lasse ich Wasser in eine Vase laufen und halte dann meine Handgelenke unter den kühlen Strahl. Ich zähle bis dreißig, arrangiere die Blumen, komme wieder heraus und stelle sie neben sie.

»Wie schön die sind«, sagt sie. »Wo kommen die denn her?«

Notiz an mich selbst: immer abwarten, bis sie von selbst etwas sagt. »Schau, ich habe dir auch ein paar Bücher mitgebracht.«

»Ach, Loni, ich habe keine Geduld mehr zum Lesen. Meine Augen werden so müde.«

Was zum Teufel wird sie den ganzen Tag lang tun? Spielshows gucken? »Na gut, dann lese ich dir vor.« Ich öffne einen ihrer Gedichtbände und lese eine ihrer Lieblingspassagen. »Das Werk der Welt ist gewöhnlich wie Schlamm ...«

Sie unterbricht mich. »Das ist ... äh ... das ist ... Marge Piercy.« Und dann rezitiert sie die nächsten drei überragenden Zeilen.

Ich nicke. »Alles klar, Mom.« Sie ist also noch nicht ganz weg. Ich muss nur stoisch bleiben, wenn sie schlecht gelaunt ist, und ihr etwas vorlesen. Vielleicht hatte mein Vater vor all den Jahren recht, als er mich ermutigte, in meiner Mutter ein unsichtbares Reservoir des Guten zu sehen. Es ist wie das Warten auf diese kühlen Luftlöcher im schwülen Sumpf – sie sind unvorhersehbar, aber immer willkommen.

27

10. April

Als wir am Morgen loslaufen, drückt Phil auf den Knopf seiner Uhr. Diesmal kann ich tatsächlich mit ihm mithalten. Wieder umrunden wir den kleinen See im Park in der Nähe seines Hauses.

»Weißt du«, sagt er, »die Strecke ist nur drei Kilometer lang. Wir sollten versuchen, zweimal drumherum zu laufen.«

»Oder«, schlage ich vor, »wir machen einen Umweg durch die Nachbarschaft, rennen ein paar Straßen rauf und runter, verlieren total den Überblick, wie weit wir gelaufen sind, und kehren dann wieder auf unsere Strecke zurück.«

Er schluckt. »Wenn dir das lieber ist …«

Ich lache. »Nein, Phil, ich will dich nur verarschen. Zweimal drumherum geht in Ordnung.«

Er entspannt sich wieder. Das Laufen von zwei perfekten Kreisen scheint die Ordnung in seinem Leben aufrechtzuerhalten.

Er fragt nach den Zeichnungen für Estelle – wie viele ich fertiggestellt habe. Für ihn geht es immer nur ums Zählen.

»Na ja, drei habe ich bereits abgegeben, aber drei weitere sind gerade fertig geworden.«

»Also, sechs«, sagt er, als könnte ich nicht rechnen. »Wie viele fehlen noch?«

Ich achte jetzt auf meinen Atem und versuche, mich dem Rhythmus seiner Schritte anzupassen. »Durch viel Überzeugungsarbeit hat sie die Liste auf vierzehn gekürzt. Sie fing mit achtzehn an, und das war nur …«

»Du hast also fast die Hälfte erledigt.«

Ich neige meinen Kopf zur Seite. »Ja. Danke, Phil. Mir gefällt, wie du das sagst.«

Wir laufen eine Weile schweigend. »Darf ich über die Klage reden?«, fragt er schließlich.

»›Darf ich‹?«, wiederhole ich. Ich versuche, genauso große Schritte zu machen wie er.

»Ich weiß, dass du deshalb total wütend bist, aber ich verstehe nicht, warum.«

»Phil, ich bin immer wütend.«

Er sieht mich an, unsicher, ob das ein Witz sein soll.

»Bart meint, es sei ganz leicht. Der Papierkram ist in Ordnung, und unsere Erfolgschancen sind sehr hoch.«

»Phil, ich habe dir gesagt, dass es keine gute …«

»Es ist nur so, dass … na ja, Loni, ich weiß nicht, wie ich es sagen soll, aber … ich bin mir nicht sicher, ob Dads Tod ein Unfall war.«

Verdammter Mist. Das war's.

»Hast du die zweite Seite des Formulars gesehen?«, fragt er.

Ich nicke.

Er holt tief Luft. »Die Brieftasche an Land, weit entfernt von der Leiche … seltsam, was? Bart denkt, vielleicht … war es Fremdeinwirkung.«

Ich sage nichts, sondern schwinge meine Arme nur noch heftiger.

»Und dann wurde der Kerl, der den Anhang geschrieben hat, getötet. Der Fall wurde nie aufgeklärt.«

Unsere Füße knallen auf den Asphalt, und die Gedenk-Website mit den Fotos der getöteten Beamten schwebt wie ein Hologramm vor mir.

Phil redet weiter. »Also, ich bin nur ein Buchhalter, was weiß ich schon? Aber ich habe im Büro am Computer herumgespielt, und verdammt noch mal, der Name von diesem Typ taucht auf.«

»Welcher Typ?«

»Lieutenant Dan Watson, der Dads Brieftasche gefunden hat. Scheint so, als hätte unsere Firma seine Steuererklärung gemacht. Die der Witwe ist immer noch bei uns. War sie nicht deine Mathelehrerin oder so?«

»Watson? Ich glaube nicht ...« Ein Kanadareiher hebt mit ausladenden, langsamen Flügelschlägen vom See ab und schraubt sich kreisend in die Höhe.

»Also habe ich das Jahr seines Todes herausgesucht, was nicht einfach war – diese alten Steuererklärungen gibt's nur noch auf Mikrofiche. Und jetzt hör mir zu«, er atmet aus, »der Ehemann ist gestorben, also reicht die Witwe ein Formular 706 für die Nachlasssteuer ein.

Geschichten aus der Buchhaltung.

»Sie muss keine Steuern auf das Gemeinschaftseigentum ihres Mannes zahlen, aber lustigerweise reicht sie auch Formular 709 ein.«

Seine Augen leuchten wie damals, als er klein war. Ich kann die Sprache des Buchhalters nicht entschlüsseln, schon gar nicht beim Laufen.

»Loni, Formular 709 betrifft die Schenkungssteuer. Sie hat in diesem Jahr eine sehr große Schenkung bekommen, und zwar nicht von ihrem toten Ehemann.«

»Ich muss ein bisschen langsamer machen«, sage ich. »Lauf du weiter. Ich treffe dich am Ende.«

Er verkürzt seine Schritte und bleibt neben mir. »Loni, jemand hat Watsons Witwe in dem Jahr, in dem ihr Mann starb, ein Haus geschenkt.«

»Wer?«

»Tja, das ist nicht ganz klar. Normalerweise zahlt der Schenker die Schenkungssteuer. Doch in seltenen Fällen darf der Beschenkte sie zahlen.«

Ich wünschte, ich wüsste, wovon er spricht.

Phil läuft jetzt rückwärts und sieht mich direkt an. »Und während ich die Steuerunterlagen durchgesehen habe, hat Bart den Vorfallsbericht von Dad in die Finger bekommen.«

Ein Schweißtropfen läuft mir ins Auge und brennt. »Seinen was?«

»Den Autopsiebericht, die Ermittlungsunterlagen ...« Er sagt »Autopsie«, als wäre es ein x-beliebiges Wort. Eiscreme, Laufschuhe. »Und weißt du, was komisch ist, Loni? Es gab keine Untersuchung. Nur diesen Bericht, in dem sein Tod als Unfall deklariert wurde, und die seltsame Notiz, die Dan Watson zwei Monate später hinzugefügt hat.«

Wir nähern uns dem Ende unserer zweiten Runde. Ich will, dass er die Klappe hält und mich nachdenken lässt. Vorfallsbericht. Keine Untersuchung. Das Haus von Mrs. Watson. Was hat das alles zu bedeuten? *Es gibt einige Dinge, die ich dir über Boyds Tod sagen muss.* Die schwer fassbare Henrietta, wo immer sie ist, könnte mir dabei helfen.

»Zeit für unseren Kick«, sagt er.

»Warte!« Ich renne ihm hinterher, aber nicht weil ich Lust auf ein Wettrennen habe, sondern damit ich kapiere, was er da gerade zu mir gesagt hat.

Er beendet seinen Sprint und läuft im Kreis. Ich hole ihn ein und hoffe, dass ich bald wieder zu Atem komme.

»Also, ich denke, wir sollten Folgendes tun«, sagt er. »Zuerst sprechen wir mit Mrs. Watson.«

Ich nicke, nach Luft schnappend.

»Einverstanden?« Er runzelt die Stirn, als rechnete er mit Widerspruch.

»Was meinst du mit ›einverstanden‹?«, bringe ich keuchend heraus.

»Du fährst zu ihr und redest mit ihr?«

»O nein, das habe ich nicht gesagt.«

»Tja, meine Firma macht ihre Steuererklärung, also darf ich nicht mit ihr reden. Du hingegen kannst da beiläufig vorbeischauen. Sie war deine Lehrerin.«

»Nein, ich glaube nicht …«

»Du bist die verlorene Tochter, die zurückgekehrt ist. Natürlich hast du Fragen.«

»Verlorene Tochter?«, frage ich. »Hör zu, Phil, selbst wenn sie meine Lehrerin gewesen wäre, hätte ich keine Ahnung, wonach ich fragen soll.« Ich bin immer noch außer Atem.

»Überlass das mir.« Er legt seine Hand auf meinen verschwitzten Rücken. »Danke, Loni.«

Mein Japsen lässt nach, und ich betrachte das schmale Gesicht meines Bruders. Wozu habe ich gerade eigentlich Ja gesagt?

28

11. April

Mrs. Watson?«

Es ist ein bescheidenes Haus, Stuck auf Beton, unwesentlich größer als das der Nachbarn. Zwei rosa Metallstühle stehen neben der Eingangstür. Eine Stimme aus einer eiförmigen Gestalt hinter der Fliegengittertür sagt: »Ja?«

»Hi, Mrs. Watson, ich bin Loni Murrow. Die Tochter von Boyd Murrow.«

Sie streckt den Hals. »Diesen Name habe ich schon lange nicht mehr gehört.«

Ich fühle mich, als würde ich gerade die Schokoriegel von World's Finest Chocolate für das Fundraising eines Ausflugs der Schulband nach Palatka verkaufen. »Bitte entschuldigen Sie die Störung, Mrs. Watson, aber hätten Sie ein paar Minuten Zeit?«

»Ein paar.« Sie bittet mich nicht herein.

»Es ist schön hier draußen auf der Veranda«, sage ich.

»Hm.« Sie bleibt stehen. Auf dem Scheitel wird ihr graues Haar von einer großen Spange gehalten, das Haar am Hinterkopf ist zu einem kleinen Dutt toupiert. Zweifellos das Werk meiner Schwägerin. Diese Dame war definitiv nicht meine Mathelehrerin. Nun fällt es mir auch wieder ein, sie hieß Ms. Watkins, nicht Watson. Ich habe keinen Vorwand mehr für meinen unangemeldeten Besuch.

»Ma'am, glauben Sie mir, ich möchte Sie nicht belästigen.« Ich würde mich umdrehen und gehen, hätte ich nicht die von Phil handgeschriebene Liste mit Fragen in meiner Tasche. Ich möchte herausfinden, was sie weiß. Und wenn es etwas Schlimmes ist, kann ich entscheiden, wie viel oder wie wenig ich weitergebe.

»Mrs. Watson, mir ist bewusst, dass die Leute hier nur ungern über die Vergangenheit sprechen. Und mir geht es genauso. Ich sage immer: ›Schau nach vorne, nicht zurück!‹«

Eine Weile sagt niemand etwas.

»Aber es ist so, dass mein Vater, nun ja, im Marschland verstorben ist.«

»Hm.« Sie weicht meinem Blick aus.

»Es ist schon lange her, aber ich versuche, etwas über damals herauszufinden«, ich stiere durch die dunkle Fliegengittertür, »und da habe ich mich gefragt, ob Ihr Mann jemals ...«

»Mein Mann ist tot, Liebes. Er ist vor einigen Jahren gestorben.«

»Ja, das tut mir sehr leid. Ich habe mich nur gefragt, ob er jemals erwähnt hat ...«

»Junge Dame, bitte lassen Sie mich in Ruhe.«

»Nun, da ist nur diese eine Sache, Mrs. Watson ...« Ich öffne den Fensterbriefumschlag und hole die Kopie mit der Unterschrift ihres Mannes heraus. Aber sie hat bereits die Holztür hinter dem Fliegengitter geschlossen. Ich wedele mit der Seite in Höhe der Stelle, wo sie gerade noch stand.

»Mrs. Watson. Mrs. Watson!«

Tja. Das war pure Zeitverschwendung.

Mal angenommen, ich wäre eine gute Tochter, dann würde ich diese Stippvisite in der Stadt vermutlich nutzen, um meine Mutter zu besuchen. Aber in meiner Tasche befindet sich ein Foto, das Tammy von dem Whiteboard gemacht und für mich ausgedruckt hat, und daraus geht hervor, dass heute nicht mein Tag ist. Also kann ich genauso gut das tun, wozu *ich* Lust habe.

29

Adlai hebt ein Kanu aus Fiberglas vom Lagergestell. »Kein Aluminium mehr für dich!«, sagt er. »Firmenpolitik – jeder Kunde, der dreieinhalb Wochen am Stück mietet, bekommt ein Upgrade.«

Er greift nach einem Paddel aus Esche.

»Gott, das ist viel zu lang«, murmle ich.

Er dreht sich um. »Was hast du gesagt?«

»Oh, da hab ich ja Glück gehabt!«, lüge ich. »Hey, bist du nach Adlai Stevenson benannt?«

Eine hochgezogene Augenbraue sagt mir, dass ihn das viel zu viele Leute fragen. »Mein Großvater hieß Adlai.«

»Wie schön«, sage ich, um es wiedergutzumachen.

Er nickt und geht nach draußen. Wir richten das Boot so aus, dass es längs am Steg liegt, und er stabilisiert es. Gerade als ich in das Kanu steigen will, fliegt ein Reiher tief über das spiegelglatte Wasser. Der weibliche Vogel ist ganz weiß mit langen fransigen Schmuckfedern an Kopf und Schwanz. Wir halten beide inne und schauen ihm nach. Er zieht seinen langen Hals dicht an den Körper, und seine Flügel berühren fast die glänzende Oberfläche. Es ist ein Spiegelbild – oben Reiher, unten Reiher. Seinem Spiegelbild folgt eine Reihe von dunklen Kreisen, da jeder seiner Flügelschläge das Wasser anhebt.

»Wie heißt dieser Vogel?«, fragt Adlai, obwohl er es ganz sicher weiß.

»Schmuckreiher«, sage ich.

»Und den kannst du zeichnen?«

»Vielleicht.«

Seine Augen folgen dem Schwung seiner Flügel, während er sich zu den Gipfeln der Bäume erhebt. »Diesen Anblick liebe ich ganz besonders«, sagt er. Als der Vogel verschwunden ist, dreht er sich zu mir um, streckt seine Handfläche in Richtung des Kanus aus und sagt: »Mylady, Ihr Wagen wartet.«

Ich steige ein, und er stößt mich ab. Ich schaue zurück zu ihm. »Danke.«

Er tippt sich mit dem Finger an die Stirn und salutiert, dann steckt er beide Hände in die Hosentaschen und beobachtet, wie ich ablege.

Widerstehe ihm, Loni.

Einiges von dem, woran ich vorbeikomme, kommt mir jetzt bekannt vor. Oder wieder. Ein paarmal denke ich, ich könnte um eine Kurve fahren und auf eine Stelle stoßen, an der mein Vater und ich geangelt haben. Aber diese Wasserwege kreuzen sich vielleicht nicht einmal mit denen, die er und ich mit dem Kanu befahren haben. Aber alle Gewässer hier sind irgendwie miteinander verbunden, und sei es nur unterirdisch. Und dank meines Chefs in Washington bin ich heute hier, um diese unterirdischen Wasserverbindungen zu erforschen.

Als ich Theo am vergangenen Sonntag anrief, um ihm zu sagen, dass drei Wochen immer noch nicht ausreichen würden, sagte ich dummerweise: »Weißt du, wenn du mich brauchst, um etwas zu zeichnen, kann ich gerne von hier aus arbeiten.«

Er seufzte. »Ja, ich habe viel Arbeit. Aber ich glaube nicht, dass ich dich darauf ansetzen darf. Es gibt strenge Vorgaben der Personalabteilung für den Urlaub aus familiären Gründen.« Ich hörte, wie er in irgendwelchen Unterlagen wühlte, und plötzlich wirkte er viel munterer. »Also, wenn du dich *freiwillig* für etwas melden willst … rein pro bono … Bob Gustafson aus der Geologie hat mich um einen Gefallen gebeten.«

Ich dachte: *Gestein? Wann habe ich das letzte Mal etwas für die Gesteinsmenschen gezeichnet?*

Und umsonst? Und außerdem: *Wer zeichnet die Vögel, während ich weg bin?*

»Gustafson braucht eine Skizze von einem Senkloch und ein paar unter Wasser liegenden Höhlen in Florida. Und da du schon mal da unten bist …«

»Theo, ich glaube nicht …«

»Hey, du wolltest doch etwas zu tun haben. Erwähne es nur nicht gegenüber der Personalabteilung. Oder vor unserem Freund Hugh.«

»Gut, dass du mich daran erinnerst, wo doch Hugh und ich täglich ein Schwätzchen halten.«

Am Ende stimmte ich zu, aber das Ganze hatte weder Hand noch Fuß. Als ich auflegte, erinnerte mich das Kribbeln in meinem Magen auf subtile Weise an die Vorzüge und Kompromisse, die mein Job mit sich brachte.

Das Wasser, das Gustafson will, ist nicht das Oberflächenwasser, über das ich paddle, sondern das Wasser, das durch den Schweizer Käse aus Kalkstein unter dem Erdreich Floridas fließt. Die unterirdischen Flüsse, die den Sumpf speisen, sind ein Teil der präkambrischen Vergangenheit der Halbinsel, und sie zu Papier zu bringen, klingt nicht nach Spaß. Aber ich habe nun mal Ja gesagt, und als ich mich mehr oder weniger auf den verschlungenen Wasserwegen verirrt habe, hole ich meinen Skizzenblock heraus. Ich beginne mit dem Wasser der Marsch denn damit kenne ich mich am besten aus.

Es ist nicht mein Lieblingsessen, hat mir meine Mutter beigebracht, wenn ich etwas auf meinem Teller nicht mochte und ein Erwachsener fragte, wie es mir schmeckte. Mit der Antwort *Es ist nicht mein Lieblingsessen* blieb ich ehrlich und höflich zugleich. Der Satz *Ich hasse es* war verboten. Also würde ich es mal so formulieren: Das Zeichnen von Wasser ist *nicht meine*

Lieblingsbeschäftigung. Wenn ich nicht muss, entwerfe ich noch nicht einmal die Hintergründe selbst. Ich zeichne den Vogel, und jemand anders übernimmt die trockene Wüste oder den Nadelwald oder die majestätischen Schneekappen – wie auch immer der perfekte Lebensraum des jeweiligen Vogels aussieht.

Doch jetzt sitze ich hier im Kanu und versuche, das Wasser abzubilden, und ich überlege, wie ich mein Motiv beleben kann. Umrisse? Gibt es nicht. Ich weiß, was darauf und was darin ist, aber das Wasser selbst kann ich nur andeuten. Farbton? Es ist ein teefarbenes Durcheinander voller Welse, Flusskrebse und anderer Bodenfresser. Ganz zu schweigen von den Alligatoren und Schlangen. Also, sind wir mal nicht so höflich: Es ist nicht nur *nicht meine Lieblingsbeschäftigung,* es gibt auch vieles, was ich an diesem Wasser *hasse.* Ich hasse den Schlamm und diesen typischen Gestank, wenn Niedrigwasser ist. Ich hasse es, wie es sich an den Stiefeln festkrallt, schlürfend und schmatzend, wenn man sie herauszieht. Ich hasse es, wie der Grund bei jedem Schritt nachgibt und weder fest noch flüssig ist.

Aber ich zeichne es, so gut ich kann, zusammen mit dem Bug eines Kanus und einigen Schilfrohren dahinter. Ich zeichne das Innere des Kanus, die Spanten und die vordere Ruderbank, den Griff eines Paddels, das am Rumpf angelehnt ist. Ein Stiefel, ein Stiefelpaar, dann eine khakifarbene Arbeitshose, ein Flanellhemd mit ungleichmäßig aufgerollten Manschetten, rötliches Haar auf den Unterarmen, die kratzigen Wochenendstoppeln. Die Ohren, die Augen ... Ich zeichne meinen Vater.

Das Kanu gibt ein dumpfes Geräusch von sich. Ich bin gegen das Ufer getrieben.

Es gibt so viele gute Gründe, dieses Wasser zu hassen. Das Kanu auf diesem Bild ist nicht das, in dem ich gerade sitze, sondern jenes, in dem er und ich so viele Stunden verbracht haben, in dem er saß, kurz bevor er seinem Schöpfer begegnete. Es ist ein und dasselbe Kanu, das ich zerstört habe.

205

Nach der Beerdigung bot Captain Chappelle an, das Kanu zu versteigern, und meine Mutter stimmte widerspruchslos und ohne mich zu fragen zu. Ich habe ihr nie erzählt, dass ich zu dieser Auktion gegangen bin. Sie fand zwei Städte weiter statt. Ich kratzte mein ganzes Geld zusammen – einhundertdreizehn Dollar und siebenundfünfzig Cent – und fuhr mit meinem heißgeliebten Fahrrad, einem Schwinn Varsity, den weiten Weg dorthin. Ich hielt mich auf dem Auktionsgelände auf, bis das Kanu ganz zum Schluss an die Reihe kam, und ich bot mit. Ich ignorierte die Leute, die mich anstarrten und kicherten, und erhöhte mit piepsiger Stimme jedes Mal mein Gebot, wenn der dicke Mann auf der anderen Seite seins erhöht hatte. Mit jedem gebotenen Preis glühte mein Gesicht mehr und mehr.

Schließlich seufzte der Mann mit dem dicken Bauch und sagte: »Einhundert Dollar.«

Und ich erwiderte: »Einhundertdreizehn Dollar und siebenundfünfzig Cent!« Da brachen alle in furchtbares Gelächter aus. Mein Gesicht brannte und mein Herz pochte, nicht wegen des Gelächters, sondern weil ich gewonnen hatte. Mehr als das würde niemand bieten wollen.

Nach einer kurzen Pause sagte der Mann: »Einhundertzwanzig Dollar.«

»Nein!« Ich sah den Auktionator an.

Wahrscheinlich war der Auktionator selbst Vater und hatte gemerkt, dass niemand da war, um mir beizustehen, kein Erwachsener, aber er konnte nichts daran ändern, denn das war's, ich hatte das Kanu verloren. Da es das letzte Auktionsgut gewesen war, sind alle aufgestanden, um nach Hause zu gehen. Sie hatten ihren Spaß gehabt. Aber ich blieb bei dem Kanu, das eigentlich mir gehörte, und als der dicke Mann kam, um es zu holen, setzte ich mich hinein.

»Na los, kleine Dame, überlass dem Mann sein Boot.«

Ich blieb sitzen.

»Ich zahle Ihnen hundertdreizehn Dollar und gebe Ihnen mein Fahrrad dazu.« Das Rad war quasi nagelneu, denn ich hatte es gerade erst zu Weihnachten bekommen.

Der Mann sah sich das Fahrrad an. Mir lag auf der Zunge, ihm zu sagen *Sie sind sowieso zu dick für das Kanu*, aber ich dachte, das wäre nicht hilfreich für mein Verkaufsgespräch. Er hatte wohl auch ein Kind, denn er beäugte den glänzenden Lack und schielte auf die Speichen, und dann nahm er es am Sattel in die Höhe und drehte an einem Pedal. Ich hätte noch etwas anderes dazugegeben, aber ich hatte nichts dabei.

Schließlich wandte er sich wieder mir zu. »Hast du das Geld in bar?«

Ich nickte.

»Du willst das Kanu wirklich haben, oder?«

Ich bejahte, und er sagte: »Also gut, dann gehört es dir.« Feixend hielt er mein Schwinn am Sattel fest und schob es den ganzen Weg zu seinem Auto, *tick-tick-tick*.

Der Auktionator setzte seinen Hut auf und runzelte die Stirn. »Wie kriegst du das Kanu nach Hause?«

»Gar nicht«, erwiderte ich, denn so weit vorausgedacht hatte ich nicht. Er schüttelte nur den Kopf und ging weg.

Ich saß in dem Kanu, bis die Sonne langsam an Wärme verlor, und dann, tja, ich hatte es nicht geplant, ich wusste nicht, was ich tun würde, ich wusste nur, dass das Kanu mir gehörte und ich damit tun konnte, was ich wollte. Auf dem Feld neben dem Auktionsplatz lag ein Stapel Holz, zur Hälfte bereits gehackt, und daneben lehnte etwas, das ich für eine Axt hielt, aber es war wohl nur ein kurzstieliges Beil. Trotzdem habe ich mir beim Hochheben fast den Fuß abgehackt. Ich schleppte das Beil dorthin, wo ich die letzte Stunde gesessen hatte, hob es so weit hoch in die Luft, wie ich konnte, und ließ es auf die Außenseite des Kanus hinuntersausen. Ich hob es noch mal hoch und ließ es erneut hinuntersausen. Das Beil war schwer, und es jagte mir Angst ein, aber nachdem ich das erste Loch hineingeschlagen hatte, trat ich mit einem Fuß gegen den Rumpf und riss ihn noch weiter auf. Dann schleppte ich das Beil an eine andere Stelle. Ich zertrümmerte das Boot, das mein Vater geliebt hatte, und ich fühlte mich nicht einmal schlecht dabei, bis alles vorbei war. Denn dann legte ich mich einfach in dieses durchlöcherte Ding und weinte so sehr, dass ich dachte, mir würden die Augen herausfallen, und zum ersten Mal, seit ich das Gespräch unten mit angehört hatte – *Hat er sich zu Hause seltsam verhalten? War er depressiv?* –, fühlte ich mich wieder besser.

Es war schon fast dunkel, als ich mich auf den Heimweg machte. Ich kannte den Weg, aber ich war mit dem Fahrrad gekommen, und das Fahrrad gehörte jetzt jemand anderem. Ich hatte einen langen Marsch vor mir und bekam furchtbares Herzklopfen, als ein wuchtiger Pick-up neben mir abbremste. Ich dachte an all die Geschichten, die Joleen Rabideaux meiner Mutter auf unserer Veranda erzählt hatte. Junge Mädchen, die entführt wurden und von denen man nie wieder etwas hörte. Ich blickte stur geradeaus. Der Pick-up blieb neben mir. Ich ging schneller. Ich hörte, wie das Fenster heruntergekurbelt wurde.

»Hey, Loni Mae«, rief der Fahrer. »Was machst du denn hier draußen?« Es war Captain Chappelle.

Er nahm mich mit und brachte mich nach Hause, und kaum dass er mich abgesetzt hatte, ging meine Mutter auf mich los. Wo ich den ganzen Tag gewesen sei, und was ich mir dabei gedacht hätte, nach Einbruch der Dunkelheit nach Hause zu kommen, müsse sie sich mich auch noch tot vorstellen, habe sie nicht schon genug Sorgen? Und wo in Gottes Namen hätte ich mein Fahrrad gelassen? Doch ich verzog mich wortlos in mein Zimmer, schloss die Tür und kam erst am nächsten Morgen wieder heraus, und selbst da war ich kalt wie Stahl und erzählte niemandem, was ich getan hatte, nicht einmal Estelle.

»Kurzer Ausflug heute!« Adlai ist überrascht, mich so schnell wiederzusehen.

»Ja. Kein guter Tag für die Marsch«, erwidere ich.

Er beugt sich über meine Quittung, als wäre sie eine der Schriftrollen vom Toten Meer. Und er schreibt ungefähr so schnell wie die Schriftgelehrten vom Toten Meer.

»Wenn du dich nicht beeilst, verpasse ich das Alligator-Wrestling.«

Er sieht mich erstaunt an. »Wie bitte?«

»Das Schild an der Straße: ›Alligator Wrestling täglich live um 12 Uhr mittags‹. Ich gehe da jeden Tag hin.«

Adlai kneift argwöhnisch die Augen zusammen und fragt sich anscheinend, ob ich das sarkastisch meine. Ich war tatsächlich einmal dort, vor langer Zeit mit meinen Eltern. »Warst du da noch nie?«, frage ich. Als Nächstes halte ich ihm einen Vortrag über den kitschigen Florida-Tourismus und darüber, wie er den Staat und alle Beteiligten kaputt macht. Ich habe richtig schlechte Laune, warum also nicht etwas davon weitergeben.

»Ein Stadtkind wie dich interessiert das bestimmt.« Er denkt, ich komme aus der Metropole Tallahassee, weil ich Estelles Adresse auf sein Kärtchen geschrieben habe. »Zufälligerweise«, fährt er fort, »schließe ich über Mittag. Ich komme also gerne mit.«

»Äh, na ja, ich wollte nicht wirklich … Du musst nicht …«

»Warum nicht? Du gehst doch sowieso, oder? Ich trotte einfach hinter dir her.«

Das habe ich nun davon. Aber ihm muss doch klar sein, dass ich nur gelästert habe. Ich starre ihn an, und er hält meinem Blick stand.

»Also gut«, lenke ich ein, »wenn du unbedingt darauf bestehst.« Sonst denkt er noch, ich hätte Angst vor Alligatoren. Oder vor ihm.

»Komm, wir fahren mit meinem«, sagt er in dem Moment, als ich mein Auto aufsperre. Widerstrebend steige ich in seinen Wagen ein. Der Motor springt an, und Patsy Cline schreit ihr Leid aus sich heraus.

Der Ort ist nur zehn Minuten entfernt. Außer dem großen Schild gibt's da nichts Weltbewegendes: Schotterparkplatz, Maschendrahtzaun, Kassenhäuschen. Garf, der Typ mit Backenbart und blauen Schlangentattoos aus dem Restaurant lungert lässig an den Zaun gelehnt auf dem Vorplatz herum. Er und Adlai scheinen sich nonverbal mit Blicken zu verständigen.

»Kennst du den Kerl?«

»Ja.«

»Heißt er mit Nachnamen Cousins?«

»Ja.«

Adlai verstummt. Während ich mich umdrehe und mich frage, was Garf Cousins jr. hier macht, bezahlt Adlai den Eintritt für uns beide.

»Nein, das ist nicht …«

»Entspann dich«, meint er nur und lässt mir den Vortritt.

Das spärliche Publikum geht eine mit Kunstrasen ausgelegte Rampe hinauf, und wir lehnen uns an eine Betonwand, die uns etwa bis zur Hüfte reicht. Unter uns befindet sich eine flache, mit weißem Sand bedeckte Betongrube, die von einem Wassergraben begrenzt wird. Es ist eine richtige Show – der starke Mann kommt in die Arena, lässt seine Muskeln spielen und triezt einen halbwüchsigen Alligator mit einer Art Schrubberstiel. Der Alligator reißt sein Maul weit auf.

Natürlich reizt der Kerl ihn nicht genug, um das große, furchterregende Brummen zu provozieren, das ein Alligator, wenn er sich wirklich bedroht fühlt, von sich gibt, indem er den Brustkorb aufbläht und die ganze Luft, begleitet von einem lauten, plötzlichen Grollen, ausstößt. Darauf hatte ich eigentlich gehofft, auf das Geräusch, das sicherlich die Geschichten über feuerspeiende Drachen inspiriert hat. Es bedeutet: Komm *noch einen Schritt näher, und du bist Futter.* Ich finde, wenn man vorhat, ein

Tier auszubeuten, dann wäre es fair, sich wirklich in Gefahr zu begeben. Aber die meisten der wenigen Zuschauer sind mit dem zufrieden, was geboten wird: zähnefletschende Kiefer und einen peitschenden Schwanz, große, scharfe Zähne und diese hubbelige, prähistorische Schnauze. Sie haben ein kleines bisschen Angst um den Mann mit freiem Oberkörper, der den Alligator aus seinem künstlichen Teich gelockt hat.

Nicht dass ich einem Alligator, egal welcher Größe, vorsätzlich so nahe kommen würde. Aber sie zeigen das täglich live um 12 Uhr mittags, also kann es doch nicht so bedrohlich sein, oder? Sie inszenieren die Show so, dass die Zuschauer an jeder im Voraus geplanten Stelle »*Ohs*« und »*Ahs*« von sich geben. Als der Mann den Alligator schließlich auf den Rücken legt und seinen Brustkorb reibt, um ihn fast bis zur Bewusstlosigkeit einzulullen, wird mir klar, dass die ganze Zugkraft dieses Spektakels in seiner angedeuteten sexuellen Komponente liegt. Ein Tier zu bändigen, indem man es umdreht und seinen Bauch reibt, bis es ruhig gestellt ist.

»Ich sollte zurückgehen«, sagt Adlai, und als er seine Hand an meine Taille legt, um mich vor sich zu schieben, spüre ich so etwas wie einen leichten elektrischen Schlag.

»Wow!«, entfährt es mir, und ich denke: Na klar, der statisch aufgeladene Kunstrasen.

30

Ich muss noch ein paar Sachen in der Bibliothek der FSU abholen, also fahre ich auf den Campus und ziehe mir ein Parkticket. Ich bin völlig verschwitzt vom Kanufahren und dem Herumstehen in der prallen Sonne während der Alligator-Show. Ich laufe über das Unigelände, komme am Buchladen vorbei und werfe einen Blick auf den Künstlerbedarf im Schaufenster. Die Präsentation der Utensilien hat sich nicht verändert, seit mein Vater mir hier vor Jahren mein erstes Skizzenbuch gekauft hat.

Gott sei Dank sah er mich eines Tages an unserem Küchentisch sitzen, voll konzentriert und mit ernster Miene, als ich versuchte, einen Zaunkönig zu zeichnen, der auf dem Fenstersims Vogelfutter fraß. Daddy schaute über meine Schulter auf mein liniertes Schulheft und sagte: »Das ist ziemlich gut, Loni Mae.« Und ehe ich mich versah, saßen wir im Auto unterwegs nach Tallahassee – das eine Stunde weit weg und ein Ort war, den Daddy mit derselben Überzeugung mied wie Krawatten und drückende Schuhe. Aber da war ich nun, auf dem Universitätscampus, und bemühte mich, mit ihm Schritt zu halten, während er über das Gelände schritt, ein Mann in den Dreißigern ohne Chancen auf eine Collegeausbildung, inmitten von Studierenden auf ihrem Weg zu ihren Verbindungstreffen oder zum Schwimmtraining. Für mich waren diese jungen Leute eine bislang unentdeckte Spezies.

In der Buchhandlung erniedrigte mein Vater sich, weil er fragen musste, wo die Abteilung für den Künstlerbedarf sei, und die junge Kassiererin wies uns den Weg.

Ich strich über das glatte, schwere Papier in jedem Skizzenbuch, bis ich merkte, wie mein Vater ungeduldig wie ein kleines
Kind von einem Fuß auf den anderen trat.

»Was meinst du«, fragte er, »welcher Block wird's?«

Ich wählte einen mittelgroßen Pergamentblock aus. »Dieser
hier?«

Er nickte, bezahlte, und wir verließen den Laden. Mein Vater
ging mit großen Schritten zurück über den Campus, und ich
folgte ihm, mein neues kostbares Objekt fest im Griff.

Wir stiegen in den Wagen, und Daddy setzte sich auf den Fahrersitz, ohne den Motor anzulassen. Er starrte durch die Windschutzscheibe und umklammerte das Lenkrad. Die Schlüssel
baumelten immer noch am rechten Daumen. »Es ist, als ob sie
alle eine Sprache beherrschen, die ich nicht spreche«, sagte er.
Dann drehte er sich zu mir um. »Aber du wirst sie beherrschen.«

Ich sah auf. War das ein Vorwurf?

»Vergiss einfach eine Sache nicht.« Er sah mir in die Augen.
»Auch wenn du das ganze Unigeschwätz irgendwann draufhast,
vergiss nie, was du bereits jetzt alles weißt.« Er steckte den
Schlüssel ins Zündschloss, atmete tief durch und rief: »Und Abmarsch!«

Er ließ mich das Skizzenbuch mit aufs Wasser nehmen, und
wenn er sah, dass ich einen Vogel beobachtete, fuhr er mit dem
Kanu so nah wie möglich heran, reichte mir meinen von der
Schule bereitgestellten Bleistift Härtegrad 2 und flüsterte: »Hol
ihn dir, Loni Mae.«

Ich löse mich vom Schaufenster der Buchhandlung und gehe
zur Strozier-Bibliothek, in der ich schon seit Jahren nicht mehr
war. Es ist nur ein Backsteingebäude, viel Licht im Foyer und ein
paar Stockwerke voller Bücher. Nichts Magisches. Doch lange
vor meinem Studium brachte mich Großmutter Lorna bereits
hierher, und im Gegensatz zu meinem Vater fühlte sie sich auf dem
Campus sehr wohl. Sie hat mir gezeigt, wie man die schweren

213

Schubladen des Zettelkatalogs herausnimmt, der früher in diesem offenen Bereich des ersten Stocks untergebracht war. Jetzt sitze ich bequem am Computer und gebe »Kräuter und Kräuterkunde« ins Suchfeld ein. Hier kann man zwar weniger auf einen Zufallsfund hoffen, aber dafür holt man sich auch keinen Bandscheibenvorfall. Ich notiere mir ein paar Buchnummern und mache mich dann auf den Weg zu den Büchern.

Nach dem leisen »Bing« des Aufzugs steige ich aus und atme den herrlichen Geruch von Bücherstaub ein. Ich schlendere durch die Regale und lese die Buchrücken in der Abteilung für Kräuter: Plinius der Ältere, Dioskurides, Paracelsus, Turner, Albertus Magnus, Parkinson, Culpeper. Es gibt auch einen Band von John Gerard, der etwas umfangreicher ist als die Ausgabe von Gerards *Herbarium,* die meine Mutter benutzte.

Auf dem College hatte ich eine feministische Botanik-Professorin, die sagte, dass die Eigenschaften von Kräutern zwar hauptsächlich von Männern dokumentiert, das Wissen über Kräuter hingegen in mündlicher Tradition unter Frauen weitergegeben wurde, von einer Generation zur nächsten. Als Mädchen noch nicht des Lesens und Schreibens würdig waren, wurden sie allein durch die Reime, die sie von ihren Müttern hörten, wie zum Beispiel *Nessel raus, Ampfer rein, Ampfer hält das Brennen klein,* zu Trägerinnen eines reichen Wissens. Die Frau in einem Dorf, die sich mit Kräutern auskannte, galt als die Weise Frau.

Ich schnappe mir die besten Bücher aus den Regalen und fahre mit dem Aufzug zurück in den ersten Stock, um am Schalter der Fernleihe herauszufinden, welche Schätze Delores mir geschickt hat. Nachdem ich unterschrieben und die Bücher meinem Stapel hinzugefügt habe, wandere ich schwer beladen umher und suche nach einem Sitzplatz. Vielleicht im Lesesaal der Präsenzbibliothek.

Und da steht er plötzlich vor mir: der »Schlummer-Stuhlkreis«. Die tiefen, bequemen Sessel wie die in Estelles Büro wurden also doch nicht entsorgt, sondern nur in den Präsenzbereich der Bibliothek verlegt. Ich lasse mich in einen der Sessel fallen und schlage eins der Kräuterbücher auf. Die Seiten sind brüchig, staubig und voller guter Ratschläge: *Fette Henne ... schützt vor Blitzschlag ... Wenn eine Frau ihrem Mann Echte Kümmelsamen in die Tasche steckt, wird er nie vom Weg abkommen ...*

Ich blättere um.

Mariendistel ... ein Heilmittel gegen Melancholie ...

Ich mache mir Notizen.

Die Zaubersprüche und Heilanleitungen klingen vage vertraut, als hätte ich sie im Schlaf gehört. *Schafgarbe wird in Liebeszaubern verwendet.* Vielleicht habe ich das alles bei Oma Mae aufgeschnappt, einer wahren Weisen Frau. Sie nahm mich einmal mit in ihren Garten und drückte mir einige feuchte Blätter ins Gesicht. Haarsträhnen lösten sich aus ihrem Dutt und glänzten in der aufgehenden Sonne. »Wasche dich mit dem Tau des Frauenmantels«, sagte sie mit ihrer bebenden Stimme, »und du wirst eine starke Frau sein.«

Bin ich schon zu einer geworden, Grammie? Es gibt so viele Stärken, die mir noch fehlen, unter anderem die, das Ende meines Vaters zu begreifen, ehrlich zu meinem Bruder zu sein und endlich eine Bindung zu meiner Mutter aufzubauen. Könnte ein kleiner Kräuter-Leckerbissen eine Tür öffnen? Ich blättere eine weitere brüchige Seite um.

Betonie ... schützt vor Wasserschlangen, schrecklichen Visionen und Verzweiflung. Kein Wunder, dass Oma Mae zu sagen pflegte: »Verkauf deinen Mantel und hol dir Betonien.« Und hier ist etwas, das meiner Mutter gefallen könnte: *Paracelsus glaubte, dass jede Pflanze ein irdischer Stern sei und jeder Stern eine vergeistigte Pflanze.* In Anlehnung an eine Redewendung, die ich von meiner kleinen Nichte Heather aufgeschnappt habe, flüstere ich die Worte: »Echt cool.«

Während ich all diese Überlieferungen durchgehe, klopft ein kleines Reimgedicht an mein Hirn, eine Kräuterspruchweisheit,

die mir Oma Mae beigebracht hat und die ich einmal mit drama-
tischem Gestus vortrug, was sie zum Kichern brachte. Wie ging
das noch? Irgendwas mit Thymian. Ich schließe das Buch und
starre von meinem höhlenartigen Stuhl vorbei an den schweren
Regalen, zu den Bäumen, die sich draußen im Wind bewegen.
Die Worte setzen sich zusammen, und ich spreche die Strophe
leise vor mich hin, erst zögerlich, dann, als ich mich erinnere,
immer flüssiger:

>*Thymian oder ›Morgenröte im Paradies‹,*
dorthin mit den Toten ich gehe.
Sie sterben durch die Hand eines anderen
Dessen Seele in meinem Bett sich drehe.«

Das waren noch die unbeschwerten Tage, an denen wir über den
Tod lachen konnten. Ich packe zusammen und will mich auf den
Heimweg machen. Das Gewicht der Bücher wird zur Last auf
meinem Weg zurück über den Campus. Ich stelle mir vor, wie die
Arbeitsstiefel meines Vaters vor mir hergehen, und schon spüre
ich diesen vertrauten Strudel des Bedauerns im Herzen. Wenn
ich ihn nicht ignoriere, reißt er mich in die Tiefe. *Warum habe
ich ihn an diesem Tag nicht begleitet? Mrs. Rabideaux wäre
doch vorbeigekommen. Ich hätte mitgehen sollen.*
Ich komme wieder an der Buchhandlung vorbei und erinnere
mich, dass ich eine Tube Farbe für den Gürtelfischer brauche.
Paynesgrau. Ich konzentriere mich nur auf diesen Gedanken und
murmle, während ich gegen die Glastür drücke: *Paynesgrau* für
den *Gürtelfischer, Paynesgrau für den Gürtelfischer.* Ach, diese
Vögel! Meine Rettungsanker, immer wieder.
»Ma'am. Ma'am. Würden Sie bitte Ihre Bücher hier bei mir lassen?« Die Kassiererin spricht mit mir. Ich lege meine Last in ein
quadratisches Fach, und sie gibt mir eine Nummer. Ich suche die
Farbe und bezahle die Tube, packe meinen schweren Bücherstapel

noch einmal und schleppe ihn zum Auto, öffne den Kofferraum und lege alles hinein. Als ich auf die Fahrerseite gehe, bemerke ich, dass meine Felge mit Kreide beschmiert wurde, vielleicht vom Parkplatzwärter. Aber es ist eine merkwürdige Kreidemarkierung mit mehreren weiß gekritzelten Buchstaben. Ich bücke mich, um es mir genauer anzusehen. Es sieht aus wie Graffiti, verteilt über die gesamte Reifenflanke: *HAU AB, YANKEE.*

31

Auf mein beharrliches Klopfen hin öffnet Estelle ihre Wohnungs-tür.

»Ich glaube, ich werde gestalkt«, sage ich. »Oder ... irgendwas anderes.«

»Was? Komm rein.«

Als wir uns das letzte Mal in ihrem Büro trafen, trug sie einen smaragdgrünen Jacquard-Anzug mit einer perlmuttfarbenen Seidenbluse. Jetzt sieht sie aus wie eine Cheerleaderin aus dem Secondhandladen: lila Tennisrock und ein Top in fast demselben Ton. Roger ist nicht zu Hause.

»Wer würde dich stalken wollen?«

»Das ist eine gute Frage.« Ich folge ihr in die Küche und er-zähle ihr von der Kreide auf meinem Reifen. »Da stand ›Hau ab, Yankee‹. Dazu noch die gruseligen toten Tauben und das Kärt-chen ›Mach die Flatter, L.M.‹, da will mich doch ganz offensicht-lich jemand dazu bringen, nach Hause zu fahren.«

Estelle verfrachtet eine Packung Popcorn in die Mikrowelle. »Also gut, mal langsam. Hast du jemanden verärgert?«

Ich starre sie wütend an.

Sie setzt die Mikrowelle mit einem Piepton in Gang und hält meinem Blick stand. »Nicht dass das deine Art wäre.«

Ich gehe zurück ins Wohnzimmer. »Na ja, den Kerl mit den Vögeln, auch wenn ich davon nichts wusste.«

»Du kennst eine Menge Kerle mit Vögeln, Loni. Geht's auch etwas genauer?«

»Der Brieftaubenzüchter, der denkt, ich hätte alle seine Haustiere getötet.«

»Alfie? Du weißt, neben wem er wohnt? Rosalea und dein Verflossener, Brandon.«

»Klar, Brandon. So ein romantischer Kotzbrocken, wie sehr ich ihn vermisse.«

Estelle lümmelt sich auf die Couch, mit einem Kissen auf dem Schoß. »Weißt du, es gibt ganz normale Leute in Tallahassee, die Nordstaatler nicht mögen. Und besonders Leute aus Washington. Vielleicht hat jemand dein D. C.-Kennzeichen gesehen und sich einen Scherz erlaubt.«

»Keine Ahnung. Wie groß ist die Wahrscheinlichkeit, dass ›Hau ab‹ und ›Mach die Flatter‹ mit meinen Initialen nichts miteinander zu tun haben? Außerdem sagte Lance, dass sich einige lange weiße Haare in der Schnur verfangen haben, mit der die Tauben zusammengebunden waren, was mich vermuten lässt, dass es vielleicht Mr. Barber ist. So nett er auch früher zu mir war, in seinem jetzigen Zustand ist er unberechenbar und paranoid und möglicherweise gewalttätig.«

»Du glaubst also, dass ein Mann, der wahrscheinlich an Demenz leidet, dir nach Tallahassee gefolgt ist, nur um deine Reifen zu bekritzeln?« Das Popcorn verbreitet einen leicht verbrannten Geruch in der Wohnung, und sie steht auf, um es zu holen.

»Klinge jetzt *ich* deshalb paranoid?«

»Ein bisschen. Aber du solltest Lance anrufen und es ihm sagen, nur für den Fall.«

Ich öffne ihren Kühlschrank. »Hast du noch welche von den Kokosnusspralinen übrig?«

Estelle greift weit nach hinten und holt die Schachtel heraus. »Bitte iss sie. Und was du nicht isst, nimmst du mit. Das Zeug ist gefährlich.« Sie trägt die Popcornschüssel ins Wohnzimmer und schaltet den Fernseher ein, unser Betäubungsmittel, das auf dem zweiten Platz rangiert. Sie zappt durch die Kanäle, kann aber nur langweilige Realityshows finden, also wählt sie eine Talkshow, macht den Fernseher leise und redet weiter. »Also, was haben wir noch? Was gibt es noch an Beweisen?«

Die Schweißausbrüche nach meinem Fußmarsch hierher lassen langsam nach. »Tja, was das Stalken angeht, war's das. Halt, nein. Mr. Barber hat mich mit einem Messer bedroht.«

»Was?«

»Also, er war kurz davor, im Laden.«

»Das erzählst du Lance auf jeden Fall.«

»Mach ich. Ich hätte es schon längst tun sollen. Die Leute in dem Laden haben ihn irgendwie in die Mangel genommen.«

»Wer?«

»Die Angestellten.«

»Ist sonst noch jemand sauer auf dich?«

»Ich war bei einer Dame, die nicht mit mir reden wollte. Phil hält sie für meine Mathelehrerin an der Highschool, aber es gab keine Miss Watson an der Wakulla, oder?«

»Nein, aber eine Miss Watkins – ich hatte sie in Algebra Zwei«, erinnert Estelle sich.

»Stimmt, ich auch. Die andere Dame ist vielleicht sauer, weil ich an ihre Tür geklopft habe. Aber ich kann mir beim besten Willen nicht vorstellen, wie sie sich bückt, um meinen Reifen vollzukritzeln. Wem könnte ich denn sonst noch ans Bein gepinkelt haben?«

Estelle lächelt, unverbindlich. »Und wie geht es deiner Mutter?«, fragt sie nach einer Kunstpause.

»Meiner Mutter?« Der Fernsehbildschirm lenkt mich ab, aber ich sehe schnell wieder weg. »Sie liest plötzlich nicht mehr gerne.«

»Autsch!«

Ich bediene mich mit Popcorn. »Aber ich habe vielleicht eine Lösung gefunden, dieses Problem zu umschiffen. Ich habe ein paar kurze Passagen herausgesucht und sie ihr laut vorgelesen.«

»Wie hat sie reagiert?«

»Die erste hat ihr wirklich gut gefallen. Von den anderen war sie eher gelangweilt. Aber ehrlich gesagt, wie könnte sie nicht auf Leonardo da Vinci reagieren?« Ich schlucke das Popcorn runter und hole ein Buch aus meiner Tasche, um das Zitat laut vorzulesen. »›Manchmal ist Wasser der Gesundheit förderlich und manchmal verderblich. Es erduldet den Wandel in so viele unterschiedliche Naturen, wie es unterschiedliche Stätten gibt, durch die es fließt.‹ Gibt es einen wahreren Spruch als diesen? Man sollte meinen, dass meine Mutter, die ihr ganzes Leben als Erwachsene am Rande der Marsch verbracht hat, dieses Zitat zu schätzen wüsste! Aber sie hat nicht darauf reagiert.«

»Und welche Passage hat ihr gefallen?«

»Gedichte. Immer nur eine oder zwei Zeilen. Ich hätte nie gedacht, wie sehr ich mich darüber freue, ein winziges Leuchten in ihren Augen zu sehen. Selbst wenn es nur flüchtig ist, werde ich weitermachen, zumindest für die Zeit, die mir hier noch bleibt.«

»Schön für dich.«

Ich greife nach einer Kokosnusspraline. »Das ist der Grund, warum ich überhaupt auf dem Campus war. Ich wollte in der Strozier-Bibliothek nach weiteren Passagen suchen. Da fällt mir ein …« Ich krame in meiner Tasche herum. »Ich habe vielleicht etwas über diese Henrietta herausgefunden.«

Estelle zieht die Knie an die Brust. »Erzähl.«

»Na ja, meine Mutter schreibt in ihrem Tagebuch über sie.« Ich blättere zu der Seite. »Hör dir das an.

Diese Person! Ich weiß nicht, ob sie geerbt hat oder was, aber seit sie mehr Geld hat, ist sie unausstehlich. Ich habe sie heute im Tenetkee Drugstore gesehen, und sie fragte: Wie geht es dir? Ich sagte: Gut, und sie sagte: Wenn du ein paar Umstandskleider brauchst, Ruth, ich kenne da eine Frau, die dir bestimmt etwas Schönes näht. Ich schaute auf meinen dicken Bauch hinunter, der fast die Knöpfe einer der beiden Blusen sprengte, die ich über dem braunen Rock mit dem Stretcheinsatz trug. Ich kann mich nicht daran erinnern, dass Henrietta selbst so modisch aussah, als sie schwanger war, aber sie hat angefangen, sich wie die Matriarchin aller Frauen in der Stadt zu verhalten, die reiche wohlwollende Ältere. Ich sagte: Danke, Henrietta. Das ist sehr nett von dir. Dann kaufte ich mein Galmei und sah zu, dass ich wegkam.

»Hm.« Estelle starrt an die Decke. »Sie war also jemand, der Kinder hatte, die vielleicht nicht viel älter waren als wir ... und sie kam zu etwas Geld. Vielleicht hat sie Tenetkee verlassen, um sich woanders ein größeres Haus zu kaufen?«

»Keine Ahnung«, sage ich. Ich stecke das Tagebuch zurück in meine Tasche. »Ich wünschte, meine Mutter hätte ihren Nachnamen und vielleicht eine Adresse dazugeschrieben.«

Estelle nimmt die Popcornschüssel in die Hand, untersucht ein Korn und lässt es wieder fallen. »Ich will nicht das Thema wechseln, aber wie läuft's mit diesem Adlai?«

»Um nicht das Thema zu wechseln?« Ich schaue zum Fernseher. Die Talkshow-Moderatorin begrüßt einen anderen Gast – irgendeinen Fernsehstar, dessen Namen ich nicht kenne.

»Ich frage mich nur, ob du ihn schon klargemacht hast.«

»Sowieso«, sage ich. »Ich gehe einmal mit dem Kerl zum Alligator-Wrestling, und du denkst, es ist an der Zeit für mich, über ihn herzufallen. Bleib mal auf dem Teppich.« Ich stütze mich auf den Knien ab und stehe auf.

»Nein, im Ernst.« Sie zieht mich zurück auf die Couch. »So fantastisch romantisch eine Alligator-Show für euer erstes Date auch gewesen sein muss« – sie scheint sich zu amüsieren –, »aber eure Gemeinsamkeit ist das Kanufahren. Warum fragst du ihn nicht mal, ob er dich begleitet?«

»Estelle.«

»Und dann manövrierst du das Kanu an einen schattigen, abgelegenen Ort ...«

»Halt die Klappe, Estelle.«

Sie hebt beschwichtigend die Hände. »Ich will dich nur ermutigen!«

»Zu peinlichem, bedeutungslosem Kanu-Sex?«

Sie lacht. »Wer sagt, dass der unangenehm sein muss?«

»Das sind deine Fantasien, Estelle, nicht meine.«

Estelle lässt nicht locker. »Na gut, und was ist deine Vorstellung von Spaß?«

»Was wird das, spielen wir jetzt Wahrheit oder Pflicht?«

Sie wartet ab.

»Wenn ich es dir sage, hörst du dann auf, mir Fragen zu stellen?«

Sie nickt.

»Okay«, sage ich, »meine Vorstellung von Spaß sieht folgendermaßen aus: Erstens, der richtige Typ. Zweitens, vorher jede Menge Dates. Und schließlich, im richtigen Moment« – ich atme tief durch und spucke es schnell aus –, »ein weißes Himmelbett mit gestärkten Laken auf einer festen Matratze.«

Wir lachen beide.

»Und der Kanu-Typ, der all deine Träume wahr werden lässt.«

»Du hast gesagt, wir reden nicht mehr darüber.« Ich schaue erneut zum Fernseher. »Wer ist dieser Typ, der da interviewt wird? Er kommt mir irgendwie bekannt vor, aber ...«

»Warum werdet ihr nicht einfach Freunde?« Estelle gibt nicht auf. »Frag Adlai, ob er dir seine Kanutricks beibringt.«

»Hey, ich versuche, diesem sehr wichtigen Interview mit dieser Person zu folgen, die ... Ich weiß nicht, wer es ist, aber ich bin sicher, dass er interessant ist. Also hör auf, mich abzulenken.« Ich starre auf den Bildschirm.

Estelle bohrt mir mit ihrem Blick ein Loch in die Schläfe.

Schließlich drehe ich mich zu ihr um. »Estelle, ich werde Adlai nicht nach seinen Kanutricks fragen. Er hat dubiose ... Partner. Ich glaube, er hängt mit diesem Garf Cousins jr. herum, der echt unheimlich ist. Wie auch immer, ich *kenne* alle Kanutricks. Und ich steige nie mit einem Mann in ein Kanu, es sei denn, ich habe gerade eine extrem lange Geduldsspanne.«

»Und das liegt daran, dass ...«

»Dass es Leute gibt, die denken, Kanufahren hätte etwas mit Kraft zu tun. Sie wollen lenken, sie wollen ihre Muskeln einsetzen, sie wollen beweisen, dass sie mehr wissen als du. Sie verstehen nicht, worum es geht. Im Kanusport geht es nicht um Kontrolle, sondern um Zusammenarbeit.«

»Woher weißt du, dass Mr. Bart nicht mit dir *zusammenarbeiten* wird, wenn du weißt, was ich meine?«

Das Studiopublikum klatscht jetzt, und der Abspann läuft. Ich werde nie erfahren, wer dieser Schauspieler war.

Estelle redet weiter. »Dein Problem ist, Loni, dass du unmögliche Ansprüche hast, denen kein Mann jemals gerecht werden kann.«

»Mein Problem ist, dass ich gerade mit jemandem abhänge, der Sätze mit ›Dein Problem ist ...‹ beginnt.«

»Und auch, dass du vor jeder Beziehung davonläufst, die sich vielversprechend anlässt.«

»Das tue ich nicht, Estelle. Nenn mir eine.«

»Andrew Marsden.«

»Mein Collegefreund? Nein. Ich bin nicht weggelaufen, ich war vorausschauend. Der Typ hat mit dem Feuer gespielt.«

»Dann eben der süße Kerl aus Arizona, den die Katze deiner Mitbewohnerin nicht mochte?«

Ich schaue an die Decke. »Katzen können sehr scharfsinnig sein. Sie erkennen den wahren Charakter der Menschen.«

»Der Mann, mit dem du dich in D. C. verabredet hast, dem du aber aus dem Weg gegangen bist, als er dich unter der Woche sehen wollte?«

»Er sagte mir, dass meine Überstunden seinen Zeitplan durchkreuzen würden. Tut mir leid, aber er hat das Smithsonian einfach nicht verstanden.«

»Loni, du bist eine Läuferin. Sieh's ein. Du läufst vor Beziehungen davon.«

Ich nehme die Fernbedienung in die Hand und surfe durch Estelles gespeicherte Sendungen. »Du hast eine Folge der *Beverly Hillbillies* aufgenommen?«

Durch Estelle bin ich damals, als wir noch im Grundstudium waren, auf die Serie gestoßen – lange vor meiner Erstsemesterarbeit über die *Hillbillies*.

»Für dich aufgespart, mein Schatz.«

Ich drücke auf »Play«, und Flatt and Scruggs spielen den Titelsong.

»Hey!«, quatscht Estelle weiter, »vielleicht ist Adlai insgeheim ein Millionär, so eine Art Jed Clampett.«

»Halt die Klappe! Denkst du, ich würde mit Jed Clampett ausgehen?«

Ihr spöttischer Blick spricht Bände.

Ich verschlinge die nächste Praline. »Jethro vielleicht, aber nicht Jed.«

Sie lächelt. »Ja, Miss Jane.«

Hochkultur. Das ist es, was unsere Freundschaft am Leben hält.

32

12. April

Meine vierte Woche in Florida neigt sich dem Ende zu, also muss ich nur noch das Nötigste einkaufen, denn bald werde ich diese ungemütliche Wohnung verlassen und in mein richtiges Zuhause zurückkehren. Ich stehe im Winn-Dixie-Laden in Tallahassee und überlege, welche Cornflakes ich kaufen soll. Als ich aufschaue, sehe ich dieselbe Frau, die ich auf der Sullivan Road in der Nähe des Museums gesehen habe – die Frau, die Joleen Rabideaux so ähnlich sieht. Sie scheint sich den Kopf über zwei Gläser Babynahrung zu zerbrechen.

Statt Cornflakes werfe ich eine Packung Shredded Wheat in meinen Einkaufswagen und pirsche mich an sie heran. »Die Auswahl ist einfach zu groß, nicht wahr?«

Sie dreht sich zu mir um, und jetzt bin ich mir sicher.

»Mrs. Rabideaux?«

Ihre Augen weiten sich leicht.

»Ich bin Loni Murrow – die Tochter von Ruth.«

Sie atmet tief ein. »Verflixt noch mal! Schau dich einer an! Du bist ja wahrhaftig zu einem süßen kleinen Ding herangewachsen!«

Sie ist ein ganzes Stück kleiner als ich.

»Leben Sie jetzt in Tallahassee?«, frage ich interessiert.

Sie schaut auf die beiden Gläser in ihrer Hand hinunter, dann wieder hoch: »Nun ja, schon seit ... seit du ein kleines Mädchen warst. Deshalb habe ich dich auch nicht wiedererkannt! Aber jetzt erzähl mir alles über dich.«

Ich erkläre ihr gerade, dass ich in Florida bin, um meine Mutter zu besuchen, als sie mich mitten im Satz unterbricht.

»Loni, es war schön, dich zu sehen! Ich muss nach Hause zu Marvin. Allein führt er selten etwas Gutes im Schilde. Schön, dass ich dich getroffen habe!« Und schon schiebt sie ihren Wagen schnell von mir weg, bevor ich *sie* irgendetwas fragen kann, wie zum Beispiel: Warum Babynahrung? Und warum sind Sie so schnell aus Ihrem Haus ausgezogen, und wenn Sie die ganze Zeit hier gelebt haben, warum bin ich Ihnen nie begegnet, als ich auf dem College oder der Hochschule war? Und vor allem: Wer ist Henrietta?

»Mrs. Rabideaux!«, rufe ich ihr hinterher, aber sie ist im Gang mit den Waschmitteln verschwunden. Ich eile mit meinem Wagen hinter ihr her, aber jedes Mal, wenn ich sie zu sehen glaube, biegt sie um eine andere Ecke. Schließlich sehe ich einen vollen Einkaufswagen vor der Eingangstür stehen und höre quietschende Reifen, als ein Auto vom Parkplatz rast.

Was zum Teufel ...?

Ich bringe meinen Cheddar-Käse, Brot, Butter, sechs Äpfel, Milch und die Packung Shredded Wheat in die Wohnung. Dann fahre ich nach Tenetkee.

Auf dem Weg ins St. Agnes fahre ich an Joleens altem Haus vorbei. Immer noch verlassen, immer noch leer. Die einst weiße Farbe ist nun grau mit dunklen Schlieren. Die Fliegengittertür hängt nur noch in einem Scharnier. Warum unternahmen die Rabideaux von Tallahassee aus nichts wegen ihres Hauses in Tenetkee?

Ich nähere mich dem Haus meiner Mutter und fahre langsamer. Nach nur zwei Wochen in der Obhut der Mieter hat es bereits einen anderen Charakter angenommen. Sie haben die Hecken nicht gestutzt. Selbst als meine Mutter nicht mehr alle sieben Sinne beisammen hatte – ihre immergrüne Ixora-Hecke war stets akkurat geschnitten. Wir haben die Gartenschere für die Mieter in der Garage gelassen, aber auf das Minimum an Gartenarbeit haben sie wohl keine Lust.

Ich bewege mich im Kriechtempo vorwärts, bis ein Mann aus der Seitentür kommt – Mr. Meldrum. Er und seine Frau kamen an dem Tag vorbei, an dem wir ausgeräumt haben, vielleicht um uns zur Eile anzutreiben. Er ist rundlich, seine Frau verwelkt und aufgeschreckt. Mr. Meldrum blinzelt, beschattet seinen Augen mit einer Hand und winkt zögerlich. Sieht er, dass ich es bin? Ich winke lahm zurück und fahre ein bisschen schneller.

»Hey«, begrüße ich meine Mutter im Geezer Palace, »Lust auf einen Erkundungsgang?«

»Draußen?«, fragt sie.

Ich hätte das schon früher vorschlagen sollen. Das Gelände ist eigentlich ganz nett – schattig, mit Kiefern und Bänken entlang der angelegten Wege. Während wir herumschlendern, sage ich: »Erinnerst du dich an Joleen Rabideaux?«

»Sie hat geraucht«, sagt meine Mutter.

»Hat sie dir jemals erzählt, warum sie umgezogen ist?«

»Joleen Rabideaux ist umgezogen? Hierher? Hier darf man nicht rauchen.«

»Nein, du hast mir doch erzählt, dass sie plötzlich weggezogen ist und die Umzugsfirma mitten in der Nacht kam, so was in der Art.«

»Was redest du denn da?«, widerspricht mir Mom. »Sie wohnt gleich die Straße runter.«

Ich blicke stur geradeaus und warte ab.

»Aber ihrem Mann«, fährt sie fort, »dem darfst du nicht trauen. Er ist verschlagen.«

Joleen hat seinen Namen im Supermarkt erwähnt. »Marvin?«, hake ich nach.

»Joleen erträgt ihn, aber er steckt seine Nase in alles. Er ist der Typ, der lächeln würde, während er dir ein Messer in den Rücken rammt.«

»Hat er nicht auch bei der Fischerei- und Jagdaufsicht gearbeitet? Hat Daddy ihn nicht gemocht?«

Keine Antwort. Entweder nimmt sie die Fragen nicht mehr wahr, oder sie ist schon ganz woanders.

»Hey, weißt du, wer vor Kurzem bei dir zu Hause war? Henrietta. Erinnerst du dich an sie?«

Sie dreht den Kopf zu Seite. »Henrietta war nie bei uns. O nein, sie würde nicht über unsere Schwelle treten.«

»Tatsächlich? Und warum nicht?«

»Sie wohnte am anderen Ende der Stadt.«

»Äh, wo genau?«

»Dort, wo die Angeber wohnen, darum nicht.« Sie rollt mit den Augen. »Müssen wir den ganzen Weg hier zurücklaufen?«

Als wir wieder in ihrem Zimmer sind, versuche ich es erneut. »Also, was Henrietta angeht«, setze ich an.

Sie dreht sich abrupt um. »Warum redest du ständig von dieser schrecklichen Frau? Und jetzt zeig mir die Bilder, die du immer malst.«

Ich atme tief durch, aber ich tue, was sie mir sagt. Ich ziehe die Vogelzeichnungen heraus, die ich vor Kurzem fertiggestellt habe – die Amerikanische Pfuhlschnepfe, die Grasammer, das Zwergsultanshuhn. Sie setzt sich und streckt ihre Hände aus, um sie entgegenzunehmen. So gerne ich anders fühlen würde, ich habe immer noch das starke Bedürfnis, Mom meine Projekte zu zeigen.

Obwohl sie sich nie wirklich für die Vögel der Marsch interessiert hat, behandelt sie jede Zeichnung mit Sorgfalt und scheint sie mehr wegen der Farben zu genießen, als etwas daraus lernen zu wollen. Sie gibt sie mir zurück. »Das hast du gut gemacht«, sagt sie in einem Ton, der mir sagt: *Du hast dir große Mühe gegeben und bist nicht gescheitert.* Mehr Lob gibt es von ihr nicht.

Ich frage noch einmal nach Henrietta, als ich sie an ihren Mittagstisch begleite, aber für Mom ist dieses Thema erledigt.

Da ich vor meinem Mittagessen mit Phil im F&P-Diner noch etwas Zeit habe, schaue ich bei Elbert Perkins' Immobilienbüro vorbei, dem Schaufenster mit den zugezogenen Lamellenvorhängen. Ich gehe hinein und schließe die Tür hinter mir, aber es scheint niemand da zu sein.

»Mr. Perkins?«

Er taucht mit dem Bauch voran in der Tür eines Hinterzimmers auf. »Hallo, Loni, kann ich dir was besorgen?«

Ich vermute mal, das soll ein Witz über Sex sein, also ignoriere ich ihn einfach. »Mr. Perkins, ich hätte eine Frage zu unserem Mietvertrag mit den Meldrums.«

Perkins reckt sich hoch zu einem Metallschrank. »Einen Moment, hier.« Er hat heute andere Stiefel an, Schlangenleder unter der Anzughose. Er blickt durch seine Lesebrille auf eine Schublade voller Aktenordner. »Da haben wir's.« Er zieht einen der Ordner heraus. »Möchtest du dich setzen?« Er setzt sich ebenfalls, auf die andere Seite eines schlammfarbenen Schreibtischs. »Was genau war deine Frage?«

»Steht im Mietvertrag nicht ein Satz über die Mieter und ihre Verpflichtung für die Instandhaltung? Ich bin heute Morgen vorbeigefahren, und die Hecke vor dem Haus wurde nicht gestutzt.«

Perkins sieht mich über seine Brille hinweg an. Unter seinem Kinn hängt ein fleischiger Sack. Schließlich widmet er sich wieder dem Mietvertrag, und er streicht mit dem Zeigefinger über die Seite und findet die gewünschte Stelle. Er liest sie laut vor: »*»Der Mieter wird die Räumlichkeiten sauber, hygienisch und in gutem Zustand halten und bei Beendigung des Mietverhältnisses dem Vermieter die Räumlichkeiten in einem Zustand übergeben, der dem Zustand bei Einzug des Mieters entspricht, die üblichen Verschleißerscheinungen ausgenommen, und dem Vermieter gegenüber ... bla, bla, bla ... für Schäden an* *den Räumlichkeiten durch Abnutzung oder Vernachlässigung aufkommen.‹«*

»Ganz genau«, sage ich. »Vernachlässigung. Sie haben die Ixora-Hecke eindeutig vernachlässigt.«

Mr. Perkins bläht seinen dicken Oberkörper mit Luft auf. »Das bezieht sich hauptsächlich auf das Haus selbst, nicht auf den Garten an sich. Ich meine, wenn es wirklich schlimm wäre, überall Müll, alte Autos, vielleicht … aber die werden sich schon noch um die Hecke kümmern. Ich habe gehört, dass dieser Meldrum gerne gärtnert. Wahrscheinlich waren sie einfach nur beschäftigt, Liebes.«

Liebes klingt bei ihm gerade nicht nach einem Kosenamen, sondern nach *Hör auf, meine Zeit zu verschwenden.*

»Wie lange sollten wir warten, bevor wir etwas sagen? Das ist Frage Nummer eins.«

»Warte noch mindestens zwei Wochen. Kulanz zählt in diesem Landstrich immer noch viel.«

Als käme ich nicht auch von hier.

Er schaut auf seine Uhr. »Und gibt es eine Frage Nummer zwei?«

Ja richtig: Komm zur Sache, so wie der Laden hier brummt. Meine zweite Frage ist, warum das Haus der Rabideaux all die Jahre leer gestanden hat? Er würde es wissen. Aber ich nähere mich der Sache durch die Hintertür. »Was, wenn ich in der Lage wäre, Land zu kaufen?«

Er zieht verblüfft die Augenbrauen hoch. »Hier in der Gegend?«

»Ich sage nur, was wäre, wenn.« *Ah, jetzt wird's spannend, oder?*

Er mustert mich ein zweites Mal sekundenlang, um mich einzuschätzen. »Willst du nur ein Grundstück, oder willst du ein Haus mit einem Grundstück?« Er kichert und steht auf und streckt seine langen Beine unter der bauchigen Vorderseite aus. Die Stoßkanten seiner Hosenbeine bleiben an den Stiefeln hängen.

Er schlendert mit einer Mappe zum Schreibtisch zurück, auf der steht: »Aktuelle Inserate«. Er legt sie mit Schwung auf dem Schreibtisch ab und setzt sich dann. »Tenetkee oder das ganze Wakulla County?«

»Tenetkee, hauptsächlich. Fangen wir dort an.«

Er blättert durch die Mappe, lässt zwischendurch ein paar Beschreibungen verlauten und erklärt, warum die jeweilige Person auszieht. Ein Job in Tampa. Eine Tochter in Georgia.

Das Haus von Joleen Rabideaux mit seiner halb ausgehängten Fliegengittertür ist nicht in seiner Mappe.

»Was ist mit dem alten Rabideaux-Haus?«, frage ich.

Sein Blick schießt nach rechts. »Das Ding ist eine Bruchbude. Eigentumsverhältnisse ungeklärt. So ein Wohnhaus willst du nicht, Liebes.«

Und wieder so ein *Liebes.*

»Ich finde es interessant, weil es so nah am Haus meiner Mutter liegt.«

Perkins nimmt seine Brille ab. »Du würdest also tatsächlich aus der Großstadt zurückkommen und es mit uns Kleinstädtern aufnehmen?«

Ich ignoriere den Spott. »Vielleicht. Kennen Sie die Geschichte dieses alten Hauses?«

Er öffnet seinen Mund und zögert eine halbe Sekunde. »Ich wünschte, dem wäre so«, sagt er und schenkt mir ein breites, falsches Grinsen. Jetzt weiß ich, was an ihm anders ist. Er hat seine Zähne überkronen lassen.

Ich sitze und warte und erwidere sein Lächeln.

»Also, Loni, wenn es dir nichts ausmacht … ich habe einen anderen Kunden, der gleich nach dir kommt.« Er öffnet die oberste Schublade seines Schreibtischs und holt einen Kugelschreiber heraus, lässt die Schublade aber offen. Ich schaue nach unten und sehe eine Handfeuerwaffe in einem Holster.

Ich muss die Stirn gerunzelt haben, denn er fragt: »So was

mögt ihr da oben in Washington nicht, stimmt's? Glaubt ihr nicht an den zweiten Verfassungszusatz?«

»Mr. Perkins, habe ich Sie irgendwie verärgert?«

»Überhaupt nicht.« Er schenkt mir wieder dieses Grinsekatze-Grinsen und schiebt die Schublade zu.

33

Phil wartet auf mich im F&P, dessen Initialen *in Wahrheit* für Franny und Pete stehen – und nicht für Furzen & Pupsen, wie wir als Kinder immer dachten. Franny sitzt wie eh und je auf einem gepolsterten Hocker vor der Kasse, wobei sie früher auch noch in Schuhen mit weißen Gummisohlen durch den Diner lief, Pete die Bestellungen zurief und jeden von uns mit »Schatz« ansprach – auf eine nette Art und Weise –, bevor sie den Eisbecher mit Karamellsoße oder die Biskuits in Rahmsoße aufschrieb.

Als unser Essen kommt, kippt Phil scharfen Senf auf seinen Teller neben die gebratene Leber und die Zwiebeln. Soll ich ihm sagen, dass Leber den höchsten Cholesteringehalt aller Lebensmittel hat? Ich schaue lustlos auf meinen gegrillten Fisch. Er schneidet seine Zwiebeln auf, verteilt sie, mit Senf vermischt, auf einem Stück Leber und steckt sich das Dreierpaket in den Mund. Macht das noch jemand so?

Und dann trifft es mich wie ein Blitz aus heiterem Himmel. Mein Vater hat genauso gegessen: ein Stück Fleisch, einen Klecks Kartoffelpüree, ein Stück Karotte. Alles musste auf der Gabel sein, damit seine Geschmacksknospen es gleichzeitig aufnehmen konnten. Diese Neigung muss genetisch bedingt sein. »Was ist?«, fragt Phil, als er bemerkt, dass ich vor mich hin lächle.

»Nichts.«

Er schluckt seine drei Lebensmittelgruppen hinunter.

Ich beträufle meinen Fisch mit Zitrone. »Also … du hast mich aus brüderlicher Zuneigung zum Mittagessen eingeladen …«

Er strahlt mich an. »Na klar.« Er hält inne, dann kommt er zur Sache. »Aber ich habe auch über die Brieftasche nachgedacht, und über diesen Daniel Watson, du weißt schon.« Das Wort *Dad* spricht er nicht aus.

»Klar«, sage ich. »Aber Mrs. Watson hat mir die Tür vor der Nase zugeschlagen.«

»Hm.« Er schneidet ein neues Stück Fleisch ab und fängt an, ein weiteres kleines Lebensmittelpaket zusammenzustellen. »Ich frage mich, ob Mr. Hapstead vom Bestattungsinstitut etwas dazu zu sagen hätte«, sagt er und führt seine Leber-Senf-Zwiebeln zum Mund.

Bis heute mache ich um das Bestattungsinstitut einen riesigen Umweg.

»Weil … keine Untersuchung und so weiter.«

»Mein Gott, Phil! Das Bestattungsinstitut? Es tut mir leid, aber … du erinnerst dich nicht, wie schrecklich das alles war.«

»Genau, Loni. Du hast ein Anrecht auf alles, was schrecklich ist.«

So viel zur brüderlichen Zuneigung. Ich lege mein Besteck auf den Tisch aus Furcht, dass ich es sonst als Waffe einsetze.

Aber er lenkt ein. »Ist schon in Ordnung«, sagt er. »Stress dich deshalb nicht. Ich werde mit Mr. Hapstead reden.«

Ich starre auf das ungenießbare Essen auf meinem Teller. Gott weiß, was Mr. Hapstead beschreiben könnte. Durchweichte Taschen, schwere Gegenstände. »Nein«, sage ich schnell. »Ich mach das.«

Er schaut von seinem Teller auf. »Ach ja? Aber du hast doch gerade gesagt …«

»Ich habe meine Meinung geändert.«

Seine Augen wandern über mein Gesicht.

»Du und Tammy, ihr werft mir ständig vor, ich würde mich nicht genug einbringen. Also übernehme ich das jetzt.«

Das ist eine komplette Lüge. Ich habe nicht die Absicht, jemals zu diesem Bestattungsunternehmen zu gehen. Ich hasse den Ort mit einer solchen Leidenschaft, dass mir dafür die Worte fehlen. Aber wenn ich sage, dass ich dorthin gehen werde, kann ich meinen naiven, hübschen kleinen Bruder vielleicht vor jenem Wissen über einen verhängnisvollen grauen Nebel, der zu jedem Zeitpunkt aufziehen kann, bewahren.

Phil führt seine Serviette an die Lippen und sagt: »Super, Loni. Danke.«

Mein kleiner Bruder kann so nervtötend sein, und trotzdem geht es mir, wenn ich sein ungekünsteltes Lächeln sehe, sofort besser.

Wir verabschieden uns draußen, und er überquert die Straße und öffnet die Rauchglastür zu seinem Bürogebäude. Kaum ist sie wieder zugefallen, sehe ich diese verbale Sturmfront namens Tammy den Bürgersteig entlangrauschen, und ich erkenne, dass ich mich eindeutig auf ihrem Weg der Zerstörung befinde. Ihr Outfit – ein enger Rock und hohe Sandalen – verlangsamt ihr Tempo kein bisschen.

Schon ruft sie: »Loni! Auf ein Wort.«

»Tammy, wie geht es dir?« Ich übe mich in Freundlichkeit.

Sie führt mich um die Ecke, damit wir von Phils Büro aus nicht gesehen werden können. »Was sollte die Aktion bei Mona Watson?« Sie steht jetzt ganz dicht vor mir, an ihrer Frisur bewegt sich nichts in dem leichten Wind. »Du weißt ja sicher, dass sie eine Kundin von mir ist.«

Na, toll, Tammy ist sauer, weil ich ihre Freundin belästigt habe. »Hör zu, Tammy ...«

Sie senkt ihre Stimme. »Ich sag dir was: Ich krieg fast alles aus den Leuten heraus, während ich ihnen die Haare mache.«

»Tatsächlich?« Ich bin unschlüssig.

»Mona kommt einmal die Woche, weißt du. Waschen und föhnen. Phil hat mir erzählt, dass du bei ihr zu Hause warst, aber so kommst du nicht an Infos.« Sie zieht ihre Worte in die Länge. »Meine Methoden sind subtiler.«

»Danke, Tammy, aber ...«

»Wenn ein Verbrechen begangen wurde, will Phil das wissen. Und ich auch«, fährt sie ungerührt fort.

»Tammy, mir wäre es irgendwie lieber ...«

»... der Sache *nicht* auf den Grund zu gehen?«

Wir sehen uns fest in die Augen. Sie schwitzt unter ihrer Schminke.

»Äh ... wollen wir ein Stück gehen?«, schlage ich schließlich vor.

Wir biegen in Richtung Park ab, und sie hält auf ihren hohen Absätzen mit mir Schritt.

»Wenn du Angst hast, dass Phil etwas über deinen Vater herausfindet, von dem du nicht willst, dass er es weiß, dann lass mich dir sagen, dass diese Gerüchte schon seit meiner Kindheit in Umlauf sind.« Sie hält inne, während sie weitergeht. »Phil hat nie darüber gesprochen. Aber meine eigene Mutter hat mir in der Woche meiner Hochzeit gesagt, ich solle darüber nachdenken, was ich da vorhabe, denn der Sohn von jemandem, der so etwas tut, könnte es auch selbst tun. Ich habe ihr gesagt, sie soll ihr Gewäsch für sich behalten und dass Phil mein Freund ist und ich außer ihm niemanden sonst auf Gottes grüner Erde heirate.«

Ich werde von der Wucht dieser Information erfasst. Ich beobachte ihre Füße und meine Füße, die sich auf dem Bürgersteig bewegen, Sandalen und Sneaker im selben Takt. Wir bleiben stehen, außerhalb des Schattens der Gebäude.

Sie berührt meinen Arm mit einem spitzen, manikürten Finger. »Du denkst, du bist die Einzige, die deinen Bruder vor der Wahrheit über deinen Vater beschützen kann, wie auch immer sie lautet, aber so ist es nicht. Ich will genauso wenig, dass Phil schlechte Neuigkeiten erfährt!« Ihr Pony ist tatsächlich nass geschwitzt. »Ich bin dafür, diesen Gerüchten ein für alle Mal ein Ende zu setzen. Also, Nummer eins« – sie hält beim Zählen ihre langen Fingernägel hoch –, »es ist unwahrscheinlich, dass dein

237

Daddy einfach aus seinem Boot gefallen ist. Nummer zwei: Wir hoffen, dass er nicht gesprungen ist. Und Nummer drei: Wenn an der Sache etwas faul war, weiß jemand in dieser Stadt davon. Und Nummer vier: Wenn es unangenehme Neuigkeiten sind und wir nicht wollen, dass Phil in einem Gerichtssaal davon erfährt, dann sollten wir beide uns zusammentun, und zwar jetzt.«

Ich starre auf ihre vier erhobenen Finger.

»Wie wär's damit?«, sagt sie. »Du buddelst aus, was du ausbuddeln kannst, und ich tue, was ich kann, um etwas in Erfahrung zu bringen, und vielleicht finden wir alles Unschöne heraus, bevor Phil es tut.«

Ich trete einen Schritt zurück auf die Wiese, in der Tammys Absätze versinken werden, und mache mich auf den Weg zu meinem Auto. »Okay. Bis später, Tammy.« Ich will hier einfach nur weg, aber ich gebe mir auch Mühe, mich an eine neue Welt zu gewöhnen – eine Welt, in der meine Schwägerin mir zur Seite stehen will.

Ich fahre durch die Stadt und versuche zu verarbeiten, was ich gerade gehört habe. Wenn ich nur herausfinden könnte, wo diese Henrietta wohnt. Ohne nachzudenken, nehme ich den direkten Weg an der Leichenhalle vorbei. Es ist nur ein Gebäude mit Säulen. Der Ort kann mir nichts anhaben. Aber ich gebe trotzdem Gas.

Zurück in meiner spärlich eingerichteten Wohnung höre ich ein leises Donnergrollen. Ich schalte die Klimaanlage aus, öffne alle Fenster und lege mich aufs Bett, um nachzudenken. Der Wind peitscht gegen die heruntergelassenen Jalousien, und die Haare auf meinen Armen richten sich auf. Was wäre, wenn ich das täte, worum Phil mich gebeten hat, und zu Mr. Hapstead ginge? Meine Abneigung gegen diesen Ort sitzt schon sehr lange sehr tief. Als ich das letzte Mal dort war, war ich zwölf Jahre alt, und damals schwor ich mir, nie wieder einen Fuß dort hineinzusetzen. Der Wind draußen räumt das Feld für den Regen, genau wie an jenem schrecklichen Tag an diesem schrecklichen Ort.

»Sieh dir Loni an, sie ist so tapfer.« Es ist die Mutter eines Jungen aus meiner Klasse. Ich starre auf die braune Paspel am Kragen ihres Kleides. Meine Mutter schüttelt ihr die Hand. Auf der anderen Seite des Sarges steht ein Offizier, eine Ehrengarde.

Eine Dame aus der Kirche sagt zu meiner Mutter: »Deine große Tochter, so ein Trost für dich.« Alle Erwachsenen in der Stadt defilieren an uns vorbei. »Hilf deiner Mom mit dem Baby«, flüstern sie, als täte ich das nicht, als säße Philip nicht direkt auf meiner Hüfte.

Der große und schroffe Herr Zenon ist der Nächste. »Was für ein großes Mädchen du geworden bist.« Hinter ihm steht die kleine, untersetzte Joleen Rabideaux, nicht viel größer als ich, und sie sagt zu ihm: »Sie ist gar kein Mädchen mehr, sie ist eine junge Dame.« Ich habe oben in der Eiche gesessen und zugehört, wie Joleen meiner Mutter erklärte, was sie mit mir machen soll, wie sie mich zurechtweisen soll, was sie im Keim ersticken soll. Meistens macht sie mir ein schlechtes Gewissen, aber jetzt sagt sie: »Ich bin stolz auf dich, weil du stark bist. Besonnen in einer Krise, das bist du wohl.« Sie streicht mein Haar glatt, und danach klebt es an meinem verschwitzten Kopf.

Nach Joleen Rabideaux denke ich, dass ich es vielleicht ertragen kann: *So tapfer* und *keine einzige Träne* und *große Stütze* und was sie sonst alles noch zu mir sagen, genau wie alles, was sie zu meiner Mutter sagen: *Er-war-ein-Juwel* und *Mein-Beileid-zu-deinem-Verlust* oder einfach nur das Aussprechen ihres Namens: *Ruth*. Bei manchen bleibt es dabei. Daddys Arbeitskollegen, alle geschniegelt und gebügelt in Uniform, sie alle legen eine Hand auf meinen Kopf, auf meine Schulter. Es hätte sie treffen können. Hat es aber nicht. Ich will sie fragen: Er ist ertrunken, aber wie kann das sein? Und was hat das, was ich auf der Treppe gehört habe, zu bedeuten? *Hat er sich zu Hause seltsam verhalten? War er depressiv?* Erklärt es mir! Aber sie sagen nichts, und ich auch nicht.

Ich setze Phil in den Kinderwagen. Er zieht eine Grimasse, die ich gut kenne, und kurz darauf kann jeder seine Windel riechen, was bedeutet, dass ich diesen schrecklichen Raum verlassen darf. Ich lege eine Hand auf den Kinderwagen und beginne zu schieben. Die Leute in der Schlange lächeln mich traurig an, als ich an ihnen vorbeigehe. Wenn sie nur wüssten, dass ich mich dabei ziemlich ungeschickt anstelle. Meine Mutter sagte heute Morgen zu mir: »Ich würde mir wünschen, dass du an dem einzigen Tag, an dem ich deine Hilfe brauche, mal etwas richtig machst!«

An der Tür des Beerdigungsinstituts steht der Mann, der meinen Fischadler gekauft hat, Mr. Barber. Er hat sich nicht in die Schlange eingereiht, um meiner Mutter zu kondolieren. Er steht abseits von den anderen und betrachtet die ganze Szene mit finsterem Blick. Bevor ich den Kinderwagen durch die Tür schiebe, dreht er sich um und geht.

Im Bad brüllt Philip, während ich ihn wickle. Ich würde auch gerne laut brüllen. Ich bin völlig verschwitzt, und mir ist heiß, und ich möchte einfach nur mit meinem Vater aufs Wasser hinausfahren In diesem Moment wird alles real.

34

13. April

Ich muss *heute* mit den Kartons fertig werden und sie und mich hier hinausbugsieren. Ich zähle nach, es sind noch zwanzig Stück. Aber ich verfolge nun eine neue Methode, um mich zu motivieren: Ich behandle das Zeug wie die Stapel von Vogelbälgen, die bei uns im Naturkundemuseum landen und ausgepackt werden müssen. Das ist immer ein zweifelhafter Segen, denn einerseits bevorzuge ich lebende Kreaturen, andererseits bereichern diese toten Kreaturen unseren Wissensschatz. Die Aufgabe, die ich vor mir habe, ist anstrengend, aber gleichzeitig bereiten sie mir mitunter ein unerwartetes Vergnügen. So wie die Schachtel, die ich gerade geöffnet habe und die eine von Phils Bastelarbeiten aus dem Kindergarten enthält: Kreise aus Tonpapier und ein steifes gelbes Blatt, dessen Ränder zu Fransen geschnitten sind. »Ich liebe dich, Mom, von Philip.« Er war so ein aufgeschlossener Junge und ging immer auf andere zu. Jedes Mal, wenn ich einen Raum betrat, strahlte er mich an und klopfte auf den Boden, die Couch oder den Sitz neben sich, damit ich mich zu ihm geselle. Das änderte sich schlagartig, als ich aufs College ging. Ihn zu verlassen zerstörte etwas in mir, und doch war ich unendlich froh, der Missbilligung meiner Mutter zu entkommen. Wenn ich ihn besuchte, verhielt er sich erst abweisend, irgendwann war er wieder der Alte, und sobald ich aufbrach, ließ er mich wieder abblitzen.

Aber diese Bastelarbeit stammt aus der Zeit, als er noch keinen Grund hatte, seine Gefühle zu schützen. Ich lege es für Tammys Sammelalbum zur Seite.

Tammy. Ich kann nicht glauben, was sie weiß. *Diese Gerüchte sind schon seit meiner Kindheit in Umlauf.*

Unter Phils Kunstwerk entdecke ich eine Hemdenschachtel. Als ich den Deckel anhebe, atme ich Rosenblüten und Moder ein, den Geruch in Großmutter Lornas altem Haus. Darin liegen Handschuhe – lange, kurze, bestickte.

Ich habe ihr gesagt, sie soll ihr Gewäsch für sich behalten.

Zwei weitere runde Schachteln in dem Karton enthalten Hüte aus den Sechzigerjahren – ein zartes Drahtgerüst mit Samt und Seidenblättern, eine marineblaue Haube mit Netz. Ruth bewahrte diese Überbleibsel ihrer eigenen Mutter auf, die sie ebenso verachtete wie die Krimibücher meines Vaters, aber behalten hat sie jedes einzelne Exemplar.

Du denkst, du bist die Einzige, die deinen Bruder vor der Wahrheit über deinen Vater beschützen kann, wie immer sie auch lautet.

Ich stelle mich mit geradem Rücken und den Hüten vor den Badezimmerspiegel und hebe herrisch das Kinn, während ich sie anprobiere. Heather kannte ihre Urgroßmutter nicht, aber mit diesen Hüten in ihrer Verkleidungskiste wird sie eine Vorstellung von ihr bekommen.

Großmutter Lorna konnte hochnäsig sein. Sie lud ihre Freundinnen, die Strümpfe und Schuhe mit flachen Absätzen trugen und über Politik und Rosenzucht diskutierten, zum Mittagessen ein. An diesen Tagen bat sie mich, nach Tally zu kommen, um ihr zu helfen. Die Damen gaben gurrende Geräusche von sich, wenn ich ihre Salate vor ihnen abstellte oder ihre Teetassen aus dem silbernen Samowar füllte.

Während sie am Tisch saßen und sich unterhielten, entschuldigte ich mich und ging in den Wintergarten, um eine Zeitschrift vom Beistelltisch zu nehmen: den »Smithsonian«. Auf der ersten Seite ganz unten befand sich eine Unterschrift: *S. Dillon Ripley*. Oben war eine Skizze zu sehen – ein Gebäude mit runden Zinnen und den Worten »Die Aussicht von der Burg«. Mr. Ripley schrieb darüber, wie er frühmorgens zum Tidal Basin ging, einem Stausee, um Vögel zu beobachten, und ich stellte mir mein eigenes hohes Unkraut und den schwammartigen Boden vor und hörte das Geschnatter der Vögel, die ich kannte. Ich las seine Kolumne, blätterte dann das ganze Magazin durch und blieb an jedem Foto hängen.

Nachdem die Damen gegangen waren und Großmutter Lorna sich ausgeruht hatte, nahm sie mich mit in die Bibliothek der FSU und sagte: »Leih dir jedes Buch aus, das du willst.«

»Was ist mit den Zeitschriften?«

Sie verdrehte die Augen zur Decke.

Ich sagte ihr, welche Zeitschrift ich wollte, und sie sagte nur »Oh!« und setzte mich an einen Tisch in der Nähe der Fachzeitschriften. Während sie die Arbeiten ihres Kurses über griechische und römische Mythologie benotete, sah ich mir die alten Ausgaben des *Smithsonian Magazine* an, die in schwere rote Folianten gebunden waren. Ich lernte etwas über Tiere, Edelsteine und Menschen, die im Dschungel leben. Aber was mir ein Kribbeln im Nacken verursachte, war eine Geschichte über Künstler, die in einem Museum arbeiteten und den ganzen Tag nichts anderes taten, als Vögel zu zeichnen.

Nach dem Bibliotheksbesuch half ich Großmutter Lorna, den Wintergarten aufzuräumen. »Großmutter, wie hat meine Mutter meinen Vater kennengelernt?«

Wenn ich von meinem Vater anfing, hob sie normalerweise angewidert eine Augenbraue und meinte: »Ja, so ist er, nicht wahr?« Aber an diesem Tag hörte sie damit auf, ein Sofakissen aufzuschütteln, und starrte in die Ferne. Sie sprach, als wolle sie die Vergangenheit zurückspulen.

»Deine Mutter hatte gerade ihre ersten beiden Jahre an der Florida State University beendet. Sie war Redakteurin des *Flambeau* und gab in *ganz* Florida Klavierkonzerte. Weißt du, sie hatte eine vielversprechende musikalische Karriere vor sich. Doch eines Tages kam sie von ihrem Job in der Eisdiele nach Hause und war so erhitzt, als wäre sie gerannt. Sie begann, ins Leere zu starren und vergaß, Klavier zu üben. Sie machte viele Überstunden, nur um Eiskugeln zu formen. Ich ahnte etwas, machte aber keinen Aufstand, weil ich dachte, ich würde alle Jungs in ihrem Umfeld kennen. Ich hätte besser aufpassen müssen. Wie du vielleicht weißt, war dein Vater nicht auf dem College.« Sie hielt inne. »Er war in Tallahassee zu einem Lehrgang. Waffenhandhabung oder so etwas in der Art. Als der Kurs zu Ende war, dachte ich, die Sache hätte sich erledigt. Aber er fuhr von da an jeden Samstag mit dem Bus von Tenetkee nach Tallahassee.«

Ich unterbrach sie kein einziges Mal, sondern studierte die gerade Linie ihres Rückens und den sanften Schwung ihrer blaugrauen Frisur, während sie sich durch den Raum bewegte.

»Es war bedauernswert, wie sehr dieser Junge in deine Mutter verliebt war«, fuhr sie fort, »weil er wusste, dass ein Mädchen wie Ruth niemals auf ihn fliegen würde.« Sie hielt inne und drehte ihr Gesicht zu mir. »Und zu jedermanns Überraschung, nicht zuletzt zu meiner, tat sie es doch.« Sie warf das letzte Kissen mit einem letzten dumpfen Schlag zurück aufs Sofa.

Meine Großmutter hatte ihre Tugenden. Nur war sie eben auch ein Snob. Sie hielt von meinem Vater so viel, wie ich – na ja, wie ich von Tammy halte.

... dann sollten wir beide uns zusammentun – und zwar jetzt.

Ich hebe den letzten Hut aus der Schachtel. Er ist zart und ähnelt auffallend einem Vogelbalg, mit überlappenden Federn und ein paar Schwanzbüscheln, die die Vorderseite betonen. Ringfasan, männlich. Und da ist sie wieder, die Kehrseite der Medaille. Ein hübscher Vogel hat sein Leben für einen Hut geopfert. Eine schwierige Großmutter führte mich zu einem Beruf, den ich liebe. Und so sehr ich mich auch dagegen sträuben mag, die Schwägerin, die ich seit Jahren brüskiere, bietet mir ihre Hilfe an, und ich muss Ja sagen.

Ich steige ins Auto und fahre in Richtung Kanuverleih. Die Marsch ist der einzige Ort, an dem ich mir Klarheit verschaffen kann. Außerdem muss ich Estelles Zeichnungen fertigstellen, und dazu brauche ich ein bisschen Inspiration. Ich komme an dem Schild »Alligator-Wrestling täglich live um 12 Uhr mittags« vorbei und spüre wieder dieses Prickeln auf der Haut von Adlais Berührung.

In einem der Kräuterbücher aus der Bibliothek habe ich ein faszinierendes Kapitel über Kräuter und ihren Zusammenhang mit diversen Begierden entdeckt. Im elisabethanischen Zeitalter half ein Bündel Rosmarin den Menschen, eine Verabredung zu arrangieren, und ein Apfel deutete auf libidinöse Absichten hin. Ich stelle mir Adlais Reaktion auf einen Rosmarinzweig vor, der auf seinem Tresen zurückgelassen wurde, oder auf einen saftigen Fuji. Noch besser wäre eine schmetterlingsförmige *Encyclia tampensis*, denn in demselben Buch gibt es eine ganze Seite über die sinnlichen Eigenschaften dieser Orchidee. Die Blüte sei weiblich – »offen und einladend« –, die Wurzel männlich – »anschwellend und tief eindringend« – und die gesamte Pflanze »hitzig und feucht in ihrem Element«.

Würde Adlai fluchen beim Anblick der Orchidee, die man aus ihrem Lebensraum gerissen hätte? Oder würde er die Blütenblätter sanft berühren, sich flüsternd bedanken und mich zu einem weißen Himmelbett auf einer sonnigen Waldlichtung führen …?

Ich biege links in die Shellrock Road ein, ohne den gelben Chevy zu bemerken, der mir auf der Gegenfahrbahn mit voller Geschwindigkeit entgegenkommt. Er hupt, und mein Gehirn wird augenblicklich mit Adrenalin durchflutet. Ich trete das Gaspedal durch, werfe Schotter auf und vermeide haarscharf eine Kollision.

Das dröhnende Hupen des Chevy entfernt sich von mir, und ich hole tief Luft und spüre, wie stark mein Herz pocht.

Ich bleibe auf der Schotterstraße und umklammere das Lenkrad mit beiden Händen wie eine Fahranfängerin. Ich parke, atme noch einmal tief durch und danke der Evolution für die Fluchtreaktion. Und jetzt ist es an der Zeit, dass sich mein Frontallappen einschaltet. Vorhin wäre ich fast zerschmettert worden, weil ich eine dämliche, unmögliche Fantasie hatte, die das Innere dieses Autos nicht verlässt. Wenn ich da reingehe, um ein Kanu zu mieten, werde ich ganz geschäftsmäßig sein. Eine Kundin. Pflanzen und Vögel, und sonst nichts.

»Na, wenn das nicht meine Kanufahrerin Nummer eins ist.« Adlai schenkt mir ein strahlendes Lächeln, als ich eintrete.

Widerstehe. »Hallo«, sage ich. Er könnte jeder x-beliebige Fremde sein. Ich weiß nichts über ihn. Er könnte verheiratet sein, der Vater von sieben Kindern. Ich schaue auf seine unberingte linke Hand. Wahrscheinlich hat er tausend unverzeihliche Charakterschwächen. Er gibt sich mit zwielichtigen Typen ab. Ich reiche ihm meine Kreditkarte und warte, dass er aufsteht und das Kanu holt.

Er verschränkt die Arme.

Ich tue so, als würde er mich nicht beobachten und nicht darauf warten, dass ich etwas anderes sage. Ich drehe mich zu den Flaschen mit Insektenspray, nehme eine und lese das Etikett.

»Na dann«, sagt er und steht auf.

Das ist gut. Er macht seinen Job, und ich mache meinen. Ich bin nur wegen der Vögel hier.

Vom Steg aus stößt er das Kanu mit einem besonders kräftigen Schubs ab. »Was zum …« Ich drehe mich abrupt zu ihm um.

Da steht er, die geballten Fäuste in die Hüften gestemmt, die Ellbogen abgewinkelt, und schüttelt den Kopf. Ich paddle schnell weg.

Ich nutze mehrere Seitenarme, bis ich irgendwann wieder weiß, wo ich gelandet bin. Ich fahre am Ufer eines Sees entlang, der so breit ist, dass er mit Fahrrinnenmarkierungen versehen ist und daher Teil einer viel genutzten, tief ausgebaggerten Wasserstraße sein muss. Ein glänzendes neues Schnellboot rast mit Vollgas vorbei. Der oberschlaue Name, der auf der Seite steht, lautet *Immobilienhai*. Ich schaue auf und sehe den Fahrer: Elbert Perkins. Lange Beine, dicker Bauch, vermutlich jede Menge Abzocke. Wie sonst kann dieser Typ so viel Geld mit dem Verkauf von Immobilien in einer so kleinen Stadt wie Tenetkee verdienen? Das Kielwasser seines Bootes überspült fast mein Kanu, bis ich den Bug drehe und es schaffe, quer zu diesen rücksichtslosen Wellen zu paddeln, auf und ab, auf und ab.

An der nächsten Einmündung entdecke ich einen schmaleren Kanal mit Mangroven, die über das Wasser ragen und mit ihrem Schattenspiel Tupfen auf die Oberfläche malen. Ich erinnere mich daran, wie ich mit meinem Vater unter solchen Ästen zurück zur Anglerhütte gepaddelt bin und mit jedem Schlag das Wasser zu mir heranzog und spürte, wie sich das Boot unter uns bewegte, hauptsächlich durch den kräftigen J-Schlag meines Vaters.

»Pst«, sagte Daddy von seinem Platz aus, und ich drehte mich um. Er hörte nicht auf zu paddeln, aber seine Augen und eine winzige Kopfbewegung machten mich auf etwas oberhalb seiner rechten Schulter aufmerksam. Ich hob den Kopf. Zwei dunkle Vögel glitten schweigend hinter dem Kanu her. Sie schienen riesig zu sein, so nah waren sie. Als sie mich bemerkten, drehten sie ab und landeten in den Schatten der Bäume. »Nachtreiher«, flüsterte mein Vater.

Er schenkte mir die Vögel, und er schenkte mir das Marschland. Irgendwann gab er es auf, mir seine Angeltricks beibringen zu wollen. Er erkannte, was mir an diesem Ort gefiel, und verschaffte mir die Möglichkeit, diese Liebe auf meine Art auszudrücken. »Teichhuhn«, sagte er, wenn sich etwas Violettes im Schilf bewegte, oder »Eisfischer«, wenn eine kleine Rakete dicht über dem Wasser an uns vorbeiflog.

Einmal sagte er in demselben Tonfall: »Sumpfmädchen.« Ich drehte mich blitzschnell zu ihm um, damit ich einen Blick darauf erhaschen konnte.

»Das bist du, Loni Mae.« Er neigte den Kopf zur Seite und lachte. Ein paar Sonnenstrahlen schienen durch das Louisianamoos über ihm. »Oder nein. Ich habe einen besseren Namen für dich: die Marschkönigin.«

Ich prustete los, doch danach saß ich aufrechter, reckte mich in die Höhe und zog das Paddel kraftvoller durchs Wasser.

Ich komme um die Kurve, stoße auf eine Bauminsel mit Eichen auf einem kleinen Hügel und werde Zeuge eines Territorialstreits zwischen zwei Reihern, einem Amerikanischen Silberreiher und einem Kanadareiher. Ich verlangsame das Kanu. Ein weiterer Silberreiher steht ein Stück entfernt im seichten Wasser, entweder beim Jagen oder um zuzuschauen, wer gewinnen wird. Der Silberreiher und der Kanadareiher fliegen immer wieder auf und versuchen, dem anderen zu drohen, indem sie ihre Flügel so ausrichten, dass sie erst in der einen und dann in der anderen Richtung vom Licht erfasst werden.

Ich skizziere sie schnell und versuche, die ihnen eigene Anmut ihrer Bewegung sowie das Ausmaß ihrer Entschlossenheit einzufangen. Diesen Vögeln geht es nur um den Machterhalt, ihr Territorium und die Jagdrechte, und sie haben keine Vorstellung davon, wie atemberaubend ihr Gerangel sie aussehen lässt. Vor allem der Kanadareiher präsentiert die ganze Palette seiner Gefiederfärbung aus jedem Blickwinkel.

Schließlich lassen sie sich in einiger Entfernung voneinander im seichten Wasser nieder, und ich lege mein Skizzenbuch weg – und realisiere erst jetzt, dass ich zum ersten Mal einen Kanadareiher gezeichnet habe, den Boten aus dem Totenreich.

Als ich zum Anleger zurückkehre, schwirrt mir der Kopf vor lauter Adrenalin, das langsam abebbt. Adlai reicht mir zwar eine Hand beim Aussteigen, doch seine Miene ist undurchdringlich.

»Ich habe gerade etwas Wunderschönes gesehen.« Ich klettere auf den Steg. Er dreht mir den Rücken zu und geht.

Ich folge ihm in seinen Laden, wo er bereits wieder am Tresen steht, und ich öffne tatsächlich mein Skizzenbuch und zeige ihm die beiden Reiher.

Er sieht sie an, sieht mich an und sagt: »Aha.« Mit spitzen Fingern überreicht er mir meine Kreditkarte.

Was für ein Idiot. Will er sich an mir rächen, weil ich seine Annäherungsversuche heute Morgen ignoriert habe? Ich klappe das Skizzenbuch zu, nehme meine Kreditkarte und gehe.

Ich kann es kaum erwarten, wieder an einen Ort zu kommen, an dem die Menschen freundlich sind und das Klima wenigstens auch mal »mild« sein kann. Ein Monat in dieser Hitze hat zweifellos mein Hirn geschmolzen.

35

14. April

Ich schaue bei meiner Mutter vorbei. Der Gips wurde vom Handgelenk entfernt, und die Physiotherapie hat begonnen, doch sie scheint nicht glücklich darüber zu sein. Ich habe ein paar Bücher mitgebracht, aber ihr ist nicht danach zumute.

»Na ja, Mom, Krankengymnastik ist Arbeit. Es soll keinen Spaß machen.«

»Danke für die Ermutigung«, sagt sie und verdreht die Augen.

»Mom, kann ich dir mal was sagen? Du hast das in meinem Leben schon so oft wegen mir gemacht ...« Die Erinnerung schnürt mir die Kehle zu.

»Was gemacht?«

»Diese Sache mit deinen Augen. Als wäre das, was ich zu sagen habe, völlig bedeutungslos.«

»Du meine Güte ...«

»Nein. Kein ›Du meine Güte‹. Es ist einfach nicht nett. Und ich möchte dich bitten, es nicht mehr zu tun.« Meine Stimme zittert. Noch nie habe ich etwas so deutlich ausgesprochen.

Sie wendet sich von mir ab, wie sie es immer getan hat.

Es klopft an der Tür. Mariama öffnet sie halb und bedeutet mir, zu ihr zu kommen.

»Entschuldige mich, Mom«, stammle ich und gehe zu Mariama auf den Flur hinaus.

»Tut mir leid, dass ich störe«, sagt Mariama.

»Kein Problem.« Ich schließe die Tür hinter mir. »Ich unterhalte mich lieber mit Ihnen. Wie läuft's denn so? Wie geht es *Ihrer* Familie?« Sie hat mir unlängst von ihrem Sohn im Collegealter erzählt, der Informatik studiert.

Sie lächelt und freut sich sichtlich über die Frage. »Allen geht es gut. Gesund und munter, Gott sei Dank.«

»Und Ihr Sohn erreicht immer noch in allen Kursen die Bestnote?«

Sie lächelt. »Die Hälfte von dem, was er mir erzählt, ist zu hoch für mich. Aber immerhin kapiere ich, dass ich es *nicht* kapiere.«

Wir lachen beide.

»Was Ruth angeht«, sagt Mariama. »Sie braucht mehr Schlüpfis.«

»Schlüpfer?«

»Höschen. Unterhosen. Sie hat nur zwei.«

»Aber ich hatte zehn neue mitgebracht. Ich habe sogar die Namensschilder eingebügelt.«

Mariama denkt kurz nach. »Hm. Vielleicht ist sie verwirrt und wirft sie in die Tonne – ich meine in den Mülleimer – statt in die Schmutzwäsche. Wir werden das im Auge behalten. Aber könnten Sie in der Zwischenzeit noch ein paar mitbringen?«

»Ich kümmere mich sofort darum.«

Ich genieße die lange Fahrt zum Einkaufszentrum am Governor's Square, Tallahassees großem überdachtem Tempel des amerikanischen Konsums. Im Fahrstuhl läuft Musik, die Springbrunnen plätschern, Kinder kreischen, und die Gerüche aus den Parfümerien und Schnellrestaurants sind auf Kollisionskurs. Die Leute schlendern langsam auf alles zu, was sie nicht brauchen – drei Läden für glitzernde Haarbänder, vier Läden für wahnsinnig teure Handtaschen und neunzehn Läden für Schuhe mit entsetzlich hohen Absätzen. *Hereinspaziert! Kaufen Sie das Unnötige! Häufen Sie Ramsch an!*

Ich machte mich auf den Weg zu Macy's, um weiße Baumwollslips der Marke »Hanes for Her« zu kaufen. Über jede andere Wahl wäre sie empört.

»Auf der Rolltreppe im Macy's nehme ich zwei Stufen auf einmal, bis ich mich auf Augenhöhe mit einem männlichen Hintern in einer Levi's befinde. Endlich etwas in diesem Einkaufszentrum, das meinen Gefallen findet. Als der Mann die Rolltreppe verlässt, bleibt er kurz stehen, um sich zu orientieren. O nein.

»Na so was«, sagt er. Es ist Adlai, mit demselben gelangweilten Gesichtsausdruck, den er gestern für mich übrighatte.

»Oh!«, sage ich. »Was machst du denn hier?«

Er lacht kurz auf und spielt mit seinem Bart. »Was meinst du?«

»Tut mir leid, ich … Ich bin nur so daran gewöhnt, dich …, du weißt schon, mit den Kanus zu sehen.« Ich verstecke meine halb transparente Tüte von Macy's hinter meinem Rücken.

»Ja, tatsächlich liebe ich meine Kanus, aber ich darf mich auch woanders aufhalten.«

»Klar, ja, nur …« Ich atme laut aus. Jetzt geht's nur noch darum den Fokus von meiner eigenen Blödheit abzulenken. »Äh … was hast du gekauft?«

»Das ist eine ziemlich persönliche Frage«, sagt er und öffnet die Tüte in seiner Hand. »Ein Hemd und eine Krawatte. Und du?«

»Ach, nur ein paar« – die Tüte bleibt, wo sie ist – »Sachen für meine Mutter.« Ich räuspere mich.

Er nickt und beißt sich auf seine Unterlippe. »Tja, war schön, dich zu sehen, hier draußen in der weiten Welt. Wäre furchtbar, mir vorzustellen, dass du nur in der Nähe von Kanus existierst.«

Was die Welt braucht, sind Klugscheißer. »Gleichfalls.« Ich wende mich zum Gehen.

»Also dann, bis zum nächsten Mal?«

»Klar.«

Als ich auf dem Parkplatz ankomme, bin ich immer noch verwirrt. Warum bleiben die Leute nicht einfach in den Schubladen, in die ich sie gesteckt habe?

Auf der anderen Seite befindet sich ein Panera-Bread-Laden, und ich kaufe dort noch etwas zu essen ein. Moms Unterwäsche werde ich nach einem weiteren Zwischenstopp bei ihr vorbeibringen. Ich habe Captain Chappelle seit dem Krankenhaus nicht mehr gesehen, und ich höre eine Stimme in meinem Kopf – ihre – die sagt: *Frag nicht, was du tun kannst, tu einfach etwas.* Meine Mutter hätte einen Auflauf zubereitet. Ich kaufe eine Fertig-Suppe, die ich ihm mitbringe.

Zurück in Tenetkee trage ich die nach frischem Brot duftende Panera-Tasche die drei Verandastufen zu Captain Chappelles Haus hinauf und atme den Geißblattduft ein. Als er die Tür öffnet, kommt er mir schlanker vor, aber die Wunden im Gesicht sind fast verheilt. Er ist immer noch der stattliche Mann, den mein Vater gekannt hat.

»Hallo, Captain Chappelle. Wie geht es Ihnen? Ich habe Ihnen Suppe mitgebracht.«

Er zögert kurz, dann stößt er die Fliegengittertür auf und lässt mich herein. »So viel Freundlichkeit habe ich nicht verdient.«

»Aber sicher doch. Ich fürchte nur, sie ist schon fast kalt. Soll ich sie aufwärmen?«

»Wenn es dir nichts ausmacht?« Er zieht die Tür hinter mir zu. »Und dann leistest du mir Gesellschaft und isst mit.«

In seiner Küche nehme ich einen Topf aus dem Schrank und gieße die Suppe hinein. Ich denke immer noch über das nach, was er im Krankenhaus gesagt hat, diese Gedankenfetzen über die Art und Weise, wie mein Vater starb. Ich bin nicht hier, um den Mann auszuquetschen, aber fragen kostet nichts.

Ich finde zwei Schalen, zwei Sets, Servietten, Löffel und decke den Tisch. Wir setzen uns, und ich überlege, über was ich mit ihm plaudern könnte, aber erst mal tauchen wir beide unsere Löffel in die Schalen und kosten von der Suppe. »Sie sehen schon besser aus«, fange ich schließlich ein Gespräch an.

Er lässt ein Schnauben hören. »Ich werde eine Weile keine Schönheitswettbewerbe mehr gewinnen.«

»Wissen Sie, ich glaube, Ihr Arzt hatte den Verdacht … dass man Sie geschlagen hat.«

Sein Löffel schwebt über der Suppenschale. »Das habe ich mir wohl eher selbst zuzuschreiben«, sagte er schließlich. »Nach meinem üblichen Fitnessprogramm habe ich im Garten eine Menge Gestrüpp geschnitten, bin reingegangen und habe statt einem Liter Wasser und einem anständigen Abendessen einen kleinen Johnnie Walker auf Eis getrunken. Auf nüchternen Magen hat mich das wohl umgehauen.«

Ich stiere auf den blauen Fleck an seiner Schläfe, der die Form des Türpfostens hat.

»Aber dank dir« – er nickt in meine Richtung – »lag ich nicht lange auf der Nase.

Ich nicke ebenfalls. Und *los geht's*. »Captain Chappelle, als Sie im Krankenhaus waren, sagten Sie etwas, das ich nicht verstanden habe. Sie meinten, Sie fühlten sich verantwortlich für das, was mit meinem Vater passiert ist. Ist das so, weil …«

»Habe ich das gesagt? Diese Drogen, die sie dir geben, die lassen dich halluzinieren. Drogen sind schlecht, Loni, fang nie damit an.«

»Nein, werde ich nicht. Ich habe nur …«

»Du darfst nicht vergessen, Kind, dass dein Vater ein aufrechter Mann war, ein Gesetzeshüter. Ein guter Mann, im Gegensatz zu den vielen Gaunern, mit denen er und ich zu tun hatten. Und deshalb habe ich dafür gesorgt, dass er nicht nur das Standardbegräbnis bekommen hat. Für ihn war alles vom Feinsten.« Er taucht seinen Löffel wieder in die Suppe.

»Ich danke Ihnen. Also, ich weiß, er war ein …« *Lass nicht locker.* »… ein guter Mann.«

»Und das sieht man, meine Liebe«, sagt er. »In dir. Tatsächlich bist du deinem Vater *sehr* ähnlich.« Er starrt mich an. Dann schiebt er seinen Stuhl zurück und trägt seinen leeren Teller – zusammen mit meinem – in die Küche.

Ich folge ihm. »Aber, also Sie kannten ihn doch so gut, und Sie haben ihn kurz vorher gesehen ... jeden Tag bei der Arbeit ... War er, ist Ihnen aufgefallen, dass ...?«

»Loni«, sagt er und stellt das Geschirr in die Spüle. Mit einer Geste bedeutet er mir, durch das Esszimmer zurück in den vorderen Teil des Hauses zu gehen. »Es ist nur natürlich, dass du so viel wie möglich über deinen Vater wissen willst. Vielleicht hat ja der Besuch des alten Newt, seines Dads, etwas ausgelöst, vielleicht gab's andere Gründe, die ihn haben unvorsichtig werden lassen. Aber irgendwann muss man sich damit abfinden, nichts zu wissen. Wir können nicht immer begreifen, warum Menschen sterben. Wie bei meinem Stevie.« Er schüttelt mehrmals den Kopf.

Wir sind an der Haustür angekommen. Der Mann hat seinen Sohn verloren, er leidet, und er hat niemanden. Trotz seines kürzlichen Krankenhausaufenthalts spüre ich die Kraft in seinen Schultern und Armen, als ich ihn zum Abschied umarme. So würde es sich anfühlen, meinen eigenen Vater in diesem Alter zu umarmen, wäre er noch am Leben.

Zurück im St. Agnes fängt mich ein älterer Mann, ein Assistenzarzt mit stahlgrauem Haar und militärischem Bürstenschnitt auf dem Flur ab. »Können Sie mir helfen?«

»Sicher, was kann ich für Sie tun?«

»Man hat mich unter Vorspiegelung falscher Tatsachen hierhergebracht.«

Ich schaue mich nach einem Betreuer um, und Carleen, eine von Mariamas Schützlingen, kommt herein. »Weißt du was, Harold! Der Koch sucht nach dir. Er hat ein Lammkotelett zubereitet, und zwar genau so, wie du es magst.« Ich frage mich, ob der Geschmackssinn das Letzte ist, woran sich das Gehirn klammert, dieser tierische Instinkt, der den Körper am Laufen hält. Carleen nimmt Harold am Arm, als ob sie spazieren gehen würden. Er wehrt sich nicht, wendet aber seinen Kopf in meine Richtung.

Meine Mutter ist nicht in ihrem Zimmer. Ich nehme die weichen Baumwollslips aus der Verpackung, lege sie auf ihre Kommode und schreibe mit einem wasserfesten Stifte »Ruth Murrow« auf jedes Bündchen. Dann falte ich sie und lege sie in die Schublade.

Ich bleibe vor dem Hochzeitsfoto meiner Eltern stehen, mein Vater in einem schlichten dunklen Anzug mit Krawatte und einem breiten Lächeln. Ich drehe mich um und höre meine Mutter aus der Richtung der Tür sagen: »Ich habe Ihnen doch gesagt, dass ich keine Lust habe, aber Sie mussten ja darauf bestehen.«

»Ich dachte, dass vielleicht der Nähclub ...«, sagt Mariama in meine Richtung und zuckt mit den Achseln.

»Ist schon gut«, sage ich, als meine Mutter sich auf ihrem Stuhl niederlässt.

»Mom, ich habe dir etwas mitgebracht.« Damit meine ich nicht die Unterhosen, die ich gerade in ihre Schublade gelegt habe. Ich habe außerdem weitere Bücher im Gepäck. Ich werde mich, was das Vorlesen angeht, nicht so leicht geschlagen geben.

»Sag dieser Frau, sie soll aufhören, mich zu irgendwas zu überreden ...«

»Ihr Name ist Mariama.« Ich nehme gegenüber meiner Mutter Platz. »Hier, hör zu. Das ist aus *Sir Walter Raleigh*. Bist du bereit?«

Sie seufzt.

»›Das Blut des Menschen, das sich durch die Verzweigungen der Adern über den ganzen Körper verteilt, mag mit jenen Wassern verglichen werden ... die von Bächen und Flüssen über die ganze Erde getragen werden, sein Odem mit der Luft, seine natürliche Wärme mit der, die der Erde selbst innewohnt.‹ Ist das nicht eine hübsche Vorstellung?«

Keine Antwort.

»Und er ist nicht der Einzige, der so denkt. Dieser Typ namens William Caxton hat auch einen ...« Ich überprüfe ihren Gesichtsausdruck. Leer.

»Okay, versuchen wir es mit dem hier. Das hat mich an Grammie Mae erinnert.«

»Mae?«, wiederholt meine Mutter und klingt dabei so, als würde der Name eine Erinnerung wecken.

»*Unsere Vorfahren dienten als Hüterinnen praktischen Wissens und mystischer Kräuterkunde. Sie waren oft die ältesten unter uns – die Weisen Frauen.*«

Sie nickt.

Ich ziehe John Gerards *Herbarium* heraus. »Und ich habe ein Rezept gefunden, von dem ich wette, dass Grammie Mae es kannte: *Ringelblumen – Sirup aus Blüten und Zucker, morgens eingenommen, heilt er das bebende Herzelein und wird in Zeiten von Pestilenz und Seuchen verabreicht.*«

Moms Mundwinkel bewegen sich leicht nach oben zu einem angedeuteten Lächeln. »Bei Pestilenz und Seuchen.«

36

15. April

Heute ist Stichtag für die Steuererklärungen, und Phil erstickt in Arbeit. Ich habe meine Steuern im Februar selbst gemacht, weil es bei mir unkompliziert ist und ich versuche, mich nicht länger als nötig damit zu beschäftigen.

Ich schreibe Theo eine SMS, um meine voraussichtliche Rückkehr auf den 23. April zu verschieben. Die SMS bewahrt mich davor, seine Enttäuschung herauszuhören, sowie einen erneuten Vortrag über den Jungspund Hugh Adamson und seine Deadline über mich ergehen zu lassen, über Höhlen und Grundwasser zu sprechen, und davor, die kontrollierte, aber deutlich spürbare Angst in seiner Stimme wahrzunehmen: Angst vor bürokratischen Parasiten, die versuchen, unsere geliebte Institution von innen heraus auszuhöhlen.

Ich habe auch die Wohnung für eine weitere Woche bezahlt. In Tallahassee herrscht eine Wohnungsschwemme, und Rogers Freund Charlie ist froh über meine Miete, auch wenn es nur vorübergehend ist.

Ich bereite mich auf die Rückkehr nach Washington in der nächsten Woche vor, indem ich früh aufstehe, mich gleich an die Arbeit mache, mich an Estelles Liste halte und gegen Ablenkungen ankämpfe. Ich bin viel zu beschäftigt, um mit Mr. Hapstead im Beerdigungsinstitut zu sprechen, obwohl Phil fragen wird und ich sagen werde: Ja, *ich war dort*, auch wenn es gelogen sein wird.

In dem kleinen Atelier in Estelles Museum umspielt die Morgensonne die geschlossenen Raffrollos. Der Amerikanische Schlangenhalsvogel, Nummer 9 auf Estelles Liste, hat einen langen, gebogenen Hals, der wie ein Periskop aus dem Wasser ragt und in einem Schnabel endet, der so spitz ist wie ein Degen. Der Rest des Körpers bleibt unter Wasser. Ich füge den schwarzen, schlangenförmigen Hals des Vogels ein und skizziere dann Bögen im Wasser, um die Vorwärtsbewegung darzustellen. »Schlangenvogel«, flüstere ich, aber es ist Daddys Stimme, die ich höre.

»Schlangenvogel auf zehn Uhr«, sagte er mit ausgestrecktem Zeigefinger.

Meine Zöpfe schlugen mir ins Gesicht, als ich den Kopf herumwarf und vor einem Büschel schwimmenden Unkrauts einen Hals entdecke, der wie ein spitz zulaufender schwarzer Gartenschlauch aussieht. Schon tauchte er wieder ins Wasser ein und verschwand aus dem Blickfeld.

»Wie kann er die Luft so lang anhalten?«, fragte ich.

»Das Geheimnis der Natur, Liebes. Er kann schwimmen wie ein Fisch, in der Luft fliegen und sich auf dem Boden vorwärtsbewegen.« Daddy senkte den Kopf in Richtung Wasser, wo der Vogel verschwunden war. »Wäre ich ein Vogel, fiele meine Wahl auf ihn.«

Ein paar Meter weiter tauchte der spitze Schnabel auf, durch den ein zappelnder Fisch aufgespießt war.

»Siehst du, Loni Mae, er ist ein besserer Angler als wir beide zusammen.« Er zwinkerte mir zu. Er wusste, dass ich lieber zeichnete, als Fische zu fangen. Und für ihn war Angeln das Allerschönste. Daddy holte die Leine ein und griff nach dem Spinnerköder, der wie ein Prisma glänzte. »Es ist auch Zeit für unser Mittagessen.« Er legte die Rute längs im Kanu ab, hob den Picknickkorb hoch und reichte mir ein Sandwich in Wachspapier. Schinken und Käse mit Essiggurken. Er wickelte seins aus. »Deine Mom ist eine tolle Frau – sie kümmert sich selbst dann um uns, wenn wir abhauen und sie ganz allein lassen.« Er gestikulierte mit seinem Sandwich. »Sie hat dafür gesorgt, dass wir nicht nach unserem Essen tauchen müssen.«

Ich schaute an Daddys zusammengekniffenen Augen vorbei und sah, wie sich der Schlangenvogel auf einem Ast niederließ und den Fisch bearbeitete, damit er ihn hinunterschlucken konnte.

Auf meinem Zeichentisch: ein Auge wie eine schwarze Perle, das schimmernde Wasser im Umkreis des *Anhinga anhinga*, dem Schlangenvogel meines Vaters. Daddy ging nicht nur einfach in den Sumpf, er war ein Teil davon. Die Vögel, die Lorbeerbäume, die Mangroven waren seine Freunde, mit denen er aufgewachsen war. Auch seine Wurzeln reichten tief, sehr tief ins Wasser.

Und in dieses Wasser kehrte er zurück.

Ich lasse die Zeichnung unvollendet und schnappe mir meine Schlüssel. Zum Teufel mit den Lügen gegenüber meinem Bruder, zum Teufel mit meiner Vermeidungstaktik. Ich habe Fragen, auf die ich Antworten brauche. Ich packe meine Tasche und bereite mich innerlich darauf vor, einen alten Schwur zu brechen.

37

Ich erwarte den typischen Geruch nach Konservierungsmitteln wie in den Gängen des Smithsonian, aber der Eingang auf der Rückseite des Bestattungsinstituts führt zu einem einfachen Büro, vollgestopft mit Unterlagen. Ein hemdsärmeliger Mr. Hapstead steht vor einem Whiteboard und schreibt etwas auf – seinen »Terminkalender«, nehme ich an. Sein schlaksiger Körper ist leicht nach vorne gebeugt.

Das Älterwerden ist eine traurige Angelegenheit. Meine Mutter und ihre Altersgenossinnen wirken geschrumpft, und ich frage mich, ob sie selbst das tief drin auch so empfinden. Diejenigen, die nicht krank sind und weitermachen wie bisher, die ihre Brille für knifflige Arbeiten griffbereit haben und nicht vor dem Spiegel verweilen, sind sich vielleicht gar nicht bewusst, wie sehr sie gealtert sind. Vielleicht trifft genau das auf Mr. Hapstead zu. Er war immer ein Freund der Familie, stets taktvoll trotz seiner lakonischen Art.

»Hallo, Mr. Hapstead! Sie erinnern sich wahrscheinlich nicht mehr an mich.«

Er dreht sich um und blinzelt. »Du bist Loni Murrow.« Er hält inne. »Wie kommt's, dass du schon so alt bist?«

Ich lache. So viel zum Thema Taktgefühl. Ich frage mich, was sonst noch auf der Strecke geblieben ist. Es muss für ihn genauso erschütternd sein, mich mit sechsunddreißig zu sehen, wie für mich, einen gebückten alten Mann vor mir zu haben. Aber wenn er so geradeheraus sagt, was er denkt, dann kann ich das auch. »Mr. Hapstead, wie steht es um Ihr Gedächtnis?«

Er lehnt sich mit seiner knochigen Hüfte am Schreibtisch an. »Voll funktionsfähig, warum?«

»Ich möchte Sie etwas über meinen Vater fragen.«

»Hm. Und ich dachte, du wärst wegen meines guten Aussehens hier.« Er hält kurz inne. »Dein Vater war ein wirklich anständiger Kerl.«

»Ja«, sage ich. »Sie haben sich um seine … Beerdigung gekümmert.«

»Warum klingt *Beerdigung* bei allen so, als wäre das ein böses Wort? Beerdigung, Beerdigung, Beerdigung. Aber ich bedaure deinen Verlust sehr«, fügt er hinzu und erinnert sich an seine guten Manieren.

»War daran irgendetwas … ungewöhnlich?« Ich taste mich vorsichtig an Informationen heran, die ich vielleicht überhaupt nicht hören will.

»Ungewöhnlich? Da muss ich nachdenken.« Sein Blick wandert zu dem Kranzprofil entlang der Wände. »Es war eine sehr schöne Beerdigung«. Sagt er schließlich. »Alles vom Feinsten.«

»Ja, Captain Chappelle sagte mir, dass er ein bisschen was … dazugezahlt hat.«

»Hat er, ja. Wenn ich mich recht erinnere, hatten die Ehefrauen seiner Arbeitskollegen dieses Geld gesammelt. Frank hat da sicher etwas beigesteuert.« Hapstead starrt in die Ferne, vielleicht scannt er die Daten in seinem Gehirn. »Ja, zwei große Beerdigungen in dem Jahr, beides Wildhüter. Beide vom Feinsten.« Er scheint die Erinnerung abrupt abzuschalten und setzt sich hin, um die Post zu öffnen.

Ich setze mich auch. »Mr. Hapstead, Sie erinnern sich vielleicht nicht mehr daran, aber …« Er wirft mir einen strengen Blick zu, der besagt: *Pass auf, Fräulein.*

»Also, war an der Art, wie mein Vater starb, irgendetwas merkwürdig?« Zumindest drei Viertel von mir hoffen, dass er nur noch eine vage Erinnerung an die Einzelheiten hat.

Er seufzt. »In diesem Geschäft ist ein Gedächtnis wie meins ein Fluch. Die Leute wollen meist keine Details wissen. Also muss alles hier oben bleiben.« Er tippt sich an die Schläfe.

»Das kann ich durchaus verstehen«, sage ich. »Es ist nur so, dass mein Bruder, na ja, er möchte ... ähm ...?«

»Wenn ich mich recht erinnere, wollte deine Mutter keine Autopsie, wer könnte ihr das verdenken?«, hängt Hapstead seinen Gedanken nach. Dann hält er inne.

Mein Herz fühlt sich an wie in einem Klammergriff. *Er weiß es.* Ich helfe ihm auf die Sprünge. »Und jeder wusste, dass er ertrunken ist, also ...«

»O ja, es war Ertrinken, ganz klar.« Er stiert wieder durch seine Brille. »Aber eine Wunde muss man schließen, da die Flüssigkeit, die Einbalsamierung ...« Er dreht sich zu mir um. »Tja, siehst du, das willst du gar nicht ...«

»Eine Wunde?«

»An seinem Kopf.«

Halt. Was will er damit sagen? Ein kleines Licht geht in meinem Gehirn an, und meine gesamten kindlichen Theorien drängen sich in den Vordergrund. Mein Vater, der sich in seiner Angelschnur verheddert hat, fällt rückwärts aus dem Kanu, direkt auf ein Zypressenknie. Fast hätte ich es laut ausgesprochen: *Das stimmt! Er hat sich den Kopf angeschlagen!* Für eine kurzen Augenblick scheint es so offensichtlich zu sein. Der ganze Rest war ein Irrtum.

»Mr. Hapstead, Dan Watson hat einen Bericht geschrieben, der besagt ...«

»Nun, Dan Watson war die andere Beerdigung, von der ich spreche. Dasselbe Jahr. Ebenfalls ein hochwertiger Sarg, ein luxuriöser Gedenkkranz, das ganze Drumherum.«

Hapstead erinnert sich daran, wie viel Geld er damals verdient hat. Und ich fantasiere von einem »Unfall«, obwohl ich weiß, ohne dass man es mir sagt, dass mein lieber Vater einfach einen so schwarzen Tag hatte, dass selbst der Sumpf seine Stimmung nicht heben konnte. Er hat eigenhändig die Bleigewichte eingesteckt, seine Brieftasche weggeworfen und sich aus dem instabilen Kanu fallen lassen, hat sich den Kopf gestoßen und ist untergegangen, ohne auch nur O *Scheiße, ich bin ein Vater, ich sollte nicht gehen«* zu denken. Mir läuft die Galle über.

Hapstead sinniert weiter laut vor sich hin. »Watson war eine echte Herausforderung für mich. Eine Schrotflinte aus nächster Nähe zerfetzt im Grunde das ganze Gesicht, im Gegensatz zum Ertrinken, da muss man sich noch mit der Haut beschäftigen, die so lange im Wasser gelegen …«

Meine Kehle brennt, und ich stürme hinaus, lasse die Tür hinter mir zuschlagen. Auf dem Parkplatz beuge ich mich vornüber und kotze alles heraus, laut und heftig. Ich hätte nie hierherkommen sollen. Ich atme tief ein, richte mich auf und mache mich auf den Weg zu meinem Auto. Ich muss verdammt noch mal aus dieser Stadt verschwinden.

Ich fahre an unserem Haus vorbei und dann an dem von Joleen Rabideaux, wo jemand angefangen hat, alte Fässer abzuladen, als ob der Verfall des Hauses nicht reichen würde.

Fast ohne Hintergedanken mache ich mich auf den Weg zum Kanuverleih. Der Tag ist schon fortgeschritten, und zum Paddeln bleibt keine Zeit mehr. Aber ich muss diese schrecklichen Bilder durch ein anderes Bild ersetzen – durch eins vom Sumpf, oder wird Adlai mich ablenken? Er will sicher nichts von meinen Sorgen hören, und ich will sie mit niemandem teilen. Mr. Hapstead, Dan Watsons zerfetztes Gesicht, die konservierte Haut meines Vaters und die nässende Kopfverletzung, all diese Bilder muss ich auslöschen.

Die Sonne ist noch kräftig, steht aber bereits tief am Himmel. Ich spüle mit Wasser aus einer Flasche meinen Mund aus, spucke es auf den Kies, kaue Kaugummi. Ich gehe quer durch den leeren Laden nach draußen. Adlai ist drüben vor seinem Schuppen und schleift und repariert ein Kanu aus Fiberglas. Er beugt sich vor, mit dem Rücken zu mir, er trägt eine Latzhose ohne Hemd, die offenen Seiten der Latzhose offenbaren eine wohlgeformte Silhouette. Auch wenn er der völlig falsche Mann für mich ist, weiß ich, sind seine Vorzüge offensichtlich.

Bin ich deshalb hier? Um meinen eigenen schändlichen Neigungen nachzugeben? Um mich Vollgas voraus auf eine Versuchung einzulassen, die mich von meiner Verwirrung und meinem Entsetzen ablenken soll? Ich habe das schon einmal getan, und es ist nicht gut ausgegangen. Er steht ein paar Meter von mir entfernt, und ich habe noch keinen Mucks von mir gegeben. Wenn ich heimlich, still und leise zurück zu meinem Auto gehe, wird er nie erfahren, dass ich überhaupt hier war.

Aber er muss meine Anwesenheit gespürt haben, denn er dreht sich um. Er sieht viel jünger aus. Der Bart ist ab. Auf seinem Gesicht sind winzige Farbkleckse zu sehen.

»Hey!«, ruft er.

»Hallo.«

Er errötet und kommt auf mich zu. »Bitte entschuldige meine formelle Kleidung.« Kein Lächeln, bis ich lache.

Sein glatt rasiertes Gesicht ist schmal, und ich kann mich nur schwer zurückhalten, die Hand auszustrecken und seine glatte Wange zu berühren. »Was ist mit der Wolle in deinem Gesicht passiert?«, frage ich.

»Mein Kumpel sagt, dass sie bei den Damen nicht gut ankommt.«

»Und um wie viele Damen geht's?«

»Nur eine, die von Bedeutung ist.« Er sieht nicht weg.

Ich schon. »Ich habe mich gefragt … Ich meine, ich hatte gehofft, du würdest mir ein Kanu ausleihen, jetzt gleich, nur für eine halbe Stunde oder so.«

»Na ja, die Sonne geht gleich unter.«

»Ja klar.« *Ich sollte nicht hier sein.*

»Tut mir leid«, sagt er. »Die Sache ist die, falls irgendwas passieren sollte …«

»Ne, ich verstehe das, ist schon in Ordnung.« Ich stecke meine Hand in die Tasche, und meine Finger berühren etwas Weiches. Ich ziehe den Hi-Floating Bubble Gum Worm heraus, den ich bei Nelson's Sporting Goods gekauft habe. »Hier, ich, äh ... ich habe dir ein Geschenk mitgebracht.« Ich drücke ihm den neonpinken Köder in die Hand. »Er wurde mitgewaschen, ist also sehr sauber.«

»Oh, ein Wurm«, sagt er. »Das ist wirklich charmant.«

»Ich liebe diese Dinger.« Ich schlage die Zähne aufeinander, so als ob ich kauen würde. »Ihre Beschaffenheit.«

Er neigt seinen Kopf zur Seite.

»Also, bis dann.« Ich mache kehrt und gehe zurück durch den Laden zum Parkplatz. Ich bin fast an meinem Auto, als ich Schritte auf dem Kies höre und mich umdrehe. Er hat es eilig und bremst gerade noch ab, um nicht mit mir zusammenzustoßen.

»Äh«, meint er, »eine Möglichkeit gäb's da noch.«

Er geht einen Schritt zurück, damit er nicht ganz so dicht vor mir steht. »Ich will nicht, dass du irgendwie auf die Idee kommst, ich wollte ... Also, wenn ich dich begleiten würde, könntest du ... Das wäre dann kein Problem. Was die ... Haftung angeht.«

Ich taxiere ihn. Aha, er ist mir also sympathisch. Na klar, manche Serienmörder sind auch sympathisch, am Anfang. Aber verdammt, bei Adlai geht's mir schon lange nicht mehr um Sympathie.

Er wartet auf meine Antwort. Er ist nervös, arglos, wie ein Teenager, der mich zum Tanz auffordert. Eine Kanufahrt mit einem Mann birgt einige Risiken, oder?

»Okay«, sage ich.

Er zieht seinen Kopf abrupt ein Stück zurück. »Okay!«, wiederholt er. »Okay, okay. Wir können mein Kanu nehmen.«

Wir gehen zurück durch den Laden, und er wirft mir eine ungeöffnete Flasche Mückenspray zu. »Die schlimmste Zeit des Tages«, sagt er. »Wie du weißt.«

Er geht, um den Schuppen aufzuschließen, und als er zurückkommt, sehe ich nur noch ein umgedrehtes Kanu über dem Kopf
eines gutaussehenden, barfüßigen Mannes in einer Latzhose auf
mich zusteuern. Er erreicht das Ufer, setzt das Kanu ab und
strahlt mich an. »Birkenrinde«, sagt er und deutet auf das Boot.

»Ja«, sage ich. »Sieht man nicht mehr oft.«

»Schimmel und Fäulnis fressen es auf, wenn man nicht aufpasst.
Die Wartung ist die Hölle, aber im Wasser gibt's nichts Besseres.«
Dieser Mann, knabenhaft und athletisch zugleich, hat ein unver-
fälschtes und unbeirrbares Selbstvertrauen. Ich bin mit dem Insektenspray fertig und reiche es ihm. Er verteilt es auf Armen,
Hals, Ohren und Brust. Er wirft die Flasche ins Kanu und hält
das Boot fest, als ich einsteige.

Es gibt keine Bänke, also knien wir uns hin. Ich vorne – wider-
willig, denn ich möchte genau wissen, wie sich die Birke fährt.
Aber es ist sein Kanu. Und ich weiß, was man als Vorderfrau zu
tun hat.

Ungeachtet dessen, was ich Estelle über das Kanufahren mit
einem Mann erzählt habe, gibt es noch ein anderes mögliches
Szenario. Unter optimalen Bedingungen ist es wie ein langsamer
Tanz, bei dem man auf die Bewegungen des anderen reagiert.
In diesem Augenblick bin ich Ginger, und Fred führt von hinten. Es ist aber besser als tanzen, denn beim Kanufahren können
wir die Plätze tauschen, sodass nicht immer dieselbe Person
führt.

Je weiter wir uns vom Steg entfernen, desto klarer wird, dass
Adlai keine Spielchen spielt. In der Ausgewogenheit von Bug und
Heck kann ich sein Vertrauen spüren – unsere Züge sind gut auf-
einander abgestimmt, und wir bewegen uns geschmeidig durchs
Wasser. Er folgt meinem Rhythmus und schlägt, wenn ich es tue.
Ich spüre, wie er zwischen Paddel und Wasser fest und gleichmä-
ßig Druck ausübt und uns geschickt durch die Strömung steuert.
Die Oberfläche liegt ruhig da, aber selbst unter schwierigeren

Bedingungen, zum Beispiel beim Überqueren eines Sees bei Wind oder beim Durchfahren von Stromschnellen, spüre ich, dass wir gut miteinander auskommen würden. Ohne langes Reden. Ohne viel Worte zu verschwenden.

38

20. April

Heute ist Heather-und-Bobby-Tag. Als ich sie in der Schule abhole und der Betreuerin den Zettel mit Tammys Vollmacht zeige, kommen sie schon quer über den Schulhof auf mich zugerannt. Abends findet der Abschlussball an der Wakulla High statt, und das ist der geschäftigste Tag des Jahres im Friseursalon. Die Nachmittagsbetreuung, die hauptsächlich mit Highschool-Schülern besetzt ist, fällt aus. Ich habe meine Verpflichtungen, was die Sachen meiner Mutter und Estelles Vögel betrifft, hintangestellt, damit ich den Nachmittag mit den Kindern verbringen kann.

Bei ihnen zu Hause essen wir eine Kleinigkeit und spielen dann ein paar alberne Verkleidungsspiele mit Großmutter Lornas Hüten und Handschuhen, die ich mitgebracht habe. Bobby hat schnell genug davon und fragt mich, ob ich draußen Fangen spielen möchte. »Klar, legt ihr schon mal los, ich komme gleich nach.« Sie sausen in den Garten, während ich die Hüte wieder in Seidenpapier einschlage.

Als ich die Glastür öffne, um mich zu ihnen zu gesellen, sagt Heather zu ihrem Bruder: »Nein, Bobby, fass ihn nicht an!«

Bobby späht um die hintere Ecke des Hauses. »Er schläft nur«, sagt er.

»Was hat er denn gefunden?«, frage ich Heather und denke an eine Eidechse oder einen Frosch. Ich gehe hinter ihm her und sehe, dass er mit einem Finger die Spitze eines gewaltigen, hubbeligen Schwanzes berührt.

»Bobby, nein!«, schreie ich, aber es ist zu spät. Er hat sich bemerkbar gemacht, und der Alligator schwenkt sein aufgerissenes Maul in unsere Richtung.

Ich schnappe mir Bobby und rufe: »Heather! Ab ins Haus!« Ich rase hinter ihr her und schiebe von innen die Glastür gerade in dem Augenblick zu, als der Alligator sie erreicht und seine riesige aufgerissene Schnauze gegen das verspiegelte Glas rammt. Ich verriegle die Tür, setze die Sicherheitsstange ein, und dann kauern wir drei uns zusammen und schauen mit an, wie der Alligator gegen das Glas knallt, das wie sein eigenes Spiegelbild aussehen muss.

Alligatoren sind in der Lage, sich schneller als Menschen fortzubewegen, und Gott sei Dank stand er in der falschen Richtung auf engem Raum, als sein Jagdinstinkt geweckt wurde. Nach zahlreichen wütenden Angriffen auf die Tür dreht das Monster ab und watschelt durch den Garten. Ich spüre Bobbys Herz klopfen unter meinem festen Griff, und mein eigener Puls schlägt nicht viel langsamer.

Heather sieht mich an, ihr Gesicht immer noch angespannt vor Angst.

»Also, das war ganz schön aufregend«, sage ich.

Bobbys Augen sind riesig.

Ich setze meine strenge Miene auf. »Und du weißt jetzt, was passiert, wenn man den Schwanz eines Alligators berührt.«

Er bewegt den Kopf heftig nickend auf und ab.

Ich sollte Phil anrufen. Aber stattdessen rufe ich die Auskunft an, um herauszufinden, wer uns zu Hilfe kommen könnte. Die Telefonistin verweist mich an die Alligator-Hotline der Jagd- und Fischereibehörde.

Dann heißt es warten.

Als sie klopfen, lasse ich die beiden Männer durch die Vordertür herein. Die Lippe des größeren Mannes weist eine Kautabakbeule auf; der jüngere Mann ist höflich, hat es aber sichtlich eilig loszulegen, den Motor ihres Pick-ups vor der Haustür lassen sie hochtourig weiterlaufen. Da der Alligator sich gerade am anderen Ende des Gartens befindet, öffne ich die Schiebetür kurz, um sie hinauszulassen, und schließe sie sofort wieder. Die Kinder und ich beziehen auf drei kleinen Holzstühlen unseren Beobachtungsposten. Das Ganze hat Ähnlichkeit mit der Alligatorshow, die ich mit Adlai gesehen habe, nur dass diese Männer sich tatsächlich in Gefahr bringen und ihren Job nicht machen, damit wir Beifall klatschen. Sie treiben das Tier strategisch in die Enge, packen es am Schwanz und drehen den Alligator nach mehreren Fehlversuchen auf den Rücken. Schließlich setzt sich der größere Mann auf ihn und schnürt Ober- und Unterkiefer mit einem kräftigen Seil zusammen.

Dann holt er eine Pistole heraus. Ich stehe hastig auf und stelle mich vor die Kinder. »Wisst ihr, was wir brauchen?«, lenke ich sie ab. »Popcorn! Kommt mit und helft mir in der Küche.«

Sie zeigen mir, wo die Popcornmaschine steht, und Heather klettert auf die Arbeitsplatte, um einen weiteren Schrank zu öffnen, aber als sie draußen den Schuss hört, erstarrt sie. Sie und Bobby sehen sich an. Dann klettert Heather herunter, und die beiden rennen zur Schiebetür.

Der kleinere Mann krabbelt durch ein akkurates rechteckiges Loch in dem Holzzaun, etwa so groß wie eine Hundehütte, und zieht den leblosen Alligator rückwärts hindurch. Die Wasseroberfläche des Kanals jenseits des Zauns funkelt im Licht.

»Er hat ihn getötet«, sagt Bobby und sieht zu mir auf.

Ich gehe vorne aus dem Haus, wo sie den Alligator gerade auf die Ladefläche des Pick-ups verfrachten wollen.

»Ist 'n Drei-Meter-Brocken«, sagt der große Mann.

»Ich dachte, Sie würden versuchen, ihn umzusiedeln«, sage ich.

»Nein, Ma'am.« Der Tabak hinter seiner Lippe hindert ihn daran, deutlich zu sprechen. »Wenn sie einmal anfangen, dich zu belästigen, kommen sie immer wieder.«

Ich frage mich, ob das wahr ist. »Aber den Zaun reparieren Sie noch, oder?«

»Ma'am?«

»Das Loch, das Sie in den Zaun machen mussten …«

»Das Loch? Da ist Ihr freundlicher Alligator durchspaziert, Ma'am. Wir haben kein Loch gemacht.«

»Na ja, aber wer war's dann?«

»Keine Ahnung, aber derjenige hat viel Zeit mit Sägen verbracht. Ist 'n ziemlich großes Loch.«

Ein paar der Nachbarn haben sich versammelt, und alle gemeinsam sehen wir dabei zu, wie die Männer den Alligator mit dem Schwanz voran auf die Ladefläche des Pick-ups hieven. Der Kopf hat eine rote Wunde am hinteren Teil des ledrigen Schädels. Irgendetwas hängt dem Tier aus dem Maul – eine monofile Angelschnur für schwere Kaliber.

»Dieser Alligator wurde gefangen«, sage ich.

Der junge Mann sieht sich die Schnur genauer an. »Iss' wohl so«, sagt er.

»Und wie werden Sie bezahlt? Von der Fischerei- und Jagdaufsicht?«

Er dreht seinen Kopf zur Seite und lacht. »Na der hier iss' unsere Bezahlung.«

Lance Ashford fährt mit seinem Streifenwagen neben den Pick-up, parkt und steigt aus.

Der jüngere Alligatorjäger rattert sofort los: »Hallo, Officer, wir sind vom Staat Florida als offizielle Auftragnehmer der Abteilung für Gefährdung der Öffentlichkeit durch Alligatoren lizenziert.«

»Immer mit der Ruhe«, sagt Lance. »Ich bin nicht im Dienst, ich wohne hier.« Er dreht sich zu mir um. »Was ist passiert?«

»Sieh dir das an.« Ich zeige auf die Angelschnur im Maul des Alligators und führe Lance dann zur Rückseite des Grundstücks von Phil und Tammy, um ihm den Ausschnitt im Zaun zu zeigen, ein akkurates, frisch gesägtes Quadrat, gerade groß genug für ein dreihundert Pfund schweres Monster. Die ausgesägten Bretter lehnen gegen den intakten Teil des Zauns. Er bückt sich, um sie zu inspizieren.

»Lance, jemand versucht, mir Angst einzujagen – uns. Und der Plan ist aufgegangen.«

Heather und Bobby, die uns gefolgt sind, schauen jetzt durch das Loch im Zaun und stützen sich jeweils mit einer kleinen Hand auf einer von Lances breiten Schultern ab.

»Hallo«, sagt er und wendet den Kopf erst Heather, dann Bobby zu. »Wollt ihr meine kleinen Mädchen besuchen?«

Als wir zu Lance' Haus gehen, rufe ich Phil an. »Was zur Hölle?«, sagt er mehr als einmal.

Ich versichere ihm, dass es allen gut geht, und gebe ihm die Liste mit den Sachen durch, die er laut Lance für die Reparatur des Zauns benötigt.

Ich freue mich über die Gelegenheit, Lance' Frau Shereen und ihre beiden kleinen Mädchen zu besuchen, und setze mich auf die Couch, um den vier Kindern beim Spielen zuzusehen. Bobby und Heather suchen immer wieder meine Nähe – als wollten sie sich vergewissern, dass es mir – und ihnen – gut geht.

Es ist schon sieben Uhr, als ich nach Tallahassee zurückkomme, und ich habe weder die Energie noch große Lust, etwas zu essen. Ich lasse mich einfach auf den Bettüberwurf plumpsen und starre an die Decke. Wenn ich darüber nachdenke, was hätte passieren können, breche ich zusammen. Diese schrecklichen Kiefer, das zarte Fleisch. *Aber es ist nichts passiert*, mache ich mir klar. Es ist nichts passiert. Alle sind in Sicherheit.

Aber wer tut so etwas – Kinder in Gefahr bringen – und warum? Werde ich von einer böswilligen Macht verfolgt, die den Menschen, die ich liebe, Schaden zufügen möchte? Meine Gedanken drehen sich im Kreis. Ich greife nach dem Garten-Tagebuch meiner Mutter – eine Ablenkung, die meinen Geist beschäftigt und das Gedankenkarussell stoppt:

Geht es jetzt schon morgens beim Frühstück los mit dem genervten Stöhnen und Augenverdrehen als Missbilligung meiner freundlichen Annäherungsversuche? Ich sagte lediglich: Wie wäre es, wenn wir in die Stadt gehen und dir ein neues Kleid kaufen?, und sie sagte: Was ist falsch an dem, was ich anhabe? Ich sagte: Ich kritisiere nicht deine Garderobe, Liebes. Und dann sagte sie im Flüsterton: Doch, das tust du. Ich platzte heraus: Könntest du dich bitte mal wieder einkriegen? Ich habe es satt! Sie raste wie ein Wirbelsturm hinaus und knallte die Türen hinter sich zu. Jetzt ist sie oben und tobt durch ihr Zimmer. Und ich sitze hier im Garten.

Mae hatte ein Sprichwort über Zorn: Bist du verärgert ... dann streu die Samen aus ... und merk dir nie ihren Fall. Ist's Basilikum, das du brauchst ... dann säe es aus mit deiner Gall'. Tja, ein Tütchen mit Samen habe ich, und Mae hat sich selten geirrt. Also versehe ich jedes winzige Samenkorn, das ich in die Erde stecke, mit einer Beleidigung: Ihr mickrigen Samen. Erbärmliche Dinger. Ihr seid winzig! Runzelig! Schon bald fange ich an zu kichern und merke, dass der Reim tatsächlich ein pflanzliches Heilmittel gegen Wut sein muss.

Ich habe den Einkaufsbummel vorgeschlagen, um diese dunkle Wolke zu vertreiben, die über uns zu schweben scheint. Gestern Abend wollte ich mit Boyd über unser verlorenes Baby sprechen, und er sagte: Hör auf, darüber nachzudenken, Ruthie! Du hast eine lebendige Tochter in diesem Haus, die dich braucht! Also muss ich allein damit klarkommen. Und jetzt sitze ich hier auf meiner Gartenbank mit einem leeren Samentütchen. Tage bis zur Reife: 66. Tage bis zum Aufgehen: 5–10.

Und was war das? Ein Tritt? Gott, es ist lange her, dass mir ein Baby von innen einen Tritt versetzt hat. Ich warte auf den nächsten.

Loni hat wie wild gestrampelt – bis zu dem Augenblick, an dem sie auf die Welt kam. Und als man sie mir übergab, ganz zerknautscht und verquollen, immer noch strampelnd, den Mund weit aufgerissen, konnte ich es kaum fassen, dass sie da ist. Boyd sagte: Ich glaube, sie ist hungrig. Ich legte sie mir an die Brust, und dass sie nach Milch verlangte, fühlte sich zugleich seltsam und natürlich an. Sie verlangte genau nach dem, was ich zu geben hatte, und ich gab ihr genau das, was sie brauchte. Als sie mit dem Trinken fertig war und Boyd sie mir abnahm, marschierte er auf und ab, ging dabei federnd in die Knie und klopfte ihr auf den Rücken, und ich blickte auf meinen Arm hinunter und sah eine Muschelschale, einen Abdruck ihres kleinen Ohrs auf meiner Haut.

Ach, Loni, komm doch wieder her zu mir. Komm und spür den Tritt des neuen Babys.

Ich lege das Tagebuch weg. Ich habe sie heute nicht besucht, der Zwischenfall mit dem Alligator hat mich zu sehr durcheinandergebracht. Aber wenigstens anrufen kann ich sie ja. Ich wähle, während ich an meinem Fenster stehe und auf den stoppeligen Rasen im Hof hinunterstarre. Es klingelt zweimal, dreimal, viermal. Ich will gerade auflegen, als jemand mit rasselndem Atem abhebt, jedoch kein Wort sagt.

»Mom?«

»Wie kannst du es wagen!«, ruft sie.

»Was? Mom, hier ist Loni.«

Ihre Stimme ist rau und kratzig. »Ich weiß, wer du bist. Und du wirst dich mir nicht widersetzen! Denkst du, ich habe nichts Besseres zu tun, als dir hinterherzujagen – bis in die Baumkrone oder in den Sumpf oder Gott weiß, wohin? Komm sofort her, Loni, *sofort*!«

Ich halte das Telefon kurz weit weg von meinem Ohr. Dann versuche ich es noch einmal. »Mom, hör zu ...«

»Und keine Widerrede!«

»Mom.«

»Zwing mich nicht, dich zu holen! Warum bist du da überhaupt reingegangen? Das ist das *Dümmste,* was du *je* getan hast.«

»Mom ...«

»Lorna Mae Murrow, kein weiteres Wort mehr. Heb einfach die Stiefel an, einen nach dem anderen. Zieh deine Füße aus dem Schlamm. Und sag mir NICHT, dass du das nicht schaffst!«

Etwas in ihrer Stimme, etwas Altes und Unzugängliches, erschüttert mich. Ich strecke den Arm mit dem Telefon von meinem Ohr weg und lege dann auf.

Während meiner gesamten Highschool-Zeit hatte ich einen wiederkehrenden Albtraum, in dem eine schimpfende Stimme immer wieder meinen Namen wiederholte. Der Traum trieb mich aus dem Bett, ich zitterte und irrte durchs Haus, obwohl ich im Grunde noch schlief. Am Morgen wachte ich zusammengerollt auf dem Teppich in Phils Zimmer auf und fragte mich, wie ich dorthin gekommen war, bis ich mich an diesen schrecklichen Traum erinnerte. Ich habe die Stimme nie identifiziert, aber gerade eben kam sie aus dem Telefon, hart und schrill.

Ich habe seit Jahren nicht mehr an diesen Albtraum gedacht. Aber es genügt, wenn meine Mutter meinen vollen Taufnamen ausspricht, und schon bin ich wieder dieses zitternde Häufchen Elend.

39

21. April

Ich sitze in einem Café mit Blick in einen Park in Tallahassee. Ich würde gerne einen Vogel durch das große Panoramafenster sichten – einen Haussperling, einen Zaunkönig, egal was. Letzte Nacht hatte ich unruhige, schweißtreibende Träume und wachte mit diesem Grauen auf, das mich manchmal überfällt. Das Koffein wird helfen, aber der Anblick eines Vogels wäre ein bewährteres Gegenmittel. Laut Tammys Plan bin heute mit einem Besuch im St. Agnes dran, aber nach dem Telefonat von gestern Abend steht das nicht auf der Liste der Dinge, die mich glücklich machen.

Draußen auf der Madison Street rasen Autos vorbei, werden dann langsamer und halten an der Ampel an. Ein Auto ist auffällig rosa. Ich stehe auf, aber die Ampel schaltet um, bevor ich erkennen kann, wer fährt.

Ich laufe zu meinem Auto, starte den Motor und fahre in dieselbe Richtung wie das rosa Auto, aber es ist verschwunden. Ich fahre langsamer und schaue in jede einzelne Seitenstraße, bis jemand hinter mir hupt und ich meine riskante Fahrweise aufgebe.

Bald passiere ich das Schild »Willkommen in Tenetkee: KLEIN, ABER OHO«, und ich überlege, wie ich mein Erscheinen im St. Agnes hinauszögern kann. Ich halte vor der Tenetkee Public Library, einem Ort, an dem meine Mutter und ich ausnahmsweise auch mal gute Zeiten hatten – wenn auch nicht miteinander, aber wenigstens beieinander, in einem hohen, nicht klimatisierten Raum mit Deckenventilator und reichlich Sonnenlicht, das hereinströmte. Ich war im Smokey-Bear-Leseclub und füllte meine Karte nach und nach mit goldenen Sternen, einen für jedes gelesene Buch.

Die öffentliche Bibliothek befindet sich zwar auf der Main Street, derselben Straße wie Phils Hochglanzbüro, doch die Gebäude, von denen sie früher gesäumt wurde, sind verschwunden, ersetzt durch verwilderte Baugrundstücke, die weiter hinten zu einer Wiese werden und schließlich in einen feuchten, lückenhaften Wald übergehen. An der Rückseite der Bibliothek ist ein Gerüst aus Holz zu erkennen, das aussieht wie ein halbfertiger Anbau.

Ich schiebe die schwere Eingangstür auf. Die öffentliche Bibliothek ist jetzt klimatisiert, aber die hohen Decken und den Ventilator gibt es immer noch. Ich wandere zwischen den Regalen aus hellem Holz umher, bis ich einen Ständer mit Broschüren des Geologischen Dienstes der USA entdecke. Sie könnten hilfreich sein für meine Zeichnungen von unterirdischem Wasser, die ich für Theo anfertigen soll. Ich nehme ein paar davon mit, breite sie fächerförmig auf einem Holztisch voller Kerben aus und setze mich hin.

Diese schmalen Publikationen tragen wohlklingende Titel: Transmissivität des oberen Grundwasserleiters in Florida ... Tabellierte Transmissivität und Speichereigenschaften des Grundwasserleitsystems in Florida ... Charakterisierung von Karbonat-Grundwasserhorizonten ... Grundwasserfluss und Wasserhaushalt im Oberflächengrundwasserleitsystem in Florida ... Megaporosität und Durchlässigkeit von Karbonat-Grundwasserhorizonten.

Die Diagramme zu Volumen, Fläche und Umfang sind mit Zahlen gefüllt, und die Broschüren behandeln so sexy Themen wie hydraulische Eigenschaftsdaten, Evapotranspiration, Abfluss, Infiltration, Wasserstände von Flüssen, Grundwasserströmung, Grundwasserspeichererneuerung, Flusspegel, stufenabhängige Niederschläge, Wasserfluss in der ungesättigten Zone und die biogeochemischen Bestandteile von Feuchtgebieten. Was meine Zeichnungen betrifft, für deren Anfertigung ich angeblich qualifiziert bin, drängt sich jedoch nichts Visuelles in den Vordergrund. Ich schließe die Augen, damit die harten Fakten im Dunkeln fluffiger werden. Hinter meinen Lidern schweben leuchtende Heatmaps, die sich in farbige Schichtkuchen auflösen, Pop-Art-Querschnitte à la Peter Max eines gestreiften Bodenprofils mit Erde obenauf und blauem Wasser als Zuckerguss zwischen den Schichten. Ich frage mich, wie Bob Gustafson von den Gesteinsmenschen auf hydroporösen Kalkstein in Neongelb reagieren würde. Ich öffne meine Augen und lege die Broschüren dorthin zurück, wo ich sie gefunden habe.

Ich setze mich an einen leeren Computer, um meine E-Mails abzurufen. Meine Beziehung zum Internet ist anspruchslos, vor allem, wenn ich nicht im Museum bin. Ich benutze ein einfaches Handy, kein Smartphone, und besitze nur einen Desktop-Computer, der in meiner Wohnung in Washington steht. In Washington fragen mich die Leute immer, wann ich im einundzwanzigsten Jahrhundert ankommen will. Hier in Tenetkee hat mich noch niemand darauf angesprochen.

Die Homepage der Bibliothek enthält eine Reihe von Links, auch den für »Öffentliche Archive, nach Landkreis«. Notarielle Urkunden sind doch öffentlich zugängliche Dokumente, oder? Vielleicht kann ich herausfinden, wer Joleen Rabideaux' Haus gekauft hat. Ich klicke und stöbere.

»Mr. Tenetkee Real Estate«, Elbert Perkins, sprach im Zusammenhang mit dem Rabideaux-Haus von »ungeklärten Eigentumsverhältnissen«. Aber ich glaube, er weiß mehr, als er zu sagen bereit ist. In den letzten zwanzig oder dreißig Jahren hat er sich um fast jede Immobilie gekümmert, die in dieser kleinen Stadt verkauft wurde.

Ich klicke auf »Grundbucharchiv«, dann auf »Wakulla County, Florida«, und werde nach einem Datumsbereich und einem Namen gefragt. Ich gebe *Rabideaux* ein und rate, was das Jahr ihres Umzugs angeht, vermutlich kurz nach dem Tod meines Vaters. Eine lange Liste von Einträgen, die nichts mit ihrem Grundstück zu tun haben, poppt auf, aber ich bin auf der richtigen Spur, denn die Kategorien sind Käufer, Verkäufer, Datum, County und Flurstücksnummer. Ich probiere noch ein paar andere Daten aus, und dann hab ich's: *Rabideaux*, Verkäufer. Der Name des Käufers lautet: *Investments, Inc.*

Ich google *Investments, Inc.* und erhalte 41 700 532 Ergebnisse. In allen Treffern kommen diese beiden Wörter, aber nicht *nur* diese beiden Wörter, zumindest, soweit ich das auf den ersten Seiten erkennen kann. Was bedeutet »ungeklärte Eigentumsverhältnisse« eigentlich? Ich gehe zurück zum Verzeichnis »Grundbucharchiv«, gebe den Namen des Bezirks und *Investments, Inc.* ein – und weitere Grundstücke tauchen auf. Zwei davon scheinen direkt in der Nähe der Bibliothek zu liegen. Vielleicht die beiden Baulücken rechts und links?

Ich drücke die Tür zur Bibliothek auf und gehe hinaus, um mir das eine Grundstück noch mal anzusehen. Was stand hier früher? Ich kann mich nicht erinnern. Unter dem wuchernden Unkraut liegen immer noch ein paar Betonbrocken und rostiger Baustahl herum. Hatte die Investments Inc. die Absicht, das Gelände zu sanieren, und ist dann vielleicht bankrottgegangen?

Unten auf der Straße kommt Phils unausstehliche Empfangsdame Rosalea Newburn aus dem Bürogebäude, ihr betoniertes Haar im Stil der Achtziger widersetzt sich dem heißen Wind. Ich steige in mein Auto und drehe die Klimaanlage auf. Rosalea geht hinunter zum Immobilienbüro von Elbert Perkins, vielleicht um etwas persönlich abzugeben, nur dass sie hineingeht und nicht wieder herauskommt.

Ich könnte zum Geezer Palace laufen, aber es ist so heiß, dass ich mich lieber hinsetze und die angenehme Kühle meiner unökologischen Klimaanlage genieße. Kurz darauf fahre ich, um in der hedonistischen Manier zu bleiben, um die Ecke und parke auf dem Parkplatz des St. Agnes. Ich zögere das Aussteigen hinaus und genieße noch ein paar Minuten die kühle Luft. Inzwischen hat meine Mutter den Anruf von gestern Abend vielleicht schon vergessen. Ich allerdings nicht.

Es ist so weit, ich muss da rein.

»Hey, Mom! Wie geht's dir heute?«

Sie sieht mich kritisch an. »Gut, Liebes.«

Vergleichsweise klarer Verstand, keine unmittelbare Feindseligkeit.

»Lust auf einen Spaziergang?«

Draußen hat sich der Schirokko zu einer Brise abgeschwächt. Gott sei Dank liegt dieser Weg im Schatten. Meine Mutter schweigt sich aus und überlässt es mir, das Gespräch zu eröffnen.

»Ich habe endlich mit Theo gesprochen«, sage ich.

»Ist das dein Geliebter?«

Ich werde rot. Woher würde sie so was wissen … wie kommt sie darauf, dass ich einen habe?

»Nein, Mom, Theo ist mein Chef am Smithsonian.«

»Oh.«

»Er hat mir einen Auftrag gegeben, für ein paar Zeichnungen.«

»Dann fahr du nur zurück und lass mich wieder allein.«

Inmitten ihrer Verwirrung ist sie manchmal bemerkenswert klar und so, wie sie immer war. »Tja, ich werde bald nach Washington zurückfahren müssen, aber diese Sache soll ich hier erledigen. Ich hatte gehofft, er würde mich bitten, einen seltenen Vogel aus Florida zu zeichnen.«

»Hm.« Sie blickt auf ihre Füße, während sie langsam weitergeht.

»Aber stattdessen schickt er mich auf die Suche nach unterirdischen Wasserläufen!«

»Und hast du welche gefunden?«

»Na ja, ich habe einige Nachforschungen angestellt.«

Sie sieht mich und wiederholt: »Hast du welche gefunden?«

»Noch nicht. Bis jetzt habe ich noch nichts Richtiges zustande gebracht.«

»Zeig es mir.«

Wir setzen uns auf eine Bank, und ich nehme drei Zeichnungen heraus, die vor meinem unergiebigen Ausflug in die Bibliothek entstanden sind.

»Das hier ist eine Eidechse«, sagt sie.

»Genau genommen ein Höhlensalamander. Er hat keine Augen, weil er sein ganzes Leben im Dunkeln lebt.«

Ich habe versucht, die Art und Weise einzufangen, wie dieses Tier die Höhlen bewohnt. Es kann nicht sehen, aber es bahnt sich seinen Weg entlang der Felsformationen und des Wassers, das durch sie hindurchfließt. Dieses Tier kennt jede rutschige Oberfläche, jeden winzigen Wasserlauf.

»Was ist das hier, eine Höhle?«

»Ja, aber es ist noch nicht fertig.« Eine Libelle lässt sich auf der Armlehne der Bank nieder.

Meine Mutter gibt mir die Zeichnungen zurück. »Du hattest einen Freund, der Höhlen mochte.«

Wer behauptet da, dass ihr Erinnerungsvermögen versagt? »Ja, das stimmt, Mom. Andrew.«

»Ich mochte Andrew.«

Ich auch. Aber wie ich Estelle neulich in ihrer Wohnung sagte, war Andrew nichts für mich, weil er unvernünftig große Risiken einging. Er tauchte mit einer Tauchausrüstung in den Unterwasserhöhlen, die ich nun zeichnen soll. Allein in der Zeit, in der ich mit ihm zusammen war, starben mindestens zwei seiner Forscherkollegen in diesen Höhlen. Sie verloren in den engen Gängen die Orientierung und hatten schließlich keinen Sauerstoff mehr. Jedes Jahr verunglücken dort Menschen tödlich, weil sie nicht mehr wissen, wo es nach oben und wo es nach unten geht.

Ich bewunderte Andrew – er war meine erste echte Liebesbeziehung während der Zeit im College. Er war süß, klug und für seine Unerfahrenheit wirklich gut im Bett. Sein Körper war schlank und muskulös, und er liebte mich mit einer Intensität, an die sonst nur noch sein Wunsch heranreichte, gefährliche Dinge zu tun. Wir waren unzertrennlich, und jeder dachte, wir würden ewig zusammenbleiben. Aber das Höhlentauchen machte mich kirre. Ich lag oft wach und stellte mir diese letzten Minuten vor, den schwindenden Sauerstoff, das quälende Suchen nach der Oberfläche, die Fehleinschätzung, welcher enge Gang nach oben führte. In meinen Träumen war es nicht Andrew sondern ich, die unter Wasser gefangen war.

Ich stecke die Zeichnungen zurück in meine Tasche. »Sollen wir wieder reingehen?«

»Warum rufst du Andrew nicht an?«, schlägt meine Mutter vor. »Er wohnt wahrscheinlich noch in der Nähe.«

Na klar, alles, was ich jetzt brauche, ist die Bestätigung, dass Andrew Marsden gesund und munter ist, eine Frau und drei Kinder hat und das Höhlentauchen aufgegeben hat, nachdem ich ihn verließ. Ich finde einfach seine Nummer heraus, rufe ihn an, und nachdem Kind Nummer drei »Einen Moment« gesagt hat, verkünde ich: »Hallo, Andrew! Wie sehen die Höhlen eigentlich aus? Und das Wasser? Kannst du das Wasser beschreiben?«

Meine Mutter und ich betreten das Gebäude und gehen zu ihrem Zimmer. Sie spricht nicht, also fülle ich das Vakuum. »Habe ich dir erzählt, dass ich Kanufahren war?«

»Natürlich. Du und dein Vater, ihr zwei haut immer in den Sumpf ab und lasst mich allein.«

Und los geht's. »Nein, ich bin meistens allein unterwegs.«

»Meistens?«

»Na ja, einmal bin ich mit dem Typen gegangen, der die Kanus vermietet.« Ich stoße die Tür zu ihrem Zimmer auf.

»Sieht er gut aus?«

»Irgendwie schon.«

Sowohl Estelle als auch meine Mutter sind eindeutig der Meinung, dass bald mal was passieren muss. Estelle möchte, dass ich Sex in einem Kanu habe, während meine Mutter sich wohl eher einen langen weißen Schleier vorstellt. Würde ich etwas über den Mann erzählen, der im Supermarkt meine Einkäufe eintütet, würden beide fragen: »Ist es was Ernstes?«

Mom setzt sich auf den Vinylstuhl. »Ich bin nur ein Mal mit deinem Vater Kanu gefahren«, sagt sie. »Nur ein einziges Mal.« Sie verstummt.

Ich richte die Lamellen der Jalousien gerade aus und denke daran, wie geschickt Adlai mit dem Boot aus Birkenrinde umgegangen ist. »Wieso nur ein einziges Mal?« Ich drehe mich zu Mom um, aber ihre Augen laufen vor lauter Tränen fast über. Puh. Meine Mutter weint nie.

»Mom, was ist los?« Ich berühre ihren Arm.

Sie weicht der Berührung meiner Hand aus. »Lass mich in Ruhe!«

»Was ... kann ich ...?«

»Ich sagte, lass mich in Ruhe! Verstehst du kein Englisch?«

»Okay, gut!«

Ich gehe wieder hinaus in die Hitze. Wenn sie ihre Ruhe haben will, kann sie sie haben. Aber warum muss sie gemein werden? Diese Schärfe in ihrer Stimme ist der wahre Grund, warum ich diesen Besuch so lange hinausgezögert habe. Und gerade als ich dachte, dass sie anfängt, nett zu sein, war es wieder so weit, dass sie mir sagt, ich solle *verschwinden*. Und warum? Weil ich versucht habe, sie zu trösten? Ich weiß nicht mal, weshalb sie weint. Gott bewahre, dass sie es mir sagt. Sie hat nicht mal bei der Beerdigung meines Vaters geweint. Also, was hat sie heute zu Tränen gerührt? Die Tatsache, dass sie ein einziges Mal mit meinem Vater Kanufahren war? Ich verstehe das nicht. Ich verstehe sie nicht.

40

22. April

Diesmal war nicht ich es, die zu einem Mann rennt, damit er mich rettet, weil ich unzufrieden bin mit meinem Leben. *Er rief mich* an. Als das Telefon klingelte und er seinen Namen sagte, war ich überrascht. *Hatte ich ihm meine Nummer gegeben?* Na klar, auf dem kleinen Formular, als ich das erste Mal ein Boot ausleihen wollte. Ich hatte Estelles Adresse angegeben, aber meine eigene Handynummer mit der Vorwahl von Florida aus meinem allerersten Telefonvertrag, sodass der Eindruck entsteht, ich sei in Tallahassee ansässig. Als ich merkte, dass er mich zu einem echten richtigen Kanu-Date einlud, schoss mir durch den Kopf, ich sollte dieses Missverständnis besser korrigieren. Aber die Freude, die ich empfand, als ich seine Stimme hörte, hielt mich davon ab. Ich sagte nur: »Klar, das klingt lustig. Ich bringe etwas zu essen mit.«

Welchen Schaden könnte so ein kleines Date schon anrichten?

Adlai verstaut das letzte Mietkanu und hängt die Schwimmwesten auf. »Nein, ich mache das noch nicht sehr lange«, beantwortet er meine Frage, seit wann er Eigentümer des Kanuverleihs sei. »Ich bin erst vor zwei Jahren hier gelandet. Ist der Versuch, nicht als Versicherungsvertreter zu enden.« Er dreht sich zu mir um, dann lächelt er.

»Wie meinst du das?«, frage ich.

»Mein Vater und meine Brüder besitzen ein Versicherungs-
büro in Broward County, das richtig gut läuft. Aber ich war der
Querkopf. Ich habe zehn Jahre lang versucht, die Everglades zu
retten. Und kaum hatte ich damit aufgehört, baten meine Brüder
mich erneut, in die Firma einzusteigen.«

»Warum hast du damit aufgehört?«

Er greift nach zwei Paddeln aus Eschenholz. »Du meinst mit
dem Naturschutz? Ich habe für eine staatliche Behörde in Dade
County gearbeitet und dachte, ich könnte etwas bewirken.« Er
lehnt die Paddel gegen den Tresen. »Die Politiker sagen, sie wollen die Everglades retten, aber was sie wirklich retten wollen,
sind ihre herzallerliebsten Allerwertesten. Wachstumsbegren-
zung ist nicht beliebt, also entscheiden sie sich für tote Vögel und
Quecksilber in den Fischen. Aber zu deinem Besten fange ich
lieber erst gar nicht davon an. Ich musste aus Südflorida verschwinden, sonst wäre ich zum Zyniker verkommen.«

»Und ist es in Nordflorida besser?«

»Na ja, es gibt immer noch etwas Hoffnung für diesen Landstrich, ökologisch gesehen.« Er sucht wieder Blickkontakt zu
mir, goldene Sonnenstrahlen, die in der Mitte der grauen Iris auf-
blitzen. Welche Geode würde dazu passen?

»Bin gleich wieder da«, sagt er und geht in den Nebenraum.

Während er sich umzieht, warte ich draußen. Eine Wolke
schiebt sich vor die Sonne und sorgt für eine Pause von der Hitze.
Adlai kommt heraus und schließt den Laden ab, dann geht er
zum Schuppen, um sein Birkenrindenboot zu holen. Ich folge
ihm und helfe ihm beim Tragen. Das Kanu ist leicht, aber ich
spüre eine Schweißperle zwischen meinen Brüsten.

»Willst du dieses Mal steuern?« Er bietet mir an, achtern zu
sitzen.

Ich stabilisiere das Boot, während er sich an den Bug setzt.
Wir schubsen uns vom Steg weg und fahren los. Adlai hat sich

286

ein sauberes T-Shirt angezogen. Es liegt eng an, und ich sehe, wie die Muskulatur seines Oberkörpers arbeitet. Sein kräftiger, gleichmäßiger Schlag ist von hinten ein sehr erfreulicher Anblick. An der Stelle, wo der Arm mit der Schulter verbunden ist, spannt sich ein Muskel an, sobald er mit dem Paddel nach vorne ausholt, um es im Wasser durchzuziehen. Aus evolutionärer Sicht ist es derselbe Muskel, der bei einem Fisch die Flosse mit dem Körper verbindet oder bei einem Vogel den Flügel. Ich beobachte die Bewegung dieses Muskels, während ich mich seinem Schlagtakt anpasse, wobei ich mein Paddel am Ende jedes Zuges leicht drehe, damit wir geradeaus auf die Biegung zusteuern, über die sich eine Lorbeereiche neigt. Wir paddeln gut zusammen. Adlai zeigt auf einen Punkt, und ich steuere in die Richtung, die er angibt. Er weiß, wohin er will. Er zeigt mir Teile des Sumpfes, die ich noch nie gesehen habe. Wir fahren auf einem kleinen Wasserlauf, in dem sich die Bäume wie ein Baldachin über das Wasser gelegt haben. Womöglich Estelles Liebestunnel. Selbst im Schatten ist die Farbe des Wassers weniger braun, und es wird klarer, je weiter wir vorankommen. Seegraswiesen wogen auf dem Grund. Es ist das erste Mal, dass ich durch das Wasser im Sumpf *hindurchsehen* kann.

Wir erreichen eine offene Fläche. Hier ist das Wasser tiefer, aber immer noch transparent. Vor uns brodelt die Oberfläche wie in einem Dampfkochtopf auf höchster Stufe. Wir steuern mitten hinein, und das Kanu gerät ins Wanken. Adlai nimmt sein Paddel aus dem Wasser und legt es quer vor seinem Körper ab. Ich tue dasselbe, und wir treiben über der Kluft einer Quelle, ein eisiges Blau, das weiter hinabreicht, als ich sehen kann.

Er erzählt mir, dass diese Quelle 400 000 Gallonen Wasser pro Minute pumpt. »Das Einzige, was sie davon abhält, ein Geysir zu sein«, erklärt er mir, »ist das Labyrinth von Kavernen, das sie auf dem Weg nach oben durchqueren muss. Aber das wusstest du wahrscheinlich schon.«

»Nicht wirklich.«

»Diese hier«, sagt er, »durchläuft sechzehn Stockwerke aus Höhlen, von unten nach oben.«

»Woher weißt du das alles?«

»Ich habe Hydrogeologie an der Universität von Miami studiert. Wir beschrieben unsere Abteilung mit den Worten, wie sie immer im Fluss.« Er wartet, bis ich den Witz verstanden habe.

Aber ich lache nicht. Stattdessen halte ich inne und justiere mein inneres Bild von Adlai, dem Wissenschaftler, neu.

»Was ist?«, fragt er.

»Nichts, ich dachte nur nicht, dass …«

»Du hast nicht gedacht, dass ich auf dem College war.«

»Ich … Ich …«

»Und wenn es so wäre, was dann?«

Er hat recht. Seit Wochen betrete ich seinen Laden mit nichts als kleinkarierten Vorurteilen und vorgefassten Meinungen. Er muss mich für eine Vollidiotin halten.

»Nein, es ist nur, ich würde nicht, ich war nicht …«

Er schaut weg.

Irgendwas versetzt mir plötzlich einen Stich. »Ich hoffe, du tauchst nicht, äh, in den Höhlen?«

Er sieht mich wieder an. »Mit dieser speziellen Geisteskrankheit kann ich nicht dienen.« Er wartet, und ich kapiere, dass das ein Scherz war. Ich lächle, und er lächelt zurück.

Wir fahren um eine weitere Kurve, er zeigt auf einen flachen Strand, und ich steuere das Kanu in diese Richtung. Er springt aus dem Bug und zieht das Kanu auf den Sand, damit ich nach vorne klettern kann und meine Füße trocken bleiben. Eine unnötige Geste, aber eine nette. Ich reiche ihm das Essen, kleine Leckereien, die ich auf meinem Weg aus der Stadt gekauft habe. Ich bin nicht gerade für meinen selbst gebackenen Blaubeerkuchen bekannt.

Wir klettern das Ufer hinauf zu einer Bauminsel. Durch die Äste der Eichen über uns blitzt das Sonnenlicht. Dies ist die gleiche Art von trockenem Boden, auf dem meine eigene Eiche – die in meinem Garten – vor hundert Jahren Wurzeln schlug. Adlai ist sich dessen nicht bewusst, aber er bringt mich in meinen natürlichen Lebensraum zurück. Er hat eine ausgeblichene Baumwolldecke mit indianischem Muster dabei, die er wie einen Fallschirm ausschüttelt und an zwei Ecken festhält, während sie sich auseinanderfaltet. Dann kniet er sich hin und packt das Essen aus der Plastiktüte aus. In diesem Moment wünschte ich, ich hätte das Mittagessen in einem richtigen Picknickkorb mitgebracht, wie der von Dorothy Gale, mit einem geteilten Klappdeckel aus Weidenruten.

»Sieht gut aus«, sagt er trotz der fiesen Verpackung. »Gurkensalat ... Pastrami, oder? Auf Roggenbrot? Ich mag Pastrami.« Er greift in seinen Rucksack. »Ich habe ein paar tolle Lebkuchen von der Bäckerei in der Nähe meines Hauses mitgebracht und ein paar Mandarinen.«

»Aus deinem Garten?«

»Nein, aus dem Bioladen. Ich habe zwar einen Baum, aber im Moment ist keine Saison.« Er sieht mich an, als wolle er sagen: Wusstest *du das nicht?*

Natürlich weiß ich das. Aber irgendetwas sorgt dafür, dass mein Gehirn gerade nicht funktioniert.

»Die kommen vermutlich aus Chile«, sagt er.

»*Tangerinus chilensis*«, sage ich, und er lächelt.

Wir sind wie Kinder auf einem Ausflug, die in einer Rasthütte Brotzeit machen – das gesprenkelte Blätterdach beherbergt uns. Niemand sonst hat Zutritt. Wir sind hungrig, und unsere Unterhaltung mit vollem Mund besteht hauptsächlich aus Lautäußerungen wie »hhhhmmmm« und »lecker«. Der Lebkuchen ist dunkel und feucht und vollgesogen mit Melassesirup.

Als ich mit dem Essen fertig bin, lehne ich mich zurück und blicke zu den Ästen der Eichen hinauf. Ich stelle mir vor, dass es schützende Arme sind, die sich über mich legen. Ich atme ein und tue so, als wären Adlai und ich die einzigen Besitzer dieser Bauminsel, die Einzigen, die ihren Wert kennen.

»Jetzt weißt du, was *mich* hierhergebracht hat«, sagt er. »Wie bist du hier gelandet?«

Er denkt immer noch, ich wohne in Tallahassee. »Ich? Also ...« Soll ich ihm sagen, dass ich nicht mehr hier lebe? Eine Stimme in meinem Hinterkopf drängt mich, die ganze Wahrheit zu sagen. Der Rest von mir denkt: *Genieße den Augenblick.* »Mein lieber Adlai, das hier ist meine Heimaterde.« Ich mag den Klang seines Namens, wenn ich ihn ausspreche.

Er liegt auf der Seite und lehnt sich zu mir. Seine Stimme ist leise. »Da hast du ja ein schönes Zuhause«, sagt er.

Wir küssen uns, als würden wir etwas ausprobieren, wovon wir schon mal gehört, es aber noch nie in die Tat umgesetzt haben.

Nach ein paar Minuten hören wir ein Prasseln auf den Blättern über uns. Wir ignorieren es, gebannt von unseren Lippen und unempfindlich gegenüber der Feuchte auf unserer Haut. Doch als der Himmel alle Schleusen öffnet, haben wir keine andere Wahl. Wir lassen lachend voneinander ab und packen das Picknick so schnell wie möglich zusammen. Wir suchen Schutz am Fuße der größten Eiche und spannen die Baumwolldecke straff über unsere Köpfe.

»Stört dich der Regen?«, fragt er.

Ich schüttle den Kopf. »Nein.«

»Gut«, sagt er, und gemeinsam sehen wir zu, wie er auf den Sumpf niederprasselt.

41

25. April

Ich habe drei Tage am Stück aussortiert, dank einer Kombination aus kolumbianischem Kaffee und geliehenem Fernseher – das eine als Aufputsch-, das andere als Betäubungsmittel. Damit ich mich von der Glotze nicht zu sehr ablenken lassen, sehe ich mir etwas an, was ich schon kenne, dann kann ich mit einem Ohr zuhören, ab und zu einen Blick auf den Bildschirm werfen und mich dann wieder meinen Aufgaben widmen. Meistens schalte ich deshalb den Nostalgiekanal ein und lasse ihn bis in die frühen Morgenstunden laufen, während ich mich entscheide: wertlos, wertvoll oder Trödelladen. Den Schrott habe ich gnadenlos aussortiert und muss jetzt einfach alles schnell hier rausschaffen, bevor ich einzelne Entscheidungen überdenke. Nach fünfeinhalb Wochen in Florida – und bevor mir Geld, Vernunft und gesunder Menschenverstand ausgehen –, muss ich zurück in mein eigentliches Leben. Natürlich wird es mir leidtun, gewisse Dinge zurückzulassen. Diesen Kuss von Adlai zum Beispiel. Seitdem musste ich mehrere Nachrichten auf meiner Mailbox ignorieren. Aber es lässt sich nicht ändern. Ich wohne nicht hier und kann diese Art von Komplikationen jetzt nicht gebrauchen. Wegen dieses Picknicks habe ich sowieso schon vergessen, Theo um eine weitere Verlängerung zu bitten. Am Montag bekam ich eine SMS, in der stand: »Wie sieht's aus?«

Als ich ihn anrief, um zu katzbuckeln, meinte er lediglich: »Hör zu, Loni. Jedes Mal, wenn du anrufst, um mir mitzuteilen, dass du länger bleibst, gelingt es unserem Mann Hugh kaum, mit seiner Freude hinterm Berg zu halten. Ich kann nur sagen, dass du deinen Hintern besser bis zum 10. Mai wieder hierherbewegt hast.«

Ich öffne einen Karton, den wir aus dem Schrankregal in meinem alten Zimmer geholt haben. Röhrchen mit bunten Perlen, eine Strickliesel, ein vertrockneter Gummiball für ein Geschicklichkeitsspiel sowie ein kleiner silberner Schlüssel. Ganz unten liegt ein altes Smithsonian-Magazin. Ich schlage es auf und lese die Kolumne von S. Dillon Ripley, dem langjährigen Leiter der Smithsonian Institution. Wie sehr ich mich jetzt von dem Mädchen unterscheide, das diese Zeitschrift zum ersten Mal in die Hand nahm. Und wer hätte damals gedacht, dass ich Ripley einmal persönlich treffen würde?

Er ging Jahre vor meinem Stellenantritt am Smithsonian in den Ruhestand, aber er unterhielt noch ein Büro in der »Burg« und arbeitete an speziellen Projekten seiner Wahl. Theo war einer seiner Schützlinge und wusste, dass ich den Mann vergötterte. Zu Beginn meiner Anstellung zeichnete ich einen Gelbhaubenspecht *(Picus chlorolophus),* einen kniffligen grünen Vogel mit einer exquisiten gelben Federhaube am Hinterkopf und einer Art Halskrause im Nacken. Ich konzentrierte mich darauf, den roten Fleck auf dem Scheitel genau so darzustellen, wie er auf dem Balg des Vogels zu sehen war, als plötzlich mit Theo kein Geringerer in meiner Tür stand als dieser große, freundlich aussehende Mann, den ich ganz sicher niemals mit irgendwem sonst verwechseln würde: der Ornithologe, Abenteurer, Kunsthistoriker und politische Experte, der die Smithsonian Institution revolutioniert hatte. Hätte man mich vorher gewarnt, wäre mir bestimmt ein geistreicher Kommentar eingefallen. Aber es war wie eine zufällige Begegnung mit Bruce Springsteen. Was soll man da sagen? *Hey, Mann, was du machst, gefällt mir.*

Ich legte meinen Pinsel weg, als Theo uns vorstellte, und sagte: »Es ist mir eine große Freude, Sie kennenzulernen, Sir.«

»Ganz meinerseits«, sagte er und betrachtete meine halb fertige Zeichnung des Gelbhaubenspechts, dann hob er mit zwei Fingern das Etikett des Exemplars an. »Gut gemacht«, sagte er.

Theo – Gott segne ihn – sagte: »Ms. Murrow ist eine der besten Nachwuchs-Vogelkünstlerinnen auf diesem Gebiet.«

Ripleys Interesse an mir nahm sichtlich zu, und er meinte: »Immer schön, einer verwandten Seele zu begegnen.«

Eine verwandte Seele! Innerlich sprang und hüpfte ich. Äußerlich lächelte ich gefasst und sagte: »Danke, Sir.«

Nachdem sie gegangen waren, schwankten die Wände des Raumes noch eine ganze Weile.

Später an diesem Tag musste ich hinüber in die »Burg« gehen, um mit einem der Archivare zu sprechen, und mein Weg führte mich an Ripleys Büro vorbei. Seine Tür stand offen, und er rief mir hinterher: »Murrow, stimmt's?«

Ich machte kehrt, und er winkte mich herein.

Bücher und Papiere lagen verstreut über seinem gesamten Schreibtisch. »Ich stelle eine Geschichte der Institution zusammen.« Der Raum war mit dunklem Holz getäfelt, aber ein Sonnenstrahl aus dem Oberlicht beleuchtete eine alte Karte auf dem Schreibtisch. »Wussten Sie, dass während des Bürgerkriegs, als ein Angriff auf Washington unmittelbar bevorzustehen schien, unsere Wissenschaftler aufgefordert wurden, das Gebäude zu räumen, und sie sich entschieden, die Smithsonian-Familienerbstücke mitzunehmen?« Er strahlte über das ganze Gesicht ob seines Wissens oder aus kindlicher Freude.

Ich zog fragend die Augenbrauen hoch.

»Vogelbälge und wertvolle Eier!« Er tippte auf seinen Stift in der Mitte des Schreibtischs. »Stellen Sie sich vor, Sie flüchten übereilt mit dem, was Sie für das wertvollste Artefakt der Sammlung halten, aus dem Gebäude. Was würden Sie mitnehmen?«

»Wow. Die Vorstellung, dass das Museum jemals bedroht sein könnte, ist furchtbar«, erwiderte ich.

»Aber wenn Sie nur einen Gegenstand retten könnten.«

Ich starrte ins Leere und ging im Geiste das Inventar des Museums durch.

»Nun, jetzt habe ich Sie in einen Hinterhalt gelockt. Sie brauchen nicht gleich darauf zu antworten, aber denken Sie darüber nach, wenn Sie spätnachts hier sind und im Licht der Schwanenhalslampe zeichnen«, sagte er. »Theo sagt, Sie sind mit Leib und Seele bei der Sache.«

Ich wusste nicht, was ich darauf antworten sollte, aber der Leiter der gesamten Smithsonian Institution füllte das Schweigen. »Früher blieben die Wissenschaftler aus der Führungsriege auch oft bis in die Nacht, aber das lag daran, dass sie in den oberen Etagen des Museums wohnten. Als ich hier anfing, liefen einige von ihnen noch in ihren Nachthemden durch die Flure.«

»*Picus chlorolophus*«, sagte ich.

»Wie bitte?«

»Den würde ich mitnehmen. Den Gelbhaubenspecht. Es sei denn, Sie hätten ihn bereits eingepackt, Sir. Theo sagte mir, dass Sie persönlich diesen Vogel der Sammlung zugeführt haben.«

Ein Lächeln schlich sich auf sein Gesicht. »Gut zu wissen, dass er unter Ihrem Schutz steht.«

Der Leiter reiste aus Washington ab, und einige Zeit später hatte ich die traurige Ehre, an seiner Gedenkfeier teilzunehmen. Aber meine Begegnung mit ihm schimmert wie ein perfekt ausgeleuchteter Edelstein. Ich habe gehört, dass der Zusammenhalt von Familien gestärkt wird, indem sie sich alte Geschichten erzählen. Einer langen Tradition folgend, von den Eiersammlern bis zu den Flurwandlern in Nachthemden, von Ripley über Theo bis zu Delores Constantine – meiner Weisen Frau aus der Bibliothek der Pflanzenmenschen – hat mich die Smithsonian-Familie in ihren Arm genommen und beschützt mich noch immer.

Ich lege die alte Zeitschrift auf den Stapel »wertvoll«, stehe auf, um eine weitere Kanne Kaffee zu kochen, und stelle fest, dass mein Vorrat zur Neige geht. Etwa eine halbe Meile entfernt gibt es einen Supermarkt, und mir die Füße zu vertreten könnte nicht schaden. Ich hole meine Tasche und meine Schlüssel, öffne die Wohnungstür – und da steht Estelle, die sich anschickt zu klopfen.

»Hey.« Ich trete einen halben Schritt zurück. »Gibt es unten nicht eine Sicherheitstür? Wie bist du hier hochgekommen?«

»Oh, jemand hat sie offen gelassen, mit einem Keil. Ich bin einfach durchgegangen.« Sie huscht an mir vorbei in meine schäbige Bleibe, trägt pfirsichfarbene Surfershorts und ein weißes Tanktop mit aufgestickten Blumen. Sie begutachtet das Zimmer. »Dein Einrichtungskonzept gefällt mir. Frühes amerikanisches Pappmaché.«

»Sehr witzig.« Genau aus diesem Grund habe ich sie nicht zu mir eingeladen. Keine weichen Teppiche in meiner Wohnung, keine sanften Farbtöne, keine Kissen. Nur Pappkartons.

Sie streckt sich auf dem Paisley-Sofa aus, dem einzigen Möbelstück im Raum. Ihr muss klar sein, dass ich ihr aus dem Weg gegangen bin, denn nachdem ich ihr ausdrücklich gesagt hatte, dass ich mich nicht an ihrem Schulbuchprojekt beteiligen würde, hat sie dafür gesorgt, dass die Illustrationen, denen ich bereits zugestimmt hatte, in dem Buch erscheinen. Und dann beschloss sie, dass ich wegen der begrenzten Seitenzahl die letzten vier unpassenden Vögel alle auf einen Baum zeichnen sollte, was ich nicht tun wollte. Aber hier ist sie nun, macht es sich gemütlich und erwartet, dass ich die Gastgeberin spiele.

»Ich kann dir Wasser, fettarme Milch oder Kaffee anbieten.«

»Seit wann trinkst du Kaffee?« Sie steht auf, geht ins Schlafzimmer und späht hinein, sieht sich in der winzigen Küche um, drückt auf den Knopf des museumswürdigen Anrufbeantworters und lässt ihn piepsen, dann bemerkt sie den Vogelbalg, den ich auf dem wackeligen Resopaltisch aufgestellt habe, zusammen mit einer vorbereitenden Skizze. »Hm«, sagt sie. »Zeichnest du lieber hier?«

Ich antworte ihr nicht.

»Weißt du«, fährt sie fort, »was die letzten vier Vögel angeht, bist du wirklich *extrem* uneinsichtig.«

»Liebes«, sage ich mit einer gewissen Schärfe, »falsch bleibt falsch, das gilt auch für die Wissenschaft. Und ein Helmspecht, ein Weißkopfseeadler, ein Kanadareiher und ein Kanadakranich würden nie und nimmer im selben Baum hausen.«

»Das ist also der Grund, warum du auf deinem beschissenen Küchentisch zeichnest und nicht in dem schönen Studio, das ich dir organisiert habe?«

Mein Koffeinrausch lässt mich kampfeslustig sein. »Motz mich nicht an. Dieses eine Mal habe ich recht, Estelle.«

Sie dreht sich um. »Es geht um Fünftklässler. Wenn sie hier und da eine unrealistische Zeichnung zu sehen kriegen, bedeutet das lediglich, dass wir keinen Vogel weglassen. Wo ist das Problem?«

»Seit wann bist du so schlampig?«, frage ich.

Sie schaut an ihrem Outfit herunter.

»Nicht deine Kleidung. Deine Genauigkeit. Deine Liebe zum Detail. Deine … Eleganz!«

Sie geht zum Fenster, schaut hinaus und lässt sich dann wieder auf das Sofa fallen. Sie sieht aus, als würde sie gleich weinen.

»Was ist los?« Ich atme tief aus.

»Roger will keine Kinder.«

Ich setze mich neben sie. »Habt ihr übers Heiraten gesprochen?«

»Nein, über Kinder. Ist auch egal, denn ich weiß überhaupt nicht, wie wir sie bekommen sollten. Er ist die ganze Zeit unterwegs. Ich habe die letzten fünf Jahre damit verbracht, ihn zu fragen, wo seine nächste Geschäftsreise hingeht.«

Ich nicke. »Hattet ihr das Kinderthema schon mal?«

»Ich dachte, ja. Aber heute Abend hat er diese … Erklärung abgegeben.« Sie dreht sich abrupt zu mir um. »Sei ehrlich und sag mir: Was hältst *du* von Roger?«

Ich zögere. »Keine Ahnung, er scheint nett zu sein, also …«

»Er kann sarkastisch sein.«

Ich nicke erneut.

»Das wird schnell unangenehm. Und was ist, wenn er unseren Kindern gegenüber sarkastisch ist?« Sie starrt vor sich hin.

»Aber er will doch keine …«

»Das kann das Selbstwertgefühl eines Kindes stark beeinträchtigen.« Sie steht auf und geht auf und ab. »Soll ich ihn rausschmeißen?«

»Estelle, diese Frage kann ich dir nicht …«

»Haben wir nicht immer gesagt, dass wir zwei Mädchen haben und sie beste Freundinnen sein werden?«

»Ja, aber wir hatten auch vor, alle drei Hanson Brothers zu heiraten.« Ich singe die ersten Töne des einzigen Top-40-Hits ihrer Herzensbrecher-Karriere. »MMMBop! Bopa doo mmmbop …«

»Stimmt.« Sie starrt mich an, ohne mich wirklich zu sehen, und legt ihre Hand auf den Türknauf. »Du weißt, ich brauche die letzten vier Vögel, um sie dem Verlag zu zeigen. Also mach dich an die Arbeit mit dem Allzweckbaum.«

Hoppla, sie kann aber schnell umschalten. So viel zu unserer Vereinbarung, Privates und Berufliches zu trennen. Es gibt einen Luftzug, als sie die Tür zuschlägt.

Ich verzichte auf meinen Ausflug zum Supermarkt und beschließe, meinen Ärger und meinen restlichen Koffeinkick zu nutzen, um diese verdammten Vögel hinter mich zu bringen. Ich schalte den Fernseher aus und falte etwas Papier zusammen, um es unter das wackeligste Tischbein zu schieben. Ich versuche, die Stimme in meinem Kopf zu ignorieren, die schreit: *Es ist nicht richtig!* Ich will den Specht im Flug, mit seinem Stotterschlag, zusammengesetzt aus Flattern-Pause-Senken, Flattern-Flattern-

Pause-Senken. Aber Estelle will ihn auf einem Baum haben, also skizziere ich die große rote Federhaube und stelle mir das Tack-tack-tack vor, dass er auf der von ihm ausgewählten Nahrungsquelle zum Besten gibt.

Die unterirdischen Wasserläufe und Höhlen werde ich vielleicht nie hinkriegen. Selbst vier verschiedene Vögel auf ein und demselben Baum müssen einfacher zu bewältigen sein als unbelebtes Wasser und Felsen. Während ich an dem Specht arbeite, kritzle ich auch auf meinem zweiten Blatt herum: eine Pflanze, ein Fisch, ein Kanu im Wasser. Herzblättriges Hechtkraut dahinter. Der Rücken meiner Mutter. Es ist keine Erinnerung. Ich habe meine Mutter nie in einem Kanu gesehen. Es ist reine Spekulation, ein Weg darüber nachzudenken, was das Seltenste aller Ruth-Murrow-Phänomene zum Vorschein gebracht hat – Tränen.

Mein Telefon klingelt, und ich gehe ran, wobei ich mit meiner Aufmerksamkeit immer noch bei der Zeichnung bin.

»Loni«, sagt jemand.

»Ja?«

»Ich bin's, Tammy.«

»Oh! Hallo!« Meine Schwägerin hat mich noch nie angerufen.

»Also, Monas wöchentliches Waschen und Stylen ist am Freitag um halb vier. Komm vorher in den Salon, und dann mal sehen, was wir herausfinden.«

»Warte.« Es dauert eine Minute, bis ich den Zusammenhang zwischen dem, was sie sagt, und ihrem jüngsten Hilfsangebot sehe. *Ich krieg fast alles aus den Leuten heraus, während ich ihnen die Haare mache.*

»Aber müssen die Kinder nicht abgeholt werden?« Ich stehe auf und laufe auf und ab.

»Nö. Nachmittagsbetreuung.«

Für Tammy mag das Ganze nur ein Zeitvertreib sein. Aber seit ihrer Geschichte, in der sie ihrer Mutter gesagt hat, sie solle »ihr

Gewäsch für sich behalten«, neige ich dazu, sie zu mögen. Vielleicht ist sie mehr als nur Spandex und Haarspray.

»Komm um drei Uhr hierher und sieh einer wahren Könnerin bei ihrer Arbeit zu.«

»Aber wenn ich dabei bin, warum sollte Mrs. Watson …«

»Oh, du wirst dich verstecken, keine Sorge.«

Ich gehe zurück an den Tisch und betrachte meine beiden Zeichnungen. Was ist nur mit der Welt los? Vier aufs Geratewohl ausgesuchte Vögel auf demselben Baum, Tammy, die mich anruft, um mir zu helfen, und meine beinharte Mutter in Tränen aufgelöst. Neben Ruths schwimmendem Kanu habe ich einen Querschnitt wassergefüllter Höhlen gezeichnet, Schicht auf Schicht, eine Bienenwabe aus Bächen, die durch den porösen Kalkstein fließen.

Bei meinen Recherchen für diesen Auftrag wurde mir klar, warum diese unterirdischen Flüsse so gefährlich sein können, und zwar nicht nur für Höhlenforscher. Das Wasser fließt ruhig dahin, bis der Boden darüber erodiert. In diese aufbrechenden Senklöcher stürzen dann Häuser, Bäume und jeder, der an dieser Stelle fälschlicherweise dachte, er stünde auf sicherem Boden. Wie der Mann im *Florida Report,* der in der einen Minute noch in seinem Bett schlief und in der nächsten verschwunden war und nie gefunden wurde. Überall, wo ich in Florida einen Fuß aufsetze, könnte mir das passieren. Ein Schmatzschlürf, und ich bin weg.

42

26. April

Loni?«

Eine junge Frau mit hellem, gewelltem Haar steht vor mir in der Tenetkee Public Library, in die ich zurückgekehrt bin, um die Atmosphäre aufzusaugen und noch ein wenig weiterzurecherchieren. Ich habe keine Ahnung, wer diese Person ist.

»Ich bin Kaye Elliot«, stellt sie sich vor. »Ich war mit deinem Bruder in einer Klasse.«

In einer Millisekunde gehe ich im Geiste eine Vielzahl von Bildern durch und bleibe bei einem hängen: ein blondes, zerzaustes Kindergartenkind in Strumpfhosen und Gummistiefeln, das mir ein zerknittertes Papier in die Hand drückt, während ich vor einem Klassenzimmer warte. Die Überbringerin des Zettels war außer Atem und sagte: »Ich bin Kaye, und Philip soll mich anrufen, damit er zum Spielen vorbeikommen kann.« Als ich den Zettel öffnete, sah ich eine hingekritzelte Telefonnummer. Ich habe unverfrorene Frauen schon immer bewundert, egal wie alt sie sind.

»Loni, wie schön, dich zu sehen!«, redet die erwachsene Kaye weiter. »Ich bin hier jetzt die Bibliothekarin.« Wie ihr jüngeres Ich ist sie immer noch ein wenig außer Atem. »Mein offizieller Titel lautet ›Medienspezialistin‹, aber das gefällt mir nicht. Ich wollte immer Bibliothekarin werden.«

»Hat geklappt. Schön für dich.« Ich klinge wie meine Mutter, aber ich meine es ernst.

Sie erkundigt sich nach meinem Leben und stößt viele »Wow!«-Rufe aus, als ich meinen Job beschreibe.

»Bekommt die Bibliothek einen neuen Anbau?«, frage ich sie. »Ich habe gesehen, dass hinter dem Hauptgebäude gearbeitet wird.«

»Ja! Mr. Perkins hat Geld für eine Erweiterung gespendet.«

»Elbert Perkins?«

Sie nickt.

Woher hat der Typ das Geld für so etwas?

»Wenn ich dir bei der Suche helfen kann«, bietet sie mir an, »lass es mich einfach wissen.«

Für diese Neugierde und uneigennützige Lust zu recherchieren, eine universelle Eigenschaft von Bibliothekaren, war ich immer dankbar, und als ich die Höhlen erwähne, schlägt sie mir ein paar Quellen vor, denen ich tatsächlich noch nicht nachgegangen bin. Als sie mir zeigt, wo ich sie finde, frage ich noch schnell: »Sag mal, nehmt ihr auch Bücherspenden an?«

Sie zieht überrascht die Augenbrauen hoch und nickt.

Als ich gehe, winke ich ihr zum Dank und drücke die schwere Tür auf. Beim Heruntergehen der Außentreppe sticht mir der Gestank nach ungewaschener Kopfhaut und nassem Hund in die Nase.

»Hallo!« Nelsons weißes Haar sieht noch strähniger aus, falls das überhaupt möglich ist. In seinem ungepflegten Bart kleben Essensreste. Das letzte Mal, als ich ihn sah, hatte er ein scharfes Jagdmesser in der Hand.

»Hast du kurz Zeit?«, fragt er.

Die am wenigsten bedrohliche Version dieser Frage könnte mich dennoch stundenlang mit Beschlag belegen. »Hallo, Mr. Barber. Um genau zu sein, höchstens drei Minuten, dann muss ich los.«

Ich trete einen Schritt zurück. »Übrigens, Sie haben nicht zufällig ein Loch in den Zaun meines Bruders gesägt, oder?«

»Hehe, ich habe davon gehört. J.D. kam vorbei und hat sich ein Stück Alligatorfleisch geschossen, das hab ich gehört.«

»J.D.?« Der Mann mit dem Kautabak.

»Aber wen interessiert das«, Nelson rückt näher an mich heran und faselt leise in einem Ton weiter, als würde er mir etwas anvertrauen: »Was ich dir sagen will, ist, wie langsam und heimtückisch sie meinen Laden übernommen haben. Du hast sie gesehen. Häppchenweise, so machen sie es. Elbert sagte mir, ich soll refinanzieren. Attraktiver Zinssatz. Ein Haufen Schweinehunde.« Er kratzt einen Schorf auf seinem Wangenknochen auf. »›Bau dein Lager aus!‹, sagt er mir. ›Kauf mehr Ware! Mach den Ketten Konkurrenz!‹ Dann ging es mit der Wirtschaft bergab, und er sagte: ›Jetzt alles outsourcen! Nimm eine Hypothek auf dein Haus auf!‹ Das Haus, in dem ich sechsunddreißig Jahre lang gewohnt habe! ›Vermiete das Lagerhaus!‹, sagt er mir, und dann: ›Diese Jungs schmeißen deinen Laden für einen Hungerlohn. Genieß mal dein Leben, nimm dir eine Auszeit.‹ Wie sich herausgestellt hat, war das eine Verschwörung! Ein Haufen Verbrecher. Wollten das Lagerhaus für was anderes. Weißt du, wofür?«

»Nein, Sir, ich bin sicher …«

»Die Nummer eins der lukrativsten Geschäfte in Florida.«
Ich warte.

»Du weißt, was das ist, oder?«

»Äh, der Tourismus?«

»Drogen! Schmuggelware!«, giftet er. »Elbert und sein aufrechter Partner, dessen Namen niemand auszusprechen wagt, diese Typen und ihre vielen Lakaien … und weißt du, wer noch? Franny und Pete – Codename F&P – sie haben versucht, mich mit ihrem ekelhaften Essen zu vergiften! Und nicht nur das, der Zahnarzt hat versucht, mir alle Zähne zu ziehen! Habe ich dir das erzählt?

Und dein Bruder, der nicht mal ein richtiger Buchhalter ist, sondern seinen Abschluss im Versandhandel gemacht hat, sollte besser seinen Arsch bewegen und meine Beschwerde bei der Steuerbehörde einreichen! Die haben den Zahnarzt dazu gebracht, mir alle Zähne zu ziehen. Man sollte diesen Quacksalber teeren und federn! Und ihm die Eier abschneiden!«

Ich zucke innerlich zusammen und hoffe, dass er kein Messer dabeihat. Ich will nicht, dass jemandem etwas weggeschnitten wird. »Es tut mir so leid, Mr. Barber, aber ich habe noch einen Termin und bin schon spät dran. Auf Wiedersehen!« Ich lasse ihn einfach stehen, gehe hinunter auf den Bürgersteig und werfe schnell einen Blick über meine Schulter, um mich zu vergewissern, dass er mir nicht folgt.

Er murmelt irgendetwas vor sich hin und geht in die andere Richtung, biegt dann scharf rechts ab, vorbei an dem unfertigen Anbau hinter der Bibliothek und über das Feld in Richtung Wald. Barber scheint jedes Mal aus dem Nichts aufzutauchen und wieder zu verschwinden, wahrscheinlich weil er die ganzen Nebenläufe kennt und weiß, wie alle Wasserwege miteinander verbunden sind. Der Bach da unten bei den Bäumen muss in den größeren Sumpf führen.

Mr. Barber glaubt, dass sich alle gegen ihn verschworen haben, sogar mein eigener Bruder. Wollte er sich an Phils Geschlechtsteil oder an dem des Zahnarztes vergreifen?

Seine Paranoia richtet sich sogar gegen die beiden nettesten Leute in der Stadt, Franny und Pete. Und er hat ganz sicher etwas gegen mich. HAU AB, YANKEE. War er das? Und die Tauben? Er hat vielleicht recht, wenn er sagt, dass Elbert Perkins die Leute in Hypotheken bugsiert hat, die sie nicht tragen konnten, aber Elbert hat die Wirtschaft nicht im Alleingang an den Abgrund geführt.

Tja, nichts davon geht mich etwas an, und für diesen Yankee *ist* es an der Zeit, abzuhauen, nach Hause zu fahren. Ich komme am

Tallahassee State Capitol vorbei und halte vor dem Naturkunde-museum. Ich streite mich immer noch mit Estelle über die letzten vier Zeichnungen, aber ich kann die, die ich fertiggestellt habe, auch gleich abgeben.

Sie sitzt hinter ihrem Schreibtisch und trägt eine marineblaue Jacke und passende Ohrringe. Der Rock und die Schuhe unter dem Schreibtisch sind sicherlich identisch marineblau. Ich klat-sche ihr meine Zeichnungen – Gürtelfischer, Krabbenreiher und Amerikanischer Schlangenhalsvogel – auf den Schreibtisch.

Sie inspiziert sie sorgfältig, und ich versuche, mich nicht von dem Anflug von Anerkennung in ihrem Gesicht einnehmen zu lassen. Als sie aufschaut, sage ich: »Und was die letzten vier an-geht – ich bin fast fertig mit dem Helmspecht und habe ihn auf einen toten Baum gesetzt, wo er hingehört.«

»Ja, und ...«

»Als Nächstes werde ich den Weißkopfseeadler zeichnen. Der nistet in einem *lebenden* Baum, nicht in einem toten.«

Sie steht auf. »Und er platziert seine kleinen Krallen niemals in seinem ganzen Leben auf einem toten Baum?«

»Argggggh!« Ich mache kehrt und will nur weg von hier.

»Wohin gehst du?«

»In Bridgets Studio. Erinnerst du dich an sie? Bridget? Deine eigentliche Vogelkünstlerin? Ich kann es kaum erwarten, dass Bridget ihr Baby auf die Welt bringt, zurückkommt und dir die Leviten liest. Und während ich da unten bin und so tue, als wäre ich Bridget, werde ich mich an diesen anderen drei Vögeln ab-arbeiten!« Ich stürme aus ihrem Büro und den Flur hinunter. In Bridgets Studio ziehe ich das Raffrollo hoch.

Weißkopfseeadler, Weißkopfseeadler. Ich versuche, ihn auf den Baum mit dem Specht zu zeichnen. Aber ich kann das ein-fach nicht. Also beginne ich mit der Zeichnung dieses Vogels ohne irgendeinen Bezug auf seine Lebenswelt.

Sein Status als nationales Symbol sorgt dafür, dass aus dem

Adler ein Klischee zu werden droht. Während sein Abbild für Patriotismus und den »American Way« wirbt, hat das eigentliche Tier aus Fleisch und Knochen eine unerbittliche Wildheit, die nichts mit dem Symbol zu tun hat. Seine Federn sind häufig ausgefranst, und in seinen kleinen Augen liegt oft ein Ausdruck blanken Vorwurfs. Während ich den toten Vogel vor mir abzeichne, versuche ich, mich in den lebenden Vogel hineinzuversetzen, den ich einst über einen perfekten Himmel segeln sah.

Die Sonne blendete mich, und der Adler war weit über uns, aber er flog in ein hellblaues Loch und stieß dröhnend laute schrille Schreie aus.

Daddy legte das Kanupaddel auf seinen Knien ab.

Ohne den Blick von dem Vogel abzuwenden, fragte ich: »Was glaubst du, wie hoch er steigen kann?«

»So hoch, wie er will.« Daddys Hals war weit nach hinten gebogen. »Ich beneide ihn, Loni Mae. Er kann vor so ziemlich allem davonlaufen.«

»Ich würde auch gern so fliegen können«, sagte ich.

»Aber du würdest zurückkommen?«

Daddy grinste nicht und machte keine Witze. »Weil Mom und Daddy dich vermissen würden, wenn du wegfliegst und uns vergisst.«

Ich lege den Bleistift zur Seite. *Und was zum Teufel hast du getan?*

Mein Vater verstand mich auf eine Weise wie niemand sonst. Warum habe ich ihn dann nicht verstanden? Wovor wollte er weglaufen? Und warum konnte er nicht bleiben, um mir beizustehen?

Mein Handy vibriert. Das wird Estelle sein, die mich nur anpöbeln will. »Was?«

»Hey.« Eine männliche Stimme. Adlai.

Ich hätte auf das Display schauen sollen, bevor ich drangehe.

Mir war klar, ich müsste ihm, wenn wir endlich miteinander reden, reinen Wein einschenken und sagen, dass das Ganze keine Zukunft hat. Das Picknick war lustig, aber mehr auch nicht. Ich lebe nicht hier, und ich werde nie hier leben, also bringt das alles nichts.

»Wo hast du gesteckt?«, fragt er.

»Oh, ich weiß nicht, hatte viel zu tun.«

»Ich hatte gehofft, wir könnten noch mehr schlechtes Wetter ausfindig machen.«

Verdammt, ich mag diesen Kerl.

»Das war ziemlich schön mit dir«, weiche ich aus.

»Ja.« Er überlässt es mir, an dieser Stelle zu sagen, wie schön.

Aber ich sag's nicht. Also schweigen wir beide, und ich versuche, mir auszumalen, dass es weitergeht, dass ich mich ausnahmsweise für das Unbekannte öffne.

»Also«, sagt er, »die Kanuvermietungen sind in den letzten Tagen deutlich zurückgegangen.«

»Willst du mir damit sagen, dass du auf mich als Kundin angewiesen bist?«

»Das könnte man so sagen.«

Ein gut aussehender Mann will mit mir Kanu fahren, und ich ringe hier mit mir, vier dämliche Vögel auf einen Baum zu setzen. Was ist das denn für eine Alternative? Ich schnappe mir meine Schlüssel, ignoriere den Teil in mir, der es besser weiß, und mache mich auf den Weg zum Kanuverleih.

43

Ich versuche, so zu tun, als hätte es das Picknick, den Kuss, nie gegeben. Ein Mann und eine Frau, beide mit Schlapphüten mit Kordelzug, bezahlen für die gemieteten Kanus. Als sie gehen, steht Adlai auf und strahlt mich an. »Soll ich abschließen?«

»Klar«, sage ich, »aber geht dir dann keiner ab?«

Er runzelt die Stirn.

O Gott, habe ich das gerade wirklich gesagt? »Also ich meine: Verlierst du dann keinen Kunden?«

Er lacht. »Wegen dir kann mir gerne einer abgehen.«

»So habe ich das eigentlich nicht gemeint.« Ich lache auch.

»Ich hole das Birkenrindenboot.«

»Ich komme gleich.« *Hilfe. Ich sollte einfach die Klappe halten.*

Er lächelt, ist aber zu gut erzogen, um darauf zu reagieren.

Ich folge ihm in den engen Schuppen, wo das Kanu auf einem hüfthohen Gestell liegt. Er packt es an beiden Seitenwänden, bemerkt aber nicht, dass ich direkt hinter ihm stehe, und als er das Boot anhebt, schubst er mich gegen die Wand.

»Autsch!«

Er dreht den Kopf und legt das Kanu schnell wieder auf den Halterungen ab, um sich um mich zu kümmern. »Tut mir echt leid, ist alles in Ordnung?«

Ich stehe immer noch dicht an der Wand, und er berührt sachte meinen Kopf. »Hast du dich gestoßen? Blutet es?« Er weiß, dass da kein Blut ist. »Darf ich das wiedergutmachen?«, murmelt er mit sanfter Stimme und küsst erst meine Schläfe, dann meine

Wange. Ich recke mein Kinn, und er küsst meinen Mund, vorsichtig, zögerlich, und seine Lippen sind weich. Ich weiß nicht, wie lange wir knutschend in diesem schummrigen Schuppen herumstehen.

Irgendwann mal werde ich ihn an das Kanu, an das schwindende Licht und an das, was wir auf dem Wasser verpassen, erinnern. Aber noch ist es nicht so weit. So oder so befindet sich das wirklich Wichtige nicht außerhalb dieses beengten Raums, und hier drinnen gibt es weiter nichts als Adlais weiche, feuchte Lippen, den Geschmack seiner Zunge und seine Hände, die meinen Kopf wie ein kostbares Objekt halten.

Ich ziehe ihn an mich.

»Du machst etwas mit mir, Loni Murrow«, flüstert er mir zu.

»Und du mit mir, Adlai Brinkert.«

Er seufzt zufrieden, dann küsst er mich erneut.

Draußen ist es mittlerweile fast völlig dunkel. Er zieht sich zurück und lehnt sich mit dem Rücken an das Kanu. Sein Brustkorb weitet sich, und er holt tief Luft. »Also gut«, sagt er schließlich. »Ich muss nachdenken. Mein Gehirn einschalten. Was im Moment ein bisschen schwierig ist.«

»Geht mir auch so.«.

Er grinst. Schüttelt seinen Kopf, als ob er ihn freikriegen wollte.

»Hey, du hast mich gebeten herzukommen«, sage ich lächelnd.

»Und, bist du deshalb hier?«

»Bin ich. Nur für die Kanufahrt.«

»Wofür es jetzt …« Er wirft einen Blick zur Tür des Schuppens hinaus.

»… zu dunkel ist.« Ich gehe einen Schritt auf die Tür zu, um hinauszusehen.

Er stellt sich hinter mich und legt einen Arm um meine Taille. »Vielleicht morgen.«

»Ich gehe jetzt zu meinem Auto.«.

Er lässt seinen Arm abrupt sinken. »Okay. Ja. Gut.« Er folgt mir aus dem Schuppen, zurück durch die Kanus und hinaus auf den Parkplatz.

Ich öffne meine Autotür und verschanze mich dahinter.

»Das war schön«, sage ich.

Er nickt.

Ich setze mich auf den Fahrersitz und schließe die Tür.

Er deutet mir an, das Fenster herunterzukurbeln. »Also, dann, bis bald.«

Er bückt sich durchs Fenster und gibt mir einen sanften Kuss auf die Lippen, dann noch einen, und dann knutschen wir wieder, er lehnt sich vor, und ich verrenke mir fast den Hals, aber das ist mir egal. Er küsst einfach so gut.

Schließlich lösen wir unsere Lippen voneinander. »Okay. Ich muss los. Ich muss jetzt wirklich …«

Sein Gesicht ist auf gleicher Höhe mit meinem, und seine Haut glüht fast.

»Okay«, wiederhole ich, »bis bald!« Ich starte den Motor, und er windet sich aus dem Fenster.

Ich fahre langsam vom Parkplatz.

Es ist ziemlich dunkel, aber ich bilde mir ein, im Rückspiegel zu sehen, wie er eine Hand zum Winken hebt.

44

27. April

Im Hinterzimmer von Tammys Salon steigt mir der beißende Ammoniakgeruch von Haarfärbemittel in die Nase. Als ich meinen Kopf durch den Trennvorhang strecke, zischt sie mich an: »Ab nach hinten mit dir! Mona ist jeden Augenblick hier.«

Ich drehe Däumchen und schau mich um. Tammy hat in einem Punkt recht – wenn ich etwas über jemanden in Tenetkee wissen will, dann ist das hier der richtige Ort. Vor dieser kurzen Pause habe ich bereits von zwei Affären, einer Brustvergrößerung und einem älteren Schwesternpaar gehört, das sich um das kleine Vermögen des Vaters streitet. Ich krame in meiner Tasche und schlage das Garten-Tagebuch meiner Mutter auf.

Diese Woche stand Boyds Vater wieder betrunken vor der Tür und schrie: Lass mich rein, Junge, oder ich versohl dir den Hintern! Boyd und Loni waren weg, und ich machte keinen Mucks, bis er wieder abzog. Ich hoffe, Newt kommt nie zurück. Jedes Mal, wenn er auftaucht, wird Boyds Schweigen noch intensiver.

Ich würde meinen eigenen Mann gerne trösten, wenn er denn mit mir reden würde. Aber er will nicht. Letzte Nacht ging ich ins Bett und war kurz davor zu resignieren. Um Mitternacht wachte ich in einem leeren Bett auf, rieb mir die Augen und sah Boyd am Fenster stehen. Komm, Ruthie, sagte er. Diese Sterne musst du

dir anschauen. Ich schlüpfte in meine Pantoffeln und ging zu
ihm, und er zog mich zu sich heran und stellte sich hinter mich,
wärmte mich und legte seine Hände auf meinen dicken Bauch.
So standen wir eine Weile da, blickten in den Himmel und
lauschten dem Gesang der Grillen. Unter dem klaren Nachthim-
mel beobachteten wir die Weiten des Weltalls und spürten, wie
sich dieses Kind in meinem Inneren bewegte. Wir sprachen nicht,
aber wir waren da, alle zusammen, und schenkten uns gegenseitig
unsere Aufmerksamkeit.

Die Eingangstür des Salons öffnet sich, und ich höre zwei Frauen
hereinkommen. Ich spähe durch einen circa fünf Zentimeter breiten Spalt zwischen Vorhang und Wand. Es sind Tammys beste
Freundin, Georgia, und Mona Watson. Die junge Frau und die
ältere Frau haben einen ähnlichen Körperbau, aber Georgias
Hochsteckfrisur ist etwas moderner als Mrs. Watsons Sandra-
Dee-Gebilde.

Es könnte Zufall sein, dass Georgia hier ist, aber ich vermute,
dass Tammy sie eingeladen hat. Georgia setzt sich und nimmt ein
People-Magazine in die Hand, während Mona sich auf dem Frisierstuhl niederlässt. Vor dem Spiegel entscheiden Mrs. Watson
und Tammy, was an der Frisur gleich bleiben soll. Während der
Haarwäsche wird ein wenig geplaudert, dann setzt sich Tammy
wieder zu Mrs. Watson und sagt, halb zu Georgia und halb zu
ihrer Kundin: »Ist das nicht schrecklich, dass die arme Claudia
Applegate ihren Mann verloren hat? Er war so nett, und dazu
noch so jung? Mona, warst du auf der Beerdigung?«

Mrs. Watson zupft ihren schwarzen Umhang zurecht. »Ach,
sie war furchtbar traurig.«

Tammy entfernt das Handtuch von Mrs. Watsons Hals. »Wie
furchtbar, wenn einer so jung von uns geht! War Claudias Mann
nicht ein Verwandter von dir?«

»Angeheiratet. Ein Cousin zweiten Grades von meinem Danny.«

»Herrje, das muss schwer für dich gewesen sein«, sagt Tammy.

Mrs. Watson geht genau dorthin, wohin Tammy sie lenkt. »Ja, das war es. Die ganze Sache erinnerte mich an die Beerdigung meines Danny, Gott hab ihn selig. Er war auch noch so jung, als er starb.«

»Gott hab ihn selig«, stimmt Tammy ein. »Wie hast du das damals nur überstanden?«

Mrs. Watson sitzt vollkommen still unter Tammys Hand mit der Schere. »Tja, Süße, wenn du es genau wissen willst, ich stand unter starken Beruhigungsmitteln – und ich nehme an, das Gleiche gilt für Claudia. Natürlich waren die Pillen nicht meine Idee, aber ich danke dem Himmel für den Mann, der sie mir gegeben hat.«

»Hattest du sie denn nicht von einer Freundin?«

»Nein, von Frank, dem Boss meines Mannes. Er war ein Heiliger. Er hat sogar einen Teil der Kosten für die Beerdigung übernommen.«

Georgia legt das *People*-Magazine weg. »Dieser Frank Chappelle ist *wahrlich* ein netter Mann«, trägt sie von ihrem Sitzplatz aus bei. Sie senkt ihre Stimme auf Flüsterniveau. »Und gut aussehend ist er auch.«

Mrs. Watson bleibt stumm.

»Wie schade, dass er ganz allein ist«, plappert Tammy weiter, »und sich niemand um ihn kümmert. Ich habe gehört, seine Frau ist vor Jahren abgehauen und hat ihn verlassen. Hatte sie nicht einen Freund in Mobile oder so?«

»Schatz, die Leute reden viel und kapieren gar nichts.« Während Mrs. Watson das sagt, wedelt sie mit dem Umhang, um sich etwas Luft zu verschaffen. »Er war derjenige, der sich herumgetrieben hat.«

Ich spitze meine Ohren.

Tammy souffliert: »Wirklich?«

Mrs. Watson kichert beinahe. »Für mich war er ein Heiliger, aber für seine Frau wohl nicht.«

Was fällt dieser Frau ein, Andeutungen über Captain Chappelle zu machen?

»Na ja, ich mische mich nicht gerne in die Angelegenheiten anderer ein«, fährt sie fort, »vor allem nicht, wenn diese Person mir in meiner schweren Zeit beigestanden hat, aber Rita Chappelle war meine Freundin. Und als sie herausfand, dass ihr Mann ein Flittchen in Tallahassee hatte, packte sie die Kinder ein, brachte sie zu ihrer Mutter und blickte nicht mehr zurück.«

Ich widerstehe dem Impuls, zu ihr zu gehen und ihr beizubringen, was sie mit ihrem verlogenen Geschwätz machen soll.

»Nein!«, ruft Tally empört, »ein Flittchen in Tally?«

»Es gab Gerüchte über ihn und einige Frauen aus der Gegend, aber das war ein Haufen Unsinn. Keine Frau, die etwas auf sich hält, würde sich in einer Stadt dieser Größe auf eine Affäre einlassen.«

»Ich kann einfach nicht glauben, dass dieser nette Mann fremd-gegangen ist!« Tammy ist jetzt in ihrem Element. »Also hat Mrs. Chappelle aus dem Nichts ein ganz neues Leben begonnen?«

»Ja, es war traurig. Sie schienen es so gut miteinander zu haben. Aber wie ich immer sage, man weiß nie, was zwischen den Menschen vor sich geht.«

»Wie wahr«, sagt Tammy.

Durch den kleinen Spalt kann ich gerade noch Mrs. Watsons feuchten Kopf erkennen. »Und Rita ist nicht nach Mobile ge-gangen, sie ist zurück nach Panama City. Ich habe sie wirklich vermisst. Wisst ihr, die Fischerei-und-Jagd-Frauen sind alle eng befreundet.«

»Hat sie wieder geheiratet?« Tammy geht um Mrs. Watson herum und versperrt mir die Sicht.

»Nein, sie ist immer noch eine Chappelle, genau wie sie immer noch in Frank verliebt war. Ich habe gehört, dass er sie auch nach der Scheidung öfter besucht hat. Ich hatte irgendwie gehofft, dass sie ihm verzeihen und in die Stadt zurückkommen würde. Wäre vielleicht besser für den jungen Stevie gewesen.«

»Den Jungen zu verlieren muss schwer für Frank gewesen sein«, sagt Tammy.

»Vor allem auf die Art und Weise, wie er gestorben ist«, stimmt Mrs. Watson ein. »Armes Ding, Stevie hat wirklich versucht, sein Leben zu ändern. Er muss einfach wieder auf die schiefe Bahn geraten sein. Und diese Mutter und das Kind in dem anderen Auto. Was für eine traurige Geschichte. Sie waren auf dem Weg nach Disney World!«

In der darauf folgenden Pause lassen alle diese Worte auf sich wirken.

»Jedenfalls«, redet Mrs. Watson schließlich weiter, »habe ich Frank nach Stevies Beerdigung den einen oder anderen Auflauf vorbeigebracht. Er tat mir leid, so ganz allein, und Rita war so verbittert auf der Beerdigung.«

»Die Ex-Frau?«

»Na ja, ich bin sicher, ihr habt davon gehört. Die Szene, die sie gemacht hat? Sie hat es so laut gesagt, dass es jeder hören konnte: ›Unser Junge ist deinetwegen tot!‹ und was nicht noch alles.«

»Nein!«, entfährt es Georgia.

»Aber nach dem zweiten Auflauf hat Frank irgendwie einen falschen Eindruck bekommen, wenn ihr wisst, was ich meine. Also habe ich meine Besuche eingestellt. Nach dem Tod meines Danny war Frank sehr nett zu mir, und ich wollte mich nur revanchieren. Aber ich nehme an, dass jeder Mensch auf eine Weise kompliziert ist, von der wir nichts ahnen. Mein Danny hatte wohl auch seine Differenzen mit Frank. Gegen Ende gerieten sie immer wieder aneinander. Aber warum erzähle ich das? Du interessierst dich nicht für diese alte Geschichte. Und ich rege mich nur auf.«

»Hier, Schatz«, sagt Tammy, »nimm ein Taschentuch.«

In meinem Versteck tauche ich eine kleine Haarsträhne in einen Topf mit weißer Paste und frage mich, welche Farbe dabei herauskommen wird. Das ist so gar nicht meine Welt, der Salon, der

Klatsch und das fiese Gerede, das Verstecken in Hinterzimmern, um Gott weiß was zu belauschen. Je mehr ich höre, desto verwirrter werde ich. Es ist, als würde ich versuchen, einen Vogel zu zeichnen, den ich noch nie gesehen habe, ausgehend von einer Feder oder einer Eierschale, nicht dem eigentlichen Vogel. Und als wäre ich dann aus dem Nichts von einem Schwarm flatternder Vögel umgeben, die mich ablenken.

Tammy gibt Mrs. Watsons Frisur den letzten Schliff. Zuvor habe ich ihr gesagt, dass sie nach Henrietta fragen soll, der Person, die den rosa Brief geschrieben hat. Und sie muss noch das Formular ansprechen, das von Mrs. Watsons Ehemann, Lieutenant Daniel J. Watson unterschrieben wurde – *Brieftasche an Land gefunden ...*

Stattdessen sagt Tammy: »Auf Wiedersehen, Mona, bis nächste Woche!«

Mrs. Watson geht, und ich warte eine Minute, dann ziehe ich den Vorhang auf. Tammy fegt feine Härchen zusammen.

»Tammy, die beiden Fragen, auf die ich gehofft hatte, dass du sie ...«

»Jetzt bist du dran«, sagt sie und drückt mich in den Frisierstuhl.

»Was? Nein, Tammy, echt nicht.«

»Keine Sorge, ich lass deine Frisur, wie sie ist, ich schneide nur den Spliss ab.«

Ich habe es immer gehasst, zum Friseur zu gehen. Es kostet so viel Zeit, und wofür? Ich will lange Haare haben. Aber obwohl ich Tammys Kreationen kenne, bleibe ich sitzen. Vielleicht bin ich zu erschrocken von ihrem Angebot oder zu verwirrt von dem, was ich gerade gehört habe.

Sie besprüht mein Haar aus einer Flasche. »Keine Sorge, von mir bekommt niemand eine Frisur, die nicht zu ihm oder ihr passt. Hast du zum Beispiel noch den kompletten Satz Beatles-LPs, den du bei Final Vinyl in Tallahassee gekauft hast?«

»Hä?«

»Und den Plattenspieler, den du gekauft hast, um sie dir anzuhören?«

Ich nicke. »Also, ja, aber ...«

»Siehst du, diese Informationen helfen mir, den richtigen Style für dich umzusetzen. À la Linda McCartney, 1968 bis 70. Natürlich nicht blond, aber wie bei ihr mit Mittelscheitel, nur die Spitzen ein wenig gekürzt.«

Macht sie sich über mich lustig? »Das ist bereits meine Frisur.«

»Nein, weil du deine Spitzen nicht schneidest.« Sie kämmt und inspiziert meine langen Haare. »In was hast du diese Strähne eingetaucht?« Sie schnippelt und redet dabei weiter. »Okay, also was haben wir herausgekriegt? Es klingt nicht so, als hätte Mona Frank Chappelle gebumst.«

»Hast du das etwa gedacht?«

»Warum hat er ihr dann ein Haus gekauft?«, meldet Georgia sich zurück.

Ich drehe mich zu ihr um. »Was?«

»Gerüchteweise«, sagt Georgia.

Die Gerüchteküche von Tenetkee. Sie ist vielleicht das Einzige, was diese Stadt am Leben hält. Aber geht das Georgia etwas an? Ich hoffe, Tammy hat sie nicht in jedes einzelne Detail eingeweiht ...

»Loni, bitte halte den Kopf still.« Tammy presst zwei Finger auf meinen Schädel.

»Du glaubst also, Frank Chappelle hat Mrs. Watsons Haus bezahlt?«, bohre ich nach.

»Ganz schön teures Geschenk, nur aus Mitleid«, sagt Tammy, kämmt mein Haar wie eine Gardine vor mein Gesicht und zieht den Scheitel mit ordentlich Druck auf die Kopfhaut.

»Wartet mal«, sage ich. »Wer sagt, dass Frank ihr das Haus gekauft hat?« Aber ich bin nur ein Kopf, der bearbeitet wird. Sie hören mir nicht zu.

»Außerdem«, sagt Georgia, »warum hat sich Monas Mann nicht mit Mr. Chappelle verstanden?«

Tammy kämmt mir die Haare aus der Stirn. »Das wird Loni seine Frau Rita fragen.«

»Was?«

»Mrs. Chappelle. Vielleicht erinnert sie sich an etwas, das sonst niemand weiß.« Tammy hält ihren spitzen Kamm schräg, während sie mit meinem Spiegelbild spricht. »Ich habe sie für dich gefunden. Jetzt musst du der Spur nachgehen. Du hast Mona gehört. Rita ist in Panama City, und ihr Name ist immer noch Chappelle. Also besuch sie! Denk dran, wir machen fifty-fifty. Ich erledige meinen Teil und du deinen.«

Ich mustere Tammys Spiegelbild. Sie hält sich für eine Privatdetektivin aus irgendeinem Roman – wahrscheinlich mit dem Titel *Tod im Frisiersalon – H wie Haare ab.*

»Ich verstehe noch nicht mal die Hälfte von dem, worüber ihr beide redet.«

Tammy starrt mich mit gerunzelter Stirn an. Unsere Abmachung könnte sich rasend schnell in Luft auflösen.

Ich mache einen Rückzieher. »Also, klar weiß ich zu schätzen …«

Sie widmet sich wieder Kamm und Schere.

»Tammy, alles, was ich von Mrs. Watson wissen wollte, war, was es mit dieser nachträglich hinzugefügten Seite ihres Mannes auf sich hat …«

Sie vervollständigt meinen Satz wie eine Lehrerin, die mir sagt, was ich falsch verstanden habe. »… und warum Frank Chappelle die Beerdigung ihres Mannes bezahlt hat, und warum er ihr ein Haus gekauft hat, Herrgott noch mal.«

»Seid ihr euch sicher, dass er ihr das Haus gekauft hat? Und für die Beerdigung bezahlt hat? Denn laut Mr. Hapstead …« Der Name bleibt mir im Hals stecken.

»Was, du meinst, sie haben Spenden gesammelt? Ich bitte dich. Da braucht man schon viele reiche Leute, die etwas beisteuern, damit es für eine schöne Beerdigung *und ein Haus* reicht. Und wenn du in Panama City bist, vergiss nicht, Mrs. Chappelle zu fragen, warum es zwischen Frank und Dan Unstimmigkeiten gab.«

»Nein«, sage ich. »Gesammelt haben sie nur für die Beerdigung.«

Georgia meldet sich erneut zu Wort. »Loni, Dan Watson wurde kaltblütig ermordet, und der Fall wurde nie aufgeklärt. Dein Vater, Gott hab ihn selig, starb durch etwas, das sie als ›Unfall‹ deklariert haben. Aber was, wenn es keiner war? Was, wenn es Mord war? Dein Daddy könnte der gleichen Bande zum Opfer gefallen sein.«

Da ist wieder dieses kleine Licht, das mein Gehirn mit einem weiteren »*Was wäre, wenn*« erhellt. Es wäre so verlockend, auf den Zug dieser ausgeklügelten Verschwörung aufzuspringen, die meine Schwägerin und ihre Freundin zu konstruieren versuchen.

»Können wir damit sofort aufhören?«

Tammys Spiegelbild runzelt die Stirn.

»Ich denke, zum Wohle aller …«

»Loni«, sagt sie überfreundlich, »wie alt war Phil, als du von zu Hause weggingst, aufs College?«

»Er kam in die erste Klasse, aber …«

»Genau.« Sie dreht den Stuhl vom Spiegel weg, sodass ich ihr gegenüber sitze. »Er ist jetzt erwachsen, große Schwester. Viel jünger als du – nichts für ungut –, aber er-wachs-en.« Sie nimmt zwei Strähnen meines Haares und zieht sie neben meinem Kinn herunter, um zu prüfen, ob sie dieselbe Länge haben. Dann beugt sie sich vor und schnippelt weiter. »Ich hab's dir gesagt. Keiner von uns will, dass er Dinge hört, die unangenehm *und* unwahr sind. Und wenn die Wahrheit schlimm ist, dann kann er damit umgehen, was auch immer ›es‹ sein mag.« Sie stellt sich hinter mich und richtet meinen Kopf auf. »Vielleicht stellt sich heraus, dass ›es‹ anders ist, als alle denken. Ich bin für das Streben nach der Wahrheit. Was ist mit dir, Georgia?«

»Ja, Ma'am.«

Tammy schnippelt noch mal hier und da an meinen Haaren herum, dann dreht sie mich wieder zurück zum Spiegel. »Voilà!«, ruft sie begeistert.

Ich betrachte mein Spiegelbild. »Wow«, sage ich. »Das sieht ziemlich gut aus.« Sie hat eigentlich nur meine Frisur begradigt und die Spitzen abgeschnitten, aber irgendwie ist es besser.

»Und du«, sagt sie, »hörst damit auf, dir jeden Tag einen Pferde-schwanz zu machen.«

»Ich trage nicht andauernd …«

»Der Pferdeschwanz sagt der Welt: ›Ich habe keine Lust, mich zu kämmen. Ich habe schöne Haare, aber ich binde sie zusammen, damit man nichts davon sieht.‹«

Hat sie mir gerade ein Kompliment gemacht?

»Wenn du einen besonderen Anlass hast, könnte ich dir jetzt etwas zaubern.« Sie zwinkert mir im Spiegel zu. »Sagen wir, für eine Hochzeit. Dir könnte ein Französischer Zopf gefallen, das Ende hinten eingeschlagen, schlicht, aber elegant. Ach nein, für dich lieber was Stacheliges, oder? Mit viel Gel? Ha ha, Loni. War ein Scherz.«

Ich lache. Wir haben unsere üblichen Rollen getauscht. Ich bin wie benommen von dem sich drehenden Stuhl, dem Ammo-niakgeruch und einer wachsenden, moosig-weichen Verwirrung. Aber auch wenn ich nicht weiß, was das alles zu bedeuten hat, besitze ich jetzt vermutlich doch mehr Informationen als beim Betreten des Salons.

45

Meine frisch gestutzte Mähne wippt auf meinen Schultern, als ich die zwei Blocks von meiner Wohnung zu Estelle laufe. Nach dem Friseur habe ich eine ganze Ladung Kartons in ein Antiquariat gebracht, wo ich mit den freiwilligen Helfern seitdem per Du bin. Jetzt muss ich mich nur entscheiden, welche der »wertvollen« Bücher ich behalte, dann muss ich die wassergefüllten Höhlen zeichnen und die letzten vier Vögel fertigstellen.

Trotz unseres Tauziehens um die »letzten vier« hoffe ich, dass Estelle dieses Mal tatsächlich ihr Versprechen einhält, Arbeit und Freundschaft zu trennen. Der Popcorn-Abend ist ein Ritual, das wir seit der Mittelschule pflegen, und als ich vor ihrer Tür stehe, bete ich, nicht von Estelle, der anstrengenden Kuratorin, empfangen zu werden, sondern von Estelle, der Freundin, der Person, die ich seit der ersten Klasse kenne und die fast jeden Meilenstein in meinem jungen Leben miterlebt hat. Bitte, bitte.

Sie öffnet die Tür in einem fluffigen weißen Vintage-Kleid in A-Linie mit Rüschen am Hals und Glockenärmeln und lässt sich auf ihre hafermehlfarbene Couch fallen. Ich erinnere mich daran, dass sie an den meisten Fronten immer noch meine engste Verbündete ist und wir bald zu unserer ungetrübten Fernfreundschaft zurückkehren werden.

Sie hat Popcorn, ein bisschen Schokolade und eine dampfende Kanne Kräutertee vorbereitet. »Also los, bring mich auf den neuesten Stand.«

Ein Teil von mir entspannt sich. Wir werden nicht über die

Arbeit sprechen. »Na ja ... Ich war an einem Ort, von dem ich mir geschworen hatte, nie wieder hinzugehen.«

»Monkey Jungle?«

»Nein, Estelle. Nicht ganz so harmlos. Ich war im Bestattungsinstitut.«

»Autsch. Entschuldige bitte.«

»Ja, das hat der Bestatter auch gesagt. *Ich bedaure Ihren Verlust zutiefst.* Aber jetzt halte dich fest, ich habe etwas herausgefunden, das merkwürdig und überraschend zugleich ist.«

»Und zwar?«

»Mein Vater hatte eine Kopfverletzung.«

Sie schenkt mir ihre volle Aufmerksamkeit.

»Und jetzt kommt's, bist du bereit? Tammy will helfen.«

»Womit?«

»Zunächst mal hat sie mir die Haare geschnitten.«

Estelle inspiziert meine Frisur.

»Sie hat von all diesen verwirrenden umherwabernden Einzelheiten über meinen Vater Wind gekriegt und dafür gesorgt, dass ich mithören konnte, während sie dieser Mrs. Watson, die nicht mit mir reden wollte, die Haare macht.«

Estelle schwingt ihre weiten Glockenärmel hin und her. »Und, was hast du herausgefunden?«

»Tja, Überraschung! Tammy hat keine der Fragen gestellt, die ich ihr aufgetragen habe. Und jetzt setzt sie mich unter Druck, mit einer weiteren Frau zu reden, Aber die lebt in Panama City, und ich will da nicht wirklich hinfahren.«

»Auch wenn es dir helfen könnte, etwas herauszufinden?«

»Seltsamerweise mag ich es nicht, wenn man mir die Tür vor der Nase zuschlägt.«

»Würde es helfen, wenn ich mitkomme?«

»Nein, und jetzt lass uns über etwas anderes reden.«

»Aber du hast gesagt, Phil ist dabei, etwas Dummes tun ...«

»Ich weiß, ich habe es angesprochen, aber ...«

»Okay, dann erzähl mir von Adlai.« Estelle streckt ein Bein lang auf der Couch aus und dehnt den pedikürten Fuß: Spitze, Ferse.

Ich seufze.

Sie stupst mich an. »Komm schon, spuck's aus.«

»Da gibt es nichts zu erzählen. Es ist wie in der Highschool. Wilde Knutschereien.«

»Wo?«, fragt sie.

»Auf den Mund!«

»Nein, wo – bei ihm zu Hause?«

»Äh, ich gehe nicht zu ihm nach Hause.« Ich greife nach der Popcornschüssel.

»Willst du mir etwa sagen, dass er noch nicht einmal vorge- schlagen hat ... du weißt schon?«

»Lass gut sein, Estelle. Er ist nur ein netter Kerl. Mehr nicht.«

»Ich hab's. Er spürt, dass du, wenn's um Sex geht, komisch reagierst, also nimmt er Rücksicht.«

»Ich reagiere nicht komisch, wenn's um Sex geht. Wir haben nur ein bisschen geknutscht. Wie auch immer, ich kann nicht mit ihm schlafen und dann zurück nach D.C. gehen. Wofür das Ganze?«

»Dann geh nicht zurück.«

»Ja, klar. Aber wie rücksichtslos von mir, nur über mich zu reden. Wie läuft es mit dir und Roger?«

»Vergiss Roger, ich will alles über Adlai hören.«

Ich atme tief durch. »Also ... mal sehen. Er sagte, er würde mir bei ein paar Zeichnungen helfen.«

Sie ist direkt Feuer und Flamme.

»Nicht bei *deinen* Zeichnungen. Der Auftrag von Theo, die Höh- len und die unterirdischen Flüsse. Er weiß eine Menge darüber.«

»Okay, du hast ihm also vom Smithsonian und von Washing- ton erzählt. Wie hat er reagiert?«

Ich schaue zum Fernseher, der immer noch ausgeschaltet ist.

»Ich … äh … Ich habe ihm gesagt, dass ich aus der Ferne ein bisschen für die arbeite.«

Sie sieht mich an, als hätte ich jemanden ermordet.

»Was denn? Das ist nicht gelogen.«

»Du bist eine Schlange!« Estelle ist völlig entsetzt. »Du musst ihm sagen, wo du wohnst.«

»Ist mir klar.«

»Du musst ehrlich zu ihm sein«, sagt sie. »Und dann kann es von dort aus wachsen.«

Ich setze die Popcornschüssel ab und versuche, ruhig zu bleiben. »Hör mir zu. Wir haben uns ein paarmal getroffen. Wir haben über Grundwasser gesprochen. Wir haben uns geküsst. Sehr intensiv. Das war's. Mehr ist da nicht.«

»Bei *Mehr ist da nicht* geht's nicht immer nur ums Körperliche.« Sie starrt mich wütend an.

Ich stehe auf, nur um etwas zu tun.

Estelle steht ebenfalls auf. »Das ist der Grund, warum du versuchst, alles schnell zu Ende zu bringen und aus der Stadt zu verschwinden, oder? Weil du weißt, dass etwas Gutes passieren könnte und du das einfach nicht erträgst. Also tust du, was du schon immer getan hast. Du läufst davon.«

Ich wirbele herum. Meine Haut ist klebrig vom Schweiß. »Halt die Klappe! Wenn ich nicht an meinen Arbeitsplatz zurückkehre, ist er weg!«

Sie sieht mir direkt in die Augen und betont jedes einzelne Wort. »Nein. Du läufst davon. Weil du Angst hast.«

Ihre Worte sind ein Volltreffer. Ich starre sie an. »Estelle, halt die Klappe! Ich muss jetzt los.« Ich schnappe mir meine Tasche und verlasse ihre Wohnung.

46

28. April

Es ist früh am Morgen, und ich bin aus dem Bett geklettert, um mir das Skizzenbuch zu schnappen. Dann setze ich mich mit angezogenen Knien auf den Boden, lehne mich gegen das Bett und zeichne wie in Trance einen auffliegenden Kanadareiher, der sein Revier beschützt. Die authentischsten Bilder entstehen gleich nach dem Aufwachen, und ich muss sie einfangen, bevor sie verschwinden. Während ich zeichne, hallt die alte Geschichte, die mein Vater immer erzählt hat, in meinem Kopf nach. Kein Wunder, dass die Feenkönigin des Marschlands diesen Vogel erwählt hat. Sein Königsblau ist majestätisch, und er setzt seinen Willen mit schimmernden, ausgebreiteten Flügeln durch.

Nach dem Tod meines Vaters wünschte ich mir jedes Mal etwas, sobald ich einen Kanadareiher sah. In seiner Gestalt herrschte sie doch über jenes Reich, oder? Sie konnte die unsichtbare Grenze zwischen dem Land der Lebenden und dem Land der toten Seelen überschreiten. Ich bat sie, ihn zurückzubringen. Das war doch ein edler Wunsch, oder etwa nicht? Ich würde jede Aufgabe erfüllen, die sie von mir verlangte, jedes Opfer bringen. Als ich begriff, dass es niemals dazu kommen würde, wünschte ich mir, sie möge ihm die Nachricht überbringen, dass ich ihn vermisse und jeden Tag an ihn denke. Erfüllte sie mir diesen Wunsch?

Die einzige unmögliche Aufgabe, die mir gestellt wurde, war ein Leben ohne ihn. Also wünschte ich mir, er würde mir eine Nachricht zurückschicken.

Nach langen Jahren der Stille hörte ich auf, mir etwas zu wünschen. Ich wandte mich anderen Vögeln zu, die nicht mit irgendwelchen Geschichten verbunden waren und die ich um nichts bitten konnte, Vögel, die ich auf Papier oder in einer breiten, flachen Schublade festhalten konnte. Das Museum besitzt einige Vogelbälge von Kanadareihern, aber ich habe mir nie einen ausgesucht, nie einen berührt oder von ihm abgezeichnet, und das werde ich auch niemals tun. Und dennoch erhebt sich hier erneut – ohne vorheriges Studium seiner wunderschönen Schmuckfedern und seiner Farbgebung – ein lebensnaher, königlicher Kanadareiher aus meinem Skizzenbuch.

Ich bekomme Rückenschmerzen, also stehe ich auf und ziehe mich an. Als ich das Handy vom Ladegerät trenne, sehe ich, dass ich einen Anruf von Delores verpasst habe. Interessant. Ich drücke auf *Rückruf*.

»Delores, du hast mich angerufen?«

»Hallo, Loni. Ja. Ich habe mit deinem Chef gesprochen. Er macht sich Sorgen um dich.«

»Ja, ich mache mir auch Sorgen um mich. Aber alles halb so wild. Ich bin hier fast fertig.«

»Zwei Wochen waren dann doch zu wenig, oder?« Die Geräuschkulisse in der Leitung steigt, als Delores wieder mal mehrere Dinge gleichzeitig erledigt.

»Delores, wolltest du mich sprechen, um ein ›Ich hab's dir ja gesagt‹ loszuwerden?«

»Nein, das ist nur ein positiver Nebeneffekt.«

»Also ...«, sage ich.

»Also, wenn du dort fast fertig bist, ist alles gut. Sieht deine Mutter das genauso?«

»Ich sage es ihr immer wieder.«

»Und wie reagiert sie?« Das Klackern von Computertasten.

»Sie macht mir ein schlechtes Gewissen.«

»Tja, das ist kein gutes Ruhekissen, stimmt's?«

»Ich wette, du hast deiner Tochter noch nie irgendwelche Schuldgefühle eingeredet.« Das ist persönlicher, als sonst für uns üblich, aber es ist mir herausgerutscht, bevor ich mich bremsen konnte. Vielleicht liegt es an der Entfernung, vielleicht am Telefon, vielleicht an der Erleichterung über Delores' vertraute Stimme, dass ich diese Grenze überschritten habe. »Die Sache ist die, Delores, meine Mutter würde mir nie auf halbem Weg entgegenkommen und fragen, was mir wichtig ist oder was ich mag.«

»Und andersherum?«

Sie erwischt mich kalt.

»Lass mich dir etwas sagen, Loni. Ich habe als Mutter Fehler gemacht. Ich weiß, kaum zu glauben, aber es ist so. Garantiert hat deine Mutter auch welche gemacht. Und möglicherweise bereut sie das. Aber falls sie sich dir auf die eine oder andere Art nähern möchte, musst du ihr vielleicht eine Tür öffnen.«

»Hm.« Ich bleibe kurz still und denke nach. Delores hat mir schon öfter Ratschläge für meine Karriere gegeben, aber sie hat sich nie eingemischt oder aufgedrängt. In Anbetracht unserer beider Umstände und der Seltenheit eines solchen Kommentars höre ich lieber zu. »Delores, was macht deine Tochter beruflich?«

»Äh … sie entwirft Dinge für … Satelliten. Ja, so nennt man das.«

»In Kalifornien?«

»Äm, ja. Warum?«

»Nur so.«

»Sie war schon immer eine Sternenguckerin. Sie interessierte sich nicht für Chlorophyll und Photosynthese, wo ich die meiste Zeit mit meinen Gedanken war. Sie hasste meine Arbeit.«

»Weil sie dich zu sehr eingenommen hat?«

»Sie hat nie gesagt, warum.«

»Hm. Da fällt mir ein, ich habe kürzlich etwas über Sterne gelernt. Eigentlich kam es in einem der Kräuterbücher vor, die du mir über die Fernleihe geschickt hast. Vielleicht kannst du es bei deiner Tochter anbringen. Willst du es hören?«

»Schieß los.«

Ich suche die Notizen, die ich an diesem Tag an der FSU in der Strozier-Bibliothek gemacht habe, und blättere sie durch. »Hier ist es. ›*Paracelsus glaubte, dass jede Pflanze ein irdischer Stern sei und jeder Stern eine vergeistigte Pflanze.*‹«

»Klingt reichlich abgehoben.«

»Ja, ist aber vielleicht ein Anknüpfungspunkt.«

»Okay, ich muss weitermachen, Loni. Melde dich bei der Personalabteilung, ja? Und gib ihnen einen Zwischenbericht. Theo hat Angst, dass du deinen Termin verpasst.«

»Danke, Delores. Du bist die Beste.«

»Stimmt. Ta-taaaaa.«

Ich lasse mich auf das Bett fallen und starre an die Decke. Delores hat mich als Arbeitskollegin an meine Pflicht erinnert. Aber es ist ihr anderer Rat, den ich befolgen muss. *Ehre deine Mutter. Komm ihr auf halbem Weg entgegen. Öffne eine Tür.*

Ich stehe auf, packe ein paar Bücher zusammen, die ich mit Klebezetteln markiert habe, um Ruth daraus vorzulesen, und verlasse die Wohnung. Im Hausflur knirscht irgendetwas unter meinen Füßen: Vogelfutter. Eine Spur durchs ganze Treppenhaus, die vor meiner Wohnung endet. *Was zum Teufel ist das?* Ich folge der akkurat gestreuten Linie, die durchs Foyer und den langen Gang hinunter zur Straße verläuft, nach draußen. Dort, wo die Vögel das Futter bereits aufpicken, ist sie unterbrochen, geht aber kurz darauf weiter. Ich folge ihr bis zum Bürgersteig, wo sie an meinem Auto endet. Meine Frontscheibe ist eingeseift, und auf der getrockneten weißen Schicht steht geschrieben: *D. C. ICH KOMME!* Auf der hinteren Windschutzscheibe ist ein brauner Film. Ich halte meine Nase daran und schnuppere: Jemand hat *Scheiße* auf meine Scheibe geschmiert.

Ich stapfe die Stufen des Rathauses hinauf und stoße die Türen des Polizeireviers von Tenetkee auf. »Ist Lance Ashford hier?«

Lance kommt an den Empfangstresen.

»Ich möchte ein Kontaktverbot erwirken.«

Er nimmt mich mit an seinen Platz und bedeutet mir, mich zu setzen. »In Ordnung, Loni, beruhige dich. Was ist es diesmal?« Er sieht mich leicht genervt an.

»Es geht um Nelson Barber! Er ist wahnsinnig.«

Lance nimmt ein Formular aus einer Steilkartei. »Hat diese Person dich angegriffen oder berührt?«

»Nein, aber er hat *ein Messer* auf bedrohliche Art und Weise in meine Richtung gehalten.« Ich erzähle ihm von der seltsamen Vogelfutterspur und dem aktuellen Zustand meines Autos. Ich erinnere ihn an die toten Tauben und die Kreidekritzelei auf meinem Reifen. »Und nicht zu vergessen das Loch im Zaun meines Bruders. Bobby hätte von diesem Alligator getötet werden können!«

Ein paar andere Officer, die nichts anderes zu tun haben, kommen herüber und hören zu. Lance konzentriert sich auf das Formular. »Abgesehen von dem Messer im Laden, hast du gesehen, wie diese Person einen dieser ... Streiche begangen hat?«

»Streiche? Das sind keine Streiche!«

»Loni, würdest du dich bitte wieder einkriegen und mich das Formular ausfüllen lassen?«

Ich mustere die herumstehenden Kollegen von Lance. »Das hier ist ein vertrauliches Gespräch«, sage ich, und sie trollen sich wieder. Ich wende mich an Lance. »Du kannst nichts dagegen unternehmen, oder?«

»Ich kann diesen Bericht einreichen. Aber wir müssen den Kerl bei irgendetwas erwischen, damit wir ihn bremsen können.«

»Wie wär's, wenn du in den Geschäften nachfragst, wer zehn Kilo Vogelfutter gekauft hat?«

»Das ist eine gute Idee«, gibt er zu. »Und inoffiziell … werde ich meine Augen offen halten.«

Mein Handy brummt. Auf dem Display erscheint *A. Brinkert*. »Ich muss los.« Mit diesen Worten verabschiede ich mich von Lance und eile zwischen den Säulen des Rathauses nach draußen. Ich sollte gar nicht rangehen, tu's aber trotzdem. Vielleicht bin ich ja noch wegen des Ärgers am Morgen wackelig auf den Beinen, aber in meinem Magen rumort es wie bei einem Teenager.

»Was würdest du zu einem Abendessen bei mir sagen?« Adlai klingt entspannt.

Ich schlucke. Jeder weiß, was das bedeutet. »Hört sich gut an, aber magst du libanesisches Essen? In Tallahassee gibt es nämlich ein Lokal namens Zahara …«

Er antwortet nicht sofort. »Falls du befürchtest, ich könnte was im Schilde führen«, sagt er schließlich, »es ist nur ein Abendessen.«

Ich sollte es wirklich sein lassen. Ich sollte nach Hause gehen, das Vogelfutter auffegen und meine Abreise aus der Stadt vorbereiten. Stattdessen gehe ich nach Hause und fege mit einem Besen die versprengten Reste von Hirse, Leinsamen und Sonnenblumenkernen auf dem Gehweg, der Treppe und dem Flur zusammen, dusche und mache mich für mein Date fertig.

Ich trage Make-up auf, um meine Sommersprossen zu verdecken, wische es wieder ab und entscheide mich für einen Hauch von Rouge. Ich ziehe meine schönere Jeans und ein anständiges Oberteil an, und das muss reichen.

Ich hasse Dates. Bezeichnet man es als Date, sind die Chancen umso größer, dass es mittelmäßig wird. Warum bin ich so nervös? Ich beherrsche fröhliches Geplänkel und Small Talk, auch wenn das nicht wirklich ich bin. Wenigstens einmal würde ich diesen Teil gerne auslassen.

Adlais Haus liegt in der Nähe eines von Schilf gesäumten Sees. Eichen, behängt mit Luftpflanzen und Louisianamoos, beschatten die Bungalows aus den Zwanziger- und Dreißigerjahren Ich erzähle ihm nicht von meinem höchst seltsamen Tag voller Vogelfutter. Stattdessen lasse ich mich von ihm durch das Haus führen. Er zeigt mir die Umbauarbeiten, durch die die Küche vergrößert und auf der Rückseite eine Reihe von Fenstern und Fenstertüren eingebaut wurden.

»Schön geworden«, kommentiere ich und lasse meinen Blick umherschweifen. »Dein Bauunternehmer hat gute Arbeit geleistet.«

»Na ja, dann bedanke ich mich herzlich.«

»Du hast das nicht alles selber gemacht.«

Er nickt. »Ich bin der einzige vollkommen ehrliche Bauunternehmer, den ich kenne.«

»Ja«, sage ich. »Ich frage mich manchmal, ob es echte Ehrlichkeit überhaupt noch gibt.«

Er wendet sich vom Fenster ab. »Das hoffe ich doch sehr.«

Ich runzle die Stirn. Ich bin doch eigentlich diejenige, die kein seichtes Geplauder wollte. »Und was ist mit dir? Hast du es geschafft, in jeder Minute deines Lebens vollkommen ehrlich zu sein?«

Er lehnt sich gegen die Kochinsel mit dicker Holzplatte. »Jede Minute? Keine Chance. Ich war ein böses Kind. Eine bewegte Jugend und so weiter.«

»Und heute?« Ich denke an diesen Garf, der mit Adlai im Kanuverleih spricht.

»Heute?«, wiederholt er. »Heute lautet meine oberste Regel: niemals lügen.«

»Warte, niemals? Du lügst *niemals*?«

»Willst du den Rest des Hauses sehen?« Er macht kehrt und geht zur Treppe.

Oben zeigt er mir das Dach, das er angehoben hat, um ein luftiges, lichtdurchflutetes Schlafzimmer zu schaffen. Ich fühle

mich wie in einem Baumhaus. Aber es ist immer noch sein Schlafzimmer. Die Verführung selbst basiert häufig auf Halbwahrhei-
ten – zumindest auf Selbsttäuschung. Wenn er mich küsst, gehe
ich. Denn ich kenne mich, und ich weiß, dass es dabei nicht bleiben wird.

»Hallo, bist du noch anwesend?«, fragt er. Er ist schon auf halbem Weg die Treppe hinunter.

»Oh, na klar«, sage ich. »Ja.«

Eingepasste Bücherregale säumen die Treppe, und ich lese
beim Hinuntergehen die Buchrücken: *Bleak House. Die Geschichten der Argonauten. Der Staat* von Platon. *Feldführer – Sierra
Nevada. Die Seminolen in Florida. Schiffbruch mit Tiger. Wie man
Wasser liest. Das literarische Gesamtwerk von Lewis Carroll.* Wenn
eine persönliche Bibliothek wie ein Fingerabdruck ist, dann mag
ich die Hände, die diese Bücher gesammelt haben.

Unten setzen wir das Gespräch über Wahrhaftigkeit fort. »Du
willst mir also sagen, dass du nie lügst.«

»Die meisten Leute halten das für eine gute Sache.« Er geht
Richtung offene Küche.

Was ich nicht sage, ist, dass ich gerade ein paar Lügen am Laufen habe. Intensives Lügen durch Verschweigen Phil gegenüber,
über den »Unfall« meines Vaters. Und dann noch Lügen durch
Stillschweigen – ich habe das Tagebuch meiner Mutter gelesen,
ohne es ihr zu sagen. Und Estelle würde mich hier und jetzt un-
ehrlich nennen, weil ich wieder einmal die Gelegenheit verpasse,
Adlai zu sagen, wo ich wirklich wohne.

»Ja, natürlich ist das eine gute Sache«, sage ich. »Aufrichtigkeit ist der Pfeiler einer zivilisierten Gesellschaft. Aber die meisten Menschen schwindeln ab und zu.«

»Überleg doch mal«, sagt er. »Die Entscheidung, immer die
Wahrheit zu sagen, bedeutet, dass man weniger Chaos hat. Das
macht das Leben einfacher.«

Ich lehne mich an den Tresen und sehe zu, wie er Lebensmittel aus dem Kühlschrank holt – Schnittlauch, Tomaten, Kürbis. »Na gut«, sage ich, »aber was ist, wenn jemand einen wirklich üblen Haarschnitt hat und dich fragt: ›Wie gefällt dir meine Frisur?‹ Was sagst du dann?«

Er stellt eine Pfanne auf den Gasherd und kippt Olivenöl hinein. »Ich lächle aufmunternd und sage: ›Du warst beim Friseur!‹«

»Du weichst der Frage also aus.«

»Es ist doch so«, sagt er. »Vielleicht ist dir schon aufgefallen, dass ich nicht gerade ein Plappermaul bin. Wenn ich also etwas sage, kann es genauso gut wahr sein.«

Aber wenn er unangenehme Wahrheiten auslässt, unterscheidet sich das dann so sehr von dem, was ich in meinen Gesprächen mit ihm ausgelassen habe? Er wirft das klein geschnittene Gemüse in die Pfanne.

»Okay«, sage ich. »Und was wäre, wenn dein Chef ein Facelifting bekommt und so verändert aussieht, dass er fast nicht mehr wiederzuerkennen ist?«

Adlai dreht sich um. »Hast du das schon mal erlebt?«

»Nein, nie.«

»Mal vorausgesetzt, dass ich tatsächlich einen Chef hätte, dann würde ich sagen: ›Wer sind Sie, und was haben Sie mit dem anderen Kerl gemacht?‹«

Ich lache laut auf, und er stimmt ein. Dann holt er einen Holzlöffel aus einer Schublade und rührt den Inhalt der Pfanne um, legt einen Deckel darauf und sagt: »Nur noch ein paar Minuten. Willst du es dir gemütlich machen?« Er deutet auf die Couch und stellt die Küchenuhr. Dann setzt er sich neben mich, nicht zu nah und nicht zu weit weg.

»Erzähl mir von deiner Familie.« Sehr souverän, er wechselt das Thema.

»Oha.« Ich halte inne. »Also, ich habe einen Bruder in Spring Creek, gleich außerhalb von Tenetkee.« Er scheint mehr hören zu wollen. »Eine Mutter direkt in Tenetkee.« Pause. »Mein Vater

332

ist tot.« Ich widme meine Aufmerksamkeit dem Fadenlauf des Couchbezugs.

Ich spüre, wie sich Eiszapfen an unserem bis eben noch lebhaften Gespräch bilden. Aber wenn ich ihm meine Geschichte erzähle, wird er entsetzt sein. Also schlage ich ebenfalls einen Haken. »Was *mich* interessiert, ist Hydrogeologie.«

Er steigt auf den erneuten Themenwechsel ein. »Es klingt vielleicht nicht so, aber es ist ein sehr nützlicher Abschluss. Zum Beispiel«, und jetzt klingt er unwirsch, »wird mir niemand billiges Sumpfgebiet in Florida andrehen, es sei denn, ich will tatsächlich ein Sumpfgebiet in Florida besitzen.« Er wartet auf mein Lächeln. »Und als ich quer durch den Staat gefahren bin …«

»Etwa auf der Alligator Alley?«

»Nein, nicht mit dem Auto, in einem Kanu.«

»Du hast Florida in einem Kanu durchquert? Den ganzen Staat?«

»Ein einziges Mal. Ich sammelte Geld für die Naturschutzgruppe, von der ich dir erzählt habe. Jedenfalls hatte ich dadurch viel Zeit für mich allein, also fing ich an, über all das Wasser in diesem Staat nachzudenken, über und unter der Erde, und ich dachte: Wasser ist eine noble Angelegenheit. Es erhält so viele komplexe Systeme aufrecht. Pflanzen, Tiere, Vögel. Uns.«

Er starrt in die Ferne. Dann sieht er wieder zu mir. »Man wird nicht von so vielen Mücken auf einer Reise gestochen, ohne dass es einen verändert.« Er lächelt. »Das war also meine Erleuchtung, als ich eines Nachts den Sonnenuntergang über einem kleinen See beobachtete, den ich vielleicht nie wiederfinde. Ich hatte mich bereits zehn Jahre lang mit der Naturschutzpolitik befasst, mich über die Wissenschaft auf dem Laufenden gehalten, vor Landnutzungsausschüssen und Stadtratssitzungen ausgesagt, mit völlig verblendeten Leuten debattiert, und dann bin ich nachts mit dem Gedanken aufgewacht, wie gierig und bauernschlau und kurzsichtig und einfach nur dumm manche Menschen sein können.

Kurz vor meiner Abreise wurde ich gebeten, selbst für das Amt zu kandidieren. Als ich in dieser Nacht über den See blickte, wusste ich, dass mich dieses Fortbewegen übers Wasser aus eigener Kraft etwas über Einfachheit gelehrt hatte. Am nächsten Tag änderte ich meine Route, füllte meine Vorräte in Moore Haven auf und fuhr nach Norden statt nach Osten.«

Ich stelle mir vor, wie er in seinem Kanu aus Birkenrinde sitzt, wie die Muskeln in seinen Schultern den Zug des Wassers bewegen, Schlag um Schlag.

»Die ganze Zeit, in der ich paddelte, hatte ich das Gefühl, dass das Wasser mich an einen bestimmten Ort zog. Ich wusste nicht, wohin, aber ich war bereit, ihm zu folgen. Und als ich fast keine Vorräte mehr hatte, fand ich den Kanuverleih mit dem Schild ›Zu verkaufen‹. Vielleicht lag's an meinem Hunger und der Müdigkeit, aber ich hatte das starke Gefühl, dass ich genau zum richtigen Zeitpunkt am richtigen Ort war. Also ging ich nach Hause, machte einen Plan für die Finanzierung und kaufte den Laden.«

»Und ich bin froh darüber, dass du der Eigentümer bist, bei den Rabatten, die du …«

Er unterbricht mich, indem er mein Gesicht sanft in seine Hand nimmt. »Ich bin auch froh.« Er streicht mit dem Daumen über meine Wange. »Ich Glückspilz.« Er beugt sich näher zu mir vor, aber in diesem Moment piepst die Küchenuhr.

»Essen ist fertig«, sage ich und stehe auf, um zum Tisch zu gehen.

Nach dem Essen und einer selbst gemachten Crème brûlée bedanke ich mich, und er begleitet mich nach draußen. Ich passe auf, dass ich ihn nicht berühre, und er muss meine Vorsicht spüren, denn als wir zu meinem Auto kommen, gibt er mir einen schüchternen Gutenachtkuss und nimmt einfach meine Hand. Ich ziehe ihn näher an mich heran, und dann küssen wir uns innig, und die Zeit spielt keine Rolle mehr, während wir unter den Eichen mit wallendem Louisianamoos stehen. Bevor ich vor Lust sterbe, muss ich das hier beenden, aber jetzt noch nicht.

Endlich trennen wir uns, atmen durch, und ich greife nach meinen Schlüsseln. »Das Abendessen«, sage ich eifriger als beabsichtigt, »war köstlich.«

47

30. April

Als ich heute den Geezer Palace verlasse, werde ich im Foyer mal wieder von den Mittagsnachrichten im Fernsehen abgelenkt, von Mord und Chaos und der gleichen gelbhaarigen Reporterin, die ich schon einmal gesehen habe. Gerade als ich mich abwende, wird der Name der Reporterin am unteren Rand des Bildschirms eingeblendet. Ich schaue noch mal genauer hin, da ist er aber bereits verschwunden. Stand da etwa Rabideaux? Wie Joleen Rabideaux, die Nachbarin meiner Mutter? Die Reporterin ist ungefähr so alt wie ich. Aber Joleen hatte keine Kinder.

Ich glotze auf den Bildschirm und beobachte, wie sich die Lippen der Reporterin bewegen. Die Rabideaux hatten eine Nichte, die öfter aus Tallahassee zu Besuch kam, und Joleen brachte sie mit zu uns, zum Spielen. Sie hatte einen lustigen Vornamen, wie Kicky oder Khaki, und sie hielt sich nicht gerne in der freien Natur auf. Ich versuchte, sie zu meinen üblichen Spielen am Rande des Marschlands zu überreden, wie zum Beispiel das Nachstellen meiner Lieblingsgeschichten aus *Journeys Through Bookland*, aber sie bestand darauf, dass wir ins Haus gingen, wo sie eine Unmenge von Barbiepuppen auf dem Flechtteppich in unserem Wintergarten ausbreitete und ihnen glänzende Badeanzüge über die seltsam verdrehten Arme zog, während sie mir die ganze Zeit Gruselgeschichten über Kinder erzählte, die von Sumpfmännern entführt und versklavt worden sind. Sie klang genau wie Joleen, die mit meiner Mutter auf der Veranda über die schrecklichen Schlagzeilen diskutierte.

War diese Fernsehreporterin womöglich jenes Mädchen von früher? Sie berichtet jedenfalls soeben über einen schrecklichen Mord in der Gegend, und ich meine, den Hauch eines Lächelns auf ihren Lippen zu erkennen.

Mariama gesellt sich zu mir. »Eieiei.« Sie schüttelt den Kopf. »Eine verrückte Welt.« Sie spricht es wie »Wald« aus.

Das Bild schwenkt zurück zur Moderatorin, die gerade »Danke, Kiki« sagt.

Das große Schild draußen verkündet »Tallahassee NewsChannel 5«. Ich betrete die Lobby und nähere mich dem Hochglanz-Schreibtisch der Empfangsdame, einer zierlichen Frau in den Zwanzigern mit einem schicken Headset. Auf einer Konsole blinken mehrere Lichter. »Einen Moment, bitte«, sagt sie zu einem Anrufer, drückt auf einen Knopf und sieht mich fragend an.

»Hallo. Ich würde gern eine Nachricht für Kiki Rabideaux hinterlassen.«

Die Empfangsdame drückt einen Knopf, und ich höre ihre Stimme über den Lautsprecher. »Kiki Rabideaux, bitte kommen Sie zum Empfang. Kiki Rabideaux zum Empfang, bitte.«

»Oh, ich wollte nicht ... Sie hätten nicht ... Ist sie hier?«

»Keine Sorge, sie wird kommen. Ich habe hier nicht viel zu melden, aber nach dieser Durchsage kommen sie alle angerannt.« Sie grinst.

Und sie hat recht. Kurz danach steht Kiki in der Lobby und sieht zuerst die Empfangsdame und dann mich erwartungsvoll an.

»Kiki?« Ich hatte erwartet, es wäre schwieriger, an sie heranzukommen.

»Ja, hallo.« Sie schüttelt mir die Hand. Sie ist größer, und ihr Blond ist natürlicher als im Fernsehen.

»Hallo! Ich bin, äh, Loni Murrow.«

»Okay.« Sie geht hinüber zu der geschwungenen weißen Couch. »Hier, setzen Sie sich. Sie haben also ein Problem mit einem Unternehmen, etwas, das wir mit unserer Sendung nachgehen sollen?« Sie schlägt ein üppiges Bein über das andere.

»Die Sendung? Nein, ich ... also ... du wirst dich nicht an mich erinnern, aber wir haben als Kinder öfter miteinander gespielt. In Tenetkee, wenn du deine Tante Joleen besucht hast.«

Sie sagt nichts, rückt aber etwas von mir ab.

Ich rede weiter. »Meine Eltern hatten das Haus im Marschland, nicht weit von deiner Tante und deinem Onkel entfernt. Loni Murrow.«

Sie scheint nach der Erinnerung zu kramen. Dann überschlägt sich ihre Stimme. »O ja, ich erinnere mich an dich. ›Naturkind‹ hat meine Tante dich immer genannt.« Sie legt einen Arm über die Rückenlehne der Couch.

»Tatsächlich? Aha.«

»Also, das ist viele Jahre her. Bist du weggezogen?« Ihr Lidstrich, oben und unten, ist perfekt, ihre Wangenpartie mit Rouge modelliert.

Ich nicke.

»Und du brauchst mich nicht, um in der Sendung gegen eine betrügerische Firma vorzugehen?«

»Nein, ich habe deine Tante im Supermarkt gesehen und wollte mich wieder mit ihr in Verbindung setzen.«

Sie legt jeden Rest ihrer publikumswirksamen Persönlichkeit ab. »Ja, ich habe sie ständig um mich, sie und ihren zweihundert Pfund schweren Eichentisch und ihren wandgroßen Spiegel und die neunundvierzig Usambaraveilchen, die sie wie ihre Kinder behandelt. Jedes Einzelne von ihnen hat einen Namen.« Sie hält inne und wartet auf meine Reaktion, dann fährt sie fort. »Keinen Pflanzennamen, sondern Herman, Prudence, Dick! Einen von ihnen nennt sie tatsächlich Dick.« Sie lacht. »Ich weiß, es klingt

338

gemein, und sie hilft mir sehr. Sie und Onkel Marvin kamen aus North Carolina hierher, als mein Baby vor fünf Monaten geboren wurde. Aber Tante Joleen meinte damals, sie würden nur ›vorübergehend‹ einziehen.«

»Wirklich? Sie hat also nicht die ganze Zeit in Tallahassee gelebt?«

»Seit Jahren nicht, bis jetzt.«

Das ist nicht das, was Joleen mir im Supermarkt erzählt hat.
»Also, ich würde sie gerne besuchen …«

Kiki sieht mich an. »Meinst du, du könntest sie dazu bringen, aus meiner Wohnung auszuziehen?«

»Vielleicht könnten sie ihr altes Haus zurückkaufen«, sage ich. »Es ein bisschen renovieren …«

»Glaubst du, das hätte ich nicht auch schon vorgeschlagen? Tante Joleen tut so, als wäre dieses Haus radioaktiv. Sie sagt, sie müsse bei mir bleiben, um sich um mein Baby zu kümmern. Aber ganz unter uns, es wäre viel einfacher, wenn sie in ihrem eigenen Haus wohnen würde und nur vorbeikäme, wenn sie arbeiten muss.«

»Nun, vielleicht könnte Mr. Perkins für sie ein anderes …«

»Elbert Perkins? Der Immobilientyp? Auch radioaktiv.«

»Hm, meinst du, ich könnte sie in der Zwischenzeit anrufen oder … oder besuchen?«

»Unter einer Bedingung.« Sie beugt sich vor. »Versuch bitte, sie davon zu überzeugen, dass sie woanders wohnen soll. Hier, meine Adresse.« Sie steht auf, nimmt sich ungefragt vom Schreibtisch der Empfangsdame einen leeren Zettel, kritzelt etwas darauf und reicht ihn mir. »Achte nicht auf das Chaos, das liegt an denen. Und du wirst mein Baby sehen, Amber ist so süß, aber damit will ich dich nicht langweilen! Grüß alle von mir.«

»Ja, klar. Danke, Kiki. Gibt es eine bestimmte Uhrzeit, die am besten passt?«

»Nö! Sie sind rund um die Uhr da. Sie behandeln meine Wohnung wie ihren Weltuntergangsbunker. Onkel Marvin sitzt gerade garantiert in meinem Sessel mit der Fernbedienung in der Hand. Seit Ambers Geburt habe ich das Programm nicht mehr eigenhändig gewechselt.«

Ich stoße die Glastür auf. »War schön, dich zu sehen!«

»Ja, klar, ganz meinerseits«, ruft sie und verschwindet wieder in den Tiefen des Senders.

48

Sie wohnt in einem Fertighaus, es ist gut gepflegt und ähnlich dimensioniert wie die umgebenden Häuser, mit einem Jägerzaun, der eine kleine, erhöhte Veranda abgrenzt, und einem verschnörkelten Windrad vor dem Haus, das sich im Wind dreht. Das Wohngebiet befindet sich auf der anderen Seite des Waldes, in der Nähe des Naturkundemuseums. Ich klopfe zögerlich an die Tür. Kurz darauf schiebt jemand einen gelben Vorhang beiseite, und ein breiter kleiner Kopf kommt zum Vorschein. Joleen. Ihre Augen weiten sich. Der Vorhang fällt wieder vor das Fenster, und sie ruft: »Wer ist da?«

»Hallo, Mrs. Rabideaux. Ich bin's, Loni Murrow. Wir sind uns beim Einkaufen begegnet.«

Die Tür öffnet sich einen Spalt. »Was willst du?«

»Nur reinkommen und plaudern, falls es gerade passt.«

Sie wirkt beunruhigt. »Ist jemand bei dir?«

»Nein, Ma'am.«

»Wie hast du mich gefunden?«

»Kiki meinte, ich solle mal vorbeischauen.«

»Kiki?« Der Abstand zwischen Tür und Türpfosten wächst um ein paar Zentimeter. »Na dann … komm rein, von mir aus.« Sie öffnet die Tür schnell und schließt sie schon fast wieder, bevor ich ganz im Haus bin.

»Wer ist da?«, ruft eine Männerstimme.

»Niemand, Marvin!« Zu mir sagt sie: »Setz dich doch.«

Ich sitze in einem winzigen Wohnzimmer, in dem eine kurze Couch und ein wuchtiger Stuhl stehen. Kiki hat recht. Es sind zu viele Möbel für diesen kleinen Raum. Und ich sehe zumindest einige der Usambaraveilchen, die das Bücherregal säumen und den Beistelltisch belagern.

»Schöne Pflanzen«, sage ich.

»Sind sie nicht einzigartig?« Sie lächelt zum ersten Mal. »Temperamentvoll. Sie lassen mich wissen, wenn sie aufgebracht sind.«

Auf dem Boden liegen Babyspielzeug und eine Decke.

»Also, was führt dich her?« Sie setzt sich auf die Couch und presst ihre Handflächen auf die Knie ihrer beigen Wollhose.

Ich nehme den Stuhl. »Ach, ich wollte Sie nur besuchen.«

»Aha.«

Ich sinke in der Polsterung ein. Ich bin hier, um herauszufinden, was Joleen über den Tod meines Vaters weiß, und außerdem: Wer ist Henrietta? »Also«, fahre ich fort, »Sie wohnen seit Kurzem hier?« Die Aufwärmphase.

Sie hält inne und denkt nach. »Was hat Kiki dir erzählt?«

»Nur, dass Sie zurückgekommen sind, um ihr mit dem Baby zu helfen.«

»Oh, *warte* nur, bis sie aufwacht! Amber sieht genauso aus wie ihre Mom. Sie ist so süß. Außer wenn sie weint. Dann verzieht sie ihr Gesicht und macht ein Mordstheater.« Mrs. Rabideaux lacht. Ich erinnere mich jetzt an dieses Lachen, die gerümpfte Nase und die zusammengebissenen Zähne, die Augen geschlossen.

»Würden Sie meine Mutter mal besuchen kommen, Mrs. Rabideaux?« Deshalb bin ich eigentlich nicht hier, aber Mom würde sie vielleicht gerne sehen.

»In Tenetkee?« Wieder weiten sich ihre Augen. »Na ja ... vielleicht, irgendwann.«

Mir ist klar, dass sie es nicht ernst meint.

»Mrs. Rabideaux, haben Sie Angst vor etwas in Tenetkee?«

»Wer, ich? Nein!«

Ich warte, bis sie weiterspricht.

»Es ist nur so, dass wir irgendwie Hals über Kopf weggegangen sind. Und einige Leute sind immer noch sauer auf mich, weil ich ihnen nicht gesagt habe, dass wir fortgehen.«

»Warum sind Sie so überstürzt umgezogen, Mrs. Rabideaux?«

»Also, Marvin musste operiert werden, an der Gallenblase, und dann hat er einen neuen Job bekommen, und, na ja, das Übliche, du weißt schon.«

»Aber Sie sind doch mitten in der Nacht aus Ihrem Haus ausgezogen, oder?«

»Nein.«

»Würden Sie wieder in Ihr altes Haus einziehen wollen?«

»Ach, Liebes, sicher nicht.«

Ich öffne meinen Mund, aber sie redet weiter.

»Wir sind nur vorübergehend hier, weißt du. Nur um Kiki zu unterstützen.«

»Aber haben Sie im Supermarkt nicht gesagt, dass Sie in Tallahassee wohnen, seit ich klein war?«

»Habe ich das gesagt?«

Warum erzählt sie mir zwei unterschiedliche Versionen?

Marvin erscheint in der Tür mit einer in den Kragen gesteckten Serviette. Er hat eine kräftige Statur, mit einem erheblichen Fettansatz im Nacken und am Bauch. Sein graues Haar trägt er seitlich gescheitelt und über die Glatze gekämmt.

»Und wer sind *Sie*?« Er hat immer noch die tiefe Stimme, wegen der die Leute ihm jedes Mal sagten, dass er beim Radio arbeiten und nicht nur das Funkgerät der Aufsichtsbehörde bedienen sollte. Es ist schon komisch, wenn ich daran denke, wie lebenswichtig diese Funkgeräte für meinen Vater und die anderen Officer vor der Digitalisierung waren.

Joleen steht auf. »Also, Marvin, das ist Loni Murrow, erinnerst du dich an Ruth und *Boyd* Murrow?« Den Namen meines Vaters spricht sie betont langsam aus.

Er starrt mich an. »Du bist die Tochter.« Seine Lippen schließen sich nicht ganz, nachdem er es gesagt hat.

343

Ich nicke.

»Scheiße«, sagt er.

»Marvin, setz dich wieder und iss dein Sandwich auf. Und pass auf, was du sagst.«

Er dreht sich um und geht zurück in den anderen Raum.

»Kümmere dich nicht um ihn und seine unflätige Sprache.« Joleens Finger spielen mit dem Spitzendeckchen über der Couchlehne. »Ach, ich glaube, ich höre das Baby!«

Ich höre nichts.

Sie steht auf und geht, dann kommt sie zurück und hüpft mit einem kleinen, verschlafenen Baby im Arm auf und ab. »Das ist Amber! Sag Hallo, Amber!«

Natürlich ist das Kind zu klein, um irgendetwas anderes zu tun, als unkoordiniert und mit wackelndem Kopf in die Welt zu glotzen. Die Hüpferei verstärkt die mangelnde Koordinationsfähigkeit der kleinen Amber nur noch mehr.

»Du musst uns jetzt entschuldigen. Sie hat Hunger. Stimmt's, Amber? Es war wirklich schön, dich zu sehen, Loni. Aber sag den Leuten in Tenetkee nicht, dass du uns getroffen hast, ja?« Sie durchbohrt mich mit ihrem Blick. »Es ist mir unangenehm, wie ich schon sagte.«

Ich nicke, als ich aufstehe. »Hey, Mrs. Rabideaux, erinnern Sie sich an jemanden namens Henrietta? Ich habe nämlich eine Nachricht von ihr gefunden ...«

Sie kriegt erneut diese Riesenaugen. »O nein, dazu fällt mir gar nichts ein.« Mit winzigen, hüpfenden Schritten schiebt sie mich in Richtung Tür.

Ich drehe mich um. »Hören Sie, bevor ich gehe, dürfte ich Mr. Rabideaux fragen ...«

Mr. Rabideaux erscheint wieder in der Wohnzimmertür.

»Mr. Rabideaux. Ich wollte Sie etwas zu Dan Watson fragen.« Ich ziehe den Vorfallsbericht aus meiner Tasche. »Hier, er hat einen Bericht unterschrieben, in dem steht, dass ...«

»Raus«, sagt er.

»Wie bitte?«

»Ich sagte: Raus!«

Ich schaue zu Mrs. Rabideaux. Sie zuckt mit den Schultern. »Tja, war schön, dich zu sehen, Loni, du solltest jetzt …« Sie schiebt mich zur Tür. Zuerst schaut sie durch den gelben Vorhang, dreht den Knauf und stößt mich, begleitet von einem »Wiedersehen!«, hinaus. Dann knallt sie die Tür hinter mir zu.

Ich stehe draußen und beobachte, wie der hin und her schwingende Vorhang zum Stillstand kommt. Ich klopfe erneut. »Mrs. Rabideaux!« Ich klopfe fester. »Mrs. Rabideaux!«

Keine Antwort.

Wütend stapfe ich zurück zu meinem Auto. Mrs. Rabideaux kennt Henrietta definitiv. Die Art, wie sie es geleugnet hat, war eindeutig. Und der Name Dan Watson hat bei Marvin Alarm ausgelöst.

Wovor haben die beiden Angst?

49

1. Mai

Gerade als ich in eine Lücke vor dem Geezer Palace einparke, brummt mein Handy. Eine SMS von Theo: »Update?« Lange Textnachrichten sind nicht Theos Sache.

Meine Daumen schweben unentschlossen über dem Bildschirm. »Mache gute Fortschritte«, tippe ich schließlich. »Bin bald wieder da.«

Ich sehe, dass er dabei ist, eine Nachricht zu schreiben, aber es dauert ewig, bis sie erscheint: »Es ist jetzt Mai.«

»Bin bald wieder da«, wiederhole ich.

Ich bin entschlossen, die letzten Besuche bei meiner Mutter gut gelaunt anzugehen, auch wenn sie mir nicht die Wärme geben kann, die ich mir erhoffe. Heute habe ich ihr ein altes Gedicht von einem Mann namens Barhydt mitgebracht, der Florida um 1800 bereist. Ich klemme den Band unter den Arm und gehe hinein.

»Hallo, Mom!«

Sie antwortet nicht. »Mom? Hallo!«

Sie sitzt in einem wasserblauen Twinset auf dem Vinylstuhl, aber sie könnte genauso gut eine Schaufensterpuppe in Velmas Kleiderladen sein. Ihre Augen sind auf einen Punkt hinter mir gerichtet. Ich versuche noch ein paarmal, den Panzer zu durchdringen. »Mom. Mom?«

Nichts.

Nun, ich denke, positiv zu bleiben bringt nichts. Selbst an einem guten Tag, was heute eindeutig nicht der Fall ist, kann ich nur sehr wenig tun, um den vorherrschenden Wind zu ändern. Eine erwachsene Reaktion ist vielleicht, es gar nicht erst zu versuchen.

Ich versenke den alten Barhydt in meiner Tasche und hole stattdessen mein Skizzenbuch heraus. Ich blättere durch all die halb fertigen Zeichnungen, die ich von meiner Mutter angefertigt habe – ihr Rücken am Klavier, ihr Rücken im Garten und mehrere ungenaue Versionen der jungen Ruth vor der Wäscheleine im Regen. Ich kenne sie immer noch nicht wirklich und werde sie wahrscheinlich auch nie kennenlernen.

Ich gehe zu Mariama, aber sie ist mit einem anderen Bewohner beschäftigt, also hole ich mir eine Tasse Kaffee aus dem Automaten und kippe reichlich Kaffeesahne und Zucker hinein. Wie ich mittlerweile gelernt habe, besteht die Möglichkeit, dass ich in zehn Minuten zurück in Moms Zimmer gehe und es ihr gut geht. Aber was soll ich in der Zwischenzeit tun? Ich habe ihr Tagebuch in meiner Tasche, dessen Lektüre nie für mich gedacht war. Ich setze mich in einen Polsterstuhl in der Lobby und krame es hervor.

Die Stimme meiner Mutter auf diesen Seiten ist genauso kompliziert wie im wirklichen Leben. Doch wenn sie reglos dasitzt und mir nichts gibt, ist das Tagebuch vielleicht alles, was ich von ihr bekomme.

Meine kreisförmige Bepflanzung gedeiht, und die Quadrate aus Thymian und Zitronenmelisse behalten vorläufig ihre Form. Dieser Garten ist so anders als die geraden Reihen, die ich anfangs gepflanzt habe, mit Möhren, Zwiebeln und Kohlköpfen. Mutter Lorna kam herausgeputzt mit einem Halstuch aus Seide zu Besuch und sagte laut genug, dass Boyd sie hören konnte: Willst du damit sagen, er erwartet von dir, dass du Landwirtschaft betreibst? Ich sagte ihr, sie solle still sein, aber sie redete laut und deutlich weiter: Nur weil du aufs Land gezogen bist, Ruth, muss du nicht zur Bäuerin werden.

Für sie war »Bäuerin« die schlimmste Beleidigung, die sie mir an den Kopf werfen konnte.

Nun, ich war stolz auf meine sauberen Beatrix-Potter-Reihen. Der Echte Mehltau hat die Möhren dahingerafft, aber die Zwiebeln haben durchgehalten, ebenso wie die Kohlköpfe, die sich auf schreckliche Weise als nützlich erwiesen haben. Joleen sagte: Steck die Kohlblätter direkt in deinen BH. Das trocknet die Milch aus. Ich befolgte ihren Rat, weil ich verzweifelt versuchte, die Schwellung und die Schmerzen zu lindern, denn mein Körper erinnerte mich jede Sekunde an das Baby, das an meiner Brust hätte liegen sollen. Nach dem Krankenhaus hielten Boyd und ich es nicht mehr zu Hause aus, also brachten wir Loni zu meiner Mutter. Was für einen Rabatz dieses Mädchen veranstaltete – zehn Jahre alt und ein Gekreische, als wäre sie ein Kleinkind: Mom! Mom! Ich musste mir die Ohren zuhalten.

Boyd nahm mich mit zur Anglerhütte, aber er angelte nicht. Wir fuhren mit dem Kanu herum, und alles war ruhig, bis auf diesen schrecklichen Vogel, der wie ein schreiendes Baby klang. Nachts, als Boyd die Betten zusammenschob, griff ich in meinen Büstenhalter, um die welken Kohlblätter durch frische zu ersetzen, die ich mitgebracht hatte. Ich drückte sie gegen meine tropfenden Brüste, und wir versuchten, darüber zu lachen. Kohlblätter! Aber kein Lachen konnte das Gewicht dieser Abwesenheit aufheben. Nachts schrie dieser schreckliche Vogel wieder, drei kurze Stöße, dann fünf, sechs. Immer wieder gab er diese Klagelaute von sich. In meinem unruhigen Schlaf war es das Baby. Es war nicht durch den Sturz getötet worden, es wollte nur gefüttert werden. Warum habe ich es nicht gefüttert? Und dann veränderte sich der Traum, und der Schrei kam von Loni, die von Lornas Tür aus rief: Mom! Mom! Mom! Es ist nicht meine Schuld!

Ich schaue auf, ohne etwas zu sehen. Nicht meine Schuld? Da steht: »durch *den Sturz getötet*«. Ich lese den Satz noch einmal. Und genau dort in der Lobby verschlingt mich etwas, das ich mein ganzes Leben lang gewusst und ebenso lang verdrängt haben muss wie ein Senkloch. Ich bin Alice, ich falle und falle, und um mich herum tauchen in der Dunkelheit fragmentarische Bilder auf: ein Paar flache Halbschuhe mit abgelaufenen Absätzen. Zwei kleine gelbe Gummistiefel, die im Schlamm feststecken. Der Bach, eine Planke als wackelige Brücke. Ein zehnjähriges Mädchen, das entschlossen ist, das Marschland zu erkunden. Ein Schritt, ein weiterer, das Gras reicht mir bis zu den Augen und ritzt meine Haut auf. Beim dritten Schritt sinke ich ein. Ich versuche, den Fuß herauszuziehen, aber jetzt sinkt auch der andere Fuß ein. Der Schlamm hält mich fest. Eine Mücke summt mir etwas ins Ohr, sticht mich in den Arm.

»Loni! Mittagessen ist fertig!«

Ich drehe mich um und sehe sie am Fuß des Baumes. »Mom! Ich bin hier!«

Sie sieht sich suchend um.

»Hier!«

»Lorna Mae Murrow! Was machst du denn da?« Sie steht auf der anderen Seite des Baches.

»Zieh deine Füße da raus und dann Abmarsch.« Sie stemmt die Hände in die Hüften.

»Es geht nicht.«

»Pack die Stiefel oben am Rand.« Ich versuche es, aber sie sitzen fest.

Sie steht und starrt mich eine lange Sekunde wütend an. Dann watschelt sie über das Brett, das ich als Brücke über den Bach gelegt habe. Sie ist in letzter Zeit so dick und bringt das Brett ins Wanken. Ihre Schuhe sind hinten offen. Sie vollführt einen Drahtseilakt.

»Streck deine Arme aus, Loni, und lehn dich zurück.« Ihre

Hände ergreifen meine und ziehen. Meine Füße rutschen aus den Stiefeln, ich falle auf den Po, und der Boden durchnässt meine Shorts.

»Jetzt steh auf und folge mir über den Bach zurück.«

Sie macht einen Schritt auf das Brett, aber es wackelt zu stark, und sie rutscht in Zeitlupe das schlammige Ufer hinunter, bis sie im Bachbett sitzt, wo ihr das Wasser bis zur Brust geht. Der Bach ist nicht tief. Ich rutsche hinterher, um ihr zu helfen, und falle mit dem Gesicht nach unten hin. Sie versucht, sich ein Lachen zu verkneifen. Da sitzen wir beide, völlig durchnässt, und fangen an zu kichern.

Doch ein paar Tage später bekam sie Schmerzen, schlimme Schmerzen. Sie rief Joleen an, die Marvin sagte, er solle meinen Vater holen. Daddy raste in den Hof, trug meine Mutter zum Wagen und wies mich an, zu den Rabideaux zu fahren. Dann war er schon wieder raus aus der Einfahrt.

Ich verbrachte zwei lange Tage bei Joleen Rabideaux in einem Schlafzimmer, das nach warmem Plastik und alten Radioteilen roch, und fragte mich, warum meine Eltern mich verlassen hatten. Und dann war ich plötzlich bei Großmutter Lorna und stand an ihrer schmiedeeisernen Fliegengittertür.

»Mom fühlt sich nicht gut«, erklärte Daddy mir. »Wir holen dich am Montag wieder ab.« Mom sah mich nicht an.

»Verlasst mich nicht«, sagte ich und wandte mich an meine Mutter. »Mom.«

Doch die schmiedeeiserne Fliegengittertür fiel zu, das Schloss schnappte ein und verriegelte.

»Mom!« rief ich, packte den schmiedeeisernen Türrahmen und rüttelte daran. »Mom!« Sie gingen weg, und sie drehte sich nicht um. Ich wusste, dass ich zu groß war, um zu weinen, aber ich schluchzte dennoch laut und schrill. »Mom!«

Ich muss diese Bilder in einen tiefen Brunnen geworfen haben in der Hoffnung, sie nie wiederzusehen. Aber hier sind sie, mit freundlicher Genehmigung des Garten-Tagebuchs. Wieso bloß habe ich diese Verbindung nicht früher hergestellt? Hier, in der sorgfältigen Handschrift meiner Mutter, fügt sich unsere gesamte gestörte, verworrene Geschichte zusammen wie die einzelnen Riegel eines verschlossenen Tresors. Das ist der Grund, warum ich es meiner Mutter nie recht machen konnte. Ihr kleines Küken ist aus dem Nest gefallen. Und ich versetzte ihm einen Schubs.

Ein dünner grauhaariger Mann fährt mit seinem Rollator beinahe über meine Zehen, und die Lobby des Geezer Palace nimmt wieder konkrete Formen an. Ich stehe von meinem Platz auf, gehe aber nicht zurück ins Zimmer meiner Mutter. Stattdessen stolpere ich hinaus auf den grell erleuchteten, glühend heißen schwarzen Asphalt und fahre davon. Ich komme wieder an dem leer stehenden Rabideaux-Haus mit den grauen Fensterläden vorbei und biege dann in die Einfahrt meines ehemaligen Zuhauses ein, dem Ort meines Verbrechens.

Mr. Meldrum taucht auf und zieht die Gartenhandschuhe aus. In seinem weißen T-Shirt sieht er aus wie ein Ei in einem Overall.

Ich steige aus und reibe meine verschwitzten Handflächen an den Seiten meiner Jeans trocken. »Hallo.« Ich bemühe mich um einen Hauch von Herzlichkeit. »Ich bin gerade vorbeigefahren, und …«

»Ja, Phil war gestern hier. Hat oben einen tropfenden Wasserhahn repariert. Das Heißwasser wollte sich um nichts in der Welt zudrehen lassen.« Mr. Meldrums Wangen leuchten rosa.

»Sie arbeiten gerade im Garten«, sage ich ausdruckslos.

»Ja. Sie können gerne mit nach hinten kommen. Ist noch viel zu tun, bevor die Sonne untergeht.«

Ich folge ihm. Warum bin ich hier? Vielleicht, um den Fluss und den Schlamm zu sehen, um meine eigene Schuld zu untermauern. Vielleicht bin ich auch wegen der Heilkräuter hier.

»Hier baue ich meine Early-Girl-Tomaten an.« Wir gehen um die Ecke, und er zeigt auf eine Reihe dürrer, gepfählter Tomatenstöcke. »Und hier drüben vier Reihen Paprika.«

»Halt, wo ist denn der Kräutergarten?« Die geometrischen Beete meiner Mutter mussten jeder Menge Erdhügel und ein paar ums Überleben kämpfenden Pflanzen weichen. Das ist nicht der Garten, den wir vor ein paar Wochen aufgegeben haben.

»Lorraine und ich kennen uns damit nicht aus. Wir hätten die Kräuter nicht vom Unkraut unterscheiden können.

»Oh.« Ich wende mich ab. »Oh, nein.«

»Was ist los?«, fragt er. »Sind Sie krank?«

»Ich muss los.« Vor mich hin murmelnd und leicht taumelig wanke ich zu meinem Auto. Ich blicke zurück auf das, was einmal mein Zuhause war, und wende das Auto, ohne mich noch einmal umzudrehen. Ruths Schätze, alle samt den Wurzeln herausgerissen. Was werde ich ihr sagen? *Mein Beileid zu deinem Verlust?*

Nein. Ich werde ihr überhaupt nichts sagen.

50

2. Mai

Die Morgensonne bricht durch die Jalousien der Wohnung. Ich lege einen Arm über mein Gesicht und liege reglos wie eine Leiche in den ungewaschenen Laken. Der Roboter in meinem Gehirn sagt: »*Arbeite.*« Ich zwinge mich aufzustehen und stolpere zu dem wackeligen Resopaltisch.

Bleistift. Leeres Blatt. Toter Vogel. Toter Baum.

Draußen brennt die Sonne am Himmel. Im Inneren meines Schädels: Hitzegewitter.

Zeichne. Kanadakranich. *Die letzte.*

Ein Strich. Zwei. Drei. Ich verhandle mit mir. Wenn ich nicht wieder ins Bett gehe, darf ich meinen Kopf auf den Tisch legen.

Was ich jetzt brauche, ist ein bisschen Kleine Braunelle. Aus dem Garten. Aber der Garten ist dem Erdboden gleichgemacht und abgefackelt worden.

Das Festnetztelefon klingelt. Wer kennt diese Nummer? Ich kann nicht denken. Es klingelt weiter. Dreimal. Viermal. Ein Bariton sagt »Hallo«. Der Vormieter lebt in diesem altmodischen Apparat weiter. »Sie sind verbunden mit ...« *Signalton.* »Hallo, ich bin's noch mal, Estelle. Ich habe auf deinem Handy angerufen, aber vielleicht hast du es auf stumm gestellt? Rufst du mich an, wenn du zu Hause bist?«

Sie weiß, dass ich zu Hause bin. Sie will einen Vogel. Vier Vögel.

Auf einem Baum. Ich seufze. Das Telefon klingelt schon wieder. Die Maschine klickt und surrt. »Hallo, Sie sind mit …« Das Band brummt, piept. *Hör auf anzurufen, Estelle.*

Stille. Die Stimme eines Mannes. »Hey.« Pause. »Ich frage mich nur, was gestern mit dir los war. Ich dachte, wir sollten … Verdammt, ich hasse Anrufbeantworter. Ruf einfach an und sag mir, ob wir heute Abend noch was vorhaben.«

Ich hebe meinen Kopf, stehe auf, gehe zum Telefon und nehme den Hörer ab. »Adlai.«

»Hey«, sagt er. Er wartet.

Ich warte.

Seine Stimme sagt: »Also, soll ich … Bist du …«

Ich bleibe stumm.

»Was ist hier los?« Seine Stimme am Ende eines langen Tunnels.

»Was ist hier los«, wiederhole ich.

Er wartet.

»Soll ich dir die Wahrheit sagen oder eine Lüge?«, gebe ich von mir.

»Wie bitte?« Funkstille. »Loni, du hörst dich irgendwie komisch an. Soll ich später noch mal anrufen?«

»Nein.« Ich umklammere den Hörer. »Du willst sicher nicht mit einer Lügnerin reden.«

»Wow«, sagt er. »Bist du in irgendwelchen Schwierigkeiten? Willst du, dass ich zu dir komme?«

»Bitte nicht.«

»Oh.« Er sagt eine Sekunde lang nichts. »Tut mir leid, ich glaube, ich habe da was verpasst.«

»Ja.«

Er wartet. »Machst du Schluss mit mir?«

»Klingt ganz danach.«

Es herrscht lange Stille. Dann ein Klicken.

Ich gehe aus der Küche. Setze mich auf das Zweiersofa. Minuten vergehen. Zu schade, dass er angerufen hat. Ich nehme es nicht zurück. *Was ist hier los?,* wollte er wissen. Was hätte ich denn sagen sollen? Ich habe *gerade herausgefunden, warum meine Mutter mich nicht ausstehen kann. Aber ich wünsche euch allen einen schönen Tag.*

Ich sitze und starre ins Leere. Als säße ich unter einer Wolke. *Jäten sie das Unkraut?,* wird sie mich fragen. O ja, Ma. Sie jäten das Unkraut. Sie haben das ganze verdammte Unkraut für immer und ewig gejätet.

Estelle ruft wieder an und spricht in den Äther. »Loni, es tut mir leid. Du musst nicht alle vier Vögel auf einen Baum setzen. Ruf mich einfach zurück. Bitte sei nicht böse auf mich.« Sie vermischt Arbeit und Freundschaft, dabei wollte sie genau das nicht tun. Arme Estelle. Nimm's nicht persönlich.

Ich bin immer noch im Schlafanzug. Ich verhandle mit mir. Ich darf wieder ins Bett gehen, wenn ich meinen Skizzenblock mitnehme.

Ich lege das Kissen zurecht, nehme meinen Stift in die Hand und schließe die Augen. Ich habe nicht verhandelt, dass ich auch zeichnen muss.

Nach ein paar Minuten öffne ich die Augen, und meine Hand bewegt sich. Sie beginnt, einen Vogel zu skizzieren – den Vogel, der schwimmen, laufen und fliegen kann. Nicht für Estelle. Nur für mich. Der Vogel sitzt da mit geöffneten Flügeln – wie ein zum Trocknen ausgebreiteter Umhang –, den Schnabel nach oben gereckt. Wasser, Erde, Himmel. *Anhinga anhinga.* Der Vogel, der kein Element fürchtet.

Neue leere Seite. Rote Haube. Bürzelfederbüschel. Kanadakranich, tanzend im kurzen, stoppeligen Gras. Wo er hingehört.

Ich blättere wieder um. Die Hand arbeitet schneller als der Kopf. Vier Vögel, dieselbe Seite.

Specht. Adler. Reiher. Kranich. Jeder in seinem Lebensraum. Ich füge Details hinzu, um ihr »gizz« einzufangen.

Ich lasse meinen Kopf ins Kissen sinken. Wenigstens eine Sache ist richtiggestellt.

Dunkelheit, eine Weile. Dann öffnen sich die Augen zu Schlitzen. Die Hand bewegt sich wieder. Ein Blatt, groß und rau, ein dorniger Stiel, eine blaue Blüte. *Ich Wohlgemut mach' Mut.* Dann ein sägezahnartiges Blatt. Zitronenmelisse. *Zitronenmelisse besänftigt all lästigen Kummer.* Ringelblume – *heilt das bebende Herzelein.* Vielleicht werden ihre Heilkräfte die Zellwände meiner zeichnenden Hand durchdringen.

Die Pflanzen ordnen sich in ein Schema ein, einen Garten, geometrisch angeordnet. Ich konsultiere die raschelnden Kräuterbücher neben meinem Bett. Kamille, Katzenminze, Sauerampfer. Auf Lateinisch: *Matricaria chamomilla, Nepeta X faassenii, Rumex acetosa.* Ich steige aus dem Bett, hole meine Buntstifte und komme zurück.

Der Geruch von Erde erfüllt den Raum. Wurzel und Blüte und Lehm. Verfall und Wiedergeburt. Königskerze und Beinwell, Frauenminze, Mutterkraut, Betonie. Ich tauche ein in die Erde, unter das Eisenkraut und den Lavendel, ich steige hinab, während ich zeichne.

Ich arbeite den ganzen Tag. Ich schlafe zwischen Büchern und Skizzen ein, wache nachts auf und schiebe sie beiseite. Als die Sonne zurückkommt, zeichne ich weiter. Das Telefon klingelt, und der Anrufbeantworter piept, aber ich höre nicht hin. Ich zeichne weiter. Ich werde meiner Mutter ein Stück dessen überreichen, was sie verloren hat.

Um Mitternacht weiß ich, dass ich nicht schlafen werde.

Als die Sonne rosa durch die Jalousien scheint, dusche ich. Ziehe mich an. Fahre mit dem Auto gen Süden. Ich spüre den Hunger, den trockenen Mund wegen des Schlafmangels, wenn die Nacht zum Tag gemacht wird, das Augenjucken und das rasende Herz. Ich kurble die Fenster herunter. Auf dem Beifahrersitz berühre ich die Zeichnungen, die jetzt in einer Zeichenmappe aus festem Karton stecken. Sie dürfen nicht davonfliegen. Dies ist ein neues Garten-Tagebuch. Bestimmt für die rechtmäßige Besitzerin.

Einen Zwischenstopp noch, denn zuerst muss ich etwas wieder in Ordnung bringen, was ich vermasselt habe.

51

4. Mai

Adlai steht in der Tür, ich bleibe draußen. Er hat sich noch nicht rasiert. Sein T-Shirt ist zerknittert. Hat er in seiner Kleidung geschlafen?

»Hallo.« Er klingt förmlich.

»Hallo.«

Er wartet.

»Ich wollte dich vor der Arbeit erwischen«, sage ich.

Zwischen uns liegen siebzig Zentimeter Holzboden seiner Veranda. »Und du bist hier, weil?«

Ich hole tief Luft. »Weil ich etwas vermasselt habe … das mir viel bedeutet.«

»Aha.« Er rührt sich nicht vom Fleck.

Ich nicke mit dem Kopf.

»Also, worüber hast du gelogen?«, fragt er.

»Wie bitte?«

»Du hast gesagt, du bist eine Lügnerin. Hast du mir eine große Lüge erzählt oder einen Haufen kleiner Lügen?« Seine Augen verengen sich, als wäre ich der Bankräuber, der seinen Safe in die Luft jagen will.

»Komm schon, jeder lügt. Du bist die einzige Säule der Wahrheit, die ich kenne.«

»Ich und die Frau, bei der ich landen werde.«

Ups. »Also gut, ich bin hier, um mich zu entschuldigen, denn als du angerufen hast, war ich aufgebracht wegen … etwas anderem.«

Sein Blick ist unnachgiebig.

»Und da habe ich mir gerade überlegt, ob du, wenn ich angekrochen komme, vielleicht in Betracht ziehen könntest … dass wir immer noch …«

»Worüber hast du gelogen?«. Er lässt nicht locker

»Ach ja, richtig: Das mit meiner Adresse stimmt nicht.«

»Was?«

»Ich wohne eigentlich nicht hier … in Florida.«

Er dreht seinen Kopf kurz zur Seite, dann sieht er mich wieder an. »Und wo wohnst du?«

»In Washington.«

»Aha. Also ist es *kein* Leihwagen. Und du wohnst dort sozusagen die ganze Zeit.«

Ich nicke.

»Ich verstehe schon. Du bist das, was man eine Abenteurerin nennt.«

»Hä?«

»Und ich bin Teil des Abenteuers.«

»Warte. Nein. Ich bin nicht …«

Hinter seinen Augen fällt eine Tür ins Schloss.

»Das ist nicht … Du hast offensichtlich keine Ahnung … Ich habe keine …«, stottere ich herum.

Sein Schweigen ist ein Spiegel. Ich sehe mich selbst, wie ich mit den Armen herumfuchtle, das Gesicht gerötet, die Haare ungekämmt.

»Alles Gute, Loni.« Er macht einen Schritt zurück und schließt die Tür mit einem leisen *Klack*.

Ich stehe eine Minute lang da, dann drehe ich mich um und gehe die Stufen seiner Veranda hinunter. *Scheiße.* Auf dem Weg zum Auto verfluche ich mich dafür, dass ich diesen beeindruckenden Menschen verloren habe.

Ich erreiche die Fahrertür, bleibe stehen und lasse den Kopf frustriert in den Nacken fallen. Verdammt. Ich sollte gegen seine Wände hämmern, vor seinem Fenster herumbrüllen, eine Szene machen. Ihm sagen, dass ich versucht habe, mich *nicht* in ihn zu verlieben. Aber nichts von dem, was ich sage, wird etwas bewirken. Ich öffne die Autotür, steige ein und fahre schnell weg. Ein paar Straßen weiter vibriert mein Handy auf dem Beifahrersitz, neben der Mappe mit den Zeichnungen. Er ruft an und sagt: »*Komm zurück.*« Ich hebe meinen Blick nicht von der Straße. »Hallo«, sage ich.

»Hey, hast du unser Frühstück vergessen?«

Es ist Phil. »Hä?« Ich brauche einen Moment. »Frühstück? Nein. Ich meine, nein, natürlich habe ich es nicht vergessen.« Doch, ich hab's total vergessen.

»Ich sitze hier im Egg House. Wo bist du?«

»Nicht weit von dir«, lüge ich.

»Okay, dann bis gleich.«

Es tut gut, eine Anlaufstelle zu haben. Ich parke vor dem Egg House und beeile mich, weshalb ich die Tür lauter aufreiße als beabsichtigt. Ich sehe mich suchend um und entdecke Phil, der mir zuwinkt. Zur Begrüßung nehme ich ihn fest in den Arm. Er weiß nicht, was er damit anfangen soll. Wir setzen uns.

Das Essen kommt schnell, und innerhalb weniger Minuten stopfe ich mich mit Pfannkuchen und Eiern voll.

Phil starrt mich an. »Geht's dir gut, Loni?«, fragt er.

»Ja, tut mir leid, ich habe gestern Abend einfach vergessen, was zu essen.« Vielleicht sogar den ganzen gestrigen Tag.

»Okay.«

»Warum?«, frage ich. »Stimmt was nicht mit mir?«

»Nein, gar nicht.« Er nimmt sein akkurates kleines Frühstücks-sandwich in die Hand. Er muss nichts auf seinem Teller herum-schieben, denn Wurst, Käse, Ei und Kohlenhydrate bekommt er mit einem Bissen. Er kaut darauf herum und sagt dann: »Ich, äh, habe die Adresse, du weißt schon, die in Panama City. Tammy meinte, ich soll dir die Wegbeschreibung zu Mrs. Chappelle ausdrucken.«

Er schiebt ein Blatt Papier neben meinen Teller. Ein detaillierter Plan. »Wahrscheinlich ist es am besten, einfach aufzutauchen, ohne vorher anzurufen.«

Ich seufze. »Ach, das.« Aber ich fasse das Blatt Papier nicht an.

Die Tür des Restaurants springt auf und lässt ein Rechteck aus Licht herein, und ein kleiner Junge mit Bürstenschnitt schießt auf unseren Tisch zu. »Daddy!« Bobby belagert seinen Vater.

Tammy folgt auf klackernden Absätzen. »Wir kommen gerade vom Arzt. Weißt du, warum der Hals deines Sohnes so rot war? Er hat einen Vorrat an Jolly-Rancher-Bonbons irgendwo am Kopfende seines Bettes versteckt. Und wenn wir nach Hause kommen, wird er mir genau zeigen, wo. Stimmt's, Bobby?«

Bobby sieht mich verlegen an, dann sie und nickt.

Tammys Blick fällt auf die Routenplanung neben meinem Teller. »Du hältst dich also endlich an deinen Teil der Abmachung?«

Ich stecke den Ausdruck in meine Tasche. »Ja.«

Tammy schickt Bobby zur Schule, und ich greife nach der Rechnung.

»Kann ich dich um einen Gefallen bitten?«

Ich schaue Phil entgeistert an. Welche neue, nahezu unmögliche Aufgabe haben er und Tammy sich jetzt noch für mich ausgedacht?

»Kannst du versuchen, dich nicht mit Mom zu streiten?«

Ich richte mich auf und atme laut aus.

Er wartet.

»Phil, glaubst du etwa, genau das versuche ich nicht jedes Mal, wenn ich sie sehe? Ich streite mich nicht gerne. Aber Mom scheint es manchmal regelrecht zu genießen.«

»Hey«, sagt er, »du an ihrer Stelle wärst auch sauer.«

»Danke, du Goldjunge, der in ihren Augen nie etwas falsch macht.«

»Nachdem du von zu Hause weggegangen bist, war sie mir gegenüber auch hart.«

»Ich bitte dich.«

»Na ja, sie hatte einen Grund, unglücklich zu sein. Sie hatte ihren Mann verloren, musste mich alleine großziehen und diese nervigen Musikschüler unterrichten.«

»Sie kam schon davor immer schlecht gelaunt nach Hause.«

»Sie war nicht immer freundlich zu mir, aber irgendwann habe ich aufgehört, es persönlich zu nehmen.«

»Das ist sehr erwachsen von dir.«

»Ach, lass gut sein, in meinen Augen wart ihr jedes Mal, wenn du nach Hause kamst, wie zwei Katzen voller statischer Elektrizität, die sich aneinander reiben und kurz darauf mit gesträubtem Fell wieder voneinander ablassen. Also nahm ich mir vor, dass ich das, was ihr beide da am Laufen hattet, nicht wollte.« Er tippt mit der Gabel auf den leeren Teller. »Und jetzt, wo sie ... du weißt schon ...«

»Durchdreht.«

Er nickt.

Armer Phil. Ich dachte, es sei schwer für *mich* zu begreifen, dass ich erwachsen bin. Er selbst ist erst seit ein paar Jahren erwachsen und muss jetzt dabei zusehen, wie seine Mutter dahinschwindet.

»Ich bitte dich nur«, sagt er, »dass du dich bemühst.«

Ich nicke übertrieben. »Klar«, sage ich.

Phil geht zurück ins Büro, und ich bezahle unser Frühstück am Tresen. Als ich aus der Tür des Egg House trete, spricht mich eine sehr kleine Person an. Joleen Rabideaux.

»War dieser junge Mann dein Bruder?«, fragt sie. Sie umklammert meinen Unterarm mit ihrem speckigen Händchen.

»Äh, ja«, sage ich.

»Und er arbeitet für diese Anwaltskanzlei, nicht wahr?«

»Also, er teilt sich die Büroräume ... ja ... Wie geht es Ihnen, Mrs. Rabideaux? Schön, Sie zu sehen.«

Sie blickt sich hektisch um. »Die haben das Haus ruiniert, weißt du. Wenn du etwas unter die Lupe nehmen willst, dann fang mit unserem Haus an. Investments *Inkarnation*, von wegen.«

»Wirklich? Wem gehört das Haus jetzt?«

»Einer Schlägerbande. Haben es aufgekauft und ruiniert.«

»Hm. Das hat Mr. Barber auch über seinen ...«

»Nelson Barber?« Ihre Nägel graben sich in meinen Arm.

»Ja. Aua.«

»Wo hast du ihn gesehen?« Das Weiß ihrer Augen ist rundherum sichtbar.

»Also ...«

»Nein. Behalt's für dich. Ich will es nicht wissen. Ich bin nur vorbeigekommen und habe dich da drin mit deinem Anwaltsbruder gesehen ...«

»Er ist kein ...«

»Und ich wollte dir nur sagen, dass du dich nicht um meinen Marvin scheren sollst. Er hat hohen Blutdruck, weißt du. Sagt nicht immer, was er sagen soll. Also, ich hätte nicht anhalten sollen. Sag niemandem, dass du mich gesehen hast.« Sie macht kehrt, die Handtasche an ihrem Unterarm schwingt hinter ihr her.

»Wie bitte? Warum denn nicht?«

Sie dreht sich kurz um. »Darum! Ich schlag nur die Zeit tot. Tschü-hüss!«

»Aber Mrs. Rabideaux!« Ich renne ihr hinterher. Für ihr Alter und ihre Größe ist sie ziemlich flott unterwegs. »Mrs. Rabideaux!«

Ich hole sie ein, aber Marvin hat den Motor des Buick laufen lassen, und sie steigt schnell ein.

»Ehrlich gesagt«, sage ich, »würde ich gerne ein paar Dinge klären. Können wir nicht einfach ...«

»Tschü-hüss!«, flötet sie noch einmal, und Marvin fährt los.

Bevor ich weiß, was ich tue, reiße ich die hintere Beifahrertür auf und steige ein. Marvin wird immer schneller, und die Tür ist immer noch offen.

»Was zum Teufel machst du da?«, schreit er mich an.

Endlich kriege ich die Tür zu und wende mich an die Frau, die vor mir sitzt. »Mrs. Rabideaux, Sie müssen mir sagen, wer Henrietta ist.«

»Ich kenne keine Henrietta!«, gibt sie heftig zurück.

»Ich glaube schon.«

»Steig lieber aus, bevor ich dich rausschmeiße!« Als Marvin sich beim Reden zu mir umdreht, schert der Wagen seitlich aus. Joleen schreit auf, und Marvin richtet seine Aufmerksamkeit wieder auf die Straße.

»Warum sind Sie weggezogen?«

»Du wirst uns noch umbringen!«

»Frau, halt die Klappe!« Marvin wirft ihr einen wütenden Blick zu.

»Das werde ich nicht!« Joleen nimmt ihn ins Visier. »Vielleicht will sie, dass wir getötet werden. Vielleicht gehört sie zu ihnen! Ich habe gesehen, wie sie ins Haus gegangen ist.«

»Was?«, frage ich. »Ich will doch nur wissen, wie mein Vater gestorben ist.«

Joleen atmet tief durch und dreht sich mit offenem Mund zu mir um.

»Du hältst jetzt verdammt noch mal wirklich die Klappe, Joleen«, schreit Marvin seine Frau an. »Ich habe dir doch gesagt, wir hätten nie hierher zurückkommen sollen! Ihr Bruder, der Anwalt, könnte auch mit drinstecken. Er wird uns nicht helfen.«

»Mr. Rabideaux«, sage ich, »wovor haben Sie solche Angst?«

Marvin tritt auf die Bremse, und der Buick gerät ins Schleudern. Unter seinem Sitz holt er eine Pistole hervor. »Raus aus dem Auto, oder ich schieße dir den Kopf weg. Ich habe vor gar nichts Angst. Nenn *du* mich einen Feigling. Steig aus.«

Ich öffne die Tür. »Hören Sie, das ist alles ein bisschen aus dem Ruder gelaufen.«

»Raus!«, brüllt Marvin und zielt mit der Waffe auf mich.

Ich steige am Straßenrand aus, mitten im Nirgendwo. Joleen dreht sich nach mir um, als sie davonfahren.

52

Etwa zwanzig Minuten lang laufe ich in die Richtung zurück, aus der wir gekommen sind. Ich sehe keine Anzeichen von Zivilisation. Es kommt mir so vor, als wäre es erst ein paar Minuten her, dass ich in ihrem Auto saß, aber ich war zu sehr mit dieser aberwitzigen Fahrt beschäftigt, um darauf zu achten, wo Mr. Rabideaux abgebogen ist. Ich muss irgendwo im Wildschutzgebiet sein, aber diese schmale, von Kiefern gesäumte Straße kenne ich nicht.

An jedem anderen Tag hätte ich Spaß an dieser kleinen Wanderung, aber ich habe letzte Nacht nicht geschlafen, mein Privatleben liegt in Trümmern, und ich wurde gerade von einem Mann mit einer Waffe bedroht. Die Hitze bombardiert meinen Kopf, dennoch laufe ich weiter.

Von weit hinten dringt das Geräusch eines Autos zu mir durch. Ich kenne all die schrecklichen Geschichten über Anhalter, die nackt und halb verbuddelt im Wald gefunden wurden, und trotzdem drehe ich mich um und strecke meinen Daumen aus. Ich kann das Auto nicht erkennen, aber als es sich nähert und langsamer wird, lasse ich meine Hand sinken und lächle. Es ist ein wuchtiger Pick-up der Fischerei- und Jagdaufsicht, und hinter dem Steuer sitzt ein freundliches Gesicht.

Ich steige ein. »Captain Chappelle, o mein Gott! Ich bin so froh, dass Sie in diesem Gebiet patrouillieren.«

»Wie kommt's, dass du hier durch die Gegend läufst, Loni Mae?«

»Ich hatte eine irgendwie ... ungestüme Begegnung mit Joleen und Marvin Rabideaux.«

Er war gerade losgefahren, hält aber wieder an. »Sind die beiden wieder in der Stadt?« Er blickt nervös in die Rück- und Seitenspiegel. »Also, das sind ja gute Neuigkeiten.« Er gibt Gas. »Ich mochte diesen Marvin immer. Hatte er nicht ein paar gesundheitliche Probleme?«

»Ich glaube schon, ja.«

»Marvin hat früher Alligatoren gejagt, bevor sie vom Aussterben bedroht waren. Als Hobby, natürlich.« Er lächelt. »Ich frage mich, ob er das immer noch macht.«

»Ja, ich mich auch.«

»Und was weiß der alte Marvin so über sich zu erzählen?« Captain Chappelle stellt das quäkende Funkgerät leiser.

»Na ja, er war nicht sehr glücklich über unsere Begegnung.«

»Nein?«

»Ich habe ihm einige der Fragen gestellt, über die wir beide auch schon gesprochen haben. Sie wissen schon, über meinen Vater.«

Die Räder rollen brummend über den Asphalt. »Und was hat er gesagt?«

»Nicht viel.«

Er nickt, beide Hände oben auf dem Lenkrad. Von meinem Platz aus sieht sein Gesicht völlig verheilt aus.

»Wie geht es Ihnen?«, frage ich. »Sie sehen schon viel besser aus.«

Er nickt nur.

»Ich habe versucht, Marvin nach Dan Watson zu fragen, nach dem Bericht, den er eingereicht hat, aber Mr. Rabideaux …«

»Watson?« Er klingt verwundert, beugt sich vor und richtet sich kurz kerzengerade dicht am Lenkrad auf, dann lässt er sich wieder zurück in den Sitz fallen.

»Ja, ich glaube, ich habe den Bericht gesehen, nachdem Sie den … Ohnmachtsanfall hatten. Im Grunde … also, ich glaube, ich habe ihn, wenn Sie ihn sich ansehen wollen. Ich wollte

Mr. Rabideaux nur fragen, ob Officer Watson einen Bericht schreiben würde, der unwahr ist.«

»Dan Watson war ein guter Officer, genau wie dein Vater. Und wie dein Daddy ist er in Ausübung seiner Pflichten gestorben.«

»Ach, kommen Sie, Captain Chappelle. Wir wissen beide, dass mein Vater nicht in Ausübung seiner Pflichten gestorben ist.« Die Palmettopalmen ziehen schnell an uns vorüber.

»Was genau glaubst du zu wissen, Loni Mae?« Er dreht kurz den Kopf zu mir und mustert mich eindringlich.

»Alles«, sage ich, obwohl das keineswegs der Wahrheit entspricht.

Auf seinem Uniformhemd sind Schweißränder zu sehen. »Hör zu, Schatz, was dein Daddy getan hat, hat er für euch Kinder getan.«

»Woher wollen Sie das wissen?«

Captain Chappelle antwortet ziemlich lange nicht, und es ist still im Auto. Ich bemerke, dass sein Kiefer die ganze Zeit angespannt ist.

Schließlich ergreife ich das Wort. »Das Einzige, was wirklich verwirrend ist, ist dieser Bericht von Daniel Watson, er ...«

»Von welchem Bericht sprichst du?«

Die beiden zusammengehefteten Blätter befinden sich immer noch ganz unten in meiner Tasche. Ich krame sie hervor, und um einen Blick darauf zu werfen, hält Captain Chappelle auf dem Seitenstreifen an. Er greift nach der Lesebrille in seiner Brusttasche, setzt sie auf und studiert den Bericht, als wäre er in Altsumerisch verfasst.

Wir sind von Wildnis umgeben, und ich kann mich immer noch nicht orientieren. Captain Chappelle murmelt etwas vor sich hin, als er umblättert.

»Wie bitte?« Ich drehe mich wieder zu ihm um.

Er klammert sich fast an dem Bericht fest. »Ich weiß nicht, woher du das hast, Loni, aber es ist eine Fälschung. Dan Watson ist schon lange tot und begraben.« Dann wirft er den Bericht auf meinen Schoß und legt den Gang ein.

Ich sortiere die Seiten wieder. »Mr. Hapstead meinte …«

»Hapstead?« Er mustert mich, als er auf die Straße zurückfährt.

»Ja, Mr. Hapstead, vom Beerdigungsinstitut. Er erinnerte sich an eine Verletzung am Kopf meines Vaters. Kann das stimmen?«

»Na so was, du bist ja während deines Besuchs hier schon einer Menge Leute begegnet.« Er wirft noch einen Blick in den Rückspiegel. »Ich vermute mal … das ist jetzt schon so lange her, dass ich mich nicht mehr an alle Einzelheiten erinnern kann, Schätzchen. Ich schätze, wir dachten, dein Daddy ist irgendwie aus dem Boot gefallen. Er hat sich den Kopf angeschlagen … womöglich? Es tut mir weh, daran zu denken.« Er fährt noch ein Stück weiter und biegt dann in einen Feldweg ein. »Ich muss hier schnell etwas überprüfen, es macht dir doch nichts aus, oder?«

»Nein, natürlich nicht.« Wir holpern eine Weile weiter auf dem Feldweg, bis die Bäume einer offenen Fläche und viel Wasser weichen. Captain Chappelle steigt aus dem Auto aus.

»Mir hat jemand einige illegale Fallen hier unten gemeldet.« Er wandert umher und sieht sich die Gegend an.

Ich steige aus und schaue über den kleinen See, der in einen anderen Wasserweg mündet. Ich wünschte, ich wüsste, wo ich bin. Weiter hinten auf dem Wasser taucht ein Kanufahrer auf, und ich winke ihm zu. Ist das vielleicht Adlai? Für den Bruchteil einer Sekunde wird mir warm ums Herz. Der Mann paddelt auf uns zu, und ich erkenne, dass er es nicht ist. Aber er kommt fast bis ans Ufer heran. »Schöner Tag, nicht wahr?«, begrüße ich ihn.

»Ja, im Schatten schon«, sagt er. Er hat eine khakifarbene Mütze mit einem riesigen Schirm auf.

Captain Chappelle steht plötzlich dicht hinter mir. »Scheiße«, sagt er.

Ich glaube nicht, dass ich ihn schon mal fluchen gehört habe.

»Gehen wir«, sagt er mit einer gewissen Schärfe.

»Keine Fallen?«, frage ich.

»Was? Nein. Keine Fallen. Nur ein verdammter Kerl in einem Kanu.«

Irgendetwas an diesem Ort scheint ihm mächtig die Laune vermiest zu haben. Vielleicht war es ein falscher Tipp. Ich klettere wieder in den Pick-up, nehme den Vorfallsbericht vom Sitz und stecke ihn zurück in meine Tasche.

Als wir vor dem Egg House neben meinem Auto anhalten, scheint Captain Chappelle wieder ganz der Alte zu sein. Er lässt den Wagen im Leerlauf laufen. »Also Loni Mae, ich weiß, dass du immer noch Fragen wegen deinem Daddy hast. Und das wird wahrscheinlich auch immer so bleiben. Natürlich hatte er seine Launen. Wenn er an jenem Tag, in jener Woche, in jenem Moment besonders schlecht drauf war, hat er es mich nicht wissen lassen. Ich wünschte, ich hätte ihn aufhalten können. Deine Mutter wünscht sich vermutlich, *sie* hätte ihn aufhalten können. Vielleicht hättest sogar du sein Schicksal an diesem Tag beeinflussen und ihn bitten können, zu Hause zu bleiben.«

Autsch.

»So wie ich Stevie an dem Tag, als er starb, gebeten habe, zu Hause zu bleiben. Aber immer wieder dieselbe Frage zu stellen, Schätzchen, ist einfach nicht gesund.«

»Aber Dan Watson ... sein Bericht scheint anzudeuten ...«

»Armer Danny. Leider auch ein Buch mit sieben Siegeln, Gott hab ihn selig.«

Ich würde ewig in diesem Auto sitzenbleiben, wenn er mir nur die Frage *nach dem Warum* beantworten würde.

»Denk an deinen Vater, wie ich es tue, Loni Mae. Ein aufrechter Kerl, aufrecht bis zum Schluss.«

Ich recke mich zur Seite, um ihn zu umarmen. »Danke, dass Sie sein Freund waren«, sage ich und steige aus dem Wagen.

53

Die Landschaft mit den stacheligen Palmettopalmen rückt in meinem Rückspiegel immer weiter in den Hintergrund. Vielleicht hat Captain Chappelle recht, und ich sollte alles auf sich beruhen lassen, Frieden mit dem Unbeantwortbaren schließen. Die Mappe mit den Zeichnungen liegt immer noch auf meinem Beifahrersitz. Ich hatte es so eilig, sie meiner Mutter zu bringen, als ob ein dummes Kunstprojekt überhaupt irgendetwas bewirken könnte. Aber auch meine Mutter ist Teil des Unbeantwortbaren.

Jetzt ist es an der Zeit, dass ich in mein aufgeräumtes Büro zurückkehre, mit all den Farben im Farbrad und mit Menschen um mich herum, die ihre Neugierde auf lohnende Dinge richten. In Washington ist die Vergangenheit irrelevant, also kann sie mich dort nicht finden. Sobald ich Estelles letzte Zeichnungen abgegeben, den Rest des Gerümpels meiner Mutter entsorgt und mich verabschiedet habe, kann ich in mein richtiges Leben zurückkehren.

Als ich die Wohnungstür öffne, kicke ich mit meinem ersten Schritt versehentlich einen großen Umschlag unter das Sofa. Ein paar hingekritzelte Zeilen vorne drauf verkünden: *Nur ein paar Überarbeitungen – ich hoffe, du hast nichts dagegen! Estelle.*

Ich sehe mir die Änderungen an, die sie von mir verlangt, und lege die Zeichnungen auf den Küchentisch. Am liebsten würde ich dieses klapprige Möbelstück eigenhändig aus dem Fenster werfen. Aber es wird mir noch ein wenig länger dienen müssen. Ich verarzte das wackelige Tischbein noch einmal, schiebe ein paar Papiere zu einem Haufen zusammen und mache mich an die Arbeit.

Korrekturen sind nicht meine Lieblingsbeschäftigung. Aber ich werde sie hinter mich bringen, und dann werde ich von hier abhauen.

Nummer 1. Krabbenreiher. Ich stelle mir dieses Exemplar wie eine Schulmamsell mit Federhut vor. *Bitte die Federn kürzen und die Flügelzeichnung verdeutlichen.* Ich mach's, was soll's. Es ist mir egal. Ich lasse mich nicht beirren. Ich verfeinere die tweedartige Kreuzschraffur auf den Flügeln und reduziere die Länge der Federn.

Dann checke ich mein Handy. Keine Mailbox, keine SMS. Ich stehe auf und drücke auf die Play-Taste des alten, klobigen Anrufbeantworters. Nichts. Seit ich von ihm weggefahren bin, habe ich zig Mal überlegt, ihn anzurufen. Aber es ist an der Zeit, kein Teenager mehr zu sein. Ich verlasse die Stadt. Es ist vorbei. Ich habe jemanden getroffen, der nicht zu mir passt, wir haben uns geküsst, und das war's. Ich werde ihn vergessen, wenn ich wieder in Washington bin.

Ich mache mit den Korrekturen weiter. Irgendwann blicke ich auf die Uhr. Es fühlt sich an, als hätte ich nur eine Minute gearbeitet, dabei sind schon Stunden vergangen. Und weiter geht's mit dem Gürtelfischer. *Bitte das Brustband verbreitern.*

Ein lautes Brummen hallt durch die Wohnung – und bricht wieder ab. Und geht noch mal los. *Was ist das?* Schließlich dämmert es mir. Obwohl ich schon seit Wochen in dieser erbärmlichen Wohnung wohne, habe ich noch keinen einzigen Nachbarn getroffen oder auch nur etwas bestellt. Und als Estelle vorbeikam, ist sie einfach durch die angelehnte Sicherheitstür ins Haus geschlendert. Es hat also noch nie jemand von unten auf die Klingel für 2C gedrückt. Ich halte Ausschau nach der bislang ungenutzten Gegensprechanlage, entdecke sie und nehme Kontakt mit der Außenwelt auf.

»Ja bitte?«

»Hier ist Frank. Kannst du mich reinlassen?«

»Sorry, falsche Wohnung«, sage ich.

Ich gehe zurück an den Tisch. Das Brummen geht weiter. Garantiert irgendein aufdringlicher Mensch, der so lange auf jede einzelne Klingel drückt, bis ihn jemand hereinlässt. Ich gehe wieder zu der Gegensprechanlage. »Hören Sie, Sie haben sich geirrt. Das hier ist Wohnung 2C.«

»Loni Mae, ich bin's, Frank Chappelle.«

»Captain Chappelle? Was …?« Ich suche nach der Taste, die ich drücken soll, aber sie bewirkt nichts. Ich sage in die Sprechanlage: »Einen Moment.« Ich schlüpfe in ein Paar Schuhe, nehme meine Schlüssel und gehe die Treppe hinunter. Was macht er denn hier? Woher weiß er überhaupt, wo ich … Ich muss es ihm gesagt haben. Richtig, als wir in seinem Garten herumstanden, sagte ich, *Calhoun Street. Das Gebäude heißt Capitol Park. Klingt eher nach einer riesigen Grünfläche oder einem siebenstöckigen Parkhaus.* Und natürlich steht mein Name auf dem Briefkasten im Erdgeschoss: »L. Murrow, 2C.«

Ich winke ihm durch die Glastür im Vestibül zu.

»Hallo, Schätzchen!« Er lächelt, als ich die Innentür aufschließe. Er hat seine Uniform gegen ein gebügeltes gestreiftes Hemd und Khakihosen getauscht.

»Willkommen!« sage ich. »Was für eine Überraschung, dass Sie mich besuchen!«

»Na ja, Loni Mae, ich habe über unser Gespräch von heute Morgen nachgedacht und musste sowieso in die Stadt, also hoffe ich, es macht dir nichts aus, dass ich einfach so aufkreuze.«

»Überhaupt nicht. Kommen Sie mit hoch! Ich bin ja schon reichlich oft bei Ihnen gewesen, stimmt's? Aber ich wusste gar nicht, dass Sie so oft nach Tallahassee kommen.«

Seine Schritte auf der Treppe sind langsamer als meine. »Ja, ich sitze in ein paar staatlichen Gremien.«

»Ah.« Wir erreichen den Treppenabsatz. »Haben Sie heute eine Sitzung?«

Er nickt. »Um vier. Wird langweilig.« Er lächelt kurz. »Aber dein hübsches Gesicht zweimal an einem Tag zu sehen, macht das Ganze wieder wett.«

»Also, es ist sehr bescheiden«, sage ich, bevor ich die Wohnungstür aufschließe. »Ich muss mit den Möbeln des Vormieters auskommen.« Ich drehe den Schlüssel um. »Darf ich Ihnen ... ein Glas Wasser anbieten? Tut mir leid, ich habe nicht viel im Kühlschrank.«

»Wasser ist prima, Loni Mae.«

Ich freue mich darauf, diesen Spitznamen nie wieder hören zu müssen. Ich gehe in die Pantry-Küche, um ihm Wasser einzuschenken, und als ich den Krug aus dem Kühlschrank nehme, sieht mich die jüngere Version von Frank Chappelle an. Meine Zeichnung von dem Zeitungsausschnitt, in dem er meinem Vater einen Preis überreicht hat, wird immer noch von dem kleinen Plastikmagneten am Kühlschrank gehalten. Und daneben liegt die Rückseite der Quittung mit der Handschrift meines Vaters:

Frank > Elbert > Dan
Walkie-Talkies
Wer noch?

Ich beobachte Frank, der auf dem Zweiersofa sitzt.

»Als ich das erste Mal verheiratet war, hatten Henrietta und ich eine kleine Wohnung genau wie diese.«

Ich verschütte Wasser beim Einschenken. »Henrietta?« mein Blick wandert von dem Glas zu Captain Chappelle. »Sie meinen Rita ...?« Ich wische den Tresen ab, wische das Glas ab und bringe es ihm.

»Ja, Rita. Kurz für Henrietta. Als wir jung waren, hatte sie lange

374

Haare und dachte, sie wäre wie die Sängerin Rita Coolidge – die ja tatsächlich ein Mädchen von hier war, weißt du. Ein paar Jahre älter als wir.« Er nimmt einen Schluck aus dem Glas, sieht sich nach einem Couchtisch um und stellt das Glas dann auf den Boden. Er seufzt. »Na ja, das hat sich alles geändert. Ich habe gehört, dass sie jetzt wieder ihren vollständigen Vornamen trägt. Meine Ex-Frau, meine ich. Wir wechseln nicht mehr als das eine oder andere unfreundliche Wort.«

Henriettas Unterschrift schwebt hinter meinen Augen. Chappelle klopft auf den Platz neben sich auf dem Zweiersofa.

Ich ziehe es vor, einen Plastikstuhl vom Küchentisch zu holen, und nehme ihm gegenüber Platz. *Henrietta ist seine Frau.*

»Henrietta, sie ist …«, stammle ich.

»Die größte Schlampe aller Schlampen dieser Welt, wenn du den Ausdruck entschuldigst.«

Ich hasse es, wenn Männer dieses Wort benutzen. »Klar«, sage ich. »Also … ja … Sie sind … Sie, äh, sitzen in einigen Gremien hier in der Stadt?«

»Ja, staatliche Prüfung der Lizenzvergaben und solche Sachen. Da ich mich dem Ruhestand nähere, denke ich, dass diese Ausschüsse mich aktiv und mein Gehirn am Laufen halten, und ich sogar noch etwas lerne.«

Ich nicke. *Henrietta ist die Frau, die Captain Chappelle verlassen hat. Sie hat ihm die Kinder weggenommen.*

Captain Chappelle dreht seinen Kopf zur Seite und presst die Lippen zusammen. »Loni Mae, ich fühle mich schlecht. Ich fühle mich schlecht, weil du mich um etwas gebeten hast und ich dich immer wieder vertröstet habe.«

Ich schweige.

»Es ist nicht schön. Kein bisschen. Aber heute Morgen, nachdem ich dich abgesetzt hatte, habe ich nachgedacht. Vielleicht hast du ein Recht darauf, es zu erfahren.« Er holt tief Luft. »Ich wünschte, ich wüsste es selbst nicht, aber letztendlich hat dein

Vater mein Leben gerettet, und dafür werde ich ihm immer dankbar sein. Nach allem, was passiert ist, war er ein Held.«

»Ein Held? Das verstehe ich nicht.«

»Und das liegt nur daran, weil du nicht wusstest, was los war. Sei dankbar dafür. Du warst jung, und es wäre nicht richtig gewesen, dass du es damals gewusst hättest.«

In Henriettas Brief stand: *Es gibt einige Dinge, die ich dir über Boyds Tod sagen muss.*

»Es schmerzt mich, dir das alles zu erzählen, Schätzchen. Wie ich schon sagte, was er getan hat, hat er für euch Kinder getan. Zumindest hoffe ich, dass er es für euch getan hat und nicht nur aus Habgier.«

»Wie bitte?«

Er holt tief Luft. »Dein Daddy und diese Schlange Nelson Barber hatten einen Deal mit ein paar Kerlen, die wir von der Strafverfolgung als Abschaum bezeichnen. Der Rest der Welt würde vielleicht Drogenhändler sagen. Ein paar tief fliegende Flugzeuge warfen Ballen im Sumpf ab, und diese Kerle holten sie ab.«

Die Ballen. »Du meinst, mein Vater ...«

»Nein, Schätzchen. Boyd hat nur dafür gesorgt, dass ich nicht aufkreuze und sie aufhalte. Ich oder noch andere Gesetzeshüter.«

Ich kralle mich an den Armlehnen des Plastikstuhls fest.

»Das ist alles, in mehr war er nicht involviert. Barber war dicker im Geschäft, wahrscheinlich hat er deinen Daddy angeworben.«

Ich konzentriere mich auf Chappelles Kiefer. Anspannen, loslassen. Wieder anspannen. »Urteile nicht über ihn, Schätzchen. Wie ich schon sagte, er wusste, dass es falsch war, aber er hat es getan, um sich für euch alle etwas dazuzuverdienen. Einmal hat er nicht gut genug aufgepasst, da hat er mich nicht kommen hören, und ich habe sie überrascht.« Er lässt mich nicht aus den Augen. »Siehst du, jetzt willst du das alles gar nicht mehr wissen.«

Ich bewege meinen Mund, um zu sprechen, bringe aber kein Wort heraus.

»Folgendes, Liebes, ich möchte, dass du dir über eins im Klaren bist: Okay, er hat ein paar Dinge getan, die nicht ganz in Ordnung waren. Aber als die bösen Jungs hinter mir her waren, hat er mich beschützt. Sie schlugen ihn k. o. und prügelten auf mich ein. Dann rannten sie davon und ließen uns zum Sterben allein zurück. Nur war ich in meinem Boot, und er lag im Wasser. Warum sie uns nicht einfach beide in den Kopf geschossen haben, werde ich nie erfahren. Als ich zu mir kam, war dein Daddy schon tot. Erloschen.« Er reibt sich mit der Hand über das Gesicht. »Ich habe ›Im Dienst‹ auf das Formular geschrieben, weil ich ihm etwas schuldig war, weil er mir das Leben gerettet hat. Warum solltet ihr darunter leiden, was er getan hat?«

Ich sage nichts. Jedes einzelne besudelte Bild, das ich schon mal heraufbeschworen habe, wirbelt um mich herum: der mit Wasser vollgesogene Körper meines Vaters, eine beschwerte Anglerweste, seine Brieftasche, die Richtung Land fliegt, das Zypressenknie. Und jetzt, neue Bilder: schwimmende Ballen, ein sich entfernendes Flugzeug, gesichtslose Männer in einem Schnellboot, das Blut am Hinterkopf meines Vaters.

Nelson Barbers Worte lauteten: »*Sie haben ihn erwischt.*«

Das kann nicht wahr sein. Das kann es einfach nicht. So war er nicht, wie sollte das also möglich sein? Er konnte doch nicht der Mensch sein, dem ich zu Hause begegnete, und gleichzeitig … das. Oder doch? War das der Ursprung seines Schweigens, seiner düsteren Tage?

Chappelle spricht immer noch. »Er hat es für euch Kinder getan.«

Ich hatte gehofft, dass etwas anderes passiert war, dass mein Vater sich nicht umgebracht hatte. Aber nicht das hier.

Captain Chappelle ist aufgestanden. Er legt einen Arm um meine Schultern, beugt sich vor und zieht mich auf dem Stuhl hoch, damit ich gerade sitze.

»Ich hätte es dir nicht sagen sollen.« Er lässt mich los. »Aber ich wollte nicht, dass du es von jemand anderem erfährst. Da du mit so vielen Leuten geredet hast, wollte ich nicht, dass du die falschen Leute fragst und es herauskommt und dann noch mehr Leute schlecht über deinen Vater denken. Er war ein guter Mann. Er hat nur ein paar schlimme Dinge getan.« Chappelle streckt den Rücken durch und geht zur Tür.

Ich stehe auf. »Aber, aber ...«

»Es tut mir leid«, sagt er. »Ich weiß, du hast ein gutes Leben im Norden, Loni Mae. Ich weiß nicht, vielleicht ist es besser, die Leute in ihren Gräbern ruhen zu lassen.«

Ich begleite ihn zur Tür, sehe seine Hand auf dem Knauf, beobachte, wie sich die Tür öffnet, und suche noch mal Blickkontakt zu Captain Chappelle. »Aber wie hat er ...«

»Es ist schwer zu verstehen, Schätzchen, wie ein Mensch wie dein Vater so dubiose Dinge tun konnte. Du musst nur wissen, dass er tief im Inneren ein guter Mensch war. Er hat einen Fehler gemacht, das ist alles, und leider hat ihn das umgebracht. Ich wusste, du würdest nicht aufgeben, bis du die Wahrheit erfährst. Jetzt, wo du sie kennst, kannst du in dein Leben zurückkehren und dich an das Gute erinnern.«

Ich sollte weiteratmen, aber ich scheine die Luft anzuhalten.

»Kommst du zurecht? Willst du, dass ich bleibe?«, fragt er besorgt.

Ich schüttle den Kopf, sehe zu, wie er geht, und schließe die Tür. *Nein.* Ich tigere durch die ganze Wohnung, von der Tür zur Küche und zurück zur Tür. Vom Schlafzimmer zur Küche, zum Sofa, zum Fenster und zur Tür. »Nein! Nein, nein, nein, nein, nein, nein.« *Nein* ist das einzige Wort, das mir über die Lippen kommt. Ich marschiere fünfzehn-, sechzehn-, siebzehnmal durch die Wohnung. Meine Füße bewegen sich, und meine Hand klatscht gegen die Wand. »Nein!« Bei meinem sechzehnten oder achtzehnten Durchgang trommle ich mit geballten Fäusten auf den Küchentisch. Zeichnungen, Zettel, Ausdrucke fliegen auf den Boden. Ich bücke mich, um sie aufzuheben, und knalle eins nach dem anderen wieder auf einen Stapel. Ich will diesen verdammten Tisch kaputt machen, seine wackeligen Beine zum Einsturz bringen. Da fällt mein Blick auf das oberste Papier: ein Ausdruck mit einer Wegbeschreibung. *PANAMA CITY, FL.*

54

Panama City ist sandig und windgepeitscht und teilweise noch im Bau, und es gibt einen altmodischen Vergnügungspark in Strandnähe, mit Riesenrad und Achterbahn, die beide trotz des endlosen Kampfes gegen Salz und Rost immer noch in Betrieb sind. Sie nennen die Küste den Miracle Strip und meinen damit, dass sie nicht durch die Kraft ihrer Motels mit Küchenzeile und ergrauten Palmwedel-Sonnenschirmen überlebt, sondern eher durch die Güte der göttlichen Vorsehung, so wie Fischer am Ende des langen Piers beten und bei jedem Wetter mit nacktem Oberkörper darauf warten, ihr eigenes Wunder an Land zu ziehen.

Ich halte an, um zu tanken, und häufe weitere Schulden auf meiner Kreditkarte an. Ich studiere die Wegbeschreibung.

Die ganze Zeit über war Mrs. Chappelle diejenige, die ich gesucht habe. Ich habe seit meiner Kindheit nicht mehr mit dieser Frau gesprochen. Ihr Ex-Mann hat sie als die größte Schlampe aller Schlampen dieser Welt bezeichnet, es könnte also schwieriger sein, mit ihr zu reden, als mit Mona Watson und Joleen Rabideaux zusammen. Aber da ist noch dieser Brief. Es gab etwas, das sie meiner Mutter mitteilen wollte. Geht es um die gleichen schrecklichen Neuigkeiten, die ich gerade erfahren habe? Oder ist da noch mehr?

Die Mrs. Chappelle, an die ich mich erinnere, war freundlich, zumindest vor ihrer Scheidung. Eine Erwachsene, die Kinder im Gespräch ernst nahm. Meine Mutter ermahnte mich, bei der jährlichen Grillparty in ihrem Haus für die Untergebenen ihres Mannes meine besten Manieren an den Tag zu legen.

Ich trug mein einstudiertes »Kann ich Ihnen irgendwie behilflich sein, Mrs. Chappelle?« vor.

Einmal antwortete sie: »Nun, ich denke, du kannst mir mit den Punschgläsern helfen, Loni Mae.«

Sie ging mit mir in die Küche und fragte mich, was ich später einmal werden wolle. »Weil Mädchen jetzt Karriere machen müssen, so wie ich es Shari sage, für den Fall, dass Prinz Charming sich Zeit lässt.« Sie lachte.

Aus irgendeinem Grund vertraute ich ihr etwas an, was ich sonst noch niemandem erzählt hatte. »Ich möchte gerne Illustratorin für Naturgeschichte werden. Ich habe darüber in einer Zeitschrift namens *Smithsonian* gelesen, und das ist ein richtiger Beruf.«

»Und dann illustriert man Geschichtsbücher?«, fragte sie.

»Ich weiß nicht, warum das Wort ›Geschichte‹ in dem Namen vorkommt«, erklärte ich ihr. »Es sollte besser nur ›Naturkünstler‹ heißen. Menschen mit diesem Beruf zeichnen Vögel und Käfer und Pflanzen und so Sachen.«

Sie ließ von ihrer Arbeit am Tresen ab, drehte sich zu mir um und sah mich an, als sähe sie nicht mehr ein kleines Mädchen, die Tochter eines Mannes, dessen Job von ihrem eigenen Mann abhing, sondern einen Menschen mit einer guten Idee. »Nun, das gefällt mir«, sagte sie. »Und du gibst mir bitte Bescheid, wenn du dein Ziel erreicht hast. Ich will alles darüber hören.« Sie presste die Lippen aufeinander, nickte und hielt meinem Blick noch ein paar Sekunden stand, bevor sie mit der Bowle weitermachte.

Ich halte den Wagen an und checke meinen Standort auf der Karte. Ich befinde mich eine Meile landeinwärts in einem mittelgroßen Wohngebiet mit einstöckigen Häusern, deren Fassaden aus großen, unverputzten Steinen bestehen. Ich fahre noch ein paar Blocks weiter und entdecke einen perlrosafarbenen Cadillac Coupe de Ville, der auf der Straße parkt und hinter den ich mich stelle. Das Haus hat weiße Kieselsteine im Hof statt Gras.

Ich klopfe an die Tür, und Mrs. Chappelle öffnet sie. Ihr Gesicht zeigt Falten, aber sie hat einen gewissen Pep, den meine eigene Mutter aufgegeben hat.

»Ja?«

Ich könnte immer noch sagen: *Ups, falsche Adresse!* Aber ich bin wie erstarrt.

Sie kneift den Mund zusammen.

»Mrs. Chappelle«, sage ich schließlich. »Ich bin Loni Murrow.«

Die Gesichtszüge entgleisten ihr kaum merklich, bis sie sich wieder gefasst hat. »Natürlich, das sehe ich.« Sie atmet tief durch, zögert. »Komm rein, Liebes.« Sie bietet mir einen Platz auf der Couch an und geht in die Küche. Als sie wiederkommt, reicht sie mir ein Glas Limonade, die so süß ist, dass ich nicht mehr als einen Schluck davon trinken kann. »Du bist ganz schön erwachsen geworden. Warst du in der gleichen Klasse wie Shari? Nein, natürlich nicht, du bist jünger.«

So ist das hier in den Südstaaten. Man sorgt dafür, dass man niemals an der Oberfläche kratzt und über Dinge redet, die wichtig sind. Die dunklen Schatten unter Mrs. Chappelles Augen sind durch Make-up kaschiert, aber dennoch sichtbar. Sie setzt sich in einen rosafarbenen Ohrensessel mir gegenüber.

»Mrs. Chappelle, es tat mir so leid zu hören … dass Stevie gestorben ist.«

»Nun, danke, Liebes.«

Das Schweigen ist abgrundtief.

»Mrs. Chappelle, ich störe Sie, ich weiß. Und ich entschuldige mich. Ich muss nur …«

»Hat dich deine Mutter hergeschickt?«

»Meine Mutter? Nein.«

»Vielleicht hätte ich es ihr nicht sagen sollen.« Sie legt ihre Fingerspitzen an eine Wange. »Aber da Stevie tot ist, habe ich keinen Grund mehr, diese Lüge aufrechtzuerhalten.«

»Sie meinen, Sie haben sie gesehen? In letzter Zeit?«

Sie nickt. »Ich war in ... dem Heim.«

»Und Sie haben meiner Mutter von den ... den Drogenleuten erzählt?«

»Ja, ich nehme an, sie hat Ihnen alles erzählt.« Mrs. Chappelle starrt auf ihre Hände.

»Nein, hat sie nicht. Meine Mutter ... vergisst. Captain Chappelle hat es mir gesagt. Zuerst wollte er das nicht.« Ein scharfer Schmerz kitzelt meine Kehle, und meine Brust fühlt sich an wie eine Höhle.

»Oh, Liebes«, sagt sie. »Was hat der Mann zu dir gesagt?«

»Er sagte, mein Vater, mein Vater war ...« Idiotischerweise muss ich plötzlich weinen. Sie setzt sich neben mich und legt ihren Arm um meine Schulter, so wie es eine Lehrerin in der ersten Klasse tun würde.

»Lass mich raten. Ich wette, er hat gesagt, dass dein Daddy den Drogenleuten geholfen hat.«

Ich nicke wie eine Erstklässlerin.

»Ich verstehe.« Es herrscht eine lange Stille. »Und dann ... hat Frank dir dann etwas in der Art gesagt, dass er es herausgefunden und deinem Vater gesagt hat, er solle aufhören?«

»Er sagte, die Drogentypen hätten ihn angegriffen, meinen Vater angegriffen.« Ich stottere mehr, als dass ich rede. Sie steht auf und geht quer durch den Raum, um eine Schachtel Kleenex zu holen, die sie vor mir abstellt. Ich nehme eines und schnäuze mir die Nase.

Mrs. Chappelle – Henrietta – atmet tief durch. »Nun, zumindest der letzte Teil stimmt.«

»Welcher Teil?«

»Dein Vater wurde von jemandem angegriffen, der den Drogenleuten geholfen hat.« Sie stellt sich neben den Ohrensessel.

»Es war also definitiv kein Unfall.«

Sie sieht mich jetzt durchdringend an. Sie schüttelt den Kopf.

»Und es war kein ...« Ich spucke das Wort förmlich aus. »Selbstmord?«

»Nein, natürlich nicht. Das wollte ich deiner Mutter sagen.«

»Aber mein Vater, hat er …«

»Ich weiß, dass dein Vater Frank Chappelle viel zu sehr vertraut hat. Während seiner ganzen Zeit bei der Fischerei- und Jagdaufsicht hätte Boyd niemals an Franks Aufrichtigkeit gezweifelt. Menschen, die ehrlich sind, kommen niemals auf die Idee, dass die Leute, die sie bewundern, so weit von dem entfernt sein können, was sie zu sein scheinen.«

Alles gerät ins Wanken, und ich stehe zwischen dem, was ich weiß, und dem, was ich nicht weiß. »Warte Sie. Wenn Sie ›ehrlich‹ sagen … meinen Sie damit meinen Vater?«

Henrietta nickt.

»Und *nicht* Captain Chappelle?«

Sie bewegt ihren Kopf von einer Seite zur anderen.

Ich nehme doch noch einen Schluck von der sirupartigen Limonade. Diese Frau verachtet ihren Ex-Mann, das ist offensichtlich. Aber ist sie so verbittert, dass sie lügt?

Sie kommt herüber und setzt sich diesmal in einen Schaukelstuhl neben der Couch, lehnt sich aber nicht zurück, sondern nach vorne. Sie schaut auf ihre verschränkten Hände hinunter. »Loni, ich habe versucht, deiner Mutter zu sagen …« Eine Schwere legt sich über Mrs. Chappelles schmales Gesicht. »Weißt du, Stevie … Frank hat seinen eigenen Sohn in etwas so Abscheuliches hineingezogen …« Sie stockt, und als sie wieder weiterreden kann, ist ihre Stimme scharf wie eine Messerklinge. »Und es hat von meinem Jungen Besitz ergriffen.«

Als sie nach einer kurzen Pause fortfährt, ist ihre Stimme ist so leise, dass ich bis an die Sofakante vorrutschen muss, um sie zu verstehen. »Du schließt einen Kuhhandel mit dir selbst ab, damit du nachts schlafen kannst. Ich hatte die Hoffnung, dass Stevie sich von alldem befreien könnte. Nun, in gewisser Weise hat er das wohl getan.« Sie lehnt sich zurück, schließt die Augen und lässt den Schaukelstuhl auf seinen Kufen zum Stillstand kommen.

Ich bin vollkommen durcheinander. Diese Frau leidet, und sie redet wirres Zeug.

Mrs. Chappelle stützt einen Ellbogen auf die Armlehne. Ihr Blick ruht auf dem Teppich. »Als unser Kontostand immer höher wurde, habe ich nicht gefragt, woher das Geld kam. Ich bin in einfachen Verhältnissen aufgewachsen, und mir gefiel das kleine Zubrot. Aber dann fingen einige widerwärtige Typen an, so zu tun, als ob sie mich von irgendwoher kennen würden. Und schließlich nahm sich mein Mann eine Geliebte, weil er sich eine leisten konnte. Daraufhin bin ich gegangen. Ich wählte die Armut und meinen Stolz. Aber nicht, weil ich zu rechtschaffen war, um Drogengelder anzunehmen, denn genau daher stammten die zusätzlichen Einnahmen. Ich dachte, ich könnte meine Kinder beschützen, aber Stevie wollte bei seinem Vater leben, und als er achtzehn wurde, zog er wieder zu ihm. Frank nahm ihn in sein schmutziges Geschäft auf. Seinen Sohn, der so große Stücke auf ihn hielt.«

»Moment. Sie meinen, Captain Chappelle hat Drogengeld bekommen?«

Sie nickt erneut.

»Und mein Vater?«

»Boyd wusste nichts davon. Er war vielleicht der Einzige in dieser Dienststelle, der nichts wusste. Oder vielleicht hatte er einen Verdacht, und das machte ihn gefährlich.«

Diese Anweisungen, in der Handschrift meines Vaters, an die Abteilung für Strafverfolgung der Fischerei- und Jagdaufsicht. Die Frau, die die Tür abschloss, sagte: »... Berichte von Whistleblowern und deren Weiterverfolgung.«

»Ich kann einfach nicht glauben, dass Captain Chappelle ...«

»Oh, dieser Mann ist so sanft. Er wird lächeln und dich bezirzen, während er dir den Dolch mitten ins Herz jagt. Das kannst du mir glauben.«

»Also ... wissen Sie, was an dem Tag passierte, als mein Vater starb?«

Sie wartet lange Zeit. »Loni, ich war nicht dabei. Und ich würde meine Quelle nicht als zuverlässig bezeichnen. Ich hatte dieses Ungeziefer Frank Chappelle bereits verlassen, aber er tauchte in der Nacht, als es passiert war, betrunken hier auf und dachte, ich würde ihn trösten. Nachdem seine Freundin ihn satthatte, kreuzte er etwa einmal im Monat auf und flehte mich an, zu ihm zurückzukommen. Er sagte, niemand hätte ihn je so trösten können wie ich. Mit dieser Süßholzraspelei hätte er mich fast rumgekriegt. Bis zu jenem Tag. Da war er völlig betrunken und erzählte mir seine Version des Vorfalls – eine Version, in der Frank deinen Daddy nicht umbringen wollte, sondern ihn nur bewusstlos geschlagen hatte. In der er Boyd nicht mit dem Gesicht nach unten und einer Platzwunde am Kopf zurücklassen wollte, sondern in der das alles einfach passiert war. In der Gott ihm verzeihen würde, weil es ein Unfall war. Ich hätte ihn damals anzeigen sollen, ich hätte die Polizei rufen sollen. Aber da hatte er Stevie schon tief in die Sache hineingezogen. Ich habe nichts gesagt, weil ich dachte, ich könnte meinen Sohn schützen und ihn vor dem Gefängnis bewahren. Wie sich herausstellte, arbeitete mein süßer Junge nicht nur für diese Kerle, er war auch ihr Kunde. Im Gefängnis wäre er vielleicht sicherer gewesen.«

Ich bin so weit an die Kante der Couch vorgerutscht, dass ich mich mit den Füßen abstützen muss, sonst kippe ich nach vorne.

»Es war, als ob ein Schalter in mir umgelegt wurde«, fährt sie fort. »Ich konnte deinen Daddy nicht zurückbringen, und ich konnte es niemandem sagen, ohne dass es Folgen für Stevie gehabt hätte. Also habe ich Frank hier rausgeschmissen, bevor er mir noch mehr von dieser verlogenen Version des Vorfalls erzählen konnte. Von diesem Moment an habe ich all meine Energie darauf verwendet, meinen Sohn von Frank wegzubringen, weg von diesem Geschäft, hinein in ein Entzugsprogramm. Stevie hat es versucht, das hat er. Mehr als einmal. Er wollte es besser machen. Aber das Gift zog ihn immer wieder in den

Bann.« Sie drückt ein Taschentuch auf die faltige Haut um ihre Augen.

Ich nehme die verblasste Quittung aus meiner Tasche, die ich vor dem Verlassen der Wohnung vom Kühlschrank abgenommen hatte, mit der Schrift meines Vaters auf der Rückseite:

Frank > Elbert > Dan
Walkie-Talkies
Wer noch?

»Mrs. Chappelle, ergibt das einen Sinn für Sie?«

Sie liest die Notiz und nickt. »Die drei waren alle irgendwie eingeweiht. Ich weiß nicht alles, aber wenn du Genaueres wissen willst, Loni, musst du mit jemandem reden, der vielleicht einen zuverlässigeren Bericht darüber bekommen hat, was zwischen ihnen lief und was genau an dem Tag geschah, an dem dein Daddy starb.«

»Und das wäre dann …?«

»Die Frau von Dan Watson. Mona. Sie und ich haben nie darüber gesprochen, aber ich glaube, sie ist die einzige lebende Person, die von ihrem Mann etwas erfahren haben könnte, das am ehesten der Wahrheit entspricht.«

Dan Watson *war* also an diesem Tag dort. Und Mona weiß es, wollte es mir aber nicht sagen.

Ich fahre zu schnell durch den Tate's Hell Swamp und halte nur einmal an, als hinter mir blaue Lichter blinken und ein Florida Highway Patrolman sich die Ehre gibt, mir einen Strafzettel zu verpassen. Währenddessen rast ein verbeulter blauer Pick-up an uns vorbei. Ich nehme den Wisch entgegen, fahre 55, bis der Streifenpolizist außer Sichtweite ist, und beschleunige dann wieder.

Du hast ein gutes Leben im Norden, Loni Mae, hat Frank gesagt. Mit anderen Worten: *Mach die Flatter, L. M.* Oder noch prägnanter: HAU AB, YANKEE. Hat Frank Nelson Barber dazu angestiftet, meine Rückscheibe vollzuschmieren?

D. C. ICH KOMME! Oder ist Nelson Barber für das alles verantwortlich?

Ich stoße die Tür zu Tammys Salon auf. Mrs. Watsons wöchentlicher Termin ist bereits im Gange. Ihr verletzlicher Nacken ruht auf dem Waschbeckenrand, und Tammy verteilt warmes Wasser über ihren Kopf. Ich werfe einen Blick über Tammys Schulter und vergewissere mich, dass Mrs. Watson mich sieht, bevor ich den Raum durchquere. Tammys Freundin Georgia ist auch da und plaudert mit ein paar anderen Damen, die darauf warten, dass sie an der Reihe sind. Ich setze mich an die andere Seite des Salons. Mrs. Watson sagt zu Tammy im Flüsterton: »Ich weiß, dass sie irgendwie mit dir verwandt ist, aber ich mag dieses Mädchen nicht.«

Von dort, wo ich sitze, sage ich: »Ich kann Sie hören, Mrs. Watson.«

Georgia und Tammy sehen mich beide pikiert an. Genau wie die anderen Frauen auch. In meiner Heimatstadt muss man so tun, als ob man taub wäre, wenn man mitbekommt, dass über einen geredet wird. Die Leute sind schockiert, wenn man nicht so tut, als ob.

Mrs. Watson hebt ihren Kopf von der Nackenstütze des Waschbeckens und sieht mich an.

Sie richtet sich kerzengerade auf.

Tammy schnappt sich ein Handtuch und tut ihr Bestes, um Mona davon abzuhalten, den Stuhl mit Wasser vollzutropfen. »Also wirklich, Loni«, sagt sie.

Ich rühre mich nicht von meinem Platz. »Also wirklich, Tammy, ich möchte nur wissen, warum Mrs. Watson mich nicht mag.« Alle im Salon hören zu.

»Ich werd's dir sagen, junge Dame.« Sie hat Wassertropfen auf den Schultern ihres Umhangs. »Zum einen wäre da dein falscher Yankee-Akzent.«

»Oh, ist das alles?«, frage ich scheinheilig.

»Und was gibt dir das Recht, aus dem Norden hierherzukommen und nach Lust und Laune in der Vergangenheit herumzustochern?«

»Also wirklich, Mona«, sagt Tammy und versucht, ihr Entzücken zu verbergen.

»Ach, Mrs. Watson«, sage ich, »eigentlich bin ich nur hier, um mir die Haare schneiden zu lassen, aber was für ein Glück, dass ich Sie treffe, denn wissen Sie, wer mir gesagt hat, ich solle mit Ihnen sprechen? Rita Chappelle. Auch bekannt als *Henrietta*.«

»Sie wohnt nicht einmal hier.« Mrs. Watson steht mit wehendem Umhang auf und macht einen Schritt auf mich zu. »Du hast doch keine Ahnung, wo sie wohnt.«

»O doch. Ich komme gerade aus Panama City, Mrs. Watson, und in unserem Gespräch ging es vor allem um Sie. Ihr Mann hat Dinge getan, die er nicht hätte tun sollen.«

»Du ... du bist genau wie deine Mutter!« Sie kommt zu mir herüber. »So arrogant. Du glaubst, du bist was Besseres als wir!«

Ich bleibe auf meinem Stuhl sitzen. »Mrs. Watson, erzählen Sie doch mal, Ihr Mann ...«

»Mein Mann war ein wunderbarer Mensch!«

Ich schnappe mir eine Nagelfeile vom Tisch neben mir und widme mich meinen abgebrochenen Nägeln. Meine Hände zittern, meine Stimme nicht. »Bleiben wir höflich und sagen wir, dass Ihr Mann einige schlechte Entscheidungen getroffen hat. Aber er wollte das Richtige tun.«

»Er hat immer das Richtige getan!«

»Tja, Mrs. Watson.« Ich schüttle den Kopf. »Mona.«

»Es war alles die Schuld deines Vaters! Warum Dan sich wegen deines dämlichen toten Vaters in Schwierigkeiten bringen wollte, ist mir schleierhaft.«

Ich zwinge mich, still sitzen zu bleiben. »Er hat meinen dämlichen toten Vater sterben sehen.«

»So dämlich«, wiederholt sie.

»Er hat die Brieftasche meines Vaters aufgehoben.«

»Hat Henrietta dir das erzählt? Denn das ist eine verdammte Lüge. Danny war gar nicht da.«

Ich nehme den zerknüllten Vorfallsbericht heraus. »Sie irren sich, Ma'am. Diese eidesstattliche Erklärung Ihres Mannes besagt, dass er dabei war. Er hat das selbst in die Akte geschrieben.«

»Weil er da rauswollte!« Sie bemerkt die anderen Damen im Raum. Sie sieht sie mit wilden Augen an. »Er wollte nicht tot enden wie der dumme Boyd!« Ihr rotes Gesicht zeigt die Angst vor dem, was sie verraten hat.

Ich täusche eine Ruhe vor, die ich nicht spüre. »Und er dachte, er hätte etwas, womit er sich aus Franks Fängen befreien könnte.«

»Erwähnen Sie diesen Namen nicht«, zischt sie.

»Captain Chappelle, dieser nette Mann? Hat er Ihnen Ihr Haus gekauft?«

Ihre Lippen kräuseln sich. »Ich habe dieses Haus verdient, und wenn du denkst, du kannst hierherkommen und ändern, was vor fünfundzwanzig Jahren passiert ist …«

Plötzlich stehe ich. »Ändern kann ich gar nichts, Mrs. Watson. Aber die Wahrheit sagen.«

»Die Wahrheit! Ja, ja, die wird viel Gutes bewirken. Sie bringt die Leute in Schwierigkeiten, sonst nichts. Es ist besser, wenn man sie nicht kennt.«

»Also«, ich rede einfach weiter, »Dan hob die Brieftasche meines Vaters auf, die durch die Luft flog, als Frank Boyd von hinten einen Schlag versetzte. Ein Kanupaddel auf den Hinterkopf?« Henrietta hat nicht erwähnt, welcher stumpfe Gegenstand benutzt wurde. Aber ich kann an Monas Gesicht sehen, dass ich richtig geraten habe. Und dass sie die Geschichte kennt. Sie hat sie von einem zuverlässigen Augenzeugen gehört, ihrem Mann Dan.

»Und mein Vater wurde bewusstlos zurückgelassen, um im Sumpf zu ertrinken.« Ich formuliere es nicht wie eine Frage.

Mrs. Watsons nasses Haar tropft von ihren Wangen auf ihre hängenden Schultern. »Wer hat es dir erzählt?«

Dan muss das alles weitergegeben haben. Aber nachdem man ihm ins Gesicht geschossen hatte, vergaß seine Frau bequemerweise die Details. Sie nahm das Haus und hielt ihre verdammte Klappe.

Tammy mischt sich nicht ein, sie hält sich zurück und hört zu. Mrs. Watson sieht erst sie, dann Georgia, dann die anderen Frauen im Salon hilfesuchend an. »Die werden mir das Haus wegnehmen! Es ist alles, was ich besitze!«

Tammy kommt auf sie zu. »Also wirklich, Mona.« Sie legt ihren Arm um Mrs. Watsons Schulter und nimmt ihr das Handtuch vom Hals. Ohne sich um den Frisierumhang zu scheren und ohne einen Gedanken an ihr ungekämmtes feuchtes Haar, greift Mrs. Watson ihre Handtasche und verlässt den Salon.

Tammy beobachtet Mona vom Fenster aus, um sicherzugehen, dass sie nicht zu hören ist, dann jubelt sie und klatscht mit mir ab. Sie grinst, als hätte sie gerade im Lotto gewonnen.

Die anderen Frauen im Salon sitzen mit offenen Mündern da. Tammy verkündet, dass ihre Termine verschoben werden, aber sie brechen sowieso liebend gerne auf, denn sie wollen die Geschichte jedem erzählen, der bereit ist, ihnen zuzuhören. Tammy dreht das Türschild um auf »GESCHLOSSEN« und schiebt mich aus dem Salon. Wir fahren die zwei Blocks zu Phils Büro mit dem Auto, und dann geleitet sich mich über die Straße und an Rosalea vorbei. Tammy ist hocherfreut über diese schrecklichen Neuigkeiten, die beweisen, dass sie doch irgendwie recht hatte.

Wir sitzen Phil gegenüber, und Tammy übernimmt größtenteils die Gesprächsführung, außer wenn sie möchte, dass ich etwas dazu beitrage, was Mona oder Mrs. Chappelle gesagt haben, und dann insistiert sie: »Sag es ihm, Loni, sag es ihm.«

Wenn ich dann spreche, ist Phil ganz Ohr, aufmerksamer als je zuvor in seinem Leben. Er schreibt jedes Wort auf und fungiert in dieser höchst privaten Angelegenheit als sein eigener Sekretär. Sein Kiefer malmt, während er schreibt. Ist er wütend? Schockiert? Stellt er sich vor – was ich bereits seit Jahren tue –, wie die letzten Momente unseres Vaters gewesen sein müssen? Nur dass es dieses eine Mal vielleicht der Wahrheit entspricht. Daddy stößt auf die Drogenschmuggler und versucht, sie aufzuhalten. Chappelle und Dan Watson sind da, um den Ablauf zu erleichtern, um die Kriminellen vor den Strafverfolgern zu schützen. Aber mein Vater sieht seine sogenannten Freunde nicht. Er hat seine Schusswaffe in der einen Hand, die Brieftasche mit seiner Dienstmarke in der anderen und wird von seinem guten Kumpel, dem nicht so netten Frank Chappelle, von hinten niedergeschlagen. Die Waffe fällt ins Wasser, und die Brieftasche fliegt an Land. In dem Chaos bemerkt Chappelle die Brieftasche nicht.

Aber jemand anders schon – Dan Watson, an Land, ebenfalls daran beteiligt, bis er sah, wozu Frank fähig war. Dan muss die Brieftasche mitgenommen und versteckt haben. Den Bericht erstattete er zwei Monate später. Wollte er aus Chappelles schmutzigen Geschäften aussteigen? War der Bericht eine Versicherungspolice, etwas, mit dem er Frank in der Hand gehabt hätte? Watson bekam nie die Gelegenheit, mehr zu tun, als seinen Nachtrag in die Akte zu legen. Eine Woche später wurde ihm ins Gesicht geschossen. Und ohne dass Chappelle oder irgendjemand anders davon wusste, lag dieses Dokument fünfundzwanzig Jahre lang in den öffentlich zugänglichen Akten, bis mein Bruder und sein Freund Bart darauf stießen. Wenn meine Mutter nicht so überrumpelt worden wäre, wenn sie Franks Geschichte nicht geglaubt hätte, ihn nicht für einen so vertrauenswürdigen Freund gehalten hätte – so wie ich es tat, so wie es immer noch alle tun –, wenn jemand einfach nachgeforscht hätte, hätte er das Dokument gefunden und wäre neugierig geworden. Vielleicht hätten sie den guten alten vertrauenswürdigen Frank Chappelle gefunden.

Phil kritzelt auf einen Notizblock. Nachdem alles gesagt war, schreibt er noch etwas auf. »Ich muss Bart hierherholen«, sagt er ins Leere. »Wir müssen den Staatsanwalt kontaktieren.«

Tammy redet los, stimmt vielleicht mit ihm überein, obwohl ich ihre Stimmen nicht mehr hören kann. Der Raum verdunkelt sich fast vollständig. Alles, was ich sehen kann, ist der Killer, der mir in seinem Haus Saft anbietet. Dieser Killer, der sein Millionen-Dollar-Lächeln lächelt. Dieser Mörder, der mir seine Kamelien zeigt, seinen verdammten Rhabarber. Dieser Mann, der mich wegen der »schlimmen Dinge«, die mein Vater getan hat, tröstete. Der Mann, der meinen Vater zurückließ und so dafür sorgte, dass er Dreckwasser in die Lunge einatmete. Er ist sicher auch der »Wilderer«, der Dan Watson aus nächster Nähe erschossen hat.

Phil schreibt, seine Aufmerksamkeit ist auf den Block gerichtet.

»Ich muss los«, sage ich.

Ich laufe wie ein Zombie zurück zum Parkplatz des Salons. Ich steige in mein Auto, ruhig und gelassen und brennend vor Hass auf Frank Chappelle. Ich werde ihn mit meinen bloßen Händen töten. Ich werde das schärfste Messer in seiner Küche finden. Ich werde seine Eingeweide herausschaben, als wäre er ein Vögelchen. Ich werde sein Haus anzünden und seine Schreie hören. Gestern noch hätte ich nicht gedacht, dass ich zu so etwas fähig wäre. Aber jetzt pulsiert Mordlust in mir, und ich möchte diesen Mann erwürgen, ihm den Kopf abreißen, wenn ich daran denke, wie er sich als unser Beschützer aufgespielt hat, wie er versucht hat, sich bei meiner Mutter einzuschmeicheln, wie er uns dazu gebracht hat, ihm bedingungslos zu vertrauen.

Die Sonne geht gerade unter, als ich das Haus mit den kaskadenartigen Weinstöcken erreiche. Auf dem Rasen des Nachbarn liegt ein verlassener Baseball, ein Handschuh, ein Schläger. Ich schnappe mir den Schläger und gehe die Stufen von Chappelles Veranda hinauf. Mein pochendes Herz ist eine Kugel aus Phosphor, die so heiß brennt, dass sie aus meiner Brust austreten könnte. Ich stoße die unverschlossene Tür auf, ohne anzuklopfen, halte den Schläger mit beiden Händen fest und rufe: »Chappelle! Frank!«

Wäre ich an dem Tag, an dem Frank ihn umgebracht hat, bei meinem Vater gewesen, hätte ich vielleicht etwas tun können, um seinen Tod zu verhindern. Ein Ablenkungsmanöver, ein Warnruf. Hier und heute kann nur noch Rache Abhilfe schaffen.

»Komm raus aus deinem Versteck, du stinkender Drecksack ...« Ich trete die Schlafzimmertür auf. Niemand da. Ich marschiere in jedes Zimmer, jeden begehbaren Schrank, sogar in den Garten, aber Chappelle ist schlichtweg nicht zu Hause.

55

Ich muss mit jemandem darüber reden, ich brauche jemanden in meiner Nähe, ich muss mich fallen und auffangen lassen. Ich fahre zum Kanuverleih, aber der ist geschlossen, geradezu verbarrikadiert. Ich fahre zu Adlais Haus, nicht weil ich will, dass er mich zurücknimmt, sondern weil ich einen Ort brauche, wo ich hingehen kann, und einen Menschen, der mich davon abhält, Frank Chappelle zu finden und ihm das Hirn zu zermatschen. Ich klopfe erst, dann hämmere ich gegen die Tür, aber Adlai macht nicht auf. Auf seiner Veranda liegt ein Flechtteppich, und plötzlich bin ich so müde, dass ich mich nur noch hinlegen möchte. Ich rolle mich auf dem Teppich zusammen, nur für eine Minute, und lasse den warmen Wind die Haare auf meinen Armen kitzeln. Ich höre das Rauschen des Schilfs auf dem nahen See. Dann, für eine Weile, ist da nichts mehr.

»Loni. Loni.«

Ich öffne die Augen und sehe ihn, diese schöne Vision. Ich bin gestorben, und er ist der Engel Gabriel.

»Was machst du da?«, fragt Adlai.

Ich will mich aufrichten, und ich stelle fest, dass ich den schlimmsten Mundgeruch meines Lebens habe. Mein Haar hängt wirr vor meinen Augen, und ich schiebe es zur Seite. Ich schwitze, und ich ertaste auf meinem Gesicht das Muster des Teppichs.

»Ich weiß es nicht.«

»Was ist passiert? Was ist denn los?«, fragt er.

»Du warst nicht hier.«

»Ich habe *dich* gesucht.«

»Wirklich? Ich dachte, du wärst fertig mit mir.«

»Offenbar nicht.« Sein Gesicht ist auf Augenhöhe. Seine Arme befinden sich dicht an meinen.

»Ich war in Panama City«, sage ich. »Tate's Hell Swamp. Dann hier.«

»Ich bin froh, dass ich dich gefunden habe.«

»Auf deiner eigenen Veranda.«

Er schaut nach unten. »Na ja, du kennst doch den Spruch, dass man im eigenen Garten nach dem suchen soll, was das Herz begehrt.«

Er kann nicht mich meinen. »Ich habe heute fast einen Mann getötet.«

»Wirklich?«

Ich nicke und schüttle dann den Kopf. »Er war nicht zu Hause.«

Er nimmt eine Rolle Pep-O-Mint Lifesavers heraus, reißt einen Teil der Folie ab und hält sie mir vor die Nase.

»So schlimm?«, frage ich.

Er nickt.

Ich nehme ein Pfefferminzbonbon aus der Packung und lege es auf meine Zunge. »Wenn ich wieder besser rieche, nimmst du mich dann in den Arm und hältst mich fest?«

»Ich glaube, das kriege ich hin.«

Wir stehen auf, aber ich bin immer noch wackelig auf den Beinen. Wir fallen uns in die Arme, und ich drücke mich mit meinem ganzen Körper an ihn. Er riecht wie Buchsbaum im warmen Wind. Wir verharren minutenlang so.

Sein Atem streift mein Ohr. »Möchtest du mit in mein Haus kommen?«

Er dreht seine Handfläche nach oben und macht eine Geste in Richtung Tür, wie damals am Hafen, als er sagte: »Mylady, Ihr Wagen wartet.« Es ist dieselbe Hand, die auf der Bauminsel meine Hand nahm und mich an einen Ort brachte, wo ich hingehörte.

Ich lutsche das Pfefferminzbonbon auf, berühre sein Gesicht mit beiden Händen und küsse ihn. Und Gott sei Dank, er küsst mich zurück. Wir bleiben ein paar lange, köstliche Minuten auf der Schwelle stehen, dann macht Adlai einen Schritt zurück. Er hebt einen Finger und sagt: »Spiel nicht mit meinen Gefühlen.«

»Wenn es doch nur ein Spiel wäre.«

Wir gehen ins Haus und hinauf in Adlais Baumhauszimmer, zu seinem Nest aus Federn. Einzig die ihm eigene Wärme ist von Bedeutung. Ich rede nicht, erzähle ihm nicht von meinem schrecklichen Tag, spreche nichts an. Heute Abend sage ich nur, was ohne Worte gesagt werden kann, und er antwortet auf eine Weise, die weit über das Benennbare hinausgeht.

56

5. Mai

Am nächsten Morgen bin ich vor ihm wach. Die Schatten der Blätter tummeln sich spielerisch auf dem Laken und tanzen über Adlais glatte Brust und sein Gesicht. Seine Lippen vereinen sich zu einem weichen Schmollmund. Ich stehe auf, ziehe mich an und schleiche mich leise hinaus.

Die Lebenseiche, die Schatten auf die Fenster wirft, bewegt sich im Wind. Ich stehe an ihrem Fuß und lausche dem Rauschen. Der Baum ist von Immergrün umringt, und als ich mich bücke, um eine der winzigen Blüten zu pflücken, bemerke ich eine Schneise in dem Blumenbeet, die zum Stamm führt. Die Äste und niedrigen Zweige sind eine Einladung zum Klettern, der ich nicht widerstehen kann. Ich mache einen Klimmzug und nutze dann jeden sicheren Halt für meine Füße, um höher hinaufzugelangen. Als ich einen dicken, waagerechten Ast erreiche, bleibe ich dort einfach sitzen und zerdrücke die Blütenblätter des Immergrüns unter meiner Nase.

Ich bekomme einen Schreck, als ich Schritte höre, und schaue nach unten. Dort steht Adlai in Jeans, aber seine Brust ist nackt. Aus dem Schreckensschauer wird Erregung.

»Hallo!«, rufe ich leise.

Er neigt den Kopf zurück. »Ich dachte, du hättest mich vielleicht verlassen.«

Ich schüttle vehement den Kopf.

»Darf ich?« Er macht sich an den Aufstieg, greift und zieht sich auf eine Weise hoch, die mir verrät, dass er schon einmal auf diesen Baum geklettert ist. Wir setzen uns nebeneinander, ohne uns zu berühren, aber die Luft zwischen uns ist aufgeladen. Er lehnt sich mit dem Rücken gegen einen aufrechten Ast.

»Also, Loni. Erzähl mir alles.«

Ich rede, und zuerst ist es eher wie ein Rinnsal, aber dann wird es zu einem reißendem Strom – alles, was ich zurückgehalten, alles, was ich bis jetzt nicht gewusst habe. Ich erzähle ihm von früher, von Mona Watson und Henrietta, von Frank Chappelle und meinem Vater. Ich erzähle ihm von dem Tagebuch, vom Garten meiner Mutter, von dem verlorenen Baby. Das Schlucken fällt mir schwer. Ich ändere meine Position auf dem breiten Ast. Ich nähere mich ihm und lehne mich an seine Brust, wobei ich darauf achte, dass wir nicht beide umkippen. Er legt seine Arme um mich, und ich rede, bis alles erzählt ist. Einen Moment lang ist er still. Ich erwarte, dass er sagt: »Du bist ganz schön verkorkst.« Aber stattdessen sagt er: »Siehst du, wie gut sich die Wahrheit anfühlt?«

Ich streiche ihm über die Haare auf dem Arm. »Ich schätze, du warst schon immer die ehrlichste Person im Raum.«

»Nicht ganz.«

Ich drehe meinen Kopf, sodass ich ihm in die Augen sehen kann.

»Mach dir keine Sorgen. Ist schon viele Jahre her.«

Ich setze mich gerade hin. »Aha, Sie haben uns Informationen vorenthalten. Also los, Brinkert. Raus mit der Sprache.«

Er schaut weg und überlegt anscheinend, ob er mir nach allem, was passiert ist, vielleicht doch vertrauen kann. »Ich glaube, ich habe meine bewegte Jugend erwähnt.«

Ich nicke.

»Mach's dir gemütlich, es ist eine ziemlich lange Geschichte. Ich erzähle sie nicht vielen Leuten.«

Ich lehne mich wieder an ihn an.

Er fährt mit seiner Hand auf meinem Arm auf und ab. »Und sie ist nicht schön.«

Ich schweige.

»In der Highschool habe ich mit dem Kiffen angefangen, hing mit Gleichgesinnten ab und habe meine Eltern angelogen. Jetzt ist Gras fast überall legal, aber damals bei Weitem nicht.«

Ich bleibe ruhig.

»Um meinen … Freizeitkonsum zu finanzieren, begann ich zu dealen. Erst ein bisschen, dann viel zu viel. Meine Quelle freundete sich mit mir an. Er sagte, er würde mir ein Boot kaufen – von Stingray –, wenn ich ein paar Fahrten übernehme, von Lauderdale nach Bimini und zurück. Das klang wie ein echtes Schnäppchen, so blöd wie ich war.« Er schweigt lange und schüttelt den Kopf.

»Ich wusste nicht, dass der Kerl das schon mal gemacht und andere Teenager da reingezogen hatte, aber Minderjährige waren weniger verdächtig, sie waren eher auf Spritztour im Boot ihres Vaters unterwegs, so was in der Art. Das Stingray war toll – Liebe auf den ersten Blick. Ich konnte es kaum erwarten, meine Freunde mitzunehmen. Aber vorher war da noch der Job als Schmuggler, obwohl meine Quelle das nie so nannte. ›Nur ein paar Fahrten‹, sagte er. Er zeigte mir, wie das Boot anhand von falschen Verblendungen umgebaut worden war. Ich schaffte die erste Überfahrt in etwas mehr als drei Stunden und traf die Leute, mit denen ich mich am Hafenkai von Bimini treffen sollte. Sie betankten das Boot und beluden es mit zehn großen Ballen und ein paar Kilo Kokain – womit ich nicht gerechnet hatte –, die alle in den ausgetüftelten Fächern des Bootes verstaut wurden.«

Ich versuche, mir Adlai als naiven jugendlichen Drogendealer vorzustellen.

»Es ging alles gut, bis ich wieder in US-Gewässer kam und die Küstenwache mich anhielt. Sie kamen längsseits des Bootes und gingen an Bord. Bis zu diesen langen zwanzig Minuten war mir nicht bewusst gewesen, wie sehr ich meine Freiheit schätzte. Sie fuhren weg, ohne etwas zu entdecken, sagten nur: »Schönen Tag noch, junger Mann«, und ich fuhr langsam weiter, bis sie außer Sichtweite waren, und dann gab ich Vollgas, bis das Boot wieder raus war aus den US-Gewässern. Ich riss die Verblendungen ab und warf alle Drogen über Bord, danach kam ich zurück und versenkte das schöne Stingray auf dem Riff vor Jupiter Island.«

»Wow«, sage ich. »Das riecht nach jeder Menge Ärger.«

»Mithilfe eines Rettungsrings schwamm ich ans Ufer, und anschließend fuhr ich per Anhalter zurück nach Fort Lauderdale und wartete auf meine Verhaftung durch die Polizei.«

»Und kam's dazu?«

»Nein. Aber wenn sie morgen vor der Tür stünden, würde ich die Wahrheit sagen und die Konsequenzen tragen.«

»Aber du warst minderjährig.«

»Ja.«

»Also, ich glaube nicht, dass sie dich jetzt noch drankriegen. Was ist mit dem Kerl, der dir das Boot gekauft hat?«

»Er war Lehrer an meiner Schule. Mr. Hawley. Er war verantwortlich für alle Nachsitzer. Nach dieser Sache hatte er mir nicht mehr viel zu sagen, außer einmal auf dem Gang, als sonst niemand da war. Da drückte er mich gegen die Wand und zischte: ›Du kleiner Scheißer.‹ Als ein anderer Lehrer um die Ecke kam, tat er so, als würde er mich wegen irgendeines Vergehens bestrafen. ›Das kommt kein zweites Mal vor, verstanden‹, sagte er. Für den Rest meiner Highschool-Karriere habe ich es strikt vermieden, noch ein einziges Mal nachsitzen zu müssen. Und Gott sei Dank war auch von weiter oben in der Kette niemand hinter mir her. Mr. Hawley hat wahrscheinlich eine Hypothek auf sein Haus aufgenommen, damit er seinem eigenen Lieferanten sein schlechtes Urteilsvermögen nicht eingestehen musste.«

»Und sonst ist nichts passiert?«

Er schüttelt den Kopf.

»Da hast du richtig Glück.«

Ein paar Minuten lang sagt keiner von uns etwas.

»Das hat dich also dazu gebracht, das Lügen aufzugeben?«, hake ich schließlich nach.

»Nicht sofort. Ich habe meine Eltern sogar unmittelbar danach wieder angelogen, weil ich eine Woche lang nicht aus dem Haus gegangen bin. Ich sagte ihnen, ich hätte die Grippe. Ich saß in meinem Zimmer bei ausgeschalteter Klimaanlage und schwitzte. Ich dachte darüber nach, was hätte passieren können und noch passieren könnte. Ein paar Tage später kam mein Nachbar Prescott vorbei, weil er mich in der Schule nicht gesehen hatte. Wir hatten in der Grundschule eine Fahrgemeinschaft gebildet, aber seither hatte ich mich mit anderen Leuten herumgetrieben. Ohne konkret zu werden, erzählte ich ihm, dass ich mein Leben neu überdacht hatte.

»Er sagte: ›Das mache ich jeden Sonntag, Mann.‹ Es stellte sich heraus, dass Prescott ein Quäker war. Also lud er mich zu einem Sonntagstreffen ein. Meistens saßen die Leute einfach nur da. Ab und zu stand jemand auf und sagte etwas, aber in diesen Versammlungen ging es hauptsächlich um die Stille. Danach begleitete ich Prescott und seine Familie regelmäßig. Die Quäker haben die Vorstellung, dass man einfach immer die Wahrheit sagt, und so einfach ist das auch. Das kam mir damals ziemlich radikal vor, und ich wollte herausfinden, wie sich diese Art von Ehrlichkeit anfühlt.«

Ich nicke.

»Der Rest meiner Clique fand das total uncool. Nach einer Weile wollte keiner der Kiffer mehr mit mir reden, und das tat weh. Ich fragte sie, worauf unsere Freundschaft überhaupt basierte, aber sie blinzelten mich nur verständnislos an.

Also hing ich mit Prescott und ein paar seiner Freunde ab. Meine Familie konnte mit dieser sonntäglichen Routine nicht viel anfangen, aber unser Verhältnis wurde besser, also hatten sie nichts dagegen.«

Ich drücke mich an seine Brust. »Gut zu wissen, dass das möglich ist ... ein besseres Verhältnis zur Familie.«

»Ich würde *deine* Familie gerne kennenlernen«, sagt er und schmiegt sein Kinn an meinen Kopf.

Und in diesem hormongesteuerten Zustand, in dem ich mich gerade befinde, verbuche ich das tatsächlich als eine gute Idee.

Die Blätter rascheln und wiegen sich im Wind, und wir bleiben noch ein wenig länger oben im Baum und genießen die Brise. Dann klettern wir hinunter. Adlai, immer noch barfuß, führt mich zu einem Teil des Sees, der von einer Quelle gespeist wird und durch Schilf geschützt ist. Wir lassen unsere Kleider auf dem Ast eines Baumes liegen. Das Wasser in diesem natürlichen Schwimmbecken ist klar, und wir lassen uns hineinfallen, öffnen den Mund und kosten es.

Auf dem Weg zurück zum Haus kommen wir an meinem Auto vorbei. Dort, immer noch auf dem Beifahrersitz, liegt die visuelle Entsprechung des Tagebuchs meiner Mutter. »Darf ich dir etwas zeigen?«, frage ich Adlai.

Er nickt kurz.

Ich schließe das Auto auf und spüre die aufgestaute Hitze, greife über den Zeichenkasten hinweg nach der Mappe und nehme sie mit ins Haus. Ich erkläre ihm jede Seite, und als ich fertig bin, sieht er mich durchdringend an.

»Was?«

Er berührt mein Haar. »Ich glaube, du zeigst das der falschen Person.«

57

Als ich auf den Parkplatz des St. Agnes fahre, findet in den weit entfernten Wolken ein Lichtspiel statt, das für gewöhnlich Regen ankündigt. Inzwischen wird Phil dafür gesorgt haben, dass Frank verhaftet wurde, also kann ich die Vergeltung dem Staat überlassen. Ich werde meiner Mutter diese Mappe mit den Zeichnungen überreichen, und anschließend rufe ich Phil an, damit er mich auf den neuesten Stand bringt.

Mariama spricht mich auf dem Gang an. »Ich wollte Ihnen sagen, Loni, dass Ihre Mutter einen sehr guten Tag hat. Vielleicht ihren besten.«

»Ach ja?«

»Sie ist der Garten-Gruppe beigetreten!«

»Das sind ja gute Neuigkeiten. Ich danke Ihnen, Mariama.«

Ich öffne die Tür zum Zimmer meiner Mutter. Sie stöbert in ihrer Kommode, dreht sich aber um, als ich eintrete.

»Hallo«, sagt sie. »Was hast du denn da?« Sie hebt ihr Kinn und deutet auf die Mappe mit den Zeichnungen unter meinem Arm.

Wir sitzen auf der Kante ihres Bettes, und sie blättert ein Blatt nach dem anderen um. Ich habe ihren verlorenen Garten so nachgebaut, wie ich ihn in Erinnerung habe, wobei mir ihr Garten-Tagebuch sehr geholfen hat.

»Ist das nicht schön«, sagt sie mit Blick auf den Bepflanzungsplan. »Warum kommt mir das so bekannt vor?«

Sie wendet sich der nächsten Zeichnung zu, und ich zeige auf die abgebildete Pflanze. »Da ist Rosmarin. Zum Angedenken.« Ich sehe sie erwartungsvoll an. »Da ist Zitronenmelisse. Spendet Trost, weißt du. Und das hier sind Eberraute. Benediktenkraut. Salbei.«

Sie nickt mit dem Kopf, brummelt »aha«, als würde ich irgendeine Liste vorlesen oder eine Telefonnummer aufsagen: 555, aha, 7253, aha. Sie blättert bis zum Ende, hält jede Zeichnung am Rand fest, dreht sie vorsichtig um, bis sie bei dem letzten Blatt angekommen ist und es auf seiner Vorderseite ablegt. »Danke, Loni«, sagt sie, nachdem sie meinem Schulprojekt, das genauso ein von mir gezeichneter Truthahn hätte sein können, die nötige Aufmerksamkeit geschenkt hat.

Ich stehe auf. »Hast du den Wohlgemut gesehen? ›Ich Wohlgemut mach' Mut‹«, zitiere ich aus dem *Herbarium* von Gerard.

Sie sieht mich an, als wäre ich ein sehr sonderbares Kind.

Frustriert lasse ich mich gegen die Rückenlehne des Vinylstuhls fallen. Es ist nicht so, dass sie es nicht mag, sie versteht es nur nicht. Sie versteht nicht, dass ich ihr etwas gebe, das sie verloren hat. Sie weiß nicht einmal, dass sie es verloren hat.

In dem Moment setzt der Regen ein und prasselt gegen das Fenster. Meine Mutter erzählt eine Geschichte über Bernice, die weiter hinten auf dem Flur wohnt. Bernice dies und Bernice das, und Bernice ist gefallen, und jemand hat Bernice wieder aufgehoben. Ich höre kaum zu. Nach allem, was in den letzten achtundvierzig Stunden passiert ist, schwindet meine Energie so langsam. Ich dachte, diese kleine Mappe würde meiner Mutter helfen, uns helfen, aber eine wirkliche Hilfe gibt es wohl nicht.

»Und weißt du, dass Bernice nicht einmal …« Mitten im Satz hält sie inne, nimmt sich die Zeichnungen noch mal vor und sieht mich dann empört an, als ob in einem bisher unbeleuchteten Raum ein Licht angegangen wäre. »Du hast mein Tagebuch gelesen«, sagt sie vorwurfsvoll. Das Licht wird glühend weiß.

Vielleicht habe ich das Ganze nicht bis zum Ende durchdacht.

Sie presst die Lippen zusammen. »Ich hätte dir auftragen sollen, meine Sachen zu verbrennen.«

Ich stehe immer noch in diesem Suchscheinwerfer.

Ihr Kiefer malmt, und sie versucht, sich von ihrem Platz zu erheben. Ich stehe auf, um ihr die Hand zu reichen, aber sie schüttelt sie ab.

»Du hilfst mir nicht.« Sie dreht sich zu mir um. »Hör mir gut zu, ich bin deine Mutter, aber das heißt nicht, dass ich dir gehöre. Wer hat dir erlaubt, in meinen Sachen herumzuwühlen? Denkst du, du kannst dir einfach nehmen, was du willst?«

Das stimmt. Ich habe in ihren Sachen herumgewühlt. Und sie schnauzt mich mit dieser vertrauten, anklagenden Stimme an, die mich schon immer auf die Palme gebracht hat.

»Manche Dinge sind immer noch privat, gehören immer noch mir«, sagt sie. »Hast du nicht auch Dinge, die du gerne für dich behalten würdest? Doch! Weil du mir nie etwas erzählst!«

»Hach!« Ich atme hörbar aus. »Hach!« In letzter Zeit habe ich ihr immer wieder Dinge erzählt. Sie kann sich nur nicht erinnern. Und warum ist sie auf einmal so klar? Weil sie kämpft. Die Missbilligung, was mich betrifft, ist so tief in ihr verwurzelt, dass sie ihren Verstand schärft.

»Weißt du was?«, motze ich zurück. »Vielleicht hätte ich es nicht lesen sollen, aber es tut mir *nicht* leid, und ich entschuldige mich auch *nicht*.«

»Das ist abscheulich!« Sie wendet sich ab. »Herrgott noch mal, jetzt könnte ich eine Zigarette gebrauchen.« Sie kramt in der Schublade des Nachttisches, wo sie zu meiner Überraschung tatsächlich eine findet.

»Gib mir Feuer«, sagt sie, als wäre sie in einer Bar.

»Hier drin darf man nicht rauchen. Das hast du mir selbst gesagt. Und außerdem rauchst du doch gar nicht!«

»Ich rauche nicht vor deinem Vater!«

»Mom, wegen Daddy«, sage ich, »ich muss dir sagen …«

»Es gab so viele Dinge, die er mir nicht erlaubt hat. Rauchen, reden … Das Einzige, was ich hatte, waren meine Pflanzen im Garten und dieses schäbige alte Notizbuch, in dem du herumgeschnüffelt hast. Dein Vater weigerte sich, mit mir über …«

Sie stockt, und ich liefere das Ende. »Das Baby. Das Baby, das du verloren hast.« Sie dreht ihren Kopf mit einem alarmierten Blick zu mir, als hätte ich eine so tief im Inneren verborgene Wunde geöffnet, dass sie sie sofort schließen muss. Sie dreht sich wieder weg und zeigt mir ihren Rücken, dünn, knochig und zerbrechlich.

»Du hast das Baby so vermisst, wie ich Daddy vermisse«, sage ich, und wie ein Wasserschwall schwappen die Bilder in den Raum: Daddys klatschnasser Körper, der auf ein Boot gezogen wird, sein schlaffes Gesicht. Ich habe es nie gesehen, und doch ist es für mich so real wie eine Erinnerung. In diesem Moment wünsche ich mir seine lebendige Stimme, sein Lächeln. Ich will ihn zurück und weiß, dass es nicht sein kann.

Meine Mutter lässt die nicht angezündete Zigarette fallen und dreht sich zum Fenster. Ich muss mich vorbeugen, um zu hören, was sie sagt.

»Manchmal liege ich halb wach, taste nach Boyd im Bett und denke, er ist draußen im Sumpf. Und dann mache ich die Augen auf, und es packt mich aufs Neue, als hätte ich gerade erst erfahren, dass er nie wieder neben mir liegen wird.« Sie stützt sich auf der Fensterbank ab.

Ich sollte bei ihr bleiben, in dieser Trauer, sie ausnahmsweise mit ihr teilen, jetzt in diesem Augenblick, aber es ist zu schwer. Also balanciere ich stattdessen am Rand des Abgrunds, an dem meine Mutter und ich einst einander verloren. »Und das Baby?«

Sie dreht sich um, kommt näher und sieht mir in die Augen. Sie spricht langsam und bedächtig. »Loni, die Traurigkeit ist ein unentwirrbarer Knoten. Ich wollte wissen, warum ich sie verloren habe, und niemand konnte es mir mit Sicherheit sagen. Sie hätte schon vor dem Sturz tot in mir sein können.«

»Aber du hast mir die Schuld gegeben.«

»Und dann habe ich dir verziehen.«

»Ach ja? Hast du mir das mitgeteilt? Hast du über *irgendetwas davon* mit mir gesprochen?« Mein Gesicht kribbelt, und meine Stimme wird rau. »Hast du *mich* um Verzeihung gebeten, weil du mich ... so behandelt hast?«

»Dann ging dein Vater von uns, und ich wusste kaum, wie ich durchhalten sollte.« Ihr Blick schweift ab.

Wenn ich gütig wäre, würde ich sie vom Haken lassen. Aber das bin ich nicht. Sie wird vielleicht nie wieder so präsent sein. Ich wische mir die Nase mit dem Handballen ab. »Es war nicht fair.« Ich atme schluchzend ein und aus.

Sie kommt auf mich zu und nimmt mich in den Arm. »Ich wünschte, das alles wäre nicht passiert. Ich wünschte, ich hätte das Baby nicht verloren. Ich wünschte, ich wäre eine bessere Mutter für dich gewesen. Wenn du die Schuld auf dich genommen hast, kannst du sie jetzt ablegen.« Sie zieht mich sanft von sich weg, hält mich an den Schultern fest, und dann sagt sie und betont jedes Wort einzeln: »Es war nicht deine Schuld.«

»Denkst du noch an sie? An das Baby?«

Sie dreht sich wieder weg von mir und schaut zum Fenster. »Es ist wie mit deinem Vater«, sagt sie. »Gerade wenn ich denke, dass ich es überwunden habe, holt mich die Trauer wieder ein.«

Der Regen wird von den Sturmböen horizontal durch die Luft gepeitscht. Meine Mutter blickt hinaus auf das Treiben. In ihren gebeugten Schultern sehe ich die junge Ruth unter der Wäscheleine, die sich dem Kummer ergibt.

58

Der Regen lässt gerade nach, und ich gehe zurück zu meinem Auto. Ich steige ein und starre einfach vor mich hin, starre ins Leere, ohne irgendetwas wahrzunehmen. Dann fängt es wieder an zu schütten.

Autos biegen auf den Parkplatz gegenüber ein und schwenken ihre Scheinwerfer durch den strömenden Regen. Ein silberner Cadillac hält vor dem F&P-Diner und schaltet seine Lichter aus. Zuerst fällt es mir gar nicht auf, aber dann erkenne ich das Auto. Aber das kann nicht sein. Chappelle ist sicher schon verhaftet worden. Phil wollte sich darum kümmern. Blitze zucken in der Nähe und tauchen den Fahrer in ihr Licht, wie er in seinem Auto sitzt und darauf wartet, dass das Gewitter nachlässt.

Mich packt eine rasende Wut. Warum läuft er noch frei herum? Glaubt er, er kann durch die Stadt fahren und tun, was er will? Nachdem er meinen Vater umgebracht hat? Nachdem er mich in dem Glauben aufwachsen ließ, mein Vater hätte uns vorsätzlich verlassen? Nachdem er dieses Gerücht über zwei Generationen hinweg in Tenetkee verbreitet hat? Ich steige aus dem Auto und überquere die Straße.

Frank öffnet die Autotür, spannt den Regenschirm auf und steigt aus. »Na, hallo, Loni Mae!« Charmant wie immer, tut er so, als wollte er gerade Rezepte für Rhabarberkuchen austauschen. »Du wirst ja ganz nass, Schätzchen!« Er kommt auf mich zu, um mir offensichtlich Schutz unter seinem Regenschirm zu gewähren. »Komm mit ins Diner, ich lade dich auf einen Kaffee ein.«

»Halten Sie die Klappe!«

»Was?«

»Und nennen Sie mich nie wieder ›Schätzchen‹, Sie … Sie … verdammter Schleimscheißer!«

»Loni Mae, also wirklich, ich glaube, du bist verrückt geworden.«

»Sie haben meinen Vater getötet!«

Er bleibt unter dem Schirm stehen, doch sein prüfender Blick hält an mir fest und zuckt nur leicht hin und her, mehrmals, einerseits voller Anerkennung, andererseits voller Fragen. Dann lächelt er wie ein Star aus dem Frühstücksfernsehen. »Also, Loni Mae, ich weiß, du willst nicht das Schlimmste von deinem Daddy denken, aber …«

»Ich habe mit Ihrer Frau gesprochen! Ich habe mit den Leuten gesprochen, die wissen, was Sie getan haben.«

Dann verändert sich sein Gesichtsausdruck, und ich erkenne ihn nicht wieder. Es ist das Gesicht eines Feindes. »Tja, das läuft jetzt wirklich blöd für dich, oder?« Er packt mich am Handgelenk. Für einen alten Mann kann er ganz schön fest zupacken. Der Schmerz ist heftig. Möglicherweise bricht er gerade die kleinen Knochen in meiner Hand und meinem Handgelenk.

»Ich hätte mich neulich um dich kümmern sollen, als ich die Gelegenheit dazu hatte.« Er zerrt mich hinter sich her zu seinem Auto. »Wäre da nicht dieser verdammte Kerl im Kanu aufgetaucht, hätte ich dich im Wald zurückgelassen.«

Ich stemme mich mit meinem ganzen Körpergewicht gegen ihn, aber bei diesem Tauziehen stehe ich auf der Verliererseite.

»Ich habe dir gesagt, du sollst nicht in der Vergangenheit wühlen, aber du hörst ja nicht auf uns alte Leute, stimmt's?«

Ich beginne zu schreien, aber wegen des Regens hört mich niemand. »Mich loszuwerden bringt nichts!«, schreie ich. »Ich habe es allen in der Stadt erzählt! Ich habe mit der Polizei gesprochen!«

Das stimmt nicht, aber immerhin irritiert ihn der Gedanke einen Moment lang, und sein Klammergriff lässt gerade lange genug nach, sodass ich mich losreißen und weglaufen kann. Er streckt seinen Arm nach mir aus, aber er ist alt, und ich bin jung, und ich renne schneller als je zuvor, quer über die Straße und zurück zum Geezer Palace, zu meiner Mutter und in Sicherheit.

Es gewittert und gießt in Strömen, und ich platsche durch die Pfützen auf dem Parkplatz und hechte Richtung Eingang. Die Glasschiebetüren öffnen sich, und ich lande mit ziemlicher Wucht auf dem Boden. Alles an mir ist tropfnass – meine Haut, meine Schuhe, mein Gesicht. Das Pflegeheim ist stark klimatisiert, und ich kriege sofort eine Gänsehaut.

Ich stehe auf, drehe mich um und spähe durch das Glas, durch den Regen. Der Cadillac ist weg, aber ich bleibe regungslos sitzen. Eine Frau kommt an die Rezeption. Ich drehe mich um und sehe, wie sie mich anstarrt.

»Kann ich Ihnen helfen?«

Ihr Gesicht ist ein einziges Fragezeichen, aber sie befindet sich an der Oberfläche, und ich bin unter Wasser. Was habe ich getan? Jeder, den ich liebe, ist jetzt in Gefahr. Jeder, dem ich es womöglich erzählt habe. Ich muss Phil anrufen. Mein Telefon, meine Tasche, alles ist im Auto. Ich frage die Frau, ob ich von der Rezeption aus einen Anruf tätigen kann. Sie zeigt mir den Weg zu einem anderen Festnetztelefon.

Ich rufe meinen Bruder an. »Warum ist Frank nicht im Knast? Ich dachte, du warst sofort beim Staatsanwalt!«

»Loni, beruhige dich«, sagt er. »Sie sammeln erst alle Beweise, bevor sie ihn verhaften. Sie wollen ihn nicht warnen, falls er vorhat zu fliehen.«

»Dann habe ich etwas sehr Dummes getan.« Ich erzähle ihm, was passiert ist.

»Ich bin gleich da«, sagt er.

Ich lege auf und rufe die Auskunft in Panama City an, um Henriettas Nummer herauszukriegen. »Mrs. Chappelle«, sage ich, als ich sie in der Leitung habe, »Sie sollten besser aus Ihrem Haus verschwinden.« Ich erkläre ihr den Grund, lege auf und gehe zurück zur Empfangsdame.

»Hören Sie«, sage ich. »Wenn jemand nach Ruth Murrow fragt …« Sie starrt angestrengt auf ihren Computerbildschirm.

Ich erhebe meine Stimme. »Hören Sie mir gefälligst zu!«

Sie sieht mich endlich an.

»Es geht um Leben und Tod.« Jetzt habe ich ihre volle Aufmerksamkeit. »Wenn ein Mann namens Frank Chappelle – groß, älter, aber sehr fit, vielleicht sogar in einer Uniform – hierherkommt und nach meiner Mutter fragt, muss ihm der Zutritt verweigert werden, egal wie offiziell oder wie überzeugend er wirkt. Und halten Sie Ihre stärksten Sicherheitsleute zu Ihrer Unterstützung bereit. Der Mann ist ein Mörder.«

Die Empfangsdame wirkt alarmiert, aber das reicht nicht. Ich halte Ausschau nach Mariama und weihe sie ebenfalls ein.

»Keine Sorge«, beruhigt sie mich. »Ich habe schon mit Mördern zu tun gehabt.«

Ich mustere ihr Gesicht und sehe ihr an, dass sie das nicht im übertragenen Sinne meint.

Ihre dunklen Augen begegnen meinem Blick. »Ich habe Ihnen gesagt, woher ich komme.«

Ich rechne kurz nach. In den Neunzigerjahren, etwa zu der Zeit, als meine Welt durch den Tod meines Vaters zerbrach, herrschte in Sierra Leone ein brutaler Bürgerkrieg. Mariama war damals eine junge Erwachsene, die mitansehen musste, wie alles um sie herum in die Luft gesprengt wurde. Ich habe diese schrecklichen Ereignisse am College diskutiert. Mariama hat sie selbst durchlebt. Wie wenig habe ich über das Leben dieser Frau nachgedacht, auf die ich immerhin angewiesen bin.

Sie wirft einen Blick auf die Tür der Demenzabteilung. »Diese Tür kann von beiden Seiten verschlossen werden.« Sie sieht mich ruhig an. »Wir werden Ruth vor Schaden bewahren.«

59

Phil stürmt in die Lobby. »Loni!« Er sieht zu Mariama. »Oh, hallo«, sagt er und atmet kurz durch. Weiß er überhaupt, wie sie heißt? »Loni, ich bringe dich an einen sicheren Ort. Komm mit, wir lassen dein Auto auf dem Parkplatz stehen. Ich habe Lance angerufen, und er hat gesagt, dass er das Heim von seinem Streifenwagen aus überwachen wird.« Phil kommt mir einerseits panisch, andererseits aufgekratzt vor. Ich bin froh, dass er jetzt endlich handelt, aber das hätte er schon gestern tun sollen. Ich wünschte, Chappelle wäre schon hinter Gittern.

Mit quietschenden Reifen fahren wir viel zu schnell zu seinem Haus – dem »sicheren Ort«. Der Himmel hat aufgeklart, und die Kinder spielen draußen im Garten in der Nähe des reparierten Zauns. Phil, Tammy und ich setzen uns ins Esszimmer. Mein Bruder trommelt mit einem Bleistift auf einem leeren Notizblock herum. »Wir brauchen jetzt einen Plan«, sagt er. »Nummer eins, Loni, du musst aus der Stadt verschwinden. Du bist die Einzige, von der Chappelle sicher weiß, dass sie die ganze Geschichte kennt.«

»Na ja, ich und seine Ex-Frau und jede der Frauen, die im Salon auf einen Haarschnitt gewartet haben. Sie haben die Neuigkeiten sicher schon ausgeplaudert.«

Phil lehnt sich in seinem Stuhl zurück. »Das hatte ich nicht auf dem Schirm. Aber ich denke, es könnte zu unseren Gunsten sein. Er kann nicht die ganze Stadt umbringen.«

»Siehst du, Loni?«, meldet Tammy sich zu Wort. »Klatsch und Tratsch kann durchaus Gutes bewirken. Nur hindert diesen Mann nichts daran, zu behaupten, du hättest ein übles Gerücht in die Welt gesetzt.«

»Und wie das geht, weiß er selbst am besten«, seufze ich. »Aber warum verhaften sie ihn nicht einfach? Sie wissen doch, was er getan hat.«

»Wie der Staatsanwalt mir und Bart erklärt hat, haben sie keine Mordwaffe, und die Leiche liegt seit fünfundzwanzig Jahren unter der Erde. Im Moment haben wir nur zwei alte Damen, die endlich den Mund aufgemacht haben, und eine davon ist seine Ex-Frau, die einen Groll gegen ihn hegt. Was den Mord angeht, gibt es also noch nicht allzu viel zu berichten. Aber ich habe eine kleine Steuerrecherche durchgeführt.« Er lächelt.

»Und?«

»Wie es aussieht, sind Frank und Elbert Perkins Partner in einer Strohfirma namens Investments, Inc., und sie waren ziemlich clever. Doch falls es mir gelingt, den gesamten Geldfluss zurückzuverfolgen, vermute ich, dass wir so viel Steuerbetrug entdecken, dass die beiden wahrscheinlich nie wieder aus dem Gefängnis rauskommen werden. Wenn wir sie jetzt erfolgreich hinter Gitter bringen.«

»Es tut mir leid«, sage ich. »Ich bin eine Idiotin.« Ich atme tief durch.

Phil geht nicht darauf ein. »Okay, zurück zu unserem Plan. Wo willst du jetzt hin?«

»Ich werde nicht weggehen. Er könnte hinter dir her sein oder hinter Mom – oder hinter den Kindern, Gott bewahre!« Der Alligator im Garten – jetzt ist es sonnenklar –, das muss Frank gewesen sein.

Phil steht der Schweiß auf der Stirn. »Wir sollten nicht in Panik verfallen. Vielleicht lassen wir die Kinder ein paar Tage zu Hause, sagen, sie hätten Streptokokken, nichts, was die Alarmglocken schrillen lässt. Aber im Moment ist es eher wahrscheinlich, dass Chappelle Angst hat und weglaufen wird. Ich denke, Mom ist in

Sicherheit. Er wird annehmen, dass sie sich an nichts erinnern kann, was zu achtzig Prozent stimmt. Du hast mit den Leuten vom St. Agnes gesprochen, oder? Und Lance hat gesagt, dass er das Heim rund um die Uhr bewachen lässt. Ich habe auch mit Bart gesprochen.«

Ich verdrehe die Augen.

»Ich weiß, Loni, du bist nicht begeistert von Bart. Aber er lässt die Privatdetektive seiner Firma Chappelles Haus beobachten. Hast du Mrs. Chappelle schon angerufen? Sie könnte ernsthaft in Gefahr sein.«

Ich nicke. »Und mich insgeheim verfluchen, ganz sicher.«

»Vielleicht«, sagt Phil, »aber du bist diejenige, um die ich mir am meisten Sorgen mache. Wenn er hinter jemandem her ist, dann hinter dir.«

»Du musst jetzt wirklich los, Loni«, unterbricht ihn Tammy. »Willst du ein Sandwich mitnehmen?« Sie steht auf und geht in Richtung Küche.

»Vielen Dank, Tammy.« Sie ist wirklich sehr nett. Seit Langem hat mir niemand mehr ein Sandwich als Proviant mitgegeben. Vielleicht haben sie recht. Vielleicht ist es Zeit für mich, das zu tun, was ich am besten kann. Davonlaufen.

Als Phil mich wieder an meinem Auto absetzt, schauen wir uns beide nervös um, in Erwartung eines Hinterhalts.

»Kehr nicht in deine Wohnung in Tallahassee zurück. Dort wird er als Erstes nach dir suchen. Wo willst du hin? Soll ich dir ein Stück hinterherfahren?«

Ich werfe ihm den Große-Schwester-Blick zu.

»Also gut«, sagt er und steigt wieder in sein eigenes Auto. »Aber wo immer du hingehst, ruf mich an. Und pass auf dich auf.«

Ich verlasse Tenetkee, das schon, fahre aber zu Adlai.

Zurück in seinem blattbeschatteten Zimmer, liege ich neben ihm und erzähle ihm, was seit meinem Aufbruch geschehen ist.

»Bleib einfach hier bei mir«, sagt er. »Dieser Chappelle kennt mich nicht gut, und ich glaube nicht, dass er uns beide miteinander in Verbindung bringen würde.«

»Weil wir ein ungleiches Paar sind?«, frage ich.

»Sind wir das?«

Dann denke ich an Nelson Barber. *Der Scheißkerl Adlai Brinkert hat dir dieses Monster angedreht?*

Ich setze mich auf. »Wem gehörte der Kanuverleih, bevor du ihn gekauft hast?«

»Keine Ahnung. Ich habe die Vorbesitzer nie getroffen und nur mit einer Holdinggesellschaft zu tun gehabt, Investments Real Estate, oder so.«

Ich setze mich auf. »Investments, Inc.?«

»Ja, so ähnlich.«

»Und Elbert Perkins hat den Verkauf abgewickelt?«

»Ja, warum?«

Ich stehe auf und ziehe mich rasch an, wobei ich über meine Hosenbeine stolpere. »Scheiße. Scheiße, Scheiße, Scheiße.«

»Was ist los?«

»Elbert, Frank, Investments, Inc. Sie hängen zusammen. Wenn also Elbert dich kennt und Frank Elbert kennt, und sie kapieren, dass du und ich …«

Ich schnappe mir noch meinen Gürtel und ziehe ihn auf dem Weg nach unten durch die Schlaufen. Adlai schlüpft oben in seine Jeans und folgt mir. »Ich bringe dich nur schon durch meine Anwesenheit in Gefahr«, erkläre ich ihm.

Ich gehe zu meinem Auto und werfe das wenige, das ich habe, hinein. Adlai weiß nicht, dass ich ein sehr scharfes Kochmesser aus seiner Küche in eines meiner Sweatshirts eingewickelt und mit im Gepäck habe. Zu meinem Schutz.

»Wo willst du hin?«, fragt er.

»Das Beste ist vermutlich, ich mache mich auf den Weg und lasse jeden in der Stadt wissen, dass ich abgehauen bin. Hoffentlich folgt Frank mir dann.«

»Ich dachte, du wolltest dich vor ihm verstecken.«

»Vor diesem Kerl kann man sich nicht verstecken. Ich will nicht, dass er uns einholt, aber ich will ihn von hier weglocken, damit er niemanden von meinen Lieben verletzen kann.« Ich denke dabei vor allem an Bobby und Heather, aber Adlai runzelt die Stirn, als wäre er nicht ganz einverstanden mit dem, was ich sage.

Am Auto nimmt er mich in den Arm und küsst mich.

Ich schiebe ihn sanft weg, bevor unser Abschied zu etwas anderem wird. »Ich komme wieder«, verspreche ich.

An der Tankstelle tanke ich voll, kaufe einen Jumbo-Kaffee und ein paar Dosen Red Bull und überlege mir eine Strategie.

Mein erster Halt ist das Immobilienbüro von Elbert Perkins. Ich bleibe im Auto sitzen und verfasse eine freundliche Notiz, wobei ich ab und zu aufschaue und mich umschaue:

Hallo, Mr. Perkins!
Ich fahre morgen zurück nach Washington. Aber ich bin immer noch daran interessiert, ein kleines Stück Land in der Nähe zu kaufen, also rufen Sie bitte an, wenn etwas frei wird!

Ich schreibe meine Büronummer in Washington dazu und hoffe, dass eine Nachricht an Elbert genauso wirksam ist, wie wenn ich Frank persönlich informieren würde. Nur fahre ich nicht erst morgen los, wie ich geschrieben habe, sondern sofort, um einen deutlichen Vorsprung zu haben.

Es ist bereits dunkel, als ich den Zettel unter der Tür durchschiebe und mich auf den Weg mache. Es ist nicht meine liebste Tageszeit, aber ich kann es kaum erwarten, die Staatsgrenze zu Georgia zu überqueren, denn wenn Frank mir folgte, würde er das Gleiche tun – und dann wäre das FBI zuständig, oder ist es nicht so, sobald ein Verbrecher die Staatsgrenzen überschreitet? Aber vielleicht werde ich auch zur Straftäterin, wenn er mich findet, weil ich mit Adlais Küchenmesser auf ihn losgehe. Je länger ich unterwegs bin, desto wirrer werden meine Gedanken. Vielleicht habe ich es mit dem Koffein übertrieben.

Gegen Mitternacht, als ich das Ortsschild von Vienna, Georgia, passiert habe und der kalte Kaffee fast aufgebraucht ist, sehe ich im Rückspiegel einen silbernen Cadillac zwei Fahrspuren weiter links. Mein Puls beschleunigt sich.

Auf der Kriechspur halte ich einen diskreten Abstand, lasse den Cadillac passieren, fahre aber nicht direkt hinter ihm. Ich kann nicht in seine Fenster sehen und hoffe bei Gott, dass er mich nicht bemerkt hat. Er hält an einer Raststätte, und ich fahre weiter. Wenn er das war, hat er mich wohl nicht gesehen. Ich trete das Gaspedal durch.

Ich muss schon seit anderthalb Stunden pinkeln, und es bleibt mir nichts anderes übrig, als anzuhalten, auch wenn ich ihm dadurch die Gelegenheit gebe, mich einzuholen. Nach dem Händewaschen lasse ich das Wasser laufen und bespritze mein Gesicht. Schlafmangel und zu viel Kaffee verursachen Paranoia. Chappelle könnte überall sein. Vielleicht wartet er gerade vor der Damentoilette, um mich zu erwürgen, oder er ist irgendwo in North Dakota, zählt sein Geld und lacht. Ich betrachte mich in dem Vexierspiegel. Wenn er noch in der Nähe ist und mich einholt, werde ich gezwungen sein, das Messer zu benutzen, um mich zu verteidigen. Und was dann? Werde ich danach ein normales Leben führen können? Ich drehe den Wasserhahn zu und schleiche in äußerster Alarmbereitschaft zurück zu meinem Auto. Ich muss vernünftig sein. Ich arbeite am Smithsonian, und meine acht Wochen Urlaub sind fast vorbei. Ich will meinen Job nicht verlieren, ich will nicht durch die Hand eines bald aktenkundigen Mörders sterben, und wenn ich es vermeiden kann, will ich selbst nicht zum Killer werden. In Macon fahre ich auf die Interstate 20, die mich zur Interstate 95 nach Norden bringt. In zehn Stunden werde ich in Washington ankommen, diesen Schlamassel hinter mir lassen und mein Leben zurückgewinnen.

Mit anderen Worten, ich werde davonlaufen, wie ich es immer getan habe. Ich bin vor meinem Vater davongelaufen, am letzten Tag seines Lebens, als er mich bat, ihn zu begleiten. Ich bin vor meiner Mutter davongelaufen, weg von ihrem Kummer, weg von meinem eigenen. Ich bin vor meinem kleinen Bruder geflohen, vor seiner Abhängigkeit von mir, seiner Liebe zu mir, als er zu mir aufsah und sagte: *Ich will nicht, dass du gehst.* Ich bin vor jeder romantischen Beziehung davongelaufen, die jemals vielversprechend aussah, und ich werde vor Adlai davonlaufen. Ich werde vor meiner Familie davonlaufen, vor meiner Heimatstadt, vor dem Mörder meines Vaters.

Kurz vor Augusta sehe ich ein, dass ich mir ein Hotel suchen sollte, denn ich habe gerade ein Bügelbrett über die Straße laufen sehen. Ich bin dabei, am Steuer einzuschlafen. Ein großes Schild am Highway verkündet: »Motel«, und ich nehme die Ausfahrt. Ich finde den Motelparkplatz, aber es ist unklar, wo sich die Rezeption befindet. Ich fahre an ein paar zweistöckigen Gebäuden vorbei. In der zweiten Etage dringt Licht aus nachlässig zugezogenen Vorhangritzen. Viele der zerbrochenen Fenster sind mit Pappe geflickt. Verrostete Autos füllen die Parkplätze. So heruntergekommen dieser Laden auch ist, er scheint ausgebucht zu sein. Es ist mitten in der Nacht, und die Lichter sind an, aber es herrscht eine seltsame Stille. Schließlich halte ich vor einer Glasscheibe, auf der in einem Neonbogen »REZEPTION« steht. Ganz sicher werde ich hier nicht bleiben, aber ich muss noch einmal auf die Toilette. Hinter dem Schreibtisch sitzt niemand. Ich wage mich daran vorbei in einen offenen Bereich und erspähe die Tür mit der Aufschrift »Ladies«. Ich stoße die Tür auf und werde von einem üblen Fäkaliengeruch empfangen. Ich versuche es in der ersten Kabine, aber von hier kommt der Gestank, und die Toilette ist nicht nur randvoll, sondern auch komplett verschmiert. In der nächsten Kabine ist die Schüssel weniger verdreckt, aber das Rohr, das die Toilette mit der Wand verbinden sollte, ist verschwunden. In der dritten Kabine gibt es überhaupt keine Toilette. Wo bin ich hier gelandet?

Ich komme heraus und sehe einen Mann in dem großen Raum umhergehen. Er dreht sich um und lächelt mich an. Fast alle seine Zähne sind verschwunden, und die wenigen, die noch da sind, sind braun. »Nix funktioniert«, sagt er.

Ich nicke und muss mich beherrschen, um nicht zu meinem Auto zu sprinten.

Ich fahre zurück zur Autobahn. Was war das für ein schrecklicher Ort? Da waren eindeutig Leute. »Belegt«. Es dauert eine Weile, bis ich es kapiere, denn ich bin so naiv, und mein normales Leben ist weit vom Allerschlimmsten entfernt, was möglich wäre. Dieses Motel ist die letzte Station auf dem Weg in die Hölle der Süchtigen. Es gibt einen Namen für einen solchen Ort. Ich habe ihn in einer Zeitschrift gelesen. »Abandominium«, Drogenabsteigen in leer stehenden, besetzten Häusern. Dort kommen die Menschen unter, die von Frank Chappelle und seinesgleichen vergiftet werden. Für ihn geht es nur ums Geld – Geld, für das er bereit ist zu töten. Aber für die Menschen in diesen Zimmern, und für so viele, die sind wie sie – für seinen eigenen Sohn – bedeutet es das Leben am Ende der Straße.

An der nächsten Ausfahrt setze ich meinen Blinker, fahre ab und mache kehrt, zurück Richtung Süden. Ich habe keine Lust mehr davonzulaufen. Ich muss allen klarmachen, was dieser Typ getan hat, wie amoralisch der »aufrechte« Frank Chappelle wirklich ist. Ich werde ihn dafür bezahlen lassen.

Obwohl es drei Uhr morgens ist, habe ich den toten Punkt überwunden. Mein Handy lädt gerade und fängt an zu brummen, *brumm, brumm*. Wer ruft mich denn da mitten in der Nacht an? Ich drücke auf Grün.

»Du hast mir richtig wehgetan.« Es ist Chappelle.

»Frank?«

»Und im Gegenzug werde ich dir richtig wehtun.«

»Frank, wo sind Sie?« Und woher hat er meine Handynummer? Aber natürlich, ich habe ihn angerufen und angerufen und angerufen, als er verwundet auf dem Küchenboden lag und ich mir tatsächlich Sorgen um ihn gemacht habe. Als ich keine Ahnung hatte, wer er wirklich ist. Vielleicht *war* er verprügelt worden. Wer weiß, mit was für Leuten er Geschäfte macht? Meine nicht nachlassende Besorgtheit lud meine Handynummer immer wieder in seine Anruferliste hoch.

»Wo sind Sie?« Ich frage noch einmal.

Er klingt wütend. »Vergiss mal lieber, wo ich sein könnte, denn ich weiß, wo du bist, und das ist alles, was zählt.«

Mein Blut rinnt stockend durch meine zitternden Finger. Er weiß es nicht. Er blufft. Er kann nicht wissen, wo ich bin, denn ich bin überall und nirgends, im platten Highway-Niemandsland.

»Sie werden bezahlen für …«, rufe ich ins Handy. »Hallo?« Aber er hat aufgelegt.

Die Straße unter mir schwankt plötzlich. Ist es möglich, dass er tatsächlich weiß, wo ich bin? Wenn er mit Elbert gesprochen hat, wird er denken, dass ich noch in der Stadt bin und morgen früh abreise. Vielleicht denkt er, ich sei in meiner Winzwohnung in Tallahassee. Ich wäre jetzt tatsächlich gerne dort, denn ich muss mich hinlegen und ausruhen. Ich kann nicht klar denken. Mein Verstand ist so furchtbar müde.

Der Wagen hinter mir schaltet das Fernlicht ein. Ich fahre ganz rechts, zwei oder drei Meilen über dem Tempolimit, was zum Teufel wollen die also von mir? Ich strecke meine Hand aus dem Fenster und signalisiere, dass sie überholen sollen. Stattdessen beschleunigt das Auto und fährt dicht auf meine hintere Stoßstange auf – so dicht, dass ich ebenfalls beschleunigen muss, damit es mich nicht touchiert. Immer schneller und schneller.

O mein Gott! Ich habe meine Deckung fallen lassen. Irgendwie hat Frank mich aufgespürt. Er hat gewartet, bis ich erschöpft war, und jetzt wird er mich mit seinem Auto umbringen und es wie einen Unfall aussehen lassen. Ich schaue nach hinten, aber alles, was ich sehen kann, sind die Scheinwerfer, die mir dicht auf den Fersen sind. Als ich nach vorne schaue, bin ich kurz davor, auf das langsam fahrende Auto vor mir aufzufahren. Ohne mich umzusehen, weiche ich auf die linke Spur aus, genau wie er, er bleibt nur wenige Zentimeter hinter mir.

Als die rechte Spur frei ist, wechsle ich schnell die Spur und hoffe auf eine Ausfahrt, an der ich in ein Waffle House, ein Cracker Barrel oder sonst wohin abbiegen kann, um aus meinem überhitzten Auto zu springen, zu schreien und Hilfe zu holen, oder, wenn ich überhaupt den Mut habe, umzudrehen und mich zu verteidigen. Während ich Ausschau halte, schwenken die Scheinwerfer nach links, und das Auto nimmt auf der Überholspur Fahrt auf. Ich starre mit vor Angst weit aufgerissenen Augen nach vorne und erwarte, bald in den Lauf einer Pistole zu blicken.

Stattdessen fahren laut hupend und lachend vier Collegejungs in einem Toyota Corolla an mir vorbei, die auf Droge oder betrunken sind, laut grölen und pfeifen und sich kriminell idiotisch verhalten. Ihre Rücklichter entfernen sich flimmernd immer weiter von mir.

Ich setze den rechten Blinker und halte auf dem Seitenstreifen an. Ich lege meine verschwitzte Stirn auf das Lenkrad.

Als die Vene in meiner Schläfe aufhört zu pochen, fahre ich langsam zurück auf den Highway und nehme gleich die nächste Ausfahrt, die nach Crawfordville führt. Es gibt ein Crawfordville, Florida, in der Nähe von Tenetkee, also ist Crawfordville, Georgia, vielleicht ein sicherer Ort. Ich folge dem Schild »Comfort Inn«. Heute Nacht darf ich unmöglich weiterfahren. Könnte Chappelle diese Jungs angeheuert haben, um mich zu belästigen? Um mich dazu zu bringen, hier anzuhalten? Jetzt bin ich *sehr* paranoid.

Als ich die Hotelanmeldung ausfülle, sehe ich aus dem Augenwinkel ein Paar Stiefel und die Bügelfalte einer Anzughose neben mir auf dem Boden, genau wie die von Chappelles Kumpel Elbert

Perkins. Mein Herz rast, und ich riskiere einen schnellen Blick auf sein Gesicht, aber es ist nur ein runzeliger alter Mann mit einem Cowboyhut. Als ich in meinem Zimmer ankomme, schließe ich die Tür doppelt ab und schiebe einen schweren Stuhl davor.

Im Hotelbett fallen mir die Augen zu, und ich werde von einem schönen Strom getragen, bis mir andere Bilder entgegenschweben – Frank und Elbert auf der Flucht, die scharfe Schneide von Chappelles Messer an dem blutenden Rhabarber, ein Kanupaddel am Hinterkopf. Es ist nicht der friedlichste Schlaf meines Lebens.

Als die Sonne mir ins Gesicht fällt, wache ich auf, obwohl ich nur ein paar Stunden geschlafen habe. Ich rufe Phil an, der mich darüber informiert, dass man weder von Chappelle noch von Elbert Perkins etwas gesehen oder gehört hat. Dann ziehe ich die Verdunkelungsvorhänge zu, lege mich wieder ins Bett und rufe Adlai an. Ich höre, wie er Müsli in eine Schüssel kippt, das Scharren eines Stuhls. Er sitzt am Frühstückstisch.

»Alles in Ordnung bei dir?«, fragt er.

Ich erkläre ihm, dass ich zurückkomme. Ich spreche mit ihm nicht über die Gefahr, die Angst oder meinen erneuten Wunsch, Frank zu töten. Ich will nur dem beruhigenden Klang von Adlais Stimme lauschen. Ich bringe ihn dazu, während des ganzen Frühstücks mit mir zu reden. Ich bitte ihn, mir die Spielstände, den Angelbericht und die ausführliche Wettervorhersage vorzulesen, und als er damit fertig ist, sage ich: »Erzähl mir etwas über Wasser.« Er sagt erst mal nichts, aber ich kann hören, wie er die Tür seines Hauses hinter sich schließt und in seinen Wagen steigt, um zur Arbeit zu fahren.

»Ich soll dir etwas über Wasser erzählen.«

»Ja, du weißt schon, Fakten. Zahlen. Dinge, die jeden normalen Zuhörer langweilen könnten.«

»Hm. Okay.« Ich höre, wie er den Motor startet, und er stellt

424

das Telefon auf die Freisprechanlage. »Mal sehen. Wusstest du, dass in Florida durchschnittlich 150 Milliarden Liter Niederschlag pro Tag fallen?«

»Jeden Tag?« Ich werde langsam müde. Das ist eine hervorragende Gutenachtgeschichte.

»Ja. Und alles in allem fließen im Moment zwei Billiarden Gallonen Wasser durch Floridas wasserführende Schichten.«

»Rede weiter.« Ich liebe den Klang seiner Stimme.

Er rezitiert noch ein paar Fakten. Dann fragt er: »Bist du noch dran?«

»Hm.«

»Ruh dich aus, Loni. Wir sehen uns bald wieder.«

Den Rest des Tages verschlafe ich hinter den Verdunkelungsvorhängen. Das Comfort Inn will mir zwei Tage in Rechnung stellen, aber ich kann sie auf eineinhalb Tage herunterhandeln.

Ich mache mich wieder auf den Weg gen Süden. Ab Tifton, Georgia, nutze ich nur Nebenstraßen. Als ich die Staatsgrenze nach Florida überquere, sehe ich ein Schild für eine dieser Waffenausstellungen, bei denen es lächerlich einfach ist, zu einer Frau zu werden, die eine Waffe verdeckt trägt. Ich biege von der Straße ab und bezahle den Eintritt. Ich schaue mir die Tische an und denke über Adlai, den Quäker, und Gewaltlosigkeit nach – im Gegensatz zu Frank, dieser miesen Schlange, und seinem Selbsterhaltungstrieb. An einem Stand versucht ein Mann, mir eine 7000-Dollar-Pistole zu verkaufen, die tausend Schuss in der Minute abfeuert und wie durch ein Wunder trotzdem nicht als automatische Waffe gilt. »Also keine Registrierung beim Verkauf!« Der Verkäufer, der ausschließlich Klamotten mit Tarnmuster trägt, strahlt mich an. »*So eine* brauchen Sie unbedingt!«

Ich gehe an einem Tisch nach dem anderen vorbei, überwältigt von all den Tötungsinstrumenten. Ich stelle mir vor, wie Frank und seine Mitarbeiter hier aufkreuzen und mit einer Wagenladung

Waren wieder abhauen. Als ich durch die Ausgangstüren in die schwindende Sonne trete, stehe ich mit leeren Händen da.

Es ist schon dunkel, als ich in Tallahassee ankomme. Ich gehe nicht zu meinem Bruder, und ich gehe nicht zu Adlai. Frank will nur mich, und ich werde ihn zu niemandem führen, der mir etwas bedeutet. Ich schiebe das Zweiersofa vor die verriegelte Wohnungstür. Ich ziehe meine Schuhe aus und schlüpfe voll bekleidet unter den Chenille-Bettüberwurf. Das Küchenmesser, das ich Adlai gestohlen habe, liegt neben mir, noch immer in das Sweatshirt eingewickelt. In meinem Kopf brodelt es wie in einem Dampfkochtopf vor lauter Visionen, in denen Frank hereinstürmt und mich besser vorbereitet vorfindet, als er erwartet hat. Meine Hände und meine heiße Stirn pulsieren. Ich bleibe wachsam. Ich wälze mich hin und her. Ich lege meinen Kopf auf das Kissen, aber er wird mich nicht überrumpeln. Ich schließe die Augen, aber immer nur für eine Sekunde. Dann zwei Sekunden. Dann drei. Ehe ich mich versehe, ist der Morgen da, und ich habe geschlafen wie eine Tote.

60

7. Mai

Die Vögel beginnen zu singen, noch bevor das Licht die Dunkelheit aufhebt. Ich bin erschöpft, aber unversehrt. Keiner hat mich in der Nacht getötet.

Ich stehe auf, schiebe das Sofa von der Tür weg und versuche, klar zu denken. Ich habe mich geweigert, vor der Person davonzulaufen, die mir am meisten Angst einjagt. Und was jetzt?

Ich setze mich auf die Couch und schaue mir die Wohnung an. Skizzen von Vögeln sind an die Wand geklebt. Der *Anhinga anhinga*, Bewohner der drei Elemente: Erde, Wasser und Himmel. Studien der letzten vier: Kanadakranich, Kanadareiher, Weißkopfseeadler und der Specht mit der roten Schmalztolle. Habe ich die fertigen Zeichnungen jemals abgeliefert? Ich schaue in meiner Mappe nach, und da sind sie, sicher verwahrt und fertig für ihre Bestimmung.

Fünf schwere Bücherkisten, alle sortiert, warten darauf, abgegeben zu werden. Nach 9/11 hieß es: *Wenn wir in Angst leben, gewinnen die Terroristen.* Frank Chappelle wird mich weder davon abhalten, Zeichnungen abzuliefern, noch diese ganz alltägliche Aktion einer Bücherspende durchzuziehen. Und wenn er mich verfolgt, während ich mein Tagwerk erledige, werde ich nicht davonlaufen.

Ich trage die Bücherkisten einzeln den langen Weg durchs

Treppenhaus zu meinem Auto. Bei jedem Hin- und Rückweg scanne ich meine Umgebung.

Ich kämpfe mit der dritten schweren Kiste, als ein Mann auf dem Bürgersteig zielstrebig auf mich zuläuft. Ich lasse fast die Bücher fallen. Aber er ist nicht Frank, sondern ein kaum wiederzuerkennender Nelson Barber. Er war beim Friseur, ist frisch rasiert, und sogar sein rot kariertes Hemd sieht sauber aus.

»Wo zum Teufel warst du?«, schnauzt er mich an. »Warte, ich helfe dir mit der Kiste.« Er versucht, sie mir wegzunehmen, aber ich halte sie fest. »Gib sie mir, verdammt.« Er reißt mir den Karton aus der Hand. »Wo soll sie hin?«

Ich zeige auf mein Auto.

Er stellt den Karton vorsichtig in den Kofferraum, neben die beiden anderen. Dann sieht er mich misstrauisch an. »Dieser Frank Chapelle ist also nicht der Heilige, für den du ihn gehalten hast, was?«

Ich schüttle den Kopf.

»Hast du noch mehr von diesen Kisten zu tragen?«

Ich nicke und gehe zurück in mein Wohnhaus.

Er folgt mir, und aus irgendeinem Grund lasse ich ihn gewähren. »Hast du schon mal von einer Firma namens Investments, Inc. gehört?«, fragt er.

Ich nicke.

»Mit der haben sie mir alles weggenommen, weißt du. Elbert und der sogenannte Freund deines Vaters, Frank. Sie ließen alle glauben, ich sei verrückt. Sie setzten die übelsten Gerüchte in die Welt. Sie sagten, ich würde kleine Mädchen in den Lagerraum mitnehmen und ...«

Er bricht ab und verzerrt vor Wut das Gesicht.

»Es gibt keinen besseren Weg, die Leute dazu zu bringen, dich zu hassen ... nichts, was du zu dieser üblen Lüge sagst, wird sie davon abhalten, darüber nachzudenken.« Seine Unterlippe zittert.

So wahnhaft er mir bislang vorgekommen sein mag, mittlerweile weiß ich, dass er die Wahrheit sagt. Als die letzte Kiste im Auto ist, hat er praktisch alle Details geliefert, über die mein Bruder gerade erst Vermutungen anstellte. Mittels Investments, Inc. wuschen Frank und Elbert das Drogengeld, versorgte Frank sich mit Cadillacs und anderen Luxusgütern und wurde Elbert Perkins so ein gottverdammter Philanthrop. Das ist nicht die Verschwörungstheorie eines verrückten alten Mannes, sondern die Wahrheit.

»Mr. Barber«, sage ich leise. »Es tut mir leid, dass ich Ihnen nicht zugehört habe ... vorher.«

»Hm.«

»Und dass ich Sie verdächtigt habe ...«

»Weshalb?«

»Sie wissen schon ... diese Streiche.«

»Was denn für Streiche?«

»Also, Alfies Brieftauben ...«

»Du dachtest, das war ich? Missy, du bist schon viel zu lange nicht mehr in der Gegend. Jeder weiß, dass Alfies Nachbarn diese Vögel gehasst haben. Die haben ihnen die Gartenmöbel vollgeschissen.«

»... und dann hat jemand in Tally auf meinen Reifen herumgekritzelt und mein Auto hier mutwillig beschädigt ... und jede Menge Vogelfutter von meiner Tür bis zu meinem Auto gestreut ...«

Vogelfutter. Wie das Knabberzeug in meinem Highschoolschrank. Hat Estelle nicht gesagt, dass Rosalea und Brandon neben Alfie wohnen? Als ich Brandon am Tag der ermordeten Tauben begegnete, lachte er hinter vorgehaltener Hand. Außerdem arbeitet er in einem Futtermittelgeschäft. Ich bin so dämlich.

»Du glaubst doch nicht immer noch, dass ich diese Dinge getan habe, oder?«

»Nein«, ich schüttle vehement den Kopf. »Einen Moment lang dachte ich, es sei Frank, aber ...«

»Also ist alles gut zwischen uns«, sagt er. »Mehr oder weniger.«

»Soll ich Sie irgendwo hinfahren?«, frage ich.

»Nein, Schätzchen. Ich habe mein eigenes Auto. Wie auch immer, ich bin spät dran für meine Aggressionsbewältigung – diese Heinis von der Sozialbehörde ... egal ... Hurensöhne alle miteinander. Aber sonst ganz in Ordnung.« Er grinst mich an und entblößt die Stelle, an der ihm ein Zahn fehlt. Dann reckt er einen Finger in die Luft und ruft mir über die Schulter zu: »Das mit dem Alligator, das war bestimmt Frank!«

Als er in seinen Wagen klettert, weht plötzlich eine Brise durch die Baumkronen, und ich schaue zum Himmel hoch. Regen zieht auf. Ich schließe den Kofferraumdeckel, öffne die Tür auf der Fahrerseite, steige ein und mache mich auf den Weg.

Noch bevor ich Tenetkee erreiche, reißt der Himmel auf und bringt eine weitere Tranche der täglichen 150 Milliarden Gallonen Wasser in unserer Region. Bevor Adlai mich mit diesen Fakten gefüttert hat, habe ich mir nie Gedanken darüber gemacht, wie viel Wasser genau fällt, sondern nur darüber, dass meine Scheibenwischer ständig dagegenhalten müssen und sich das Wasser in den Niederungen immer wieder sammelt.

Ich passiere das Schild »Willkommen in Tenetkee«. Bevor ich irgendetwas anstelle, das mein Leben verkürzt, muss ich meine wertvolle Fracht sicher an ihr Ziel bringen. Kaye Elliot hat Pläne für einen besonderen Bereich in der öffentlichen Bibliothek von Tenetkee, den sie die Murrow-Sammlung nennt. Es ist nur eine Aussparung in der Wand, in der früher die VHS-Kassetten aufbewahrt wurden, aber diese Vereinbarung ermöglicht, dass die Bücher meiner Familie, die der Ruhepol im Herzen meines Elternhauses waren, vereint Platz unter einem Dach finden.

Ich parke vor der öffentlichen Bibliothek und warte, bis der Regen nachlässt. Eine Frau mit einem Regenschirm und ein paar schweren Plastiktüten nähert sich der Bibliothek, geht aber nicht hinein. Stattdessen bahnt sie sich einen Weg über den leeren

Parkplatz zur Seite des Gebäudes und verschwindet um die Ecke. Warum man in Stöckelschuhen auf ein schlammiges Feld läuft, ist mir schleierhaft. Der Regen lässt nach, aber ich bleibe lieber noch sitzen. Die Frau kommt mit leeren Händen zurück auf den Bürgersteig und klappt ihren Schirm zusammen. Ich sehe, dass es meine Feindin ist, Rosalea Newburn. Am liebsten würde ich sie an den Schulterpolstern schütteln und sagen: *Du Idiotin! Und wenn du und Brandon irgendetwas mit dem Alligator zu tun habt, dann bringe ich euch um!*

Aber natürlich hatte Nelson recht – so ekelhaft Rosalea und Brandon auch sein mögen –, es war wahrscheinlich Frank. Und wenn ich jetzt mit Rosalea spräche, würde ich es vermasseln, genau wie bei Chappelle. Diesmal werden sie und ihr grässlicher Ehemann gar nicht wissen, wie ihnen geschieht, bis sie vor Gericht stehen und sich wegen krimineller Belästigung verantworten müssen.

Rosalea sieht mich aus dem Auto steigen und erschrickt. »Na, hallo, Loni!« Klingt nach einer verdammten Charmeoffensive.

Ich beiße mir auf die Wange. »Hey.« Sie watschelt auf ihren schlammigen Absätzen davon. Ich zwinge mich, auf Kurs zu bleiben, schnappe mir eine Bücherkiste, schaue mich zweimal hektisch um und stoße die Bibliothekstür mit dem Rücken auf.

Im Hauptlesesaal der Bibliothek von Tenetkee wuselt eine Schülergruppe wie worthungrige Insekten umher. Kaye Elliot unterhält sich gerade mit der Lehrerin, entschuldigt sich bei ihr und kommt mir entgegen, um mir den Karton abzunehmen. In diesem Moment entdecke ich meine Nichte Heather – es ist ihre Klasse hier drinnen. Ich winke, und sie winkt freudig überrascht zurück.

Ich muss noch ein paarmal hin- und herlaufen. Die Sonne saugt die Wassertropfen auf und durchfeuchtet die schwere Luft. Zurück in dem klimatisierten Gebäude stelle ich eine weitere Kiste ab. Ich bin durchgeschwitzt, aber der letzte Karton fehlt noch. Ich will gerade gehen, als Kaye auf mich zukommt.

»Loni, ich freue mich schon darauf, alles einzuräumen! Ich muss nur noch das Projekt mit der Klasse abschließen. Kannst du mir in der Zwischenzeit einen Gefallen tun und ein paar mehr metallene Buchstützen aus dem Lagerraum holen? Es ist die zweite weiße Tür dort hinten.« Sie zeigt auf die Rückseite und malt zwei Rechtecke in die Luft. »Nicht diese Tür«, sie zeigt auf eines der virtuellen Rechtecke, »sondern diese.« Sie zeigt auf eine andere Stelle ihrer Luftzeichnung. Ich bin mir nicht sicher, ob ich es verstanden habe, gehe aber trotzdem den Gang entlang bis zu den beiden Türen. Und natürlich entscheide ich mich für die Tür, die nicht in den Lagerraum führt, sondern nach draußen auf die Baustelle des neuen Anbaus.

Wie es aussieht, wurden die Bauarbeiten eingestellt. Vielleicht, weil Elbert Perkins, der Hauptgeldgeber, vor dem Gesetz auf der Flucht ist. Ich atme den Geruch von frischem Bauholz ein. Es gibt bislang nur einen Sperrholzboden, von dem ein kleiner Teil mit einem halb fertigen Dach bedeckt ist, aber der Rest der Plattform ist zum Himmel hin offen.

Auf dem feuchten offenen Feld hinter dem Anbau stochern sechs oder sieben weiße Ibisse zwischen gelbem Wiesen-Pippau und Löwenzahn nach Insekten. Ich betrete die Plattform, um einen besseren Blick auf sie zu erhaschen. Die Buchstützen können kurz warten. Einer der Ibisse hüpft auf das neue Fundament, mustert mich einen Moment lang und hüpft von dannen. Ein untätig herumstehender Bagger hat tief in der Erde eine große Rinne ausgegraben, direkt unterhalb der Kante der vorgebauten Plattform. Der Regen von heute Morgen hat eine Lache aus schlammigem Wasser in der Rinne hinterlassen. Ein Paradies für Mücken. Ganz am Ende des Feldes stehen die hohen Zypressen, ein deutlicher Hinweis auf reichlich Wasser zu ihren Füßen. Etwas Blaues schwebt durch mein Blickfeld, und ein Kanadareiher landet in den entfernten Bäumen.

Aber zurück zu meinem Auftrag: Abstellraum, Buchstützen. Als ich mich der offenen Tür nähere, raschelt es hinter einem Stapel Sperrholz in einer Ecke, die tief im Schatten liegt. Wahrscheinlich ein Flussotter, der aus dem Bach hochgekrochen ist, oder ein Biber, der sich verirrt hat. Eine leere Plastiktüte, genau wie die, die Rosalea bei sich trug, tanzt im Wind. Und dann kommt hinter dem Holzstapel eine Gestalt hervor. Sie sieht hager und hungrig aus, hat einen struppigen Bart, aber wenn sie sich zu voller Größe aufrichtet, ist sie unverkennbar.

Mein Verstand sagt: *Das ist jemand, den ich töten wollte.* Aber mein pochendes Herz diktiert mir: *Das ist jemand, der mich töten will!*

»Hallo, Loni Mae«, sagt er mit einem Lächeln und schnappt sich einen Klauenhammer, der oben auf dem Holzstapel liegt.

Frank Chappelle sitzt in der Falle, und es gibt nichts Gefährlicheres als ein in die Enge getriebenes Tier. Ich schreie Richtung offene Tür: »Kaye! Rufen Sie den Notruf!« Ob sie mich hört? Ich renne los Richtung Bibliothek, aber Frank ist schneller als ich. Er packt mich an den Armen und zerrt mich hinaus zu einem weiteren Stapel Kanthölzer am Rande der Plattform. Adlais Messer! Wo ist es? In meinem Auto, völlig nutzlos. Frank zwingt meinen Rücken, sich in einem schmerzhaften Winkel über den Holzstapel zu beugen. Er hebt den schweren Klauenhammer hoch über seinen Kopf. Das war's.

»Tante Loni!!«

Frank schaut zur Tür, und ich nutze die Ablenkung, um mich an ihm vorbeizudrängeln. Heather steht bereits auf der Plattform, und er geht schnell auf sie zu, weil er weiß, dass es schlimmer für mich wäre als mein eigener Tod, wenn er ihr etwas antut. Sie weicht aus, aber er schwingt den Hammer hart auf Heathers Köpfchen.

»Nein!«, schreie ich und schnappe mir ein meterlanges Stück Kantholz vom Stapel. Ich schlage zu, als wäre es die Softball World Series, und die flache Seite des Holzes erwischt ihn hinter dem Ohr. Er stolpert und macht ein paar taumelnde Schritte hin zum Rand der Plattform. Er schwankt – und fällt über die Kante. Der Hammer landet im Gras, und Frank platscht mit dem Gesicht nach unten in die mit Regenwasser und guter Florida-Erde gefüllte Rinne.

Ich lasse das Brett fallen und laufe zu Heather, die reglos auf dem Sperrholzboden liegt.

»Nein!« Mir läuft der Rotz aus der Nase, und meine abgehackten Atemzüge verschaffen mir nicht genug Atemluft. Ich lasse mich neben sie fallen und streichle ihr Haar. »Heather? Heather, Baby?« Sie reagiert nicht und ist so still, viel zu still.

Die Zeit verlangsamt sich. Wir liegen dort für eine gefühlte Ewigkeit, bis eine zarte, gedämpfte Stimme zu mir durchdringt. »Tante Loni?« Heather dreht ihr Gesicht zu mir. Sie ist so ruhig, als wären wir auf einer Pyjamaparty, aneinandergekuschelt in unseren Schlafsäcken, Seite an Seite auf dem Boden. »Können wir jetzt reingehen?«

61

9. Mai

In Washington habe ich eine Lieblingsbank am Springbrunnen im Skulpturengarten der National Gallery. Heute suche ich an diesem Ort Zuflucht und beobachte die acht Wasserbögen, die langsam vom Rand des Kreises aufsteigen. Sie wachsen zusammen, bis sie fast höher als die umliegenden Bäume sind, dann schrumpfen sie kontinuierlich auf ein Minimum zusammen. Und beginnen wieder von vorne. Mein Skizzenbuch liegt aufgeschlagen auf meinem Schoß, aber ich zeichne nicht den Springbrunnen. Seite um Seite zeigt einen Mann, der von einem Schlag getroffen wird, taumelt und fällt, wobei Blut direkt unter seinem Ohr herausspritzt.

Als alles vorbei war, brachte Lance Ashford mich mit Heather im Arm zu Phils Haus. Ich blieb bei ihr, bis sie sich völlig beruhigt hatte und ich mir sicher war, dass es ihr zumindest körperlich gut ging. An Phils Türschwelle sagte Lance zu mir: »Loni, verlass die Stadt nicht.«

Was ich trotzdem tat. Lance und die anderen mögen denken, ich sei vor der Justiz geflohen, aber das ist nicht der Fall. Ich fuhr vierzehn Stunden am Stück, mein Gehirn auf Autopilot, bis ich auf der 14th Street Bridge in den morgendlichen Verkehr von D. C. geriet, bewacht von Thomas Jefferson, der aufrecht vor seiner Rotunde zu meiner Linken steht, im Licht der aufgehenden

Sonne, das von der Kuppel reflektiert wird und mich blendet. Davonzulaufen war nicht der Grund meiner Reise. Der Grund war mein Arbeitsplatz. Ich musste ihn bis zum 10. Mai wieder einnehmen.

Auf dem Weg zu Theos Büro kam ich am Schreibtisch von Hugh Adamson vorbei, einem angehenden Politfunktionär, der fröhlich die Tage gezählt hat, bis ich auf seiner »Abgewickelt«-Tabelle ein Häkchen sein würde.

»Morgen, Hugh«, sagte ich und lächelte. Er runzelte die Stirn und bekam eine hässliche Zornesfalte.

Als ich Theos Büro erreichte, klatschte ich ihm einen Stapel Zeichnungen auf den Schreibtisch. »Hier ist dein Wasser.«

Er schaute auf. »Du bist wieder da!«

»Mehr oder weniger.«

»Sprich nicht in Rätseln, Loni. Ich schlage mich seit zwei Monaten mit teuren Freiberuflern herum, und dein Posteingang quillt über.«

»In mehr als einer Hinsicht.« Ich drehte mich um und war auf dem Sprung in mein Atelier mit den ordentlich aufgereihten Farben.

»Moment mal. Bevor du irgendwo hingehst, setz dich hin und klär mich auf.« Er strich sich den Schnurrbart glatt und lehnte sich in seinem Stuhl zurück.

Meine Augen wanderten über seinen Kopf zu einem Punkt an der Wand. »Theo, bitte gib mir nur eine Minute, um erst mal anzukommen.«

Ich ging in mein Atelier, schnappte mir ein leeres Skizzenbuch und kam direkt hierher zum Springbrunnen.

Ich blättere die Seite um, weg von der tödlichen Gewalt, und beginne, die acht perfekten Bögen zu zeichnen, die Doppelreihe Europäischer Linden hinter ihnen und den sauber gemeißelten Kreis, der die Grenze des Brunnens beschreibt. Aber ich kratze mit meinem Bleistift daran, störe die Perfektion, mache den Kreis unrund. Er wird zu einem überwucherten Teich, in dem es von gackernden Teichrallen und langbeinigen Watvögeln wimmelt. Gürtelfischer sausen darüber hinweg, und Spießenten lassen die Oberfläche kräuseln. Am anderen Ende des Teichs ist sogar der Anfang eines Damms zu erkennen, aus dem etwas hervorlugt, das aussieht wie ein Biberkopf. Das Auf- und Abschwellen der Zikaden klingt mir in den Ohren, während ich zeichne. Bald hängt Louisianamoos von den Linden, Zypressen ragen mit ihren Knien aus dem Wasser, und auf der anderen Seite, durch den Morgennebel hindurch, taucht eine männliche Gestalt in einer Latzhose auf, die Ärmel hochgekrempelt, die Mundwinkel milde lächelnd hochgezogen.

Ein Luftzug knapp über meinem Kopf sorgt dafür, dass ich erschrocken meinen Stift fallen lasse und mir über den Scheitel streiche. Eine Taube aus Fleisch und Blut hat mich umschwirrt und ist auf dem sauberen Brunnenrand gelandet, um mich in die Realität zurückzuholen.

Die Wasserbögen des Brunnens halten an ihrer Choreografie fest. Die Grenzen des Beckens sind unverrückbar. Ich bin hier, wo ich hingehöre. Ich habe es bis zum Abgabetermin zurückgeschafft und bin wieder in meinem Traumjob angekommen. Zurückgekehrt in die Umarmung meiner großen Smithsonian-Familie, in die logische Struktur von Washington, D.C., der Stadt, die sowohl als Kreis als auch als Gitter angelegt ist. Alles ist in Ordnung. Das hier ist mein Leben.

Wenn meine zeichnende Hand also immer die Wahrheit sagt, warum ist auf dieser Seite in meinem Skizzenbuch nichts als ein wildes Durcheinander, Schlangen und Alligatoren und eine aufgewühlte Wasseroberfläche?

Ein kalter Wind weht über das runde Becken und kribbelt auf meiner Haut. Ich schaue auf. Auf der anderen Seite des Brunnens bewegt sich ein Mann mit Grillwampe und Cowboyhut schnell auf mich zu. Chappelle kann mich nicht umbringen, sein Mitverschwörer Elbert Perkins schon. Ich stehe auf und eile in Richtung Constitution Avenue und dem Bürgersteig voller Menschen, die ihn aufhalten könnten.

»Entschuldigen Sie«, sage ich. »Entschuldigen Sie bitte.« Ich flitze um Touristen mit kleinen Kindern herum, um einen Mann auf einem Motorroller, um zwei lachende Großmütter.

Ich erreiche das Museum und bahne mir einen Weg durch die überfüllten Ausstellungsräume. Ich wage einen Blick über die Schulter, als ich mich unter einer lebensgroßen grünen Schildkröte durchschlängle, und hetze durch die scharfen Fischgräten, die in der Abteilung über die Entwicklungsgeschichte der Ozeane zu bestaunen sind. Nach dem offenen Maul eines Riesenhais erreiche ich einen Eingang zu den Gängen im hinteren Teil des Gebäudes und krame in meiner Tasche nach der Schlüsselkarte. Wo ist sie? Der Cowboyhut schwebt über der Menge und kommt auf mich zu. Ich wirble meine Hand durch das Durcheinander meiner Habseligkeiten und berühre schließlich die Karte, rechteckig und glatt. Ich drücke sie gegen das Touchpad, und – *piep!* – ich bin hinter der verschlossenen Tür. Ich spähe durch das kleine Glasrechteck hinaus und sehe den Hut näher kommen. Ist es wirklich Elbert? Ich warte nicht, um es herauszufinden. In den verworrenen Gängen wähle ich einen Weg, der mich nicht zurück in mein Atelier führt, sondern dorthin, wo ich Hilfe finden kann.

Delores Constantine sitzt wie immer hinter ihrem Schreibtisch, umgeben von Fachliteratur, und das gekringelte Telefonkabel windet sich aus dem Hörer an ihrem Ohr. Als sie auflegt, platze ich heraus: »Delores, du musst mir sagen, was ich tun soll!«

Delores blickt an mir vorbei. Ich drehe mich um und sehe eine große, lächelnde Frau. »Loni, das ist meine Tochter Aubrey.«

»Oh, wow. Hey, hi.«

Aubrey schüttelt mir energisch die Hand. »Schön, Sie kennenzulernen.«

Ich drehe mich zu Delores um. Ich habe diese Frau noch nie
strahlen sehen, aber ihre Wangen sind rosa, also gibt es kein anderes Wort dafür. »Ich nehme mir den Nachmittag frei«, sagt sie,
»und wir gehen rüber ins Museum für Luft- und Raumfahrt.«

»Warte, Delores. *Du* nimmst dir den Nachmittag frei?«

»Es gibt für alles ein erstes Mal, Loni. Aubrey wird mir erklären, wie all diese Maschinen funktionieren.« Ein Teil von Delores'
Strahlen schwindet, als sie das sagt, aber es zeigt sich stattdessen
auf dem Gesicht ihrer Tochter.

Dann fragt Aubrey: »Mom, ist die Toilette links oder rechts?«

»Links.«

Aubrey geht auf den Flur hinaus. Ich senke meine Stimme.
»Sie ist hier!«

»Geschäftlich, aber ich nutze die Zeit.«

»Und, es scheint … gut zu klappen. Wie hast du …«

»Erstens: Ich komme ihr auf halbem Weg entgegen, solange
ich noch laufen kann.«

»Und Nummer zwei?«

»Ich habe beschlossen, meine Ratschläge für Leute aufzusparen,
die danach fragen, so wie du. Also, was ist es, wobei du so dringend meine Hilfe benötigst?«

Ich schaue auf mein aufgeschlagenes Skizzenbuch mit seinem
sumpfigen, verschnörkelten, verlockenden Durcheinander und
erkenne: Es gibt nichts, was Delores mir sagen kann, was ich nicht
schon weiß.

Ich muss dorthin zurück.

62

Bin ich also eine Mörderin? Meine Anhörung wegen Notwehr scheint das zu verneinen, denn ich verlasse den Gerichtssaal als freier Mensch. Chappelle starb nicht ursächlich an dem Schlag auf den Kopf. Die offizielle Todesursache war Ertrinken, obwohl das Wasser, das er in der tiefen Pfütze eingeatmet hatte, aus ihm herausfloss, als die Rettungssanitäter ihre Arbeit aufnahmen und die blutende Platzwunde gestoppt wurde. Sie brachten ihn ins Krankenhaus, aber er überlebte nicht lange. Als der Richter mich nach meiner Rolle fragte, redete ich nur über Heather, den Klauenhammer und die Holzlatte. Auf Anraten von Bart Lefton ließ ich die Tatsache weg, dass ich ein scharfes Küchenmesser über die Staatsgrenzen hinweg mitgeführt hatte für den Fall, dass ich den Verstorbenen in zwei Teile hätte zerlegen müssen. Ich erzählte dem Richter auch nicht von der Nacht, in der ich Chappelles leeres Haus mit einem Baseballschläger in der Hand und Mordgedanken im Herzen betreten hatte.

Bart versichert mir, dass ich nicht ins Gefängnis muss.

»Danke«, sage ich und lasse ihn einfach stehen, aber meine Füße bewegen sich von allein, mein Verstand ist leer. Meine einzige Angst ist jetzt, was Chappelles Tod in meiner Seele anrichten wird.

Adlai, der in einem frisch gestärkten weißen Hemd, einer Krawatte und Khakihosen in der vierten Reihe des Gerichtssaals saß, kommt mir auf dem Parkplatz mit steinerner Miene entgegen. Er riecht nach Noxzema und Wasser und ist frisch rasiert.

»Soll ich dich mitnehmen?« Sein förmliches Auftreten verrät mir, was jetzt kommt.

Mein Bruder und meine Schwägerin beobachten, wie ich in den Pick-up dieses Mannes steige.

Ich bin ein Roboter.

Adlai, Quäker und Pazifist sagt kein Wort während der Fahrt. Wir sind kein Paar mehr. Das akzeptiere ich.

»Es ist in Ordnung«, sage ich nach einer Weile. »Ich verstehe dich. Du glaubst an die Gewaltlosigkeit.«

Er nickt.

»Es ist also durchaus nachvollziehbar, warum du nicht mit mir ... weiter ... zusammen sein willst.«

Er verlangsamt den Wagen und hält am Straßenrand an. »Ich glaube an die Gewaltlosigkeit.« Er starrt auf seine Hände am Lenkrad.

Ich schließe meine Augen und bereite mich auf das vor, was er sagen wird.

»Aber wäre ich bei dir gewesen, Loni, hätte ich wahrscheinlich noch Schlimmeres getan.«

Ich öffne sie wieder.

Adlai dreht den Kopf. »Danach hätten sie mich mit deinem Freund Nelson in den Aggressionsbewältigungskurs stecken müssen.« Er unterdrückt ein Lächeln und legt den Gang ein. »Also, wohin willst du?«

Die Frage verwirrt mich. Wohin will ich denn?

Aber ich gebe den Weg vor, und er folgt meinen Anweisungen: *Rechts abbiegen. Geradeaus. Hier rein.* Wir parken vor Concrete World und den Unmengen von Pflastersteinen und Vogeltränken, Gipsenten und Rehen. Ein tröstlicher Anblick, sie sind wie ich: innerlich erstarrt und reglos.

»Hier wolltest du also hin?«

»Nein, aber es liegt auf dem Weg. Und ich mag diesen Ort.«
Wir sitzen eine Weile da, ohne den Wagen zu verlassen. Dann
fällt es mir ein. Was ich ihm sagen wollte. »Wusstest du, dass ich
auf der anderen Straßenseite ein Spirituosengeschäft bauen
will?« Ich lege eine bedeutungsschwangere Pause ein.

»Du meinst einen Laden für Wein und Schnaps?«

»Ich werde es Spirit World nennen.«

Er sieht mich mit schief gelegtem Kopf an, dann wandern
seine Augen zu dem Concrete-World-Schild. »Soll das ein Witz
sein?«

»Nicht sehr lustig, was?«

»Vielleicht an einem anderen Tag. Deine Art, ihn an den Mann
zu bringen, ist noch ausbaufähig.«

Er lässt den Motor an, aber bevor er losfährt, sehe ich einen
Mann an einer Vogeltränke stehen, der sich mit einer Hand über
die Lippen fährt und dessen Arme mit blauen Schlangen und Messern bedeckt sind. »Ist das ein Freund von dir«, frage ich.

»Wer, Garf? Ja. Sieht krass aus, oder? Dabei ist er ein richtiges
Marshmallow. Er raucht ein bisschen zu viel Gras und versucht
ständig, mich dazu zu bringen, in eine legale Marihuana-Farm zu
investieren – was ich niemals tun werde –, aber er ist ein wahrer
Meister, was die Fertigung von Kanus angeht. Meine Birkenrinde
ist von ihm. Ich, äh, ich habe ihn gebeten, noch eins zu bauen.«
Er sieht mir in die Augen. »Für den Fall der Fälle.«

Ich sage nichts.

Adlai setzt den Pick-up zurück. »Wohin jetzt?«

Wir fahren Richtung Süden, bis ich ein Zeichen gebe, vor einer
wohlbekannten Einfahrt anzuhalten. Ich steige aus und klopfe an
die Tür meines eigenen Hauses. »Mr. Meldrum, ich wollte fragen,
ob ich meinem Freund den Garten zeigen dürfte?«

Vom Auto aus winkt Adlai ihm freundlich zu.

Mr. Meldrum sieht mich an, als wäre ich ein Kaninchen, das

seine Tomatenpflanzen anknabbern möchte. »Na ja … ich denke schon.«

Zwischen ihren Rüschenvorhängen beobachten Mr. und Mrs. Meldrum, wie ich Adlai die Eiche und die angrenzende Marsch zeige. Als die Vorhänge zurück vor das Fenster fallen, gehe ich hinüber zu den ungepflegten Beeten, wo das Grundstück im Chaos versinkt. Ich halte meine Augen auf den Boden gerichtet, um nach Pflanzen zu suchen, die den Kräuterkahlschlag der Meldrums überlebt haben könnten. Ich finde Minze, etwas Wollziest und Überreste von Beinwell. Ich ziehe diese verwilderten Kräuter an den Wurzeln heraus, halte sie wie ein Sträußchen und spüre einen Hauch Leben.

Ich jäte Unkraut, ich stehle nicht. Ich reiße aus, was die Meldrums als botanischen Müll betrachten. Während ich sammle, erzähle ich Adlai, was ich über die Eigenschaften der einzelnen Pflanzen weiß. Und aus irgendeinem Grund, vielleicht wegen des Büschels Louisianamoos, das ich aufgelesen habe, erzähle ich ihm die Geschichte, die mein Vater mir immer über die schöne und grausame Feenkönigin des Marschlands erzählt hat, mit Haar aus Louisianamoos und Augen wie gleißende Sonnenstrahlen.

»Einen edlen Wunsch würde sie also erfüllen …«, sagt er, nachdem er mir zugehört hat.

»Ja, aber nur im Tausch gegen diese nahezu unmögliche Aufgabe.«

»*Nahezu*«, erwidert er, »das ist das entscheidende Wort.«

Ich verstecke die Kräuter hinter meinem Rücken und winke dem schwingenden Küchenvorhang zu. »Danke!«, rufe ich. Seitlich am Haus jäte ich ein weiteres Unkraut, eine aprikosenfarbene Cosmea, die wie eine Ringelblume aussieht, nur ungestümer.

Mr. Meldrum erscheint auf der vorderen Veranda, als wir das Auto erreichen, um den Eindruck zu erwecken, dass er uns nicht durch die Hintertür beobachtet hat. Er tippt sich als Abschiedsgruß mit dem Zeigefinger an die Stirn.

Wir halten beim Gartencenter an und kaufen einen Zedern-holzkasten und etwas Erde. Auf der Ladefläche des Pick-ups packe ich die Wurzeln in feuchten Lehm, den ich aus dem Garten mitgenommen habe, und pflanze die stibitzten Pflanzen ordent-lich ein. Adlai füllt den Kasten mit der satten Blumenerde auf, und ich drücke sie um die zarten Gewächse herum fest und atme den mineralischen Duft ein.

Zurück auf der Straße fährt Adlai ziemlich schnell, und die Sonne wirft durch die Kiefernzweige Lichtblitze auf sein weißes Hemd: *blink-blink*, wie ein Licht, das an- und ausgeht. Es ist Zeit, Adlai meiner Mutter vorzustellen. Gute Neuigkeiten, so selten sie auch sind, sollte man teilen.

Tammy und Phil müssen die Kinder nach der Anhörung abgeholt haben und direkt zum St. Agnes gefahren sein, denn als wir an-kommen, schlendern sie bereits mit meiner Mutter durch den Park. Schon von Weitem sehe ich Ruth plaudern und lächeln. Phil ist ihr Sonnenschein. Ihr Baby.

Adlai nimmt meine feuchte Hand in seine trockene, als wir uns ihnen nähern. Phil und Tammy starren uns an. Meine Mutter sagt: »Loni ist da!«

Die Kinder rennen von der Wiese, auf der sie gespielt haben, auf uns zu, und Heather umschlingt meine Beine. Ich beuge mich zu ihr hinunter und drücke sie ganz fest, ein bisschen länger als sonst. Dann ergreift sie die Hand ihrer Großmutter. Am liebsten würde ich sie alle in den Arm nehmen und nie wieder loslassen. Aber so eine Familie sind wir nicht.

Adlai legt mir eine Hand auf die Schulter.

»Okay. Phil, Tammy, Mom, ich möchte euch Adlai Brinkert vorstellen.« Adlai schüttelt zuerst meiner Mutter die Hand, dann Tammy. Der Händedruck mit Phil ist ausladender, ein »Hey, Mann, freut mich, dich kennenzulernen«-Händedruck weißer Jungs, bei dem die Hand erst einen weiten Bogen macht, bevor sie die

Handfläche des Gegenübers berührt. Normalerweise finde ich diese Pose übertrieben, aber in diesem Fall wirkt sie seltsam beruhigend. Ich stelle ihn den Kindern vor, die sich schüchtern zurückhalten.

Adlai geht in die Hocke, sodass er nicht größer ist als sie. »Ich freue mich sehr, euch beide kennenzulernen«, sagt er. Er erhebt sich wieder und sagt zu meiner Mutter: »Mrs. Murrow, wollen Sie sich nicht setzen?« Er bietet ihr seinen Arm an und führt sie zu einem schattigen Picknicktisch. Tammy folgt ihm und starrt immer noch auf Adlai. Mein Bruder und ich bleiben zurück.

Phil tippt mit den Fingern rhythmisch gegen seine Hosentasche. »Ich wusste nicht, dass du einen Freund hast.«

Ich nicke. »Ich ... ja ... eigentlich ... schon.«

Er wackelt ein paarmal mit dem Kopf, dann wechselt er das Thema. »Hast du gehört, dass sie heute Morgen Elbert geschnappt haben? Er hockte in einer verlassenen Anglerhütte im Sumpf. Frank war bei ihm, bis ... na ja ... du weißt schon. Heute Abend müssen wir unbedingt die Nachrichten ansehen. Bart sagt, die Anklageverlesung ist schon heute Nachmittag. Wusstest du, dass die beiden zu allem Überfluss auch noch Chemikalien aus einem Meth-Labor in den Sumpf gekippt haben?«

Mich schaudert es.

»Klasse, was? Jede Menge Nebenverdienste. Der alte Rabideaux-Laden und Nelson's Sporting Goods wurden heute Morgen ebenfalls durchsucht – beides riesige Drogenlager.« Phil dreht sich halb um und holt tief Luft. »Und weißt du, wer noch mitgemacht hat? Rosalea! Das verdammte Mädchen hat den alten Elbert Perkins gevögelt! Sie hat Elbert unsere Buchhaltungsunterlagen und die privaten Akten der Anwaltskanzlei zugespielt, und sie hat Frank Lebensmittel auf die Baustelle gebracht, weil sie dachte, er würde sie mit ihrem altersschwachen Freund teilen. Barts Anwaltskanzlei wird sie wegen verschiedener Vergehen anzeigen.«

Das freut mich, und ich hoffe, dass sie mit ein wenig Unterstützung Brandon ebenfalls drankriegen werden.

»Wahnsinn.« Ich nicke automatisch. »Ich … muss mich hinsetzen.« Aber eine Frage habe ich noch. »Wie geht es Heather?«

»Sie ist noch ein bisschen wackelig auf den Beinen.«

»Es tut mir so leid, Phil.«

»Nein, Loni, du hast ihr das Leben gerettet. Du brauchst dich nicht zu entschuldigen.«

»Aber wenn ich …«

»Halt die Klappe, Schwester. Du hast nichts falsch gemacht.«

Ich laufe über die Wiese zum Picknicktisch. Der ganze Tag war zu viel für mich. Ich sehe wieder den Rückstoß von Franks Kopf, das spritzende Blut, als er ins Wanken gerät, das Kantholz, das mir schwer aus der Hand fällt.

Ich halte inne und ziehe die flachen Pumps aus, die ich für die Anhörung gekauft habe. Barfuß fühle ich mich der Natur näher. Das Gras unter meinen befreiten Füßen ist scharfkantig und aufgeheizt von der Sonne. Eine Tatsache beginnt zu mir durchzudringen, eine Idee, zu der ich vorher keinen Zugang hatte. Mein Vater hatte nicht die Absicht, uns zu verlassen. Er ist immer noch weg, und wir können keine einzige verlorene Minute zurückbekommen. Aber seine starke Präsenz und sein warmer Atem wurden uns gestohlen, denn er hatte nicht vor dem Leben kapituliert. Er wollte nach Hause zurückkehren.

Phil holt mich ein. »Oh, da wäre noch eine Sache. Es ist jetzt durchaus möglich, dass der Staat uns noch mehr schuldet, als wir dachten.« In seinen funkelnden Augen tanzen lauter Zahlen.

Heather und Bobby kommen, um ihren Vater zum Spielen zu überreden, und er gibt nach. Ich beobachte Heather. Sie schaut nicht in meine Richtung, und ich will sie nicht mit der Frage *Geht es dir gut?* bedrängen, aber ich werde noch mehr für sie da sein.

Ich erreiche den Picknicktisch und schwinge ein Bein, dann

das andere, über die Bank neben Adlai. Als ich sitze, sagt meine Mutter: »O ja, die Minze wird den ganzen Garten überwuchern, wenn man sie nicht eindämmt.« Adlai wirkt erstaunt und bittet Mom um weitere Gartentipps. Sie schweift nur ein wenig ab. »Du weißt doch, dass man die kleinen Blüten des Basilikums abzwicken muss, oder? Und dass man die Eberraute zurückschneiden muss? Sonst verwildert sie.«

»Woher hat die Eberraute ihren Namen?«, fragt er und ergreift unter dem Tisch meine Hand.

Während der langatmigen Erläuterung meiner Mutter sitzt Tammy wie in Trance Adlai gegenüber. Entweder ist sie völlig fasziniert von ihm, oder aber sie kann es nicht fassen, dass ich einen Mann an Land gezogen habe. Vielleicht hat es auch nichts mit uns zu tun, und sie ist einfach traumatisiert. Immerhin war es ihre sechsjährige Tochter, die beinahe getötet worden wäre.

»Hey, Tammy«, sage ich und hole sie aus ihrer Erstarrung. »Ich überlege, ein Erinnerungsbuch anzufangen.« Die Idee ist mir gerade erst gekommen. »Ich würde gerne ein paar Fotos von meinem Vater zusammenstellen. Du kennst dich doch mit Scrapbooks aus?«

Ich scheine sie erreicht zu haben. »Wirklich?«

»Vielleicht kannst du mir für den Anfang ein paar Tipps geben.«

Jetzt ist sie ganz bei der Sache. »Also … es ist so« – sie stützt einen Ellbogen auf den Tisch –, »man muss eine Geschichte erzählen. Mit Bildern. Du entscheidest, was in der Geschichte passiert und wie du sie erzählen willst.« Sie hält inne. »Und es ist nicht immer leicht zu erkennen, was zu was passen soll, aber wenn man die richtige Kombination findet, Loni, dann ist es fast … wie Magie.«

»Cool.« Diese einfache Frage meinerseits zeigt mir, wie ich die ganze Zeit über hätte versuchen können, unser Verhältnis zueinander zu verbessern. »Erzähl mir mehr.«

Sie schießt los, und so höre ich nur halb, als meine Mutter zu Adlai sagt: »Hast du dir das ausgedacht? Kluges Kerlchen.«

Adlai legt seine Hand auf meine Taille. »Ich habe den Zusammenhang nicht erkannt. Ihre Tochter ist die Kluge.«

»Ach ja?«

»Ich habe deiner Mutter von dem Kinderreim ›Schlafe mein Kindlein, hoch auf dem Baum‹ erzählt. Du weißt schon, die Wiege in der Baumkrone, der Vogel im Nest.«

Ich verziehe mein Gesicht. *Habe ich ihm davon erzählt?*

Meine Mutter sieht mich verschwörerisch an. »Und wann werdet ihr zwei anfangen, Zweige für *euer* Nest zu sammeln?«

Ich erstarre. »Weißt du was?«, wechsle ich das Thema. »Mir ist gerade eingefallen, dass ich etwas im Auto vergessen habe.«

Die anderen machen sich auf den Rückweg, und Adlai geht mit mir zum Parkplatz. Neben seinem Wagen legt er seine Hände auf meine Hüften und zieht mich sanft zu sich heran. »Wenn wir jemals ein gemeinsames Nest bauen, Loni Murrow, sollten wir keine Zweige verwenden, in Ordnung?«

In der untersten Region meines Oberkörpers versetzt mir die Angst einen Stich, doch dieses Gefühl schlägt schnell in Verlangen um. Ich atme tief durch. »Du bist so verdammt praktisch veranlagt«, sage ich.

Er lächelt.

»Jetzt holen wir die Pflanzen.« Ich drehe mich um und klappe die Heckblende nach unten.

Wir nehmen die Zedernholzkiste mit den Kräutern mit, doch bevor wir ins St. Agnes gehen, pflanzen wir die hochgewachsene aprikosenfarbene Cosmea direkt unter das Fenster meiner Mutter.

Sie mag zwar feingliedriger sein als die gedrungenere Ringelblume, aber dieser eine hoch aufgeschossene Stängel wird innerhalb einer Woche ein halbes Dutzend Blüten hervorbringen.

Drinnen machen wir einen Zwischenstopp im Gemeinschaftsraum, um die Minze, den Beinwell und den Wollziest zu gießen. Ich lehne mich an das Klavier, auf dem bestimmt immer wieder fröhlich »Happy Birthday« oder »Keep on the Sunny Side« gespielt wird.

»Ich frage mich, ob meine Mutter hier jemals Klavier spielen wird. Ich meine, wenn ihr Handgelenk wieder ganz verheilt ist.«

Adlai hebt den Blumenkasten von der Arbeitsfläche. »Nach allem, was du mir von ihr erzählt hast, wartet sie vielleicht, bis es dunkel ist, schleicht dann über den Flur hierher und spielt ein Nocturne.«

Ich lege eine Hand auf sein glatt rasiertes Kinn.

Die Pflanzen haben sich wieder aufgerichtet, und wir tragen den Blumenkasten in das Zimmer meiner Mutter. Ich stelle ihn auf ihr Fensterbrett. »Aus deinem Garten«, sage ich.

Sie schaut auf die Pflanzen und dann auf mich.

»Ich habe sie stibitzt.« Ich nehme ihr Garten-Tagebuch aus meiner Tasche und drücke es ihr in die Hand, während Phil den kleinen Fernseher einschaltet.

Wir hören die Stimme von Kiki Rabideaux zu Aufnahmen, die zeigen, wie Elbert in einen Gerichtssaal geführt wird. »Perkins wurde heute vor Gericht wegen Geldwäsche, Drogenhandel und Betrug angeklagt. Ebenfalls verhaftet wurde Perkins' angebliche Geliebte, Rosalea Newburn Davis.«

Als der Beitrag zu Ende ist, stehe ich auf und schalte den Fernseher aus nur für den Fall, dass es Berichte über andere Gerichtssäle, Notwehranhörungen und dergleichen gibt. »Zeit zu gehen!«, rufe ich etwas zu laut. Phil sieht mich fragend an, dann hält er sich ein imaginäres Telefon ans Ohr, und ich nicke. Er, Tammy und die Kinder verabschieden sich.

Adlai und ich begleiten meine Mutter ins Esszimmer. Bevor wir gehen, sagt Ruth zu Adlai: »Loni ist mein Wildfang, weißt du.« Sie umarmt mich zum Abschied, legt ihre Lippen dicht an mein Ohr und flüstert: »Schlafe, mein Kindlein, hoch auf dem Baum.«

Wir steigen wieder in Adlais Wagen, und ich starre in die Ferne. Viel zu viel geht mir durch den Kopf. Adlai beugt sich vor, und als ich mich umdrehe, küsst er mich sanft auf den Mund. Er schmeckt nach Salz und Minze und nach etwas Elementarem, wie ein glatter Stein.

Als wir weiterfahren, hallen die Worte meiner Mutter nach – »mein Kindlein« –, und ich sehe den Abdruck einer Herzmuschel vor mir, mein neugeborenes Ohr, auf ihrem jungen Arm.

Mein Auto ist immer noch vor Barts Büro geparkt, wo ich es heute Morgen abgestellt habe. Es kommt mir vor, als wäre das ewig her. Wir halten dahinter an und Adlai lässt den Wagen im Leerlauf laufen. »Ich ... äh ... Ich habe dich noch nicht gefragt, wie es in D. C. gelaufen ist.«

»Ich werde noch ein Jahr bleiben«, sage ich.

Er seufzt. »Tja, ich denke, ich komm dich besuchen.«

»Ich meine hier unten«, kläre ich ihn auf.

»Ein Jahr? Hier unten?« Auf einmal strahlt er über das ganze Gesicht. »Na, das sind ja gute Neuigkeiten!«

»Ja, sind es.« Ich lächle auch.

Delores wies mich darauf hin, dass Angestellte meiner Gehaltsstufe alle sieben Jahre Anspruch auf ein Sabbatical haben, und ich bin für meins bereits zwei Jahre zu spät dran. Sie half mir beim Ausfüllen des Formulars. Ich gab meinen Forschungszweck an: »Studium der Vögel im Südosten der Vereinigten Staaten mit Schwerpunkt auf das Marschland Floridas.« Hugh Adamson stotterte einen Einwand, aber er konnte nichts dagegen tun.

Offenbar hat das Sabbatical eine lange Tradition am Smithsonian, die nur durch ein Gesetz des Kongresses über den Haufen geworfen werden könnte. Den zweiten Zweck des Sabbaticals habe ich natürlich nicht vermerkt: freiberuflich tätig sein, Werbung für mich machen und herausfinden, ob ich nach Florida gehöre.

Auf dem Fahrersitz seines Pick-ups lächelt Adlai und hält fast den Atem an. »Begleitest du mich nach Hause?«, fragt er.

Bevor ich aussteige, nimmt er mein Gesicht in beide Hände und küsst mich.

63

Elf Monate später

Flüsse, die unaufhörlich fließen, kehren in sich selbst
zurück, und was mit ihrem Fortgehen wegfloss,
bringen sie bei ihrer Wiederkehr zurück.

Adelard von Bath, Quaestiones naturales

Die Kirschmyrten unter meinem Fenster im Hof, die gerade Früchte tragen, verströmen ihren stechenden Geruch und locken Stare in Scharen an. Die Vögel krächzen, pfeifen und surren. Ich sitze an dem Zeichentisch, den ich vor fast einem Jahr, zu Beginn dieses Sabbaticals, gekauft habe. Ich arbeite an einer neuen Zeichnung meiner Mutter unter der Wäscheleine und versuche, den Fall des Regens, der sich wie ein Tuch über das Marschland legt, in Halbtönen einzufangen. Ich glaube, ich habe endlich ihr Gesicht richtig erkannt. Ich habe die Perspektive geändert – keine Vogelperspektive mehr. Sie ist im Profil, mein Vater öffnet die Fliegengittertür und kommt auf sie zu.

In den letzten elf Monaten haben die Zeichnungen, die ich nur für mich anfertige, einen Ausgleich zur bezahlten Arbeit geschaffen. Da ich an meinen eigenen Zeichnungen unbedingt weiterarbeiten möchte, schiebe ich die naturkundlichen Arbeiten nicht mehr endlos auf die lange Bank und fange das »gizz« eines Vogels, sein Wesen, schneller ein. Ich bin immer noch perfektionistisch, nur effizienter. Ich muss tiefer schürfenden Fragen auf den Grund gehen und Antworten finden, und dies geht vielleicht nur mit meiner zeichnenden Hand.

An der Wand neben meinem Zeichentisch habe ich ein Rechteck aus grauen Holzfaserplatten angebracht, eine Art Pinnwand, nur viel größer. Dort hänge ich Zeichnungen, Ideen und Studien auf. Da ich die meisten Nächte bei Adlai verbringe, nutze ich die Wohnung eher als Atelier. Aber gestern Abend habe ich mit diesem Bild angefangen und wollte nicht mehr aufhören, also blieb Adlai über Nacht und verwöhnte mich zur Abwechslung in meinem eigenen Bett. Ich gehe oft mit ihm zum Kanuverleih und nutze dort lebende Vögel als Vorlage statt der toten Bälger. In den letzten elf Monaten hat Adlai mein schnelles Aufbrausen, meine Sturheit und alle Nachteile des Zusammenseins mit mir kennengelernt, aber er ist immer noch da. Ich für meinen Teil habe mir erstaunlich viele Vorträge über die systematische Verschmutzung des Grundwassers in Florida angehört, und ich habe gelernt, dass die ungeschminkte Wahrheit auch von Nachteil sein kann. Aber fast jeden Abend tauschen wir uns über das aus, was wir erlebt haben. Wenn ich, was meine Zeichnungen betrifft, Ehrlichkeit verlange, so verlangt das Adlai auch von mir, wenn es um sein Leben geht. Es ist nicht immer leicht, aber es führt mich zu einer Klarheit, wie man sie vielleicht ausschließlich in unmittelbarer Nähe des Ursprungs einer Quelle findet.

Während des Prozesses gegen Elbert Perkins kam der Name meines Vaters häufig zur Sprache. Mein Vater wäre stolz gewesen zu hören, was seine Freunde und Nachbarn von ihm hielten. Nach einem dieser Tage auf der Tribüne des Gerichtssaals kam ich nach Hause und wurde von dem erlittenen Verlust überrollt.

»Warum musste ich so stur sein?«, fragte ich Adlai. »Das Einzige, was er wollte, war, dass ich fischen lerne, und ich hatte einfach keine Lust.«

Adlai strich mir die Haare von den feuchten Schläfen und sagte: »Es ist nie zu spät.«

Eine sehr belastende Zeugenaussage stammte von Marvin Rabideaux. »Danny Watson war kein Dummkopf«, sagte Marvin. »Als Frank und Elbert auf ihn losgingen, drückte Danny die Sendetaste an seinem Funkgerät.« Marvin, der Disponent, hörte den ganzen hässlichen Streit und den lauten Knall, der ihn beendete. »Joleen und ich sind noch am selben Abend aus der Stadt verschwunden. Sonst wären wir die Nächsten gewesen.«

Ich wende mich dem Bild mit der Wäscheleine zu, an dem ich gerade arbeite. Ich habe das Haus und den Hof gezeichnet, die Heilkräuter, das Marschland und dahinter den Sumpf. Auf der Zeichnung sind meine Mutter und mein Vater kurz davor, sich zu berühren. Ich benutze Gouache, um das Bild mit Regen und Farbe zu bespritzen.

Der Boden zu meinen Füßen ist übersät mit ausrangierten Studien. Nicht zerknittert, nicht weggeworfen, nur überflüssig. Ich hatte noch nie eine Vorliebe für Collagen, aber jetzt hebe ich sie öfters auf und zerreiße sie so, dass von jeder Zeichnung nur ein Element übrig bleibt. Die Daumen meines Vaters, eingekerbt von den Angelhaken, seine schlammigen Stiefel, sein glänzendes Gesicht mit den Bartstoppeln. Die speckigen Händchen des kleinen Philip. Dieser Akt des Zerreißens ist befriedigend, aber nicht zerstörerisch. Ich hefte die einzelnen Fragmente an die Pinnwand, verschiebe sie, setze sie spielerisch in eine räumliche Beziehung zueinander, und dann trete ich einen Schritt zurück. Ich verschiebe den Bach, den Baum, den Sumpf, platziere eine alte Skizze des Fischercamps daneben, einen schreienden Jungvogel in einem Nest, einen Silberreiher. Ich lache leise vor mich hin, spiele. Es herrscht Durcheinander auf meiner Wand, aber dieses Chaos hat eine Form und eine Ausrichtung, ein bisschen wie bei einem dieser kleinen Spielzeuge aus einer Cracker-Jack-Packung: die kleinen Quadrate bewegen sich, bis das Bild fertig ist, aber eins bleibt leer. Und so lasse ich einen leeren Platz – für das verlorene Baby – ein Mädchen. Ihre Abwesenheit führte zu diesem Garten-Tagebuch, nahm mir meine Mutter weg und drängte mich zu meinem Vater.

Und was ist mit dem jungen Mädchen, das am Fenster steht? Ich war lange Zeit außen vor, aber diese Komposition verlangt nach ihrer Beteiligung. Ich skizziere ein schmales Paar Schultern und einen langen Pferdeschwanz, der zwischen den Schulterblättern herunterhängt. Ich reiße das Papier an den Rändern ein und klebe die Zeichnung an ihren Platz. Bedeutet das, dass ich dem Betrachter den Rücken freihalte? Vielleicht, aber nur, um ein Licht auf die Hauptakteure zu werfen – ein Mischlicht – hell und aufschlussreich, mit schattigen Flecken. Es sagt: *Folge mir an diesen Ort.*

Adlai kommt aus dem Schlafzimmer und zieht die Tür leise hinter sich zu. »Ich gehe zur Arbeit«, sagt er.

»Okay.« Ich löse meinen Blick kaum von der Wand, gebe ihm mit spröden Lippen einen Abschiedskuss und wende meine Aufmerksamkeit wieder der Collage zu.

Aber kaum ist die Wohnungstür zugefallen, schnappe ich mir einen Hut, mein Skizzenbuch und einen schmalen Band mit Whitman-Gedichten, aus dem ich meiner Mutter nachher eine Passage vortragen werde, vielleicht sogar auswendig. Ich renne zur Tür hinaus. »Warte! Ich komme mit!«

Adlai ist schon fast unten angekommen, doch auf mein Rufen hin dreht er sich um.

Ich sprinte an ihm vorbei, schmeiße meine Sachen in das Fahrerhaus seines Pick-ups und drehe mich um. Er lächelt, ist immer noch zehn Meter entfernt, ein wenig schläfrig und lässt sich Zeit, verblüfft von meiner Energie.

Ich lege beide Hände über meine linke Schulter und werfe eine unsichtbare Angelschnur in seine Richtung aus. Ich hole ihn mit einer schnellen Drehung meiner rechten Hand ein. Vielleicht ist er meine nahezu unmögliche Aufgabe. Vielleicht ist dieses Leben die Erfüllung eines edlen Wunsches.

Aus dem Führerhaus des Pick-ups steigt die Whitman-Passage in mir auf wie Nebel aus dem Sumpf, und ich betätige die Spulenbremse der unsichtbaren Angelrolle.

»Was machst du da?«, fragt Adlai.

Ich rezitiere: »»Jetzt seh' ich das Geheimnis, wie die tüchtigsten Menschen gebildet werden: Dadurch, dass sie aufwachsen in freier Luft, essen und schlafen mit der Erde.‹«

»Essen und schlafen mit der Erde«, wiederholt Adlai und legt einen Arm um meine Taille. »Ich bin dabei.«

Ich schmiege mich an ihn, atme seinen Geruch ein und weiß, dass hier mein Zuhause ist.

Danksagung

Vielen Dank an Kathy Abdul-Baki, Milagros Aguilar, Barbara Bass, Jody Brady, Jeremy Butler, Clive Byers, Ellen Prentiss Campbell, Will Carrington, Sylvia Churgin, Jim Dean, Rocco DeBonis, Simone Deverteuil, Gaela Erwin (für die Bälge), Barbara Esstman, Suzanne Feldman, Audrey Fleming, Leslie Frothingham, Renee Harleston, Toby Hecht, John Helm, Susan Jamison, Elva Jaramillo, Karin Johnson, den verstorbenen Randall Kenan, Caroline Liberty, Alice McDermott, Laura McDougall und alle McQuilkins, Sally McKee, Tom Milani, Debbie Mitchell, Kermit Moyer (für seine Standhaftigkeit und sein gutes Urteilsvermögen), Julee Newberger, Michael O'Donnell (o geduldiger, geduldiger Mann), Bill O'Sullivan, Janet Peachey, Anna Popinchalk (die mir ihr Zimmer zur Verfügung gestellt hat), Jocelyn Popinchalk (Freundin und Mitvogelbeobachterin), Danielle Price, Ruth Schallert, Myra Sklarew (für die unzähligen herzlichen Ermutigungen), Davina und Jack Smith (für ihre Büchersammlung), Sarah Dimont Sorkin (für jahrelanges aufschlussreiches Lesen und Inspiration), Sara Taber, Alice Tangerini, Henry Taylor (für entscheidende Lektionen in präziser und authentischer Sprache), Lisa Tillman, Julie Tombari (für die Flunkereichen), Cary Umhau, Kristin Williams und natürlich Emily Williamson, meiner wunderbaren Agentin. Tausend Dank an meine Lektorinnen: an Jackie Cantor für ihr bemerkenswertes Auge für Geschichten und ihren besonderen Enthusiasmus für dieses Buch, und an die einfühlsame und scharfsinnige Rebecca Strobel. Das weitere Team bei Gallery/Simon &

Schuster – Aimee Bell, Andrew Nguyen, Lisa Litwack, Alysha Bullock, Barbara Wild und Lisa Wolff – hat dieses Buch noch besser gemacht. Und Jessica Roths Energie hat dazu beigetragen, das Buch zu den hungrigen Lesern zu bringen. Dank auch an Abby Zidle und Danielle Mazzella Di Bosco.

Für das frühe Interesse an meiner Karriere danke ich Miriam Altshuler, Jeff Kleinman, Sally Arteseros und dem verstorbenen Richard McCann. Mein besonderer Dank gilt dem Virginia Center for the Creative Arts – diesem bescheidenen und magischen Ort – für die vielen Besuche, die mein Schreiben und vor allem dieses Projekt gefördert haben.

Zwei Bücher, Lesley Gordons *Green Magic: Flowers Plants & Herbs in Lore & Legend* und Linda Ours Ragos *Mugworts in May: A Folklore of Herbs*, erwiesen sich als besonders hilfreich zum Thema Kräuter und Kräuterkunde, und die *Pocket Guides to the Birds* der National Audubon Society waren eine wahre Fundgrube, ebenso wie Roger Tory Petersons klassischer *Field Guide to the Birds* und Richard ffrenchs (ja, mit zwei kleinen *ff*) *Guide to the Birds of Trinidad and Tobago*, neben anderen. Wertvolle Informationen fand ich auch auf der wunderbaren Website der ornithologischen Abteilung der Cornell University, *AllAbout-Birds.org* sowie auf der Seite der *American Foundation for Suicide Prevention* (afsp.org), eine Anlaufstelle für Hilfe und Hoffnung für Menschen, die sich mit Selbstmordgedanken tragen.

Vielen Dank an Richard Heggen, emeritierter Professor für Bauingenieurwesen an der Universität von New Mexico, der die denkbar umfassendste Zusammenstellung von Verweisen auf unterirdische Wasservorkommen, *Underground Rivers*, zusammengestellt hat: *From the River Styx to the Rio San Buenaventura, with Occasional Diversions* angelegt und über das Internet Archive als PDF-Datei online gestellt hat.

Einige Informationen über das Smithsonian stammen aus einem Artikel von Larry Van Dyne mit dem Titel »Uncivil War at the

Smithsonian«, der im März 2002 im *Washingtonian* erschienen ist, und weitere amüsante Anekdoten über die Geschichte der Institution wurden James Conaways *The Smithsonian:150 Years of Adventure, Discovery, and Wonder* entnommen.

Unterstützung bei der Recherche gab es von der Florida Fish and Wildlife Conservation Commission, insbesondere von Officer Kathy Chidsey Merritt, von Bob Hoppman und Mark J. Nowicki, Experten in Sachen Finanzen, von Gayle Share-Raab, Hutliebhaberin, und von den Smithsonian-Bibliothekaren Gil Taylor und Katrina M. Brown. Vielen Dank an Greg Wright für den Geezer Palace, an Jim Cozza für die Bereitschaft, einen Zwischenstopp für eine Sumpf-Tour einzulegen, und für das Bügelbrett des müden Fahrers, an David Gardner für »Keep on the Sunny Side«, an Mary Beth Guyther für zwei gut getimte Reiher, an Mary Proenza für die Technik des Skizzierens von Fotos und an den Künstler Rolf Ness für die Zusammenarbeit, als ich den Lebenseichensamen für diese Geschichte entwickelte. Vielen Dank auch an die Bibliothekare im Lesesaal für seltene Bücher und Sondersammlungen der Library of Congress sowie an Peter Armenti im Hauptlesesaal für ihre unermüdliche Neugier und ihren Enthusiasmus, als sie mir halfen, Originalquellen aufzuspüren. Vor allem aber danke ich meiner Familie, nah und fern, für ihre andauernde Liebe und Unterstützung.

Quellen und weiterführende Literatur

Adelard von Bath (1080–1152). *Quaestiones Naturales.*

Back, Phillipa. *The Illustrated Herbal.* London: Chancellor Press, 1996.

Barhydt, D. Parish. »Ahyunta«, *The Dollar Magazine* 7, Nr. 42 (Juni 1851): 263.

Burnett, Charles, Herausgeber. *Adelard von Bath, Conversations with His Nephew: On the Same and the Different, Questions on Natural Science, and on Birds.* Cambridge: Cambridge University Press, 2006.

Callery, Emma. *The Complete Book of Herbs.* Philadelphia: Running Press, 1994.

Coffey, Timothy. *The History and Folklore of North American Wildflowers.* New York: Houghton Mifflin, 1993.

Conaway, James. *The Smithsonian: 150 Years of Adventure, Discovery, and Wonder.* 2. Aufl., Washington, D.C.: Smithsonian Books, New York: Knopf, 1995. Kapitel 10, »A Wind in the Attic«.

Dowden, Anne O. *This Noble Harvest: A Chronicle of Herbs.* New York: Collins, 1979.

Elias, Jason, und Shelagh R. Masling. *Healing Herbal Remedies.* New York: Dell, 1995.

Ffrench, Richard. *A Guide to the Birds of Trinidad and Tobago.* 2. Aufl., London: Christopher Helm, 1992.

Florida Department of Environmental Protection. »The Journey of Water«. www.floridasprings.org.

Gerard, John (1545–1612). *Herball or General Historie of Plants.*

Gedruckt in London von Edm. Bollifant für Bonham Norton und Iohn Norton, 1597.

Gordon, Lesley. *Green Magic: Flower Plants & Herbs in Lore.* New York: Viking Press, 1977.

Heyman, I. Michael. »Smithsonian Perspectives«. *Smithsonian,* Juni 1996.

Marshall, Martin. *Herbs, Hoecakes and Husbandry: The Daybook of a Planter of the Old South.* Tallahassee: Florida State University, 1960.

Nelson, Gil. *The Trees of Florida: A Reference and Field Guide.* Sarasota, FL: Pineapple Press, 1994.

Perkins, Simon. *Familiar Birds of Sea and Shore.* New York: Alfred A. Knopf, 1994.

Peterson, Roger Tory. *A Field Guide to the Birds East of the Rockies.* Boston: Houghton Mifflin: 1980.

Peterson, Wayne R. *Songbirds and Familiar Backyard Birds East.* New York: Alfred A. Knopf, 1996.

Piercy, Marge. »To Be of Use«. In *Circles on the Water.* New York: Alfred A. Knopf, 1982:106.

Potterton, David, Herausgeber. *Culpepper's Color Herbal.* New York: Sterling, 2002.

Rago, Linda Ours. *Mugworts in May: A Folklore of Herbs.* Charleston, WV: Quarrier Press, 1995.

Raleigh, Sir Walter (1552–1618). *The History of the World in Five Books.* London: Gedruckt für T. Basset [etc.], 1687.

Reynolds, Jane. *365 Days of Nature and Discovery.* London: Michael Joseph, 1994.

Ripley, S. Dillon. »First Record of Anhingidae in Mikronesien«. *The Auk* 65, Nr. 3 (Juli 1948): 454–455.

»The View from the Castle«. *Smithsonian,* Oktober 1983, 10; Dezember 1983, 12; und April 1984, 12.

Snell, Charles Livingston, Harold Darling, und Daniel Maclise. *This Is My Wish for You.* Seattle: Blue Lantern Books, 1995.

Thoreau, H. David. *Journal.* Herausgegeben von B. Torrey. Boston und New York: Houghton Mifflin, 1906), 1:438. Zitiert auf S. 7, ins Deutsche übertragen von Frauke Brodd.

Van Dyne, Larry. »Uncivil War at the Smithsonian«. *Washingtonian*, März 2002.

Walton, Richard K. *Familiar Birds of Lakes and Rivers.* New York: Alfred A. Knopf, 1994.

Whitman, Walt. *Leaves of Grass.* 1867. »Song of the Open Road«, Abschnitt 6. Das Walt Whitman Archiv. Hg. von Matt Cohen, Ed Folsom und Kenneth M. Price. http://www.whitmanarchive. org. Gemeinfrei zitiert auf S. 456.

Wilder, Thornton. *The Bridge of San Luis Rey.* New York: Albert & Charles Boni, 1927. @ für die deutsche Übersetzung auf S. 7: *Die Brücke von San Luis Rey.* Übers. v. Herbert E. Herlitschka. Frankfurt a. M.: S. Fischer Verlag GmbH 1955, S. 194.

Das Zitat auf S. 256 stammt aus dem Essay *Sir Walter Raleigh* von Henry David Thoreau, hier ins Deutsche übertragen von Frauke Brodd.

Anmerkung der Autorin

Die Leserinnen und Leser werden feststellen, dass ich in zwei einzelnen wichtigen Details mit der Zeit gespielt habe. Erstens hätte sich die Amtszeit von S. Dillon Ripley, dem Leiter des Smithsonian, nicht mit Lonis Amtszeit überschnitten, auch nicht als Emeritus, aber er war eine so herausragende Figur in der modernen Geschichte des Smithsonian und in meiner Vorstellung, dass ich mich entschlossen habe, ihn trotzdem in die Erzählung aufzunehmen. Zweitens wurde das National Aquarium, das im Erdgeschoss des Commerce Building in der 14th Street in Washington, D. C., untergebracht ist, einige Jahre vor der Handlung des Romans geschlossen, aber für die Zwecke der Geschichte habe ich es in Betrieb gelassen. Vielleicht war es Wunschdenken. Man möge mir verzeihen, dass ich mir diese künstlerische Freiheit erlaubt habe.